ZETA

Título original: *Memnoch the Devil*
Traducción: Camila Batlles
1.ª edición: mayo 2009

© 1995,1996 by Anne Rice
© Ediciones B, S. A., 2009
   para el sello Zeta Bolsillo
   Bailén, 84 - 08009 Barcelona (España)
   www.edicionesb.com

Printed in Spain
ISBN: 978-84-9872-209-3
Depósito legal: B. 12.495-2009

Impreso por LIBERDÚPLEX, S.L.U.
Ctra. BV 2249 Km 7,4 Polígono Torrentfondo
08791 - Sant Llorenç d'Hortons (Barcelona)

CRÓNICAS VAMPÍRICAS V
Memnoch el diablo

ANNE RICE

ZETA

LO QUE DIOS NO HABÍA PREVISTO

Duerme bien,
llora bien,
ve al pozo profundo
tan a menudo como puedas.
Trae agua
cristalina y reluciente.
Dios no había previsto que la conciencia
se desarrollara de forma tan
perfecta. Pues bien,
dile que
nuestro cubo se ha colmado
y que
puede irse al diablo.

STAN RICE,
24 de junio de 1993

LA OFRENDA

A aquello tangible o intangible
que impide la nada,
como el jabalí de Homero,
que amenaza
con sus blancos colmillos
cual feroces estacas
con destrozar a seres humanos.
A ello ofrezco
el sufrimiento de mi padre

STAN RICE,
16 de octubre de 1993

DUETO EN LA CALLE IBERVILLE

El hombre vestido de cuero negro
que compra una rata para alimentar a su pitón
no pierde el tiempo en detalles superfluos.
Se conforma con cualquier rata.
Cuando salgo de la tienda de animales
veo a un hombre en el garaje de un hotel
que talla un cisne en un bloque de hielo
con una sierra eléctrica.

STAN RICE,
30 de enero de 1994

PRÓLOGO

Me llamo Lestat. ¿Sabéis quién soy? En caso afirmativo podéis saltaros los párrafos siguientes. Para quienes no me conozcan, quiero que esta presentación sea un amor a primera vista.

Fijaos en mí: soy vuestro héroe, la perfecta imitación de un anglosajón rubio de ojos azules y metro ochenta de estatura. Soy un vampiro, uno de los más poderosos que han existido jamás. Tengo unos colmillos tan pequeños que apenas resultan visibles, a menos que yo quiera, pero muy afilados, y cada pocas horas siento el deseo de beber sangre humana.

No es que la precise con mucha frecuencia. En realidad, desconozco la frecuencia con que la necesito, puesto que jamás he hecho la prueba.

Poseo una fuerza monstruosa. Soy capaz de volar y de captar una conversación en el otro extremo de la ciudad, e incluso del globo. Adivino el pensamiento; puedo hechizar a la gente.

Soy inmortal. Desde 1789, no tengo edad.

¿Un ser único? Ni mucho menos. Que yo sepa, existen unos veinte vampiros en el mundo. A la mitad de ellos los conozco íntimamente, y a la mitad de éstos los amo.

Añadamos a esos veinte vampiros un centenar de vagabundos y extraños a los que no conozco, pero de quienes oigo hablar de vez en cuando, y, para redondear, otro millar de seres inmortales que deambulan por el mundo con apariencia humana.

Hombres, mujeres, niños..., cualquier ser humano puede convertirse en vampiro. Lo único que necesita es un vampiro dispuesto a ayudarle, a chuparle una buena cantidad de sangre y después dejar que la recupere mezclada con la suya. No es tan sencillo como parece, pero si uno consigue superarlo vivirá para siempre. Mientras sea joven, sentirá una sed irresistible y es probable que tenga que matar una víctima cada noche. Cuando cumpla mil años parecerá y se expresará como un sabio, aunque se haya iniciado en esto durante su juventud, beberá sangre humana y matará para obtenerla tanto si la necesita como si no.

En el caso de que viva más tiempo, como sucede con algunos vampiros, cualquiera sabe lo que puede pasar. Se convertirá en un ser más duro, más pálido, más monstruoso. Sabrá tanto sobre el sufrimiento que atravesará rápidos ciclos de crueldad y bondad, lucidez y paranoica ceguera. Es probable que enloquezca; luego recuperará la cordura. Al fin, es posible que olvide su propia identidad.

Personalmente, reúno lo mejor de la juventud y la ancianidad vampíricas. Sólo tengo doscientos años y, por razones que no vienen al caso, se me ha concedido la fuerza de los antiguos vampiros. Poseo una sensibilidad moderna junto al impecable gusto de un aristócrata difunto. Sé exactamente quién soy: rico y hermoso, veo mi imagen reflejada en los espejos y escaparates. Me entusiasma cantar y bailar.

¿Que a qué me dedico? A lo que me place.

Piensa en ello. ¿Es suficiente para que te decidas a leer mi historia? ¿Has leído algunas de mis crónicas sobre vampiros?

Te confesaré algo: en este libro, el hecho de ser vampiro carece de importancia. No influye en la historia. Es simplemente una característica, como mi inocente sonrisa y mi voz suave y acariciadora, con acento francés, y mi elegante modo de caminar. Forma parte del paquete. Lo que ocurrió pudo haberle pasado a un ser humano; de hecho, estoy seguro de que le ha sucedido a más de uno y de que volverá a suceder.

Tú y yo tenemos alma. Deseamos saber cosas; compartimos la misma tierra, rica, verde y salpicada de peligros. Lo cierto es que, digamos lo que digamos, ninguno de nosotros sabe lo que significa morir. Si lo supiéramos, yo no escribiría esta historia y tú no estarías leyendo este libro.

Lo que sí deseo dejar claro desde el principio, cuando ambos nos disponemos a adentrarnos en esta aventura, es que me he impuesto la tarea de ser un héroe de este mundo. Me conservo tan moralmente complejo, espiritualmente fuerte y estéticamente relevante como en mi juventud, un ser de extraordinaria perspicacia e impacto, un tipo que tiene cosas que decirte.

De modo que si decides leer esta historia hazlo por ese motivo, por el hecho de que Lestat ha vuelto a hablar, porque está asustado, porque busca con desespero la lección, la canción y la *raison d'être*, porque desea comprender su historia y quiere que tú la comprendas, y porque en estos momentos es la mejor historia que puede ofrecerte.

Si no te resultan suficientes estas razones, lee otra cosa.

Si te bastan, sigue leyendo. Encadenado, dicté estas palabras a mi amigo y escriba. Acompáñame. Escúchame. No me dejes solo.

1

Lo vi en cuanto entró por la puerta del hotel. Alto, corpulento, ojos marrones, cabello castaño oscuro y piel más bien morena, tal como la tenía cuando lo convertí en un vampiro. Caminaba de forma demasiado apresurada, pero podía pasar por un ser humano. Mi querido David.

Yo me encontraba en la escalera. Mejor dicho, en la escalinata de uno de esos lujosos hoteles antiguos, divinamente recargado, decorado en tonos escarlata y oro, cómodo y acogedor. Lo había elegido mi víctima, no yo. Mi víctima estaba cenando con su hija. Según me transmitió su mente, siempre se reunía con ella en Nueva York en este mismo hotel, por la sencilla razón de que se hallaba situado frente a la catedral de San Patricio.

David me vio de inmediato, es decir, vio a un joven alto y desgarbado, rubio, con el cabello largo y bien peinado, para variar, y el rostro y las manos bronceados, que lucía sus habituales gafas de sol violeta y un traje azul marino cruzado de Brooks Brothers.

Lo vi sonreír con disimulo. Conocía mi vanidad, y probablemente sabía que a principios de los noventa del siglo veinte la moda italiana había saturado el mercado con tal cantidad de prendas holgadas e informes, que uno de los atuendos más eróticos y atractivos que podía elegir un hombre era un traje azul marino, impecablemente cortado, de Brooks Brothers.

Por lo demás, una espesa y larga mata de pelo y un traje bien cortado constituyen una combinación muy sugerente. Nunca falla.

Pero no insistiré más en mi atuendo. Al diablo con la ropa y las modas. Lo cierto es que estaba orgulloso de ofrecer un aspecto tan elegante y al mismo tiempo contradictorio: un joven melenudo, bien trajeado y de porte aristocrático que, apoyado de forma indolente en la balaustrada de la escalera, bloqueaba el paso.

David se me acercó de inmediato. Olía a invierno, como las nevadas y embarradas calles por las que transitaba la gente procurando no resbalar y perder el equilibrio. Su rostro mostraba el sutil y misterioso resplandor que sólo yo era capaz de detectar, y amar, y apreciar y besar.

Nos dirigimos juntos hacia el fondo del salón.

Durante unos instantes odié a David por medir cinco centímetros más que yo. Pero me alegraba de verlo, de estar junto a él. El rincón del amplio salón donde nos hallábamos, cálido y sumido en la penumbra, era uno de los pocos lugares donde la gente no te miraba de forma indiscreta.

—Has venido —dije—. No creí que lo hicieras.

—Por supuesto —contestó David. Como de costumbre, su suave y distinguido acento inglés me desconcertó.

Tenía ante mí a un anciano cuyo cuerpo era el de un joven recién convertido en vampiro, y nada menos que por mí mismo, uno de los exponentes más poderosos de nuestra especie.

—¿Qué esperabas? —preguntó en tono confidencial—. Armand me informó de que habías llamado y también me lo dijo Maharet.

—Bien, eso responde a mi primera pregunta.

Sentí deseos de besarlo y de improviso extendí los brazos en un gesto tentativo y educado para que pudiera zafarse si lo deseaba. Al acogerme y corresponder de forma calurosa a mi abrazo, me embargó una felicidad que no había experimentado en muchos meses.

Quizá no la había experimentado desde que lo dejé con Louis. Los tres nos encontrábamos en un remoto y selvático lugar cuando decidimos separarnos. De eso hacía ya un año.

—¿Tu primera pregunta? —inquirió David, observándome con tanta atención como si me estuviera estudiando con todos los medios de que dispone un vampiro para calibrar el estado de ánimo de su creador, puesto que un vampiro no puede adivinar el pensamiento de éste, al igual que tampoco el creador puede adivinar el pensamiento del neófito.

David y yo nos miramos de frente. He aquí a dos seres cargados de dotes sobrenaturales, ambos con excelente aspecto, conmovidos e incapaces de comunicarse excepto a través del sistema más sencillo y eficaz: las palabras.

—Mi primera pregunta —empecé a explicarle, a responder— era la siguiente: ¿Dónde has estado? ¿Te has topado con los otros y han tratado acaso de hacerte daño? Ya sabes, las estupideces de rigor. Luego iba a referirme a cómo rompí las normas al crearte y demás cuestiones.

—Las estupideces de rigor —repitió imitando mi acento francés, mezclado con cierto deje norteamericano—. ¡Qué tontería!

—Vamos —dije—, entremos en el bar para charlar con tranquilidad. Es evidente que nadie te ha hecho daño. No supuse que podrían ni querrían hacértelo. Ni que se atreverían. No hubiera dejado que deambularas por el mundo si creyera que corrías peligro.

David sonrió. Durante unos instantes se reflejó una luz dorada en sus ojos marrones.

—¿No me dijiste eso unas veinticinco veces antes de que nos separáramos?

Nos sentamos a una pequeña mesa que había junto a la pared. El bar estaba medio lleno, justo en la proporción ideal. ¿Qué aspecto teníamos David y yo? ¿La de dos jóvenes que trataban de ligarse a algún hombre o mujer mortal? Ni lo sé ni me importa.

—Nadie me ha hecho daño —dijo David—, y nadie ha mostrado la menor curiosidad hacia mí.

Alguien tocaba el piano, muy suavemente por tratarse del bar de un hotel. Interpretaba una pieza de Eric Satie, por fortuna.

—Tu corbata —dijo David, inclinándose hacia delante mientras mostraba su resplandeciente dentadura, aunque sin dejar ver los colmillos—, ese pedazo de seda que llevas alrededor del cuello, supongo que no es de Brooks Brothers —dijo soltando una carcajada—. ¿Cómo se te ha ocurrido ponerte esos zapatos puntiagudos? ¿A qué viene todo esto?

El camarero se acercó, proyectando una enorme sombra sobre la mesa, y murmuró las frases de rigor, que no alcancé a oír debido al alboroto.

—Me apetece una bebida caliente —dijo David, lo cual no me sorprendió—. Un ponche de ron o algo por el estilo.

Yo asentí e indiqué al camarero con un pequeño gesto que tomaría lo mismo.

Los vampiros siempre piden bebidas calientes. No las beben, pero perciben su calor y aroma, lo cual resulta muy reconfortante.

David me miró de nuevo, mejor dicho, ese cuerpo familiar que ocupaba David. Para mí, David siempre sería el anciano mortal que yo había conocido y apreciado, además de ese magnífico y bronceado armazón de carne robado al cual él iba dando forma lentamente con sus expresiones, modales y talante.

No te inquietes, querido lector, pues David cambió de cuerpo antes de que yo lo convirtiera en vampiro. No tiene nada que ver con esta historia.

—¿Vuelves a sentirte perseguido? —preguntó David—. Eso fue lo que me dijo Armand y también Jesse.

—¿Dónde los viste?

—¿A Armand? En París —respondió David—. Me lo encontré de forma casual por la calle. Fue al primero que vi.

—¿No trató de lastimarte?

—¿Por qué iba a hacerlo? ¿Por qué me habías llamado? ¿Quién te persigue? Explícate.

—Así que has visto a Maharet.

David se reclinó en la silla y meneó la cabeza.

—Lestat —dijo—, he examinado unos manuscritos que ningún ser humano ha visto jamás; he acariciado unas tablillas de arcilla que...

—David *el Erudito* —le interrumpí—. Educado por los miembros de Talamasca para ser el perfecto vampiro, aunque jamás sospecharon que acabarías convirtiéndote precisamente en esto.

—¿Es que no lo comprendes? Maharet me condujo a los lugares donde conserva sus tesoros. No sabes lo que significa sostener en las manos una tablilla cubierta de símbolos anteriores a la escritura cuneiforme. En cuanto a Maharet... He vivido no sé cuántos siglos sin conocerla, sin saber siquiera que existía.

Maharet era la única persona a quien David temía. Supongo que ambos lo sabíamos. Mis recuerdos de Maharet no contenían nada amenazador, sólo el misterio de una superviviente del milenio, un ser tan anciano que cada gesto suyo parecía de mármol líquido y cuya suave voz constituía la destilación de toda la elocuencia humana.

—Si Maharet te ha dado su bendición, no tienes de qué preocuparte —dije, soltando un breve suspiro. Me preguntaba si algún día volvería a verla. Era un encuentro que no deseaba en absoluto.

—También he visto a mi amada Jesse —declaró David.

—Claro, debí suponerlo.

—Recorrí el mundo entero buscándola desesperadamente, de la misma forma que tú me buscabas a mí.

Jesse. Pálida, menuda, pelirroja, nacida en el siglo veinte, muy culta y dotada de poderes extraordinarios. David la había conocido como humano; ahora la conocía como ser inmortal. Jesse había sido su pupila en la orden de Talamasca. Ahora David era comparable a Jesse en belleza y poder vampírico.

Jesse había sido introducida en la Orden por la vieja Maharet, de la primera generación de vampiros y nacida como ser humano antes de que los mismos humanos empezaran a escribir su propia historia o supieran siquiera que tenían una historia. Maharet formaba parte de los Mayores, era la Reina de los Malditos, un vampiro hembra, al igual que su hermana muda, Mekare, de quien ya nadie hablaba.

Jamás había visto a un neófito apadrinado por una persona tan anciana como Maharet. La última vez que la vi, Jesse parecía una vasija transparente que contuviera una inmensa fuerza. Supuse que a estas alturas debía de tener muchas historias que contar, su propias andanzas y aventuras.

Yo había transmitido a David mi añeja sangre mezclada con un linaje aún más antiguo que el de Maharet. Sí, sangre de Akasha y del anciano Marius. También le había transmitido mi fuerza, que, como todos sabemos, era incalculable.

De modo que David y Jesse se habían hecho grandes amigos. ¿Qué había sentido Jesse al ver a su anciano mentor vestido con la llamativa indumentaria de un joven macho humano?

De pronto sentí envidia y desesperación. Yo había conseguido apartar a David de aquellas frágiles y blancas criaturas que lo habían atraído hacia su santuario ubicado en tierras lejanas, donde sus tesoros podían permanecer ocultos durante generaciones, al abrigo de cualquier crisis o guerra. Recordé algunos nombres exóticos, pero no logré recordar adónde habían ido las dos pelirrojas, la anciana y la joven, que habían admitido a David en su santuario.

En aquel momento oí un ruido y volví la cabeza. Después me acomodé de nuevo en la silla, avergonzado por haberme sobresaltado delante de David, y me concentré en silencio en mi víctima.

Se hallaba aún en el restaurante del hotel, muy cerca de donde nos encontrábamos nosotros, acompañada de su hermosa hija. Esa noche no se me escaparía, de eso estaba seguro.

Al cabo de unos instantes suspiré y aparté la vista. Hacía meses que seguía a mi víctima. Era muy interesante, pero no tenía nada que ver con todo aquello. ¿O tal vez sí? Puede que la matara esa misma noche, aunque lo dudaba. Después de haber espiado a la hija, y sabiendo lo mucho que la quería, decidí aguardar a que ella regresara a casa. ¿Por qué había de ser cruel con una joven tan bella? Sí, era evidente que su padre la quería mucho. En esos momentos le estaba rogando que aceptara un regalo, algo que acababa de hallar y que era muy valioso para él. Por desgracia, no logré visualizar el regalo ni en la mente de él ni en la de ella.

Había resultado muy fácil seguir a mi víctima, pues se trataba de un individuo llamativo, codicioso, a veces bondadoso y siempre muy divertido.

Pero volvamos a David. Cuánto debía de amar ese espléndido ser inmortal que estaba sentado ante mí al vampiro hembra Jesse para convertirse en pupilo de la decrépita Maharet. Pero ¿es que no sentía yo ningún respeto hacia los ancianos? ¿Qué demonios pretendía? No, ésa no era la cuestión. La cuestión era... ¿Qué pretendían de mí? ¿De qué huía? ¿Por qué?

David aguardaba educadamente a que yo volviera a centrar la vista en él, cosa que hice pero sin decir nada. No inicié la conversación, de modo que él hizo lo que la gente educada suele hacer, hablar despacio como si yo no lo estuviera mirando fijamente a través de las gafas violeta, tras las cuales parecía ocultar un siniestro secreto.

—Nadie ha tratado de hacerme daño —repitió con la típica flema británica—, nadie cuestiona que tú fuiste mi creador, todos me han tratado con respeto y amabilidad, aunque querían saber los detalles de cómo conseguiste sobrevivir al ladrón de cuerpos. No imaginas lo mucho que te quieren y lo preocupados que estaban por ti.

David se refería a la última aventura, gracias a la cual nos habíamos encontrado y yo lo había convertido en uno de los nuestros. En aquel momento, no se había dedicado precisamente a alabarme por ello.

—¿De veras crees que me quieren? —pregunté, refiriéndome a los otros, los escasos representantes de nuestra espectral especie que quedaban por el mundo—. Ninguno de ellos trató de ayudarme —añadí, pensando en el ladrón de cuerpos, al cual había conseguido derrotar.

Es posible que sin la ayuda de David no hubiera ganado la batalla. Prefería no pensar en algo tan terrible, pero desde luego tampoco deseaba pensar en mis brillantes y dotados colegas vampíricos, que se habían limitado a presenciar la escena desde lejos sin mover un dedo para ayudarme.

El ladrón de cuerpos había ido a parar al infierno. El cuerpo en cuestión estaba sentado frente a mí, ahora ocupado por David.

—Bien, me alegro que se preocuparan por mí —dije—. Alguien me está siguiendo, David, y esta vez no se trata de un astuto mortal que conoce los trucos de la proyección astral y la forma de apoderarse del cuerpo de otra persona. Me siento perseguido.

David me miró fijamente, no con expresión incrédula sino intentando asimilar lo que acababa de decirle.

—¿Te persiguen?

—Así es —asentí—. Estoy asustado, David, muy asustado. Si te dijera lo que opino sobre... sobre esa cosa que me persigue, te reirías.

—¿Estás seguro?

El camarero depositó sobre la mesa las bebidas calientes. Despedían un vapor delicioso. El pianista seguía interpretando suavemente a Satie. En aquellos momentos la vida casi merecía la pena de ser vivida, incluso por un depravado monstruo como yo. De pronto se me ocurrió una idea.

Hacía dos noches, en este mismo bar, oí a mi víctima decirle a su hija:

—He vendido mi alma por lugares como éste.

Yo me encontraba a muchos metros de ellos, a una distancia insalvable para cualquier mortal, pero percibía cada palabra que salía de labios de mi víctima, cuya hija me tenía cautivado; se llamaba Dora. Era la única persona a la que esa extraña y apetecible víctima amaba, su única hija.

Me di cuenta de que David me observaba con curiosidad.

—Pensaba en la víctima que me ha atraído hasta aquí —dije—, y en su hija. Esta noche no saldrán. Las calles están nevadas y sopla un fuerte viento. Él acompañará a su hija a la suite, desde la cual podrán contemplar las torres de San Patricio. No quiero perder de vista a mi víctima.

—No te habrás enamorado de unos mortales —dijo David.

—No. Se trata de un nuevo método de caza, simplemente. Ese hombre es muy singular, posee unas características que me atraen. Lo adoro. Sentí deseos de alimentarme de su sangre la primera vez que lo vi, pero no deja de sorprenderme. Hace medio año que lo sigo por doquier.

Volví a concentrarme en ellos. Sí, iban a subir a la suite, tal como supuse. Acababan de levantarse de la mesa y se disponían a abandonar el restaurante. Hacía una noche de perros y Dora, aunque deseaba ir a la iglesia para rezar por su padre, y a su vez rogarle que se quedara y rezara con ella, tenía miedo de salir. A través de sus pensamientos y de algunas palabras sueltas que captaba advertí que compartían un recuerdo. Dora era una niña cuando mi víctima la había llevado por primera vez a la catedral.

Él no creía en nada, mientras ella era una especie de líder religioso. Theodora. Predicaba sobre los valores morales y el alimento del alma ante las audiencias de la televisión. ¿Y el padre? Decidí que era preferible matarlo antes de averiguar más detalles sobre él, para evitar que se me escapara ese magnífico trofeo por no lastimar a Dora.

Miré a David. Estaba sentado y apoyaba los hombros contra la pared revestida de raso oscuro, mientras me observaba atentamente. Bajo esa luz, nadie habría sospechado que no era humano, ni siquiera uno de los nuestros. En cuanto a mí, seguramente parecía una excéntrica estrella del rock ansiosa de que la atención del mundo entero la aplastara lentamente hasta matarla.

—La víctima no tiene nada que ver en ello —dije—. Otro día hablaremos de ese asunto. Estamos en este hotel porque la seguí hasta aquí. Ya conoces mis costumbres, mi forma de cazar. Ya no necesito sangre, como tampoco la necesita Maharet, pero no soporto la idea de no conseguirla.

—¿Qué jueguecito te traes entre manos? —preguntó el exquisitamente educado y británico David.

—Ya no busco a simples asesinos, a gente malvada, sino a cierto tipo de criminal más sofisticado, alguien con la mentalidad de Iago. Ese hombre es un narcotraficante. Excéntrico y brillante, se dedica a coleccionar obras de arte y disfruta ordenando que liquiden a alguien a tiros, gana billones en una semana con la cocaína y la heroína, y quiere con locura a su hija, que dirige una iglesia televangélica.

—Estás obsesionado con esos mortales.

—Mira a mis espaldas. ¿Ves a esas dos personas que se dirigen hacia los ascensores? —pregunté.

—Sí —respondió David, mirándolos fijamente.

Se habían detenido en el lugar preciso. Yo podía sentirlos, oírlos y olerlos, pero era incapaz de establecer con exactitud dónde se encontraban a menos que me volviera. Allí estaban, el hombre de tez oscura, sonriente, que miraba embelesado a su hija, una niña-mujer pálida y con aspecto inocente, de unos veinticinco años de edad, si mis cálculos no andaban errados.

—Conozco la cara de ese hombre —dijo David—. Es un

pez gordo a escala internacional. Tratan de imputarle los suficientes cargos para encerrarlo en la cárcel, pero es un tipo listo. ¿No organizó hace poco un asesinato bastante sonado?

—Sí, en las Bahamas.

—¿Cómo demonios diste con él? ¿Lo viste en persona en alguna parte, ya sabes, como quien se encuentra una concha en la playa, o viste su fotografía en los periódicos y revistas?

—¿Reconoces a la chica? Nadie sabe que son padre e hija.

—No, no la reconozco —contestó David—. ¿Por qué? ¿Acaso es conocida? Es muy guapa y muy dulce. Supongo que no pensarás alimentarte de su sangre...

Su caballerosa indignación ante semejante atrocidad me hizo sonreír. Me pregunté si David pedía permiso a sus víctimas antes de chuparles la sangre o si, cuando menos, insistía en que se presentaran debidamente. No tenía idea de qué métodos empleaba para matar a sus víctimas, ni con qué frecuencia necesitaba alimentarse de sangre humana. Yo le había transmitido mi fuerza. Eso significaba que no tenía que hacerlo cada noche, lo cual no dejaba de ser una ventaja.

—La chica canta himnos a Jesús en un programa de televisión —dije—. Un día instalará la sede de su iglesia en un viejo convento en Nueva Orleans. Actualmente vive sola, y graba sus programas en unos estudios que se hallan en el Quarter. Creo que el programa se transmite por un canal ecuménico vía satélite fuera de Alabama.

—Estás enamorado de ella.

—No, sólo estoy impaciente por matar a su padre. Esa chica transmite por la pantalla un encanto muy especial. Habla sobre teología con una sensatez aplastante; es el tipo de telepredicadora que conmueve a las masas. ¿No hemos temido siempre que el día menos pensado apareciera alguien como ella? Baila como una ninfa, o más bien una virgen de un templo; canta como un serafín e invita a la audiencia que llena el estudio a corearla. Una combinación de teología y éxtasis sabiamente dosificados, aparte de las consabidas recomendaciones morales y éticas.

—La entiendo —contestó David—: eso añade emoción a la perspectiva de chuparle la sangre a su padre. A propósito, el padre no es un tipo que pase precisamente inadvertido. Ninguno de los dos parece querer ocultarse. ¿Estás seguro de que nadie sabe que están emparentados?

En aquellos momentos se abrieron las puertas del ascensor. Mi víctima y su hija se dirigieron hacia las plantas superiores del edificio.

—Él entra y sale de aquí cuando le conviene. Tiene un montón de guardaespaldas. Ella se reúne aquí con él. Creo que conciertan la cita por teléfono celular. Él es un gigante del negocio de la cocaína, y ella una de sus operaciones secretas mejor guardadas. Los guardaespaldas están por todo el vestíbulo. Si hubiera algún intruso husmeando por el lugar, ella habría abandonado el restaurante antes que él. Pero él se escurre como nadie de entre las manos de la justicia. Hay una orden de busca y captura contra él en cinco estados, pero eso no le impide asistir a un campeonato de pesos pesados en Atlantic City. Se sienta en primera fila, delante de las cámaras de televisión. Jamás le echarán el guante. Lo atraparé yo, el vampiro que está deseando matarlo. ¿Verdad que es estupendo?

—Vamos a ver si me aclaro —contestó David—. Dices que alguien te sigue, pero que no tiene nada que ver con tu víctima, con ese narcotraficante, ni tampoco con su hija telepredicadora. Es decir, te sientes perseguido y asustado, pero no lo suficiente para dejar de perseguir a tu vez a ese tipo de aire siniestro que acaba de entrar en el ascensor.

Yo asentí, aunque las palabras de David me hicieron dudar durante unos segundos. No, no podía existir ninguna relación entre ambas cosas.

Además, ese asunto que me tenía tan preocupado había comenzado antes de que yo me fijara en mi víctima. Había presentido por primera vez que me perseguían en Río, poco después de separarme de Louis y David para regresar allí de «caza».

No sabía nada de mi nueva víctima hasta que un día se cruzó en mi camino en mi propia ciudad, Nueva Orleans. Se había trasladado allí para pasar un rato con Dora. Se habían encontrado en un pequeño bar del barrio francés, y al pasar me fijé en aquel individuo que vestía un atuendo de lo más chillón, y en el pálido semblante y los grandes y bondadosos ojos de su hija. ¡Paf! Fue una atracción fatal, instantánea.

—No, no tiene nada que ver con él —dije—. Empecé a notar que me perseguían hace meses, antes de elegir a mi víctima. Él no sabe que lo estoy acechando. Yo tampoco noté que me perseguía esa cosa, esa...

—¿Qué?

—Observar a ese hombre y a su hija es como contemplar un culebrón. Es el tipo más perverso que he conocido jamás.

—Ya me lo habías comentado. Pero ¿qué es lo que te persigue? ¿Una cosa, una persona o...?

—Deja que te hable primero de mi víctima. Ha matado a un montón de gente. Esos tipos se alimentan de números. Kilos, números de muertos, cuentas secretas. La chica, por supuesto, no es una estúpida que se dedique a hacer milagros asegurando a los diabéticos que puede curarlos a través de una imposición de manos.

—Estás divagando, Lestat. ¿Qué te sucede? ¿De qué tienes miedo? ¿Por qué no matas de una vez a tu víctima y te olvidas del asunto?

—Estás impaciente por regresar junto a Jesse y Maharet, ¿no es cierto? —pregunté a David. De pronto me sentí indefenso, impotente—. Quieres pasar los próximos cien años entre esas tablillas y pergaminos, contemplando los angustiados ojos azules de Maharet, escuchando su voz. ¿Sigue eligiendo siempre a víctimas con ojos azules?

Por la época en que Maharet se convirtió en vampiro estaba ciega, le habían arrancado los ojos. En consecuencia, sacaba los ojos a sus víctimas y los utilizaba hasta que volvía a caer en la ceguera, por más que se esforzara en conservar la visión alimentándose de sangre humana. Ésa era la trágica verdad de la reina de mármol de ojos sangrantes. ¿Por qué no le había retorcido el cuello a un vampiro neófito para robarle los ojos? No se me había ocurrido nunca. Quizá se había abstenido por lealtad hacia nuestra especie. Puede que no hubiera funcionado. El caso es que Maharet tenía sus escrúpulos, severos e inamovibles como ella misma. Una mujer de su edad recuerda los tiempos en que no existía Moisés ni el código de Hammurabi; cuando sólo los faraones atravesaban el Valle de la Muerte...

—Presta atención, Lestat —dijo David—. Quiero saber lo que te preocupa. Es la primera vez que reconoces estar asustado. Olvídate de mí durante unos momentos. Olvídate de tu víctima y de la chica. Cuéntame lo que te pasa, amigo mío. ¿Quién te persigue?

—Antes de responder quiero hacerte algunas preguntas.

—No. Explícate. ¿Estás en peligro? ¿O presientes que lo estás? Me mandaste llamar. Fue una clara petición de socorro.

—¿Son ésas las palabras que utilizó Armand, «una clara petición de socorro»? Odio a Armand.

David sonrió e hizo un rápido gesto de impaciencia con ambas manos.

—No odias a Armand, lo sabes de sobra.

—¿Qué te apuestas?

David me miró severamente, con aire de reproche. Debía de ser cosa del internado inglés donde se educó.

—De acuerdo —dije—. Te lo contaré. Pero primero debo recordarte algo. Una conversación que mantuvimos cuando aún estabas vivo, la última vez que charlamos en tu casa de los Cotswolds, cuando eras un encantador anciano que moría en el más absoluto desespero...

—Lo recuerdo —respondió David en tono de resignación—. Antes de que partieras hacia el desierto.

—No, cuando regresé del desierto con graves quemaduras y comprendí que no podía morirme tan fácilmente como había supuesto. Tú me cuidaste. Luego me hablaste de ti, de tu vida. Dijiste algo acerca de una experiencia que habías vivido antes de la guerra, en un café de París. ¿Recuerdas esa anécdota?

—Desde luego. Te dije que en mi juventud tuve una visión.

—Sí, que durante unos segundos te pareció como si el tejido de la vida se hubiera desgarrado y entonces vislumbraste unas cosas que jamás debiste ver.

David sonrió y dijo:

—Fuiste tú quien sugirió que era como si se hubiera desgarrado el tejido de la vida, permitiéndome así contemplar ciertas cosas. Sin embargo, yo no creía, ni lo creo ahora, que fuera algo casual, sino una visión. Pero han pasado cincuenta años y apenas recuerdo el asunto.

—Es lógico. Como vampiro, recordarás todo lo que te suceda a partir de ahora con gran precisión, pero los detalles de tu existencia mortal se irán difuminando, sobre todo los que guardan relación con los sentidos, como el sabor del vino, etcétera.

David me rogó que me callara, pues mis palabras le entristecían. Yo le aseguré que no había sido ése mi propósito.

Levanté mi copa y aspiré el aroma, semejante al de los ponches navideños. Luego la deposité de nuevo en la mesa. Tenía todavía las manos y el rostro bronceados debido a la excursión al desierto, mi pequeño intento de volar hacia la faz del sol. Eso me ayudaba a pasar por un ser humano. ¡Qué ironía! También hacía que mis manos fueran más sensibles al calor.

Al notar el calor me estremecí de gozo. Soy un tipo que disfruta con todo. No hay forma posible de disimular una sensualidad como la mía; soy capaz de morirme de risa durante horas mientras observo el dibujo de una alfombra en el vestíbulo de un hotel.

De pronto advertí que David me miraba fijamente.

Parecía haber recobrado la compostura, o al menos haberme perdonado por enésima vez el hecho de haber metido su alma en el cuerpo de un vampiro sin su consentimiento, es decir, en contra de su voluntad. Me miraba casi con amor, como si quisiera tranquilizarme.

Yo le devolví la mirada. Sí, necesitaba calmarme.

—Según me contaste, en ese café de París oíste una conversación entre dos seres —dije, regresando al tema de la visión que había tenido David hacía años—. Eras muy joven. Todo sucedió de forma gradual. De pronto comprendiste que en realidad esos seres no estaban allí, al menos en un sentido material, y que se expresaban en una lengua que tú comprendías aunque no sabías cuál era.

David asintió.

—En efecto —contestó—. Era como si estuvieran hablando Dios y el diablo.

—El año pasado, cuando te dejé en la selva me dijiste que no me preocupara, que no pensabas emprender un peregrinaje en busca de Dios y el diablo en un café parisino. Me dijiste que habías dedicado toda tu existencia mortal a buscar eso en Talamasca, pero que habías cambiado.

—Sí, eso fue lo que te dije —reconoció David—. La visión ha perdido nitidez desde el día en que te hablé de ella, aunque todavía la recuerdo. Sigo creyendo que vi y oí algo extraordinario, pero me he resignado a no descubrir jamás su misterio.

—De modo que, tal como me prometiste, has decidido dejar los asuntos de Dios y el diablo para los de Talamasca.

—Dejo los asuntos del diablo a los de Talamasca —respondió David—. No creo que a la Orden le interese Dios, sino más bien otras cuestiones esotéricas y sobrenaturales.

Ese ámbito verbal me resultaba familiar. Ambos manteníamos una discreta vigilancia sobre Talamasca, por decirlo así. Sin embargo, sólo un miembro de aquella devota orden de eruditos había conocido la verdadera suerte de David Talbot, antiguo superior general, y ese ser humano había muerto. Se llamaba Aaron Lightner. La muerte del único ser humano que sabía en qué se había convertido David, que había sido su amigo cuando David era un ser mortal, al igual que David había sido amigo mío, le había causado una profunda tristeza.

—¿Acaso has tenido una visión? —me preguntó David, deseoso de retomar el hilo de la conversación—. ¿Por eso estás asustado?

—No, no se trata de algo tan claro como una visión —respondí—. Pero ese ser me persigue, de vez en cuando me permite verlo brevemente, en un abrir y cerrar de ojos. A veces lo oigo conversar con otros en un tono normal, o percibo sus pasos por la calle, siguiéndome. Cuando me vuelvo, se esfuma. Lo reconozco, estoy aterrado. Las pocas veces que se muestra ante mí suelo terminar completamente desorientado, tendido en la calle como un borracho. A veces pasa una semana sin que lo vea o lo oiga. Luego, de pronto, vuelvo a captar el fragmento de una conversación...

—¿Y qué dice?

—No puedo repetir esos fragmentos en orden. Llevo oyéndolos desde hace mucho tiempo, antes de darme cuenta de su significado. Sabía que oía una voz procedente de otra estancia, por decirlo así, que no era un ser mortal que se encontrara en una habitación contigua. Pero quizá tenga una explicación natural, una razón acústica.

—Comprendo.

—Son como fragmentos de una conversación normal entre dos personas. De pronto, uno de ellos, el que me persigue, le dice al otro: «No, es perfecto, no tiene nada que ver con la venganza. ¿Acaso me crees capaz de hacer eso simplemente para vengarme?» Son frases sueltas —añadí, encogiéndome de hombros.

—¿Y crees que esa cosa, o ese ser, quiere que oigas algunas de las cosas que dice, de la misma forma que yo pienso que alguien quería que yo tuviera aquella visión en el café de París?

—Exactamente. Este asunto me está atormentando. En otra ocasión, hace dos años, me hallaba en Nueva Orleans espiando a Dora, la hija de mi víctima. Reside en el viejo convento del que te hablé, un edificio del siglo pasado, medio derruido y abandonado. Es como un viejo castillo. Pero esa hermosa joven, que parece tan frágil e inocente, vive allí sola.

»Pues bien, entré en el patio del convento, que consta de un edificio principal, dos alas rectangulares y un patio interior...

—El típico edificio construido en piedra de finales del siglo diecinueve.

—Exacto. Estaba espiando a la chica a través de las ventanas, cuando la vi avanzar por un pasillo oscuro como boca de lobo. Llevaba una linterna y cantaba uno de sus himnos. Esas gentes que predican por televisión son una curiosa mezcla entre lo medieval y lo moderno.

—Sí, creo que lo llaman la «Nueva Era» —apuntó David.

—Algo así. Como te he dicho, esa joven trabaja en una cadena religiosa ecuménica. Su programa es muy convencional. Invita a los telespectadores a creer en Jesús para salvarse. Pretende conducir a la gente hacia el cielo con sus cánticos y danzas, especialmente a las mujeres, que siempre llevan la batuta.

—Continúa, decías que la estabas espiando...

—Sí, y no dejaba de pensar en lo valiente que era. Al fin llegó a sus habitaciones, que se hallan en una de las cuatro torres del edificio, y la oí echar el cerrojo a las puertas. Pensé que no había muchos mortales dispuestos a vivir solos en un edificio tan oscuro y siniestro como aquél. Además, desde el punto de vista espiritual está contaminado.

—¿A qué te refieres?

—Está habitado por pequeños espíritus, duendes… ¿Cómo los llamáis en Talamasca?

—Trasgos.

—Hay varios en ese edificio, aunque no representan ninguna amenaza para esa joven; es demasiado valiente y fuerte para dejarse intimidar por ellos.

»No así el vampiro Lestat, que la estaba espiando. Como he dicho antes, me encontraba en el patio cuando de pronto oí una voz junto a mí, como si a mi derecha hubiera dos individuos que estuviesen manteniendo una amistosa charla. Uno de ellos, el que no se dedica a seguirme, dijo: "No tengo la misma opinión de él que tú." Me volví precipitadamente, tratando de hallar a esa cosa, atraparla mental y espiritualmente, enfrentarme a ella, desafiarla. Estaba temblando como una hoja. Esos pequeños espíritus a los que me he referido, cuya presencia advertí en el convento… No creo que se dieran cuenta de que esa persona, o lo que fuera, me estaba hablando al oído.

—Lestat, tengo la impresión de que has perdido tu inmortal juicio —dijo David—. No, no te ofendas. Te creo. Pero retrocedamos un poco. ¿Por qué estabas siguiendo a la chica?

—Porque quería verla. Mi víctima está muy preocupada por lo que es, por los crímenes que ha cometido, por lo que las autoridades saben sobre él. Teme que cuando consigan detenerlo y los periódicos aireen el caso su hija salga perjudicada. Claro que nunca llegarán a juzgarlo, pues pienso matarlo antes de que consigan detenerlo.

—Y con ese gesto salvarías la iglesia de la chica, ¿verdad? Es decir, que vas a liquidarlo de forma expeditiva. ¿Me equivoco?

—No haría daño a esa joven por nada del mundo. Nada podría inducirme a lastimarla —contesté.

A continuación guardé silencio durante unos minutos.

—¿Estás seguro de que no te has enamorado de ella? —preguntó David—. Parece como si te hubiera hechizado.

Las palabras de David me hicieron recordar que no hacía mucho me había enamorado de una mujer mortal, una monja. Se llamaba Gretchen. La pobre había perdido la razón por culpa mía. David conocía la historia. La había escrito yo mismo; también había escrito la historia de David, de modo que él y Gretchen habían pasado a los anales de la historia en forma de personajes de ficción. David estaba al corriente de ello.

—Jamás me comportaría con Dora como hice con Gretchen —dije—. No. No voy a lastimarla. He aprendido la lección. Lo único que me interesa es matar a su padre de forma que ella sufra lo menos posible y obtenga el máximo beneficio. Ella sabe a qué se dedica su padre, pero no estoy seguro de que esté preparada para afrontar todos los problemas que se le echarían encima si lograran detenerlo y juzgarlo.

—Veo que sigues con tus jueguecitos.

—Tengo que hacer algo para distraerme, para no pensar en esa cosa que me persigue. ¡Me está volviendo loco!

—Cálmate, hombre, no te pongas nervioso.

—No puedo evitarlo —contesté.

—Dame más detalles sobre esa «cosa», cuéntame más fragmentos de conversación.

—No merece la pena repetirlos. Se trata de una discusión acerca de mí. Te aseguro, David, que es como si Dios y el diablo estuvieran discutiendo sobre mí.

Me detuve bruscamente. El corazón me latía con tal violencia que casi me dolía, lo cual resulta extraño tratándose del corazón de un vampiro. Me apoyé en la pared y observé a los clientes del bar, en su mayoría mortales de mediana edad, señoras enfundadas en anticuados abrigos de piel y hombres calvos lo suficientemente bebidos para hablar a voces y comportarse como si tuvieran veinte años.

El pianista interpretaba una melodía popular muy triste y dulce, de una obra que se había representado en Broadway. Una de las mujeres que había en el bar se balanceaba suavemente al compás de la música mientras deletreaba en silencio las palabras de la canción con sus grotescos labios pintados de rojo y se fumaba un cigarrillo. Pertenecía a una generación que llevaba tantos años fumando que le resultaba imposible dejar de hacerlo. Tenía la piel arrugada y áspera como un lagarto, pero era una vieja inofensiva y encantadora. Todos eran inofensivos y encantadores.

¿Mi víctima? La oí arriba. Seguía hablando con su hija. Trataba de convencerla de que aceptara otro regalo, creo que un cuadro.

Era evidente que mi víctima estaba dispuesta a mover montañas por su hija, pero ella no quería sus regalos y tampoco iba a salvar su alma.

Me pregunté hasta qué hora permanecería abierta la catedral de San Patricio. Dora deseaba ir allí a rezar. Como de costumbre, rechazó el dinero que le ofreció su padre. «Lo que quiero es tu alma —dijo—. No puedo aceptar tu dinero para la iglesia. Está sucio, manchado de sangre.»

Fuera seguía nevando. La música del piano empezó a sonar a un ritmo más acelerado y urgente. De lo mejorcito de Andrew Lloyd Weber, pensé. Era una canción de *El fantasma de la ópera*.

De pronto volví a oír un ruido en el vestíbulo y me volví bruscamente. Luego miré a David para comprobar si él había notado algo, pero no parecía haber oído nada anormal. Al cabo de unos segundos creí oír de nuevo algo así como unos pasos, unos pasos sigilosos y aterradores. No, no era fruto de mi imaginación. Me eché a temblar. De repente el ruido cesó. No oí ninguna voz hablándome al oído.

Miré a David.

—¿Qué pasa, Lestat? —preguntó David, preocupado—. Estás trastornado.

—Creo que el diablo ha venido a por mí —contesté—. Voy a ir al infierno.

David me miró estupefacto. ¿Qué podía responder? ¿Qué suele decir un vampiro a otro respecto a esos temas? ¿Qué hubiera dicho yo si Armand, trescientos años mayor que yo e infinitamente más malvado, me hubiera dicho que el diablo iba tras él? Me habría reído ante sus narices. Habría soltado algún chiste sobre que se lo tenía bien merecido y que estaría en buena compañía, rodeado de los de nuestra especie, sometido a un tormento vampírico mucho peor que los que experimentan los pecadores mortales. Sentí que un escalofrío me recorría el cuerpo.

—Dios mío —murmuré.

—¿Dices que lo has visto? —preguntó David.

—No exactamente. Yo estaba en... no tiene importancia. Creo que había regresado a Nueva York, estaba con él...

—La víctima.

—Sí, lo estaba siguiendo. Había ido a una galería de arte situada en el centro para cerrar un trato. Se dedica al contrabando de obras de arte. El hecho de que le entusiasmen los objetos antiguos y exquisitos, como a ti, David, forma parte de su extraña personalidad. Cuando lo mate y me dé un festín, quizá te traiga uno de sus tesoros.

David no dijo nada, pero noté que la idea de que yo birlara un objeto valioso a alguien a quien aún no había matado pero a quien con toda certeza iba a matar, le disgustaba.

—Libros medievales, cruces, joyas, reliquias, es el tipo de objetos que adquiere. El afán de poseer obras de arte religiosas, como estatuas de ángeles y santos de incalculable valor que habían sido robadas de las iglesias en Europa durante la Segunda Guerra Mundial, es lo que le llevó al tráfico de drogas. Sus tesoros más valiosos los mantiene a buen recaudo en su casa del Upper East Side. Es su gran secreto. Creo que el dinero de las drogas representa para él un medio para alcanzar un fin. No estoy seguro. A veces me entretengo en adivinar su pensamiento, pero luego me canso y lo dejo correr. Es un tipo malvado, esas reliquias no poseen ninguna magia y yo acabaré en el infierno.

—No tan deprisa —dijo David—. Volvamos al ser que te persigue. Dijiste que habías visto algo. ¿Qué fue lo que viste exactamente?

Yo guardé silencio. Había temido este momento. Ni siquiera había tratado de describir esas experiencias para mí mismo. Pero tenía que seguir adelante. Había llamado a David para que me ayudara. Tenía que darle una explicación.

—Nos encontrábamos en la Quinta Avenida; él, la víctima, circulaba en un coche por el centro y yo conocía las señas de la casa donde conserva sus tesoros.

»Yo iba andando por la calle, como cualquier ser mortal. Me detuve ante un hotel y entré para admirar las flores. Siempre que me siento a punto de perder el juicio debido a los rigores del invierno entro en uno de esos hoteles lujosos y me deleito contemplando los arreglos florales.

—Te comprendo —respondió David con un breve suspiro.

—Me hallaba en el vestíbulo, contemplando un inmenso ramo de flores. Quería... dejar un donativo, como si estuviera en una iglesia..., para quienes habían confeccionado el ramo, y me dije a mí mismo que podía matar a la víctima. De pronto..., te juro que fue así como sucedió, David...

»... el suelo cedió bajo mis pies. El hotel desapareció. Yo no estaba en ninguna parte, ni sujeto a nada, y sin embargo me encontraba rodeado de personas que no cesaban de parlotear, gritar, llorar y reír; sí, tal como te lo cuento, todo sucedía de forma simultánea. En lugar de las clásicas tinieblas del infierno, había una luz cegadora. Traté de agarrarme a algo, de recuperar el equilibrio, no con las manos, pues no tenía manos, sino tensando cada músculo y nervio de mi cuerpo, cuando de repente sentí que pisaba terreno firme y vi a ese ser ante mí. No tengo palabras para describir lo que experimenté, David.

Fue horripilante. Jamás había visto nada tan espantoso. La luz brillaba a sus espaldas, proyectando su gigantesca sombra sobre mí. Su rostro era muy oscuro y al mirarlo perdí el control. Creo que proferí un alarido, aunque no sé si se oyó en el mundo de los mortales.

»Cuando me recuperé de la impresión comprobé que yo seguía allí, en el vestíbulo del hotel. Todo presentaba un aspecto normal. Tuve la sensación de haber permanecido años y años en aquel espantoso lugar, y noté que mi memoria se desintegraba, que los fragmentos de mis recuerdos se escapaban con tal rapidez que resultaba imposible atrapar siquiera un pensamiento, una frase o una palabra.

»Lo único que recordaba con certeza es lo que acabo de relatarte. Me quedé inmóvil, mirando las flores. Nadie en el vestíbulo se fijó en mí. Fingí que todo era normal, pero al mismo tiempo me esforzaba en recordar, perseguía esos fragmentos que habían huido de mi memoria, unos retazos de conversación, unas palabras sueltas, una amenaza o una descripción, mientras veía ante mí a aquel horripilante y siniestro ser, el tipo de demonio que uno creería si deseara conducir a alguien a la locura. No dejaba de ver su rostro y...

—¿Y?

—Lo he visto en otras dos ocasiones.

Me enjugué el sudor de la frente con la servilleta que me había tendido el camarero, el cual se había acercado de nuevo a la mesa. David le pidió que nos sirviera otras bebidas y luego se inclinó hacia mí y dijo:

—De modo que crees que has visto al diablo.

—Yo no me dejo impresionar fácilmente, David —respondí—. Lo sabes tan bien como yo. No existe un vampiro capaz de atemorizarme. Ni el más viejo, ni el más sabio, ni el más cruel. Ni siquiera Maharet. Además, ¿qué sé yo acerca de lo sobrenatural, a no ser lo que nos concierne a nosotros? Los pequeños espíritus, los poltergeist, lo que todos conocemos y vemos... lo que tú invocas por medio de las artes de la macumba.

—Cierto —dijo David.

—Ese ser era el Hombre, el Macho Cabrío, la encarnación del Mal.

David sonrió, pero sin ánimo de ofenderme.

—Es decir, el mismísimo diablo —contestó en tono suave y seductor.

Ambos nos echamos a reír, aunque con una risa un tanto amarga, como suelen decir los escritores.

—La segunda vez fue en Nueva Orleans. Yo estaba cerca de casa, del apartamento de la calle Royale. Estaba dando un paseo. De pronto oí unas pisadas detrás de mí, como si la persona que me estaba siguiendo quisiera que yo lo notara. Es un viejo truco que yo mismo he utilizado en más de una ocasión para atemorizar a mis víctimas. Te aseguro que funciona. ¡Dios, estaba aterrado! La tercera vez noté la presencia de esa cosa aún más cerca. La misma puesta en escena; un ser alado gigantesco, o por lo menos yo, debido al pavor que me invadía, lo había dotado de alas. En cualquier caso se trata de un ser alado, grotesco, pero esa última vez conseguí retener la imagen el tiempo suficiente para huir de ella, para escapar como un cobarde. Luego me desperté, como de costumbre, en un lugar conocido, el mismo en el que había tenido la visión. Todo parecía sumido en la más absoluta normalidad, nadie mostraba ni un signo de alteración.

—¿No dice nada cuando se aparece ante ti?

—No, nada. Creo que intenta volverme loco. Trata de... obligarme a hacer algo. ¿Recuerdas lo que dijiste, David, aquello de que no sabías por qué Dios y el diablo te habían permitido verlos?

—¿No se te ha ocurrido que este asunto está relacionado con la víctima a la que persigues? ¿Que quizás algo o alguien quiere impedirte que mates a ese hombre?

—Eso es absurdo, David. Piensa en el sufrimiento que existe en el mundo, en las víctimas inocentes que mueren en Europa oriental, en las guerras que se libran en Tierra Santa, en lo que sucede en esta misma ciudad. ¿Crees que a Dios o al diablo les importa la suerte de la humanidad? En cuanto a nuestra especie, durante siglos se ha dedicado a atacar a las personas más débiles, atractivas e indefensas. ¿Cuándo ha impedido el diablo que Louis, Armand, Marius o cualquiera de nosotros lleváramos a cabo nuestras fechorías? ¡Ojalá pudiera invocar su augusta presencia y averiguar de una vez por todas qué pretende de mí!

—¿De veras deseas averiguarlo? —inquirió David.

Antes de responder, reflexioné unos instantes. Luego sacudí la cabeza y dije:

—Quizá tenga una explicación lógica. Detesto vivir atemorizado. Quizá me esté volviendo loco. Quizás el infierno consista en eso, en que te vuelves loco y todos los demonios se ceban en ti.

—Dijiste que era la encarnación del Mal, ¿no es cierto?

Abrí la boca para responder, pero me detuve. El Mal.

—Dijiste que era grotesco; describiste un ruido insoportable y una luz cegadora. ¿Era el Mal? ¿Sentiste la presencia del Mal?

—No, noté lo mismo que cuando percibo esos fragmentos de conversaciones, una especie de sinceridad y determinación. Te diré algo sobre ese ser que me persigue: posee una mente que no descansa en su corazón y una personalidad insaciable.

—¿Cómo?

—Una mente que no descansa en su corazón y una personalidad insaciable —insistí. Sabía que era una cita que había sacado de algún libro, tal vez de una poesía.

—¿Qué quieres decir? —preguntó David.

—No lo sé. Ni siquiera sé por qué lo he dicho. No sé por qué se me han ocurrido esas palabras. Pero es cierto. Posee una mente que no descansa en su corazón y una personalidad insaciable. No es mortal. No es humano.

—«Una mente que no descansa en su corazón —repitió David—. Una personalidad insaciable.»

—Sí. Es el Hombre, el Ser, el Macho Cabrío. No, espera, no sé si se trata de un macho; quiero decir que no sé a qué sexo pertenece. Digamos que no parece una hembra, y por consiguiente deduzco que es un macho.

—Ya.

—Crees que me he vuelto loco, ¿no es cierto? En el fondo confías en que me haya vuelto loco.

—No digas tonterías.

—Es lógico que prefieras pensar que estoy loco, porque si ese ser no reside en mi mente, si existe fuera de ella, también puede atacarte a ti.

David adoptó un aire pensativo y distante, y guardó silencio durante un rato. Luego dijo algo muy extraño, algo que no me esperaba.

—Pero no me persigue a mí, sino a ti. Tampoco persigue a los otros, sino sólo a ti.

Sus palabras me hirieron en lo más profundo. Soy un ser orgulloso, egocéntrico; me encanta llamar la atención; deseo que me admiren, que me amen; deseo ser amado por Dios y por el diablo. Deseo, deseo, deseo...

—No pretendo criticarte —dijo David—, sólo digo que ese ser no ha amenazado a los otros. A lo largo de cientos de años, ninguno de los demás, que sepamos, ha mencionado jamás una experiencia semejante. Es más, en tus libros siempre has dejado bien claro que ningún vampiro había visto jamás al diablo, ¿no es así?

Tuve que reconocer que David tenía razón. Louis, mi querido pupilo, había atravesado una vez el mundo en busca del vampiro más viejo, y Armand se le había adelantado con los brazos abiertos para decirle que no existían ni Dios ni el diablo. Medio siglo antes, también yo había emprendido la búsqueda del vampiro más viejo y había comprobado que era Marius, creado en los tiempos de la antigua Roma, el cual me declaró lo mismo que Armand: Dios no existía; el diablo no existía.

Permanecí inmóvil, consciente de ciertos estúpidos detalles que me irritaban, como el calor que hacía en el bar, el desagradable perfume que flotaba en el ambiente, la ausencia de lirios, el frío que reinaba en el exterior, la incomodidad de no poder descansar hasta el amanecer, el hecho de que aquélla iba a ser una noche muy larga y de que las cosas que decía no tenían ningún sentido para David, quien probablemente acabaría abandonándome. También sabía que ese ser podía aparecer de nuevo en el momento más inesperado.

—¿Te quedarás junto a mí? —pregunté, odiándome por haber formulado esa pregunta.

—Permaneceré a tu lado y trataré de sujetarte si ese ser pretende llevarte consigo.

—¿Eso harás?

—Sí —contestó David.

—¿Por qué?

—No seas idiota —respondió David—. Mira, no sé qué es lo que vi en aquel café. Jamás he vuelto a ver ni oír nada parecido. En cierta ocasión te conté mi historia. Como sabes, fui a Brasil, aprendí los secretos de la macumba. La noche que tú... me perseguiste, traté de invocar a los espíritus.

—Y acudieron, pero eran demasiado débiles para ayudarte.

—Cierto. Pero lo que pretendo decir es que te amo, en cierto modo estamos ligados de una forma especial. Louis te adora. Para él eres una especie de dios siniestro y temible, aunque finge odiarte por haberlo creado. Armand te envidia y te observa más de lo que imaginas.

—Oigo y veo con frecuencia a Armand, pero hago caso omiso de él —respondí.

—Marius, como supongo que sabes, no te ha perdonado que no te convirtieras en discípulo suyo, en su acólito, que no creyeras en la historia como una suerte de coherencia redentora.

—Lo has expresado a la perfección, pero te aseguro que

está enojado conmigo por motivos mucho más serios. Tú no estabas con nosotros cuando desperté a la Madre y al Padre. No estabas presente. Pero ésa es otra historia.

—Sé lo que sucedió. Olvidas que he leído tus libros. Leo tus obras en cuanto terminas de escribirlas, en cuanto las lanzas al mundo de los mortales.

—Puede que el diablo también las haya leído —dije soltando una amarga carcajada.

Insisto en que detesto sentirme atemorizado. Me pone furioso.

—Descuida, prometo permanecer a tu lado —dijo David.

Luego observó la mesa con aire distraído, como solía hacer cuando era un ser mortal, cuando yo era capaz de adivinar su pensamiento pero él me derrotaba, impidiéndome penetrar en su mente. Ahora se trataba simplemente de una barrera. Jamás volvería a saber lo que pensaba David.

—Tengo hambre —murmuré.

—Pues ve en busca de tu víctima.

Yo meneé la cabeza y contesté:

—Todavía no. La atraparé en cuanto Dora abandone Nueva York y regrese a su viejo convento. Sabe que su padre está condenado. Cuando yo acabe con él pensará que lo hizo uno de sus numerosos enemigos, que su muerte fue una venganza por los males causados y ese tipo de pensamientos bíblicos, cuando lo cierto será que lo mató una especie asesina que rondaba por el jardín salvaje de la Tierra, un vampiro en busca de un suculento mortal que fue a fijarse en su padre.

—¿Piensas torturar a ese hombre?

—¡David! Me choca que me hagas esa pregunta tan indiscreta.

—¿Lo harás? —insistió David con timidez, como si me implorara.

—No lo creo. Sólo quiero...

Miré a David sonriendo. Conocía de sobra los detalles. Nadie tenía que explicarle lo de la sangre, el alma, la memoria, el espíritu, el corazón. Yo no conocería a ese desdichado mortal hasta que consiguiera atraparlo, atraerlo hacia mi pecho y abrirle la única vena honesta que tenía en el cuerpo, por decirlo de alguna manera. Demasiados pensamientos, demasiados recuerdos, demasiada rabia...

—Me alojaré contigo —dijo David—. ¿Tienes una suite en este hotel?

—Sí, pero es demasiado pequeña para los dos. Busca un apartamento cómodo y espacioso. A ser posible cerca..., cerca de la catedral.

—¿Por qué?

—¿No lo adivinas? Si el diablo se pone a perseguirme por la Quinta Avenida, entraré corriendo en la catedral de San Patricio, me acercaré al altar mayor, caeré de rodillas ante el Sagrado Sacramento y rogaré a Dios que me perdone, que no me arroje a las llamas del infierno.

—Creo que estás a punto de volverte completamente loco.

—Te equivocas. Mírame. Soy capaz de atarme los cordones de los zapatos yo solito, y también de ponerme el fular; no creas, colocártelo con gracia, sin que parezca la bufanda de un payaso, requiere cierta habilidad. Tengo las pilas cargadas, como dicen los mortales. ¿Te encargarás de buscar un apartamento para nosotros?

David asintió.

—Junto a la catedral hay un rascacielos de cristal, un edificio monstruoso.

—La Torre Olímpica.

—Exacto. Averigua si disponen de algún apartamento para alquilar. En realidad, puedo decir a mis agentes que se ocupen de ello, no sé por qué te pido que te encargues de esos menesteres tan humillantes...

—Lo haré encantado. Ahora es demasiado tarde, pero mañana mismo alquilaré un apartamento a nombre de David Talbot.

—¿Te importa recoger el equipaje que tengo en mi habitación? Me he inscrito con el nombre de Isaac Rummel. Se trata de un par de maletas y unos abrigos. Estamos en invierno, ¿no?

Entregué a David la llave de mi habitación. Era humillante, lo trataba como si fuera mi sirviente. Quizá cambiase de opinión y decidiría alquilar nuestro nuevo apartamento bajo el nombre de Renfield.

—Descuida, me ocuparé de todo. A partir de mañana dispondremos de una suntuosa base de operaciones. Te dejaré las llaves en recepción. Pero ¿qué harás tú entretanto?

Yo guardé silencio. Mi víctima seguía hablando con Dora, que partiría al día siguiente.

Al cabo de unos minutos señalé hacia arriba y contesté:

—Voy a matar a ese cabrón. Lo haré mañana, al anochecer, si consigo atraparlo. Dora se habrá ido. ¡Dios, qué hambre tengo! Ojalá tomase Dora un avión esta misma noche. Dora, Dora.

—Te gusta esa chica, ¿verdad?

—Sí. Me gustaría que la vieras en televisión. Tiene un talento espectacular, y su mensaje encierra un elevado y peligroso contenido emocional.

—De modo que es un dechado de virtudes.

—Así es. Tiene la piel muy blanca, el pelo corto y negro, las piernas largas y esbeltas y baila con tal abandono, con los brazos extendidos, que recuerda a un derviche o a un sufí, y cuando habla no se expresa con humildad, sino con asombro. Todo cuanto dice es muy positivo.

—Es lógico.

—La religión no siempre fue una cosa positiva. Ella no se pone a hablar sobre el apocalipsis ni amenaza con que el diablo perseguirá a quienes no le envíen un cheque para su iglesia.

David reflexionó unos instantes y luego dijo:

—Veo que te ha causado una honda impresión.

—No, te equivocas. La quiero, sí, pero pronto me olvidaré de ella. Lo que ocurre es que... su versión de la religión me parece muy convincente, se expresa con gran seguridad y a la vez delicadeza. Está convencida de que Jesús vino a la Tierra.

—¿Estás seguro de que ese ser que te persigue no está de algún modo relacionado con su padre, tu víctima?

—Existe un medio de averiguarlo —contesté.

—¿Cómo?

—Mataré a ese canalla esta noche. Quizá lo haga después de que deje a su hija. Mi víctima no se aloja aquí con ella. Tiene miedo de perjudicarla, de que su presencia suponga un peligro para ella. Jamás se aloja en el mismo hotel que su hija. Posee tres casas en la ciudad. Me sorprende que no se haya marchado todavía.

—Me quedaré contigo.

—No, vete, tengo que liquidar este asunto. Te necesito, de veras, necesitaba contártelo, pero no te quiero a mi lado. Sé que estás sediento de sangre. No es preciso adivinar tu pensamiento para saberlo. Contuviste tus deseos para acudir de inmediato en mi ayuda. Vete a dar una vuelta por la ciudad —dije sonriendo—. Nunca has deambulado por Nueva York en busca de una víctima, ¿verdad?

David hizo un gesto negativo con la cabeza. Sus ojos habían cambiado. Era el hambre lo que confería a su mirada una expresión velada, como un perro que ha captado el olor de una perra en celo. Todos mostramos a veces esa expresión animal, aunque no somos tan buenos y nobles como las bestias. Ninguno de nosotros.

—No olvides alquilar un apartamento en la Torre Olímpica —dije, al tiempo que me levantaba—, con vistas a San Patricio. Procura que no esté situado en un piso demasiado alto, para sentirme cerca de las torres de la catedral.

—¿Te has vuelto loco?

—No. Me marcho. Oigo su voz y sus pasos arriba. Se está despidiendo de su hija con un casto y afectuoso beso. Su coche le aguarda frente a la puerta del hotel. Cuando salga de aquí se dirigirá a la casa que posee en la parte alta de la ciudad, donde guarda sus reliquias. Cree que sus compinches y las autoridades no saben nada de ello, o que piensan que son unas baratijas adquiridas en la tienda de un amigo. Pero yo sé que es propietario de un auténtico tesoro, y también sé lo que significa para él. Le seguiré hasta su casa... Debo irme, el tiempo apremia, David.

—Jamás me había sentido tan confundido —contestó éste—. Estaba a punto de decir «ve con Dios».

Tras soltar una carcajada, me incliné y lo besé rápidamente en la frente, para que nadie pudiera interpretar ese gesto más que como una muestra de afectuosa amistad.

Dora lloraba en su habitación, en uno de los últimos pisos del hotel. Estaba sentada junto a la ventana y contemplaba la nieve llorando. Se arrepentía de haber rechazado el último regalo que le había ofrecido su padre. Si al menos... La joven apoyó la frente contra el frío cristal y rezó por su padre.

Atravesé la calle. La nieve me produjo una sensación reconfortante, aunque, claro está, yo soy un monstruo.

Desde la parte trasera de la catedral de San Patricio vi que mi víctima salía del hotel, echaba a andar apresuradamente bajo la nieve y se instalaba en el asiento posterior de su elegante limusina negra. Le oí dar al chófer una dirección próxima a la casa donde guardaba sus tesoros. Adelante, Lestat, me dije, ésta es la tuya. Permanecerá allí, solo, un buen rato.

Deja que el diablo venga a por ti. No te dejes intimidar. No entres en el infierno temblando como un cobarde. ¡Ánimo!

2

Llegué a la casa de mi víctima, en el Upper East Side, antes que él. Lo había seguido hasta allí en numerosas ocasiones. Conocía sus costumbres. Los sirvientes se alojaban en la planta inferior y en la superior, aunque no creo que supieran quién era él. Su estilo era semejante al de un vampiro. El segundo piso de la casa estaba ocupado por un sinfín de habitaciones, cerradas a cal y canto como una prisión, a las que él accedía por una entrada trasera.

Mi víctima no descendía nunca del coche delante de su casa, sino en Madison, daba un rodeo a la manzana y entraba por la puerta trasera del edificio. A veces se apeaba en la Quinta Avenida. Utilizaba dos rutas, y parte de los terrenos circundantes era de su propiedad. Pero nadie, ni siquiera quienes le perseguían, sabía que tenía una casa allí.

Yo no estaba seguro de que su hija, Dora, conociera la ubicación exacta de la casa. Su padre no la había llevado allí ni una sola vez en todos los meses en que yo lo había estado vigilando, relamiéndome al pensar en el festín que iba a darme. Tampoco había captado en la mente de Dora una imagen precisa de la casa.

Sin embargo, Dora conocía la existencia de su colección de obras de arte. Tiempo atrás no había tenido inconveniente en aceptar sus regalos. Algunos de ellos los conservaba en el abandonado convento de Nueva Orleans. Yo había intuido la presencia de dos de esas maravillosas piezas la noche en que la había seguido hasta allí. Mi víctima seguía lamentándose de que Dora hubiera rechazado su último regalo. Un objeto sagrado, según deduje.

No tuve ninguna dificultad para entrar en el apartamento.

En realidad, no se trataba exactamente de un apartamento, aunque incluía un pequeño lavabo, sucio debido al estado de abandono, y una serie de habitaciones atestadas de baúles, estatuas, figuras de bronce y montones de cachivaches entre los que, sin duda, se escondían tesoros de incalculable valor.

Me producía una extraña sensación el hecho de estar dentro, oculto en una pequeña habitación trasera, pues antes sólo había contemplado el interior a través de las ventanas. Hacía mucho frío. Cuando llegara mi víctima, instauraría el calor y la luz con el mero gesto de pulsar unos botones.

Presentí que él se encontraba todavía en Madison debido a un atasco, y decidí explorar la casa.

Al salir de la habitación y toparme con la estatua de mármol de un ángel me sobresalté. Era uno de esos ángeles que solían hallarse junto a las puertas de las iglesias, ofreciendo agua bendita en una concha. Yo los había visto en Europa y Nueva Orleans.

Se trataba de una estatua gigantesca, y su cruel perfil contemplaba ciegamente las sombras. Al fondo del pasillo se reflejaba la luz de la bulliciosa calle que daba a la Quinta Avenida. A través de los muros se filtraba el ruido del tráfico de Nueva York.

El ángel estaba de pie, ligeramente inclinado hacia delante, como si acabara de descender del cielo para ofrecer agua bendita a los fieles. Le propiné una suave palmada en la rodilla y pasé de largo. No me gustaba su aspecto. Noté un olor a pergamino y diversas clases de metal. La habitación que había frente a mí estaba llena de iconos rusos. Las paredes aparecían literalmente cubiertas de ellos y la luz se reflejaba en los halos de las vírgenes de mirada triste y en las imágenes de Jesús.

Al entrar en otra habitación vi numerosos crucifijos. Algunos de ellos poseían un inconfundible estilo español, otros un estilo barroco italiano, y unos cuantos muy primitivos y raros, representaban a un Cristo grotesco y desproporcionado, clavado en la tosca cruz y mostrando una expresión de indecible sufrimiento.

De pronto comprendí que todas las obras de arte que había allí eran religiosas. Claro que, bien pensado, buena parte de las obras de arte que se crearon con anterioridad a nuestro siglo son eminentemente religiosas.

El apartamento carecía de vida.

Apestaba a insecticida. Lógicamente, mi víctima había saturado el lugar de insecticida para preservar sus estatuas de madera. No oí ni percibí un olor a ratas, ni detecté la presencia de ningún ser vivo. El piso inferior estaba desierto, aunque sus ocupantes habían dejado una pequeña radio encendida en el baño, que emitía en esos momentos un boletín informativo.

Resultaba muy fácil eliminar aquel pequeño sonido. Los pisos superiores estaban ocupados por unos mortales de edad muy avanzada. Vi a un anciano sentado que llevaba unos pequeños auriculares en los oídos y se balanceaba al compás de una esotérica música alemana, Wagner, mientras unos desgraciados amantes se lamentaban del «odioso amanecer», o algo parecido, entonando un reiterativo y estúpido canto pagano. El tema me ponía enfermo. Había otra persona allí arriba, una mujer, pero era tan vieja y débil que su presencia no me preocupó. Sólo capté una imagen de ella, sentada mientras cosía o hacía punto.

Nada de aquello me importaba en la medida suficiente como para intentar concentrarme en ello. Me sentía seguro en el apartamento, y mi víctima no tardaría en aparecer, para llenar esas habitaciones con el perfume de su sangre. Yo procuraría no partirle el pescuezo antes de haberle chupado hasta la última gota. Sí, ésta era la noche.

Dora no se enteraría hasta la mañana siguiente, cuando regresara a casa. ¿Quién iba a saber que yo había dejado el cadáver de su padre allí?

Acto seguido entré en el cuarto de estar. Era una estancia relativamente limpia, donde mi víctima descansaba, leía, estudiaba y acariciaba sus preciados objetos. Estaba amueblada con unos cómodos sofás repletos de cojines y unas lámparas halógenas de hierro negro tan delicadas, ligeras, modernas y fáciles de manipular que parecían unos insectos que se hubieran posado sobre las mesas y el suelo, e incluso sobre algunas cajas de cartón.

El cenicero de cristal estaba lleno de colillas, confirmándose que mi víctima prefería la seguridad a la limpieza. Había copas de licor sobre las mesas cuyo contenido se había secado hacía tiempo, dejando un poso reluciente como la laca.

Las ventanas estaban cubiertas por unos deslucidos visillos, a través de los cuales se filtraba una luz sucia y huidiza.

En la habitación había también unas estatuas de santos: un pálido y emotivo san Antonio que sostenía en brazos a un niño Jesús regordete; una corpulenta y remota Virgen, obviamente de procedencia latinoamericana, y un monstruoso ser angélico de granito negro, más parecido a un demonio mesopotámico que a un ángel, cuyos detalles ni siquiera unos ojos tan perspicaces como los míos conseguirían captar en la penumbra.

Durante unos segundos ese monstruo de granito hizo que me estremeciera. Se parecía a... no, eran sus alas las que me recordaron al horripilante ser que había visto, esa cosa que me perseguía implacablemente.

Pero no oí pasos. El tejido del mundo no se desgarró. Era una estatua de granito, simplemente, una grotesca figura ornamental que tal vez procediera de una siniestra iglesia repleta de imágenes del cielo y el infierno.

En las mesas aparecían numerosos libros. ¡De modo que a mi víctima le gustaban los libros! Algunos eran tomos muy antiguos, de pergamino, pero también había libros modernos, obras de filosofía y religión, temas actuales, memorias escritas por conocidos corresponsales de guerra, así como algunos volúmenes de poesía.

Mircea Eliade, la historia de las religiones en varios volúmenes, un regalo muy adecuado para Dora, pensé yo, y un libro que se había publicado recientemente, *Historia de Dios*, escrito por una mujer llamada Karen Armstrong; también había una obra sobre el significado de la vida, *Comprender el presente*, de Bryan Appleyard. Unos mamotretos muy entretenidos. El tipo de libros que me gustan. Estaban manoseados, lo que indicaba que habían sido leídos, e impregnados del olor de él, no de Dora.

Por lo visto, mi víctima pasaba más tiempo allí de lo que había imaginado.

Escruté las sombras, los objetos, y aspiré el olor que exhalaba la estancia. Sí, mi víctima acudía aquí con frecuencia acompañado de otra persona, y esa persona... había muerto aquí. No me había dado cuenta de esa circunstancia, que añadía emoción al asunto. De modo que el narcotraficante, el asesino, había hecho el amor con un joven en aquel apartamento que no siempre había presentado este aspecto de desorden y abandono. De pronto empecé a percibir una serie de *flashes*, más que imágenes unas sensaciones muy intensas que me abrumaron. Esa muerte había sucedido hacía poco tiempo.

De haberme cruzado con el padre de Dora en esa época, cuando su amigo estaba a punto de morir, no lo hubiera elegido como víctima. Pero tenía un aspecto tan llamativo...

De pronto lo oí subir por la escalera trasera, una escalera secreta, con cautela, la mano apoyada en la culata de la pistola que ocultaba debajo de la chaqueta, en plan hollywoodiense. No era un tipo excesivamente previsible, pero ya se sabe que los traficantes de cocaína suelen ser unos excéntricos.

Cuando llegó a la puerta trasera y comprobó que alguien la había forzado, se puso furioso. Yo me escondí en un rincón, frente a la imponente estatua de granito, entre dos santos cubiertos de polvo. La habitación estaba en penumbra, por lo que mi víctima tendría que encender una de las pequeñas lámparas halógenas, cuya luz no alcanzaba a iluminar el rincón donde me había ocultado.

Mi víctima se detuvo, en un intento de percibir algún ruido, presintiendo mi presencia. Le indignaba que alguien hubiera forzado la puerta de su casa. Estaba rabioso y decidido a investigar por su cuenta lo sucedido. Incluso escenificó mentalmente un breve proceso judicial: no, era imposible que alguien conociera la existencia de aquel lugar, decidió el juez. Maldita sea, pensó furioso, debía tratarse de un vulgar ladrón.

Sacó la pistola y empezó a explorar todas las habitaciones de la casa, sin olvidar algunas que yo me había saltado. Le oí encender las luces y vi el resplandor en el pasillo mientras recorría el apartamento de punta a punta.

¿Cómo podía estar segura mi víctima de que no había nadie en la casa? Podía haber entrado cualquier intruso. Yo sabía que no había nadie. Pero ¿por qué estaba ella tan segura? Quizás era justamente eso lo que le había permitido sobrevivir, esa curiosa mezcla de creatividad e imprudencia.

Al fin se produjo el delicioso momento que yo anhelaba. Mi víctima llegó a la conclusión de que se hallaba sola.

Entró en la sala de estar, de espaldas al pasillo, y examinó detenidamente la estancia, pero no me vio. Acto seguido enfundó de nuevo la pistola de nueve milímetros y se quitó los guantes lentamente.

Había suficiente luz para permitir recrearme en los adorables rasgos de mi víctima.

El cabello suave y negro, un rostro asiático que no podía identificar claramente como hindú, japonés o gitano; incluso podría ser italiano o griego; los astutos ojos negros y la perfecta simetría de su osamenta, uno de los pocos rasgos que había heredado su hija Dora. Ella tenía la tez clara, probablemente como su madre. Su padre, en cambio, era de piel color caramelo, mi preferido.

De pronto mi víctima se volvió de espaldas a mí y clavó la vista en algo que sin duda lo había alarmado. En cualquier caso, no tenía nada que ver conmigo. Yo no había tocado nada. Pero su inquietud había erigido una barrera entre mi mente y la suya, pues ya no pensaba de forma ordenada y racional.

Era muy alto, de porte erguido. Vestía una chaqueta deportiva y calzaba unos elegantes zapatos ingleses, hechos a mano en Savile Row. Al apartarse bruscamente comprendí, por las confusas imágenes que logré captar, que era la estatua negra de granito lo que le había sobresaltado.

Estaba claro. Mi víctima no sabía qué era aquel objeto ni cómo había llegado hasta allí. Se acercó con cautela, como temiendo que hubiera alguien oculto tras la estatua. Luego se volvió precipitadamente y sacó la pistola.

Se le ocurrieron varias posibilidades. Conocía a un marchante lo suficientemente torpe para llevarle la estatua y dejar la puerta abierta, pero lógicamente le habría avisado antes de presentarse en su casa.

¿Cúal era la procedencia de ese objeto? ¿Mesopotamia, Asiria? De pronto mi víctima olvidó todas las consideraciones de orden práctico y extendió la mano para tocar la estatua. Era perfecta. Se había enamorado de ella y se estaba comportando de forma estúpida.

No se le ocurrió la posibilidad de que hubiera un enemigo oculto en la habitación. Aunque, bien mirado, ¿qué motivo tendría un gángster o un investigador federal para regalarle un objeto como aquél?

El caso era que estaba entusiasmado con aquella nueva adquisición. Yo no podía distinguir la estatua con claridad. De haberme quitado las gafas violetas la habría visto con más detalle, pero no me atrevía a moverme. No quería perderme el espectáculo, la adoración con que mi víctima contemplaba la estatua. Sentí su deseo de poseerla, de conservarla en el apartamento, esa pasión que había hecho que me sintiera atraído hacia él.

Mi víctima sólo pensaba en la estatua, en el exquisito trabajo artesano, en que era una obra reciente, no antigua, por motivos estilísticos obvios, tal vez del siglo diecisiete; una perfecta representación de un ángel caído.

Un ángel caído. Mi víctima se hallaba tan embelesada que por un instante pensé que iba a alzarse de puntillas para besar la estatua. Pasó la mano izquierda por el rostro y el cabello de granito. ¡Maldita sea! La penumbra me impedía distinguir la figura con claridad. ¿Por qué no se encendían las luces de la habitación? Claro que él estaba junto a ella, mientras que yo me encontraba a seis metros de distancia, encajonado entre dos santos, sin una buena perspectiva.

Al fin, se volvió y encendió una de las lámparas halógenas, semejante a una mantis religiosa. Luego movió el delgado brazo de metal negro para que la luz incidiera sobre el rostro de la estatua, y entonces pude observar los perfiles de mi víctima y de la estatua con total nitidez.

Mi víctima emitió unos pequeños gemidos de gozo. La estatua era una pieza única. Se había olvidado del marchante, de la puerta trasera, del posible peligro que corría. Enfundó la pistola de nuevo, distraídamente, y se puso de puntillas para examinar en detalle la asombrosa figura tallada. Poseía alas, efectivamente, no como las de los reptiles, sino de plumas. Un rostro clásico, robusto, con la nariz larga, la barbilla... No obstante, el perfil expresaba ferocidad. ¿Y por qué era negra? Quizá se trataba de san Miguel arrojando enfurecido a los diablos al infierno. No, tenía el cabello demasiado tupido y enmarañado. Iba cubierto con una armadura, un peto... De pronto me fijé en un detalle muy revelador: la estatua tenía las patas de un macho cabrío. Era el diablo.

Sentí de nuevo un escalofrío. Era como el ser que había contemplado. Pero eso resultaba absurdo. No tenía la sensación de que mi perseguidor me estuviera acechando. No me sentía desorientado ni asustado. Tan sólo había sido un leve estremecimiento.

Permanecí inmóvil. Tómate tu tiempo, pensé. Mide bien tus pasos. Tienes a tu víctima, y esa estatua no es más que un detalle fortuito que viene a añadir emoción al asunto. Mi víctima encendió otra lámpara halógena y la enfocó hacia la estatua. Mientras la examinaba con un interés casi erótico, no pude por menos que sonreír. Yo también observaba de forma erótica a ese hombre de cuarenta y siete años que poseía la salud de un joven y la mentalidad de un criminal. Retrocedió unos pasos, olvidándose de cualquier posible amenaza, y contempló su nueva adquisición. ¿De dónde provenía? ¿A quién pertenecía? El precio le tenía sin cuidado. Si Dora... No, a Dora no le gustaría ese objeto. Dora. Dora, que esa noche le había herido profundamente al rechazar su regalo.

Su actitud cambió entonces por completo; no deseaba pensar en Dora ni en las cosas que ésta le había dicho: que debía renunciar a sus negocios, que jamás volvería a aceptar un centavo suyo para la iglesia, que no podía evitar quererlo y sufriría si lo detenían y juzgaban, que no quería aquel velo.

¿Qué velo? Su padre había insistido en que se trataba de una imitación, la mejor que había descubierto hasta entonces. ¿Un velo? De golpe relacioné ese importante dato que acababa de recordar con un objeto que colgaba en la pared que tenía frente a mí, un pedazo de tela enmarcado que ostentaba el rostro de Cristo. Un velo. El velo de Verónica.

Hacía escasamente una hora que mi víctima le había dicho a su hija:

—Es del siglo trece, una maravilla. Te ruego que lo aceptes. ¿A quién voy a legar estos objetos si no es a ti?

De modo que el regalo que le había ofrecido era ese velo.

—No aceptaré más regalos de ti, papá, ya te lo he dicho. Me niego rotundamente.

Su padre había tratado de convencerla haciéndole ver que podían exponer ese valioso objeto religioso, al igual que todas las reliquias que él poseía, a fin de recaudar dinero para su iglesia.

Dora se había echado a llorar. Todo aquello había sucedido en el hotel, mientras David y yo estábamos sentados en el bar, a pocos metros de ellos.

—Supongamos que esos cabrones consiguen arrestarme por una nimiedad, por algo que yo no había previsto. ¿Vas a decirme que te niegas a aceptar estos objetos? ¿Que dejarás que vayan a parar a manos de unos extraños?

—Son robados, Roger —había replicado Dora—. Están manchados.

Mi víctima no alcanzaba a comprender a su hija. Por lo que recordaba, se había dedicado a robar desde niño. Nueva Orleans; la pensión, la curiosa mezcla de pobreza y elegancia, su madre, que estaba casi siempre borracha; el viejo capitán que regentaba la tienda de antigüedades. De golpe acudieron a su mente esos viejos recuerdos. El capitán ocupaba las habitaciones delanteras de la casa, y él, mi víctima, le llevaba cada mañana la bandeja del desayuno, antes de ir a la escuela. La pensión, el servicio, los distinguidos ancianos, la avenida de St. Charles. Al atardecer los hombres se sentaban en las galerías, junto a las ancianas, tocadas con unos curiosos sombreros. Una época que ya no volvería.

Mi víctima se hallaba inmersa en sus pensamientos. No, a Dora no le gustaría la estatua. De pronto pensó que quizá tampoco a él le acabara de convencer. Sostenía unos principios que a veces le costaba explicar a los demás. Como si quisiera justificarse ante el marchante que le había llevado este objeto, se dijo: «Es precioso, sí, pero resulta demasiado barroco. Le falta ese elemento de distorsión que tanto me gusta.»

Yo sonreí. Me encantaba la mentalidad de ese individuo. Y el olor a sangre, por supuesto. Aspiré profundamente, tratando de captarlo, como un depredador salvaje. Despacio, Lestat. Llevas meses esperando este momento. No te precipites. Este tipo es un monstruo. Ha matado a gente de un tiro en la cabeza, o de una puñalada. Un día, en una pequeña tienda de ultramarinos, mató a tiros a un enemigo suyo y a la esposa del propietario con la más absoluta frialdad; la mujer le estorbaba. Luego salió de la tienda tan tranquilo. Sucedió en Nueva York, al comienzo de su carrera de narcotraficante, antes de Miami y Suramérica. Él recordaba perfectamente aquel asesinato, y por eso yo estaba enterado de ello.

Él pensaba con frecuencia en los asesinatos que había cometido, de ahí que yo estuviera al corriente.

Examinó las pezuñas de la estatua de ese ángel, ese diablo, ese demonio. Me di cuenta de que sus alas alcanzaban el techo. Sentí de nuevo un ligero escalofrío, pero estaba pisando terreno firme y en la habitación no había ningún elemento que procediera de un ámbito sobrenatural.

Mi víctima se quitó la chaqueta y se quedó en mangas de camisa. Aquello era demasiado. Al desabrocharse la camisa observé la piel de su cuello, el punto estratégico que se localizaba justo debajo de la oreja, ese espacio entre el cogote y el lóbulo de la oreja, que tanto tiene que ver con la belleza masculina.

No fui yo quien determinó la relevancia del cuello. Todo el mundo conoce el significado de esas proporciones. El físico de ese hombre me gustaba, pero lo más importante era su mente. Al diablo con su belleza asiática y su ostentosa vanidad. Era su mente lo que me atraía, una mente que en aquellos momentos estaba obsesionada con la estatua, hasta el punto de olvidarse durante unos instantes de Dora.

Encendió otra lámpara halógena, la agarró por la parte superior, sin temor a quemarse, y la orientó hacia una de las alas del demonio, permitiéndome así apreciar su perfección, el elaborado detallismo barroco. No, mi víctima no se dedicaba a coleccionar este tipo de objetos. Le gustaba lo grotesco, y esa estatua era grotesca sólo de modo circunstancial. Era horrible. Mostraba una feroz mata de pelo, una expresión iracunda, como las que describe William Blake, y unos ojos redondos y enormes que observaban con odio.

—¡Blake, sí! —exclamó de forma inesperada el padre de Dora—. Blake. Esa cosa parece un boceto de Blake.

De pronto advertí que me estaba mirando. Yo había proyectado ese pensamiento distraídamente, y él lo había captado. Al comprobar que me miraba sentí una especie de descarga eléctrica. Quizá fueran mis gafas, en las cuales se reflejaba la luz, lo que había captado su atención, o puede que fuera mi pelo.

Salí despacio de mi escondite, sin levantar los brazos. No quería que hiciera algo tan vulgar como sacar la pistola. Él no se movió, sino que me miró estupefacto, deslumbrado por la luz de la lámpara halógena, que proyectaba la sombra del ala del ángel sobre el techo. Avancé un paso.

Mi víctima no dijo ni una palabra. Estaba asustada o, mejor dicho, alarmada. Aún más: temía que ésa fuera su última confrontación. Alguien había conseguido colarse en su casa y era demasiado tarde para sacar la pistola o intentar algo parecido. Sin embargo, mi presencia no le inspiraba pavor.

Enseguida se dio cuenta de que yo no era humano.

Me acerqué a él con rapidez y le cogí la cara entre las manos. Él se puso a temblar y a sudar, naturalmente, pero me arrancó las gafas y las arrojó al suelo.

—¡Es maravilloso estar al fin junto a ti! —murmuré.

Él no consiguió articular palabra. Ningún mortal en su situación habría sido capaz de pronunciar más que una oración, y él no conocía ninguna. Me miró a los ojos y me analizó lentamente, sin atreverse a mover una pestaña, mientras yo sujetaba su lívido y frío rostro. Sí, sabía que yo no era humano.

Su reacción me extrañó. Por supuesto, no era la primera vez que un mortal me reconocía, había sucedido en diversos países del mundo; pero ese reconocimiento iba siempre acompañado de una oración, de una mirada enloquecida, de una desesperada reacción atávica. Incluso en la vieja Europa, donde creían en Nosferatu, gritaban una oración antes de que les clavara los colmillos.

Pero él me observaba con su ridícula arrogancia criminal.

—¿Vas a morir como viviste? —murmuré.

De pronto un pensamiento le hizo reaccionar: Dora. Empezó a forcejear en un intento desesperado de sujetarme las manos, que lo mantenían atenazado, mientras se agitaba de forma convulsiva. Pero fue inútil.

Súbitamente me invadió un inexplicable sentimiento de compasión. No le atormentes de ese modo. Sabe demasiado. Comprende demasiadas cosas. Has pasado meses vigilándole, no tienes por qué prolongar su agonía. Aunque, por otro lado, no tropezarás fácilmente con otra víctima como ésta.

Al fin, mi apetito superó todo razonamiento. Apoyé la frente en su cuello mientras lo sujetaba por la parte posterior de la cabeza, dejando que sintiera el roce de mi pelo, y escuché su respiración entrecortada; entonces bebí con avidez.

Lo tenía atrapado. Le había abierto la vena. Pude verlos, a él y al viejo capitán, en la sala de estar mientras el tranvía pasaba traqueteando frente a la pensión. El joven le decía al viejo capitán: «Si vuelves a mostrármelo o me pides que te lo toque, te juro que no volveré a acercarme a ti.» Entonces el viejo capitán juró que no volvería a hacerlo. El viejo capitán lo llevaba al cine, y a cenar al Monteleone, y en avión a Atlanta, tras jurar repetidamente que no lo volvería a hacer. «Sólo te pido que me dejes estar cerca de ti, hijo, no volveré a hacerlo, te lo juro.» Su madre, borracha, lo observaba desde la puerta mientras se cepillaba el pelo. «No creas que me engañas, sé lo que hacéis ese viejo y tú. ¿Ha sido él quien te ha comprado esta ropa? ¿Crees que no me doy cuenta de lo que pasa?» Después vio a Terry, una chica rubia con un balazo en el rostro, caer al suelo. El quinto asesinato, y tenías que ser tú, Terry, precisamente tú. Él y Dora iban en la furgoneta, y Dora lo sabía. Dora sólo tenía seis años, pero lo sabía. Sabía que él había matado a su madre, a Terry. Pero jamás habían cruzado una palabra sobre aquello. El cuerpo de Terry metido en una bolsa de plástico. Dios, una bolsa de plástico. «Mamá se ha marchado», dijo él, aunque Dora no le había hecho ninguna pregunta. Seis añitos, pero lo sabía. «¿Crees que dejaré que me quites a mi hija? —había gritado Terry—. ¡Eres un hijo de puta! Esta noche me marcho con Jake y me llevo a la niña.» *¡Bang!* «Estás muerta, cariño. No te aguanto más.» Terry yacía en el suelo como un pelele, la típica chica mona y llamativa, de uñas ovaladas pintadas con esmalte rosa, labios en carmín fresco y jugoso y cabello rubio teñido, pantalones cortos de color rosa y muslos delgados.

Aquella noche él y Dora partieron en la furgoneta, sin decir una palabra.

Pero ¿qué haces? ¡Me estás matando! ¡Me estás robando la sangre, no el alma, ladrón...! ¡Dios mío!

—¿Me hablas a mí? —pregunté, apartándome bruscamente, con los labios chorreando sangre. ¡Se dirigía a mí! Volví a clavarle los colmillos y esta vez le partí el cuello, pero no conseguí silenciarlo.

Sí, a ti. ¿Quién eres? ¿Por qué me chupas la sangre? ¡Dímelo, maldito seas!

Le partí los huesos de los brazos, le disloqué el hombro, sorbí hasta la última gota de sangre. Metí la lengua en la herida, ávido de más sangre...

¿Cómo te llamas? ¿Quién eres?

Estaba muerto. Lo dejé caer al suelo y retrocedí unos pasos. ¡Era increíble! No había cesado de hablar mientras lo mataba, de preguntarme quién era yo.

—No dejas de sorprenderme —murmuré.

Sacudí la cabeza para despejarme. Me sentía saciado, repleto de sangre. La paladeé unos minutos. Sentí deseos de levantar su cuerpo del suelo y morderle las muñecas para sorber las últimas gotas, pero habría sido una ordinariez, y además no deseaba tocarlo de nuevo. Tragué el último sorbo de sangre que tenía en la boca y me pasé la lengua por los dientes. Él y Dora en la furgoneta, una niña de seis años: «Mamá ha muerto de un tiro en la cabeza y a partir de ahora estaré siempre con papá.»

—¡Fue el quinto asesinato! —me había dicho en voz alta, lo había oído con toda claridad—. ¿Quién eres?

—¡Como te atreves a dirigirte a mí, cabrón! —exclamé, mirando su cuerpo tendido en el suelo.

Sentí palpitar la sangre en las yemas de mis dedos y descender por mis piernas. Cerré los ojos y pensé: «Merece la pena vivir para gozar de un instante como éste, para experimentar esta sensación.» De pronto recordé sus palabras, el comentario que le había hecho a Dora en el bar del hotel: «He vendido mi alma por lugares como éste.»

—¡Muérete de una vez! —murmuré. Deseaba sentir la sangre fluyendo a través de mi cuerpo, pero estaba harto de él. Seis meses era tiempo más que suficiente para un idilio entre un vampiro y un ser humano.

De pronto alcé la vista y comprobé que la figura negra no era una estatua. Me estaba mirando. Estaba viva, respiraba y me observaba con sus feroces ojos negros.

—No, es imposible —dije en voz alta, tratando de sumirme en la profunda calma que a veces me produce el peligro—. Es imposible.

Propiné una pequeña patada al cadáver de mi víctima para asegurarme de que seguía ahí, de que no me había vuelto loco, temeroso de acabar desorientado como en otras ocasiones. Luego grité.

Me puse a chillar como un niño y salí huyendo de la habitación.

Atravesé corriendo el pasillo y salí por la puerta trasera. Había anochecido.

Trepé por los tejados y luego, extenuado, me metí en un estrecho callejón y me tumbé en el suelo a descansar. No, aquella visión no era cierta. Era una imagen que había proyectado mi víctima y me la había transmitido en el momento de expirar para vengarse de mí, haciendo que aquella estatua negra y alada, aquella figura con patas de macho cabrío, cobrara vida...

—Eso debió de ser —dije.

Me limpié los labios. Me hallaba tendido sobre la sucia nieve y había otros mortales en aquel callejón. No nos molestes. No os preocupéis, no os molestaré.

—Sí, quiso vengarse de mí —murmuré en voz alta—, por separarlo de sus tesoros, y me arrojó eso a la cara. Él sabía lo que yo era. Sabía que...

Además, el ser que me perseguía nunca se había mostrado tan sosegado, tan reflexivo. Siempre aparecía en medio de una intensa y apestosa humareda, y aquellas voces... No, esa figura era simplemente una estatua.

Me levanté, furioso conmigo mismo por haber huido, por haberme perdido el último golpe de efecto en aquel asunto. Estaba tan rabioso que pensé en regresar a casa de mi víctima y propinar una serie de patadas al cadáver y a la estatua, la cual sin duda se habría convertido de nuevo en granito al cesar por completo la actividad cerebral de mi víctima.

Le había partido los brazos y los hombros. Era como si mi víctima, reducida a una masa sanguinolenta, hubiera aprovechado sus últimas fuerzas para invocar a aquel espíritu maléfico.

Dora se enterará de cómo murió su padre, con los brazos, los hombros y el cuello destrozados.

Doblé hacia la Quinta Avenida y eché a andar con el viento de frente.

Metí las manos en los bolsillos del *blazer* azul marino,

demasiado ligero para protegerme de la nieve, y seguí caminando durante horas.

—De acuerdo, sabías lo que yo era y durante unos instantes hiciste que esa estatua cobrara vida.

Me detuve en seco y contemplé, más allá del tráfico, los oscuros árboles coronados de nieve de Central Park.

—Si todo esto guarda algún tipo de relación ven a por mí —dije, dirigiéndome no a mi víctima ni a la estatua, sino a mi perseguidor. Me negaba a dejarme intimidar por él. Me había vuelto completamente loco.

¿Dónde estaba David? ¿Cazando? ¿Había salido de caza como solía hacer cuando era un ser mortal en las selvas de la India? Yo lo había convertido en el perpetuo cazador de sus hermanos.

Decidí regresar de inmediato al apartamento, examinar la maldita estatua y convencerme de una vez por todas de que era totalmente inanimada. Luego haría lo que debía hacer por Dora, desembarazarme del cadáver de su padre.

Tardé unos pocos minutos en llegar a la casa, subir la estrecha y oscura escalera posterior y entrar en el apartamento. Más que atemorizado, me sentía furioso, humillado y, al mismo tiempo, curiosamente excitado, como suelo sentirme ante lo desconocido.

El apartamento apestaba a cadáver, a sangre derramada.

No oí ni presentí nada. Entré en una pequeña estancia que antiguamente había sido una cocina y que aún conservaba algunos utensilios de la época en que el mortal que había muerto mantenía relaciones con su enamorado. Debajo del fregadero hallé una caja de bolsas de basura de color verde, precisamente lo que andaba buscando para ocultar el cadáver.

De pronto recordé que mi víctima había ocultado también el cadáver de su esposa Terry en una bolsa de basura; yo lo había visto y olido mientras le chupaba la sangre, de modo que había sido él mismo quien me había proporcionado la idea.

Vi unos tenedores y cuchillos, pero nada que me permitiera realizar un buen trabajo quirúrgico o artístico. Cogí el cuchillo más grande que encontré, de acero inoxidable, entré decidido en el cuarto de estar y me planté delante de la gigantesca estatua.

Las lámparas halógenas todavía estaban encendidas y proyectaban su potente luz sobre los objetos que se hallaban diseminados por la habitación.

Miré la estatua, el ángel con patas de macho cabrío.

Eres un idiota, Lestat.

Me acerqué a la estatua y la analicé de forma objetiva. Probablemente no pertenecía al siglo diecisiete, sino que era actual, hecha a mano, sí, pero con la perfección de los objetos contemporáneos. El rostro mostraba la sublime expresión de un ser malvado, feroz, con patas de macho cabrío y unos ojos como los de los santos y pecadores de Blake, rebosantes de inocencia e ira.

De golpe sentí el deseo de llevármela a mi casa de Nueva Orleans, como recuerdo del terror que había experimentado y que casi me había obligado a postrarme de rodillas a sus pies. La estatua se alzaba fría y solemne ante mí. En cuanto descubrieran la muerte de mi víctima confiscarían todas esas reliquias. Ése era el motivo por el que el padre de Dora, temiendo que sus tesoros pasaran a manos extrañas, había intentado convencer a su hija de que las aceptara como legado.

La frágil y menuda Dora se había vuelto de espaldas a él y había roto a llorar desconsoladamente, abrumada por el dolor, la angustia y la impotencia, incapaz de complacer a la persona que más quería en el mundo.

Bajé la vista y miré el cuerpo que yacía a mis pies, roto, exánime, asesinado por un manazas. Tenía el negro y sedoso cabello alborotado, los ojos entreabiertos. La camisa blanca presentaba unas siniestras manchas rosadas, producto de la sangre que había brotado de las heridas que yo le había causado de forma involuntaria mientras lo aplastaba entre mis brazos. El torso yacía en una curiosa posición con respecto a las piernas. Le había partido el cuello y la espina dorsal.

Era preciso sacarlo de allí cuanto antes. Me desembarazaría de su cadáver y durante mucho tiempo nadie tendría noticia de lo ocurrido. Nadie sabría que mi víctima había muerto; los investigadores no acosarían a Dora, haciéndola sufrir innecesariamente. Luego ocultaría las reliquias en algún lugar para que más adelante, cuando las autoridades hubieran archivado el caso de su padre, las heredara Dora.

Registré los bolsillos de mi víctima y hallé varias tarjetas y documentos de identidad, todos ellos falsos.

Su nombre auténtico había sido Roger.

Yo lo sabía desde el principio, pero sólo Dora lo llamaba así. En su trato con los demás mi víctima utilizaba una serie de exóticos apodos con curiosas resonancias medievales. En el pasaporte que sostenía en mis manos figuraba el nombre de Frederick Wynken. Un nombre bastante cómico, Frederick Wynken.

Guardé todos sus documentos de identidad en mis bolsillos para destruirlos más tarde.

Luego cogí el cuchillo y me puse manos a la obra. Le amputé ambas manos, no sin sentir admiración ante la delicadeza de éstas y sus cuidadas uñas. Mi víctima era un enamorado de sí mismo, y con razón. Acto seguido le corté la cabeza, aunque de forma más chapucera que artística, abriéndome paso con el cuchillo a través de tendones y huesos. No me molesté en cerrarle los ojos. La mirada de los muertos no ofrece el menor interés; es una burda imitación de la mirada de un ser vivo. Tenía la boca fláccida, sin el menor rictus, y las mejillas suaves y tersas. Lo de costumbre. Coloqué la cabeza y las manos en dos bolsas de basura, doblé el cuerpo, por así decirlo, y lo introduje en una tercera bolsa.

La alfombra estaba manchada de sangre, así como otras cuantas que cubrían el suelo de la estancia, que parecía un bazar. Pero lo importante es que el cadáver estaba a punto de desaparecer. El hedor a podredumbre no atraería la atención de los vecinos y, si no existía un cadáver, es posible que nadie averiguara jamás lo que había sido de mi víctima. Era mejor para Dora ignorarlo que verse obligada a contemplar unas fotografías de la macabra escena que yo había organizado allí.

Eché un último vistazo al hosco semblante del ángel, diablo o lo que fuera, con su feroz melena, sus bellos labios y sus inmensos y pulidos ojos. Luego, cargado con los tres sacos, como Papá Noel, salí del apartamento para deshacerme de los restos de Roger.

No me representó ningún problema.

Dispuse de una hora para pensar en ello mientras me arrastraba por las nevadas calles desiertas de la parte alta de la ciudad en busca de un solar abandonado o un vertedero donde se hubiera acumulado la suciedad y la podredumbre, y no se le ocurriera a nadie examinar lo que se hallaba enterrado allí.

Enterré la bolsa que contenía las manos debajo de un paso elevado, entre un montón de basuras. Los escasos mortales que pululaban por allí, envueltos en unas mantas y sentados junto a un fuego que ardía en un bidón, ni siquiera se fijaron en lo que hacía. Sepulté la bolsa debajo del montón de basura, a fin de que nadie intentase rescatarla. Luego me acerqué a los mortales, que ni siquiera alzaron la vista, y dejé caer unos billetes junto al fuego. En aquel momento se levantó una ráfaga de aire que por poco se lleva el dinero. De pronto vi asomar la mano de uno de los vagabundos, agarró apresuradamente los billetes y los ocultó debajo de la manta.

—Gracias, hermano.

—Amén —respondí.

Deposité la cabeza en otro montón de desperdicios frente a la puerta trasera de un restaurante. Olía que apestaba. No eché un último vistazo a la cabeza antes de enterrarla. No quería verla. No la consideraba un trofeo. Jamás se me ocurriría conservar la cabeza de un hombre a modo de trofeo. Me parecía una idea deplorable. No me gustaba notar su duro tacto a través del plástico. Si la hallaban unos vagabundos hambrientos, no se molestarían en denunciar el hallazgo. Además, los vagabundos acudían a ese lugar en busca de restos de tomates, lechuga, espaguetis y trozos de pan seco. El restaurante había cerrado hacía horas y los desperdicios estaban tan helados que me costó bastante sepultar la cabeza debajo de aquel montón de basura.

Regresé al centro a pie, cargado con la última bolsa, la cual contenía el torso, los brazos y las piernas de mi víctima. Enfilé la Quinta Avenida y pasé frente al hotel donde dormía Dora, la catedral de San Patricio y los elegantes comercios. Los mortales atravesaban apresuradamente los portales cubiertos por toldos y marquesinas; los taxistas tocaban con furia el claxon para azuzar a las lujosas limusinas que circulaban lentamente por la avenida.

Seguí andando. Me sentía tan irritado conmigo mismo que propiné una patada a la sucia nieve que se acumulaba junto a la alcantarilla. El olor del cadáver de mi víctima me ponía enfermo. Sin embargo, me había dado un magnífico festín y, en cierto modo, aquello era como recoger y ordenarlo todo después de una fiesta.

Los otros —Armand, Marius, todos mis compinches, amantes amigos y enemigos inmortales— siempre me regañaban por no «deshacerme de los restos». Pues bien, esta vez Lestat se había portado como un vampiro pulcro y diligente.

Había llegado casi al Village cuando me topé con otro lugar perfecto, un inmenso almacén, al parecer abandonado. Las ventanas de los pisos superiores estaban destrozadas, y el interior estaba lleno de todo tipo de desperdicios. Incluso percibí el olor a carne descompuesta. Alguien había muerto allí hacía tres semanas. Sólo el frío evitaba que el hedor se propagara hasta cualquier nariz humana. O puede que no le importara a nadie.

Al penetrar en la cavernosa estancia percibí un olor a gasolina, metal y ladrillos rojos. En el centro se alzaba una gigantesca montaña de basura, como una pirámide mortuoria. Junto a ella había una furgoneta aparcada que aún mantenía el motor caliente. Pero no vi un alma.

El montón más grande de basura contenía al menos los restos diseminados de tres cadáveres, o quizá más. El hedor era insoportable, de modo que no perdí el tiempo en analizar la situación.

—Adiós, amigo mío, entrego tus restos a un cementerio —dije, hundiendo la bolsa entre los restos de botellas, latas, fruta, cartón, madera y demás basura. Al hacerlo casi provoqué un alud. Durante unos segundos la precaria pirámide tembló, pero por fortuna no llegó a derrumbarse. Lo único que se oía era el sonido que producían las ratas. Una botella de cerveza rodó hasta el suelo y fue a detenerse a unos pocos metros del monumento, reluciente, silenciosa, solitaria.

Observé durante unos minutos la destartalada y anónima furgoneta, la cual emitía un olor a seres humanos. ¿Qué me importaba a mí lo que hicieran allí? El caso es que entraban y salían por las grandes puertas metálicas para alimentar esos montones de basura o haciendo caso omiso de ellos. Seguramente, pocas eran las veces que se fijaban en ellos. ¿Quién iba a aparcar la furgoneta junto al cadáver de un tipo al que acababa de asesinar?

Pero en estas densas y modernas ciudades, me refiero a las grandes metrópolis, esos centros de perversión —Nueva York, Tokio o Hong Kong—, se dan las más extrañas configuraciones de actividades humanas. Había empezado a sentirme fascinado por las múltiples facetas de la criminalidad. Eso fue lo que me llevó hasta Roger.

Roger. Adiós, Roger.

Di media vuelta y salí del almacén. Había dejado de nevar. El panorama era desolador, y triste. En la esquina de la manzana yacía un colchón cubierto de nieve. Las farolas estaban rotas. No sabía exactamente dónde me encontraba.

Eché a andar en dirección al río, hacia el extremo de la isla, cuando de pronto vi una iglesia muy antigua, una de esas iglesias que se remontan a los tiempos en que los holandeses ocupaban Manhattan. Junto a ella, rodeado por una cerca, había un pequeño camposanto con unas lápidas en las que figuraban unas fechas tan antiguas como 1704 e incluso 1692.

Se trataba de un hermoso edificio gótico, una joya como San Patricio, posiblemente incluso más complejo y misterioso, una maravilla arquitectónica en cuanto a detalle, organización y convicción que destacaba entre los anodinos edificios de la gran ciudad.

Me senté en los escalones de la iglesia, con la espalda apoyada en las venerables piedras, y admiré las superficies labradas de los arcos de punta deseando sumirme en la oscuridad que ofrecía el interior del templo.

Comprendí que mi perseguidor no andaba al acecho, que los acontecimientos de la noche no habían propiciado una visita del más allá ni la presencia de pasos sospechosos, que la estatua de granito no era más que un objeto inanimado, que todavía guardaba en el bolsillo los documentos de identidad de Roger y que eso proporcionaría a Dora un respiro de varias semanas o incluso meses, antes de que empezara a preocuparse por la desaparición de su padre, cuyos detalles jamás llegaría a descubrir.

La aventura había concluido. Me sentí mejor, mucho mejor que cuando había hablado con David. Había hecho bien en regresar para examinar la monstruosa estatua de granito y cerciorarme de que no era sino un objeto inanimado.

El único problema era que apestaba a Roger. ¿Hasta cuándo había sido «la víctima»? De pronto había empezado a llamarlo Roger. ¿Acaso era un síntoma emblemático de amor? Dora le había llamado Roger, papá o Roge indistintamente. «Cariño, soy Roge —le había dicho él al llamarla desde Estambul—. ¿Por qué no te reúnes conmigo en Florida para que pasemos unos días juntos? Quiero hablar contigo...»

Saqué del bolsillo el pasaporte de Roger. Soplaba un viento frío, pero había dejado de nevar y la nieve que cubría el suelo se estaba endureciendo. Ningún mortal habría permanecido allí sentado, en el portal de una iglesia gótica, pero yo me sentía a gusto.

Examiné el documento de identidad, tan falso como los otros. Algunos estaban escritos en un idioma incomprensible para mí. Había un visado expedido en Egipto, de donde seguramente había sacado alguno de sus tesoros de contrabando. El apellido Wynken me hizo sonreír, pues era uno de esos nombres absurdos que provocan la carcajada de los niños. Wynken, Blinken y Nod. ¿No era un poema infantil?

Sólo quedaba romper estos documentos en pedacitos y dejar que se los llevara el viento. Los fragmentos de papel se esfumaron como cenizas sobre las lápidas del pequeño camposanto, como si la identidad de Roger hubiera sido incinerada y sus restos esparcidos a los cuatro vientos en un último tributo a su persona.

Me sentía cansado, repleto de sangre, satisfecho y ridículo por haber mostrado temor al hablar con David. David debía de pensar que yo era un idiota. Pero ¿qué era lo que yo había constatado? Sólo que la cosa que me perseguía no protegía a mi víctima ni tenía nada que ver con ella. ¿Acaso no lo sabía ya? Aunque eso no significaba que mi perseguidor hubiera desaparecido.

Significaba que mi perseguidor elegía los momentos que le parecían más oportunos y que, probablemente, nada tenían que ver con lo que yo hiciera o dejara de hacer.

Admiré la pequeña iglesia, ese maravilloso e insólito tesoro que contrastaba con los edificios de la parte baja de Manhattan, dejando a un lado el hecho de que nada en esta extraña ciudad resulta insólito, pues la mezcla de los estilos gótico, antiguo y moderno estaba muy de moda. El cartel indicador de la calle adyacente rezaba: Wall Street.

¿Me había convertido en el idiota de Wall Street? Me apoyé contra las piedras y cerré los ojos. David y yo nos reuniríamos la noche siguiente. ¿Y Dora? ¿Dormía como un ángel en su lecho del hotel frente a la catedral? ¿Me perdonaría a mí mismo por espiarla unos breves instantes en su cama antes de archivar esta aventura? La aventura había concluido.

Lo mejor era olvidarme de la chica; olvidarme de la figura que atravesaba los inmensos y tenebrosos pasillos del abandonado convento de Nueva Orleans con una linterna en las manos. ¡Qué valiente era Dora! Tan distinta de la última mujer mortal a la que había amado. No, no quería recordar ese episodio. Olvídate de ello, Lestat, ¿me oyes?

El mundo estaba lleno de posibles víctimas, si uno lo pensaba en términos de modelo vital: el ambiente que envolvía una existencia, una personalidad completa, por decirlo así. Quizá regresara a Miami si conseguía que David me acompañara. La noche siguiente David y yo charlaríamos.

Temía que David se enojara por haberlo enviado a buscar refugio en la Torre Olímpica y ahora le anunciara que había decidido trasladarme al sur. En cualquier caso, cabía la posibilidad de que no lo hiciéramos.

Sabía que si en esos momentos percibía unos pasos sospechosos, si intuía la presencia de mi perseguidor, la siguiente noche temblaría entre los brazos de David. A mi perseguidor no le importaba adónde me dirigiera, y era real.

Unas alas negras, la sensación de que algo siniestro se cernía sobre mí, una densa humareda, y la luz. No pienses en ello. Ya has pensado en bastantes cosas desagradables esta noche.

¿Cuándo volvería a tropezarme con un mortal como Roger? ¿Cuándo vería a otro ser que emitiera una luz tan brillante y especial? El muy cabrón no había dejado de preguntarme quién era yo mientras le partía los huesos y le chupaba la sangre. Además había logrado hacer que la estatua pareciera cobrar vida a través de un débil impulso telepático. Sacudí la cabeza. No, debí de ser yo mismo quien provocó aquella reacción. Pero ¿cómo? ¿Qué es lo que había hecho?

¿Es posible que durante los meses que había seguido a Roger hubiera llegado a amarlo hasta el punto de hablarle mientras le estaba matando, a través de un silencioso soneto de amor? No, había bebido su sangre y me había apoderado de él, de su vida. Roger estaba dentro de mí.

En aquel momento apareció un coche que circulaba lentamente en la oscuridad y se detuvo junto a mí; unos mortales me preguntaron si no tenía dónde dormir. Respondí con un vago movimiento de cabeza, atravesé el pequeño camposanto, pisando las tumbas mientras me abría camino entre las lápidas, y me dirigí corriendo hacia el Village.

Supongo que los amables mortales se quedaron estupefactos al ver a un joven rubio, con un elegante traje azul marino y un vistoso *foulard* alrededor del cuello, sentado en los fríos escalones de la pequeña iglesia, que de golpe se esfuma. Lancé una sonora carcajada, cuyo eco se propagó entre los altos muros de ladrillo. Oí una música que sonaba cerca, vi a unas parejas que iban cogidas del brazo, percibí voces humanas, el aroma de comida. Por la calle transitaban numerosos jóvenes lo bastante fuertes y sanos para sostener que los rigores del invierno resultaban divertidos.

El frío empezaba a fastidiarme. Rayaba en lo humanamente doloroso. Deseaba refugiarme en algún sitio.

3

Eché a caminar y al cabo de unos minutos vi una puerta giratoria, entré en el vestíbulo de un restaurante y me senté en el bar. Era justamente lo que andaba buscando, un lugar medio vacío, oscuro, invadido por un calor sofocante, con relucientes botellas dispuestas en el centro de la barra circular. A través de las puertas abiertas se dejaba oír la amena charla de los comensales.

Apoyé los codos en la barra y los tacones en el tubo de metal que se hallaba en la parte inferior. Permanecí allí sentado, temblando, escuchando el parloteo de los mortales, las inevitables estupideces que suelen decirse en un bar, con la cabeza agachada, sin mis gafas de sol. ¡Maldita sea, había perdido mis gafas de color violeta! Por fortuna, el local estaba muy oscuro, sumido en la languidez propia de la madrugada. Quizá fuera un club. En cualquier caso, me tenía sin cuidado.

—¿Le sirvo algo, señor? —preguntó el camarero. Su expresión era arrogante, indolente.

Pedí un agua mineral. En cuanto el camarero depositó la bebida frente a mí, introduje los dedos en el vaso para enjuagármelos. El camarero se había esfumado. Le importaba bien poco lo que yo hiciera con el agua, aunque fuera a utilizarla para bautizar a los parroquianos. Había varios clientes sentados a las mesas que se hallaban diseminadas en la oscuridad. Una mujer, sentada en un rincón, no cesaba de llorar mientras su compañero le advertía con acritud que estaba llamando la atención. No era cierto. A nadie le importaba un comino lo que hiciera.

Me limpié la boca con la servilleta enjugada en el agua.

—Más agua —dije, empujando el vaso contaminado hacia el camarero. Éste me sirvió otra bebida con gesto de fastidio. Era un joven sin personalidad, sin ambiciones. Luego volvió a esfumarse.

De pronto oí una risita junto a mí. Procedía del hombre que se hallaba sentado a mi derecha, dos taburetes más allá, y que ya estaba en el bar cuando entré yo. Era más bien joven. Lo más desconcertante es que no emitía el menor olor.

Irritado, me volví hacia él.

—¿Vas a salir corriendo de nuevo? —murmuró. Era mi víctima.

Ahí estaba Roger, sentado en el bar, junto a mí.

No tenía el cuerpo destrozado ni estaba muerto. Intacto, conservaba sus manos y su cabeza. En realidad no estaba allí, sólo lo parecía; sólido, sereno, sonriente, gozaba con mi terror.

—¿Qué pasa, Lestat? —preguntó con aquella voz que me tenía seducido desde la primera vez que la oí, seis meses atrás—. No irás a decirme que en todos estos siglos nunca ha regresado ninguna de tus víctimas para atormentarte.

No contesté. Era imposible que él estuviera allí. Imposible. Era material, pero de un material distinto al de los otros. Traté de recordar la expresión que empleaba David: «De otra pasta.» En este caso, la expresión resultaba patéticamente inadecuada. No conseguía salir de mi estupor. Aparte de incredulidad, sentía una profunda rabia.

Roger se levantó y fue a sentarse en el taburete que había junto al mío. Al cabo de unos segundos empecé a verlo con mayor nitidez, con más detalle. Percibí algo similar a un sonido, un ruido emitido por un ser vivo, aunque no un ser humano que estaba vivo y respiraba.

—Dentro de unos minutos me sentiré lo suficientemente fuerte para pedir un cigarrillo o un vaso de vino —dijo.

Dicho esto, Roger introdujo la mano en el bolsillo de la chaqueta, no la que llevaba cuando le maté sino una hecha a medida en París y que le gustaba mucho, sacó un pequeño mechero de oro y lo encendió, haciendo que brotara una larga llama, muy azul y peligrosa, de butano.

Luego me miró. Observé que su pelo negro y rizado estaba perfectamente peinado y que su mirada era límpida y serena. Era un hombre muy guapo. Su voz sonaba exactamente como cuando estaba vivo: originaria de Nueva Orleans y cosmopolita, carente de la meticulosidad británica o la paciencia sureña. Una voz precisa, rápida.

—En serio, ¿es posible que en todos estos años no haya regresado ni una sola de tus víctimas para atormentarte? —preguntó de nuevo.

—Así es.

—Eres asombroso. No soportas sentir miedo ni un instante, ¿verdad?

—No.

Roger presentaba una apariencia totalmente sólida. Yo no sabía si los demás podían verlo. No tenía la menor idea, pero sospechaba que sí. Ofrecía un aspecto de lo más normal. Observé los botones de los puños de la camisa, así como el inmaculado cuello blanco que le rozaba los pelos del cogote. Me fijé en sus pestañas, que siempre habían sido extraordinariamente largas.

El camarero apareció de nuevo y depositó un vaso de agua frente a mí, sin mirar a Roger. Yo no estaba seguro de que lo hubiera visto. Nos encontrábamos en Nueva York, por lo que la grosería del joven camarero no demostraba nada.

—¿Y cómo lo has conseguido? —le pregunté a Roger.

—Como cualquier otro fantasma —respondió—. Estoy muerto. Llevo muerto más de una hora y media, pero quería hablar contigo. No sé cuánto tiempo podré permanecer aquí, ni cuándo empezaré a... Dios sabe lo que pasará, pero debes escucharme.

—¿Por qué? —pregunté secamente.

—No seas tan antipático —murmuró en tono ofendido—. Tú me asesinaste.

—¿Y tú? ¿A cuántas personas has asesinado, aparte de la madre de Dora? ¿Acaso ha regresado ella alguna vez para exigirte una entrevista?

—¡Lo sabía! —exclamó Roger, visiblemente asustado—. ¡Así que conoces a Dora! ¡Dios bendito, arroja mi alma al infierno pero no permitas que este canalla lastime a Dora!

—No digas ridiculeces. Jamás le haría daño. Era a ti a quien perseguía. Te he seguido por medio mundo. De no haber sido por el respeto que siento por Dora, te habría liquidado hace tiempo.

En aquel momento reapareció el camarero. Roger lo miró sonriendo y dijo:

—Veamos, hijo, la última copa que me tomé, si mal no recuerdo... Dame un bourbon. Me crié en el sur. ¿Tú qué vas a tomar? O mejor, sírveme un *Southern Comfort* —dijo soltando una pequeña carcajada, como si se tratara de un chiste privado.

Cuando el camarero se alejó, Roger se volvió furioso hacia mí.

—¡Tienes que escucharme, repugnante vampiro, demonio, diablo o lo que seas! ¡No consentiré que le hagas daño a mi hija!

—No pienso hacérselo. Jamás le haría daño. Vete al infierno, te sentirás más a gusto allí. Buenas noches.

—Eres un hijo de puta. ¿Cuántos años crees que tenía? —preguntó.

Su frente estaba perlada de sudor y la leve corriente de aire le agitaba un poco el pelo.

—Me importa un carajo —contesté—. Deseaba chuparte la sangre.

—Te crees muy listo, ¿verdad? —replicó ásperamente—. Pero no eres tan frívolo como aparentas.

—¿Eso crees? Te equivocas. Soy tan frívolo y casquivano como una cortesana.

Mi respuesta lo dejó perplejo.

Confieso que a mí también. ¿De dónde había sacado aquello? No acostumbro a emplear ese tipo de metáforas.

Roger me miró fijamente, captando mi preocupación y mis evidentes dudas. ¿Cómo se manifestaban esos sentimientos? ¿Estaba quizás ensimismado, decaído, como un vulgar mortal, o simplemente parecía confundido?

El camarero le sirvió la copa. Roger la rodeó de forma cuidadosa con la mano, la levantó, se la llevó a los labios y bebió un sorbo. De pronto parecía asombrado, agradecido y tan aterrado que creí que iba a desintegrarse. La visión casi se desvaneció.

Sin embargo, logró dominarse. Resultaba tan evidente que se trataba del hombre que yo acababa de matar y descuartizar, para después desperdigar sus restos por todo Manhattan, que el hecho de mirarlo me ponía enfermo. Sólo una cosa impedía que cayera presa del pánico: el hecho de que me estuviera hablando. ¿No había dicho David en una ocasión, cuando aún estaba vivo, que no mataría a un vampiro porque éste no dejaría de hablarle? Pues aquel maldito fantasma tampoco dejaba de hacerlo.

—Tengo que hablarte sobre Dora —dijo.

—Ya te he dicho que jamás le haré daño, ni a ella ni nadie como a ella —aseguré—. ¿Qué has venido a hacer aquí? Cuando apareciste, ni siquiera sabías que conocía la existencia de Dora. ¿Acaso deseabas hablarme sobre ella?

—Qué suerte la mía, he sido asesinado por un ser realmente profundo, que siente profundamente mi muerte —dijo Roger mientras bebía otro trago del *Southern Comfort*, un cóctel de olor dulzón—. Era la bebida preferida de Janis Joplin, sabes —dijo, refiriéndose a la cantante muerta de la que yo también había estado enamorado—. Escúchame, aunque sólo sea por curiosidad. Deja que te hable de Dora y de mí. Deseo que sepas algunas cosas. Quiero que sepas quién era yo realmente, no quien tú crees que era. Quiero que cuides de Dora. En el apartamento hay algo que deseo que tú...

—¿El velo de Verónica que está enmarcado?

—No, eso no vale nada. Tiene cuatro siglos de antigüedad, por supuesto, pero es una versión muy corriente del velo de Verónica. Cualquiera que tenga dinero puede adquirirla. Supongo que habrás registrado mi casa.

—¿Por qué querías regalar ese velo a Dora?

Mi pregunta lo desconcertó.

—¿Nos oíste hablar?

—Innumerables veces.

Roger empezó a hacer conjeturas, a sopesar aspectos. Parecía una persona totalmente razonable. Su oscuro rostro asiático expresaba sinceridad e interés.

—¿Has dicho «quiero que cuides de Dora»? —pregunté—. ¿Es eso lo que me has pedido que haga? ¿Que cuide de ella? Es una proposición muy extraña, ¿no? ¿Y por qué demonios quieres contarme la historia de tu vida? No soy yo ante quien debes dar cuenta de tus actos. Me tiene sin cuidado cómo llegaste a ser lo que fuiste. ¿Por qué te interesan las cosas que hay en el apartamento si ya no eres más que un fantasma?

Esa actitud despectiva que yo mostraba no era totalmente sincera, y ambos lo sabíamos. Era normal que le preocuparan sus tesoros. Pero era Dora lo que le había empujado a regresar de entre los muertos.

Su cabello era más negro que antes y la chaqueta había adquirido una textura más definida; observé la trama de seda y cachemir. Contemplé también sus uñas, perfectamente arregladas por una manicura profesional; las mismas manos que yo había arrojado a un montón de basura. Sólo unos momentos antes, no había pensado en esos detalles.

—¡Dios! —murmuré.

Roger se echó a reír y dijo:

—Estás más asustado que yo.

—¿Dónde estás?

—¿Qué quieres decir? —preguntó—. Estoy sentado junto a ti. Nos encontramos en un bar del Village. ¿A qué viene esa pregunta? En cuanto a mi cuerpo, sabes tan bien como yo lo que hiciste con mis restos.

—¿Es ése el motivo por el que has venido a atormentarme?

—No. Me importa un comino lo que hayas hecho con mi cuerpo. Dejó de interesarme en el mismo momento en que lo abandoné.

—No. Me refiero a la dimensión en que te encuentras; cómo es, qué viste cuando... qué...

Roger sacudió la cabeza y sonrió con tristeza.

—Tú conoces la respuesta a eso. No sé dónde me encuentro. De lo único que estoy seguro es de que algo me aguarda, quizá simplemente el vacío, la oscuridad. Pero parece una entidad corpórea. No aguardará eternamente. Aunque no puedo decirte cómo lo sé.

»No sé cómo he conseguido llegar a ti. Tal vez se deba a mi fuerza de voluntad, que siempre me ha sobrado, dicho sea de paso, o quizá se me han concedido estos momentos como una especie de gracia. Sinceramente, lo ignoro. Te seguí cuando abandonaste el apartamento, cuando regresaste a él y cuando saliste de nuevo cargado con el cadáver. He venido aquí para charlar contigo. No me iré hasta que lo haya hecho.

—Así que tienes la sensación de que algo te aguarda —murmuré impresionado. No me importa reconocerlo—. Y una vez que hayamos charlado, si no te disuelves, ¿qué piensas hacer?

Roger sacudió la cabeza irritado y clavó la vista en las botellas que había en el centro de la barra, un amasijo de luz, colores y etiquetas.

—Cállate —respondió—. Me aburres.

Eso me fastidió. ¿Cómo se atrevía a ordenarme que me callara?

—No puedo ocuparme de tu hija —dije.

—¿Qué quieres decir? —preguntó, mirándome enojado. Luego tomó un trago de la bebida y le pidió al camarero que sirviera otra.

—¿Es que piensas emborracharte? —pregunté.

—No creo que lo consiga. Es preciso que te ocupes de ella. Cuando se publiquen todos los detalles de mi vida, mis enemigos irán a por ella simplemente por el hecho de ser hija mía. No sabes lo que me esforzado en protegerla, pero ella es muy impulsiva, cree firmemente en la divina providencia. Además hay que tener en cuenta al Gobierno, a sus chacales, mis cosas, mis reliquias, mis libros...

Por espacio de unos tres segundos había olvidado que me encontraba ante un fantasma. Aunque mis ojos no me daban ninguna prueba de ello, aquel ser carecía de olor y el leve sonido que surgía de él nada tenía que ver con los pulmones o el corazón de un ser humano.

—De acuerdo, te lo diré con mayor claridad —prosiguió—: temo por ella. Tendrá que soportar una publicidad muy desagradable y dejar pasar el tiempo hasta que mis enemigos se olviden de ella. La mayoría ni siquiera conoce la existencia de Dora, pero puede que alguno esté al corriente. Si tú lo sabías, es posible que otros también lo sepan.

—No necesariamente. Yo no soy humano.

—Debes protegerla.

—No puedo hacerlo. Me niego rotundamente.

—Escúchame, Lestat.

—No deseo escucharte. Quiero que te vayas.

—Lo sé.

—Mira, no tenía intención de matarte, lo siento, fue un error. Debí elegir a otro... —Las manos me temblaban. Todo eso me parecería muy interesante más tarde, pero en aquellos momentos rogué a Dios, nada menos que a Dios, que pusiera fin a esa pesadilla.

—¿Sabes dónde nací? —preguntó Roger—. ¿Conoces la manzana de St. Charles, cerca de Jackson?

Yo asentí.

—Supongo que te refieres a la pensión —contesté—. No me cuentes la historia de tu vida. No viene al caso. Tuviste la oportunidad de escribirla cuando estabas vivo, como todo el mundo. ¿Qué pretendes que haga?

—Quiero explicarte las cosas que cuentan. ¡Mírame! Mírame, por favor, trata de comprenderme y amarme, y de amar a Dora por ser hija mía. Te lo suplico.

No tenía que ver su expresión para entender que sufría, que imploraba mi ayuda. ¿Existe algo en el mundo que nos afecte más que ver sufrir a nuestros hijos, a nuestros seres queridos, a las personas más próximas a nosotros? Dora, la diminuta Dora caminando por el abandonado convento. Dora en la pantalla de televisión, con los brazos extendidos, entonando un himno.

Creo que dejé escapar una exclamación. No lo sé. Me recorrió un escalofrío. Algo. Durante unos momentos me sentí aturdido y, sin embargo, no se trataba de nada sobrenatural; se debía a la tristeza, al hecho de tenerlo ante mí, palpable, visible, pidiéndome un favor, al hecho de ver que había conseguido llegar hasta mí, que había sobrevivido lo suficiente bajo esa efímera forma para tratar de arrancarme una promesa.

—Sé que me amas —murmuró Roger. Se mostraba sereno e intrigado a la vez. Estaba más allá de todo tipo de vanidad, más allá incluso de lo que yo pudiera pensar de él.

—Lo que me atraía era tu pasión —murmuré.

—Sí, lo sé. Me siento halagado. No he muerto atropellado por un camión o a causa de los disparos de un asesino a sueldo. Me has matado tú. Tú, que debes de ser uno de los mejores.

—¿A qué te refieres?

—Me refiero a los de tu especie, como quiera que os llaméis. No eres humano. Me chupaste la sangre, te alimentaste de ella. Supongo que no debes de ser el único de tu especie. —Roger apartó la vista y continuó—: Vampiros. De niño solía ver fantasmas en nuestra casa de Nueva Orleans.

—Todo el mundo ve fantasmas en Nueva Orleans.

Roger soltó una breve y suave carcajada.

—Lo sé —dijo—. Te aseguro que he visto fantasmas, y no sólo en nuestra casa sino en otros lugares. Pero nunca he creído en Dios, en el diablo, en ángeles, en vampiros, en hombres lobos ni en ningún ser capaz de influir en el destino y alterar el curso del caótico ritmo que rige el universo.

—¿Crees en Dios ahora?

—No. Sospecho que conservaré esta forma durante tanto tiempo como pueda —como todos los fantasmas que he visto—, y luego empezaré a desvanecerme. Como una luz. Eso es lo que me aguarda. El vacío, la nada. No es corpóreo. Creí que lo era porque mi mente, lo que queda de ella, lo que se aferra al ámbito terrenal, no alcanza a concebir otra cosa. ¿Qué opinas al respecto?

—Sea lo que fuere, me aterra —respondí. No estaba dispuesto a hablarle sobre mi perseguidor, ni preguntarle sobre la estatua. Roger no tenía nada que ver con el hecho de que la estatua, aparentemente, hubiera cobrado vida. En aquellos momentos estaba muerto y bien muerto.

—¿Te aterra? —preguntó de forma respetuosa—. Pero si a ti no te afecta. Tú haces que lo experimenten otros. Deja que te hable sobre Dora.

—Es muy guapa. Yo... trataré de protegerla.

—No, necesita algo más. Necesita un milagro.

—¿Un milagro?

—Estás vivo, seas lo que fueres, pero no eres humano. Puedes hacer milagros, ¿no? Te ruego que lo hagas por Dora. No debe de ser complicado para un ser tan hábil como tú.

—¿Te refieres a una especie de falso milagro religioso?

—Claro. Dora no conseguirá salvar al mundo sin un milagro y ella lo sabe. ¡Tú podrías hacerlo!

—¿Has vuelto a la Tierra para venir a jorobarme con esta proposición? —pregunté indignado—. Eres incorregible. Estás muerto, pero mantienes la mentalidad de gángster y criminal. ¿Pretendes que monte un falso espectáculo religioso para Dora? ¿Crees que ella lo aceptaría?

Roger se quedó estupefacto. No esperaba que lo insultara de aquel modo.

Depositó el vaso sobre la barra y se quedó allí sentado, compuesto y sereno, fingiendo que observaba el ambiente del local. Ofrecía un aspecto muy digno y parecía diez años más joven que cuando lo maté. Supongo que a nadie le gusta regresar como fantasma si no es bajo una forma atractiva. Es natural. Sentí que aumentaba la inevitable y fatal fascinación que sentía hacia él, por mi víctima. ¡Tu sangre fluye a través de mi cuerpo, *monsieur*!

Roger se volvió bruscamente.

—Tienes razón —murmuró con tristeza—. Toda la razón. No puedo pedirte que realices un falso milagro para Dora. Es monstruoso. Ella jamás lo aceptaría.

—No te hagas el muerto agradecido —le espeté.

Roger soltó otra breve y despectiva carcajada. Luego, con sombría emoción, dijo:

—Debes cuidar de ella, Lestat... al menos durante un tiempo.

Al ver que no obtenía respuesta, insistió suavemente:

—Sólo durante un tiempo, hasta que los periodistas dejen de darle la lata, hasta que haya recobrado la fe y vuelva a ser la Dora de siempre. Tiene que vivir su vida. No quiero que sufra por mi culpa, Lestat, no es justo.

—¿Justo?

—Llámame por mi nombre —me pidió Roger—. Mírame.

Yo obedecí. Fue un momento exquisitamente doloroso. Roger estaba muy triste. No sé si los seres humanos son capaces de expresar una amargura tan intensa. Sinceramente, no lo sé.

—Me llamo Roger —dijo.

En aquellos momentos me pareció aún más joven que antes, como si hubiera retrocedido en el tiempo, en su mente, o hubiera recuperado cierta inocencia, como si los muertos, cuando deciden quedarse un rato en la Tierra, tuvieran derecho a recobrar su inocencia originaria.

—Sé como te llamas —respondí—. Lo sé todo sobre ti, Roger. Roger, el fantasma. Nunca permitiste que el viejo capitán te pusiera las manos encima; sólo dejaste que te adorara, te educara, te llevara a sitios elegantes y te comprara cosas bonitas, pero nunca tuviste la decencia de acostarte con él.

Le hablé, sin malicia, sobre las imágenes que había absorbido junto con su sangre; algo así como una reflexión sobre lo perversos y embusteros que éramos todos.

Roger guardó silencio durante unos minutos.

Yo me sentía abrumado por la tristeza, la amargura y el horror de lo que le había hecho, a él y a otros, por haber lastimado a un ser vivo. Auténtico horror.

¿Cuál era el mensaje de Dora? ¿Cómo pretendía que nos salváramos? ¿Se trataba acaso de la misma cantinela de adoración?

Roger me observó. Era joven, decidido, una magnífica imitación de la vida. El bueno de Roger.

—De acuerdo —dijo en voz baja, con tono impaciente—. Es cierto, no me acosté con el viejo capitán, pero él tampoco pretendía que lo hiciera, no era eso lo que quería de mí, era demasiado viejo. No sabes de la misa la mitad. Puede que sepas que me siento culpable, pero ignoras cuánto me arrepentí más tarde de no haberlo hecho, de no haber vivido esa experiencia con el viejo capitán. No fue eso lo que me pervirtió; no se debió a una gran desilusión o a un trauma. Me encantaban las cosas que me enseñaba el capitán. Él me quería. Vivió dos o tres años más probablemente gracias a mí. Sentíamos una gran admiración por Wynken de Wilde, leíamos juntos sus libros. Las cosas pudieron haber sido distintas. Yo estaba con el viejo capitán cuando murió. No me aparté ni un instante de su lado. Soy fiel a mis amigos y a las personas que me necesitan.

—Como tu esposa, Terry, ¿no es cierto? —contesté con cierta crueldad, aunque sin ánimo de herirlo, mientras veía el rostro de la pobre mujer destrozado por un balazo—. Olvídalo. Lo siento. ¿Quién demonios es Wynken de Wilde?

Me sentía profundamente deprimido.

—Deja de atormentarme —dije—. En el fondo soy un cobarde. ¿Por qué has pronunciado ese nombre tan extraño? Da igual, no quiero saberlo. No me lo digas. Estoy cansado. Me voy. Puedes quedarte en este bar hasta el día del juicio. Búscate a otro primo a quien soltarle el rollo.

—Escucha —dijo Roger—. Tú me amas. Me elegiste como víctima. Sólo pretendo explicarte los detalles.

—Me ocuparé de Dora, trataré de ayudarla, y también me ocuparé de las reliquias. Las pondré a buen recaudo hasta que ella decida aceptarlas.

—¡Sí!

—De acuerdo, suéltame.

—Si no te estoy sujetando —protestó Roger.

Es cierto, lo amaba. Deseaba mirarlo. Deseaba que me lo explicara todo, hasta el último detalle. En un impulso, le toqué la mano. No estaba viva; no era carne humana. Sin embargo, estaba llena de vitalidad, poseía un tacto abrasador y excitante.

Roger sonrió.

Acto seguido me agarró la muñeca derecha y me atrajo hacia él. Noté su cabello, un pequeño mechón que rozaba mi frente, haciéndome cosquillas. Roger me miró con sus grandes ojos negros.

—Escucha —repitió. Su aliento no olía a nada.

—Sí...

Roger empezó a relatar su historia en voz baja y urgente.

4

—El viejo capitán era un contrabandista, un coleccionista de obras de arte. Pasé varios años junto a él. Mi madre me envió a Andover pero al cabo de un tiempo me hizo regresar, pues no podía vivir sin mí. Estudié en una escuela de jesuitas, me sentía como si no perteneciera a nadie ni a ningún sitio. El viejo capitán era la persona ideal para mí. Lo de Wynken de Wilde empezó a raíz de mi relación con el viejo capitán y las antigüedades que vendía en el Quarter, generalmente objetos pequeños y fáciles de transportar.

»Wynken de Wilde no significa nada, absolutamente nada, excepto un sueño que concebí un día, una idea perversa. La pasión de mi vida, aparte de Dora, ha sido Wynken de Wilde, pero es posible que después de esta conversación no quieras volver a oír hablar de él. Dora lo detesta.

—¿Quién era ese Wynken de Wilde?

—El arte con mayúsculas, por supuesto. La belleza. A los diecisiete años se me ocurrió fundar una nueva religión, un culto basado en el amor libre, la generosidad para con los pobres, no alzar la mano contra nadie; en definitiva, una especie de comunidad amish fornicadora. Estábamos en 1964, la época de los hippies, la marihuana, Bob Dylan y sus canciones sobre la ética y la caridad. Yo quería fundar una nueva Hermandad de la Vida Común, una que estuviese en sintonía con los valores sexuales modernos. ¿Sabes qué principios regían esa hermandad?

—Sí, el misticismo popular, los valores del Medievo tardío, la posibilidad de que todos conocieran a Dios.

—¡Exacto! Me asombra que lo sepas.

—No era necesario ser un sacerdote o un monje.

—En efecto. Los monjes estaban celosos, pero por aquellas fechas mi concepto de ese nuevo culto se hallaba ligado a Wynken, el cual se había dejado influir por el misticismo alemán y todos esos movimientos populares, Meister Eckehart, etcétera, aunque trabajaba en el *scriptorium* de un monasterio y confeccionaba a mano unos libros de oraciones en pergamino. Los libros de Wynken eran completamente distintos del resto. Supuse que si conseguía dar con ellos ganaría una fortuna.

—¿Distintos? ¿En qué sentido?

—Deja que te lo cuente a mi manera. Era la típica pensión un tanto tronada pero elegante; mi madre no tenía que ensuciarse las manos, disponía de tres criadas y un sirviente de color que se encargaban de todo. Los ancianos, los huéspedes, contaban con unos ingresos saneados y todo tipo de comodidades: limusinas aparcadas en un garaje en el Garden District, tres comidas diarias, alfombras rojas, etcétera. La casa, de estilo victoriano tardío, la diseñó Henry Howard. Mi madre la había heredado de la suya.

—Lo sé, te he visto detenerte frente a ella. ¿A quién pertenece ahora?

—Lo ignoro. Dejé que se me escapara de entre las manos. He arruinado muchas cosas. Pero imagina una calurosa tarde de verano, he cumplido quince años, me siento solo y el viejo capitán me invita a entrar. Sobre la mesa del segundo salón (el capitán tenía alquilados los dos salones de la parte delantera, vivía en una especie de mundo de fábula lleno de objetos raros)...

—Puedo imaginar la escena.

—... yacían unos diminutos libros de oración medievales. Por supuesto, conozco el aspecto de un breviario, pero no el de un códice medieval. De niño fui monaguillo, solía asistir a misa todos los días con mi madre, y por consiguiente conocía el latín litúrgico. El caso es que comprendí que ésos eran unos libros de oración muy raros, y que el viejo capitán pensaba venderlos.

»—Puedes tocarlos con cuidado, Roger —me dijo el capitán.

»Durante dos años, me había permitido escuchar sus discos de música clásica y a veces salíamos a dar un paseo. Pero yo empezaba a atraerle sexualmente, aunque no me daba cuenta, y en cualquier caso nada tiene nada que ver con lo que te contaré más adelante.

»El capitán hablaba por teléfono con alguien sobre un barco que se encontraba en puerto.

»Al cabo de unos minutos, nos dirigimos a visitar el barco. El capitán me llevaba con frecuencia a visitar los barcos que atracaban en el puerto. Supongo que se trataba de contrabando, aunque jamás lo averigüé. Lo único que recuerdo es al viejo capitán sentado frente a una gran mesa redonda con toda la tripulación, creo que holandesa, y a un amable oficial con acento extranjero que me enseñaba la sala de máquinas, los mapas, la radio, etcétera. Nunca me cansaba de explorar esos barcos. Por aquellos tiempos el puerto de Nueva Orleans era un nido de actividad, ratas y marihuana.

—Lo sé.

—¿Recuerdas aquellos largos cabos que se extendían desde los barcos hasta el muelle y estaban cubiertos con unos discos de acero para impedir que las ratas treparan por ellos?

—Sí.

—Aquella noche, al llegar a casa, en vez de irme a mi habitación rogué al viejo capitán que me dejara ver aquellos libros. Quería examinarlos antes de que los vendiera. Como mi madre no me estaba esperando, supuse que se habría acostado.

»Permíteme que te describa brevemente a mi madre y la

pensión. Como he dicho, ésta poseía cierta elegancia. Los muebles eran de estilo neorrenacentista, unos pesados armatostes fabricados en serie, el tipo de muebles que se veían en todas las mansiones a partir de 1880.

—Sí, lo sé.

—La casa poseía una espléndida escalera que ascendía majestuosamente frente a los vitrales que adornaban las paredes. Justo en el hueco de esta maravillosa escalinata, una obra de arte de la que Henry Howard debió sentirse muy orgulloso, se hallaba el enorme tocador de mi madre. Imagínate, mi madre se sentaba ante el tocador, en la entrada, para cepillarse el pelo. El mero hecho de recordarlo me produce jaqueca. Mejor dicho, me producía jaqueca cuando estaba vivo. La imagen era realmente trágica y, aunque la contemplara todos los días, no dejaba de pensar que un tocador con mármoles, espejos, palmatorias y filigranas, frente al cual se sentaba una anciana de cabello oscuro, no pinta nada en el vestíbulo de una mansión...

—¿Y los huéspedes lo aceptaban sin protestar?

—Sí, porque la casa se hallaba distribuida en varias zonas destinadas a los huéspedes. El viejo señor Bridey se alojaba en lo que antiguamente era el porche de los sirvientes, y la señorita Stanton, que estaba ciega, en una pequeña alcoba del piso superior. En la parte posterior de la casa, donde residían los sirvientes, mi madre había hecho construir cuatro apartamentos. Soy muy sensible al desorden; a mi alrededor suele reinar el más perfecto orden, o bien un caos como el que viste en el lugar donde me mataste.

—Comprendo.

—Si heredara esa casa de nuevo... En fin, no tiene importancia. Lo que pretendo decir es que creo en el orden, y cuando era joven soñaba constantemente con él. Quería ser un santo, una especie de santo secular. Pero volvamos a los libros.

—Continúa.

—Contemplé los libros sagrados que yacían sobre la mesa. Saqué uno de ellos de su minúsculo saquito. Las diminutas ilustraciones me entusiasmaron. Aquella noche les eché un vistazo y decidí examinarlos más detenidamente a lo largo de los próximos días. Como es lógico, no podía leer aquellos textos escritos en latín.

—Demasiado densos. Demasiados trazos de pluma.

—Veo que sabes muchas cosas.

—¿Te sorprende? Continúa.

—Dediqué una semana a examinarlos a fondo. Dejé de asistir a la escuela. De todos modos era muy aburrida. Yo iba muy adelantado en mis estudios y quería hacer algo emocionante, como por ejemplo asesinar a un personaje conocido.

—Un santo o un criminal.

—Sí, parece una contradicción. Sin embargo, es una definición perfecta.

—A mí también me lo parece.

—El viejo capitán me explicó muchas cosas sobre esos libros. El del saquito solían llevarlo los hombres sujeto al cinturón; era un libro de oraciones. Otro de esos libros ilustrados, el de mayor tamaño, era el Libro de las Horas. También había una Biblia en latín. El viejo capitán no les daba excesiva importancia.

»Yo me sentía poderosamente atraído por esos libros, aunque no sabría decirte por qué. Siempre he sentido atracción por los objetos que brillan y parecen valiosos, y esa colección de libros constituía un auténtico tesoro.

—Te comprendo —contesté con una sonrisa.

—Las páginas estaban llenas de oro, de color rojo y de maravillosas figuritas. Cogí una lupa y me dediqué a estudiar detenidamente esas ilustraciones. Fui a la vieja biblioteca de Lee Circle, ¿la recuerdas?, para informarme sobre los libros medievales y el sistema que empleaban los benedictinos para confeccionarlos. ¿Sabías que Dora posee un convento? No está construido como la abadía de Saint-Gall, pero no deja de ser un convento del siglo diecinueve.

—Sí, lo sé. La vi allí. Es muy valiente, parece que no le impresionan la oscuridad ni la soledad.

—Cree en la divina Providencia hasta extremos increíbles. Sólo conseguirá lo que se propone si no la destruyen. Me apetece otra copa. Sé que hablo muy deprisa. No tengo más remedio.

Roger indicó al camarero que le sirviera otra copa.

—Continúa —dije—. ¿Qué pasó, quién es Wynken de Wilde?

—Wynken de Wilde era el autor de dos de esos maravillosos libros que poseía el viejo capitán. No lo averigüé hasta al cabo de unos meses. Después de estudiar las diminutas ilustraciones, llegué a la conclusión de que dos de los libros eran obra del mismo artista y, aunque el viejo capitán insistía en que no estaban firmados, encontré su nombre en varios lugares en ambos libros. El capitán, como te he dicho, se dedicaba a vender este tipo de objetos. Tenía tratos con una tienda que se hallaba en la calle Royal.

Yo asentí.

—Yo temía el día en que el viejo capitán me anunciara que iba a vender aquellos dos libros. Eran distintos a los demás. En primer lugar, las ilustraciones eran detallistas en extremo. Algunas páginas tenían como motivo decorativo una enredadera en flor a la que acudían los pájaros a beber; en las flores aparecían unas figuritas humanas entrelazadas a modo de guirnalda. Los libros contenían unos salmos. Al examinarlos por primera vez creí que se trataba de los salmos de la Vulgata, la Biblia que aceptamos como canónica.

—Sí...

—Pero no lo eran. Eran unos salmos que no aparecían en ninguna Biblia. Lo averigüé al compararlos con unas separatas en latín de la misma época, que saqué de la biblioteca. Eran obras originales. Por otra parte, las ilustraciones no sólo mostraban pequeños animales, árboles y frutas, sino también figuras humanas desnudas que hacían todo tipo de cosas.

—El Bosco.

—Exactamente, era como el lujurioso y sensual paraíso que aparece en *El jardín de las delicias,* de El Bosco. Por supuesto, yo no había visto todavía el cuadro que se encuentra en el Museo del Prado. El caso es que en ambos libros aparecían las diminutas figuritas retozando bajo los frondosos árboles. El viejo capitán me explicó que ese tipo de imágenes del jardín del Edén eran muy frecuentes en la época. Sin embargo, me sorprendió que ambos libros estuvieran repletos de ellas y decidí estudiarlos y realizar una traducción precisa de cada palabra del texto.

»Entonces el viejo capitán me hizo el mayor favor que podía hacerme, y gracias al cual pude haberme convertido en un gran líder religioso. Confío en que Dora lo consiga, aunque su credo es muy distinto al mío.

—Te regaló los libros.

—En efecto, me los regaló, y además aquel verano me llevó de viaje por todo el país para mostrarme manuscritos medievales. Visitamos la Biblioteca Huntington de Pasadena, y la Biblioteca Newbury, en Chicago. Fuimos a Nueva York. Quería llevarme a Inglaterra, pero mi madre se opuso.

»Tuve ocasión de contemplar todo tipo de libros medievales y comprendí que los de Wynken eran distintos a todos los demás. Eran unos libros blasfemos y profanos. En ninguna de esas bibliotecas había obra alguna de Wynken de Wilde, aunque los conservadores conocían su nombre.

»El capitán dejó que me quedara con los libros y de inmediato me ocupé de su traducción. El viejo capitán falleció en la habitación de la parte delantera, la primera semana del último año escolar. Me negué a asistir a la escuela hasta que lo enterraron. Permanecí sentado día y noche junto a él. El capitán cayó en coma y al tercer día su rostro estaba tan desfigurado que resultaba irreconocible. No volvió a cerrar los ojos, tenía la mirada vidriosa, la boca fláccida y entreabierta, y respiraba con gran dificultad. Te aseguro que no me moví de su lado.

—Te creo.

—Yo tenía diecisiete años, mi madre estaba muy enferma y no había dinero para enviarme al instituto, que era el sueño de todos mis compañeros de escuela en los jesuitas. Pero yo soñaba con los hippies de Haight Ashbury, en California, mientras escuchaba las canciones de Joan Baez y pensaba en trasladarme a San Francisco con el mensaje de Wynken de Wilde para fundar un movimiento religioso.

»El mensaje lo descubrí a través de la traducción. En esa tarea conté con la ayuda de un viejo sacerdote jesuita, uno de esos brillantes estudiosos de latín que se pasaban la mitad de la jornada intentando que los alumnos obedecieran. Se ofreció encantado a traducir los textos, lo cual, por supuesto, implicaba el hecho de compartir cierta intimidad, puesto que pasamos muchas horas encerrados a solas.

—¿De modo que te vendiste de nuevo, aun antes de que muriera el viejo capitán?

—No. No es lo que piensas. Bueno, sí, en cierto modo. Era un sacerdote auténticamente célibe, irlandés, de carácter impenetrable. Esos individuos nunca hacían nada a los alumnos; dudo incluso que se masturbaran. Lo que les gustaba era estar cerca de los chicos. A veces notabas que jadeaban un poco o cosas por el estilo. Hoy en día la vida religiosa no atrae a ese tipo de individuos sanos y reprimidos. Aquel hombre era tan incapaz de abusar de un niño como yo de subirme en un altar y ponerme a gritar.

—Quizá no se daba cuenta de que se sentía atraído por ti, de que estaba haciéndote un favor especial.

—Justamente. Pasábamos muchas horas juntos traduciendo los libros de Wynken. Gracias a él no me volví loco. Todos los días venía a casa para visitar al viejo capitán. Si éste hubiera sido católico, el padre Kevin le habría administrado la extremaunción. Trata de comprenderlo, te lo ruego. No puedes juzgar a gente como el viejo capitán y el padre Kevin.

—Ni a chicos como tú.

—Por otra parte, ese año mi madre se echó un novio que era un desastre, un tipo remilgado que se hacía pasar por un caballero, uno de esos tipos que se expresan correctamente, con los ojos demasiado brillantes, un sujeto poco recomendable y de dudosos antecedentes. Había demasiadas arrugas en su joven rostro; parecían grietas. Fumaba cigarrillos du Maurier. Supongo que pensaba que al casarse con mi madre heredaría la casa. ¿Me sigues?

—Desde luego. Así que cuando murió el viejo capitán, el único amigo que te quedaba era el sacerdote.

—En efecto. Al padre Kevin le gustaba trabajar conmigo en la pensión. Acudía en coche, lo aparcaba en la calle Philip y subíamos a mi habitación del segundo piso, el dormitorio de la parte delantera. Desde allí tenía una espléndida vista de los desfiles del martes de Carnaval. De joven, yo creía que era normal que toda una ciudad enloqueciera cada año durante dos semanas. El caso es que el padre Kevin y yo nos encontrábamos en mi habitación la noche de uno de los desfiles, sin hacer el menor caso, pues estábamos hartos de ver carrozas de cartón piedra, serpentinas y antorchas...

—Esas horribles antorchas.

—Tú lo has dicho. —Roger se detuvo. El camarero acababa de aparecer con la bebida y él se quedó mirándola.

—¿Qué pasa? —pregunté. Roger me había contagiado su inquietud—. Mírame, Roger. No empieces a desvanecerte, sigue hablando. ¿Quién reveló la traducción de los libros? ¿Eran profanos? Contéstame, Roger.

Al cabo de unos minutos Roger rompió su meditabundo silencio. Cogió la bebida y apuró la mitad de un trago.

—Es repugnante pero la adoro. La primera bebida alcohólica que tomé de joven fue un *Southern Comfort*.

Luego me miró a los ojos.

—No me estoy desvaneciendo —me aseguró—. Es sólo que durante unos momentos vi y olí de nuevo la casa; percibí el olor de unas habitaciones ocupadas por ancianos, las habitaciones en las que mueren. Pero era muy hermoso. ¿Por dónde iba? Pues bien, durante el desfile de Proteo, uno de los desfiles nocturnos, el padre Kevin llegó a la increíble conclusión de que Wynken de Wilde había dedicado los dos libros a Blanche de Wilde, su benefactora y la esposa de su hermano Damien; la dedicatoria aparecía disimulada entre las ilustraciones de las primeras páginas. Ese hallazgo arrojó una nueva luz sobre los salmos, los cuales estaban llenos de lascivas invitaciones y sugerencias, y posiblemente unas claves secretas en colores para fijar las citas clandestinas. En los libros aparecía repetidas veces un diminuto jardín (todas las ilustraciones eran minúsculas)...

—He visto numerosos ejemplos.

—En esos pequeños dibujos del jardín figuraban siempre un hombre y cinco mujeres desnudos que bailaban alrededor de una fuente situada dentro de los muros de un castillo medieval. A través de la lupa se podían observar todos los detalles. Era perfecto. El padre Kevin se moría de risa.

»—No es de extrañar que no haya un solo santo ni una escena bíblica en estos libros —decía el padre Kevin, más divertido que escandalizado—. Ese Wynken de Wilde era un hereje redomado. Era un brujo o un demonólatra, y estaba enamorado de esa mujer, Blanche. Sabes, Roger —me decía el padre Kevin—, si te pusieras en contacto con una casa de subastas es posible que con los beneficios que te reportase la venta de esos libros pudieras cursar tus estudios en Loyola o Tulane. No se te ocurra venderlos aquí. Piensa en Nueva York; Butterfield and Butterfield o Sotheby's.

»A lo largo de los dos últimos años el padre Kevin había copiado a mano para mí unos treinta y cinco poemas en inglés, perfectamente traducidos del latín, los cuales repasamos de forma metódica, estudiando las reiteraciones e imágenes, hasta que empezó a aflorar una historia.

»En primer lugar nos dimos cuenta de que en su origen

debían haber existido varios libros, y que los que obraban en nuestro poder eran el primero y el tercero. En el tercero los salmos reflejaban no sólo una adoración por Blanche, a quien Wynken comparaba con la Virgen debido a su pureza y luminosidad, sino las respuestas a una especie de correspondencia en la que la dama en cuestión exponía lo que había padecido a manos de su esposo.

»Estaba hecho con gran inteligencia. Tienes que leerlo. Tienes que regresar al apartamento donde me mataste para recoger esos libros.

—Así pues, ¿no los vendiste para matricularte en Loyola o Tulane?

—Por supuesto que no. Las orgías que se montaba Wynken con Blanche y unas amigas de ésta me tenían fascinado. Wynken era mi santo en virtud de su talento, su sexualidad era mi religión porque había sido la suya, y cada palabra filosófica que escribió contenía, en clave, su pasión por la carne. Ten en cuenta que en realidad yo no profesaba ningún credo ortodoxo. En mi opinión, la Iglesia católica estaba moribunda y el protestantismo era una broma. Tardé varios años en comprender que el enfoque protestante es fundamentalmente místico, dirigido a la unión con Dios que Meister Eckehart habría alabado y sobre la cual escribió Wynken.

—Te muestras muy generoso con el enfoque protestante. ¿De modo que Wynken escribió sobre la unión con Dios?

—Sí, a través de la unión con las mujeres. Era cauteloso pero claro: «En tus brazos he conocido a la Trinidad de forma más auténtica que en las enseñanzas de los hombres», y cosas por el estilo. Era un sistema nuevo, sin duda. Yo sólo conocía el protestantismo como mero materialismo, esterilidad, a través de los visitantes baptistas que se emborrachaban en la calle Bourbon porque no se atrevían a hacerlo en su ciudad natal.

—¿Cuándo cambiaste de opinión? —pregunté a Roger.

—Estoy hablando en general —respondió—. Las religiones que existían en Occidente en nuestra época no me inspiraban la menor confianza. Dora opina lo mismo, pero ya llegaremos a eso.

—¿Conseguiste acabar la traducción de esos libros?

—Sí, poco antes de que trasladaran al padre Kevin. No volví a verlo. Me escribió una carta, pero yo ya me había escapado de casa.

»Me encontraba en San Francisco. Me había marchado sin la bendición de mi madre y había tomado un autocar de la compañía Trailway porque costaba unos centavos menos que los de Greyhound. No llevaba ni setenta y cinco dólares en el bolsillo. Había dilapidado todo el dinero que me había dado el capitán, y cuando éste murió, sus parientes de Jackson, Mississipi, dejaron sus habitaciones limpias.

»Se lo llevaron todo. Siempre pensé que el capitán me había dejado un pequeño legado. Pero no me importó. Su mejor regalo fueron esos libros y los almuerzos en el hotel Monteleone. Siempre pedíamos sopa de quingombó y yo disfrutaba desmenuzando las galletitas en la sopa hasta que parecía una papilla.

»¿Por dónde iba? Compré un billete para California y reservé algo de dinero para tomarme un pedazo de tarta y un café en cada parada. Sucedió algo muy curioso. Llegamos a un punto sin retorno. Es decir, al pasar una población en Tejas comprendí que, aunque quisiera, no tenía suficiente dinero para regresar a casa. Era de noche. Creo que estaba en El Paso. De todos modos, yo sabía que jamás regresaría.

»Me dirigía hacia el Haight Ashbury, en San Francisco, donde pensaba fundar un culto religioso basado en las enseñanzas de Wynken, que propugnaban el amor y la unión carnal, alegando que ésta equivalía a la unión con Dios, y mostraría sus libros a mis seguidores. Era mi gran sueño, aunque a decir verdad Dios no me inspiraba ningún sentimiento personal.

»Al cabo de tres meses comprobé que mi credo no era una rareza. Toda la ciudad estaba llena de hippies que creían en el amor libre y subsistían de las limosnas que les daban. Aunque di varias conferencias sobre Wynken ante unos círculos de amigos, sosteniendo en alto sus libros y recitando los salmos, los más recatados, claro...

—Ya lo supongo.

—... mi tarea principal consistía en trabajar como representante de tres músicos de rock que querían hacerse famosos y siempre estaban demasiado pirados para recordar sus compromisos de trabajo o cobrar el dinero que habían ganado. Uno de ellos, a quien llamábamos Blue, cantaba muy bien; tenía voz de tenor y un registro muy amplio. El grupo sonaba francamente bien. Al menos, eso creíamos.

»Cuando recibí la carta del padre Kevin me había instalado en el ático de la Mansión Spreckles, en Buena Vista Park. ¿Conoces esa casa?

—Sí. Es un hotel.

—Exacto. En aquellos días era una casa particular. El ático consistía en una sala de baile con un baño y una cocinita. Eso fue mucho antes de que la restauraran. Todavía no se había inventado lo del «alojamiento y desayuno», así que alquilé la sala de baile y los músicos tocaban allí; todos usábamos el asqueroso baño y la cocina, y durante el día, cuando los otros dormían tirados en el suelo, yo soñaba con Wynken. Deseaba averiguar más cosas sobre ese hombre y el significado de sus poemas de amor. No dejaba de pensar en él.

»Me pregunto qué habrá sido de aquel ático. Tenía unas ventanas que daban a tres puntos cardinales y unos asientos adosados a la pared que estaban cubiertos con unos raídos cojines de terciopelo. Disfrutábamos de una amplia vista de San Francisco, excepto por el este, según creo recordar, pero tal vez me equivoque, pues carezco de todo sentido de la orientación. Nos encantaba sentarnos junto a los ventanales y charlar durante horas. Mis amigos me pedían que les hablara sobre Wynken. Queríamos escribir unas canciones inspiradas en sus poemas, pero no llegamos a hacerlo.

—Estabas obsesionado con ese hombre.

—Absolutamente. Lestat, en cuanto acabemos de hablar quiero que vayas a recoger esos libros, sea cual fuere la opinión que yo te merezca. Todos los libros que escribió Wynken están en el apartamento. Dediqué mi vida entera a reunirlos. Me introduje en el negocio de las drogas a causa de ellos. En realidad, empecé con eso en Haight.

»Te hablaba sobre el padre Kevin. En su carta me decía que había consultado el nombre de Wynken de Wilde en unos manuscritos y así averiguó que éste había sido el líder de un culto herético y que murió ejecutado. Wynken de Wilde había fundado una religión cuyos seguidores eran únicamente mujeres, y sus obras habían sido condenadas formalmente por la Iglesia. El padre Kevin dijo que eso era «historia», y me recomendó que vendiera aquellos libros. Prometió volver a escribirme, pero no lo hizo. Dos meses más tarde cometí un múltiple asesinato de forma espontánea, sin premeditación, que cambió el curso de mi vida.

—¿Debido al negocio de las drogas?

—Sí, aunque no fui yo quien metió la pata. Blue estaba más introducido en el tráfico de drogas que yo. Las transportaba en una maleta. Yo las vendía en saquitos y eso me reportaba unos beneficios parecidos a lo que ganaba con el grupo. Blue las compraba por kilos y un día perdió dos kilos. Nadie sabía lo que había pasado. Supusimos que se los había dejado en un taxi, aunque nunca conseguimos averiguarlo.

»En aquella época abundaban los jóvenes estúpidos e incautos. Se metían en el negocio de las drogas sin darse cuenta de que los peces gordos eran unos canallas que no tenían el más mínimo reparo en cargarse a alguien de un tiro. Blue creyó que podría convencerlos de su inocencia, explicarles que le habían timado unos amigos. Decía que sus contactos se fiaban de él, que incluso le habían facilitado una pistola.

»La pistola estaba en el cajón de la cocina. Los individuos con los que trataba Blue le habían dicho que quizá tendría que utilizarla algún día, pero él nos aseguró que no lo haría jamás. Supongo que cuando uno está tan zumbado como él, cree que los demás también lo están. Esos hombres, según dijo Blue, no eran más que unos yonquis como nosotros, y no le preocupaban lo más mínimo. Estaba convencido de que no tardaríamos en ser tan famosos como Big Brother, la Holding Company o Janis Joplin.

»Vinieron a buscarlo de día. Yo era el único que estaba en casa, aparte de Blue.

»Blue se encontraba en el salón de baile, junto a la puerta, hablando con esos hombres y tratando de justificarse. Yo estaba en la cocina y no prestaba atención a lo que decían; probablemente estaba estudiando los libros de Wynken. El caso es que poco a poco me fui dando cuenta de lo que pretendían.

»Esos dos hombres iban a matar a Blue. Repetían con voz fría y monótona que no se preocupara, que todo estaba bien, que tenía que acompañarlos, que se diera prisa, tenían que irse, no, no tenía que ir ahora mismo, no, tenía que apresurarse. Al fin uno de ellos dijo con voz áspera: "Venga, no perdamos más tiempo." Por primera vez Blue se quedó mudo, incapaz de seguir con sus pláticas hippies del tipo "la verdad acabará imponiéndose" y "no soy culpable de ningún delito, hermano". Se produjo un denso silencio y comprendí que iban a matarlo y arrojar su cuerpo a un vertedero o algo por el estilo. No sería la primera vez que se cargaban a un joven camello. Estaba cansado de leer ese tipo de noticias en los periódicos. Sentí que se me erizaba el vello del cogote. Sabía que Blue no tenía escapatoria.

»No pensé en lo que iba a hacer. Ni siquiera me acordé de la pistola que había en el cajón de la cocina. De forma impulsiva, entré en el salón. Los dos individuos que hablaban con Blue eran unos tipos de mediana edad, duros, nada hippies; ni siquiera eran unos Ángeles del Infierno. Eran unos matones, sin más. Ambos se quedaron bastante cortados al comprobar que no les sería tan fácil llevarse a mi amigo de allí.

»Ya me conoces, sabes que soy tan vanidoso como tú. Estaba convencido de que yo era especial, de que tenía una importante misión en la vida, por lo que me dirigí hacia esos individuos echando chispas, con gesto arrogante y seguro. Si algo tenía claro, era que si mataban a Blue también podían matarme a mí, y no iba a permitir que esos tíos se salieran con la suya, ¿comprendes?

—Lo comprendo.

—Empecé a hablar precipitadamente, como una especie de filósofo psicodélico, utilizando palabras de cuatro sílabas mientras me dirigía a ellos para condenar la violencia, quejándome de que con sus voces me habían molestado a mí y a «los otros» que había en la cocina. Les dije que estábamos estudiando.

»De pronto uno de ellos sacó una pistola. Supongo que pensó que iba a liquidarnos sin mayor problema. Recuerdo perfectamente cómo ocurrió. Sacó la pistola y me apuntó con ella, pero yo se la arrebaté, le propiné una patada y lo maté a él y a su compañero de un balazo.

Roger se detuvo.

Yo no dije nada. Me sentí tentado de sonreír. Me gustaba su historia. Pero me limité a asentir. Era lógico que hubiera empezado así. ¿Cómo no se me había ocurrido antes? No era un asesino nato; en tal caso, no me habría parecido tan interesante.

—Así fue como me convertí en un asesino —dijo Roger—. Imagínate, en un abrir y cerrar de ojos. Los dejé secos en el acto.

Roger bebió otro trago y se quedó ensimismado durante unos momentos, evocando aquel episodio. Parecía hallarse bien dentro de su cuerpo de fantasma, acelerado como una moto.

—¿Qué hiciste después? —pregunté.

—En aquellos instantes decisivos cambió el curso de mi existencia. Pensé en entregarme a la policía, en acudir a un sacerdote, en que iría al infierno, en llamar a mi madre, en que había destrozado mi vida, en llamar al padre Kevin, en arrojar la hierba por el retrete, en pedir auxilio a los vecinos y muchas cosas más.

»Luego cerré la puerta, Blue y yo nos sentamos y no paré de hablar durante una hora. Él no despegó los labios. Yo confiaba en que nadie hubiera visto el coche de esos individuos aparcado frente a nuestra casa, pero si sonaba el timbre estaba preparado, porque tenía una pistola con el cargador lleno de balas y me había apostado frente a la puerta.

»Mientras hablaba y esperaba, sin dejar de observar los dos cadáveres que yacían en el suelo, pensé en la forma de salir de aquel atolladero; Blue tenía la mirada perdida en el infinito, como si estuviera bajo los efectos del LSD. ¿Por qué iba a pasarme el resto de la vida en la cárcel por haber matado a aquellos cabrones? Tardé una hora en llegar a una conclusión lógica.

—Ya.

—Blue y yo limpiamos inmediatamente el apartamento, retiramos todas nuestras pertenencias, llamamos a los otros dos músicos y les dijimos que fueran a recoger sus cosas a la estación de autobuses. Les explicamos que temíamos que la policía registrara la casa. Jamás se enteraron de lo ocurrido. El ático estaba tan repleto de huellas dactilares debido a nuestras fiestas, orgías y sesiones de rock, que era imposible que dieran con nosotros. Ninguno de nosotros teníamos antecedentes penales. Además, disponía de pistola.

»Cogí el dinero que llevaban los individuos. Blue no quería tocarlo, pero yo necesitaba pasta para salir de allí.

»Blue y yo nos separamos y jamás volvimos a vernos. Tampoco volví a ver a Ollie y a Ted, los otros dos músicos. Creo que se trasladaron a Los Ángeles. Supongo que Blue se convertiría en un drogadicto terminal. En cualquier caso, yo seguí mi camino. Me tenía sin cuidado lo que hicieran mis compañeros. Aquel episodio me marcó para siempre y nunca volví a ser el mismo.

—¿En qué sentido te marcó? —pregunté—. ¿A qué te refieres exactamente? ¿Te divirtió matar a esos tipos?

—No. Más que divertirme, fue un éxito. Matar nunca me ha parecido divertido. Es un trabajo duro y arriesgado. Comprendo que a ti sí te divierta matar a la gente, puesto que no eres humano. No, no fue eso. Fue el hecho de haberlo conseguido, de acercarme a aquel cabrón y arrebatarle la pistola sin darle tiempo a reaccionar, porque ni siquiera llegó a sospechar que fuera a hacerlo, y cargármelos a los dos sin vacilar. Murieron con la estupefacción pintada en sus rostros.

—Creyeron que Blue y tú erais un par de críos.

—Creyeron que éramos unos soñadores. Es cierto, yo era un soñador. Durante el viaje a Nueva York no cesaba de pensar en que me aguardaba un destino fantástico, que iba a convertirme en algo grande, y que este poder, el poder de liquidar a dos tipos, venía a ser la epifanía de mi fuerza.

—¿Una epifanía divina?

—No, una epifanía del destino. Ya te he dicho que Dios no me inspiraba ningún sentimiento personal. En la Iglesia católica dicen que si uno no siente devoción hacia la Virgen, lo más seguro es que se condene. Yo nunca sentí devoción hacia la Virgen. Jamás sentí ninguna devoción hacia una deidad personal ni ningún santo. No me inspiraban la menor emoción. Ése fue el motivo por el que la inclinación religiosa de Dora me sorprendió tanto. Dora es muy sincera. Pero ya hablaremos más adelante de eso. Cuando llegué a Nueva York, comprendí que mi culto no se fundaría en unos principios religiosos sino en el mundo real, con multitud de seguidores, poder y todo tipo de lujos y excesos.

—Comprendo.

—Ésa había sido la visión de Wynken, el mensaje que había comunicado a sus seguidoras: no merecía la pena esperar a morirse para disfrutar del paraíso. Todo debía hacerse aquí y ahora, cometer todo tipo de pecados... ¿No era eso lo que propugnaban los herejes?

—En parte, sí. Al menos, eso decían sus enemigos.

—El siguiente asesinato lo cometí puramente por dinero. Me contrataron para liquidar a un tipo. Yo era el chico más ambicioso de la ciudad. Trabajaba como representante de otro grupo musical, una pandilla de vagos que no habían logrado alcanzar el éxito de otras estrellas del rock. De paso, traficaba con drogas, pero me lo había montado mejor que antes. Personalmente, detestaba las drogas. Era la época dorada en que la gente transportaba la hierba en unos pequeños aviones, como si fuera una aventura del Oeste.

»Me enteré de que el tipo figuraba en la lista negra de un mafioso que estaba dispuesto a pagar treinta mil dólares para que alguien se lo cargara. El tipo era un cabrón. Todo el mundo lo temía. Sabía que iban a por él. Se paseaba a plena luz del día, pero nadie se atrevía a mover un dedo.

»Pensé en la forma más segura de liquidarlo. Había cumplido diecinueve años y me vestí como un universitario, con un jersey de cuello redondo, un *blazer* y un pantalón de franela. Me corté el pelo al estilo de Princeton y cogí unos libros. Averigüé que ese individuo vivía en Long Island, de modo que una noche, cuando se apeó del coche, me acerqué a él y lo maté de un tiro a un par de metros de su casa, donde su esposa y sus hijos estaban cenando.

Roger se detuvo durante unos momentos y luego dijo con tono solemne:

—Hay que ser un animal para hacer eso y no sentir el menor remordimiento.

—Sin embargo, no lo torturaste como yo hice contigo —contesté suavemente—. Al menos, eres consciente de lo que has hecho. Comprendes tus motivaciones. Yo, en cambio, no tenía una idea cabal de ti mientras te seguía. Supuse que eras un tipo más perverso, convencido de tu importancia. Un iluso.

—¿Dices que me torturaste? —preguntó Roger—. No recuerdo haber sentido dolor, sólo ira porque sabía que iba a morir. El caso es que maté a ese hombre en Long Island por dinero. Su muerte no significaba nada para mí. Ni siquiera me sentí aliviado después de haberlo liquidado, sólo una especie de fuerza, de satisfacción por haberlo conseguido, y el deseo de repetir cuanto antes la experiencia.

—Te habías convertido en un asesino profesional.

—Absolutamente. Un excelente profesional, con mucho estilo. Cuando se trataba de un asunto complicado se tenía que llamar a Roger. Era capaz de colarme en un hospital vestido como un joven doctor, con una tarjeta de identificación colgada en la bata y un historial médico en la mano, y liquidar de un tiro a un tipo postrado en la cama antes de que alguien pudiera darse cuenta.

»De todos modos, no me hice rico como asesino a sueldo. Primero fue la heroína, luego la cocaína. Con la cocaína viví algo así como las aventuras de vaqueros que había conocido antes, los cuales se encargaban de transportar la mercancía a través de la frontera por las mismas rutas, con los mismos aviones. Ya conoces la historia. Todo el mundo lo hace hoy en día. Los traficantes de antaño utilizaban unos métodos más toscos. Los aviones que se empleaban eran más veloces que los del Gobierno y a veces, cuando aterrizaban, estaban tan repletos de cocaína que el piloto no podía salir de la cabina. Nosotros corríamos a descargar la mercancía del avión, la cargábamos en el coche y nos largábamos a toda velocidad.

—Lo sé.

—Actualmente existen verdaderos genios en el negocio, gente que sabe utilizar teléfonos celulares, ordenadores y técnicas de blanqueo de dinero para borrar cualquier pista. En mi época, yo era el genio de los narcotraficantes. A veces la operación era tan dura y pesada como mover muebles. Yo lo organizaba todo, elegía a mis confidentes y a mis mulas para cruzar las fronteras. Antes de que la cocaína se pusiera de moda, por decirlo así, tenía unos contactos muy importantes en Nueva York y Los Ángeles entre la gente rica, ya sabes, el tipo de clientes a quienes entregas personalmente la mercancía. Ni siquiera tienen que abandonar sus mansiones palaciegas. Recibes una llamada y te presentas con la mercancía, la más pura que existe en el mercado. Incluso les caes bien. Pero al fin tuve que dejarlo. No quería depender de eso.

»Yo era muy listo. Hice unos negocios inmobiliarios realmente brillantes, puesto que disponía del dinero y, como bien sabes, en aquellos días había una inflación galopante. Gané una fortuna.

—¿Pero cómo conociste a Terry, la madre de Dora?

—Por pura casualidad. O quizá fuera el destino. ¿Quién sabe? Regresé a Nueva Orleans para ver a mi madre, conocí a Terry y la dejé embarazada. Fui un imbécil.

»Yo tenía veintidós años, mi madre se estaba muriendo y me pidió que regresara a casa. Aquel estúpido novio con el rostro lleno de arrugas había muerto y ella se había quedado sola. Yo solía enviarle dinero con regularidad.

»La pensión se había convertido en la casa particular de mi madre, disponía de dos doncellas y un chófer para pasearla en Cadillac cuando le apeteciera. Se lo pasaba estupendamente y jamás me hacía preguntas sobre la procedencia del dinero. Yo había empezado a coleccionar los libros de Wynken. Por aquella época adquirí otros dos libros suyos y la casa donde guardar mis tesoros en Nueva York, pero de eso hablaremos más tarde. De todos modos, ten presente el nombre de Wynken.

»Mi madre nunca me había pedido nada. Ocupaba el dormitorio principal, que se hallaba en el piso superior. Me dijo que hablaba con todos los que la habían precedido: su pobre y difunto hermano Mickey, su difunta hermana Alice y su madre, la doncella irlandesa —fundadora de nuestra familia, por decirlo así—, quien había heredado la casa de una señora loca de remate que vivía allí. También me contó que hablaba con frecuencia con Little Richard, un hermano suyo que había muerto a los cuatro años de edad a causa del tétanos. Mi madre dijo que Little Richard la seguía por todas partes, repitiéndole que había llegado el momento de reunirse con ellos.

»Mi madre estaba empeñada en que yo regresara a casa. Me quería en aquella habitación, junto a ella. Yo lo comprendía. Ella había atendido a varios huéspedes que habían fallecido en la pensión sin apartarse de su cabecera, al igual que había hecho yo con el viejo capitán. De modo que regresé a casa.

»No revelé a nadie a dónde me dirigía, ni mi verdadero nombre ni de dónde provenía, de forma que me resultó muy fácil abandonar Nueva York sin que nadie se diera cuenta. Me dirigí a la casa de la avenida St. Charles y me senté junto al lecho de mi madre, dispuesto a sostener bajo su barbilla el recipiente para que vomitara, a limpiarle las babas y obligarla a utilizar el orinal para enfermos que guardan cama cuando la agencia no podía enviar una enfermera. Teníamos sirvientes, sí, pero mi madre no quería que ellos la atendieran, sobre todo la chica de color, como ella la llamaba; ni tampoco la horrible enfermera. Descubrí con asombro que esas cosas no me repugnaban tanto como había supuesto. He perdido la cuenta de las sábanas que lavé. Por supuesto, teníamos una lavadora, pero había que cambiarle las sábanas cada dos por tres. De todos modos, no me importaba. Quizá nunca fui una persona muy normal. El caso es que hice lo que debía hacer. Lavaba el orinal mil veces a lo largo del día, lo secaba, le echaba unos polvos de talco y lo colocaba junto a su lecho. No existe ningún hedor que dure eternamente.

—Al menos, en la Tierra —murmuré. Afortunadamente, Roger no me oyó.

—Esa situación se prolongó durante dos semanas. Mi madre no quería que la ingresara en el hospital Mercy. Contraté a dos enfermeras, que se turnaban día y noche, para que me ayudaran y le tomaran las constantes vitales cuando yo me asustaba. Cumplí con las obligaciones de rigor, como rezar el rosario en voz alta con mi madre y todo lo que suele hacerse cuando una persona está a punto de morir. De dos a cuatro de la tarde mi madre recibía visitas. «¿Dónde está Roger?», preguntaron unos viejos primos a los que hacía tiempo no veía. Yo me negué a aparecer.

—Deduzco que su agonía no te afectó en exceso.

—No me trastornó, si te refieres a eso. Mi madre estaba consumida por el cáncer y ni todo el dinero del mundo habría podido salvarla. Yo quería que muriera de la forma más rápida, pues no soportaba contemplar su sufrimiento, pero siempre he tenido un carácter duro e hice lo que debía hacer. Permanecí con ella en su habitación, sin dormir, día y noche hasta que murió.

»Mi madre hablaba mucho con los fantasmas, pero yo no los oía ni los veía. Yo no hacía más que repetir: "Little Richard, ven a buscarla. Tío Mickey, si ella no puede ir a reunirse con vosotros, ven a buscarla."

»Un día antes de producirse el desenlace apareció Terry, una enfermera no diplomada que mandó la agencia porque las otras estaban ocupadas. Un metro setenta, rubia, la tía más vulgar y atractiva que he visto en mi vida. Todo encajaba. La chica era basura, aunque en un envoltorio muy apetitoso.

—Uñas con laca de color rosa, labios rosas y jugosos —apunté con una sonrisa. Había visto su imagen en la mente de Roger.

—Cada detalle rezumaba vulgaridad: el chicle, la esclava dorada en el tobillo, las uñas pintadas de los pies, la forma en que se quitaba los zapatos para que pudiera verlas, los botones desabrochados de su bata de nailon blanca, que dejaban entrever el canalillo, y sus ojos de párpados caídos y mirada estúpida, bien perfilados con lápiz y rímel. Solía limarse las uñas delante de mí. Pero, ya te digo, jamás había visto algo tan acabado, tan... Era una obra de arte.

Ambos soltamos una carcajada.

—La encontraba irresistible —prosiguió Roger—. Era como un pequeño animal desprovisto de pelo. Me la tiraba cada vez que se presentaba la ocasión. Mientras mi madre dormía lo hacíamos en el baño, de pie. En un par de ocasiones nos acostamos en uno de los dormitorios; nunca tardábamos más de veinte minutos, cronometrados. Terry se bajaba las braguitas de color rosa hasta los tobillos. Apestaba a un perfume que se llamaba Vals Azul.

Yo sonreí.

—Te comprendo perfectamente —dije—. Y, a pesar de todo, te enamoraste de ella.

—Me encontraba a tres mil doscientos kilómetros de mis mujeres y mis chicos de Nueva York y de ese poder barato que ofrece el negocio de las drogas, de los guardaespaldas que se apresuran a abrirte la puerta de la limusina y las chicas que te dicen que están locas por ti mientras te prestan sus favores en el asiento trasero sólo porque ha corrido la voz que la noche anterior te cargaste a un tipo.

—Somos más parecidos de lo que había imaginado. He vivido una mentira basada en los dones que poseo.

—¿A qué te refieres? —preguntó Roger.

—No tengo tiempo de explicártelo. No es necesario que me conozcas. Sigue hablándome de Terry. ¿Cómo es que nació Dora?

—Terry se quedó embarazada. Me dijo que tomaba la píldora. Creía que yo estaba forrado. Le tenía sin cuidado que yo no la amara; tampoco ella me quería. Era la persona más estúpida e ignorante que he conocido. Me pregunto si no sientes nunca la tentación de chupar la sangre a cretinos como ella.

—Y nació Dora.

—Sí. Terry me amenazó con abortar si no me casaba con ella, de modo que hicimos un trato; utilicé un alias, por lo que nunca fue legal excepto sobre el papel, lo cual es una ventaja porque de este modo Dora y yo no estamos legalmente emparentados. Le ofrecí cien mil dólares cuando nos casáramos y otros cien mil cuando naciera la niña. Después le concedería el divorcio y me quedaría con mi hija.

—«Nuestra hija», imagino que diría ella.

—Exacto, «nuestra hija». Fui un imbécil. No tuve en cuenta algo que saltaba a la vista, que esa mujer, esa enfermera de ojos pintados, zapatos con suela de goma y un flamante anillo de brillantes que se pasaba el día limándose las uñas y mascando chicle, aunque fuera estúpida no dejaba de ser un mamífero y no estaba dispuesta a que nadie le arrebatara a su retoño. De modo que el juez fijó los días en que yo podía visitar a mi hija.

»Me pasé seis años yendo y viniendo de Nueva Orleans para pasar un rato con Dora, para abrazarla, hablar con ella y llevarla de paseo. ¡Era mi hija! Carne de mi carne. En cuanto me veía echaba a correr y se arrojaba en mis brazos.

»A veces íbamos en taxi al Quarter y nos paseábamos por el Cabildo; a Dora le encantaba contemplar la catedral. Luego íbamos a comprar *muffaletas*, unos bocadillos rellenos de aceitunas, a la tienda de ultramarinos.

—Ya lo sé.

—Dora me contaba todo lo que había sucedido durante la semana, desde la última vez que nos habíamos visto. Me sentía tan feliz que me ponía a bailar y cantar con ella en medio de la calle. Dora siempre ha tenido una voz preciosa, que por cierto no ha heredado de mí. Mi madre poseía una bonita voz, y Terry también. Supongo que la heredó de ellas. Dora era una niña muy inteligente. Cogíamos el transbordador y dábamos un paseo por el río. Nos situábamos junto a la barandilla para ver el paisaje y cantábamos. La llevaba a D. H.

Holmes y le compraba unos vestidos muy bonitos. A su madre no le importaba que le comprara ropa y, de paso, también compraba algo para Terry con el fin de tenerla contenta: un sostén de encaje, un estuche con productos cosméticos de París o un perfume que costaba a cien dólares los 30 mililitros. ¡Cualquiera menos el Vals Azul! Dora y yo nos divertíamos mucho. A veces pensaba que era capaz de soportarlo todo con tal de poder verla cada pocos días.

—Era una niña muy expresiva e imaginativa, como tú.

—Sí, siempre llena de sueños y visiones. Dora es muy ingenua, sabes. Es una teóloga. Qué curioso, ¿no? Le atrae lo espectacular, como a mí. Pero su fe en Dios, en la teología, no sé de quién la ha heredado.

Teología. Esa palabra me hizo reflexionar.

—Al cabo de un tiempo Terry y yo empezamos a odiarnos. Cuando llegó el momento de enviar a Dora a la escuela comenzaron las peleas. Yo quería que estudiara en el Sagrado Corazón y asistiera a clases de baile y música, así como llevármela dos semanas a Europa. Terry me odiaba. Dijo que no permitiría que convirtiera a su hija en una esnob. Entretanto, Terry había dejado la casa de la avenida St. Charles, pues decía que era vieja y le producía escalofríos, para mudarse a una chabola prefabricada de estilo ranchero que se hallaba en una calle sin plantas ni árboles de los suburbios. Se llevó a mi hija del Garden District para instalarla en un lugar donde el monumento arquitectónico más próximo era la carretera comarcal 7-Once. Yo estaba desesperado. Dora se iba haciendo mayor, quizá demasiado para tratar de arrebatársela en el plano afectivo a su madre, a quien quería mucho. Existía algo inexpresable entre ellas, una relación que nada tenía que ver con las palabras. Terry se sentía muy orgullosa de Dora.

—Entonces apareció ese novio en escena.

—Exacto. De haberme presentado un día más tarde, no habría encontrado a mi esposa ni a mi hija allí. Terry iba a abandonarme. Estaba dispuesta a renunciar a mis generosos cheques para largarse a Florida con un electricista medio muerto de hambre.

»Dora, que no sabía nada, estaba jugando en la acera que había frente a la casa. Terry tenía el equipaje preparado. Maté de un tiro a Terry y a su novio en aquella ridícula casa prefabricada en Metairie, donde Terry había decidido criar a mi hija en lugar de la casa de St. Charles. Los maté a los dos. Dejé la moqueta de poliéster del salón y la encimera de formica de la cocina empapadas de sangre.

—Me lo imagino.

—Arrojé los cadáveres a la ciénaga. Hacía mucho tiempo que no me ocupaba directamente de una operación de ese tipo, pero no tuve dificultades. La furgoneta del electricista estaba aparcada en el garaje, así que metí los cuerpos en unas bolsas y los cargué en la furgoneta. Enfilé la autopista Jefferson y me deshice de ellos. No, quizá cogí por Chef Menteur. Sí, era Chef Menteur, cerca de uno de los viejos fuertes que hay junto al río Rigules. Se hundieron en el lodo.

—A mí también me han dejado tirado a veces en el lodo.

Roger estaba demasiado excitado para comprender lo que farfullaba.

—Luego regresé para recoger a Dora, que estaba sentada en los escalones, con los codos apoyados en las rodillas, preocupada porque nadie acudía a abrirle la puerta. Al verme empezó a gritar: «¡Sabía que vendrías, papaíto!» No me atreví a entrar en la casa para recoger su ropa. No quería que ella viera la sangre. De modo que la subí a la furgoneta del novio de Dora y nos largamos de Nueva Orleans. Abandoné la furgoneta en Seattle, Washington. Ésa fue mi odisea con Dora.

»Fue una locura. Recorrimos cientos de kilómetros, los dos solos, hablando sin parar. Creo que trataba de explicarle las cosas que había aprendido. Nada perverso ni destructivo, naturalmente, nada que pudiera perjudicarla, sino todo lo que había aprendido sobre la virtud y la honestidad, lo que corrompe a la gente y lo que merece la pena defender.

»—No puedes cruzarte de brazos y no hacer nada en esta vida, Dora —le dije—. No puedes dejar este mundo tal como lo has encontrado. —También le expliqué que de joven había decidido convertirme en un líder religioso y que ahora me dedicaba a coleccionar objetos hermosos, obras de arte religiosas procedentes de Europa y Oriente. Le hice creer que trataba con antigüedades para quedarme con las piezas que me interesaban, que así era como me había hecho rico, lo cual en cierto modo era verdad.

—Y ella sabía que habías matado a Terry.

—No. Estás equivocado. Noté que esas imágenes se agolpaban en mi mente mientras me chupabas la sangre, pero Dora sólo sabía que me había librado de Terry, mejor dicho, que la había librado a ella de Terry, y que a partir de entonces viviría y viajaría siempre con papá. Dora no sabe que yo asesiné a su madre. Un día, cuando tenía doce años, se echó a llorar y me suplicó: «Dime dónde está mamá, dime adónde fue cuando se marchó a Florida con aquel hombre.» Yo le seguí el juego, pues no quería que supiera que Terry había muerto. Gracias a Dios que existe el teléfono. Soy un artista con el teléfono. Me gusta. Es como hablar por la radio.

»Pero volvamos a Dora. En aquel entonces tenía seis años. Su papá la llevó a Nueva York y la instaló en una suite en el Plaza. A partir de aquel momento, Dora tuvo todo lo que su papá podía comprarle.

—¿Lloraba al recordar a su madre?

—Sí. Probablemente fue la única persona que lloró por ella. Antes de casarnos, la madre de Terry me dijo que su hija era una zorra. Se odiaban. El padre había sido policía. Era buena gente, pero tampoco quería a su hija. Terry no era buena persona. Era mezquina; no merecía la pena pasar siquiera una noche con ella, y mucho menos enamorarte y casarte con ella.

»Su familia creyó que se había fugado a Florida y nos había abandonado a Dora y a mí. Es lo único que el viejo y la vieja supieron hasta el día de su muerte, me refiero a los padres de Terry. Sus primos siguen creyendo que se largó a Florida. En realidad no me conocen, no saben quién soy, aunque supongo que habrán visto los artículos en los periódicos y las revistas. No lo sé, me tiene sin cuidado. Dora lloró por su madre, sí, pero después de la mentira que le conté cuando tenía doce años, no volvió a preguntarme por ella.

»Debo reconocer que el cariño de Terry hacia Dora fue tan perfecto como el de cualquier madre del género de los mamíferos: instintivo, protector, antiséptico. Le procuraba una alimentación sana y equilibrada. La vestía con ropa cara, la llevaba a clase de baile y charlaba con las otras madres. Se sentía orgullosa de Dora, pero apenas hablaba con ella. A veces pasaban días sin que ni siquiera se cruzaran sus miradas. Era una relación esencialmente mamífera. Todo en la vida de Terry era así.

—Es curioso que te casaras con una persona como ella.

—No, fue cosa del destino. Engendramos a Dora. Terry le dio su voz y su belleza. Dora ha heredado también de su madre una especie de dureza, aunque dicho así suene peyorativo. En el fondo, Dora es una mezcla de los dos, una mezcla excelente.

—También ha heredado tu belleza.

—Sí, pero cuando los genes se encontraron sucedió algo mucho más interesante y provechoso. Ya has visto a mi hija. Es muy fotogénica, y bajo el carisma que ha heredado de mí, posee la sensatez de Terry. Es capaz de convertir a la gente a través de la televisión. «¿Cuál es el auténtico mensaje de Jesús?» pregunta, mirando fijamente a la cámara. «Jesús está en cada extraño con el que te topas por la calle, en los pobres, los hambrientos, los enfermos, en vuestros vecinos.» Y el público lo cree.

—Sí, la he visto en televisión. Podría llegar adonde quisiera.

Roger suspiró.

—Envié a Dora a estudiar lejos de Nueva York. En aquella época yo ganaba una fortuna. Tuve que poner muchos kilómetros de distancia entre mi hija y yo. La cambié tres veces de colegio antes de que se graduara, lo cual fue muy duro para ella, pero jamás protestó por esas maniobras ni por el misterio que rodeaba siempre nuestros encuentros. Le decía que tenía que viajar cuanto antes a Florencia para evitar que unos gamberros destrozaran un mural, o a Roma para explorar una catacumba que se acababa de descubrir.

»Cuando Dora empezó a interesarse de forma seria por la religión, me pareció una decisión espiritualmente elegante. Supuse que mi nutrida colección de estatuas y libros la habían inspirado. Cuando a los dieciocho años me comunicó que la habían aceptado en Harvard y que había decidido estudiar teología comparada, sonreí e hice un comentario típicamente machista: estudia lo que quieras y luego cásate con un hombre rico, pero ahora deja que te muestre mi último icono o estatua. Sin embargo, el fervor de Dora y su afición a la teología eran mucho más fuertes de lo que yo había imaginado. Cuando Dora cumplió diecinueve años hizo un viaje a Tierra Santa. Antes de graduarse regresó aún en dos ocasiones. Dedicó los dos años siguientes a estudiar las diversas religiones que existen en el mundo. Luego me propuso la idea de aparecer en un programa por televisión: quería dirigirse a la gente. Gracias a la televisión por cable existen numerosas cadenas religiosas; no tienes más que darle al mando para contemplar a un pastor protestante o a un sacerdote católico.

»—¿Estás decidida? —pregunté a Dora. No sabía que le hubiera dado tan fuerte. Dora quería defender unos ideales que nunca llegué a comprender que yo mismo le había transmitido.

»—Papá, consígueme una hora en televisión tres veces a la semana y proporcióname dinero para utilizarlo como yo quiera —me dijo Dora—, y verás lo que es bueno.

»Empezó a hablar sobre cuestiones éticas, sobre la forma de salvar nuestra alma en el mundo actual. Había pensado un programa que incluía breves alocuciones aderezadas con cánticos y bailes. Sobre el tema del aborto pronuncia unos discursos apasionados y lógicos, recalcando que ambos bandos tienen razón: explica que toda vida es sagrada, pero que una mujer tiene derecho a hacer lo que quiera con su cuerpo.

—He visto el programa.

—¿Te das cuenta de que se transmite por setenta y cinco cadenas de televisión por cable? ¿Te das cuenta del perjuicio que la noticia de mi muerte puede ocasionar a la iglesia de mi hija?

Roger hizo una pausa para reflexionar. Al cabo de unos minutos empezó a hablar con tanta rapidez como antes:

—Creo que nunca tuve ninguna aspiración religiosa, un meta espiritual, por así decirlo, que no encerrase un trasfondo materialista y atrayente. ¿Comprendes lo que quiero decir?

—Desde luego.

—Pero Dora es distinta. A Dora no le importan las cosas materiales. Las reliquias e iconos no significan nada para ella. Dora cree, contra todo razonamiento de orden psicológico e intelectual, que Dios existe.

Roger se detuvo de nuevo y meneó la cabeza como si sintiera lástima de su hija.

—Tenías razón en lo que me dijiste hace un rato. Soy un gángster. Incluso era capaz de estafar y matar por mi querido Wynken. Dora no es como yo.

Recordé su comentario en el bar del hotel: «He vendido mi alma por lugares como éste.» En aquel momento comprendí lo que quería decir, y ahora también.

—Volvamos a mi historia. Hace años, como ya te he dicho, renuncié a la idea de fundar una religión secular. Cuando Dora inició su programa de televisión, hacía años que me había olvidado de aquellas aspiraciones. Tenía a Dora y a Wynken, el cual seguía constituyendo mi obsesión. Había conseguido más libros suyos, y a través de mis contactos había logrado adquirir cinco cartas escritas en aquella época que hacen referencia a Wynken de Wilde, a Blanche de Wilde y a su marido, Damien. Había encargado a mis agentes que buscaran ese tipo de objetos raros en Europa y América. Me atraía el misticismo alemán.

»Mis agentes hallaron una versión abreviada de la historia de Wynken en un par de textos alemanes, en la que se hacía referencia a mujeres que practicaban los ritos de Diana, hechizos y artes mágicas. Wynken había sido expulsado del monasterio y acusado públicamente. Las actas del juicio, lamentablemente, se habían perdido.

»No habían sobrevivido a la Segunda Guerra Mundial. Pero existían otros documentos y cartas secretas en otros lugares. Era cuestión de utilizar la palabra clave, "Wynken", y saber lo que andabas buscando.

»Cuando disponía de una hora me dedicaba a examinar las figuritas desnudas que aparecían en los libros de Wynken y a memorizar sus poemas de amor. Conocía tan bien esos poemas que era incluso capaz de cantarlos. Cuando veía a Dora los fines de semana —nos reuníamos siempre que podíamos— se los recitaba y le mostraba mi último hallazgo.

»Dora toleraba mi "trasnochada versión hippy sobre amor libre y el misticismo", según decía ella.

»—Te quiero, Roger —decía Dora—, pero eres un romántico y un iluso si crees que ese sacerdote pervertido era un santo. Su único mérito era acostarse con mujeres. Los libros constituían el medio de comunicarse con su cuñada... de fijar una cita.

»—Pero Dora —protestaba yo—, la obra de Wynken de

Wilde no contiene una sola palabra cruel o desagradable. Compruébalo tú misma. —Poseía seis libros de Wynken. Todos versaban sobre el amor. El traductor que trabajaba para mí en aquella época, un profesor de Columbia, había quedado maravillado ante el misticismo de los poemas, la combinación de amor por Dios y el acto carnal. Pero a Dora no la convencía. Estaba obsesionada con sus cuestiones religiosas. Leía a Paul Tillich, William James, Erasmo y numerosas obras sobre el estado en que se encuentra el mundo. La obsesión de Dora es precisamente el estado en que se encuentra el mundo.

—De modo que aunque rescate los libros de Wynken Dora los rechazará.

—En estos momentos no quiere saber nada de mi colección de obras de arte —contestó Roger.

—No obstante quieres que yo proteja esos objetos —dije.

—Hace dos años —contestó Roger con un suspiro de resignación— aparecieron unos artículos sobre mí. Ninguno de ellos mencionaba a Dora, pero me ponían al descubierto. Ella llevaba algún tiempo sospechando; dijo que era inevitable que acabara intuyendo que mi dinero no era limpio.

Roger meneó la cabeza con tristeza y repitió:

—Dijo que no era limpio. El último regalo que permitió que le hiciera fue el convento. Pagué un millón de dólares por el edificio, además de otro millón para eliminar todas las reformas y dejarlo como en tiempos de las monjas, en el siglo diecinueve, con una capilla, un refectorio, unas celdas y unos amplios pasillos...

»No obstante, lo aceptó con reservas. En cuanto a mi colección de obras de arte, olvídalo. Jamás aceptará de mí el dinero que necesita para instruir a sus seguidores, su orden o comoquiera que se llame. La televisión por cable no es nada comparado con lo que yo podía haber hecho por ella, remozando el convento para que lo utilizara como sede de su iglesia. Imagina la riqueza de que dispondría si aceptara mi colección de estatuas e iconos... Un día le dije: "Podrías llegar a ser tan importante como Billy Graham o Jerry Falwell. Por el amor de Dios, no rechaces mi dinero."

Roger sacudió la cabeza con amargura.

—Si acepta verme es por compasión, una virtud de la que mi hermosa hija anda sobrada. De vez en cuando me permite que le haga un pequeño obsequio. Esta noche, sin embargo, se negó en redondo. En cierta ocasión, cuando el programa estaba a punto de hundirse, aceptó la cantidad de dinero suficiente para salvar la situación. Pero no quiere saber nada de mis santos y mis ángeles. Detesta mis libros y mis tesoros.

»Ambos sabemos que su reputación corre peligro. En el fondo le has hecho un favor eliminándome, pero no tardará en aparecer publicada la noticia de mi desaparición. Imagino los titulares: "Una célebre telepredicadora, financiada por el rey de la cocaína". ¿Cuánto tiempo podrá mantener oculto su secreto? Tanto ella como su secreto deben sobrevivir a mi muerte. ¡A cualquier precio! ¿Me oyes, Lestat?

—Sí, Roger, te oigo perfectamente. Pero Dora todavía no corre peligro.

—Mis enemigos son implacables y el Gobierno... ¿Quién sabe quién es el Gobierno ni qué demonios hace?

—¿Crees que Dora teme que estalle el escándalo?

—No. Puede que se sienta deprimida por mi desaparición, pero el escándalo no la afectará. Quería que renunciara a mis negocios. Ésa era su línea de ataque. No le importaba que la gente descubriera que éramos padre e hija. Quería que renunciara a todo. Temía por mí, como haría cualquier hija o esposa de un gángster.

»—Permíteme ayudarte a construir tu iglesia —le rogué—. Acepta el dinero.

»La televisión ha servido para demostrar que Dora es una joven de carácter, pero poco más. Su situación es complicada. Carece de fondos. Tendrá que subir ella sola la escalera que conduce al cielo. No puedo ayudarla. Depende exclusivamente de sus seguidores para obtener los millones que necesita.

»¿Has leído las obras de las místicas a las que se refiere con frecuencia, Hildegard de Bingen, Julia de Norwich y Teresa de Ávila?

—Sí, he leído las obras de todas ellas —contesté.

—Unas mujeres inteligentes que desean ser oídas por otras mujeres inteligentes. Dora ha empezado a atraer una audiencia que incluye ambos sexos. En este mundo no consigues nada si te diriges sólo a un sexo. Es imposible. Hasta yo lo sé, el magnate, el genio de Wall Street. Dora atrae a todo tipo de personas. Ojalá dispusiera de otros dos años para levantar su iglesia antes de que Dora descubriera...

—Estás equivocado. Deja de arrepentirte. Si hubieras construido una iglesia importante habrías precipitado el escándalo.

—No, una vez que la iglesia estuviera edificada y consolidada el escándalo no habría tenido importancia. El problema radica en que es una iglesia pequeña, y cuando eres pequeño e insignificante un escándalo puede hundirte —replicó Roger con enojo. Estaba muy agitado, pero su imagen había adquirido mayor fuerza—. No puedo destruir a Dora...

Roger se detuvo bruscamente y se estremeció. Luego se volvió hacia mí y preguntó:

—¿Cómo crees que acabará todo esto, Lestat?

—Dora tiene que seguir adelante —contesté—. Tiene que conservar la fe después de que se descubra tu muerte.

—Sí. Yo soy su mayor enemigo, vivo o muerto, y su iglesia está en una situación precaria; mi hija no es una puritana. Considera a Wynken un hereje, pero no se da cuenta de que su propia compasión por las debilidades de la carne es justamente a lo que se refería Wynken.

—Comprendo. Pero ¿qué pretendes que haga yo? ¿Que salve también a Wynken?

—En realidad, Dora es un genio —prosiguió Roger, sin molestarse en responder—. A eso me refería cuando te dije que era una teóloga. Ha conseguido dominar el griego, el latín y el hebreo, aunque de niña no era bilingüe. Ya sabes lo difícil que es aprender esas lenguas.

—Sí, no para nosotros, pero... —Me detuve bruscamente. Se me había ocurrido una terrible idea.

La fuerza de ese pensamiento lo interrumpió todo.

Era demasiado tarde para convertir a Roger en un ser inmortal. ¡Estaba muerto!

No me había dado cuenta de que durante todo el rato, mientras él me relataba su historia, yo había dado por sentado que si me apetecía podía atraerlo hacia mí, retenerlo aquí, evitar que desapareciera. Pero de golpe comprendí con un atroz sobresalto que Roger era un fantasma. Estaba hablando con un hombre que ya estaba muerto.

La situación era tan dolorosa, desesperante y anómala, que de no haber tenido que disimular para que Roger continuara su relato me habría puesto a gemir.

—¿Qué te pasa? —preguntó Roger.

—Nada. Cuéntame más sobre Dora. Cuéntame de qué tipo de cosas habla Dora.

—Habla sobre lo estéril que es esta época, dice que la gente necesita aferrarse a algo. Deplora los crímenes que se cometen en el mundo y la falta de aspiraciones de la juventud. Quiere fundar una religión en la que nadie lastime a nadie. Es el sueño americano. Se conoce de memoria las Sagradas Escrituras, ha leído los libros apócrifos, los escritos de Agustín, Marción y Maimónides; está convencida de que la prohibición contra el sexo destruyó el cristianismo, lo cual no es una idea original suya, y complace a las mujeres que la escuchan...

—Sí, lo comprendo, ¿pero no siente Dora ninguna simpatía o admiración hacia Wynken?

—Los libros de Wynken no significan para ella lo mismo que para mí: una serie de visiones.

—Entiendo.

—A propósito, los libros de Wynken no son sólo perfectos, sino singulares en muchos aspectos. Wynken realizó su obra a lo largo de los veinticinco años previos a que Gutenberg inventara la imprenta. Sin embargo, Wynken se encargó de todo. Fue el escriba, el autor de las letras ornamentales y también el miniaturista que añadió las figuritas desnudas triscando en el jardín del Edén, así como las parras y enredaderas que decoran todas las páginas. Tuvo que hacerlo todo él solo en una época en que esas funciones se distribuían en el *scriptorium*.

»Permíteme que termine con Wynken. Ya sé que estás pensando en Dora, pero deja que siga con él. Es preciso que vayas a buscar esos libros.

—Genial —respondí secamente.

—Deja que te explique con detalle. Esos libros te van a encantar, aunque Dora los deteste. Poseo los doce libros que escribió Wynken, como creo que ya te dicho. Era un católico alemán que de joven fue obligado a ingresar en la orden de los benedictinos y estaba enamorado de Blanche de Wilde, la esposa de su hermano. Ella mandó que se confeccionaran esos libros en el *scriptorium*. Así comenzó su relación secreta con el monje, su amante. Poseo unas cartas que se intercambiaron Blanche y su amiga Eleanor. He logrado descifrar algunas de las anécdotas que contienen los poemas.

»Las cartas que Blanche escribió a Eleanor cuando Wynken fue ejecutado son muy tristes. Blanche envió las cartas clandestinamente a Eleanor, y ésta las remitió a Diane. Había otra mujer envuelta en el asunto, pero existen muy pocos fragmentos escritos de su puño y letra.

»Según he podido deducir, Wynken y las mujeres se encontraban en el castillo de los De Wilde para realizar sus ritos. No era el jardín del monasterio, como había supuesto con anterioridad. Ignoro qué métodos utilizaba Wynken para llegar hasta allí, pero en algunas cartas se deja entrever que salía disimuladamente del monasterio y seguía un sendero secreto que conducía hasta la casa de su hermano.

»Por lo visto, esperaban a que Damien de Wilde se retirase a hacer lo que solían hacer los condes o duques en aquella época, y entonces se reunían para bailar alrededor de la fuente y hacer el amor. Wynken se acostaba con cada una de las mujeres por turno, o bien organizaban distintos cuadros. Esto es lo que consta en los libros. Al fin, los descubrieron.

»Damien castró y apuñaló a Wynken delante de las mujeres, a quienes echó de su casa, y conservó los restos de su hermano. Luego, tras un interrogatorio que se prolongó varios días, las aterradas mujeres confesaron su amor por Wynken y la forma en que él se había comunicado con ellas a través de los libros. Damien cogió los doce libros de su hermano, todo lo que el artista había creado...

—Su inmortalidad —murmuré yo.

—¡Exactamente, su progenie! ¡Sus libros! Damien los enterró junto con los restos de Wynken en el jardín del castillo, junto a la fuente que aparece en las pequeñas ilustraciones de los libros. Blanche contemplaba cada día desde su ventana el lugar donde Wynken había sido sepultado. No hubo juicio ni acusación de herejía ni ejecución. Sencillamente Damien, su hermano, lo había asesinado. Es probable que pagara a los monjes del monasterio una importante suma para comprar su silencio. ¿Quién sabe si era necesario? Puede que sus compañeros no sintieran ningún afecto por Wynken. Actualmente el monasterio se halla en ruinas y los turistas acuden a tomar fotografías del mismo. En cuanto al castillo, fue destruido por los bombardeos durante la Primera Guerra Mundial.

—¿Y qué pasó luego? ¿Cómo consiguieron los libros salir del ataúd? Es posible que los libros que posees sean unas copias...

—No, poseo los originales de los doce libros que escribió. He visto algunas copias, bastante burdas por cierto, hechas por encargo de Eleanor, la prima y confidente de Blanche, pero según tengo entendido dejaron de hacerlas. Sólo existen doce libros. No sé cómo aparecieron, aunque me lo imagino.

—¿Qué es lo que imaginas?

—Que Blanche salió una noche con las otras mujeres, desenterró el cadáver y sacó los libros del ataúd, o lo que fuera que contuviese los restos del desgraciado Wynken.

—¿Crees que fueron ellas?

—Sí. Imagino a las cuatro mujeres cavando en el jardín, a la luz de unas velas. ¿No lo crees posible?

—Sí.

—Creo que lo hicieron porque sentían lo mismo que yo. Amaban la belleza y la perfección de esos libros. Sabían que constituían un tesoro, Lestat. Lo hicieron empujadas por su obsesión y su amor hacia Wynken. Quién sabe, quizá querían conservar los huesos de Wynken. Vete a saber. Puede que una de las mujeres se quedara con el fémur y otra con los huesos de los dedos y...

La macabra visión me remitió al instante a las manos de Roger, que yo había amputado con un cuchillo de cocina y había enterrado envueltas en una bolsa de plástico. Contemplé esas manos ante mí, moviéndose sin cesar, acariciando el borde del vaso, golpeando nerviosamente la superficie de la barra.

—¿Has podido seguir la pista a esos libros? —pregunté.

—En parte. En mi profesión, me refiero a la de anticuario, no es fácil averiguar el destino de un objeto. Los libros han aparecido de uno en uno, en ciertos casos de dos en dos. Algunos proceden de colecciones particulares, otros de museos que fueron bombardeados durante las dos guerras mundiales. En un par de ocasiones he pagado un precio irrisorio por ellos. Comprendí lo que eran en cuanto los vi, pero los otros ignoraban su valor. Encargué a mis agentes que buscaran esos códices medievales por todo el mundo. Soy un experto en este campo. Conozco el lenguaje del artista medieval. Tienes que salvar mis tesoros, Lestat, no permitas que se pierdan los libros de Wynken. Dejo mi legado en tus manos.

—¿Pero qué quieres que haga con esos libros y con las otras reliquias, si Dora no quiere saber nada de ellos?

—Dora es joven, cambiará de parecer. Tengo la esperanza de que en mi colección —olvídate de Wynken—, entre las estatuas y las reliquias, exista un objeto decisivo que ayude a Dora a levantar su iglesia. ¿Te crees capaz de calcular el valor de lo que viste en el apartamento? Tienes que conseguir que Dora vuelva a tocar esos objetos, que los examine, que aspire su olor. Tienes que hacerle comprender la grandeza de esas estatuas y cuadros, que son expresión de la búsqueda de la verdad por parte del hombre, la misma búsqueda que la obsesiona a ella, aunque todavía no lo sepa.

—Pero dijiste que a Dora no le importan esos cuadros y esas estatuas.

—Haz que cambie de opinión.

—¿Yo? ¿Cómo? Puedo conservar esos objetos, sí, ¿pero cómo voy a hacer que Dora se enamore de esas obras de arte? Es impensable. ¿Pretendes que establezca contacto con tu preciosa hija?

—Dora te encantará —contestó Roger en voz baja.

—¿Cómo dices?

—Encuentra un objeto milagroso en mi colección para obligarla a cambiar de parecer.

—¿El Santo Sudario de Turín?

—Me haces gracia, de veras. Sí, encuentra algo significativo, algo que la transforme, algo que yo, su padre, adquirió y conservó con cariño, algo que pueda ayudarla.

—Estás tan loco ahora como cuando estabas vivo. Tratas de comprar tu salvación con un pedazo de mármol o un montón de pergaminos. ¿O acaso crees realmente que los objetos que posees son sagrados?

—Por supuesto que creo que son sagrados. ¡Es lo único

en lo que creo! Y tú también. Sólo crees en lo que brilla, en lo que es de oro.

—Me dejas atónito.

—Por eso me asesinaste allí, entre mis tesoros. Pero debemos apresurarnos. El tiempo apremia. Volvamos a nuestro asunto. Tu carta de triunfo para convencer a mi hija es su ambición.

»Dora deseaba el convento para alojar en él a sus misioneras, su orden, las cuales difundirían un mensaje de amor con el mismo fervor con que lo han difundido otros misioneros. Dora quería enviar a sus misioneras a los barrios pobres para que predicasen la importancia de iniciar un movimiento de amor desde la base, desde el pueblo, que con el tiempo alcanzaría a los gobiernos de todo el mundo, a fin de acabar con la injusticia.

—¿Qué es lo que distinguiría a esas mujeres de otras órdenes o misioneros, desde los franciscanos a otros predicadores...?

—En primer lugar, el hecho de ser unas predicadoras femeninas. La monjas trabajan de enfermeras, maestras, sirvientas, o bien permanecen enclaustradas para rezar a Dios, como un rebaño de ovejas. Las misioneras de Dora serían doctores de su iglesia, predicadoras. Conmoverían a las masas con su fervor personal; se dirigirían a las mujeres, especialmente a las pobres y marginadas, y las ayudarían a reformar el mundo.

—Una visión feminista conjugada con la religión.

—Era una idea viable. Tan viable como cualquier otro movimiento de ese tipo. ¿Quién sabe por qué un monje del siglo catorce se volvió loco y otro se convirtió en santo? Dora sabe enseñar a la gente a pensar. Yo no poseo ese don. Debes hallar la forma de convencerla, es preciso.

—Y de paso salvar los ornamentos de la iglesia —repliqué.

—Sí, hasta que Dora los acepte o los utilice para conseguir algo positivo. La convencerás si le haces ver que por medio de mis tesoros puede conseguir algo positivo.

—Eso puede convencer a cualquiera —contesté con cierta melancolía—. Así es como me has convencido a mí.

—Entonces, ¿lo harás? Dora cree que yo estaba equivocado. Dijo: «No creas que conseguirás salvar tu alma, después de todos los crímenes que has cometido, legándome esos objetos religiosos.»

—Es evidente que te quiere —afirmé—. Lo noté desde la primera vez que os vi juntos.

—Lo sé. Estoy convencido de ello. No tenemos tiempo de entrar en detalles. La visión de Dora es inmensa, te lo aseguro. Todavía es un personaje poco importante, pero aspira a cambiar el mundo. No le basta con fundar un culto como el que yo quería instaurar y limitarse a ser un gurú rodeado de dóciles seguidores. Dora piensa que hay que cambiar el mundo, y se ha propuesto hacerlo ella misma.

—¿No es eso lo que piensa toda persona religiosa?

—No. No todo el mundo sueña con ser Mahoma o Zaratustra.

—¿Y Dora sí?

—Ella sabe lo que quiere.

Roger meneó la cabeza, bebió otro trago y echó un vistazo a su alrededor. Luego frunció el ceño, como si siguiera dándole vueltas al tema.

—Un día Dora me dijo: «La religión no procede de las reliquias y los textos. Éstos son una mera expresión de aquélla.» Siguió hablando durante horas sobre la cuestión. Tras estudiar las Sagradas Escrituras, había llegado a la conclusión de que lo que contaba era el milagro interior. Al final acabé por dormirme. Te ruego que no hagas uno de tus chistes crueles.

—¡Jamás se me ocurriría tal cosa!

—¿Qué va a ser de mi hija? —murmuró Roger con desesperación—. Observa el patrimonio que le he legado. Soy apasionado, extremista, gótico y un loco. He perdido la cuenta de las iglesias que hemos visitado Dora y yo juntos, los crucifijos de incalculable valor que le he mostrado, antes de venderlos para obtener un beneficio, las horas que hemos pasado contemplando los techos de una iglesia barroca en Alemania. Le he regalado magníficas cruces auténticas engastadas en plata y rubíes. He adquirido numerosos velos de Verónica, unas obras de arte que te dejarían estupefacto. ¡Dios mío!

—¿Crees que esa actitud de Dora pueda deberse a cierto concepto de expiación, a un sentimiento de culpa?

—¿Por dejar que Terry desapareciera de su vida sin una explicación, sin una pregunta, hasta años más tarde? Lo he pensado con frecuencia. En todo caso, si lo hubo, Dora ya lo ha superado. Dora cree que el mundo necesita una nueva revelación, un nuevo profeta. Pero un profeta no se improvisa. Dice que la transformación debe producirse a través de la vista y el sentimiento, pero no se trata de un experimento popular-milagrero.

—Los místicos nunca admiten que se trate de una experimento popular-milagrero.

—Tienes razón.

—¿Dirías que Dora es una mística?

—¿Qué crees tú? La has seguido, la has observado. No, Dora no ha visto el rostro de Dios ni ha oído su voz, ni tampoco mentiría jamás sobre ello, si a eso te refieres. Pero es lo que busca. Espera el momento, el milagro, la revelación.

—La aparición del ángel.

—Exacto.

Ambos guardamos silencio durante unos minutos. Roger probablemente pensaba, al igual que yo, en su propuesta inicial, es decir, que yo montase el simulacro de un milagro, yo, el ángel perverso que una vez condujo a una monja católica a la locura, a hacer que sangrara a través de los estigmas de sus manos y pies.

De pronto Roger tomó la decisión de continuar, con lo que se eliminó la tensión que se había creado.

—Al construirme una existencia de lujos y comodidades —dijo—, dejé de preocuparme por cambiar el mundo. Mi mundo era mi vida, ¿comprendes? Pero Dora ha abierto su alma de un modo muy sofisticado a... algo. Mi alma está muerta.

—Según parece, no es así —contesté.

La idea de que antes o después Roger pudiera desvanecerse, me resultaba intolerable, y mucho más aterradora que su aparición inicial.

—Vayamos al grano —dijo Roger—. Me estoy poniendo nervioso.

—¿Por qué?

—Escucha y no me interrumpas. Hay un dinero que he reservado para Dora y que nadie puede relacionar conmigo. El Gobierno no puede tocarlo, porque gracias a ti no consiguieron detenerme ni acusarme de nada. La información está en el apartamento, en una carpeta de cuero negra que hay en un archivador, junto con los recibos de unos cuadros y estatuas. Quiero que pongas todo eso a buen recaudo. Dejo en tus manos el trabajo de toda mi vida, mi patrimonio, con el fin de que lo conserves para Dora. ¿Me harás este favor? No es necesario que te apresures, fuiste tan hábil al deshacerte de mis restos que tardarán un tiempo en descubrir mi muerte.

—Lo sé. Me pides que actúe como un ángel guardián, que me encargue de velar por Dora y que reciba le herencia que le corresponde...

—Sí, amigo mío, esto es lo que te ruego que hagas. Sé que puedes hacerlo. Y no olvides la obra de Wynken. Si Dora no quiere aceptar esos libros, quédate tú con ellos.

Roger me tocó el pecho con la mano. Sentí un leve golpecito, como una llamada en la puerta de mi corazón.

Roger prosiguió:

—Cuando mi nombre aparezca en toda la prensa, suponiendo que pase de los archivos del FBI a los teletipos, haz que Dora reciba el dinero. Con él podrá construir su iglesia. Dora tiene una personalidad carismática. Puede conseguirlo, si dispone del dinero. ¿Me sigues? Puede hacerlo, al igual que Francisco, Pablo y Jesús. De no haberse convertido en teóloga, habría llegado a ser un personaje importante en cualquier otro ámbito. Cualidades no le faltan. Es muy cerebral. Su teología es lo que la distingue del resto de la gente.

Roger se detuvo. Hablaba muy rápido y yo sentí un escalofrío. Percibía su temor. Pero ¿de qué?

—Voy a repetirte algo que me dijo Dora anoche. Habíamos leído unos párrafos de un libro de Bryan Appleyard, ¿te suena el nombre? Es un columnista de un periódico inglés. Escribió una obra llamada *Comprender el presente*. Tengo un ejemplar que me regaló Dora. En ese libro Appleyard dice cosas en las que Dora cree firmemente, como que todos estamos «espiritualmente empobrecidos».

—Estoy de acuerdo.

—Pero fue otra cosa, algo acerca del dilema de la humanidad, de que uno puede inventar todos los sistemas teológicos que quiera, pero para que funcionen tienen que brotar de lo más profundo de tu ser... Dora dijo... Appleyard lo denomina «la totalidad de la experiencia humana».

Roger se detuvo, distraído.

—Sí, es evidente que eso es lo que Dora busca, que está abierta a esa experiencia —dije, esforzándome por retener la atención de Roger asegurándole que comprendía lo que me decía.

De pronto me di cuenta de que me aferraba a él con la misma desesperación que él a mí.

Pero Roger estaba ensimismado.

Sentí de pronto tal tristeza que no pude articular ni una sola palabra. ¡Yo había matado a ese hombre! ¿Por qué motivo? Sabía que era un individuo interesante y malvado, pero, joder, pude haber... Si permanecía junto a mí tal como aparecía ahora, bajo la forma de un fantasma, ¿por qué no podía convertirse en mi amigo?

Era una idea pueril, egoísta y absurda. Estábamos hablando sobre Dora, sobre teología. Por supuesto que entendía el argumento de Appleyard. *Comprender el presente*. Imaginé el libro. Sí, iría a recogerlo. Lo archivé en mi memoria vampírica. Lo leería de inmediato.

Roger permanecía inmóvil, sin decir palabra.

—¿De qué tienes miedo? —le pregunté—. ¡No vayas a desvanecerte! —exclamé agarrándome a él, sintiéndome insignificante y vulnerable, casi sollozando al pensar que yo lo había matado, que le había arrebatado la vida, y ahora deseaba con todas mis fuerzas aferrarme a su espíritu.

Roger no respondió. Parecía aterrado.

Yo no era el monstruo osificado que creía ser. No corría el peligro de volverme inmune contra el sufrimiento humano. Era un estúpido sentimental.

—¡Mírame, Roger! Sigue hablando.

Roger murmuró algo acerca de que confiaba en que Dora hallara lo que él no había hallado jamás.

—¿Qué? —pregunté.

—Teofanía.

¡Qué palabra tan maravillosa! La palabra preferida de David. Yo la había oído por primera vez sólo unas horas antes, y ahora acababa de pronunciarla Roger.

—Creo que vienen a por mí —dijo Roger de pronto al tiempo que abría los ojos desmesuradamente. Más que asustado, parecía perplejo. Ladeó la cabeza, como si oyera algo. Yo también lo percibí—. Recuerda mi muerte —dijo de improviso, como si acabara de recordarla—. Cuéntale a Dora cómo sucedió. Convéncela de que mi muerte ha purificado el dinero. Ése es el argumento que debes utilizar. He pagado con mi muerte. El dinero ya no está sucio. Los libros de Wynken, todos mis tesoros, ya no están manchados. Mi sangre los ha purificado. Utiliza tu ingenio para convencerla, Lestat.

Oí aquellos funestos pasos.

El ritmo de algo que avanzaba lentamente... y el murmullo de unas voces, cantando, hablando. Noté que me mareaba, que iba a caerme de la silla. Me agarré a Roger, a la barra.

—¡Roger! —grité.

Supongo que todos los clientes del bar oyeron mi exclamación.

Roger me miró con una expresión extraordinariamente pacífica, sin mover un músculo. Parecía extrañado, desconcertado.

Vi alzarse las alas sobre mí, sobre él. Vi una inmensa oscuridad que lo envolvía todo, como si brotara de una grieta volcánica en la tierra, y tras ella la luz, una luz hermosísima, cegadora.

—¡Roger! —grité de nuevo.

El ruido de las voces, los cantos, se volvió ensordecedor mientras la figura crecía hasta adquirir unas dimensiones gigantescas.

—¡No te lo lleves! ¡Yo soy el culpable! —exclamé enfurecido, oponiendo mi voluntad a la de aquel ser, dispuesto a despedazarlo con tal de que soltara a Roger. Pero no lo distinguía con claridad. No sabía dónde me encontraba.

De pronto se produjo una densa y potente humareda, imparable, y en medio de aquel caos, durante un segundo, mientras la imagen de Roger se iba desvaneciendo, vi el rostro de la estatua de granito, sus ojos, precipitándose hacia mí...

—¡Suéltalo!

El bar no existía, el Village no existía, ni tampoco la ciudad ni el mundo. ¡Sólo ellos!

Tal vez los cánticos no fueran más que el sonido producido por un vaso al romperse.

Luego me sumí en la oscuridad. En la quietud.

Silencio.

Tenía la impresión de haber permanecido inconsciente durante largo rato en un lugar insólitamente apacible.

Al despertarme, aparecí tumbado en la calle.

El camarero estaba inclinado sobre mí, tiritando, y me preguntaba con aquella irritante voz nasal:

—¿Se encuentra bien?

Los hombros de su chaleco negro y las mangas blancas de su camisa estaban salpicados de copos de nieve.

Asentí y me levanté apresuradamente del suelo para que el camarero me dejara en paz. Llevaba puesto el *foulard* y tenía la chaqueta abrochada. Las manos estaban limpias.

La nieve, inmaculada y espléndida, caía suavemente a mi alrededor.

Atravesé de nuevo la puerta giratoria y me detuve en la puerta del bar. Vi el lugar donde Roger y yo habíamos estado sentados, vi su copa sobre la barra. Aparte de eso, el ambiente era el mismo. El camarero hablaba con expresión aburrida con un cliente, no había visto nada más que a mí saliendo disparado del bar para caer de bruces en la calle.

Cada nervio de mi cuerpo me decía: huye. ¿Pero adónde? ¿Qué podía hacer? ¿Echar a volar? Me habría atrapado en un instante. No, era mejor mantener los pies bien plantados en el gélido suelo.

¡Te has llevado a Roger! ¿Es por eso por lo que me seguiste hasta aquí? ¿Quién eres?

El camarero alzó la vista sobre el polvoriento mostrador y me miró perplejo. Supongo que debí decir o hacer algo extraño. No, sólo estaba farfullando. Permanecí de pie, en la puerta, llorando estúpidamente. Cuando el que llora es un servidor, significa que derrama lágrimas de sangre. Había llegado el momento de hacer mutis por el foro.

Di media vuelta y salí del bar. Seguía nevando. Pronto amanecería. No tenía por qué caminar bajo aquel frío intenso hasta que despuntara el alba. Lo mejor era ir en busca de una tumba donde acostarme y dormir un rato.

—¡Roger! —sollocé, secándome las lágrimas con la manga de la chaqueta—. ¿Dónde estás? ¡Maldita sea! —El eco de mi voz resonó entre los edificios—. ¡Maldita sea!

De pronto recordé que había oído unas voces confusas y había luchado contra aquella cosa que poseía rostro. ¡Una mente que no descansa en su corazón y una personalidad insaciable! Vas a marearte, no trates de recordar. Alguien abrió una ventana y gritó:

—Deja de dar esos alaridos.

No trates de reconstruir la escena. Volverás a desmayarte.

De pronto vi la imagen de Dora y temí caer redondo al suelo, tembloroso e impotente y farfullando cosas ininteligibles.

Ésta era la experiencia más cósmicamente espantosa que había vivido.

¿Qué significaba la expresión que mostraba Roger justo antes de desvanecerse? ¿Era una expresión de paz, calma, resignación, o simplemente la de un fantasma que empezaba a perder vitalidad, a desprenderse de su forma fantasmal?

Comprendí que me había puesto a gritar. Un gran número de mortales se había asomado a las ventanas de sus casas para ordenarme que callara.

Seguí caminando.

Me hallaba solo. Lloré en silencio. La calle estaba desierta, nadie podía oírme.

Avancé lentamente, como si me arrastrara, doblado hacia delante, entre amargos sollozos. No noté que nadie se detuviera para mirarme o que alguien se fijara en mí. Deseaba reconstruir mentalmente la escena, pero temía volver a perder el conocimiento. Roger, Roger... Mi monstruoso egoísmo me instaba a ir a ver a Dora, a caer de rodillas ante ella y confesarle que había matado a su padre.

Me encontraba en el centro, supongo. Vi unos abrigos de visón en un escaparate. La nieve se posaba suavemente sobre mis párpados. Me quité el *foulard* y me enjugué el rostro para eliminar cualquier rastro de sangre procedente de mis lágrimas.

Acto seguido entré en un pequeño hotel.

Alquilé una habitación, pagué al contado, di al conserje una generosa propina para que nadie me molestara durante veinticuatro horas, subí a la habitación, eché el cerrojo, corrí las cortinas, cerré la desagradable calefacción, me metí debajo de la cama y me quedé dormido.

El último y extraño pensamiento que se me ocurrió antes de sumirme en un letargo mortal —faltaban unas horas para el amanecer, tenía mucho tiempo para soñar— fue que David se enojaría cuando le explicara lo sucedido, pero que Dora posiblemente lo creería y comprendería...

Creo que dormí durante unas horas. Podía oír los murmullos de la noche en el exterior.

Cuando me desperté, empezaba a clarear. La noche casi había tocado a su fin. El día me ayudaría a olvidar la pesadilla que había vivido. Era demasiado tarde para pensar.

Decidí sumirme de nuevo en el profundo sueño de un vampiro. Muerto junto con todos los seres «no muertos» que pululan por ahí, tratando de ocultarse de la luz del día.

De pronto me sobresalté al oír una voz.

—No va a ser tan sencillo —decía ésta con toda claridad.

Me levanté de forma precipitada, volcando la cama, y miré hacia donde creía haber oído la voz.

La pequeña habitación del hotel era como una sórdida trampa.

En el rincón había un hombre, un hombre normal y corriente, ni alto, ni bajo, ni apuesto como Roger ni vistoso como yo, ni muy joven ni muy viejo. Era un hombre de aspecto agradable que mantenía los brazos cruzados y un pie cruzado sobre el otro.

El sol apareció sobre los edificios. Su fuego me cegó, impidiéndome por completo la visión.

Me desplomé en el suelo, levemente chamuscado y maltrecho. La cama cayó sobre mí, protegiéndome.

Esto es todo. Quienquiera que fuese aquella aparición, tan pronto como el sol brilló en el cielo sobre el blanco y espeso manto de la mañana invernal yo quedé indefenso.

5

—Muy bien —dijo David—. Siéntate. Deja de pasearte arriba y abajo. Cuéntame otra vez todos los detalles. Si necesitas beber sangre para reponer fuerzas, saldremos y...

—¡Te lo he repetido mil veces! No necesito beber sangre. La deseo, me encanta, pero no la necesito. Anoche me di un festín con Roger, le chupé la sangre como un demonio glotón. Olvida el tema de la sangre.

—¿Quieres hacer el favor de sentarte?

David se refería a que me sentara a la mesa, frente a él.

Yo me encontraba de pie junto al muro de cristal, contemplando el tejado de San Patricio.

David había alquilado un apartamento ideal en la Torre Olímpica, justo encima de las torres de la catedral. Era un apartamento inmenso, que excedía nuestras necesidades, pero no dejaba de ser un domicilio perfecto. La proximidad a la catedral era imprescindible. Desde mi posición podía ver el tejado cruciforme, las elevadas agujas de las torres; eran tan afiladas que parecían capaces de traspasar a un hombre. El cielo estaba cubierto por un suave y silencioso manto de nieve, igual que la noche anterior.

Yo suspiré.

—Lo siento, pero no deseo volver a hablar de ello. No puedo. O lo aceptas tal como te lo he contado o... acabaré loco.

David permaneció sentado tranquilamente. Había alquilado el apartamento ya amueblado. Ostentaba el llamativo estilo del mundo de los ejecutivos, con mucha caoba, cuero, pantallas de color crema, tapicerías en tonos tostado y oro que, supuestamente, no ofendían el buen gusto de nadie. También había flores. David había encargado muchas flores, y el ambiente estaba impregnado de perfume.

La mesa y las sillas eran armoniosamente orientales, de influencia china, muy en boga por aquel entonces. Creo recordar que había también un par de urnas.

Más abajo alcanzaba a ver la fachada de San Patricio que daba a la calle Cincuenta y uno, así como la gente que circulaba por la Quinta Avenida bajo la nieve. El apacible espectáculo de la nieve.

—No disponemos de mucho tiempo —dije—. Tenemos que ir al apartamento de Roger y cerrarlo a cal y canto o trasladar todos sus tesoros. No permitiré que nadie toque la herencia de Dora.

—Está bien, pero antes quiero que describas otra vez a ese hombre, no el fantasma de Roger ni la estatua ni el ser alado, sino al individuo que viste de pie en un rincón de la habitación del hotel, cuando salió el sol.

—Era de lo más corriente, ya te lo he dicho. ¿Anglosajón? Quizá. ¿Con aspecto decididamente irlandés o nórdico? No. Un hombre vulgar y corriente. No creo que fuera francés. No, tenía cierto aire americano. Un hombre de mediana estatura, de complexión similar a la mía, pero no tan excesivamente alto como tú. Sólo pude verlo durante cinco segundos. Había salido el sol. El colchón me cubría, y cuando me desperté él había desaparecido, como si se tratara de una visión. Pero era real.

—Gracias. ¿Y el pelo?

—Rubio ceniza, casi gris. Ya sabes que a veces el rubio ceniza acaba convirtiéndose en un castaño pálido grisáceo, un color indefinido, o totalmente gris.

David hizo un breve gesto para indicar que estaba de acuerdo.

Yo me apoyé con cautela en el muro de cristal. Temía que pudiera romperse de forma accidental a causa de mi fuerza. No quería cometer una torpeza. David quería que yo le contara más cosas, y yo intenté complacerlo. Recordaba al hombre con bastante claridad.

—Tenía un rostro muy agradable. Era el tipo de individuo que no te impresiona por su estatura o físico, sino más bien por su mirada perspicaz y su inteligencia. Parecía muy interesante.

—¿La ropa?

—Nada fuera de lo común. Negra, creo, algo manchada de polvo. No era de un negro intenso ni reluciente, ni nada espectacular.

—¿Recuerdas sus ojos?

—Tenían una mirada inteligente, pero no eran grandes ni de un color especial. Parecía un tipo normal, inteligente. Tenía las cejas oscuras, pero no excesivamente tupidas, una frente normal y el cabello espeso, bien peinado, aunque no lucía un corte a la moda como tú o como yo.

—¿Y estás seguro de que pronunció unas palabras?

—Por completo. Le oí con toda claridad. Me llevé un susto de muerte. Estaba despierto. Vi el sol. Fíjate, tengo la mano quemada.

No estaba tan pálido como cuando partí hacia el desierto de Gobi, desafiando al sol a que acabara conmigo, pero los rayos del sol me habían provocado una quemadura en la mano y me escocía la mejilla derecha, aunque no había ninguna señal visible porque seguramente había vuelto la cabeza.

—De modo que cuando te despertaste estabas debajo de la cama y ésta se había volcado.

—Así es. También había derribado una lámpara. No fue un sueño, como tampoco lo fue mi encuentro con Roger. Quiero que me acompañes a su apartamento y veas sus obras de arte.

—Iré encantado —contestó David, levantándose de la mesa—. No me lo perdería por nada en el mundo. Pero quiero que descanses un poco más, que trates de...

—¿Cómo quieres que me calme, después de haber hablado con el fantasma de una de mis víctimas y haber visto a ese extraño individuo en mi habitación? ¡Después de ver cómo ese ser se llevaba a Roger, ese ser que me ha perseguido por todo el mundo, que va a volverme loco, que...!

—Pero en realidad no viste cómo se lo llevaba, ¿verdad?

Tras reflexionar unos instantes, contesté:

—No estoy seguro. Roger presentaba un aspecto muy sereno, casi inanimado. Luego se desvaneció y durante unos segundos vi el rostro de ese ser, o esa cosa. Yo estaba completamente confuso, había perdido el sentido del equilibrio, de la orientación. No recuerdo si Roger empezó a desvanecerse cuando ese ser se lo llevó a la fuerza o si aceptó su suerte con resignación.

—Es decir, no estás seguro de lo que pasó. Sólo sabes que el fantasma de Roger desapareció y en aquel mismo momento apareció ese ser. Es lo único que sabes con certeza.

—Así es.

—Yo creo que tu perseguidor decidió manifestarse y su presencia eliminó al fantasma de Roger.

—No. Ambos hechos están relacionados. Roger lo oyó aproximarse. Supo que se acercaba incluso antes de que yo percibiera sus pasos. Afortunadamente, no puedo transmitirte mi temor.

—¿Qué quieres decir?

—Que no tienes ni idea de lo sentí en aquellos momentos. Fue algo espantoso. Sé que me crees, lo cual es más que suficiente de momento, pero si supieras lo que experimenté, perderías tu típica flema británica.

—Es posible. Anda, vamos. Quiero ver los tesoros de Roger. Tienes razón, no puedes permitir que arrebaten a esa chica su patrimonio.

—No es una chica sino una mujer; joven, pero hecha y derecha.

—Luego intentaremos localizarla.

—Ya lo hice antes de venir aquí.

—¿En el estado en que te encontrabas?

—Cuando logré sobreponerme, fui al hotel para comprobar si se había marchado. Tenía que hacerlo. Me dijeron que una limusina la había trasladado al aeropuerto de La Guardia a las nueve de la mañana. Habrá llegado a Nueva Orleans esta tarde. En cuanto al convento, no sé cómo localizarla allí. Ni siquiera sé si tiene teléfono. De momento se encuentra a salvo, al menos en la misma medida que cuando vivía su padre.

—De acuerdo. Vamos al apartamento de Roger.

A veces el temor constituye una advertencia. Es como si alguien te pusiera la mano en el hombro y te dijera: «No pases de aquí.»

Cuando entramos en el apartamento, durante unos segundos sentí pánico. No pases de aquí.

Pero era demasiado orgulloso para manifestarlo y David estaba impaciente por contemplar los tesoros de Roger. Me precedió por el pasillo notando sin duda, al igual que yo, que el apartamento carecía de vida. Supongo que también él percibió el olor a una muerte reciente. Me pregunté si le resultaba menos repulsivo que a mí, puesto que él no había matado a Roger.

¡Roger! De pronto, la fusión en mi mente del cadáver desmembrado y el fantasma de Roger me dejó helado.

David se dirigió al cuarto de estar mientras yo me detenía para contemplar el ángel de mármol blanco que sostenía una concha para el agua bendita. Pensé que se parecía mucho a la estatua de granito. Blake. William Blake lo sabía; había visto ángeles y demonios y conocía sus proporciones. La-

menté que Roger y yo no hubiéramos hablado de Blake...
Pero eso había terminado. Yo estaba ahí, en el pasillo del
apartamento.

De golpe la perspectiva de seguir avanzando, de colocar
un pie delante del otro hasta alcanzar el cuarto de estar y ver
la estatua de granito, me resultó insoportable.

—No está aquí —dijo David.

No había adivinado mi pensamiento. Simplemente,
constataba un hecho. Se hallaba de pie en el cuarto de estar,
a unos quince metros de distancia. Las lámparas halógenas
proyectaban una parte de su concentrada luz sobre él.

—Aquí no hay ninguna estatua negra de granito —repitió David.

—Me iré al infierno —dije, suspirando.

Veía a David con toda nitidez, aunque ningún mortal habría podido distinguirlo con tal detalle. Su silueta estaba en
la penumbra. De pie, de espaldas a la tenue luz que penetraba por las ventanas, parecía muy alto y fuerte. La luz de las
lámparas halógenas arrancaba pequeños destellos a los botones de metal de su chaqueta.

—¿Hay sangre?

—Sí, y también están tus gafas. Tus gafas violetas. Una
bonita prueba.

—¿Una prueba de qué?

Era absurdo que permaneciera allí, en medio del pasillo,
hablando casi a voces con David. Eché a andar como si me
dirigiera a la guillotina y entré en el cuarto de estar.

El espacio que había ocupado la estatua estaba vacío; ni
siquiera tenía la seguridad de que fuera lo suficientemente
grande para acogerla. La sala estaba atestada de estatuas de
santos e iconos, algunos tan antiguos y frágiles que se hallaban protegidos por un cristal. La noche anterior no me había dado cuenta de que hubiera tantos colgados en las paredes, reluciendo bajo los destellos de luz que despedían las
lámparas halógenas.

—¡Es increíble! —exclamó David.

—Sabía que te encantaría —murmuré. Yo también me habría entusiasmado ante la visión de aquellas obras de arte de no estar atenazado por el pánico.

David examinó detenidamente todos los objetos, empezando por los iconos y luego los santos.

—Son magníficos —dijo—. Es una colección extraordinaria. Supongo que no te das cuenta del valor que representa todo esto.

—Más o menos —respondí—. No soy un analfabeto en materia de arte.

—¿Reconoces esos iconos? —preguntó David, señalando una larga hilera de frágiles iconos.

—No —confesé.

—El velo de la Verónica —dijo David—. Son unas copias primitivas del célebre velo, que supuestamente desapareció hace siglos, quizá durante la cuarta Cruzada. Esta copia es rusa, una obra perfecta y esa otra italiana; y ahí, apiladas en el suelo, están las estaciones del vía crucis.

—Roger estaba obsesionado por hallar reliquias para regalárselas a Dora. Además, gozaba coleccionando estos objetos. Había adquirido recientemente en Nueva York esa copia rusa del velo de Verónica para regalársela a Dora. Anoche, él y Dora discutieron porque ella se negó a aceptar el regalo.

Roger se había esmerado en describir a Dora el exquisito trabajo y valor de aquel objeto. Era como si lo conociese desde mi juventud; habíamos hablado largo y tendido de estos objetos, los cuales estaban impregnados de la admiración y el cariño que sentía Roger por ellos, incluso de su compleja personalidad.

Las estaciones del vía crucis. Por supuesto. Las conocía a la perfección, como cualquier católico. Solíamos seguir las catorce estaciones de la pasión y el viaje al Calvario a través de la sombría iglesia, deteniéndonos y doblando la rodilla delante de cada una de ellas para pronunciar la oración pertinente; o bien el sacerdote y los monaguillos recorrían la iglesia en procesión mientras los fieles recitábamos con ellos las meditaciones sobre la pasión de Cristo.

David examinaba un objeto tras otro.

—Este crucifijo es una pieza muy antigua, capaz de impresionar a cualquiera.

—Supongo que como todas las demás, ¿no?

—Desde luego, pero no me refería a Dora ni a su religión, sino a que se trata de unas obras de arte fabulosas. Tienes razón, no podemos dejar todo esto en manos del azar. Esta estatuilla, por ejemplo, podría pertenecer al siglo noveno, es celta, de un valor increíble, y esta otra probablemente procede del Kremlin.

David se detuvo ante el icono de una Virgen y el Niño. Eran unas figuras muy estilizadas, como todas. El niño, a punto de perder una sandalia, se apoyaba en su madre mientras unos ángeles lo atormentaban con pequeños símbolos de su próxima pasión. La madre mantenía la cabeza tiernamente inclinada sobre su hijo. El halo de la Virgen casi rozaba al del niño. El cuadro representaba al niño Jesús huyendo del futuro y refugiándose en los brazos protectores de su madre.

—¿Comprendes el principio fundamental de un icono? —me preguntó David.

—Que está inspirado por Dios.

—No realizado por manos humanas —dijo David—, sino supuestamente impreso sobre el material del fondo por Dios mismo.

—¿Del mismo modo que el rostro de Jesús quedó impreso sobre el velo de la Verónica?

—Exacto. Fundamentalmente, todos los iconos eran obra de Dios. Una revelación materializada. En ocasiones podía obtenerse una nuevo icono a partir de otro con sólo oprimir un lienzo nuevo sobre el original, y la imagen quedaba grabada en éste como por arte de magia.

—Comprendo. Se suponía que nadie lo había pintado.

—Justamente. Fíjate en esta reliquia de la auténtica Cruz, en el marco adornado con piedras preciosas, y en ese libro... ¡Dios mío, es imposible! ¡Pero si se trata del Libro de las Horas que se perdió en Berlín durante la Segunda Guerra Mundial!

—Haremos el inventario más tarde, ¿de acuerdo? Lo importante es decidir lo que debemos hacer ahora, David.

Mi temor se había disipado, aunque de vez en cuando miraba de reojo el lugar que había ocupado el diablo de granito.

Eso era lo que era, el diablo. Estaba convencido de ello. Pensé que si no nos poníamos pronto manos a la obra acabaría obsesionándome de nuevo con él.

—¿Qué hacemos con estos objetos hasta que Dora los reclame? ¿Dónde podemos guardarlos? —preguntó David—. Venga, empecemos por los archivos y los cuadernos, pongamos un poco de orden, busquemos los libros de Wynken de Wilde, hay que tomar una decisión y trazarse un plan.

—No se te ocurra meter a tus aliados mortales en este asunto —advertí a David de forma brusca y desagradable, lo confieso.

—¿Te refieres a los de Talamasca? —preguntó David, volviéndose hacia mí con el valioso Libro de las Horas en la mano. Las tapas eran tan frágiles como el hojaldre.

—Todo esto pertenece a Dora —dije—. Debemos conservarlo en buen estado. Si ella no quiere los libros de Wynken, me los quedaré yo.

—Por supuesto, lo comprendo perfectamente —respondió David—. ¿Pero crees que todavía mantengo contacto con los de Talamasca? Sé que podría fiarme de ellos en ese sentido, pero no quiero volver a tener tratos con mis aliados mortales, como tú los llamas. A diferencia de ti, no quiero que guarden mi expediente en sus archivos: «El vampiro Lestat.» No deseo que me recuerden más que como su superior general, muerto a causa de la vejez. Venga, pongámonos manos a la obra.

La voz de David expresaba rencor y tristeza. Recordé que la muerte de Aaron Lightner, su viejo amigo, había supuesto la gota que desborda el vaso, la causa de la ruptura entre David y la orden de Talamasca. La muerte de Lightner había estado rodeada de cierta polémica, pero nunca averigüé los detalles de la misma.

El archivador se encontraba en una sala adyacente al cuarto de estar, junto con unas cajas que contenían unas carpetas. Encontré de inmediato los documentos financieros, que repasé mientras David examinaba el resto del material.

Comoquiera que poseo numerosos bienes, conozco perfectamente la jerga de los documentos legales y los trucos que emplean los bancos internacionales. El legado de Dora procedía de unas fuentes impecables, y quienes pretendían hacerse con él para resarcirse de los crímenes de Roger no podían tocarlo. Todo estaba a nombre de ella, Theodora Flynn, su nombre legítimo debido al seudónimo nupcial de Roger.

Había tantos documentos que resultaba imposible calcular el valor de las obras, el cual había ido en aumento con el tiempo. De haberlo querido así, Dora habría podido emprender una nueva cruzada para arrebatar Estambul a los turcos. Al examinar unas cartas comprobé que dos años antes Dora había rechazado toda ayuda de dos fondos fiduciarios de cuya existencia estaba enterada. En cuanto al resto, me pregunté si Dora tenía idea de la envergadura de todo aquello.

La envergadura es lo más importante en materia de dinero, eso y una buena dosis de imaginación. Sin esos ingredientes no se puede tomar una decisión moral. Quizá suene frío y calculador, pero no es así. El dinero significa poder para alimentar a los hambrientos, para vestir a los pobres. Pero uno tiene que saberlo. Dora poseía un sinfín de fondos fiduciarios, que a su vez le permitían pagar los impuestos sobre esos mismos fondos.

Recordé con tristeza que había intentado ayudar a mi amada Gretchen —la hermana Marguerite—, pero mi mera presencia dio al traste con mis buenos propósitos. De modo que me aparté de su vida, con mis cofres llenos de oro. Las cosas suelen acabar así. Yo no era un santo. No me dedicaba a dar de comer a los hambrientos.

De pronto se me ocurrió que Dora se había convertido en mi hija. Se había convertido en mi santa, al igual que lo había sido para Roger. Ahora tenía otro padre rico, yo.

—¿Qué pasa? —preguntó David, alarmado. Estaba revisando una caja llena de papeles—. ¿Has vuelto a ver al fantasma?

Durante un momento temí echarme de nuevo a temblar, pero conseguí dominarme. No dije nada, pero la situación se me representaba con toda claridad.

Cuida de Dora. Por supuesto que cuidaría de Dora e intentaría convencerla de que aceptara el legado de su padre. Quizá Roger no había sabido utilizar los argumentos más convincentes, pero sus tesoros lo habían convertido en un mártir. Sí, sus últimos momentos lo habían redimido. Había purificado sus tesoros con su sangre. Quizá si se lo explicara a Dora debidamente... Estaba distraído. De repente descubrí los doce libros de Wynken de Wilde, cada uno envuelto en un pedazo de plástico, sobre el estante superior de un pequeño escritorio, junto al archivador. Los reconocí de inmediato. Al acercarme vi que Roger había enganchado en ellos unas pequeñas etiquetas blancas sobre las que había escrito con letra menuda: «W de W.»

—Mira —dijo David, incorporándose y sacudiéndose el polvo de los pantalones, pues había estado de rodillas—. Aquí tienes todos los documentos legales sobre la compra de las obras. Todo está aquí, se trata de unas operaciones claras y a simple vista legítimas, aunque puede que sirvieran para blanquear dinero. Hay docenas de recibos y certificados de autenticidad. Opino que deberíamos trasladar estos papeles.

—Sí, pero ¿cómo y adónde?

—¿Cuál es el lugar más seguro? Tu casa de Nueva Orleans no, desde luego. Tampoco podemos depositar estas cosas en un almacén en una ciudad como Nueva York.

—Exactamente. He alquilado una habitación en un hotelito que hay al otro lado del parque, pero...

—Sí, recuerdo que me dijiste que el ladrón de fantasmas te siguió hasta allí. Pero ¿no te habías cambiado de hotel?

—No importa. De todos modos, estas cosas no cabrían en la habitación del hotel.

—Pero sí cabrían en nuestro fastuoso apartamento de la Torre Olímpica —respondió David.

—¿Lo dices en serio? —pregunté.

—Naturalmente. ¿Dónde estarán más seguras? Vamos, tenemos mucho qué hacer. No podemos pedirle a ningún mortal que nos ayude en este asunto. Tendremos que hacerlo todo nosotros solitos.

—¡Uf! —exclamé con fastidio y resignación—. ¿Pretendes que envolvamos todo esto y lo saquemos de aquí ahora?

David se echó a reír y contestó:

—¡Sí! Hércules también tuvo que hacer esas cosas, igual que los ángeles. ¿Cómo crees que se sintió Miguel cuando tuvo que ir de puerta, en puerta en Egipto, matando al primogénito de cada familia? Venga, ánimo. Es muy sencillo, todo consiste en envolver bien esos objetos con plásticos. Es preferible que los traslademos nosotros mismos. Será como una aventura. Treparemos por los tejados.

—No hay nada más irritante que la energía de un vampiro neófito —contesté con resignación.

Pero sabía que David tenía razón. Nuestra fuerza era infinitamente superior a la de cualquier mortal que pudiera ayudarnos. Es probable que consiguiéramos trasladarlo todo esa misma noche. ¡Menuda nochecita!

Reconozco que el trabajo duro constituye un eficaz antídoto contra la angustia, la tristeza y el temor a que el diablo te agarre por el pescuezo y te arrastre hasta el pozo en llamas.

Reunimos una ingente cantidad de un material aislante con burbujas de aire atrapadas en plástico, capaz de proteger la reliquia más frágil sin riesgo a que se rompiera. Recogí los documentos financieros y las obras de Wynken, cerciorándome de que no me había equivocado de libros, y luego pasamos a otras tareas más arduas.

Transportamos los objetos pequeños en unos sacos a través de los tejados, tal como había sugerido David, sin ser observados por ningún mortal; dos sigilosas figuras negras volando como unas brujas para asistir al aquelarre.

Los objetos grandes los transportamos en brazos con gran cuidado. Yo evité cargar con el enorme ángel blanco de mármol. David lo hizo encantado y no dejó de hablarle a la estatua durante todo el trayecto, hasta que llegamos a nuestro destino. Transportamos todos los objetos por la escalera de servicio, como hubiera hecho cualquier mortal, y los depositamos en nuestro apartamento de la Torre Olímpica.

Nuestros pequeños relojes disminuyeron de velocidad cuando aterrizamos en el mundo de los mortales, en el que penetramos rápidamente. Parecíamos unos distinguidos caballeros que se dispusieran a decorar su nueva residencia con unas valiosas obras de arte cuidadosamente envueltas.

Al poco rato las pulcras y enmoquetadas habitaciones situadas sobre San Patricio aparecían atestadas de fantasmagóricos paquetes, algunos de los cuales parecían momias o, cuando menos, unos cuerpos torpemente embalsamados. El gigantesco ángel de mármol blanco con su concha de agua bendita destacaba sobre los demás objetos. Los libros de Wynken, envueltos y sujetos con un cordel, yacían sobre la mesa oriental del comedor. Aún no había tenido ocasión de examinarlos detenidamente, pero aquél no era el momento de hacerlo.

Me senté en un sillón en la sala de estar, jadeante, aburrido y furioso de tener que hacer una tarea tan poco gratificante. David, en cambio, estaba eufórico.

—La seguridad aquí es perfecta —dijo.

Su joven cuerpo masculino parecía animado por su espíritu personal. A veces, cuando lo miraba, veía al mismo tiempo al anciano David y al joven anglo-indio. Pero la mayoría de las veces era simplemente perfecto, el vampiro neófito más fuerte que yo había creado.

Ello se debía no sólo a la potencia de mi sangre y a las tribulaciones que había tenido que superar antes de convertirlo en un vampiro. Mientras lo creaba, yo le había proporcionado más sangre que a los otros. Había puesto en peligro mi propia supervivencia, pero lo daba por bien empleado.

Permanecí allí sentado observándolo con cariño, contemplando mi propia obra. Me había ensuciado de polvo.

Habíamos realizado una excelente labor. Allí estaban las alfombras enrolladas, e incluso la alfombra empapada con la sangre de Roger, una reliquia de su martirio. Cuando hablara con Dora omitiría ese detalle.

—Tengo que salir de caza —murmuró David, interrumpiendo mis ensoñaciones.

Yo no respondí.

—¿Me acompañas?

—¿Quieres que vaya contigo? —pregunté.

David me miró con una expresión muy extraña. En su rostro bronceado y juvenil no se reflejaba ningún reproche palpable o indicio alguno de enojo.

—Claro, ¿por qué no? ¿No te gusta presenciarlo, aunque no participes?

Yo asentí. Jamás había soñado que David me dejara acompañarlo. A Louis no le gustaba que yo estuviera presente. El año anterior, cuando los tres habíamos estado juntos, David se había mostrado receloso y nunca me invitó a acompañarlo cuando salía en busca de una presa.

Nos dirigimos hacia la densa oscuridad de Central Park. Oímos a los ocupantes nocturnos del parque roncar, mascullar, captamos pequeños fragmentos de conversación, vimos unas pequeñas columnas de humo. Eran unos individuos recios, capaces de sobrevivir en la selva en medio de una ciudad conocida por su crueldad hacia los seres desasistidos por la fortuna.

David no tardó en encontrar lo que andaba buscando: un joven con una gorra de lana y unos zapatos a través de los cuales asomaban los dedos de los pies, un caminante de la noche, solo y drogado e insensible al frío, que hablaba en voz alta a unas gentes que habían desaparecido ya hacía rato.

Me oculté entre los árboles, sin hacer caso de la nieve que caía inexorable. David propinó una palmadita en el hombro del joven y cuando éste se volvió lo atrajo hacia sí y lo abrazó. El método clásico. Cuando David se inclinó para chuparle la sangre, el joven empezó a reírse y hablar a la vez. De pronto se quedó callado, paralizado, hasta que David depositó su cuerpo suavemente al pie de un árbol desprovisto de hojas.

Hacia el sur resplandecían los rascacielos de Nueva York; las cálidas lucecitas del East y el West Side nos rodeaban. David permaneció inmóvil, sumido en sus impenetrables pensamientos.

Parecía haber perdido la capacidad de moverse. Me dirigí hacia él. La diligencia y serenidad de que había hecho gala un rato antes habían desaparecido. Era evidente que estaba sufriendo.

—¿Qué pasa? —pregunté.

—Lo sabes de sobra —me respondió—. No sobreviviré mucho tiempo.

—¿Lo dices en serio? Con los dones que posees...

—Debemos desterrar la costumbre de decir cosas que ambos sabemos que son inaceptables.

—¿Y decir sólo la verdad? De acuerdo. Ésta es la verdad. En estos momentos crees que no sobrevivirás. Es lo que piensas ahora, cuando su sangre está caliente y fluye a través de tu cuerpo, y es natural. Pero pronto dejarás de sentirte así. Ésa es la clave. No quiero hablar más sobre este tema. Traté de poner fin a mi vida, pero no funcionó. Además, tengo otras cosas en que pensar, como por ejemplo en ese ser que me persigue y en ayudar a Dora antes de que mi perseguidor logre atraparme.

David guardó silencio.

Echamos a andar, al estilo de los mortales, a través del oscuro parque, sintiendo cómo nuestros pies se hundían en la nieve. Caminamos bajo los desnudos árboles, apartando sus ramas húmedas y negras, sin perder de vista los gigantescos edificios del centro.

Yo permanecí alerta, pendiente del sonido de unas pisadas sospechosas. Me sentía nervioso y de mal humor. De pronto se me ocurrió que el monstruoso ser que se me había revelado, el diablo o quienquiera que fuera, en realidad perseguía a Roger.

Pero entonces, ¿quién era aquel extraño, aquel individuo anónimo, corriente y vulgar que había visto poco antes del amanecer?

A medida que nos aproximábamos a las luces de Central Park South, los gigantescos edificios se erguían ante nosotros con una arrogancia digna de Babilonia. Percibimos entonces los gratificantes sonidos propios de la gente bien vestida, de hombres de negocios que se dirigen a sus oficinas, el incesante clamor de los taxis que no hacía sino intensificar la baraúnda del tráfico.

David estaba serio, melancólico.

—Si hubieras visto al ser que yo vi, no te mostrarías tan impaciente por precipitarte al próximo estadio —dije, suspirando con tristeza. No estaba dispuesto a volver a describir al monstruo alado.

—Te aseguro que me siento muy tentado —confesó David.

—¿De ir al infierno? ¿Con un diablo como ése?

—¿Tuviste la sensación de que era horrible? ¿Sentiste la presencia del Mal? Te lo pregunté antes, en el bar del hotel. ¿Sentiste la presencia del Mal cuando ese ser se llevó a Roger? ¿Crees que Roger sufría?

Las preguntas de David eran ganas de buscarle los tres pies al gato.

—No seas tan optimista respecto a la muerte —contesté—. Te lo advierto. He cambiado de opinión. El ateísmo y el nihilismo de mi juventud me parecen triviales, una postura provocadora.

David sonrió condescendiente, como solía hacer cuando era mortal y ostentaba los laureles de su venerable edad.

—¿Has leído las historias de Hawthorne? —me preguntó con suavidad.

Al alcanzar la calle, la atravesamos y dimos la vuelta a la fuente que había frente al Plaza.

—Sí —contesté—. Prácticamente todas.

—¿Recuerdas a Ethan Brand y su búsqueda del pecado imperdonable?

—Creo que sí. Fue en busca de él dejando atrás a sus congéneres.

—Te refrescaré la memoria —dijo David.

Doblamos por la Quinta Avenida, una vía que jamás está desierta ni oscura, mientras David recitaba el siguiente párrafo:

—«Había perdido el control de la cadena magnética de la humanidad. Ya no era un hombre-hermano que abría cámaras subterráneas o mazmorras de nuestra naturaleza común con la llave de la sacrosanta comprensión, lo cual le daba derecho a compartir todos sus secretos; era un frío observador que contemplaba a la humanidad como un experimento, convirtiendo al hombre y a la mujer en meras marionetas, tirando de sus hilos a fin de obligarlos a cometer los delitos necesarios para su estudio.»

Yo guardé silencio. Deseaba protestar, pero no hubiera sido honesto por mi parte. Quería decir que jamás manipularía a los seres humanos como si fueran marionetas. Lo único que había hecho era observar a Roger, y a Gretchen, debatiéndose en la selva. No había tirado de sus hilos. Era precisamente la honradez lo que nos había perdido a Gretchen y a mí. Pero comprendí que David, al pronunciar aquellas palabras, no se refería a mí sino a él mismo, a la distancia que lo separaba de los humanos. Había comenzado a convertirse en Ethan Brand.

—Permíteme que continúe —dijo David respetuosamente. Luego siguió citando a Hawthorne—: «Ethan Brand se convirtió en un monstruo. Empezó a serlo desde el preciso instante en que su naturaleza mortal dejó de estar en sintonía con su intelecto...»

David se detuvo.

Yo no respondí.

—Ésa es nuestra perdición —murmuró David—. Nuestro progreso moral ha llegado a su fin, mientras que nuestro intelecto crece a pasos agigantados.

Yo guardé silencio. ¿Qué podía decir? Conocía el sentimiento de desesperación tan bien como David, pero me olvidaba de él al contemplar un decorativo maniquí en un escaparate. El espectáculo de las luces alrededor de un rascacielos bastaba para borrarlo. La gigantesca y fantasmagórica silueta de San Patricio hacía que desapareciera. Pero luego volvía a aparecer.

No tiene ningún sentido, pensé, casi pronunciando las palabras en voz alta, aunque me limité a decir:

—Tengo que pensar en Dora.

Dora.

—Sí, y gracias a ti yo también tengo que pensar en ella —respondió David.

6

¿Cómo, y cuándo y qué debía contarle a Dora? Ésa era la cuestión. Al día siguiente, por la tarde, David y yo partimos hacia Nueva Orleans.

No había ni rastro de Louis en la casa de la calle Royale, lo cual no resultaba extraño. Louis se ausentaba cada vez con más frecuencia. David lo había visto en cierta ocasión en París, acompañado de Armand. La casa estaba impecable, como un sueño de otra época, llena de muebles Luis XV, mis preferidos, las paredes elegantemente tapizadas y los suelos cubiertos de suntuosas alfombras orientales.

David, por supuesto, conocía la casa, aunque no la había pisado desde hacía un año. En uno de mis numerosos y espléndidos dormitorios, decorado con sedas de color azafrán y espectaculares mesas y mamparas turcas, se hallaba todavía el ataúd en el que había dormido durante su breve y primera estancia después de transformarse en un vampiro.

El ataúd, por supuesto, quedaba perfectamente disimulado. David había insistido en dormir en un ataúd, como suelen hacer todos los neófitos a menos que sean nómadas por naturaleza. Éste se hallaba guardado en una pesada arca de bronce que Louis había adquirido con posterioridad, un armatoste rectangular tan singular como un piano cuadrado y sin ninguna abertura visible, aunque, claro está, si uno pulsaba un resorte secreto se alzaba de inmediato la tapa.

Había construido mi lugar de descanso tal como me había prometido a mí mismo cuando se restauró esta casa en la que Claudia, Louis y yo habíamos vivido en otros tiempos. Lo ubiqué no en mi viejo dormitorio, que ahora sólo albergaba el inmenso lecho y el tocador de rigor, sino en la buhardilla, donde había creado una celda de metal y mármol.

En suma, David y yo disponíamos de una confortable casa, y me sentí francamente aliviado de que Louis no estuviera para decirme que no creía una palabra de lo que aseguraba haber visto. Observé que sus habitaciones estaban en orden y que había añadido más libros a su colección. También me fijé en un nuevo y espléndido cuadro de Matisse. Aparte de esos detalles, todo estaba igual que antes.

En cuanto nos instalamos, y tras cerciorarnos de que el sistema de alarma funcionaba, como suelen hacer los mortales, aunque nos disgustaba seguir sus pautas de comportamiento, decidimos que fuera yo solo a visitar a Dora.

Yo no había vuelto a saber nada de mi perseguidor, aunque había pasado poco tiempo desde su última aparición; tampoco había vuelto a ver al Hombre Corriente.

David y yo temíamos que uno u otro se presentaran en el momento más inesperado.

No obstante, me separé de David y dejé que fuera a explorar la ciudad.

Antes de abandonar el Quarter para dirigirme a la parte alta de la ciudad fui a ver a Mojo, mi perro. En caso de que el lector no haya leído *El ladrón de cuerpos* y no sabe quién es Mojo, lo describiré brevemente: es un gigantesco pastor alemán, lo cuida una amable mujer mortal en un edificio de mi propiedad y me quiere, un rasgo que encuentro irresistible. Se trata de un perro, ni más ni menos, aunque posee un tamaño muy superior al de otros de su raza y un pelo muy tupido, y no puedo permanecer mucho tiempo alejado de él.

Pasé un par de horas jugando con él en el jardín, revolcándonos por el suelo, contándole las últimas novedades. Pensé en llevármelo a ver a Dora. Su rostro oscuro y alargado, semejante al de un lobo y aparentemente malvado, expresaba, como de costumbre, una gran bondad y paciencia. Es una lástima que Dios no nos haya hecho a todos perros.

En realidad, Mojo me proporcionaba una sensación de seguridad. Si aparecía el diablo y yo estaba con Mojo... ¡Qué idea tan absurda! Sería capaz de enfrentarme al mismísimo diablo con tal de defender a un perro de carne y hueso. En fin, supongo que los humanos han defendido cosas más extrañas.

Poco antes de marcharme, pregunté a David:

—¿Qué opinas de todo esto? Me refiero a mi perseguidor y al Hombre Corriente.

David contestó sin vacilar:

—Creo que ambos son fruto de tu imaginación, que te castigas a ti mismo; es la única forma en que sabes divertirte.

Debí sentirme ofendido, pero no fue así.

Dora era real.

Al fin, comprendí que no podía llevarme a Mojo. Iba a espiar a Dora y el perro sería un obstáculo. Besé a Mojo y me marché. Más tarde lo llevaría a dar un paseo por nuestros parajes preferidos, justo debajo del River Bridge, entre la hierba y las basuras. De momento, nadie podía arrebatarme esos instantes con Mojo.

Pero regresemos a Dora.

Por supuesto, ella ignoraba que Roger había muerto. Era imposible que lo supiera, a menos que se le hubiera aparecido el fantasma de Roger. Sin embargo, Roger no me había indicado que pensara hacer tal cosa. El esfuerzo de aparecerse ante mí había consumido todas sus energías. Además, quería demasiado a su hija para gastarle esa broma pesada.

Pero ¿qué sabía yo sobre fantasmas? Salvo algunas apariciones puramente mecánicas e indiferentes, jamás había hablado con uno hasta esa noche.

A partir de ahora me acompañaría siempre la indeleble

impresión de su gran amor por la hija, así como su peculiar mezcla de conciencia y sublime seguridad en sí mismo. Bien pensado, su visita era una clara muestra de esta última característica. El hecho de que se me apareciera no tenía nada de particular, pues el mundo está lleno de interesantes y creíbles historias de fantasmas. Sin embargo, el hecho de entablar una conversación conmigo, de convertirme en su confidente, sin duda requería una aplastante seguridad en uno mismo.

Me dirigí a pie hacia la parte alta de la ciudad, como los mortales, aspirando el olor del río y satisfecho de hallarme de nuevo entre mis robles de corteza negra, las mansiones tenuemente iluminadas de Nueva Orleans y la hierba, las enredaderas y las flores que proliferaban por doquier. Me sentía en casa.

Al poco rato llegué al viejo convento de ladrillos que se hallaba en la avenida Napoleón, donde residía Dora. La avenida era como tantas otras hermosas calles de Nueva Orleans, con una amplia vía central por la que antiguamente circulaban los tranvías. En la actualidad hay árboles plantados en el centro de la avenida, los cuales ofrecen generosa sombra, así como ante la fachada del convento.

Era la parte más frondosa de la zona alta de la ciudad, de evidente sabor victoriano.

Me acerqué despacio al edificio para que cada detalle del mismo quedara grabado en mi mente, lo cual demostraba lo mucho que yo había cambiado desde la última vez que había espiado a Dora.

El convento era de estilo Segundo Imperio, con la típica buhardilla que cubría la parte central del edificio y sus extensas alas. Observé que se habían desprendido algunas tejas de la buhardilla, cuyo centro era cóncavo, lo cual le confería un aire singular. La mampostería, las ventanas abovedadas, las cuatro torres que se elevaban en cada esquina del edificio y el porche de dos pisos —igual al de las haciendas de las plantaciones— que presidía la fachada del edificio central, de columnas blancas y verja de hierro negra, recordaba vagamente el estilo italianizante de Nueva Orleans. El edificio guardaba unas exquisitas proporciones. En la base del tejado asomaban unos canales de cobre. No había postigos, pero seguro que antiguamente debió haberlos.

En el segundo y el tercer piso se veían numerosas ventanas, altas, abovedadas y enmarcadas por unos ladrillos pintados de blanco, ya algo desteñidos.

Un amplio y austero jardín cubría la parte frontal del edificio que daba a la avenida, y el interior debía de albergar un enorme patio. Toda la manzana estaba presidida por este pequeño universo en el que las monjas y las huérfanas, muchachas de todas las edades, residían antiguamente. Las ramas de los gigantescos robles pendían sobre la acera. En una calle lateral que daba al sur vi una hilera de vetustos mirtos.

Al dar la vuelta al edificio contemplé las grandes vidrieras de la capilla, que constaba de dos pisos. En su interior parpadeaba una pequeña luz, como si estuviera presente el Sagrado Sacramento, cosa que dudaba. Por último me dirigí hacia la parte posterior del convento y salté la tapia.

Algunas puertas estaban cerradas, pero no todas. El edificio permanecía sumido en el silencio, y en medio del invierno de Nueva Orleans —templado pero invierno al fin— advertí que el frío era más intenso dentro que fuera.

Me adentré en el pasillo de la planta baja con cautela, admirando las hermosas proporciones, la anchura y longitud de los pasillos, el intenso olor de las paredes de piedra y el aroma a madera noble de los desnudos suelos de pino amarillo. Todo exhalaba un aire rústico, muy en boga entre esos artistas de las grandes ciudades que se instalan en viejos almacenes y llaman a sus inmensos apartamentos «buhardillas».

Pero esto no era un almacén. Esto había sido una morada sagrada. Anduve lentamente por el largo pasillo hacia la escalera que se hallaba al nordeste. Arriba, a mi derecha, vivía Dora, en la torre del nordeste del edificio, por decirlo así. Sus aposentos privados se hallaban en el tercer piso.

No intuí la presencia de ninguna persona en el edificio. Tampoco el olor ni los pasos de Dora. Oí el sonido de ratas e insectos, y de algo mayor que una rata, tal vez un mapache, que comía en el desván. Luego me detuve en un intento de captar la presencia de los pequeños espíritus, o poltergeist.

Cerré los ojos y escuché. Parecía como si en el silencio recogiese las emanaciones de unas personalidades, pero eran demasiado débiles y confusas para alcanzar mi corazón o mi mente. Sí, había algunos fantasmas, pero no presentí una turbulencia espiritual, una tragedia sin resolver o una justicia pendiente. Antes bien, noté una profunda calma y firmeza espiritual.

El edificio estaba intacto y exhibía su auténtica personalidad.

Creo que el convento se sentía complacido de haber vuelto a adquirir su fisonomía primitiva; incluso las vigas del techo, aunque no hubieran sido construidas para mostrarse a la vista, resultaban hermosas tal cual: en ellas podía apreciarse la oscura y recia madera y el excelente trabajo de carpintería que se hacía en aquellos tiempos.

La escalera era original. Yo había subido y bajado por miles de escaleras semejantes en Nueva Orleans. El edificio contenía por lo menos cinco. Noté la huella de cada pisada de los niños que un día habitaron el convento, el sedoso tacto de la balaustrada que había sido encerada innumerables veces a lo largo de un siglo. Reconocí el tipo de descansillo que daba directamente a una ventana exterior, ajeno a la forma y la existencia de la ventana, dividiendo la luz que provenía de la calle.

Cuando llegué al segundo piso, comprendí que me hallaba ante la puerta de la capilla. Desde el exterior no daba la impresión de tener aquellas dimensiones.

Era tan grande como muchas iglesias que había visitado

en mi vida. A ambos lados del pasillo central había unos veinte bancos colocados en hilera. El techo de yeso estaba cubierto y coronado por unas decorativas molduras. Observé unos viejos medallones de los que, sin duda, antiguamente debieron colgar unos candelabros de gas. Los vitrales de colores, aunque no incluían figuras humanas, estaban muy bien realizados, según ponía de relieve la luz que procedía de una farola y penetraba en la capilla; los nombres de los santos patrones aparecían inscritos con unas letras muy decorativas en los paneles inferiores de cada vidriera. La luz del sagrario no estaba encendida; la única iluminación consistía en unas velas delante de una Regina Maria, es decir, una virgen que lucía una vistosa corona.

El lugar parecía conservar el mismo aspecto que cuando fue vendido y las hermanas se vieron obligadas a abandonarlo. Había todavía una fuente de agua bendita, aunque no estaba sostenida por un ángel; se trataba simplemente de un pila de mármol sobre una peana.

Al entrar, pasé debajo de la galería del coro y quedé maravillado ante la pureza y simetría de su diseño. ¿Qué siente uno al vivir en un edificio que dispone de capilla propia? Doscientos años antes me había arrodillado más de una vez en la capilla de mi padre, pero se trataba tan sólo de una pequeña estancia de piedra construida dentro de nuestro castillo. Sin embargo, este inmenso convento, con sus viejos ventiladores eléctricos para refrescar el ambiente en verano, parecía no menos auténtico que la pequeña capilla de mi padre.

Esta capilla parecía destinada a la realeza, todo el convento se me antojó de pronto un palacio más que un edificio religioso. Por unos instantes imaginé que vivía allí, no con la austeridad que habría querido Dora, sino rodeado de gran esplendor, y que a través de los kilómetros de suelos pulimentados me dirigía cada noche a este inmenso santuario para rezar mis oraciones.

Me sentía a gusto en este lugar. De golpe se me ocurrió

la idea de comprar un convento y convertirlo en mi residencia, para vivir en él a salvo y con todo lujo y confort, en un olvidado rincón de una ciudad moderna. Sentí una profunda envidia o, mejor dicho, sentí que mi respeto hacia Dora aumentaba.

Multitud de europeos vivían todavía en este tipo de edificios con varios pisos y alas distribuidas alrededor de amplios y suntuosos patios privados. En París existían muchas mansiones así, pero la idea de vivir en un edificio como éste en América, rodeado de toda clase de lujos, resultaba muy tentadora.

Sin embargo, ése no había sido el sueño de Dora. Ella deseaba instruir allí a sus misioneras, a las predicadoras que extenderían la palabra de Dios con el fervor de san Francisco o Buenaventura.

En cualquier caso, si la muerte de Roger arrebataba a Dora su fe, siempre podría vivir ahí como una princesa.

¿Qué poder tenía yo para influir en el sueño de Dora? ¿Qué deseos se cumplirían si lograba convencerla de que aceptara la enorme riqueza que le había legado su padre y se convirtiera en la princesa de este palacio? ¿Los de un ser humano feliz de haberse salvado del dolor que genera la religión?

No era una idea tan absurda como pueda parecer. En cualquier caso, típica de mí, algo así como imaginar el cielo en la Tierra, pintado en tonos pasteles, exquisitamente pavimentado y dotado de calefacción central.

Eres terrible, Lestat.

¿Quién era yo para pensar esas cosas? Dora y yo podíamos vivir allí como la Bella y la Bestia. Solté una sonora carcajada. Sentí un escalofrío que me recorrió la columna dorsal, pero no oí pasos sospechosos.

De pronto me sentí solo. Me detuve para escuchar, alarmado.

—No te atrevas a acercarte a mí en estos momentos —murmuré a mi perseguidor, cuya presencia no había detectado—. Estoy en una capilla, tan a salvo como si me encontrara en una catedral.

Me pregunté si mi perseguidor se estaría riendo de mí. *Son imaginaciones tuyas, Lestat.*

No te preocupes. Camina por el pasillo de mármol hacia el comulgatorio. Sí, todavía había un comulgatorio. Mira al frente y no pienses en nada.

La voz urgente de Roger resonó en el oído de mi memoria. Pero yo amaba a Dora, me encontraba allí para ayudarla. Simplemente me estaba tomando mi tiempo.

Mis pasos sonaron a través de la capilla. No me importaba. Las estaciones del vía crucis, pequeñas, grabadas en relieve sobre el yeso, estaban colocadas entre las vidrieras, en el orden acostumbrado, y el altar había desaparecido del nicho que lo albergaba para ser sustituido por un gigantesco Cristo crucificado.

Los crucifijos siempre me han fascinado. Existen muchos modos de representar diversos detalles, y el arte del Cristo crucificado ocupa buena parte de los museos actuales así como las catedrales y basílicas que se han convertido en museos. El crucifijo que tenía ante mí era impresionante, inmenso, antiguo y realizado según los cánones realistas del siglo diecinueve. Examiné detenidamente cada detalle, el breve taparrabos de Jesús agitado por el viento, el rostro enjuto, traspasado por el dolor.

Supuse que era un hallazgo de Roger. Resultaba demasiado grande para colocarlo en el nicho del altar, y mostraba un soberbio trabajo artesanal. En cambio, los santos de yeso que permanecían sobre sus pedestales —la previsible y dulce santa Teresa de Lisieux ataviada con su túnica de carmelita, su cruz y su ramo de rosas; san José sosteniendo un lirio; e incluso la Maria Regina con su corona, dentro de una hornacina junto al altar—, si bien eran unas estatuas de tamaño natural y estaban minuciosamente pintadas, no eran unas obras maestras.

El crucifijo te impelía a adoptar algún tipo de resolución: o bien «odio el cristianismo con toda su crueldad», o bien un sentimiento más doloroso, quizá como cuando uno, de joven, imagina sus propias manos atravesadas por aquellos clavos. La cuaresma. Las meditaciones. La Iglesia. La voz del sacerdote entonando las palabras. *Padre nuestro*.

Sentí al mismo tiempo odio y dolor. Entre las sombras, mientras observaba el reflejo de las luces de la calle en las vidrieras, evoqué unos recuerdos de mi infancia, o digamos que los toleré. Luego pensé en el cariño que sentía Roger por su hija, y mis recuerdos, comparados con aquel cariño, resultaban insignificantes. Subí los escalones que antaño conducían al altar y al tabernáculo. Extendí la mano y toqué el crucifijo. Noté el tacto de la vieja madera. Percibí el leve y secreto sonido de los himnos. Miré el rostro del Cristo pero no vi un semblante crispado por el dolor, sino sabio y sereno en los últimos instantes previos a la muerte.

De pronto oí un ruido cuyo eco resonó en todo el edificio. Retrocedí de forma apresurada, casi perdiendo el equilibrio, y me volví. Alguien se hallaba en la planta baja y se dirigía con pasos moderadamente rápidos hacia la escalera por la que yo había accedido a la capilla.

Me encaminé con rapidez hacia la entrada del vestíbulo. No oí ninguna voz ni detecté el menor olor. «¡Esto es intolerable!», murmuré desmoralizado. Estaba temblando. Lo cierto es que algunos olores humanos no son fáciles de detectar debido a factores como la brisa o las corrientes de aire, que en aquel lugar abundaban.

La misteriosa persona estaba subiendo la escalera.

Me coloqué detrás de la puerta de la capilla para observar el descansillo. Si se trataba de Dora, me ocultaría enseguida.

Pero no era Dora. Ascendía la escalera con paso rápido y ligero, en dirección adonde yo me encontraba. Cuando se detuvo ante mí, lo reconocí de inmediato.

Era el Hombre Corriente.

Permanecí inmóvil, mirándolo de hito en hito. Era algo más bajo que yo; más flaco; absolutamente normal y corriente, tal como lo recordaba. Emanaba de él cierto olor, extraño, mezclado con sangre, sudor y sal, y percibí los leves latidos de su corazón...

—No te atormentes —dijo con voz cortés y diplomática—. Estoy dudando. No sé si hacerte mi proposición ahora o antes de que te líes con Dora. No sé qué es lo más aconsejable.

El extraño se encontraba a menos de un metro y medio de distancia.

Me apoyé en el marco de la puerta del vestíbulo, crucé los brazos y lo miré con arrogancia. A mis espaldas quedaba la capilla, iluminada por las velas. ¿Parecía asustado? ¿Estaba asustado? ¿Iba a desmayarme de pánico?

—Ya sabes quién soy —dijo el extraño con un tono reticente y directo.

De pronto advertí algo que me llamó la atención: la regularidad de las proporciones de su cuerpo y su rostro. No poseía ningún rasgo fuera de lo común. Era un tipo absolutamente corriente, del montón.

—Sí —dijo sonriendo—. Es la forma que prefiero adoptar en todo momento y lugar para no llamar la atención. —Su voz era cordial—. No es cuestión de pasearse con unas alas negras y patas de macho cabrío para asustar a los mortales.

—Quiero que salgas de aquí antes de que aparezca Dora —dije. De pronto me había vuelto loco de remate.

El extraño se volvió, se dio una palmada en el muslo y soltó una carcajada.

—No te pongas chulo conmigo, Lestat —dijo sin alzar la voz—. Con razón tus compinches te llaman *el Engreído*. No puedes darme órdenes.

—¿Ah, no? ¿Y si te echo de aquí?

—¿Quieres intentarlo? ¿Quieres que adopte mi otra forma? Puedo hacer que mis alas...

Oí el sonido confuso de unas voces y mi visión empezó a nublarse.

—¡No! —grité.

—De acuerdo.

La transformación se interrumpió. El mal momento pasó. El corazón me latía con violencia, como si estuviera a punto de saltar de mi pecho.

—Te diré lo que vamos a hacer —dijo el extraño—. Dejaré que resuelvas el asunto con Dora, puesto que estás obsesionado con ello y no piensas en otra cosa. Luego, cuando hayas solventado lo de esa chica y sus sueños, hablaremos.

—¿Sobre qué?

—Sobre tu alma, por supuesto.

—Estoy dispuesto a ir al infierno —contesté, mintiendo descaradamente—. Pero no creo que seas quien pretendes ser. Eres algo, sin duda, algo similar a mí y para lo que no existen explicaciones científicas, pero detrás de ello hay una serie de datos que al final lo pondrán todo al descubierto, incluso la textura de cada pluma de tus alas.

El extraño frunció ligeramente el ceño, pero no parecía enojado.

—A este paso, no llegaremos a ningún sitio —dijo—. Sin embargo, de momento dejaré que sigas pensando en Dora. Está a punto de llegar. Acaba de aparcar el coche en el patio. Me marcho por donde vine. Pero antes te daré un consejo, para el bien de los dos.

—¿Cuál? —pregunté.

El extraño dio media vuelta y empezó a bajar la escalera con tanta rapidez y agilidad como la había subido. Al llegar abajo se volvió. Yo ya había captado el olor de Dora.

—¿Qué consejo? —insistí.

—Que te olvides de ella. Deja que sus abogados se ocupen de sus asuntos. Aléjate de este lugar. Tenemos cosas más importantes de que hablar. Todo esto te tiene obsesionado.

Tras pronunciar estas palabras desapareció por una puerta lateral, que cerró de un portazo.

Casi de inmediato oí cómo Dora entraba por la puerta trasera y se dirigía al centro del edificio, al igual que habíamos hecho yo y el extraño. Luego enfiló el pasillo.

Mientras avanzaba se puso a cantar, o a canturrear para ser más precisos. Percibí el dulce olor de su menstruación, intensificándose así el suculento aroma de la joven que se aproximaba hacia donde yo me encontraba.

Me oculté de nuevo entre las sombras del vestíbulo. De esa forma Dora no descubriría mi presencia mientras subía por la escalera hacia su habitación, que se hallaba en el tercer piso.

Al llegar al segundo piso noté que salvaba los escalones de dos en dos. Llevaba una mochila al hombro y lucía un bonito vestido de algodón de estilo retro, con flores estampadas y mangas ribeteadas de encaje blanco.

Cuando se disponía a subir el tercer tramo de escalera, se detuvo bruscamente y se volvió hacia donde estaba yo. Me quedé helado. Era imposible que me hubiera visto.

A continuación se dirigió hacia mí, alargó la mano y vi que sus dedos tocaban algo en la pared. Era el interruptor de la luz, un simple interruptor de plástico blanco. De pronto la bombilla que colgaba del techo inundó la sala de luz.

Imagínate la escena: un intruso alto y rubio, con los ojos ocultos tras unas gafas de sol violetas, limpio y aseado, sin rastro de la sangre del padre de Dora, vestido con una chaqueta y unos pantalones de lana de color negro.

Alcé las manos, en un gesto que venía a indicar «no temas, no voy a hacerte daño». Me había quedado mudo del susto.

Acto seguido desaparecí.

Es decir, pasé junto a ella con tal rapidez que no me vio.

La rocé ligeramente, como una corriente de aire. Eso fue todo. Subí dos pisos hasta alcanzar el desván y atravesé una puerta que se hallaba sobre la capilla; allí dentro sólo unas pocas ventanas permitían el paso de la luz de la calle. Una de las ventanas estaba rota. Se me ocurrió huir a través de ella pero me senté en un rincón y allí me quedé absolutamente quieto, sin atreverme apenas a respirar. Encogí las rodillas, me coloqué bien las gafas y contemplé la puerta por la que había entrado.

No oí ningún grito, nada. A Dora no le había dado ningún ataque de histeria; no corría como una loca por el edificio. No había hecho sonar la alarma. Era admirable. Ni siquiera el hecho de haber visto a un intruso le había hecho perder la serenidad. ¿Qué puede ser más peligroso para una mujer sola que un joven macho, aparte de un vampiro?

Noté que me castañeteaban los dientes. Oprimí el puño derecho contra la palma de la mano izquierda. ¡Maldito seas! A qué viene presentarte de este modo, advirtiéndome que no hable con ella, utilizando tus sucios trucos, si jamás pensé en hablar con ella. ¿Qué demonios voy a hacer ahora, Roger? ¡No pretendía que Dora me sorprendiera de ese modo!

No debí acudir sin David. Necesitaba el apoyo de un testigo. ¿Acaso se habría atrevido el Hombre Corriente a aparecer si David hubiera estado conmigo? ¡Cómo odiaba a ese ser, hombre, demonio o lo que fuera! Estaba hecho un lío. Temía no sobrevivir a esta aventura.

¿Significaba eso acaso que ese ser iba a matarme?

De pronto oí que Dora subía la escalera, lenta y sigilosa. Un mortal no habría percibido sus pasos. Llevaba una linterna en la que yo no había reparado antes. Vi el haz de luz a través de la puerta abierta del desván proyectarse sobre las oscuras tablas del techo.

Dora entró en el desván, apagó la linterna y echó una mirada a su alrededor. En sus ojos se reflejaba la luz blanquecina que penetraba por las ventanas. La luz de las farolas iluminaba suavemente la estancia.

De pronto me vio.

—¿Por qué está asustado? —me preguntó con voz tranquilizadora.

Yo la miré. Estaba encogido en el rincón, con las piernas cruzadas, las rodillas debajo de la barbilla y los brazos alrededor de las piernas.

—Lo... lo siento —contesté—. Temí... haberla sobresaltado. Ha sido una torpeza imperdonable.

Dora se acercó con paso decidido. Su olor invadió lentamente el desván, como los vapores del incienso.

Era alta y esbelta. El vestido de flores con mangas de encaje le sentaba muy bien. Su pelo negro, corto y rizado le cubría la cabeza como un casquete. Tenía unos ojos grandes y oscuros, parecidos a los de Roger.

Su mirada era espectacular, capaz de inquietar al más feroz depredador. La luz ponía de relieve sus delicados pómulos, su boca de expresión serena y carente de toda emoción.

—Si quiere, me marcho —dije con timidez—. Me levantaré muy despacio y me iré sin lastimarla. Se lo juro. No se alarme.

—¿Por qué usted? —preguntó Dora.

—No entiendo —contesté. No sabía si estaba llorando o simplemente temblaba como una hoja—. ¿Qué quiere decir con esa pregunta?

Dora avanzó unos pasos y me miró fijamente. Se hallaba tan cerca de mí que podía verla con toda claridad.

Quizá le llamara la atención mi cabello rubio, mis gafas violetas o mi aspecto juvenil.

Observé sus largas pestañas rizadas, su barbilla menuda pero firme y la suave curva de sus pequeños hombros debajo del vestido de flores y encaje. Era hermosa y esbelta como un lirio. Imaginé que su cintura, bajo el holgado vestido, era tan estrecha que casi podría rodearla con una sola mano.

Había algo en su presencia que me intimidaba, aunque no daba la impresión de ser fría ni cruel. Tal vez era su aura de santidad. No recordaba haber estado en presencia de un santo de carne y hueso. Yo tenía mis propias definiciones para esa palabra.

—¿Por qué ha venido a comunicármelo usted? —preguntó Dora con suavidad.

—¿Comunicarle qué, querida?

—Lo de Roger. Que ha muerto —respondió Dora, arqueando ligeramente las cejas—. Por eso ha venido, ¿no es cierto? Lo supe en cuanto le vi. Comprendí que Roger había muerto. Pero ¿por qué ha venido usted?

Dora se arrodilló delante de mí.

Solté un sonoro y prolongado gemido. ¡Me había adivinado el pensamiento! Mi gran secreto. Mi gran decisión. ¿Hablar con ella? ¿Razonar con ella? ¿Espiarla? ¿Engañarla? ¿Aconsejarla? De golpe mi mente le había transmitido la alegre noticia: ¡Lo siento, guapa, Roger ha muerto!

Dora se aproximó algo más. Demasiado. No debió hacerlo. Dentro de unos instantes se pondría a gritar. Al ver que alzaba la linterna dije:

—No encienda la linterna.

—¿Por qué no quiere que la encienda? No le deslumbraré, se lo prometo. Sólo quiero verle.

—No.

—No me inspira ningún miedo, se lo aseguro —dijo Dora con sencillez, sin aspavientos, mientras un sinfín de pensamientos se agolpaban en su mente y me observaba sin perder detalle.

—¿Y eso? —pregunté.

—Dios no dejaría que una criatura como usted me hiciera daño. Estoy convencida de ello. No sé si es un diablo, un espíritu maligno o un espíritu bondadoso. Quizá desaparezca si me santiguo, aunque no lo creo. Lo que no me explico es por qué está tan asustado. No creo que le intimide la presencia de la virtud...

—Un momento, recapitulemos. ¿Se refiere a que se ha dado cuenta de que no soy humano?

—Sí. Lo veo, lo presiento. He visto a otros seres como usted. Los he visto en las grandes ciudades, brevemente, mezclados entre multitud. He visto muchas cosas. No voy a decir que siento lástima de usted, porque sería una tontería, pero no le tengo miedo. Es usted terrenal, ¿no?

—Desde luego —contesté—, y espero seguir siéndolo siempre. Mire, no pretendía sobresaltarla con la noticia de la muerte de su padre. Yo le quería.

—¿De veras?

—Sí. Y... sé que él la quería a usted mucho. Me pidió que le explicara ciertas cosas. Pero, por encima de todo, me pidió que cuidara de usted.

—No le creo capaz de hacerlo, parece demasiado asustado. ¡Si hasta está temblando!

—No es usted quien me inspira temor, Dora —contesté irritado—. No sé lo que está pasando. Soy terrenal, sí, es cierto. Y yo... yo maté a su padre. Soy culpable de su muerte. Más tarde se me apareció y me pidió que cuidara de usted. Ahora ya lo sabe. No es a usted a quien temo, sino a la situación. Jamás me había encontrado en semejantes circunstancias, nunca había tenido que responder a este tipo de interrogatorio.

—Comprendo —dijo Dora. Estaba profundamente impresionada. Su rostro brillaba como si estuviera sudando. El corazón le latía aceleradamente. Agachó la cabeza. Su mente resultaba impenetrable. Sin embargo, era evidente que estaba muy apenada, y las lágrimas empezaron a rodar por sus mejillas. No soportaba verla de ese modo.

—Dios mío, esto es un infierno —murmuré—. No debí matarlo. Yo... lo hice por una razón muy sencilla. Él... se cruzó en mi camino. Fue un trágico error. Pero luego se me apareció y charlamos durante horas, tranquilamente, su fantasma y yo. Me habló sobre usted, sobre las reliquias y Wynken.

—¿Wynken? —repitió Dora, mirándome con extrañeza.

—Sí, Wynken de Wilde, ya sabe, el autor de los doce libros que posee su padre. Mire, Dora, me gustaría cogerle la mano para consolarla, pero no desearía que se echase a gritar.

—¿Por qué mató a mi padre? —increpó. Su pregunta significaba algo más. En realidad, me estaba diciendo: «¿Cómo es posible que un ser que se expresa como tú sea capaz de cometer semejante atrocidad?»

—Deseaba chuparle la sangre. Me alimento de la sangre de los demás. Por eso me conservo joven y sigo vivo. ¿No cree en los ángeles? Pues crea en los vampiros. Crea en mí. Existen peores cosas en el mundo.

Dora me miró estupefacta.

—Nosferatu —dije suavemente—. Verdilak. El vampiro. Lamia. Seres terrenales —añadí, encogiéndome de hombros. Me sentía totalmente desarmado—. Existen numerosas especies extrañas. Pero Roger apareció ante mí en forma de fantasma para hablarme de usted.

Dora empezó a sacudir la cabeza y sollozar. Sin embargo, no era un ataque de histeria. Tenía los ojos llenos de lágrimas y la cara crispada en una mueca de dolor.

—Dora, le aseguro que no le haré daño, se lo juro. No quiero lastimarla.

—¿Es cierto que mi padre está muerto? —preguntó Dora. De pronto rompió a llorar desconsoladamente, con el rostro oculto entre las manos. Sus delgados hombros se agitaban de forma violenta—. ¡Dios mío, ayúdame! —murmuró—. ¡Roger! ¡Roger!

Luego se santiguó y permaneció sentada en el suelo, llorando.

Yo aguardé mientras la observaba. Sus lágrimas y su dolor se nutrían de sí mismos. Su desconsuelo iba en aumento.

Al cabo de unos minutos se inclinó hacia delante y se tumbó de bruces. Resultaba evidente que no me temía. Era como si yo no estuviera presente.

Me levanté despacio y abandoné mi escondite. Por fortuna, el techo del desván era bastante alto. Luego me acerqué a Dora y apoyé las manos sobre sus hombros.

Ella no opuso resistencia. Siguió llorando y moviendo la cabeza de un lado a otro como si estuviera bebida, agitando las manos como si quisiera atrapar el aire.

—¡Dios, Dios, Dios! —exclamó—. ¡Dios... Roger!

La cogí en brazos. Era tan ligera como había sospechado, aunque en ningún caso su peso hubiera representado un obstáculo para alguien tan fuerte como yo. Dora apoyó la cabeza en mi pecho.

—Lo sabía, me di cuenta cuando me besó —dijo con voz entrecortada—. Entonces comprendí que no volvería a verlo. Lo sabía...

Dora continuó pronunciando una serie de frases ininteligibles. Parecía tan frágil y vulnerable... La sostuve con cuidado, procurando no lastimarla. Cuando echó la cabeza hacia atrás, observé que estaba muy pálida. Su indefensión habría sido capaz de conmover incluso al mismísimo diablo.

Me dirigí hacia la puerta de su habitación. Dora yacía en mis brazos como una muñeca de trapo, sin oponer resistencia alguna. Al abrir la puerta de su habitación advertí una corriente de aire cálido.

La habitación, que antiguamente debió de cumplir las funciones de aula o dormitorio de las alumnas, era muy grande. Estaba ubicada en una esquina del edificio. En dos lados de la estancia había unas grandes ventanas por las que penetraba la luz de las farolas.

El resplandor del tráfico iluminaba la habitación.

El lecho de Dora estaba adosado a la pared que se hallaba frente a la puerta. Era un viejo camastro de hierro forjado, pintado de blanco, sencillo y estrecho como el lecho de un convento, con un marco rectangular del que antiguamente debió de colgar una mosquitera. La pintura se había desprendido en algunas de las delgadas varas de hierro. Vi unas estanterías llenas de libros. Había montones de libros por doquier, algunos abiertos, otros apoyados en unos improvisados atriles; y su reliquias, centenares de cuadros, estatuas y todo tipo de objetos que quizá le había regalado Roger antes de que ella averiguara la verdad. En los marcos de madera de las puertas y las ventanas aparecían escritas unas palabras en cursiva con tinta negra.

Me dirigí hacia el lecho y deposité a Dora en él. Ella apoyó la cabeza en la almohada, agradecida de poder tumbarse sobre el mullido colchón. La habitación estaba inmaculadamente limpia y ofrecía un aire alegre y moderno.

Entregué a Dora mi pañuelo de seda. Ella lo cogió, lo miró y dijo:

—Es demasiado bueno.

—No, úselo. No tiene importancia. Tengo muchos pañuelos.

Dora me observó en silencio y se secó los ojos y las mejillas. El corazón le latía ahora más despacio, pero la intensa emoción que había sentido al enterarse de la muerte de su padre había intensificado su olor.

Pensé en su menstruación, absorbida por una compresa de algodón blanco que llevaba entre las piernas. Era un olor muy intenso, deliciosamente penetrante. La idea de lamer esa sangre empezó a atormentarme. Aunque no sea propiamente sangre la contiene, y sentí la tentación que experimentaría cualquier vampiro en mi lugar: lamer la sangre que fluía entre sus piernas, alimentarme de ella sin hacerle daño.

Naturalmente, dadas las circunstancias eso era una idea absolutamente disparatada.

Se produjo un largo silencio.

Yo me senté en una silla de madera. Sabía que ella estaba junto a mí, sentada en la cama, con las piernas cruzadas, enjugándose los ojos y sonándose con unos pañuelos de papel que había hallado en la mesita de noche. Todavía sostenía en la mano mi pañuelo de seda.

Mi presencia la excitaba pero no le infundía miedo. Estaba demasiado deprimida para gozar de esta confirmación de millares de creencias: un ser no humano vivo, con aspecto de hombre y que se expresaba como un mortal. En esos momentos no podía asimilarlo, pero resultaba evidente que se sentía impresionada. Su valor era auténtico coraje. Dora no era estúpida. Se encontraba en un plano moral tan superior que ningún cobarde habría alcanzado a entenderlo.

Algunos imbéciles lo habrían interpretado como fatalismo. Pero no era eso. Era la facultad de pensar más allá del instante presente, evitando así caer presa del pánico. Algunos mortales quizás experimenten esa sensación poco antes de morir, cuando el juego ha tocado a su fin y todo el mundo se ha despedido. Dora lo contemplaba todo desde esa perspectiva fatal, trágica, infalible.

Yo miré hacia el suelo. No vayas a enamorarte de ella.

Las tablas de pino amarillo habían sido lijadas, lacadas y enceradas. Eran de color ámbar. Preciosas. Quizá todo el palacio sería un día así. La Bella y la Bestia. Aunque, para ser una bestia, les aseguro que no estoy nada mal.

Me odiaba a mí mismo por disfrutar en unos momentos tan delicados para Dora, imaginando que bailaba con ella por los pasillos. Pensé en Roger, lo cual me devolvió a la realidad, y en el Hombre Corriente, aquel monstruo que me estaba esperando.

Contemplé el escritorio de Dora, los dos teléfonos, el ordenador, más pilas de libros y, en un rincón, aquel pequeño televisor, un instrumento de estudio, cuya pantalla no medía más de cuatro o cinco pulgadas, aunque estaba conectado a un largo cable negro que, a su vez, conectaba el aparato al resto del mundo.

Había muchos otros artilugios electrónicos. No era la

celda de una monja. Las palabras que aparecían inscritas en los marcos de puertas y ventanas consistían en frases como: «El misterio se opone a la teología», «Extraña conmoción» y, la más curiosa de todas, «Escucho las tinieblas».

Sí, pensé, el misterio se opone a la teología, eso era lo que Roger había tratado de decirme, que Dora no había alcanzado la fama que se merecía porque en ella se conjugaba lo místico con lo teológico y le faltaba fuego o magia. Roger había insistido en que su hija era una teóloga. También estaba convencido de que sus reliquias eran misteriosas, lo cual era cierto.

De nuevo evoqué un remoto recuerdo de mi infancia, cuando ante el crucifijo que había en nuestra iglesia de la Auvernia me sentí impresionado por la sangre que brotaba de las manos y los pies de Jesús. Yo era muy pequeño. A los quince años ya me acostaba con las jóvenes aldeanas en la parte posterior de la iglesia, lo cual constituía un auténtico prodigio en aquellos tiempos. Claro que en nuestra aldea se suponía que el hijo del terrateniente tenía que ser una especie de sátiro. Mis hermanos, de talante excesivamente conservador, habían defraudado a la mitología local al comportarse siempre como auténticos caballeros. Su mezquina virtud era capaz incluso de afectar a las cosechas. Sonreí. Por fortuna, mis proezas amatorias compensaban con creces las deficiencias de mis hermanos. Sin embargo, al contemplar el crucifijo —yo debía de tener unos siete u ocho años a lo sumo— había exclamado: «¡Qué forma tan horrible de morir!» Mi madre se había echado a reír ante aquella ocurrencia, pero mi padre se había sentido humillado.

El tráfico que circulaba por la avenida Napoleón generaba un leve ruido previsible y tranquilizador.

Al menos, a mí me parecía tranquilizador.

Oí suspirar a Dora. Luego advertí que apoyaba la mano en mi brazo y lo oprimía con delicadeza, como si quisiera sentir la textura que yacía bajo la armadura de la ropa.

A continuación noté que sus dedos me rozaban la cara.

Por alguna razón, es lo que suelen hacer los mortales cuando quieren asegurarse de que somos de carne y hueso: flexionan los dedos hacia dentro y nos tocan la cara con los nudillos. Es una forma de tocar a alguien superficialmente. Supongo que hacerlo con la palma de la mano o con las suaves yemas de los dedos sería un gesto demasiado íntimo.

No me moví. Dejé que me palpara el rostro como si estuviera ciega y aquél fuera un gesto de cortesía. Noté sus dedos en mi cabello, del cual me sentía muy orgulloso; sabía que lo tenía sedoso y brillante. Pese a sentirme desorientado y confuso, seguía siendo el mismo individuo vanidoso y egocéntrico de siempre.

Dora se santiguó de nuevo. Pero no me temía. Supongo que lo hizo para confirmar algo, aunque, bien pensado, no sé exactamente qué. Luego rezó en silencio.

—Yo también sé rezar —dije—. «En el nombre del Padre, del Hijo y del Espíritu Santo. Amén.» —Repetí toda la letanía en latín.

Dora me miró con asombro y emitió una suave risita.

Yo sonreí. El lecho y la silla que Dora y yo ocupábamos respectivamente, a escasa distancia uno del otro, se hallaban en un rincón. Había una ventana por encima del hombro de Dora y otra detrás de mí. Ventanas y más ventanas; era un palacio lleno de ventanas. La madera oscura del techo se encontraba a casi cinco metros de altura. Me fascinaba la escala de aquel edificio; en Europa eso era normal. Por fortuna, no había sido sacrificado a las dimensiones modernas.

—La primera vez que entré en Notre Dame —dije— después de haberme convertido en esto, en un vampiro, lo cual no fue idea mía dicho sea de paso... era completamente humano y más joven que usted, me obligaron a ello, no recuerdo si recé cuando sucedió, pero sí que luché como un desesperado, y consta por escrito. Pero, como le iba diciendo, la primera vez que entré en Notre Dame me extrañó que Dios no me fulminara.

—Debe de reservarle un lugar en el esquema de las cosas.

—¿Usted cree?

—Sí. Jamás imaginé encontrarme cara a cara con un ser como usted, pero tampoco me parecía imposible o siquiera improbable. Durante años he esperado una señal, una confirmación. De no haberse producido me habría resignado, pero en el fondo siempre tuve la sensación... de que esa señal iba a producirse.

Dora tenía una voz atiplada, típicamente femenina, pero se expresaba con aplastante seguridad y sus palabras poseían tanta autoridad como si las hubiera pronunciado un hombre.

—De repente se presenta aquí, me comunica que ha matado a mi padre y me dice que su fantasma habló con usted. No soy dada a despachar este tipo de cosas a la ligera. Lo que dice me interesa, posee una retórica que me atrae. De joven, lo que más me gustaba de la Biblia era su calidad retórica. He percibido cosas que se salen de lo común. Le confiaré un secreto. En cierta ocasión deseé que mi madre muriera, y ese mismo día, al cabo de una hora, mi madre desaparecía de mi vida para siempre. Deseo aprender de usted. Según me ha explicado, entró en la catedral de Notre Dame y Dios no le fulminó.

—Le contaré algo divertido —dije—. Sucedió hace doscientos años. En París, antes de la Revolución. Por aquel entonces vivían numerosos vampiros en París, en Les Innocents, un enorme cementerio que ya no existe. Vivían en las catacumbas y no se atrevían a pisar Notre Dame. Cuando me vieron entrar allí, creyeron que Dios iba a fulminarme.

Dora me observaba plácidamente.

—Destruí su fe, dejaron de creer en Dios y en el diablo —dije—. Y eran unos vampiros. Unas criaturas terrenales, como yo, medio demonios y medio humanos, estúpidas, torpes, que creían que Dios las destruiría si se atrevían a poner un pie en la catedral.

—¿Y antes del episodio que me ha relatado eran creyentes?

—Sí, tenían su propia religión —contesté—. Se consideraban siervos del diablo, lo cual era un honor. Vivían como vampiros, pero llevaban una existencia desgraciada y deliberadamente penitente. Yo era, por decirlo así, un príncipe. Me paseaba por París con una capa roja forrada con pelo de lobo. Ésa era mi vida humana, la capa. ¿Le impresiona el hecho de que unos vampiros creyeran en Dios? Como le he dicho, destruí su fe. Creo que jamás me lo han perdonado, me refiero a los escasos vampiros que todavía hay desperdigados por el mundo. Nuestra especie casi se ha extinguido.

—Un momento —dijo Dora—. Me interesa mucho lo que dice, pero antes quiero hacerle una pregunta.

—Adelante.

—Mi padre... ¿Cómo murió? ¿Fue una muerte rápida y...?

—No sufrió, se lo aseguro —respondí, volviéndome hacia ella y mirándola a los ojos—. Él mismo me lo dijo. No sintió el menor dolor.

Dora me miró con sus ojos negros muy abiertos, los cuales contrastaban con la palidez de su rostro. En realidad, su aspecto era un tanto fantasmagórico. Seguro que de haber aparecido un mortal en aquellos momentos se habría asustado al verla tan pálida, casi exangüe, con los ojos a punto de salirse de las órbitas.

—Su padre perdió el conocimiento antes de morir —dije—. Se sumió en un trance pleno de variadas imágenes y luego perdió el conocimiento. Su alma abandonó su cuerpo antes de que el corazón cesara de latir. No sintió ningún dolor. Mientras le chupaba la sangre, una vez que hube... No, le garantizo que no sufrió.

Dora estaba sentada con las piernas encogidas, dejando a la vista unas rodillas muy blancas.

—Más tarde hablé con Roger durante dos horas —dije—.

Dos horas. Regresó por un motivo muy concreto, para que le prometiera cuidar de usted, impedir que las autoridades la molestaran y que los enemigos de su padre, la gente con la que él estaba relacionado, pudieran lastimarla. En definitiva, regresó para evitar que su muerte... la perjudicara.

—¿Por qué lo consentiría Dios? —murmuró Dora.

—¿Qué tiene que ver Dios en este asunto? Escuche, querida, no sé nada sobre Dios. Ya se lo he dicho. Entré en Notre Dame y no pasó nada, nunca he temido...

Eso era una descarada mentira. ¿Y el otro? Presentándose allí disfrazado de Hombre Corriente, dando portazos, con esa prepotencia, qué se había figurado ese cabrón...

—Me cuesta creer que fuera designio de Dios —dijo Dora.

—¿Habla en serio? —pregunté—. Podría relatarle infinidad de historias. Lo de los vampiros de París que creían en el diablo no es nada comparado con lo que podría contarle. Mire...

De pronto me detuve.

—¿Qué pasa? —preguntó Dora.

Percibí de nuevo aquel sonido, aquellas pisadas lentas y medidas. En cuanto se me ocurrió pensar en él de aquel modo, enfurecido, maldiciéndole, noté sus pasos.

—Iba... a decir... —empecé de nuevo, procurando no hacer caso.

Le oí aproximarse. Sí, eran las inconfundibles pisadas que anunciaban la presencia de aquel ser alado y cuyo eco resonaba a través de la gigantesca cámara donde transcurría mi existencia, independiente de todo cuanto existía en la habitación.

—Tengo que marcharme, Dora.

—¿Por qué?

Las pisadas sonaban cada vez más cerca.

—¡No te atrevas a aparecer estando ella presente! —grité, levantándome de un salto.

—¿Qué pasa? —insistió Dora mientras se situaba de rodillas sobre el lecho.

Yo retrocedí hasta alcanzar la puerta. El ruido de las pisadas se hizo más débil.

—¡Maldito seas! —murmuré.

—¿Volveré a verlo? ¿Se marcha para siempre? —preguntó Dora.

—No, claro que no. He venido para ayudarla. Escuche, Dora, si me necesita llámeme —dije, apoyando un dedo en la sien—. Hágalo una y otra vez, insista. Es como rezar, ¿comprende? No tema, no es idolatría, no soy un dios maligno. No deje de llamarme. Debo irme.

—¿Cómo se llama?

Percibí de nuevo las pisadas, distantes pero resueltas, persiguiéndome, aunque resultaba imposible determinar su posición en aquel inmenso edificio.

—Lestat —respondí, pronunciando mi nombre de forma lenta y clara, acentuando la segunda sílaba y remarcando la última «t»—. Nadie sabe lo de su padre. Tardarán un tiempo en averiguarlo. Hice todo lo que él me pidió. Sus reliquias están en mi poder.

—¿Los libros de Wynken?

—Sí, todo los objetos que él valoraba... Quería que todo cuanto poseía fuera para usted. Una fortuna... Debo irme.

Me pareció que las pisadas se habían desvanecido, pero no estaba seguro. En cualquier caso, no podía correr el riesgo de quedarme.

—Volveré en cuanto pueda. ¿Cree en Dios? Pues aférrese a él, Dora, porque quizá tenga toda la razón en lo que respecta a Dios.

Salí de allí a la velocidad de la luz, subí la escalera, atravesé la ventana del desván que estaba rota y me encaramé al tejado; me movía con tal rapidez que no tuve tiempo de pensar en si alguien me seguía o no. Mientras, la ciudad que yacía a mis pies se había convertido en un espectacular torbellino de luces.

7

Al cabo de unos instantes ya me encontraba en el jardín posterior de mi casa en el barrio francés, en la calle Royale, contemplando las ventanas iluminadas, unas ventanas que hacía mucho tiempo que me pertenecían, y confiando en que David siguiese allí.

Estaba furioso, me fastidiaba huir de aquel ser. Me detuve unos minutos con el fin de calmarme. ¿Por qué había salido huyendo? ¿Para no verme humillado delante de Dora, que de buen seguro sólo me habría visto a mí caer redondo al suelo, aterrado ante la visión de aquella criatura?

Por otro lado, era posible que ella hubiera visto a mi perseguidor.

Mi intuición me decía que había obrado con sensatez al marcharme y evitar que éste se acercara a Dora. Al fin al cabo, me perseguía a mí. Yo tenía que proteger a Dora. Tenía una excelente razón para luchar contra ese ser, no sólo por mi bien, sino también por el de ella.

Fue entonces cuando la bondad de Dora asumió una forma definida en mi mente, cuando pude hacerme una idea cabal de ella sin dejarme influir por el olor de la sangre que brotaba de entre sus piernas y por su rostro pálido y fantasmagórico. Los mortales van dando tumbos por la vida desde que nacen hasta que mueren. Una vez cada siglo, uno se cruza con un ser como Dora: una inteligencia elegante y la encarnación de la bondad, junto a la otra cualidad que Roger había tratado de describir, su magnetismo, que aún no se había liberado de la maraña de fe y teología que lo mantenían atrapado.

Hacía una noche cálida y sensitiva.

Aquel invierno los plátanos de mi jardín no se habían visto afectados por una helada, y crecían altos y vigorosos contra los muros de piedra. Las balsamináceas y la lantana relucían en los desbordantes parterres, y la fuente, con su querubín, creaba una música cristalina a medida que el agua caía del cuerno del querubín a la pila.

Nueva Orleans, los aromas del barrio francés.

Subí apresuradamente la escalera del jardín que daba acceso a la puerta trasera de mi casa, entré y eché a correr por el pasillo en un visible estado de confusión mental. De pronto avisté una sombra en la sala de estar.

—¡David!

—No está aquí.

Me detuve en seco.

Era el Hombre Corriente.

Se hallaba de espaldas al escritorio de Louis, entre los dos ventanales que daban a la fachada, con los brazos cruzados. Su rostro expresaba un intelecto paciente y una inquebrantable seguridad en sí mismo.

—No vuelvas a huir —dijo sin rencor—. Te seguiré allá donde vayas. Te pedí que dejaras a esa chica al margen, ¿no es cierto? Sólo trataba de agilizar las cosas.

—Nunca he huido de ti —repliqué sin demasiada convicción, pero resuelto a no volver a dejarme intimidar por él—. No quería que te acercaras a Dora. ¿Qué quieres?

—¿Tú qué crees?

—Ya te lo dije —contesté, haciendo acopio de todo mi valor—. Si has venido a buscarme, estoy dispuesto a ir al infierno.

—Sudas sangre —dijo—. Estás aterrado. Es cuanto necesito para llegar a alguien como tú —añadió con tono ra-

zonable—. ¿Acaso pretendes convertirte en un ser mortal?
—preguntó—. Pude haber aparecido ante ti sólo una vez para decirte lo que te tenía que decir. Sin embargo, has trascendido demasiados estadios, tienes muchas bazas que jugar, y por eso deseo apoderarme de ti en estos momentos.

—¿Bazas? ¿Te refieres a que puedo zafarme de esto? ¿A que no vas a llevarme al infierno? ¿A que vamos a celebrar una especie de juicio? ¿A que puedo solicitar la presencia de un Daniel Webster moderno que me defienda?

Me expresaba con desprecio e ironía, pero la pregunta era lógica y quería obtener también una respuesta lógica.

—Lestat —contestó mi perseguidor con tono paciente mientras avanzaba un paso—, el asunto se remonta a David y a su visión en el café. La pequeña anécdota que te contó. Yo soy el diablo y te necesito. No he venido para llevarte al infierno por la fuerza. En cualquier caso, no sabes nada sobre el infierno. No es como imaginas. He venido para pedirte que me ayudes. Estoy cansado y te necesito. Estoy ganando la batalla, y es imprescindible que no la pierda.

Sus palabras me dejaron perplejo.

Durante unos minutos el diablo me miró fijamente y luego empezó a transformarse; su cuerpo adquirió mayor volumen y se oscureció, las alas se elevaron hacia el techo envueltas en una densa humareda. Oí unas voces mezcladas con una exquisita música y vi aparecer una luz casi cegadora tras él. Sus peludas patas de macho cabrío avanzaron hacia mí. Sentí que el suelo se hundía bajo mis pies, no tenía donde agarrarme y me puse a gritar. Sus plumas negras refulgían, sus gigantescas alas se alzaban más y más, mientras la algarabía de voces y música alcanzaba un nivel ensordecedor.

—¡No, esta vez no! —grité, abalanzándome sobre él. Mis dedos se aferraron a su negra y peluda muñeca y contemplé su inmenso rostro, el rostro de la estatua de granito, animado por una magnífica expresión. El horripilante estruendo de cánticos y voces ahogaba mis palabras. De pronto el diablo abrió la boca y frunció su oscuro ceño mientras abría desmesuradamente los ojos, rasgados y de mirada inocente, en los que se reflejaba un extraño resplandor.

Yo seguí sujetando su poderoso brazo con la mano izquierda, convencido de que estaba tratando de liberarse de mí sin conseguirlo. ¡Ajá! ¡No podía liberarse de mí! Luego le propiné un puñetazo en la cara. Noté su extraordinaria dureza, como si hubiera golpeado a uno de mi misma especie. Pero lo que tenía ante mí no era una forma vampírica sólida.

El diablo parpadeó y la imagen comenzó a perder volumen. Al cabo de unos instantes recobró la compostura y empezó a crecer de nuevo. Yo le propiné un empujón con todas mis fuerzas, apoyando las manos sobre su negra armadura. Su reluciente peto estaba a escasos centímetros de mis ojos y vi las figuras e inscripciones que había grabadas en el metal. De pronto agitó sus monstruosas alas como si quisiera intimidarme. Se alzaba ante mí como una gigantesca y amenazadora figura, sí, pero yo había logrado repelerlo de un empujón. Eufórico, lancé un grito de guerra y me precipité de nuevo sobre él, aunque ignoro qué extraña fuerza me impelía hacia delante.

De repente se produjo un remolino de plumas negras y refulgentes y noté que me caía. Pero no grité. Pasara lo que pasase, no gritaría.

Sentí que me precipitaba en un vacío insondable, como en una pesadilla, un vacío tan perfecto que me resulta imposible describir.

Sólo la luz permanecía, una luz que lo ofuscaba todo, tan hermosa que de pronto perdí el sentido de mis brazos y piernas, de mis órganos, de las partes de que se compone el cuerpo. No tenía forma ni peso. Caí presa del terror de precipitarme en el vacío, atraído inexorablemente por la ley de la gravedad. El sonido de las voces iba en aumento.

—¡Están cantando! —exclamé.

Cuando recobré el sentido me hallaba tendido en el suelo.

Lentamente, palpé la rugosa superficie de la moqueta, aspiré el olor a polvo y a cera, los olores de mi casa, y comprendí que me encontraba en la misma habitación.

El diablo estaba sentado en la silla de Louis, frente al escritorio, mientras yo yacía de espaldas, contemplando el techo y sintiendo un intenso dolor en el pecho.

Me incorporé de inmediato, crucé las piernas y lo miré con actitud desafiante.

—Está claro —dijo con aire perplejo.

—¿Qué?

—Eres tan poderoso como nosotros.

—No lo creo —contesté furioso—. No poseo alas, no sé crear música.

—Sí puedes, sabes crear imágenes ante los mortales, atraparlos con tus hechizos. Eres tan poderoso como nosotros. Has alcanzado una etapa muy interesante en tu desarrollo. Sabía que no me equivocaba contigo. Me has dejado impresionado.

—¿Impresionado? ¿De mi independencia? Deja que te diga algo, Satanás, o como quiera que te llames.

—No pronuncies ese nombre, lo detesto.

—Basta que digas eso para que lo repita una y otra vez.

—Soy Memnoch —dijo con calma, haciendo un gesto un tanto ambiguo—. Memnoch, el diablo. Tenlo bien presente.

—Memnoch, el diablo.

—Así es —asintió—. Así es como firmo.

—Bien, pues deja que te diga, alteza, príncipe de las tinieblas, que no pienso ayudarte en nada. ¡No soy tu siervo!

—Creo que puedo hacerte cambiar de opinión —dijo Memnoch sin perder la compostura—. Creo que llegarás a ver las cosas desde mi perspectiva.

De golpe me sentí exhausto y desesperado.

Típico.

Me tumbé boca abajo, coloqué el brazo debajo de la cabeza y me eché a llorar como un niño. Estaba muerto de cansancio. Me sentía roto, deprimido, y me encanta llorar. No puedo evitarlo. De modo que di rienda suelta a mis lágrimas, lo cual me proporcionó un gran alivio.

¿Saben lo que pienso sobre el llanto? Pues que algunas personas no saben llorar. Sin embargo, una vez que has aprendido a llorar no existe nada comparable. Compadezco a la gente que no sabe. Es como silbar o cantar.

De todos modos, estaba demasiado deprimido para que el hecho de sentirme aliviado por unos instantes en medio de aquel torrente de lágrimas teñidas de sangre me procurara un consuelo duradero.

Pensé en aquel episodio de años atrás, cuando entré en Notre Dame mientras mis perversos colegas aguardaban en la puerta para verme caer fulminado por un rayo divino; unos vampiros al servicio de Satanás. Pensé en mi forma mortal, en Dora y en Armand, el joven líder inmortal de los Elegidos de Satanás que se reunían junto al cementerio, el cual se había convertido en un siniestro santo que enviaba a sus feroces bebedores de sangre a atormentar a los mortales, a sembrar el terror y la muerte como una plaga. A todo esto, yo no paraba de llorar.

—¡No es cierto! —creo que dije—. No existe ni Dios ni el diablo. No es cierto.

Memnoch no respondió. Al cabo de un rato me incorporé y me enjugué las lágrimas con la manga de la chaqueta. No llevaba pañuelo. Se lo había dado a Dora. Mi ropa exhalaba un ligero olor a ella, que había apoyado la cabeza sobre mi pecho mientras la transportaba en brazos a su habitación. Era un olor dulzón, a sangre. Dora. No debí dejarla en aquel estado. Estaba obligado a velar por su cordura. Maldita sea.

Miré a Memnoch.

Éste permaneció sentado frente a mí, con el brazo apoyado en el respaldo de la silla de Louis, sin dejar de observarme.

—¿Es que no vas a dejarme nunca en paz? —pregunté, con un suspiro de resignación.

Memnoch me miró perplejo y soltó una carcajada. Cuando se reía, su rostro asumía un aire extraordinariamente simpático.

—No, por supuesto que no —contestó con tono pausado y solemne, como intentando evitar así que me alterara más—. Llevo siglos esperando a alguien como tú, Lestat. Te he estado observando durante todo el tiempo. No, me temo que no voy a dejarte en paz. Pero no quiero que estés triste. ¿Qué puedo hacer para que te calmes? ¿Un pequeño milagro, un regalo, para que dejes de llorar y podamos hablar con tranquilidad?

—¿Hablar con tranquilidad?

—Te lo contaré todo —respondió Memnoch—, para que comprendas por qué es necesario que gane esta batalla.

—¿Insinúas que puedo negarme a cooperar contigo? —pregunté.

—Desde luego. Nadie puede ayudarme si no desea hacerlo. Estoy cansado. Cansado de mi trabajo. Necesito ayuda. Eso es lo que oyó tu amigo David en el café, cuando experimentó aquella fortuita epifanía.

—¿De modo que fue una epifanía fortuita? ¿Cómo es aquella palabra que utilizó David? No la recuerdo. ¿Así que no pretendíais que David os viera hablando a Dios y a ti?

—Es muy complicado de explicar.

—¿Acaso os he fastidiado el plan al convertir a David en uno de los nuestros?

—Sí y no. Esa parte que oyó David es correcta. Mi tarea es ardua y estoy cansado. El resto de las ideas de David sobre aquella breve visión... —Memnoch meneó la cabeza para indicar que le parecían un disparate—. He venido a buscarte, a solicitar tu ayuda, pero es necesario que lo dejes todo resuelto antes de tomar una decisión.

—No creía que fuese tan perverso —murmuré con voz

temblorosa, a punto de romper de nuevo a llorar—. Con todas las barbaridades que han cometido los humanos en el mundo, los crímenes que han perpetrado contra sus semejantes, el indecible sufrimiento que han padecido mujeres y niños a manos de la humanidad, y vienes a buscarme precisamente a mí. ¡Debo de ser un monstruo! Supongo que David era demasiado bueno. No se convirtió en un consumado degenerado como imaginabas.

—Por supuesto que no eres un monstruo —respondió Memnoch para tranquilizarme. Luego soltó un breve suspiro.

Empecé a fijarme en más detalles de su aspecto. No es que ahora se me revelasen con mayor nitidez, como había sucedido cuando el fantasma de Roger apareció en el bar, sino que yo me había sosegado. Observé que tenía el pelo rubio oscuro, suave y rizado. Las cejas no eran negras sino del mismo color, y las mantenía fruncidas en un gesto que no encerraba la menor vanidad ni arrogancia. No parecía estúpido, desde luego. La ropa era corriente, aunque no creo que fueran unas prendas como las que se venden en las tiendas. Eran de material real, pero la chaqueta resultaba demasiado simple, sin botones, y la camisa blanca demasiado sencilla.

—Siempre has tenido conciencia —dijo Memnoch—. Eso es precisamente lo que me gusta de ti. Conciencia, razón, voluntad, dedicación. ¡Pero si eres un portento! Y te diré algo más: fue como si me hubieras llamado.

—Imposible.

—Vamos, piensa en todos los retos que has lanzado al diablo.

—Eso era poesía, versos burlescos o como quieras llamarlo.

—No es cierto. Piensa en todas las cosas que has hecho. Recuerda cuando despertaste a aquel vejestorio y lo dejaste suelto por el mundo —dijo Memnoch lanzando una breve carcajada—. ¡Como si no tuviéramos suficientes monstruos creados por la evolución! Y después tu aventura con el ladrón de cuerpos. Tuviste la oportunidad de reencarnarte, y la rechazaste para volver a ser lo que eras antes. No sé si sabrás que tu amiga Gretchen se ha convertido en una santa. Vive en la selva.

—Sí, he leído la noticia en los periódicos.

Gretchen, mi monja, mi amor durante el breve tiempo en que fui mortal, no había vuelto a pronunciar una palabra desde la noche en que huyó de mí para refugiarse en su capilla misionera e hincarse de rodillas ante el crucifijo. Permaneció en aquella aldea en medio de la selva rezando día y noche, sin apenas probar bocado. Los viernes la gente recorría centenares de kilómetros, desde Caracas y Buenos Aires, para ver cómo sangraba a través de los estigmas de sus manos y pies. Ése había sido el fin de Gretchen.

De pronto, en medio de aquella delicada situación, se me ocurrió que quizá Gretchen estuviera realmente con Jesús.

—No, no lo creo —dije secamente—. Gretchen perdió la razón; está sumida en un permanente estado de histeria y yo soy el culpable. Es simplemente una mística más, como tantas otras, que sangra por unas heridas como Jesús.

—No pretendo juzgar ese incidente —dijo Memnoch—. Pero volvamos a nuestro asunto. Te decía que lo habías intentado todo menos pedirme directamente que acudiera. Has desafiado a la autoridad, has vivido todo tipo de experiencias. Te has enterrado vivo en dos ocasiones y una vez trataste de elevarte hasta el sol para convertirte en un montón de cenizas. Lo único que te faltaba era... llamarme. Era como si me hubieras preguntado: «¿Qué más puedo hacer, Memnoch?»

—¿Se lo has contado a Dios? —pregunté con frialdad, negándome a caer en sus redes, evitando no mostrarme curioso ni excitado.

—Naturalmente —contestó Memnoch.

Me quedé tan perplejo que no conseguí articular palabra.

No se me ocurría nada ingenioso. Pensé en plantearle algunos problemas de carácter teológico o ciertas preguntas complicadas, del tipo: «¿Cómo es que Dios no estaba enterado?» Pero no venía a cuento.

Tenía que pensar, concentrarme en lo que me decían mis sentidos.

—¡Tú y Descartes! —exclamó Memnoch con desprecio—. ¡Tú y Kant!

—No me metas en el mismo saco que a los demás —protesté—. Soy el vampiro Lestat, único e irrepetible.

—Lo sé —contestó Memnoch.

—¿Cuántos vampiros quedan en el mundo? No me refiero a otros seres inmortales, monstruos, espíritus malignos y criaturas semejantes a ti, sino a vampiros. No hay ni un centenar, y ninguno es como Lestat.

—Estoy completamente de acuerdo contigo. Deseo que seas mi ayudante.

—¿No te ofende que no te respete, que no crea en ti ni te tema, aun después de lo que ha sucedido? ¿No te fastidia que estemos en mi casa y yo me esté burlando de ti? No creo que Satanás lo consintiera. Yo, en tu lugar, no lo permitiría. A veces me he comparado contigo. Lucifer, el hijo de la mañana. Les he dicho a mis detractores e inquisidores que era el diablo, o que si alguna vez me topaba con Satanás lo arrojaría de la Tierra.

—Memnoch —me rectificó éste—. No pronuncies el nombre de Satanás, te lo ruego, ni ninguno de estos otros: Lucifer, Belcebú, Azazel, Sammael, Marduk, Mefistófeles, etcétera. Me llamo Memnoch. Pronto comprobarás que los otros representan diferentes combinaciones de orden alfabético o bíblico. Memnoch es un nombre intemporal. Adecuado y agradable. Memnoch, el diablo. No lo busques en ningún libro, porque no lo hallarás.

No contesté. Estaba dándole vueltas a algo que me intrigaba. El diablo podía cambiar de forma, pero debía de existir una esencia invisible. ¿Me había topado quizá con la fuerza de esa esencia invisible al atizarle el puñetazo? No sentí el tacto de su rostro, sólo una fuerza que oponía resistencia. Si me lanzaba ahora sobre él, ¿comprobaría que esa apariencia humana estaba llena de la esencia invisible, de tal modo que era capaz de repeler mi agresión con una fuerza equiparable a la del ángel negro?

—Sí —dijo Memnoch—. Imagina lo que supondría intentar convencer a un mortal de esas cosas. Pero ése no es el motivo por el que te elegí. Te elegí no tanto porque sabía que no te costaría tanto comprenderlo todo, sino porque eres perfecto para esa tarea.

—La tarea de ayudar al diablo.

—Sí, de ser mi mano derecha, por decirlo así, mi bastón cuando me siento fatigado. Mi príncipe.

—Estás muy equivocado. ¿Te parece divertido el sufrimiento que me causa mi conciencia? ¿Crees que me gusta la maldad o que pienso en ella cuando contemplo algo tan hermoso como el rostro de Dora?

—No, no creo que te guste la maldad —respondió Memnoch—. Ni a mí tampoco.

—¿Que no te gusta la maldad? —repetí, mirándolo con recelo.

—La odio. Y si no me ayudas, si dejas que Dios siga haciendo las cosas a su modo, la maldad, que en realidad no es nada, acabará destruyendo el mundo.

—¿Dios desea que el mundo se destruya? —pregunté arrastrando lentamente las palabras.

—Quién sabe —replicó Memnoch con frialdad—. Aunque no creo que Dios levantase ni un dedo para evitar que sucediera. Yo no lo deseo, desde luego. Pero mi sistema es el más eficaz, mientras que los de Dios son cruentos y devastadores, y muy peligrosos. Lo sabes tan bien como yo. Tienes que ayudarme. Estoy ganando la batalla, te lo aseguro. Pero este siglo ha sido insoportable para todos.

—De modo que pretendes decirme que no eres malvado...

—Exactamente. ¿Recuerdas que tu amigo David te preguntó que si ante mi presencia intuías la maldad, y respondiste con una negativa?

—El diablo es un embustero reconocido.

—Mis enemigos también son de todos conocidos. Ni Dios ni yo mentimos por naturaleza. Mira, no espero que creas lo que te digo. No he venido aquí para convencerte de nada con mi charla. Si quieres te conduciré al infierno y al cielo, y así podrás hablar con Dios todo el tiempo que quieras. No precisamente con el Dios Padre, no *En Sof*, pero... bueno, ya lo irás comprendiendo todo más adelante. Ahora es inútil que trate de explicarte las cosas si no estás dispuesto a renunciar a tu vida frívola y vacía para consagrarte a una batalla crucial con el fin de salvar el mundo.

No contesté. No sabía qué decir. Memnoch y yo estábamos a muchas leguas del punto en el que habíamos iniciado la conversación.

—¿Ver el cielo? —murmuré, tratando de asimilarlo todo poco a poco—. ¿Ver el infierno?

—Por supuesto —respondió Memnoch con tono paciente.

—Necesito una noche para pensarlo.

—¿Cómo?

—He dicho que quiero pensarlo durante toda una noche.

—No me crees. ¿Acaso quieres una señal?

—No, estoy empezando a creerte —le respondí—. Por eso tengo que pensarlo. Tengo sopesar los pros y los contras.

—Estoy dispuesto a responder a cualquier pregunta que desees formularme, a mostrarte lo que quieras.

—Entonces, déjame tranquilo durante dos noches. Esta noche y la de mañana. Creo que es una petición razonable, ¿no? Ahora, déjame tranquilo.

Memnoch parecía desilusionado, quizás incluso un poco receloso. Pero yo había dicho lo que pensaba. No hubiese podido ser de otro modo. Reconocí la verdad en cuanto brotó de mis labios, pues el pensamiento y la palabra estaban estrechamente unidos en mi mente.

—¿Es posible engañarte? —pregunté.

—Desde luego —respondió Memnoch—. Yo confío en mis dotes, al igual que tú en las tuyas. Tengo mis límites, como tú. Cualquiera puede engañarte, lo mismo que a mí.

—¿Y a Dios?

—¡Uf! —contestó Memnoch con desprecio—. Ésa es una pregunta irrelevante. No imaginas cuánto te necesito. Estoy cansado. —Su voz había adquirido una elevada carga emocional—. En cuanto a lo de engañar a Dios... digamos, para decirlo piadosamente, que está por encima de esos temas. Te concedo esta noche y la de mañana. No te molestaré ni te acosaré. Pero ¿puedo preguntarte qué piensas hacer?

—¿Por qué? ¡O me concedes las dos noches para meditarlo o no!

—Todos sabemos que eres bastante imprevisible —respondió Memnoch, sonriendo con afabilidad.

Descubrí otra cosa en la que no había reparado antes.

No sólo tenía unas proporciones perfectas, sino que carecía de cualquier defecto; era el paradigma del Hombre Corriente.

Ignoro si adivinó lo que yo estaba pensando en aquellos momentos, pero no observé ninguna reacción. Se limitó a esperar educadamente mi respuesta.

—Debo ir a ver a Dora.

—¿Por qué? —preguntó Memnoch.

—No tengo por qué darte más explicaciones.

Memnoch me miró perplejo.

—¿No vas a ayudarla a resolver ese lío referente a su padre? ¿Por qué no se lo explicas con claridad? Quisiera saber hasta qué punto estás dispuesto a comprometerte, qué es lo que vas a revelar a esa mujer. Estoy pensando en el tejido de las cosas, por utilizar la palabra que empleó David. Es decir, ¿qué será de esa mujer cuando te vengas conmigo?

No contesté.

Memnoch suspiró y dijo:

—Está bien, llevo siglos esperándote. Qué más da que espere otras dos noches. Estamos hablando sólo de mañana por la noche, ¿de acuerdo? Pasado mañana, al anochecer, vendré a por ti.

—De acuerdo.

—Te haré un pequeño regalo, que te ayudará a creer en mí. No es tan fácil descifrar lo que piensas y lo que crees. Estás lleno de paradojas y conflictos. Te daré algo que te sorprenderá.

—Muy bien.

—Éste es mi regalo, llamémoslo un signo. Pregunta a Dora sobre el ojo del tío Mickey. Pídele que te cuente la verdad, que te explique lo que Roger nunca supo.

—Parece un juego espiritista de salón.

—¿Tú crees? Pregúntaselo.

—De acuerdo. La verdad sobre el ojo del tío Mickey. Permíteme que te haga una última pregunta. Eres el diablo. Está claro. Pero dices que no eres malvado. ¿Cómo se entiende eso?

—Otra pregunta irrelevante. Te responderé de forma algo misteriosa. Resulta completamente innecesario que yo sea malvado. Tú mismo lo comprobarás. Todavía tienes mucho que aprender.

—Pero ¿no eres opuesto a Dios?

—¡Naturalmente, es mi adversario! Lestat, cuando veas todo lo que quiero mostrarte y oigas todo lo que tengo que decirte, cuando hayas hablado con Dios y comprendas su punto de vista, así como el mío, te unirás a mí en contra de él. Estoy seguro de ello.

Memnoch se levantó, dando así por terminada la entrevista.

—Me marcho. ¿Te ayudo a levantarte del suelo?

—Irrelevante e innecesario —dije enojado—. Voy a echarte de menos —solté de forma inesperada.

—Lo sé —contestó Memnoch.

—Me has concedido dos noches de plazo —dije—. Recuérdalo.

—¿No comprendes que si me acompañas ahora ya no habrá noches ni días? —respondió Memnoch.

—Es una propuesta muy tentadora —dije—, pero ésa es vuestra especialidad, ¿no? Tentar a la gente. Necesito meditar y consultarlo con otras personas.

—¿Para qué? —preguntó Memnoch, sorprendido.

—No voy a marcharme con el diablo sin decírselo antes a nadie —respondí—. Eres el diablo. ¿Por qué habría de fiarme de ti? ¡Es absurdo! Tú juegas según tus normas, como todo el mundo, y yo no conozco esas normas. Hemos quedado en que lo pensaré durante dos noches. Entretanto, déjame en paz. Júralo.

—¿Por qué? —preguntó Memnoch educadamente, como si hablara con un niño terco y rebelde—. ¿Para liberarte del temor de oír mis pasos?

—Es posible.

—¿De qué sirve que te lo jure si no crees una palabra de lo que te he dicho? —preguntó Memnoch, meneando la cabeza como si se hallara ante un imbécil.

—¿Eres capaz de jurarlo o no?

—Te lo juro —dijo, llevándose la mano al corazón, o al lugar donde se suponía que estaba su corazón—. Con absoluta sinceridad, por supuesto.

—Gracias, así me quedo más tranquilo —dije.

—David no te creerá —afirmó Memnoch con suavidad.

—Lo sé.

—La tercera noche —dijo Memnoch, asintiendo con la cabeza para subrayar sus palabras— vendré a buscarte aquí, o dondequiera que te encuentres.

Así, con una última sonrisa tan afable como la anterior, desapareció.

No fue una despedida como la que yo habría previsto, pues Memnoch se largó a una velocidad que ningún humano hubiera podido captar.

Puede decirse que se esfumó en el acto.

8

Me levanté temblando, me sacudí los pantalones y la chaqueta, y constaté sin sorpresa que la habitación estaba tan intacta como cuando había entrado en ella. Por lo visto, la batalla se había librado en otra dimensión. Pero ¿en cuál?

Tenía que encontrar a David. Faltaban menos de tres horas para que amaneciera, así que partí de inmediato en su busca.

No podía adivinar el pensamiento de David, ni tampoco llamarlo, puesto que sólo disponía de un instrumento telepático. Es decir, sólo podía explorar las mentes de los mortales con los que me tropezaba para tratar de captar alguna imagen de David al pasar éste por un lugar reconocible.

No había recorrido aún tres manzanas, cuando comprendí que no sólo había detectado una poderosa imagen de David, sino que me la transmitía la mente de otro vampiro.

Cerré los ojos y traté con todas mis fuerzas de ponerme en contacto con David. Al cabo de unos segundos, ambos captaron mi mensaje, David a través del ser que estaba junto a él. Se hallaba en un lugar boscoso que reconocí enseguida.

En mis tiempos, la carretera Bayou cruzaba esa zona en dirección a la campiña. En cierta ocasión, cerca de allí, Claudia y Louis, tras intentar asesinarme, habían dejado mis restos flotando en las aguas del pantano.

Actualmente la zona se había convertido en un parque que de día se llenaba de madres y niños, además de contar con un museo que albergaba obras muy interesantes, y de noche ofrecía un denso follaje donde ocultarse.

En esa zona crecían los robles más vetustos de Nueva Orleans, y una hermosa e inmensa laguna serpenteaba bajo el pintoresco puente que se hallaba en el centro del parque.

No tardé en encontrar allí a los dos vampiros, comunicándose a través de la densa oscuridad, lejos de los caminos señalizados. David, como de costumbre, iba impecablemente vestido.

Sin embargo, al ver al otro me quedé perplejo.

Se trataba de Armand.

Estaba sentado en un banco y su postura era desenfadada, como la de un chiquillo, con un pie apoyado en el asiento, observándome con su mirada inocente, cubierto de polvo y luciendo una larga melena castaña, rizada y alborotada.

Vestía unos ceñidos vaqueros y una cazadora. Podía pasar por un ser humano, desde luego un vagabundo, aunque su rostro estaba pálido como la cera y más suave que la última vez que nos habíamos visto.

En cierto modo, me recordaba a un muñeco con ojos de cristal de color pardo, ligeramente brillantes, un muñeco que hubiera sido hallado en un desván. Sentí deseos de cubrirlo de besos, limpiarlo, pulirlo, procurarle un aspecto aún más radiante.

—Eso es lo que deseas siempre —dijo Armand. Su voz me desconcertó. Había perdido cualquier rastro de acento francés e italiano. Su tono era melancólico y estaba desprovisto de rencor—. Cuando me hallaste bajo Les Innocents —dijo—, querías bañarme con perfume y vestirme con una bata de terciopelo y grandes mangas bordadas.

—Sí, y peinar tu maravilloso pelo castaño —contesté irritado—. Tienes buen aspecto, lo suficiente como para abrazarte y amarte.

Ambos nos miramos durante un momento. Luego Armand se levantó y avanzó hacia mí en el preciso instante en que yo me aproximaba para abrazarlo. Su gesto no era tentativo, pero sí extraordinariamente delicado. Yo podría haber retrocedido, pero no lo hice. Permanecimos abrazados unos momentos. Un cuerpo frío y duro abrazado a otro cuerpo frío y duro.

—Pareces un querubín —dije. Luego hice una cosa bastante descarada y atrevida: le revolví el pelo de forma juguetona.

Armand es más bajo que yo, pero mi gesto no pareció ofenderlo.

De hecho, sonrió complacido y se alisó el cabello con la mano. Al sonreír, sus mejillas adoptaron el aspecto de unas manzanas tersas y sonrosadas y la expresión de sus labios se suavizó. Luego levantó la mano derecha y me atizó un puñetazo en el pecho, también juguetonamente.

Fue un puñetazo en toda regla. Armand siempre ha sido un bravucón. De todos modos, sonreí amablemente.

—No recuerdo ningún problema entre nosotros —dije.

—Ya lo recordarás —contestó Armand—. Y yo también. ¿Pero qué importa?

—Cierto —dije—. Lo importante es que ambos estamos aquí.

Armand soltó una carcajada, sonora pero profunda, y meneó la cabeza mientras dirigía a David una mirada que dejaba entender que se conocían muy bien, tal vez demasiado. No me hacía gracia que se conocieran. David era mi David; Armand, mi Armand.

Me senté en el banco de piedra.

—De modo que David te lo ha contado todo —dije, mirando a Armand y luego a David.

David sacudió la cabeza en sentido negativo.

—No sin tu permiso, Príncipe Engreído —dijo David con desdén—. Jamás me atrevería a hacerlo. El único motivo que ha traído a Armand hasta aquí es su preocupación por ti.

—¿De veras? —pregunté con sarcasmo

—Sabes que es cierto —respondió Armand.

Armand mostraba una actitud desenfadada. Se notaba que había recorrido mucho mundo, que había aprendido. Ya no parecía el objeto ornamental de una iglesia. Mantenía las manos en los bolsillos, como un tipo duro.

—No me busques las cosquillas —dijo Armand lentamente, sin rencor—. Te crees el amo del mundo, ¿no es cierto? Esta vez quería hablar contigo antes de que ocurra un desastre.

—De modo que te has convertido en mi ángel guardián —dije con sorna.

—Así es —contestó Armand sin parpadear—. ¿Qué vas a hacer? ¿Vas a contármelo o no?

—Vamos a dar un paseo —respondí.

David y Armand me siguieron y nos dirigimos a paso de mortal hacia un lugar donde crecían unos robles milenarios, cubierto de hierbajos y abandonado, donde ni siquiera el vagabundo más desesperado buscaría refugio.

Nos hicimos un pequeño claro entre las raíces negras volcánicas y la tierra. La brisa que soplaba del lago, fresca y límpida, barría los aromas de Nueva Orleans, de la ciudad. Henos aquí a los tres, reunidos de nuevo.

—Dime en qué andas metido —insistió Armand. De pronto se inclinó hacia mí y me besó de una forma infantil, muy europea—. Es evidente que te encuentras en un aprieto. Todo el mundo lo sabe.

Los botones metálicos de su cazadora eran helados al tacto, como si sólo hiciera unos minutos que hubiera regresado de un lugar donde el invierno era mucho más crudo.

Nunca estamos muy seguros sobre los poderes de nuestros colegas. Es como un juego. No se me habría ocurrido preguntar a Armand cómo había llegado hasta allí, ni por qué medios, de la misma forma que tampoco se me ocurriría preguntar a un mortal cómo hacía el amor con su mujer.

Observé a Armand detenidamente, consciente de que

David yacía sobre la hierba, apoyado en un codo, mientras nos estudiaba.

Al cabo de unos minutos dije:

—El diablo se ha aparecido ante mí y me ha pedido que le acompañe con objeto de mostrarme el cielo y el infierno.

Armand no contestó. Se limitó a fruncir un poco el entrecejo.

—Es el mismo diablo en el que te dije que no creía —continué— hace siglos, cuando tú sí creías en él. Tenías razón, al menos en una cosa: existe. Lo he visto y he hablado con él. Me ha concedido esta noche y la noche de mañana para consultarlo con quien quiera. Desea mostrarme el cielo y el infierno. Afirma que no es malvado.

David tenía la vista perdida en el infinito. Armand me observaba atentamente, en silencio.

Les conté toda la historia. Relaté a Armand la historia de Roger y la aparición de su fantasma. Luego les expliqué a ambos mi accidentada visita a Dora, la conversación que había mantenido con ella y que, al dejarla, el diablo me había perseguido hasta mi casa, además de la pelea que se produjo entre ambos.

Les conté todos los pormenores. Les hablé con total franqueza, sin reservas, dejando que Armand sacara sus propias conclusiones.

—No quieras humillarme —le advertí—. No me preguntes por qué huí de Dora ni por qué le comuniqué de una forma tan torpe la muerte de su padre. No consigo librarme de la presencia de Roger, de la sensación de su amistad hacia mí y su cariño hacia su hija. Ese Memnoch, el diablo, es un individuo bastante razonable y cordial, muy convincente. En cuanto a nuestra pelea, no sé cómo acabó, pero creo que lo dejé impresionado. Dentro de dos noches vendrá a buscarme y, si la memoria no me falla, cosa que sucede con frecuencia, dijo que me encontraría dondequiera que estuviera.

—Sí, eso está claro —dijo Armand en voz baja.

—Veo que no te divierten mis desgracias —tuve que reconocer con un pequeño suspiro de resignación.

—Por supuesto que no me divierte —contestó Armand—. Aunque, como de costumbre, no pareces sentirte desgraciado. Estás a punto de vivir una fantástica aventura, sólo que esta vez te muestras más prudente que cuando dejaste que aquel mortal se largara con tu cuerpo y tú le arrebataste el suyo.

—No es prudencia, es pánico. Creo que ese ser, Memnoch, es realmente el diablo. Si hubieras tenido aquellas visiones, tú también lo creerías. No eran artes de magia, todos sabemos hacer esos trucos. Te aseguro que luché contra él. Posee una esencia capaz de habitar cuerpos mortales. Él mismo es objetivo e incorpóreo, de eso estoy seguro. ¿El resto? Quizá fuera un encantamiento. Me dio a entender que dominaba esas arte tan bien como yo.

—Estás describiendo a un ángel —terció David—, un ángel caído.

—El mismo diablo... —dijo Armand—. ¿Qué pretendes de nosotros, Lestat? ¿Que te aconsejemos? Pues bien, yo que tú no me iría con él.

—¿Por qué? —preguntó David antes de que yo pudiera meter baza.

—Sabemos que existen seres terrenales que no podemos clasificar, localizar ni controlar —respondió Armand—. Sabemos que existen algunas especies mortales y ciertos tipos de mamíferos que parecen humanos pero no lo son. Esa criatura podría ser cualquier cosa. Hay algo muy sospechoso en la forma en que se aparece ante ti, con tanta parafernalia pero sin perder los buenos modales.

—No obstante, quizá se trate realmente del diablo, en cuyo caso todo encajaría —declaró David—. Dices que es un ser razonable, Lestat, tal como suponías que era. No es un idiota moral, sino un ángel auténtico, y desea tu colaboración. Ha empleado la fuerza en su primera aparición ante ti, pero no quiere seguir haciéndolo.

—Yo no creo en él —dijo Armand—. ¿Qué significa que quiere que le ayudes? ¿Que tendrás una existencia simultánea en la Tierra y en el infierno? No, no me convence su imaginería, su vocabulario. Ni tampoco su nombre. Memnoch. Suena malvado.

—Esas cosas ya os las había contado en diversas ocasiones —dije.

—Jamás he visto al príncipe de las tinieblas con mis propios ojos —dijo Armand—. He asistido a muchos siglos de superstición, a portentos realizados por seres demoníacos como nosotros. Tú has visto más cosas que yo, Lestat. Pero tienes razón. Ya me habías hablado de esas cosas, y yo te digo que no debes creer en el diablo ni en que eres hijo de él. Eso mismo le dije una vez a Louis, cuando éste acudió a mí en busca de una explicación sobre Dios y el universo. Yo no creo en el diablo. Te aconsejo que no creas lo que te dice ese misterioso ser ni tengas más tratos con él.

—En cuanto a Dora —dijo David suavemente—, creo que obraste de forma imprudente, pero quizá puedas subsanar esa torpeza.

—No lo creo —contesté.

—¿Por qué? —inquirió David.

—Permitidme que os haga una pregunta: ¿creéis lo que os he contado?

—Sé que nos has dicho la verdad —contestó Armand—, pero ya te lo he dicho, no creo que esa criatura sea el diablo ni que vaya a llevarte al cielo ni al infierno. Francamente, si fuera cierto... razón de más para que no tengas más tratos con él.

Observé a Armand durante unos minutos en un intento de distinguir sus rasgos en la oscuridad, de descifrar lo que realmente pensaba sobre aquel asunto, y al fin comprendí que era sincero. No me tenía envidia ni me guardaba rencor; no estaba resentido ni se sentía engañado. Todas esas cosas eran agua pasada, suponiendo que alguna vez le hubieran obsesionado. Quizás habían sido imaginaciones mías.

—Quizá —dijo Armand, como si me hubiera adivinado el pensamiento—. Pero no te equivocas al creer que te hablo con sinceridad. Te aconsejo que desconfíes de esa criatura, y rechaces la propuesta de una colaboración verbal con ella.

—El concepto medieval de un pacto —dijo David.

—¿Qué diantres significa? —pregunté, sin ánimo de ser descortés.

—Hacer un pacto con el diablo —contestó David—, acordar algo con él. Es lo que Armand te advierte que no debes hacer. No hagas un pacto con él.

—Exacto —dijo Armand—. Me parece más que sospechosa su insistencia en el aspecto moral de vuestro acuerdo. —Su rostro juvenil reflejaba preocupación y los hermosos ojos lanzaban destellos en la oscuridad—. ¿Por qué tienes que acceder de forma voluntaria?

—No recuerdo con exactitud los términos en los que me expresé —respondí. Estaba confundido—. Pero le dije algo sobre las normas del juego.

—Quiero hablar contigo sobre Dora —dijo David en voz baja—. Tienes que remediar de inmediato el daño que le has causado, o al menos prométenos que no...

—No voy a prometeros nada respecto a Dora —respondí—. No puedo.

—No destruyas a esa joven, Lestat —dijo David con firmeza—. Si es cierto que nos encontramos en un ámbito donde los espíritus de los muertos pueden rogar que les ayudemos, también pueden perjudicarnos. ¿Has pensado en eso?

David se incorporó, furioso, tratando de dominar su distinguida voz, de no perder su flema británica.

—No le hagas daño a esa chica —dijo—. Su padre te pidió que velaras por ella, no que la trastornes hasta hacerla enloquecer.

—No sigas con tu discurso, David. Sé adónde quieres ir a parar. Pero estoy solo. Solo con Memnoch, el diablo. Los dos habéis sido buenos amigos míos; pertenecemos a la misma especie. Pero no creo que nadie pueda aconsejarme sobre lo que debo hacer, excepto Dora.

—¡Dora! —exclamó David, atónito.

—¿Acaso piensas contarle esta historia? —preguntó Armand tímidamente.

—Sí, eso es lo que pienso hacer. Ella es la única que cree en el diablo. En estos momentos necesito apoyarme en un creyente, un santo, un teólogo, y por eso voy a recurrir a Dora.

—Eres perverso, obstinado, destructivo —dijo David. Sonaba como una maldición—. ¡Siempre has de salirte con la tuya!

Estaba furioso. En aquellos momentos habían aflorado todas las razones que tenía para despreciarme, y no había nada que yo pudiera decir en mi defensa.

—Espera —dijo Armand con suavidad—. Lestat, esto es una locura. Es como consultar con la sibila. ¿Pretendes que esa chica asuma el papel de oráculo, te diga lo que ella, como mortal, opina que debes hacer?

—No es una simple mortal, es diferente. No le inspiro ningún temor. No teme nada. Es humana y, sin embargo, parece de una especie distinta. Es una santa, Armand, tal como debía de ser Juana de Arco cuando condujo a los ejércitos. Dora sabe cosas sobre Dios y el diablo que yo desconozco.

—Hablas de fe, lo cual sin duda atraerá a Dora —dijo David— igual que atrajo a tu amiga la monja, Gretchen, que ahora está irremediablemente loca.

—Loca y muda —apostillé—. No dice una palabra, tan sólo reza, al menos eso dicen los periódicos. Pero ten presente que, antes de aparecer yo en escena, Gretchen no creía realmente en Dios. En su caso, la fe y la locura son una misma cosa.

—¡Nunca aprenderás! —exclamó David.

—¿Qué es lo que debo aprender? —pregunté—. Iré a ver a Dora, David. Es la única persona a la que puedo recurrir. Además, no puedo dejar las cosas tal como han quedado entre ella y yo. Debo volver y reparar mi torpeza. En cuanto a ti, Armand, quiero que me prometas una cosa; supongo que imaginas a qué me refiero. He arrojado una luz protectora alrededor de Dora, ninguno de nosotros puede tocarla.

—¿Me crees capaz de lastimar a tu amiga? Me duele que pienses eso de mí —protestó Armand, ofendido.

—Lamento haberlo dicho —respondí—. Pero sé lo que es la sangre y sé lo que es la inocencia, y ambas cosas constituyen una mezcla muy tentadora. Confieso que yo mismo me siento tentado por esa joven.

—Entonces, serás tú quien caiga en la tentación —me espetó Armand—. Como sabes, ya no me molesto en elegir a mis víctimas. Sólo tengo que colocarme delante de una casa y esperar a que las personas que lo deseen se arrojen en mis brazos. Puedes estar seguro que no haré daño a esa chica. ¿Acaso crees que vivo en el pasado? ¿No comprendes que uno cambia con cada era? ¿Qué demonios puede decirte Dora para ayudarte?

—No lo sé —contesté—. Pero iré a verla mañana por la noche. Si no fuera tan tarde, iría ahora mismo. Si algo me sucediera, David, si desapareciera, si... la herencia de Dora está en tus manos.

David asintió.

—Tienes mi palabra de honor de que velaré por los intereses de esa joven, pero te ruego que no vayas a verla.

—Si me necesitas, Lestat... —dijo Armand—. Si ese ser trata de llevarte con él a la fuerza...

—¿Por qué te preocupas por mí? —pregunté—. Después de todas las malas pasadas que te he jugado, ¿por qué?

—No seas idiota —respondió con suavidad—. Hace tiempo me convenciste de que el mundo es un jardín salvaje. ¿Recuerdas tus viejas poesías? Dijiste que las únicas leyes verdaderas, las únicas que te merecían respeto, eran las leyes estéticas.

—Sí, lo recuerdo muy bien. Me temo que es cierto. Siempre he temido que fuera cierto, desde que era un niño mortal. Una mañana, al despertarme, comprobé que no creía en nada.

—Pero en tu jardín salvaje brillas con luz propia —dijo Armand—. Te paseas por él como si te perteneciera y pudieras hacer lo que te viniera en gana. He recorrido el mundo entero, pero siempre regreso a ti para contemplar los colores del jardín a tu sombra o reflejados en tus ojos, o para escuchar tus últimas locuras y obsesiones. Además, somos hermanos, ¿no es así?

—¿Por qué no me ayudaste la última vez, cuando me metí en un lío por haber cambiado mi cuerpo por el de un ser humano?

—Si te lo digo no me lo perdonarás —contestó Armand.

—Dímelo.

—Porque confiaba en que permanecieras en aquel cuerpo inmortal y salvaras tu alma, y recé por ello. Creí que te habían concedido el mayor don, me sentía eufórico por ti, por tu triunfo. No debía inmiscuirme. ¡No podía hacerlo!

—Eres infantil e idiota, siempre lo has sido.

Armand se encogió de hombros.

—Por lo visto, tienes otra oportunidad de salvar tu alma. Espero que esta vez sepas hacer uso de tu fortaleza y tu talento, Lestat. No me fío de ese Memnoch, creo que es mucho peor que todos los enemigos humanos a los que te enfrentaste cuando estabas atrapado en aquel cuerpo humano. No creo que ese Memnoch tenga nada que ver con el cielo. ¿Por qué habían de dejarte entrar con él?

—Una excelente pregunta.

—Lestat —intervino David—, no vayas a ver a Dora. Recuerda que, de haber seguido mi consejo, te habrías evitado muchos problemas la última vez que te viste en un aprieto.

Habría mucho que comentar sobre eso, pues en tal caso él no se habría convertido en lo que era ahora, una espléndida criatura. Por más que quisiera, no podía arrepentirme de que estuviera ahí, de que hubiera ganado el trofeo carnal del ladrón de cuerpos. Sencillamente, no podía.

—Creo que el diablo quiere apoderarse de ti.

—¿Por qué? —pregunté.

—Te ruego que no vayas a ver a Dora —dijo David con aire solemne.

—Debo hacerlo, está a punto de amanecer. Os quiero.

Ambos me miraron perplejos, recelosos, con incertidumbre.

Hice lo único que podía hacer. Me largué de allí.

9

La noche siguiente abandoné mi escondite del desván y salí en busca de Dora. No deseaba encontrarme otra vez con David o Armand. Por más que lo intentaran, no conseguirían disuadirme.

El problema era qué hacer respecto a Dora. David y Armand, sin quererlo, habían confirmado varias cosas: yo no estaba loco de remate ni había imaginado todo lo que estaba sucediendo a mi alrededor. Tal vez una parte, pero no todo.

Sea como fuere, decidí utilizar con Dora un método radical que, de buen seguro, ni David ni Armand habrían aprobado.

Puesto que conocía bastante bien sus costumbres y los lugares que frecuentaba, fui a su encuentro cuando salía de los estudios de televisión de la calle Chartres, en el barrio francés. Había pasado la tarde grabando un programa de una hora y charlando luego con sus seguidores. Aguardé en el portal de una tienda mientras Dora se despedía de sus «hermanas» o seguidoras. Eran unas mujeres jóvenes, aunque no unas adolescentes, convencidas de que debían ayudar a Dora a cambiar el mundo. Tenían un aire informal, inconformista.

Cuando desaparecieron, Dora se dirigió hacia la plaza donde había dejado aparcado el coche. Vestía un abrigo de lana negra, con medias también de lana y calzaba unos zapatos de tacón alto, como los que solía ponerse para bailar en el programa. Su atuendo, rematado por su casquete de cabello negro y rizado, le daba un aspecto muy dramático y frágil, tremendamente vulnerable en un mundo de hombres mortales.

La agarré por la cintura antes de que pudiera advertir mi presencia. Nos elevamos a tal velocidad que era imposible que ella consiguiera ver o comprender nada.

—Estás a salvo —le dije al oído.

Luego la estreché entre mis brazos para impedir que el viento y la velocidad a la viajábamos pudieran lastimarla, y seguí ascendiendo con ella, indefensa y vulnerable, mientras permanecía atento al ritmo de su corazón y respiración.

Al cabo de unos momentos noté que se relajaba entre mis brazos, mejor dicho, que confiaba en mí. Su reacción no dejó de sorprenderme, como todo lo referente a ella. Dora hundió el rostro en mi chaqueta, como si temiera mirar a su alrededor, aunque creo que era más bien para defenderse del frío. Yo la protegí con mi chaqueta y seguimos volando. El viaje duró más de lo previsto, pues no podía volar con un ser humano tan frágil como Dora a una altitud excesiva, pero resultó mucho menos aburrido y peligroso que en un reactor; esos trastos contaminan la atmósfera con sus emanaciones y siempre existe el riesgo de que estallen.

En menos de una hora aterrizamos en el vestíbulo de la Torre Olímpica. Dora recobró el conocimiento en mis brazos, como si despertara de un profundo letargo. Fue inevitable: había perdido el conocimiento, por diversos motivos físicos y psicológicos, aunque se recuperó de inmediato. Me miró con sus enormes ojos de búho y luego contempló la fachada lateral de San Patricio, que se alzaba ante nosotros en su inexorable gloria.

—Vamos, te enseñaré las cosas de tu padre —dije, mientras la conducía hacia el ascensor.

Dora me siguió sin titubear, tal como los vampiros soñamos que se comporten los mortales ante nosotros y jamás sucede, igual que si no existiera el menor motivo para que sintiera miedo de mí.

—No dispongo de mucho tiempo —dije. Subimos al ascensor y pulsé el botón que correspondía a mi apartamento—. Me persigue algo y no sé lo que quiere de mí. Pero tenía que traerte aquí. Descuida, me ocuparé de que regreses a casa sana y salva.

Le expliqué que no conocía ninguna entrada al edificio por el tejado, pues hacía poco que me había mudado a mi nuevo apartamento, y ése era el motivo por el que habíamos cogido el ascensor. Era una forma de disculparme por obligarla a utilizar este lento y anacrónico medio de transporte después de haber cruzado un continente en una hora.

Cuando se abrieron las puertas del ascensor, entregué a Dora las llaves del apartamento y la conduje hacia él.

—Abre tú misma la puerta, todo lo que contiene te pertenece.

Dora me miró perpleja durante unos instantes, luego se alisó el pelo con la mano, introdujo la llave en la cerradura y abrió la puerta.

—Las cosas de Roger —fueron las primeras palabras que pronunció al entrar en el apartamento.

Las reconoció por su olor, tal como cualquier anticuario habría reconocido aquellos iconos y reliquias. Luego descubrió el ángel que había instalado en el pasillo, con el ventanal al fondo, y creí que iba a desmayarse en mis brazos.

Dora se desplomó hacia atrás, como si ya hubiera previsto mi apoyo. La sostuve con las yemas de los dedos, temeroso de lastimarla.

—¡Dios mío! —murmuró. Su corazón latía aceleradamente, pero era joven y fuerte, capaz de resistir la impresión—. Estamos aquí. Veo que no me has mentido.

Dora se apartó de mí antes de que yo pudiera responder, pasó frente al ángel y se dirigió con paso decidido hacia la amplia sala de estar. Las torres de San Patricio asomaban justo por debajo del nivel de la ventana. La sala se hallaba atestada de paquetes envueltos en plástico, a través del cual se detectaba la forma de un crucifijo o de un santo. Los libros de Wynken yacían en la mesa, pero no quise abordar ese tema en aquellos momentos.

Dora se volvió hacia mí y me analizó detenidamente. Soy muy sensible a este tipo de escrutinio, hasta el extremo de creer que mi vanidad reside en cada una de mis células.

Dora murmuró unas palabras en latín, pero no las capté ni tampoco se produjo una traducción automática en mi mente.

—¿Qué has dicho? —pregunté.

—Lucifer, el Hijo de la Mañana —murmuró Dora al tiempo que me observaba con franca admiración.

Acto seguido tomó asiento en un sillón de cuero, uno de los anodinos muebles que contenía el apartamento, destinados a hombres de negocios aunque sumamente confortables. Dora no retiró la vista de mí.

—No, no soy Lucifer —respondí—. Sólo soy lo que te dije, nada más. Pero él es quien me persigue.

—¿El diablo?

—Sí. Te lo contaré todo y luego quiero que me aconsejes. Entretanto... —me volví hacia el archivador— tu herencia, las obras de arte, el dinero que posees y cuya existencia ignorabas, limpio y legítimo, todo aparece detallado en unas carpetas negras que hay dentro del archivador. Tu padre murió con el deseo de que utilizaras su herencia para construir tu iglesia. Si la rechazas, no estés tan segura de que eso sea la voluntad de Dios. Recuerda, tu padre ha muerto. Su sangre ha purificado el dinero.

¿Estaba convencido de lo que acababa de decir? En todo caso, era lo que Roger quería que le transmitiera.

—Roger me pidió que te lo dijera —añadí, tratando de mostrarme seguro de mí mismo.

—Te comprendo —contestó Dora—. Te preocupas por

algo que ya no tiene importancia. Acércate, deja que te abrace. Estás temblando.

—¿Que estoy temblando?

—Aquí hace calor, pero tú no pareces notarlo. Anda, acércate.

Me arrodillé delante de ella y la abracé como había abrazado a Armand. Luego apoyé la cabeza contra la suya. Tenía la mejilla fría, pero ni siquiera el día en que la enterrasen estaría tan fría como lo estaba yo en aquellos momentos. Yo había absorbido todo el frío del invierno como si fuera un mármol poroso, lo cual quizá fuera cierto.

—Dora, Dora, Dora —murmuré—. No sabes lo mucho que te quería tu padre. Deseaba ayudarte a conseguir todo lo que te habías propuesto.

El olor que exhalaba su persona era muy poderoso, pero yo también.

—Explícame lo del diablo, Lestat —dijo Dora.

Me senté en la moqueta con objeto de poder contemplar su rostro. Dora estaba sentada en el borde del sillón, con las rodillas a la vista. Entre las solapas del abrigo asomaba el extremo de una bufanda dorada. Su semblante estaba pálido pero animado por una expresión muy vivaz que le daba un aire radiante y ligeramente mágico, como si no fuera humana.

—Ni siquiera tu padre fue capaz de describir tu belleza —dije—. Eres como la virgen de un templo, una ninfa de los bosques.

—¿Es eso lo que te dijo mi padre?

—Sí. Por cierto, el diablo, o lo que fuera, me pidió que te hiciese una pregunta. Me pidió que te preguntara la verdad sobre el ojo del tío Mickey. —Acababa de recordarlo. No se me había ocurrido contar esa anécdota a David ni a Armand, pero no tenía importancia.

Dora me miró sorprendida.

—¿El diablo te pidió que me preguntaras eso? —preguntó, visiblemente impresionada.

—Dijo que era un regalo que me hacía. Quiere que le ayude. Afirma que no es un ser maligno. Dice que Dios es su adversario. Te lo explicaré todo, pero antes contesta a mi pregunta. El diablo quiso hacerme ese regalo, un pequeño obsequio para convencerme de que es quien asegura ser.

Dora se llevó la mano a la sien al tiempo que sacudía la cabeza, en un gesto que indicaba confusión.

—Espera. ¿Estás seguro de que fue el diablo quien te dijo que me preguntaras la verdad sobre el ojo del tío Mickey? ¿No te habló mi padre de él?

—No, ni tampoco capté ninguna imagen de tu tío en la mente o el corazón de tu padre. El diablo dijo que Roger no conocía la verdad. ¿A qué se refería?

—Es cierto, mi padre no sabía la verdad —respondió Dora—. Su madre nunca se la contó. Mickey era tío suyo, el hermano de mi abuelo. Fueron los padres de mi madre, la familia de Terry, quienes me explicaron la historia. Según me dijeron, la madre de mi padre era muy rica y poseía una magnífica casa en la avenida St. Charles.

—Conozco la historia de esa casa. Roger conoció a Terry allí.

—Exacto, pero mi abuela de joven había sido pobre. Su madre trabajaba de sirvienta en el Garden District, como tantas otras chicas irlandesas. El tío Mickey era un tipo amable y campechano, que no se daba ninguna importancia.

»Mi padre desconocía la verdadera historia del tío Mickey. Los padres de mi madre me la contaron para demostrarme que era absurdo que mi padre se diera tantos aires, teniendo en cuenta que provenía de una familia humilde.

»Mi padre quería mucho al tío Mickey. Éste murió cuando mi padre aún era un niño. El tío Mickey tenía una fisura en el paladar y un ojo de cristal. Recuerdo que mi padre me enseñó su fotografía y me contó la historia de cómo había perdido el ojo. Le encantaban los fuegos artificiales y un día, mientras jugaba con unos cohetes, se le disparó uno accidentalmente y le hirió en el ojo. Ésa es la historia sobre el tío Mickey que yo había creído siempre. Lo conocía sólo de verlo en fotografías. Mi abuela y mi tío abuelo murieron antes de que yo naciese.

—Y un día la familia de tu madre te contó la verdad.

—Mi abuelo materno era policía. Conocía la historia de la familia de Roger. Me dijo que el abuelo de Roger había sido un borracho, igual que el tío Mickey. De joven, el tío Mickey trabajaba para un corredor de apuestas. En cierta ocasión se quedó con el dinero en lugar de apostarlo por un determinado caballo, y éste ganó la carrera.

—Ya.

—El tío Mickey, que era muy joven y me imagino que estaría muerto de miedo, se encontraba en el Corona's Bar, en el Canal Irlandés.

—En la calle Magazine —dije—. Ese bar estuvo allí durante años, quizás un siglo.

—Sí. Los matones del corredor de apuestas se presentaron en el bar y arrastraron al tío Mickey hasta la parte trasera del local. El padre de mi madre presenció toda la escena. Estaba allí, pero no podía intervenir. Nadie se atrevía a hacer nada. El caso es que mi abuelo vio cómo aquellos individuos propinaban una soberana paliza al tío Mickey. Ellos fueron quienes le causaron esa fisura en el paladar que lo obligaba a hablar de una forma muy rara. También le vaciaron un ojo de una patada. Cada vez que mi abuelo me relataba esa historia, me decía: «Esos tipos pudieron haber salvado el ojo, Dora, pero lo pisotearon salvajemente con sus zapatos puntiagudos.»

Dora se detuvo.

—Y Roger nunca supo la verdad.

—La única persona viva que lo sabe soy yo —contestó Dora—. Mi abuelo ha muerto. Que yo sepa, todas las personas que presenciaron la escena han muerto. El tío Mickey falleció a principios de los cincuenta. Roger me llevaba de vez en cuando al cementerio para visitar su tumba. Roger siempre sintió un gran cariño por el tío Mickey, con su extraña forma de hablar y su ojo de cristal. Todo el mundo lo quería, según me dijo Roger. Hasta lo decían los padres de mi madre. Era un encanto. Cuando murió trabajaba de vigilante nocturno. Vivía en una pensión de la calle Magazine, sobre Baer's Bakery. Murió en el hospital de una neumonía, aunque nadie de la familia sabía que estuviera enfermo. Roger jamás supo la verdad sobre el ojo del tío Mickey. De haberlo sabido, me lo habría comentado, como es natural.

Permanecí sentado en la moqueta, reflexionando sobre lo que me acababa de contar Dora. No captaba ninguna imagen de su mente, que mantenía totalmente cerrada a mí, pero se había expresado con suficiente generosidad. Yo conocía el Corona's Bar, como cualquiera que hubiera pasado por la calle Magazine en la época de los irlandeses. Conocía al tipo de criminales que había descrito Dora, capaces de pisotear un ojo humano con sus puntiagudos zapatos.

—Lo pisotearon y lo aplastaron —dijo Dora, como si me hubiera adivinado el pensamiento—. Mi abuelo siempre decía: «Podían haber salvado el ojo, de no haberlo pisoteado con sus zapatos puntiagudos.»

Al cabo de unos minutos de silencio, dije:

—Eso no demuestra nada.

—Demuestra que tu amigo, o enemigo, conoce algunos secretos.

—Pero no demuestra que sea el diablo —insistí—. Me pregunto por qué se le ocurrió elegir esa anécdota.

—Quizá se hallaba presente —contestó Dora sonriendo con amargura.

Ambos soltamos una pequeña carcajada.

—Dices que era el diablo, pero sin embargo declaró que no era maligno —dijo Dora. Hablaba en un tono persuasivo, sincero y controlado.

Tenía la sensación de haber obrado de forma sensata al buscar su consejo. Dora me observó fijamente.

—Cuéntame lo que hizo ese diablo —me rogó Dora.

Le expliqué toda la historia. Tuve que reconocer que había seguido a su padre durante un tiempo, acechando cada uno de sus movimientos, y que el diablo había hecho lo mismo conmigo. Se lo conté todo, sin omitir ningún detalle, tal como había hecho con David y Armand. Concluí con estas enigmáticas palabras:

—Te diré lo siguiente sobre ese ser, quienquiera que sea: posee una mente que no descansa en su corazón y una personalidad insaciable. Es la pura verdad. La primera vez que utilicé estas palabras para describirlo, se me ocurrieron de pronto, sin más. No sé de dónde las saqué. Pero son ciertas.

—¿Puedes repetirlas? —preguntó Dora.

Yo hice lo que me pedía.

Dora guardó un profundo silencio. Permaneció sentada con una mano apoyada en la barbilla y los ojos entrecerrados.

—Voy a pedirte un favor que te parecerá absurdo, Lestat —dijo Dora al cabo de unos instantes—. Encarga que nos suban algo para comer y beber. O ve tú a por ello. Debo meditar sobre lo que me has contado.

—Desde luego —respondí, levantándome de un salto—. ¿Qué te apetece?

—Me da lo mismo. Lo que sea. No he probado bocado desde ayer. Me siento demasiado débil para pensar con claridad. Ve a comprar algo para comer y vuelve aquí. Necesito estar sola para rezar, reflexionar y deambular entre las cosas de mi padre. Espero que al diablo no se le ocurra apoderarse de ti antes del tiempo acordado...

—No lo creo, aunque sólo sé lo que te he dicho. Voy enseguida a comprar algo.

Salí de inmediato, caminando como un mortal, en busca de un restaurante del centro donde me vendieran algún plato preparado y caliente. También compré varias botellas de agua mineral, puesto que es lo que los mortales suelen beber en estos tiempos, y regresé cargado con los paquetes.

Pero cuando se abrieron las puertas del ascensor en el tercer piso, me di cuenta de que había hecho algo que se salía por completo de lo normal. Yo, un vampiro de doscientos años, feroz y orgulloso por naturaleza, había ido a hacer un recado para una joven mortal sólo porque ella me lo había pedido.

Claro que las circunstancias justificaban mi conducta. Había secuestrado a Dora y la había llevado a Nueva York. La necesitaba. ¡La amaba!

Aquel episodio me demostró un hecho palpable: Dora tenía la facultad, como suelen tener los santos, de hacer que los demás la obedecieran. Yo había salido tan contento a comprarle algo para comer, como si fuera ella quien me hubiera hecho un favor a mí al pedírmelo.

Entré en el apartamento con los paquetes y los coloqué sobre la mesa.

La atmósfera del apartamento estaba impregnada de los aromas de Dora, incluyendo su menstruación, esa sangre especial que fluía entre sus piernas. Todo el lugar estaba saturado de su presencia y su olor.

Me esforcé en dominar el intenso deseo de chuparle la sangre hasta dejarla muerta.

Dora seguía sentada en el sillón, con las manos entrelazadas y aspecto pensativo. Vi que las carpetas negras yacían abiertas en el suelo. De modo que había examinado los documentos de su herencia, o una parte de los mismos.

Sin embargo, Dora no miraba las carpetas, sino que estaba inmersa en sus pensamientos. Cuando entré ni siquiera alzó la vista.

Al cabo de unos segundos se levantó y se dirigió hacia la mesa, como sumida en un trance. Entretanto, fui a la cocina en busca de unos platos y unos cubiertos. Tras revolver en los armarios y cajones, cogí un plato de porcelana y unos tenedores y cuchillos de acero inoxidable de aspecto inofensivo. Los coloqué en la mesa y abrí los paquetes que contenían unas humeantes raciones de carne y verduras. También le había comprado un postre. Todo aquello me resultaba completamente extraño, como si no hubiera habitado recientemente un cuerpo mortal y jamás hubiera probado los alimentos que comen los humanos. En cualquier caso, era una experiencia que prefería no recordar.

—Gracias —dijo Dora distraídamente, sin mirarme siquiera—. Eres un encanto.

Luego abrió una botella de agua mineral y bebió con avidez.

Mientras Dora bebía observé su cuello. Aunque procuraba apartar de mi mente cualquier tentación, su intenso olor era capaz de volverme loco.

Si crees que no podrás dominar este deseo, me dije, es mejor que te marches y no vuelvas a verla.

Dora comió sin fijarse en lo que ingería, de forma mecánica. De pronto me miró y dijo:

—Disculpa. Siéntate, por favor. No puedes comer estas cosas, ¿verdad?

—No —respondí—, pero puedo sentarme.

Tomé asiento junto a ella, procurando no observarla ni aspirar su aroma. Con el fin de distraerme, dirigí la vista hacia el ventanal. Parecía que nevaba, porque todo estaba cubierto por un espeso manto blanco. Eso, sin duda, significaba que o bien Nueva York había desaparecido sin dejar rastro, o que estaba nevando.

Dora tardó menos de seis minutos y medio en devorar la comida. Jamás había visto a nadie comer a esa velocidad. Luego lo recogió todo y lo llevó a la cocina. Yo insistí en que no era necesario que lavara el plato y los cubiertos y la conduje de nuevo a la sala de estar, lo cual me dio la oportunidad de sostener sus manos cálidas y frágiles entre las mías y aproximarme a ella.

—¿Qué me aconsejas? —pregunté.

Dora se sentó y reflexionó durante unos minutos antes de contestar.

—Creo que no tienes nada que perder si colaboras con ese ser. Es evidente que si quisiera destruirte ya lo habría hecho. Fuiste a dormir a tu casa aun sabiendo que él, el Hombre Corriente, como tú lo llamas, conocía la dirección. Es obvio que no le temes en un sentido material. Cuando se transformó en un diablo, conseguiste apartarlo de ti. ¿Qué arriesgas cooperando con él? Supongamos que sea capaz de llevarte al cielo o al infierno. Siempre puedes negarte a ayudarle, ¿no? Puedes decirle, utilizando su distinguida forma de expresarse: «Lo siento, no veo las cosas desde el mismo punto de vista que tú.»

—Cierto.

—Quiero decir que si te muestras dispuesto a hacer lo que te pide, ello no significa que le aceptes. Por el contrario, es él quien tiene la obligación de hacerte ver las cosas desde su óptica, ¿no crees? Además, siempre puedes romper las reglas.

—¿Te refieres a que no conseguirá llevarme al infierno con engaños?

—¿Bromeas? ¿Crees que Dios permitiría que el diablo se llevara a las personas al infierno por medio de engaños?

—Yo no soy una persona, Dora. Soy lo que soy. No pretendo trazar ningún paralelismo con Dios en mis reiterativos epítetos. Sólo pretendo decir que soy malvado. Muy malvado. Lo sé. Desde que empecé a alimentarme de sangre humana. Soy Caín, el asesino de su hermano.

—En tal caso, Dios podría arrojarte al infierno en cualquier momento, ¿no es cierto?

—Ojalá lo supiera —contesté, sacudiendo la cabeza—. Ojalá supiera por qué Dios no me ha arrojado ya al infierno. Pero, si lo he entendido bien, lo que dices es que el poder se halla repartido entre ambos.

—Es evidente.

—Y que creer que el diablo pueda embaucarme es casi una superstición.

—Justamente. Si vas al cielo, si hablas con Dios...

Dora se detuvo.

—Si te pidiera que le ayudaras, si te asegurara que no es malvado, aunque sea el adversario de Dios, ¿estarías dispuesta a aceptar que es capaz de cambiar tu forma de pensar?

—No lo sé —contestó Dora—. Es posible. Conservaría mi libre albedrío durante la experiencia, pero es posible que aceptara.

—De eso se trata. El libre albedrío. Temo perder mi voluntad y el juicio.

—Creo que estás en plena posesión de ambas cosas, así como de una enorme fuerza sobrenatural.

—¿No intuyes la maldad en mí?

—No, eres demasiado hermoso, lo sabes de sobra.

—Pero debe de existir algo podrido y perverso en mí que presientes y ves.

—Quieres que te consuele y no puedo hacerlo —respondió Dora—. No, no lo presiento. Creo lo que me has dicho.

—¿Por qué?

Dora reflexionó durante largo rato. Luego se levantó y se dirigió al ventanal.

—He elevado una petición a las fuerzas sobrenaturales —contestó Dora mientras contemplaba el tejado de la catedral, que yo no alcanzaba a ver—. Les he pedido que me concedan una visión.

—¿Y crees que yo puedo ser la respuesta a tu petición?

—Posiblemente —contestó Dora volviéndose hacia mí—. Aunque ello no signifique que todo esto esté sucediendo debido a Dora y a lo que Dora desea. Al fin y al cabo, te está ocurriendo a ti. Pero he rogado por una visión, y he asistido a varios hechos en apariencia prodigiosos; y, sí, te creo, lo mismo que creo en la existencia y la bondad de Dios.

Dora se acercó a mí, procurando no pisar las carpetas que yacían en el suelo, y añadió:

—Nadie sabe por qué Dios permite que exista el mal.

—Cierto.

—Ni cómo irrumpió en el mundo. Pero el mundo está lleno de millones de personas —gentes que creen en la Biblia, musulmanes, judíos, católicos, protestantes, descendientes de Abraham— que se ven envueltas en situaciones en las que el mal se halla presente, en las que está el diablo, en las que existe un elemento que Dios permite que exista, un adversario, por utilizar el lenguaje de tu amigo.

—Sí. Adversario. Ésa es la palabra que él empleó.

—Creo firmemente en Dios —dijo Dora.

—Y piensas que también yo debería hacerlo.

—¿Qué puedes perder? —preguntó Dora.

No respondí.

Dora comenzó a pasearse por la habitación, con la cabeza inclinada y aire pensativo. Un mechón de pelo negro le rozaba la mejilla; sus largas piernas, enfundadas en unas medias, eran muy delgadas pero resultaban atractivas. Se había quitado el abrigo y me fijé en que llevaba un sencillo vestido de seda negro. Noté de nuevo su olor, el olor de su sangre femenina, íntima, fragante. Turbado, aparté la vista.

—Yo sé lo que puedo perder en estas cuestiones. Si creo en Dios, y Dios no existe, estaría perdiendo mi vida. Podría acabar lamentándome en mi lecho de muerte de haber desperdiciado la única experiencia real del universo que podía haber vivido.

—Exactamente eso es lo que yo pensaba cuando estaba vivo. No quería desperdiciar mi vida creyendo en algo que era indemostrable y disparatado. Quería conocer lo que podía ver, sentir y saborear en la vida.

—Sí, pero tu situación es distinta. Eres un vampiro. Desde un punto de vista teológico, eres un demonio. Eres poderoso y no puedes morir de forma natural. Eso te da una ventaja.

Las palabras de Dora me hicieron reflexionar.

—¿Sabes lo que ha sucedido hoy en el mundo? —preguntó Dora—. Siempre iniciamos nuestro programa con unos boletines informativos y preguntamos a la audiencia: ¿Sabéis cuántas personas han muerto hoy en Bosnia, Rusia o África? ¿Sabéis cuántas escaramuzas se han librado hoy en el mundo, cuántos asesinatos se han cometido?

—Ya te entiendo.

—Me refiero a que no es probable que ese ser tenga el poder de embaucarte. Por tanto, deja que te muestre lo que te ha prometido. Si resulta que estoy equivocada... si haces que me condene, entonces habré cometido un trágico error.

—No, habrás vengado la muerte de tu padre, eso es todo. Pero estoy de acuerdo contigo. No creo que pretenda embaucarme. Me lo dice mi instinto. Y te diré algo más sobre Memnoch, el diablo, algo que te sorprenderá.

—¿Que te cae bien? Lo sé. Lo comprendí enseguida.

—¿Cómo es posible? Yo no me gusto. Me amo, me amaré hasta el día en que muera, pero no me gusto.

—Anoche dijiste algo —respondió Dora—. Dijiste que si te necesitaba no tenía más que llamarte en mis pensamientos, en mi corazón.

—Así es.

—Pues bien, quiero que tú hagas lo mismo. Si te marchas con ese ser, y me necesitas, llámame. Si no consigues librarte de él por tu propia voluntad y necesitas que interceda, llámame y le pediré a Dios que te ayude. No por una cuestión de justicia sino de misericordia. ¿Me prometes hacerlo?

—Sí.

—¿Qué vas a hacer ahora? —preguntó Dora.

—Pasar contigo las horas que me quedan y ocuparme de tus asuntos. Me aseguraré, a través de mis numerosos aliados mortales, de que nadie pueda perjudicarte en lo referente a tu herencia.

—Ya lo ha hecho mi padre —contestó Dora—. Créeme. Lo ha dejado todo bien atado.

—¿Estás segura?

—Sí, lo ha resuelto con su habitual brillantez. Ha dejado una gran suma de dinero que irá a parar a manos de sus enemigos, superior a la fortuna que me ha legado a mí. No tienen necesidad de acosarme. En cuanto se enteren de que ha muerto, se apresurarán a apoderarse de sus bienes.

—¿Lo sabes con certeza?

—Sí. Dedícate esta noche a poner orden en tus asuntos. No te preocupes de los míos. Prepárate para embarcarte en la aventura que te espera.

Observé a Dora durante unos minutos. Todavía permanecía sentado a la mesa. Ella estaba de pie, de espaldas al ventanal. Su silueta, aparte de su pálido rostro, parecía dibujada con tinta negra.

—¿Existe Dios? —pregunté a Dora en voz baja. ¡Cuántas veces había formulado esa pregunta! Incluso se lo había preguntado a Gretchen mientras yacía en mis brazos.

—Sí, Dios existe, Lestat —respondió Dora—. Puedes estar seguro. Es posible que le hayas estado rezando durante tanto tiempo y con tanta insistencia, que al final ha oído tus ruegos. A veces me pregunto si no lo hará adrede, me refiero a no atender nuestros ruegos.

—¿Prefieres quedarte aquí o te acompaño a casa?

—Prefiero quedarme. No quiero volver a emprender otro viaje como el anterior. Pasaré el resto de mi vida tratando de recordar cada detalle, pero sé que no lo conseguiré. Quiero permanecer en Nueva York, junto a las cosas de mi padre. En cuanto al dinero, has cumplido tu misión.

—Así pues, ¿aceptas las reliquias, la fortuna?

—Desde luego. Conservaré los preciados libros de Roger hasta el momento en que pueda mostrárselos a otros, las obras de su admirado y herético Wynken de Wilde.

—¿Necesitas algo más de mí? —pregunté.

—¿Crees que... crees que amas a Dios?

—Rotundamente, no.

—¿Por qué lo dices?

—¿Cómo quieres que lo ame? —repliqué—. ¿Cómo quieres que lo ame nadie? ¿Recuerdas lo que dijiste hace un rato sobre las cosas que ocurren en el mundo? Todo el mundo odia a Dios. No es que Dios haya muerto en el siglo veinte, es que todo el mundo le odia. Al menos, ésa es mi opinión. Quizá fuera eso lo que trataba de decirme Memnoch.

Dora me miró perpleja y disgustada. Quería decir algo. Hizo un gesto ambiguo, como si tratara de atrapar unas flores en el aire para mostrarme su belleza.

—Le odio —dije.

Dora se santiguó y unió las manos en señal de oración.

—¿Vas a rezar por mí?

—Sí —respondió—. Aunque no vuelva a verte después de esta noche, aunque jamás me tropiece con una prueba que demuestre tu existencia ni que estuviste aquí conmigo, que mantuvimos esta conversación, nuestro encuentro me ha transformado para siempre. Tú eres mi milagro, por decirlo así. Eres la mayor prueba que se le podría conceder a un mortal. No sólo confirmas la existencia de lo sobrenatural, lo misterioso y lo prodigioso, sino que confirmas justamente lo que yo creo.

—Comprendo —respondí. Todo parecía perfectamente lógico, simétrico y cierto. Sacudí la cabeza, sonriendo, y añadí—: Me disgusta tener que dejarte.

—Vete —contestó Dora. De golpe apretó los puños y dijo furiosa—: Pregúntale a Dios qué quiere de nosotros. Tienes razón. ¡Todos le odiamos!

Durante unos instantes sus ojos expresaron una intensa ira. Luego recuperó la compostura y me miró con los ojos llenos de lágrimas:

—Adiós, cariño —dijo.

Fue una despedida muy dolorosa para ambos.

Al salir del apartamento comprobé que estaba nevando con intensidad.

Las puertas de la imponente catedral de San Patricio permanecían cerradas a cal y canto. Me detuve en los escalones de piedra y contemplé la Torre Olímpica, preguntándome si Dora podía verme ahí de pie, tiritando de frío, mientras la nieve se deslizaba con suavidad por mi rostro de modo persistente, doloroso, maravilloso.

—De acuerdo, Memnoch —dije en voz alta—. No es necesario perder más tiempo. Puedes venir a por mí cuando quieras.

De inmediato, oí resonar sus pasos a través del túnel monstruoso y desierto de la Quinta Avenida, entre las grotescas torres de Babel.

Mi suerte estaba echada.

Me volví a un lado y a otro, pero no había un alma a la vista.

—¡Estoy listo para ir contigo, Memnoch! —grité.

Estaba muerto de pánico.

—Demuéstrame que tienes razón, Memnoch. ¡Te lo exijo!

Los pasos sonaban cada vez con más fuerza. Era uno de sus trucos favoritos.

—Recuerda, tienes que hacer que vea las cosas desde tu perspectiva. ¡Eso fue lo que prometiste!

De pronto se levantó un fuerte viento, aunque no sé de dónde soplaba.

La metrópoli parecía vacía, congelada, como si se hubiera convertido en mi tumba. La nieve caía en espesos copos sobre la catedral, ocultando las torres.

Al cabo de unos instantes oí su voz junto a mí, incorpórea, íntima.

—Bien, querido amigo —dijo—. Empezaremos ahora mismo.

10

Nos hallábamos inmersos en un torbellino que conformaba un túnel. Entre nosotros reinaba un silencio tan profundo que incluso podía percibir el sonido de mi respiración. Memnoch estaba muy cerca de mí, sosteniéndome por los hombros, de forma que vi su oscuro rostro y sentí el roce de su cabello en mi mejilla.

No presentaba el aspecto del Hombre Corriente, sino del ángel de granito. Sus gigantescas alas nos envolvían, protegiéndonos de la ferocidad del viento.

Mientras nos elevábamos sin la menor señal que hiciese referencia a la ley de la gravedad, comprendí dos cosas. La primera era que estábamos rodeados de millares y millares de almas. ¡Almas, sí! ¿Qué es lo que vi? Unas formas suspendidas en el torbellino, algunas completamente antropomórficas, otras unos meros rostros, que me rodeaban por doquier, unas entidades espirituales o unos individuos. Oí levemente sus voces —murmullos, gritos y aullidos— mezcladas con el rugido del viento.

El sonido no podía herirme ahora como lo había hecho en las apariciones anteriores, pero percibí un fuerte estruendo cuando nos elevamos, como si girásemos sobre un eje, mientras el túnel se hacía de pronto tan angosto que las almas parecían rozarnos. Después el túnel se ensanchó durante unos breves instantes, para volver a estrecharse.

Lo segundo que comprendí fue que la oscuridad empezaba a desvanecerse alrededor de Memnoch. Su perfil aparecía brillante, casi translúcido, al igual que las informes prendas que llevaba. Las patas de macho cabrío del tenebroso diablo se convirtieron en las piernas de un hombre alto y corpulento. En suma, toda su turbia y humosa presencia había sido sustituida por algo cristalino y reflectante que poseía un tacto dúctil, cálido y vivo.

Percibí unas frases sueltas, unos fragmentos de las Sagradas Escrituras, de visiones, declaraciones proféticas y poesías; pero no había tiempo de evaluarlas, analizarlas ni grabarlas en la memoria.

Memnoch se dirigió a mí con una voz que quizá no fuera técnicamente audible, pero capté la forma de hablar sin acento del Hombre Corriente.

—Es difícil ir al cielo sin haberse sometido a cierta preparación. Te sentirás perplejo y desorientado ante lo que verás. Pero si no te lo muestro ahora, permanecerás obsesionado con ello durante todo nuestro diálogo, de modo que voy a conducirte hasta las mismas puertas del cielo. Prepárate a oír una risa que no es risa, sino gozo. Lo captarás como risa porque es el único medio de recibir o percibir ese exaltado sonido.

No bien hubo pronunciado la última sílaba aparecimos en un jardín, sobre un puente que atravesaba un río. Durante unos instantes sentí que la luz me cegaba y cerré los ojos, pensando que el sol de nuestro sistema solar se había propuesto quemarme tal como merecía: un vampiro convertido en una antorcha que luego se extinguiría para siempre.

Pero la intensa y misteriosa luz era benéfica. Abrí los ojos y comprobé que nos hallábamos de nuevo rodeados de individuos, en la orilla del río. Vi seres que se abrazaban, conversaban, lloraban y gemían. Al igual que los anteriores, presentaban toda clase de formas. Un individuo parecía tan sólido como cualquier ciudadano con el que hubiera podido toparme en la ciudad, otro no era más que una gigantesca expresión facial, mientras que otros parecían simples fragmentos de materia y luz. Algunos eran totalmente diáfanos y otros parecían invisibles, sólo que yo sabía que estaban presentes. Resultaba imposible calcular el número.

El espacio donde nos hallábamos era infinito. En las aguas del río se reflejaba la luz; la hierba tenía un color verde tan vivo como si hubiera acabado de brotar, de nacer, como en una pintura o una película de dibujos animados.

Mientras Memnoch seguía sujetándome, me volví para contemplar su nueva forma. Era todo lo contrario del siniestro ángel, pero su rostro poseía los mismos rasgos enérgicos que la estatua de granito y los ojos expresaban ira. Era el rostro de los ángeles y los diablos de William Blake. Un rostro más allá de la inocencia.

—Vamos a entrar —dijo Memnoch.

Yo me agarré a él con ambas manos.

—¿Te refieres a que esto no es el cielo? —pregunté. El tono de mi voz era normal, confidencial.

—Así es —respondió con una sonrisa mientras me conducía al otro lado del puente—. Cuando penetremos, debes ser fuerte. Ten presente que habitas un cuerpo terrenal, por lo que te sentirás abrumado ante todo cuanto veas y oigas. No podrás soportarlo como si estuvieras muerto o fueras un ángel o mi lugarteniente, que es justamente lo que deseo que seas.

No había tiempo para discutir. Atravesamos rápidamente el puente; ante nosotros se abrían las gigantescas puertas del cielo. Los muros eran tan altos que no alcanzaba a ver su cima.

El ruido aumentó de volumen y nos envolvió por completo. Sí, era como la risa, como unas oleadas de risas lúcidas y fulgurantes, con la particularidad de que poseían un sonido canoro, como si quienes reían entonaran al mismo tiempo unos cánticos.

Lo que vi, sin embargo, me impresionó infinitamente más que aquel sonido.

Era el lugar más denso, intenso, bullicioso y magnífico que jamás había contemplado. Nuestro lenguaje requiere multitud de sinónimos para describir la belleza; mis ojos veían lo que las palabras no pueden describir.

De nuevo estábamos rodeados de individuos, unas personas llenas de luz y por completo antropomorfas; poseían brazos, piernas, rostros sonrientes, cabello, iban vestidas con toda clase de prendas, si bien corrientes. Aquellas gentes se movían, se desplazaban en grupo o por separado, formaban unos corros, se abrazaban, se acariciaban, se cogían de la mano.

Me volví hacia derecha e izquierda. Por doquier había multitud de seres que charlaban o intercambiaban impresiones, algunos se abrazaban y besaban, otros bailaban; los grupos y corros seguían desplazándose en todas direcciones, aumentando o disminuyendo de tamaño, extendiéndose y encogiéndose.

Aquella combinación de desorden y orden constituía un misterio que me intrigaba. Lo que presenciaba no era el caos ni un tumulto, sino la hilaridad de una reunión inmensa y definitiva, y al decir definitiva me refiero a que parecía la resolución de algo que se desarrollaba perpetuamente, una prodigiosa y constante revelación a la que todos asistían, a medida que se movían apresurada o lánguidamente (algunos estaban sentados, sin hacer nada) entre colinas, valles, senderos, bosques y edificios que parecían ligados entre sí de un modo que yo jamás había contemplado en ninguna estructura en la Tierra.

No vi ningún edificio específicamente doméstico, como una casa o un palacio. Por el contrario, las estructuras eran infinitamente mayores, llenas de luz y alegres como un jardín, con pasillos y escalinatas que se extendían aquí y allá en perfecta armonía. Todo poseía una fascinante cualidad ornamental. Las superficies y las texturas eran tan variadas que no me habría cansado de admirarlas.

No puedo explicar la sensación de observación simultánea que experimenté. Trataré de describir por partes lo que vi, oí y sentí, a fin de arrojar mi pobre y limitada luz sobre el conjunto de aquel infinito y maravilloso lugar.

Había arcos, torres, salas, galerías, jardines, campos, bosques, arroyos. Una zona se confundía con otra, y yo viajaba a través de ellas junto a Memnoch, quien me sujetaba con fuerza. Una y otra vez me sentí atraído por una escultura espectacularmente hermosa, una cascada de flores o un árbol gigantesco que se elevaba hacia la bóveda azul, pero Memnoch me obligaba a volverme bruscamente, como si me mantuviera sobre una cuerda floja de la que pudiera caer.

Reí, lloré, ambas cosas a un tiempo. Las emociones sacudían todo mi ser. Agarrado a Memnoch, traté de mirar por encima de su hombro, de ver lo que había a sus espaldas, y me revolví inquieto como un niño para lograr ver durante una fracción de segundo a esa o aquella persona, para observar a un grupo, para captar una conversación.

De pronto aparecimos en una enorme sala.

—¡Ojalá estuviera David aquí! —exclamé.

La sala estaba repleta de libros y pergaminos. No había nada ilógico o confuso en la forma en que aquellos documentos yacían abiertos, listos para ser examinados.

—No los mires, porque no recordarás lo que has visto —me advirtió Memnoch.

Cuando traté de coger un pergamino en el que figuraba una asombrosa explicación sobre algo referente a los átomos, fotones y neutrinos, me propinó una palmada en la mano como si yo fuera una criatura. Pero Memnoch tenía razón. Olvidé en un instante lo que había visto. De pronto me encontré en un vasto jardín. Perdí el equilibrio, pero Memnoch me sostuvo.

Al mirar hacia abajo vi unas flores de una rara perfección; unas flores que eran el ideal de flor al que podían aspirar las flores de nuestro mundo. No se me ocurre ninguna otra forma de describir la perfección de sus pétalos, tallos y colores. Los colores eran tan vivos y tan exquisitos que durante unos momentos dudé que pertenecieran a nuestro espectro óptico.

Me refiero a que no creo que nuestro espectro óptico fuera el límite, sino que intervenían otras normas. O puede que se tratara simplemente de una ampliación, de la capacidad de ver unas combinaciones de colores que químicamente no son visibles en la Tierra.

Las oleadas de risas, cantos y conversaciones aumentaron hasta el punto de nublar el resto de mis sentidos. Estaba cegado por el sonido y, sin embargo, la luz ponía de relieve cada maravilloso detalle.

—¡Zafirino! —exclamé, tratando de identificar el azul verdoso de las hojas que nos rodeaban y se agitaban con suavidad. Memnoch me miró sonriendo y asintió, impidiéndome una vez más que tocara el cielo, que intentara atrapar un pedazo de lo que éste contenía.

—Pero no voy a estropearlo —protesté. De pronto me pareció impensable que alguien pudiera estropear algo de lo que había allí, desde los muros de cuarzo y cristal con sus gigantescas torres y campanarios, hasta las suaves y delicadas parras que trepaban por las ramas de unos árboles cargados de frutas y flores—. No pretendo causar ningún daño —dije.

Oí mi voz con toda claridad, aunque las voces de quienes me rodeaban parecían sofocarla.

—¡Míralos! —dijo Memnoch—. ¡Fíjate en ellos!

Memnoch me hizo volver la cabeza para evitar que ocultase el rostro contra su pecho y me obligó a contemplar aquella multitud, compuesta por grupos, clanes, familias o amigos íntimos que se conocían bien, unos seres que compartían las mismas manifestaciones físicas y materiales. Durante un breve momento, sólo un instante, vi que todos esos seres se hallaban conectados de un extremo de este infinito lugar hasta el otro a través de las manos, las yemas de los dedos, un brazo o el roce de un pie. Los clanes parecían replegarse en el útero de los otros clanes, las tribus se extendían entre las innumerables familias, las familias se unían para formar naciones, y que todos ellos conformaban una entidad palpable, visible e interconectada. Todos se encontraban vinculados entre sí. La individualidad de cada ser existía en función de la individualidad de los demás.

Me sentí mareado, a punto de perder el conocimiento. Pero Memnoch me sostuvo.

—¡Míralos otra vez! —me ordenó.

Pero yo me tapé los ojos, porque sabía que si presenciaba de nuevo aquellas interconexiones perdería el sentido. ¡Perecería dentro de mi propio sentido de la individualidad! Y, sin embargo, cada uno de los seres que vi constituían un individuo.

—¡Todos son ellos mismos! —grité, tapándome los ojos con las manos.

Los cantos, los interminables rápidos y cascadas de voces, sonaban cada vez con mayor intensidad, pero debajo de aquel estruendo percibí una secuencia de ritmos que se superponían, y empecé también a cantar.

Durante unos instantes me separé de Memnoch y canté con los demás, con los ojos abiertos, escuchando mi voz que brotaba de mi garganta y se alzaba hacia el universo.

Canté y canté; pero mi canción estaba teñida de melancolía, de una curiosidad inmensa y de desespero. De golpe comprendí que ninguno de los seres que me rodeaban parecía sentirse insatisfecho o en peligro, que no experimentaba nada remotamente parecido al tedio o al anquilosamiento; con todo, la palabra «frenesí» no era aplicable al constante movimiento y animación de los rostros y las formas que tenía ante mí.

Mi canción era la única nota triste en el cielo, pero la tristeza se transfiguró de inmediato en armonía, en una forma de salmo o cántico, en un himno de alabanza, júbilo y gratitud.

Grité. Creo que en mi grito pronuncié una sola palabra: «¡Dios!» No fue una oración, una confesión de fe o un ruego, sino una exclamación.

Memnoch y yo nos hallábamos en un portal desde el que podía contemplarse un vasto panorama, y de pronto comprendí que al otro lado de la balaustrada se extendía el mundo entero.

El mundo como jamás lo había visto, con sus secretos del pasado al descubierto. Sólo tenía que correr hacia la balaustrada y mirar abajo para contemplar la época del Edén y de la arcaica Mesopotamia, o el momento en que las legiones romanas marchaban a través de los bosques de mi hogar terrenal; vería el Vesubio en erupción, derramando sus funestas cenizas sobre la antigua ciudad viva de Pompeya.

Al fin lo conocería y comprendería todo; todos los enigmas quedarían resueltos, el olor, el sabor de otros tiempos...

Me precipité hacia la balaustrada, que parecía alejarse por momentos. Yo corrí cada vez más y más deprisa hacia ella, pero no conseguí salvar la distancia. De golpe me di cuenta de que esa visión de la Tierra se mezclaba con humo, fuego y sufrimiento, y que podía aniquilar en mí la sensación de euforia que experimentaba. No obstante, tenía que ver lo que había más allá de la balaustrada. No estaba muerto. No iba a quedarme para siempre en el cielo.

Memnoch trató de detenerme, pero yo seguí corriendo.

De pronto se alzó una inmensa luz rosada, una fuente directa infinitamente más calurosa e intensa que la espléndida luz que se derramaba sobre todo cuanto veía. Aquella inmensa luz unificadora fue agrandándose hasta que el mundo que yacía más abajo, el sombrío paisaje de humo, horror y sufrimiento, adquirió un color blanco bajo ella y pasó a ofrecer la imagen de una abstracción de sí mismo, a punto de estallar.

Memnoch me obligó a retroceder y alzó los brazos para cubrirme los ojos. Yo hice otro tanto. Me di cuenta de que él había agachado la cabeza y ocultaba sus ojos tras mi espalda.

De repente lo oí suspirar, ¿o fue acaso un suspiro? No estoy seguro. Durante un segundo el sonido de los gritos, risas y cánticos llenó el universo, y comprendí que el suspiro de Memnoch era como un gemido que brotara de las entrañas de la Tierra.

Noté que sus poderosos brazos se relajaban, y me soltó.

Levanté la vista y vi de nuevo, en medio del torrente de luz, la balaustrada, sólida e inmóvil, ante mí.

Inclinado sobre ella, mirando hacia abajo, había una silueta alta y esbelta, que parecía la de un hombre. De repente se volvió, me miró y extendió los brazos para recibirme.

Tenía el cabello y los ojos de color castaño oscuro, el rostro simétrico y perfecto, la mirada intensa, las manos vigorosas.

Respiré hondo, sintiendo mi cuerpo en toda su solidez y fragilidad mientras aquellas manos me agarraban con fuerza. Estaba a punto de morir. Temí dejar de respirar o que cesara todo movimiento y acabara entregándome a la muerte.

El misterioso ser me atrajo hacia sí. De su persona emanaba una luz que se mezclaba con la que había a sus espaldas y a su alrededor, resaltando cada detalle de su rostro. Observé los poros de su piel dorada, las grietas de sus labios, la sombra del vello que se había afeitado en las mejillas y la barbilla.

De pronto habló en voz alta, con tono suplicante. Era una voz recia y masculina, incluso juvenil.

—Jamás te convertirás en mi adversario, ¿no es cierto, Lestat?

¡Dios mío! De súbito sentí que Memnoch me arrancaba de sus brazos, de su presencia, de su alcance.

El torbellino nos engulló de nuevo. ¡El cielo había desaparecido! Rompí a sollozar amargamente.

—¡Suéltame, Memnoch! —grité, golpeándole en el pecho—. ¡Era Dios!

Pero Memnoch me sujetó con fuerza, para arrastrarme hacia abajo, obligarme a someterme a él y emprender el descenso hacia los infiernos.

Sentí que nos precipitábamos en el vacío a gran velocidad. Estaba tan aterrado que era incapaz de protestar o de agarrarme a Memnoch, ni de hacer nada salvo contemplar las rápidas corrientes de almas que a nuestro alrededor ascendían, observaban, descendían, se sumían de nuevo en la oscuridad, en unas impenetrables tinieblas, hasta que noté que atravesábamos un espacio húmedo, rebosante de aromas familiares y naturales, y de pronto se produjo una suave y silenciosa pausa.

Nos hallábamos de nuevo en un jardín apacible y bellísimo. Era la Tierra. Estaba seguro de ello. Mi Tierra, con su complejidad, sus olores y su sustancia. Aliviado, me arrojé al suelo y clavé los dedos en la mullida tierra, sintiendo su tacto suave y rugoso al mismo tiempo, su sabor a barro. Luego, rompí a llorar.

El sol brillaba en lo alto. Memnoch estaba sentado, observándome. De pronto sus inmensas alas empezaron a desvanecerse, hasta que asumió una forma masculina semejante a la mía; dos seres solitarios en medio de aquel vasto jardín, el uno tumbado boca abajo, llorando como un niño, mientras el otro, el imponente ángel cuya alborotada melena despedía destellos, aguardaba pacientemente con aire pensativo.

—¡Ya has oído lo que me ha dicho! —exclamé, incorporándome de repente. Supuse que mi voz resonaría de forma ensordecedora, pero sólo era lo suficientemente fuerte para que Memnoch comprendiera mis palabras—. Me dijo: «¡Jamás te convertirás en mi adversario!» ¡Tú mismo lo oíste! Me llamó por mi nombre.

Memnoch tenía un aire sosegado y mucho más seductor y encantador bajo su pálida forma angélica que cuando adoptaba la apariencia del Hombre Corriente.

—Por supuesto que te llamó por tu nombre —respondió, abriendo los ojos para recalcar sus palabras—. No quiere que me ayudes. Ya te lo dije. Estoy ganando la batalla.

—Pero ¿qué hacías tú allí? ¿Cómo es posible que siendo su adversario puedas entrar en el cielo?

—Únete a mí, Lestat. Quiero que seas mi lugarteniente, podrás ir y venir a tu antojo.

Yo le miré atónito, sin decir palabra.

—¿Lo dices en serio? ¿Podré entrar y salir del infierno a mi voluntad?

—Sí, ya te lo he dicho. ¿No conoces las Sagradas Escrituras? No pretendo afirmar la autenticidad de los fragmentos que quedan, ni siquiera de los poemas originales, pero no dudes que podrás entrar y salir a tu antojo. No te convertirás en un morador de ese lugar hasta que te redimas en él, pero una vez que te hayas puesto de mi parte tendrás absoluta libertad para ir y venir.

Traté de comprender lo que Memnoch decía. Intenté visualizar de nuevo las galerías, las bibliotecas, las interminables hileras de libros. De golpe comprendí que todo ello se había vuelto inmaterial; los detalles desaparecían. Yo había retenido una décima parte de lo que había contemplado; tal vez menos. Lo que he descrito aquí es lo que pude retener en aquellos momentos y lo que recuerdo ahora, una ínfima parte.

—¿Cómo es posible que Dios nos permitiera entrar en el cielo? —pregunté.

Traté de concentrarme en las Sagradas Escrituras, de recordar algo que David había comentado hacía tiempo acerca del Libro de Job, algo sobre que Satanás andaba volando de un lado al otro y Dios le había preguntado un día: «¿Dónde has estado?» Una explicación sobre el *bene ha elohim* o la corte celestial...

—Somos sus criaturas —contestó Memnoch—. ¿Quieres saber cómo comenzó todo, la historia de la creación y mi caída, o prefieres simplemente regresar y arrojarte en sus brazos?

—¿Qué otra cosa puedo hacer? —pregunté.

Pero yo comprendía muy bien lo que decía Memnoch. Sabía que para entrar en el cielo se requería algo más. No podía presentarme ante sus puertas sin más, y Memnoch lo sabía. Yo podía elegir, sí, entre ponerme del lado de Memnoch o regresar a la Tierra, pero la entrada en el cielo no es algo que se consiga tan fácilmente. Recordé el sarcástico comentario de Memnoch: puedes regresar y arrojarte en sus brazos.

—Tienes razón —dijo Memnoch—. Y a la vez estás muy equivocado.

—¡No quiero contemplar el infierno! —exclamé, espantado. Miré a mi alrededor. Estábamos en un jardín, en mi jardín salvaje, donde proliferaban las plantas llenas de espinos y los árboles de tronco retorcido, los hierbajos y las orquídeas suspendidas de ramas cubiertas de musgo y aves que revoloteaban sobre la maraña de hojas—. ¡No quiero contemplar el infierno! —repetí—. ¡Me niego!

Memnoch no respondió. Parecía pensativo. Al cabo de un rato preguntó:

—¿Quieres saber el motivo de todo ello, sí o no? Tenía la certeza de que estarías interesado en averiguarlo. Supuse que querrías que te contara todos los detalles.

—¡Claro que quiero saberlo! —respondí—. Pero... no creo que deba.

—Puedo revelarte lo que sé —dijo Memnoch con suavidad, encogiéndose levemente de hombros.

Poseía un cabello más suave y recio que el pelo humano, más grueso, y desde luego más incandescente. Observé las raíces, que asomaban sobre la frente despejada. Su rebelde melena parecía haberse alisado y caía como una silenciosa cascada sobre sus hombros. La piel de su rostro tenía también un aspecto suave y terso. Observé la nariz larga y bien formada, la boca amplia y carnosa, la pronunciada línea de la mandíbula.

Advertí que sus alas no habían desaparecido, aunque

eran casi invisibles. La configuración de las plumas, superpuestas en múltiples hileras, sí me resultaba visible, pero sólo si entrecerraba los ojos e intentaba aislar los detalles sobre un fondo semejante a la oscura corteza de un árbol.

—No puedo pensar con claridad —dije—. Sé lo que opinas de mí, crees que has elegido a un cobarde. Temes haber cometido un tremendo error. Soy incapaz de razonar. Yo... lo he visto. Me dijo: «¡Jamás te convertirás en mi adversario!» ¡Tú me condujiste ante su presencia y luego me apartaste violentamente de Él!

—Él mismo lo consintió —contestó Memnoch arqueando las cejas.

—¿Ah, sí?

—Por supuesto.

—Entonces ¿por qué me habló con tono suplicante? ¿Por qué lo hizo?

—Porque era Dios Encarnado; Dios Encarnado sufre y siente las mismas emociones que un ser humano. Eso fue lo que te ofreció de sí mismo, su capacidad de sufrimiento, eso es todo.

Memnoch alzó la mirada al cielo y meneó la cabeza, arrugando un poco el ceño. Su rostro, bajo esa forma, no podía expresar ira ni rencor. Blake también se había asomado al cielo.

—Pero era Dios —dije.

Memnoch asintió con un movimiento de cabeza y respondió:

—Sí, era la encarnación del Señor.

Luego se quedó absorto, con la mirada perdida en los árboles. No parecía molesto, ni tampoco irritado ni harto. Quizá no podía mostrar unas emociones negativas bajo aquella forma. Comprendí que estaba escuchando los suaves murmullos del jardín, que yo también percibía.

Aspiré el olor de los animales, los insectos, el penetrante perfume de esas flores selváticas recalentadas por el sol que han experimentado una mutación y que las selvas tropicales pueden alimentar sólo en sus zonas más recónditas o en las elevadas ramas de los árboles. De pronto capté el olor de unos seres humanos.

Nos hallábamos en un jardín real, poblado de mortales.

—Hay otros seres aquí —dije.

—Así es —respondió Memnoch sonriendo con ternura—. No eres un cobarde. ¿Quieres que te lo cuente todo, o simplemente que te deje marchar? Ahora sabes más cosas de lo que tres millones de humanos consiguen aprender a lo largo de sus vidas. No sabes qué hacer con esa información ni cómo seguir existiendo, siendo lo que eres... Pero has visto el cielo, tal como deseabas. ¿Quieres que te deje ir? ¿No quieres saber por qué necesito tu ayuda?

—Sí, quiero saberlo —contesté—. Pero en primer lugar deseo saber cómo es posible que tú y yo, unos adversarios, nos encontremos aquí juntos, y cómo es posible que tengas este aspecto y seas el diablo, y que yo... —añadí, soltando una carcajada—... tenga el aspecto que tengo y sea el mismísimo diablo. Eso es lo que quiero saber. Jamás había visto romperse las leyes estéticas del mundo. Las únicas leyes que conozco y que me parecen naturales son la belleza, el ritmo, la simetría.

»Yo denomino a ese mundo "el Jardín Salvaje", porque los seres que lo pueblan son insensibles al sufrimiento y la belleza de la mariposa atrapada en la tela de araña, del ñu que yace en la estepa, con el corazón aún palpitante todavía, mientras los leones se acercan a lamer la sangre que mana de la herida de su cuello.

—Comprendo y respeto tu filosofía —dijo Memnoch—. Coincido plenamente con lo que has dicho.

—Pero ahí arriba vi algo —dije—. Vi el cielo. Vi que el jardín salvaje se había convertido en un jardín ideal. ¡Lo vi con mis propios ojos! —exclamé, rompiendo a llorar de nuevo.

—Lo sé, lo sé —respondió Memnoch, en un intento de consolarme.

—De acuerdo —dije, tratando de recobrar la compostura.

Tras rebuscar en los bolsillos de mi chaqueta encontré un pañuelo de hilo con el que me sequé las lágrimas. El aroma del hilo me hizo recordar mi casa de Nueva Orleans, donde la chaqueta y el pañuelo habían permanecido hasta el anochecer de ese mismo día, cuando los había sacado del armario para ir a secuestrar a Dora en plena calle.

¿O había sucedido otra noche?

No tenía la menor idea.

Oprimí el pañuelo sobre los labios, aspirando el olor del polvo, el moho y el calor de Nueva Orleans.

Luego me limpié la boca.

—¡De acuerdo! —repetí con firmeza—. Si no estás asqueado de mí...

—¿Sí...?

—Quiero saberlo todo.

Memnoch se puso en pie, se sacudió unas briznas de hierba de la túnica y contestó:

—Eso es lo que estaba esperando. Ahora podemos empezar en serio.

11

—Demos un paseo por el bosque mientras charlamos —dijo Memnoch—. Si no te importa caminar un rato.

—En absoluto —respondí.

Memnoch se retiró algunas briznas que aún habían quedado adheridas a su túnica, una bonita, aunque discreta y sencilla prenda, que podía haberse puesto ayer o hace un millón de años. Memnoch tenía una talla algo más grande que la mía, quizá superior a la de la mayoría de humanos; colmaba las míticas expectativas de un ángel, excepto por sus alas blancas, que eran diáfanas y, por razones prácticas, conservaban su forma ocultas bajo un manto de invisibilidad.

—Estamos fuera del tiempo —dijo—. No te preocupes por los hombres y mujeres que nos encontremos en el bosque. No pueden vernos. Ninguno de los que están aquí puede vernos, y por eso puedo conservar mi forma actual. No tengo que recurrir al cuerpo siniestro y diabólico que según Él es el más indicado para llevar a cabo mis maniobras terrenales, ni a la forma del Hombre Corriente, que es la que prefiero.

—¿De modo que no podías aparecer en la Tierra ante mí bajo tu forma angelical?

—No sin discutir y suplicar, lo cual no me apetecía —contestó Memnoch—. Eso habría inclinado la balanza excesivamente a mi favor. Bajo esta forma, parezco demasiado bondadoso. No puedo entrar en el cielo de otro modo; Él no quiere verme con la otra apariencia, cosa que no le reprocho. Francamente, en la Tierra me resulta más sencillo asumir el aspecto del Hombre Corriente.

Memnoch me ayudó a levantarme. Su mano tenía un tacto firme y cálido. De hecho, su cuerpo parecía tan sólido como el de Roger hacia el final de su fantasmagórica visita. El mío estaba intacto y presentaba el mismo aspecto de siempre.

No me asombró comprobar que tenía el pelo alborotado. Me apresuré a pasarme el peine y me sacudí los pantalones y la chaqueta. En Nueva Orleans me había puesto un traje oscuro que ahora aparecía manchado de polvo y tenía pegadas unas briznas de hierba, pero aparte de eso no había sufrido ningún desperfecto. El cuello de la camisa estaba roto, como si yo mismo lo hubiera desgarrado al sentirme asfixiado. Aparte de esos detalles sin importancia, ofrecía como siempre un aspecto elegante en medio de aquel frondoso jardín, tan distinto a todos los que había visto en mi vida.

Un rápido vistazo me confirmó que aquello no era una selva tropical, sino un bosque bastante menos denso, aunque muy primitivo.

—Fuera del tiempo... —dije.

—Bueno, digamos que entramos y salimos de él a nuestro antojo —contestó Memnoch—. Exactamente nos hallamos a varios miles de años anteriores a tu época. Pero te repito que los hombres y mujeres que deambulan por estos bosques no pueden vernos, así que no te preocupes. Por otra parte, los animales no pueden atacarnos. Somos unos meros observadores; nuestra presencia no puede influir en nada de lo que vemos. Ven, conozco este terreno como la palma de mi mano. Sígueme, cerca de aquí hay un sendero que atraviesa el bosque. Tengo mucho que contarte. Las cosas a nuestro alrededor empezarán a cambiar.

—¿Tu cuerpo es real? ¿Completo?

—Los ángeles somos invisibles por naturaleza —respondió Memnoch—. Es decir, somos inmateriales en el sentido de la materia terrenal, o de la materia del universo físico o como quieras describir la materia. Pero tenías razón al decir que poseemos un cuerpo esencial, y podemos obtener suficiente materia de diversas fuentes para crearnos un cuerpo completo y funcional, del que posteriormente nos desembarazamos.

Caminamos despacio y con tranquilidad a través de la hierba. Mis botas, suficientemente gruesas para hacer frente a los rigores del invierno en Nueva York, resultaban muy útiles para avanzar por el accidentado terreno.

—Quiero decir —prosiguió Memnoch, volviéndose para mirarme (medía unos siete centímetros más que yo) con sus grandes ojos rasgados— que no es un cuerpo prestado, ni tampoco totalmente artificial. Es mi cuerpo cuando está rodeado y saturado de materia. Dicho de otro modo, es el resultado lógico una vez que mi esencia ha logrado obtener los materiales que necesita para elaborarse un cuerpo.

—Es decir, que puedes asumir el aspecto que desees

—Justamente. El cuerpo de diablo es una penitencia; el Hombre Corriente, un mero subterfugio. Éste es mi aspecto natural. En el cielo hay muchos ángeles como yo. Tú sólo te fijaste en las almas humanas, pero está lleno de ángeles.

Traté de recordar. ¿No había visto a unos seres más altos de lo normal, dotados de alas? Sí, creía haberlos visto, pero no estaba seguro. De pronto resonó en mis oídos el beatífico clamor del cielo. Experimenté la alegría, la felicidad de sentirse a salvo y, por encima de todo, la satisfacción de las almas que estaban allí. Pero no me había fijado en los ángeles.

—Asumo mi aspecto natural —continuó Memnoch— cuando estoy en el cielo o me hallo fuera del tiempo; cuando voy por libre, por decirlo así, y cuando no estoy en la Tierra. Otros ángeles, como Miguel o Gabriel, etcétera, pueden aparecer en la Tierra en su forma glorificada si lo desean. Sería completamente natural. La materia que atraen mediante su fuerza magnética les confiere un aspecto muy hermoso, tal como los concibió Dios. Pero por lo general no se presentan así en la Tierra, sino como hombres o mujeres corrientes, porque resulta más sencillo. No conviene apabullar a los seres humanos; resulta contraproducente para nuestros intereses y los de nuestro Señor.

—¿Y cuáles son esos intereses? ¿Qué te propones, puesto que declaras que no eres un ser maligno?

—Empecemos por la Creación. En primer lugar debo decir que no sé nada sobre la procedencia de Dios, ni el cómo ni el porqué. Nadie lo sabe. Todos los escritores místicos, los profetas de la Tierra, hindúes, zoroástricos, hebreos, egipcios, reconocen la imposibilidad de comprender los orígenes de Dios. Eso no me incumbe, aunque sospecho que al final de los tiempos lo sabremos.

—¿Te refieres a que Dios no ha prometido revelarnos de dónde procede?

—¿Sabes una cosa? —replicó Memnoch con una sonrisa—. Creo que ni Dios mismo lo sabe. Creo que ése fue el motivo de que creara el universo físico. Piensa que observando la evolución del universo conseguirá averiguar sus orígenes. Ha puesto en marcha un gigantesco jardín salvaje, un experimento descomunal, para comprobar si al final aparece otro ser como Él. Dios nos ha hecho a todos a su imagen y semejanza, es antropomórfico, sin duda, pero no es material.

—Y cuando apareció aquella luz cegadora en el cielo, cuando te cubriste los ojos, apareció Dios.

Memnoch asintió.

—Dios Padre, Dios, la Esencia, Brahma, el Aten, el Dios Bondadoso, *En Sof*, Yahvé, Dios.

—Entonces ¿cómo es posible que sea antropomórfico?

—Su esencia posee una forma, igual que la mía. Nosotros, los primeros seres que creó, fuimos hechos a su imagen y semejanza. Él mismo nos lo dijo. Dios posee dos piernas, dos brazos y una cabeza. Nos convirtió en unas imágenes invisibles de sí mismo. Luego puso en marcha el universo para estudiar el desarrollo de esa forma a través de la materia, ¿comprendes?

—No del todo.

—Pienso que Dios nos creó a partir de su propia imagen. Creó un universo físico cuyas leyes determinarían la evolución de unas criaturas semejantes a Él, unas criaturas materiales. Pero no tuvo en cuenta un curioso detalle. Sí, la historia de la Creación está plagada de curiosos detalles. Ya sabes lo que opino. Tu amigo David lo descubrió cuando era mortal. Creo que el plan de Dios fracasó.

—Es cierto, David dijo que los ángeles creían que el plan de la Creación, tal como lo había concebido Dios, había fracasado.

—En efecto. Pienso que Dios creó el universo para comprobar qué hubiera sucedido de haber estado constituido Él mismo por materia. Creo que pretendía averiguar sus orígenes, por qué tiene la forma que tiene, una forma semejante a la tuya o la mía. Al observar la evolución del hombre, Dios confiaba en descifrar su propia evolución, suponiendo que eso hubiera ocurrido. En cuanto al resultado de su plan, juzga por ti mismo.

—Un momento —dije—. Pero si Él es espiritual, está hecho de luz o de la nada, ¿qué le hizo pensar en la materia?

—Lo que me planteas es un misterio cósmico. En mi opinión, fue su imaginación la que creó la materia, o la previó o la deseó. Creo que esto último constituye un aspecto muy importante de su mente. Si Dios se originó a partir de la materia... ello significa que esto es un experimento para comprobar si la materia puede evolucionar hasta convertirse de nuevo en Dios.

»Por otra parte, si Dios no se originó a partir de la materia, si es algo que Él imaginó o deseó, ello no incide básicamente sobre Él. Él deseaba la materia. No se sentía satisfecho sin ella. De otro modo no la habría creado. No fue un hecho fortuito, te lo aseguro.

»Pero debo advertirte que no todos los ángeles coinciden en esta interpretación. Algunos creen que no es necesario tratar de interpretarlo y otros sostienen unas tesis completamente distintas. En cualquier caso ésta es mi tesis, y puesto que soy y hace siglos que vengo siendo el diablo, el adversario, el príncipe de las tinieblas, el gobernante del infierno, creo que merece la pena que exprese mi opinión. Pienso que es absolutamente creíble. Éste es mi artículo de fe.

»La concepción del universo es inmensa, por utilizar un término que en este caso resulta pobre, pero el proceso de la evolución de las especies fue un experimento ideado por Él, y nosotros, los ángeles, fuimos creados mucho antes de que éste se iniciara.

—¿Cómo era todo antes de que existiera la materia?

—No te lo sabría decir. Lo sé, pero sinceramente no lo recuerdo. El motivo es muy simple: cuando Dios creó la materia también creó el tiempo. Los ángeles comenzaron a existir no sólo en gloriosa armonía con Dios, sino que al mismo tiempo empezaron a ser testigos y a participar en el tiempo.

»Ahora podemos salirnos de él, e incluso recuerdo vagamente cuando no existía el aliciente de la materia y el tiempo; pero no podría describir ese estadio primitivo. La materia y el tiempo lo modificaron todo. No sólo eliminaron el estado puro que les precede, sino que lo superaron, lo...

—Eclipsaron.

—Exacto. La materia y el tiempo eclipsaron al tiempo anterior al tiempo.

—¿Recuerdas haber sido feliz entonces?

—Una pregunta muy interesante —respondió Memnoch—. No sé si atreverme a decirlo. Recuerdo cierta insatisfacción, la sensación de ser incompleto, más que una absoluta felicidad. Por otra parte, había menos cosas que comprender.

»No puedes suponer el impacto que nos causó la creación del universo físico. Imagina, por un instante, lo que significa el tiempo, lo deprimido que te sentirías si no existiera. No, no me he expresado de forma correcta. Me refiero a que sin el tiempo no tendrías conciencia de ti mismo ni en términos de fracaso ni de triunfo, ni en términos de movimiento hacia atrás ni hacia delante, ni advertirías el efecto que ello produce sobre todo lo demás.

—Comprendo. Debe de ser algo así como unos ancianos que han perdido tanta capacidad intelectual que no recuerdan nada. Se convierten en unos vegetales, dejan de ser humanos, no tienen nada en común con el resto de su raza porque no tienen ningún sentido de nada... ni de sí mismos ni de los demás.

—Una analogía perfecta. Aunque te aseguro que esos ancianos todavía poseen un alma, la cual en un momento determinado deja de depender de sus atrofiados cerebros.

—¡Ah, el alma! —exclamé.

Caminamos despacio, pero sin detenernos. Yo intenté no desviar mi atención hacia los árboles y las flores que nos rodeaban, pero siempre me han seducido las flores. Las flores que vi en aquel lugar tenían un tamaño que en nuestro mundo sería tildado de poco práctico, y sin embargo pertenecían a unas especies que yo conocía. Éste era el mundo que había existido antes.

—Sí, tienes razón —dijo Memnoch—. ¿Sientes el calor que nos rodea? Es una etapa de desarrollo evolucionista muy interesante en nuestro planeta. Cuando los hombres se refieren al edén o al paraíso, «evocan» esta época.

—Aún no se ha producido el período glaciar.

—Se aproxima el segundo período glaciar. No cabe la menor duda. El mundo se renovará y el edén resurgirá. Durante el período glaciar, los hombres y las mujeres experimentarán una transformación. Pero ten presente que se trata de una época en la que la vida, tal como la conocemos, hacía millones de años que existía.

Me detuve y me cubrí el rostro con las manos, a fin de

repasar todo lo que me había revelado Memnoch. (Si el lector desea hacerlo, puede releer las dos últimas páginas.)

—Pero Él sabía lo que era la materia —observé.

—No, no estoy seguro de que lo supiera —respondió Memnoch—. Tomó aquella semilla, aquel huevo, aquella esencia y con ello produjo la materia. Pero no sé hasta qué punto había previsto el alcance de su acción. Ahí se centra nuestra gran discusión. No creo que Él prevea las consecuencias de sus actos. No creo que preste la debida atención a lo que hace. Por eso nos peleamos.

—De modo que Él creó la materia quizás al descubrir lo que era mientras la creaba.

—Sí, la materia y la energía, que como sabes son intercambiables. Sí, Él las creó, y sospecho que la clave de los orígenes de Dios reside en la palabra «energía». Si alguna vez el ser humano logra dar una explicación satisfactoria a la existencia de los ángeles y Dios, la clave residirá en la energía.

—De modo que Él era energía —dije— y al crear el universo hizo que una parte de esa energía se convirtiera en materia.

—Sí, y para conseguir un intercambio circular independiente de sí mismo. Por supuesto, nadie nos dijo esto al principio. Él no dijo nada. Creo que no lo sabía. Nosotros, desde luego, no lo sabíamos. Lo único que teníamos claro era que sus creaciones nos dejaban asombrados. Estábamos maravillados ante el tacto, el sabor, el calor, la solidez y la acción gravitatoria de la materia en su batalla con la energía. Sólo sabíamos lo que veíamos.

—Y visteis cómo se desarrollaba el universo. Asististeis al Big Bang.

—Te recomiendo que utilices ese término con reservas. Sí, contemplamos el nacimiento del universo; vimos cómo se ponía todo en marcha, por decirlo así. ¡Fue impresionante! Éste es el motivo de que prácticamente todas las religiones primitivas que existen en la Tierra celebren la majestuosidad, la grandeza y el genio del Creador, de que los primeros himnos que se cantaron en la Tierra ensalzaran la gloria de Dios. Nos sentimos impresionados, al igual que les sucedería más tarde a los humanos, y en nuestras mentes angelicales Dios era todopoderoso y prodigioso y portentoso antes de que el hombre fuera creado.

»Pero deja que te recuerde, ahora que paseamos por este magnífico jardín, que presenciamos millones de explosiones y transformaciones químicas, tremendos cataclismos, en los que intervenían moléculas no orgánicas antes de que existiera la «vida».

—Ya existían las montañas.

—Sí.

—¿Y las lluvias?

—Torrentes de lluvia.

—Y los volcanes entraban en erupción.

—Continuamente. Fue muy excitante. Observamos cómo se espesaba y desarrollaba la atmósfera, cómo cambiaba su composición.

»Y entonces se produjo lo que llamaré, para que lo entiendas, las trece revelaciones de la evolución física. Con la palabra "revelación" me estoy refiriendo a lo que se nos reveló a nosotros, los ángeles, que fuimos quienes observamos esos fenómenos.

»Podría explicártelo con más detalle, mostrarte el interior de cada especie de organismo básico que ha existido en el mundo. Pero no lo recordarías. Sólo te contaré lo que seas capaz de recordar, a fin de que puedas tomar una decisión mientras todavía estés vivo.

—¿Aún estoy vivo?

—Por supuesto. Tu alma no ha padecido la muerte física; no ha abandonado la Tierra, excepto conmigo y mediante una dispensa especial para el viaje que hemos iniciado. Eres Lestat de Lioncourt, aunque tu cuerpo ha experimentado una mutación debido a la invasión de un espíritu extraño y alquímico cuya historia y tribulaciones tú mismo has relatado.

—Entonces, si decido acompañarte... seguirte... ¿debo morir?

—Naturalmente —contestó Memnoch.

Me detuve de nuevo y me llevé las manos a las sienes. Miré la hierba que había a mis pies. Observé el enjambre de luz insectil que se alimentaba de los últimos rayos del sol. Observé el reflejo del resplandor y la frondosidad del bosque en los ojos de Memnoch.

Memnoch alzó la mano lentamente, como dándome la oportunidad de alejarme de él, y luego la apoyó en mi hombro. Era un gesto de respeto que me encantaba, y que yo mismo procuraba utilizar de vez en cuando.

—Todo depende de ti. Puedes volver a convertirte en lo que eres en estos momentos.

No respondí. Era consciente de las palabras que atravesaban mi mente: inmortal, inmaterial, terrenal, vampiro. Pero no las pronuncié en voz alta. ¿Cómo podía renunciar a aquello? De nuevo vi su rostro y oí sus palabras: «Jamás te convertirás en mi adversario.»

—Veo que respondes perfectamente a lo que te explico —dijo Memnoch sonriendo con afabilidad—. Aunque ya sabía que lo harías.

—¿Por qué? —pregunté—. Dímelo. Necesito que me animes. Me avergüenzo de mis lágrimas y gimoteos, aunque confieso que no me apetece hablar de mí mismo.

—Lo que tú eres forma parte de lo que estamos haciendo —respondió Memnoch.

De pronto nos topamos con una inmensa tela de araña que se mantenía suspendida sobre el sendero por unos gruesos y relucientes hilos. De forma respetuosa, Memnoch agachó la cabeza en lugar de destruirla, plegando las alas para no quedar enganchado en ella, y yo le seguí.

—Tienes la virtud de la curiosidad —dijo Memnoch—.

Deseas saber. Eso es lo que el viejo Marius te dijo, que él, tras haber sobrevivido miles de años, más o menos... estaba encantado de responder a las preguntas de un joven ser vampírico que mostraba deseos de saber.

»A pesar de ser un impertinente y un engreído, quieres saber. Nos has ofendido continuamente a Dios y a mí, como toda la gente de tu época. Eso no tiene nada de particular, excepto que en tu caso posees una gran curiosidad y afán de conocer. Contemplaste con asombro el jardín salvaje, en lugar de limitarte a seguir un papel determinado en la función de la vida. Ése es uno de los motivos por los que te he elegido.

—De acuerdo —dije con un suspiro.

Lo que decía Memnoch tenía sentido. Recordaba muy bien las revelaciones que me había hecho Marius. Había dicho las mismas cosas a las que se había referido Memnoch. También sabía que mi amor por David y Dora giraba alrededor de unas características muy similares que ambos poseían: una curiosidad sin límites y la voluntad de aceptar la consecuencia de las respuestas.

—¡Dios mío, Dora! ¿Está bien?

—Ésa es una de las cosas que me sorprenden de ti, la facilidad con que te distraes. Justo cuando creo que te he asombrado con una de mis revelaciones, que he captado tu atención, me haces una pregunta que no tiene nada que ver con el tema. Ello no merma tu curiosidad, pero es una forma de controlar la situación, por decirlo así.

—¿Insinúas que en estos momentos debería olvidarme de Dora?

—Te responderé claramente. No tienes nada de que preocuparte. Tus amigos, Armand y David, han dado con Dora y la están vigilando, sin revelar sus identidades.

Memnoch sonrió para tranquilizarme y sacudió la cabeza en un gesto de perplejidad y reproche.

—Debes tener presente que tu querida Dora posee unos

recursos físicos y mentales tremendos —dijo—. Es posible que hayas conseguido lo que Roger te pidió. Dora ha tenido desde muy joven una gran fe en Dios, y eso es lo que siempre la ha distinguido del común de los mortales; lo que tú le has mostrado ahora no ha hecho sino incrementar esa fe. Pero prefiero no seguir hablando de Dora. Quiero seguir describiendo la Creación.

—Continúa, te lo ruego.

—¿Por dónde íbamos? Te decía que existía Dios y que nosotros estábamos con Él. Teníamos una forma antropomórfica pero no la calificábamos así porque nunca habíamos visto nuestra propia forma material. Sabíamos que estábamos dotados de brazos, piernas, cabezas, rostros y una especie de movimiento que es puramente celestial, pero que cohesiona todas nuestras partes con armonía y fluidez. Sin embargo, no sabíamos nada sobre la materia ni la forma material. Luego, Dios creó el universo y el tiempo.

»Nos quedamos al mismo tiempo asombrados y entusiasmados. Absolutamente entusiasmados.

»Dios nos dijo: "Observad con atención, porque vais a contemplar una maravilla que excederá vuestras nociones y vuestras expectativas, al igual que las mías".

—¿Eso es lo que os dijo Dios?

—Sí, a mí y a los otros ángeles. "Observad con atención." Si examinas las Sagradas Escrituras, verás que uno de los primeros términos con que se describía a los ángeles era con el de "observadores".

—Sí, en el Libro de Enoc y en varios textos hebreos.

—Cierto. Y si examinas otras religiones que existen en el mundo, cuyos símbolos y lenguaje te resultan menos familiares, observarás una cosmología de seres similares a nosotros, una raza primitiva de criaturas divinas que custodiaban o precedieron a los seres humanos. Resulta todo bastante confuso, pero en cierta forma... todo está allí. Nosotros fuimos testigos de la Creación de Dios. La precedimos, y por tanto no asistimos a la nuestra. Pero nos hallábamos presentes cuando Dios creó las estrellas.

—¿Insinúas que esas otras religiones poseen la misma validez que la religión a la que nos estamos refiriendo? Estamos hablando de Dios nuestro Señor, como si fuéramos unos europeos católicos...

—Todo es muy confuso, pero puedes hallarlo en innumerables textos en todo el mundo. Algunos, que desgraciadamente han desaparecido, contenían una información extraordinariamente precisa sobre la cosmología; existen otros que los hombres conocen y algunos más que han caído en el olvido, aunque es posible que dentro de un tiempo sean recuperados.

—Dentro de un tiempo...

—Básicamente, es la misma historia. Pero escucha mi punto de vista sobre ella y no tendrás ninguna dificultad en conciliarla con tus propios puntos de referencia y con la simbología que te resulte más comprensible.

—Pero, volviendo a la validez de las otras religiones, lo que dices es que el ser que vi en el cielo no era Jesús.

—Yo no he dicho eso. Al contrario, dije que era Dios Encarnado. Pero espera a que lleguemos a ese punto.

Habíamos salido del bosque y nos hallábamos en las lindes de una estepa. De pronto divisé a lo lejos a los humanos cuyo olor me tenía obsesionado. Era un grupo de nómadas vestidos sucintamente que avanzaban a través de la hierba. Había unos treinta, quizá menos.

—Y todavía no se ha instaurado el período glaciar —dije.

Me volví varias veces en un intento de asimilar y memorizar los detalles de los inmensos árboles. Al hacerlo, advertí que el bosque había cambiado.

—Observa con atención a los seres humanos —dijo Memnoch, señalándolos—. ¿Qué es lo que ves?

Entrecerré los ojos e hice acopio de mis poderes vampíricos para observarlos con más detalle.

—Unos hombres y mujeres muy parecidos a los de hoy en día. Yo diría que pertenecen a nuestra especie, la del *Homo sapiens sapiens*.

—Exactamente. ¿No adviertes nada especial en sus rostros?

—Que tienen unas expresiones absolutamente modernas, al menos comprensibles para una mente moderna. Algunos parecen preocupados; otros hablan entre sí; un par de ellos están inmersos en sus pensamientos. El hombre que se ha quedado rezagado, el de la larga pelambrera, parece desgraciado; y aquella mujer de pechos voluminosos... ¿Estás seguro de que no puede vernos?

—No, está mirando hacia aquí pero no puede vernos. ¿Qué es lo que la distingue de los hombres?

—Para empezar, sus pechos y el hecho de no tener barba. Todos los hombres tienen barba. La mujer lleva el pelo más largo, lógicamente, y es bonita, delicada, femenina. No lleva un niño en los brazos, pero los otros sí. Debe de ser la más joven del grupo, o quizá no ha parido todavía.

Memnoch asintió.

La mujer tenía los ojos entrecerrados, como yo, y me pareció que nos estaba mirando. Tenía el rostro alargado, ovalado, lo que un arqueólogo denominaría un rostro Cromagnon; no presentaba ningún rasgo simiesco, ni tampoco sus compañeros. Su piel era de color dorado, como la de las gentes semíticas o árabes, como la de Dios. El viento agitaba suavemente su hermosa cabellera. De pronto la mujer se volvió y siguió avanzando.

—Van desnudos —observé.

Memnoch lanzó una pequeña carcajada.

Nos dirigimos de nuevo hacia el bosque y la estepa desapareció. La atmósfera era densa, húmeda y perfumada.

A nuestro alrededor se alzaban inmensas coníferas y helechos. No había visto jamás unos helechos de aquel tamaño. Sus monstruosas frondas eran mayores que las de los plátanos, y por lo que respecta a las coníferas, sólo eran comparables a las descomunales secoyas de los bosques del oeste de California, unos árboles que siempre me han infundido temor y una sensación de soledad.

Memnoch siguió adelante, indiferente a la exuberante selva tropical que nos rodeaba. Junto a nosotros se deslizaban diversos animales e insectos; a lo lejos percibimos unos rugidos. El suelo estaba tapizado de hierba verde y aterciopelada, y a veces sembrado de piedras.

De repente se levantó una fresca brisa y me volví. La estepa y los humanos habían desaparecido. Los helechos eran tan tupidos que durante unos instantes no me di cuenta de que había comenzado a llover. La lluvia caía sobre las copas de los árboles y sólo nos alcanzaba su suave y apacible sonido.

Los humanos no habían pisado jamás aquella selva, resultaba evidente, pero era posible que se ocultaran en ella unos monstruos que nos estuvieran acechando en las sombras.

—Ahora —dijo Memnoch, apartando con la mano derecha el denso follaje mientras seguíamos caminando—, permíteme que vaya al grano, es decir, que te hable sobre lo que yo he organizado como las trece revelaciones de la evolución, tal como las captaron los ángeles y las comentaron con Dios. Ten presente que hablaremos sólo de este mundo; los planetas, las estrellas y otras galaxias, no tienen nada que ver con nuestra discusión.

—¿Te refieres a que somos los únicos seres vivos que hay en el universo?

—Me refiero a que lo único que conozco es mi mundo, mi cielo y mi Dios.

—Comprendo.

—Como te he dicho, presenciamos numerosos y complejos procesos geológicos; vimos cómo se erigían las montañas, cómo se creaban los mares, cómo se desplazaban los continentes. Entonábamos continuamente himnos de alabanza a Dios; era algo indescriptible. Tú has contemplado sólo una parte del cielo, lleno de humanos que cantaban. En aquel tiempo los únicos coros celestiales eran los nuestros, y cada nueva creación propiciaba infinidad de salmos y cánticos. Era un sonido muy distinto. No digo que mejor, sino distinto.

»Entretanto, nos dedicábamos a descender a la atmósfera de la Tierra sin preocuparnos de su composición, concentrándonos en la multitud de detalles que nos rodeaban. Las minucias de la vida, a diferencia del reino celestial, nos exigían una gran atención.

—De modo que lo veíais todo con gran claridad.

—El amor de Dios, plenamente iluminado, no se veía aumentado, intensificado ni interferido por los pequeños detalles.

Llegamos a una pequeña cascada cuyas aguas desembocaban en un arroyo. Me detuve unos instantes y sentí la fresca espuma en mi rostro y mis manos. Memnoch se detuvo también para refrescarse.

De repente me di cuenta de que iba descalzo. Memnoch introdujo el pie en el arroyo y dejó que el agua se deslizase entre los dedos. Tenías las uñas de los pies de color marfil, perfectamente recortadas.

Mientras Memnoch contemplaba la cascada sus gigantescas alas empezaron a alzarse de nuevo, las plumas cubiertas de relucientes gotas. Al cabo de unos minutos replegó las alas, como un ave, y éstas desaparecieron.

—Imagina —dijo— a legiones de ángeles, multitudes de todas las jerarquías, pues entre los ángeles también existen jerarquías, descendiendo a la Tierra, fascinados por algo tan sencillo como esta cascada o las distintas tonalidades en que se descompone la luz solar al atravesar los gases que rodean el planeta.

—¿Era más interesante que el cielo? —pregunté.

—Sin duda. Claro que, al regresar al cielo, sentíamos una

profunda satisfacción, especialmente si Dios se mostraba complacido; pero luego experimentábamos de nuevo la necesidad de volver a la Tierra, movidos por una innata curiosidad, por los pensamientos que se agolpaban en nuestra mente. Éramos conscientes de poseer una mente y unos pensamientos, pero permíteme que continúe con las trece revelaciones.

»La primera revelación consistió en el cambio de moléculas inorgánicas a moléculas orgánicas... de la roca a unas diminutas moléculas vivas, por decirlo así. Olvídate del bosque. Por aquel entonces no existía. Pero observa la cascada. Fue en unos manantiales de las montañas, cálidos, llenos de gases de los hornos de la Tierra, donde se iniciaron esos procesos, donde aparecieron las primeras moléculas orgánicas.

»Un clamor se elevó hasta el cielo. "¿Señor, fijaos en lo que ha creado la materia!", exclamamos. Dios todopoderoso esbozó una benévola sonrisa de aprobación. "Observad atentamente", nos dijo. De pronto se originó la segunda revelación: unas moléculas comenzaron a organizarse en tres formas diferentes de materia: células, enzimas y genes. No bien había aparecido la forma unicelular de una de esas cosas, cuando empezaron a aparecer unas formas multicelulares, y lo que habíamos adivinado al observar las primeras moléculas orgánicas se hizo evidente; una chispa de vida animaba a esos organismos, los cuales habían sido creados con un fin, por rudimentario que fuera. Era casi como si pudiéramos ver esa chispa, una minúscula evidencia de la esencia de la vida que nosotros poseíamos con creces.

»En suma, en el mundo se producían constantemente nuevos y extraordinarios acontecimientos; y mientras observábamos esos minúsculos seres compuestos de múltiples células que se deslizaban a través del agua formando las primitivas algas y los hongos, asistimos a cómo unos organismos verdes se apoderaban de la Tierra. Del agua brotó el cieno que había permanecido durante millones de años pegado a las costas. Y de esas cosas verdes y viscosas brotaron los helechos y las coníferas que vemos a nuestro alrededor, las cuales crecieron hasta alcanzar un tamaño gigantesco.

»Los ángeles somos también muy altos, y caminábamos bajo esas cosas por el mundo tapizado de verde. Trata de oír en tu imaginación los himnos de alabanza que se elevaban a los cielos; escucha la alegría de Dios, quien percibía todo aquello a través de su intelecto, los coros, los relatos y las oraciones de sus ángeles.

»Los ángeles empezaron a dispersarse por todo el mundo; unos preferían las montañas, otros los valles profundos, algunos los ríos y los lagos, otros los verdes y umbrosos bosques.

—De modo que se convirtieron en unos espíritus del agua —dije— o de los bosques, esos espíritus que posteriormente adoraron los hombres.

—Exacto. Pero no te precipites.

»Mi reacción ante esas dos primeras revelaciones fue semejante a la de muchas de mis legiones; tan pronto como percibimos una chispa de vida en esos organismos de plantas multicelulares, empezamos a notar la muerte de esa misma chispa en cuanto un organismo devoraba a otro o se apoderaba de él y le arrebataba la comida. En suma, presenciamos la multiplicidad y la destrucción de esos organismos.

»Lo que antes constituia simplemente un cambio, un intercambio de energía y materia, había adquirido una nueva dimensión. Empezamos a atisbar el comienzo de la tercera revelación. Sólo que no nos dimos cuenta hasta que observamos los primeros organismos de animales, distintos a los de las plantas.

»Mientras contemplábamos los movimientos precisos y deliberados de esos nuevos seres, que parecían disponer de un margen de acción más amplio, comprendimos que la chispa de vida que los animaba era muy parecida a la vida que palpitaba en nosotros. ¿Qué les ocurría, qué proceso experimentaban esos seres, esos pequeños animales y plantas?

»Pues que morían. Nacían, vivían, morían y empezaban a descomponerse. Esto dio paso a la tercera revelación de la evolución: la muerte y descomposición de los organismos vivos.

El rostro de Memnoch mostraba una expresión sombría. Conservaba cierto aire de inocencia y asombro, pero reflejaba una mezcla de temor y desencanto, de ingenua perplejidad ante un final inesperadamente trágico.

—De modo que la tercera revelación, la muerte y descomposición de los organismos vivos —dije—, te horrorizó.

—No es que me horrorizara. Supuse que se trataba de un error —contestó Memnoch—. Me presenté ante Dios y le espeté: «Esos minúsculos seres dejan de vivir, la chispa que los anima se extingue, lo cual no es Tu caso ni el nuestro, y sus restos se pudren.» Debo decir que no fui el único ángel que protestó ante Dios.

»Pero creo que mis himnos de alabanza y asombro estaban más teñidos de recelo y temor que los de mis compañeros. Sí, de pronto sentí un profundo temor, del cual yo no era consciente; se había originado al presenciar la muerte y descomposición de los seres vivos, que yo interpretaba como un castigo.

Memnoch se volvió hacia mí y me miró.

—Ten en cuenta que éramos ángeles —dijo—. Hasta aquel momento la noción de castigo no existía en nuestra mente; nada nos había causado sufrimiento. ¿Comprendes? Yo sufría, en parte debido al temor que experimentaba.

—¿Qué respondió Dios?

—¿Tú qué crees?

—Que todo formaba parte de un plan.

—Exactamente. «Observad, observad y comprobaréis que esencialmente no ocurre nada nuevo, sino que todo se limita a un intercambio entre energía y materia.»

—Pero ¿y la chispa? —pregunté.

—«Sois unos seres vivos —dijo Dios—. El hecho de que percibáis estos fenómenos demuestra vuestra perspicacia. Pero observad, pues se producirán nuevos portentos.»

—Pero el sufrimiento, el castigo...

—Todo se resolvió en una gran discusión. Una discusión con Dios no sólo supone el uso de palabras coherentes sino un inmenso amor hacia Él, la luz que viste en el cielo, rodeando e impregnándonos a todos. Dios nos tranquilizó, asegurándonos que no teníamos nada que temer.

—Comprendo.

—Pasemos a la cuarta revelación. Ten presente que he organizado esas revelaciones de forma arbitraria. Como he dicho, no puedo detenerme en pequeños detalles. La cuarta revelación fue la revelación del color, que arrancó con la creación de las flores, la aparición de un nuevo método de unión, extraño y sin duda muy hermoso, entre organismos vivos. Por supuesto, siempre había existido el apareamiento, incluso entre animales unicelulares.

»Pero las flores presentaban una profusión de colores que jamás había existido en la naturaleza, excepto en el arco iris. Unos colores que existían en el cielo y sólo a él atribuíamos, pero que por lo visto podían desarrollarse en ese gran laboratorio que llamábamos la Tierra por razones naturales.

»Debo decir que en esa época las criaturas marinas también ostentaban un colorido espectacular. Pero la exquisita belleza de las flores nos dejó extasiados, y al contemplar sus múltiples especies formadas por infinidad de tipos de pétalos, tallos y hojas, elevamos unos himnos de alabanza al Señor más melodiosos y profundos que nunca.

»Esa música, no obstante, contenía un matiz sombrío, por decirlo así, el cual expresaba las dudas y los recelos que nos había producido la revelación de la muerte y la descomposición. Con la creación de las flores, ese elemento sombrío cobró mayor intensidad en nuestros cánticos y exclamaciones de asombro y gratitud, pues cuando las flores perecían, cuando perdían su pétalos, cuando caían a la tierra, lo sentíamos como una pérdida irreparable.

»La chispa de la vida emanaba con fuerza de las flores, los grandes árboles y las plantas que proliferaban por doquier, de forma que su muerte hacía que nuestros cánticos asumieran esa nota sombría a la que me he referido antes.

»No obstante, estábamos maravillados con la Tierra. De hecho, el carácter del cielo se transformó por completo. Todo el cielo, Dios, los ángeles de todas las jerarquías, teníamos nuestra atención puesta en la Tierra. Resultaba imposible permanecer en el cielo cantando himnos de alabanza a Dios, como habíamos hecho hasta entonces. Los cánticos, lógicamente, debían referirse también a la materia, al proceso de creación y a la belleza. Los ángeles capaces de componer los cánticos más complejos conjugaron esos elementos —la muerte, la decadencia, la belleza— en unos himnos más coherentes que los que entonaba yo.

»Estaba francamente preocupado. Era como si poseyera una mente que no descansa en mi alma. Había algo en mí que se había vuelto insaciable...

—Ésas fueron la palabras que le dije a David al hablarle de ti, cuando empezaste a perseguirme —dije.

—Provienen de un antiguo poema dedicado a mí, escrito en hebreo, cuya traducción ahora resulta difícil encontrar. Son las palabras que pronunció el oráculo de la sibila al describir a los observadores, a los ángeles que Dios había enviado para observar los portentos que se producían en el mundo. Yo lo incorporé en mi definición de mí mismo. Otros ángeles, sabe Dios por qué, se contentan con menos.

Memnoch mostraba un talante más sombrío. Me pregunté si la música del cielo que yo había oído incluía esa sombría nota que él había descrito, o si había recuperado su primitiva alegría.

—No, lo que tú oíste era la música de las almas humanas y de los ángeles —dijo Memnoch—. Es un sonido completamente distinto. Pero permite que prosiga con las revelaciones, aunque comprendo que es un fenómeno difícil de comprender en su conjunto.

»La quinta revelación fue la de la encefalización. Hacía tiempo que los animales se habían diferenciado en el agua de las plantas, y ahora esas criaturas gelatinosas empezaban a adquirir un sistema nervioso y un esqueleto, lo cual dio paso a la encefalización, es decir, empezaron a desarrollar una cabeza.

»Nosotros, los ángeles, sabíamos perfectamente que teníamos cabeza. Los procesos intelectuales de los organismos en permanente evolución se centraban en la cabeza. Por tanto, era evidente que nuestra inteligencia angelical sabía cómo estábamos organizados. La clave radicaba en los ojos. Poseíamos ojos, los cuales formaban parte de nuestro cerebro; la vista guiaba nuestros movimientos, nuestras respuestas y la búsqueda del saber, más que ningún otro sentido.

»En el cielo se produjo un tumulto.

»—¿Qué es lo que está pasando, Señor? —pregunté—. Esas criaturas están desarrollando unas formas... dotadas de patas, cabeza... —De nuevo se elevaron los himnos, pero esta vez un elemento de confusión se unía a la exaltación, de temor a que Dios pudiera crear a partir de la materia unas extrañas criaturas dotadas de cabeza.

»Luego, antes de que los reptiles brotaran del mar y se pasearan por terreno firme, se produjo la sexta revelación, la cual me dejó aterrado. Aquellas criaturas dotadas de patas y cabeza, que presentaban todo tipo de extrañas formas y estructuras, tenían rostro. Un rostro como el nuestro. El antropoide más simple poseía dos ojos, una nariz y una boca. ¡Un rostro como el mío! Primero había aparecido la cabeza y ahora el rostro, la expresión de una mente inteligente.

»Yo estaba desconcertado.

»—¿Es esto obra de tu voluntad? —pregunté a Dios—. ¿Dónde va a terminar esto? ¿Qué clase de criaturas son? La chispa de la vida que las anima se vuelve cada vez más potente, más resistente, y tarda más en extinguirse. ¡Presta atención!

»Algunos de mis compañeros se escandalizaron al oírme increpar a Dios de esa forma. Me dijeron:

»—Ten cuidado, Memnoch, estás yendo demasiado lejos. Es evidente que existe un gran parecido entre nosotros, los excelsos hijos de Dios, los miembros del *bene ha elohim*, y esas criaturas. La cabeza, el rostro, sí, todo parece indicarlo... Pero ¿cómo te atreves a criticar el plan de Dios?

»Sin embargo, yo no me resignaba. Estaba receloso, al igual que los ángeles que coincidían conmigo. Nos sentíamos perplejos. Regresamos a la Tierra y nos paseamos por ella, tratando de comprender aquellos fenómenos. Aprendí a calcular mi tamaño comparándolo con el de los seres que me rodeaban.

»Solía tumbarme entre los lechos de las plantas para oír como crecían, pensando en ellas, dejando que sus colores deleitaran mis ojos. No obstante, seguía obsesionado por el temor de que se produjera un desastre. Luego ocurrió algo extraordinario. Dios vino a hablar conmigo.

»Dios no abandona el cielo para hablar con sus ángeles. Simplemente se extiende, por decirlo así. Su luz se extendió hasta alcanzarme, me envolvió por completo y me habló.

»Lógicamente, eso me tranquilizó. Hacía tiempo que no gozaba de la presencia de Dios, y el hecho de que Él acudiera a mí para envolverme con su amor me produjo un gran consuelo. Todas mis dudas y recelos desaparecieron al instante. Dejé de sufrir. Me olvidé del proceso de muerte y descomposición que padecían todos los seres vivos.

»Cuando Dios me habló, sentí que me fundía con Él; en aquellos momentos no tenía conciencia de mi forma. Antiguamente habíamos estado muy unidos, sobre todo cuando Él me había creado. Sentí una profunda calma y un inmenso bienestar.

»—Tú ves más allá que otros ángeles —dijo Dios—. Piensas en el futuro, un concepto que ellos apenas conocen. Son como espejos que reflejan la magnificencia de cada paso, mientras que tú recelas de mi plan. Desconfías de mí.

»Sus palabras me llenaron de tristeza. "Desconfías de mí." Esa frase me desconcertó, pues yo no había interpretado mis temores como una falta de confianza en Él. El caso es que Dios me ordenó que regresara al cielo para que observara los acontecimientos que se producían con una cierta perspectiva, en lugar de descender a los valles y estepas de la Tierra.

Yo no aparté los ojos de Memnoch mientras me explicaba esas cosas. Estábamos todavía junto al arroyo. Pese a hablarme del consuelo que sintió al hablar con Dios, parecía inquieto, impaciente por continuar su relato.

—Regresé al cielo, pero, tal como te he dicho, el carácter del cielo había cambiado. Todo se centraba ahora en la Tierra. La Tierra constituía el «discurso celestial». Me presenté ante Dios, me arrodillé delante de él, le conté mis dudas y temores, y sobre todo le expresé mi gratitud por haberme tranquilizado. Cuando terminé, le pregunté si me autorizaba a regresar de nuevo al mundo.

»Dios contestó con una de sus sublimes y ambiguas respuestas, que venía a decir: "No te prohíbo que vayas. Eres un observador y tu deber es observar." De modo que descendí de nuevo a la Tierra...

—Espera —le interrumpí—. Quiero hacerte una pregunta.

—De acuerdo —contestó Memnoch pacientemente—. Pero prosigamos nuestro camino.

Atravesamos el arroyo saltando de piedra en piedra y al cabo de unos minutos ya habíamos dejado atrás el sonido de la cascada y nos hallábamos en un bosque aún más denso que el anterior, poblado de animales que no alcanzaba a ver pero cuya presencia intuía.

—Mi pregunta es la siguiente —dije—: ¿Te parecía el cielo aburrido comparado con la Tierra?

—No, pero la Tierra centraba toda nuestra atención. No podíamos estar en el cielo y olvidarnos de la Tierra, porque todos la observábamos y cantábamos sus alabanzas. Eso es todo. No, el cielo seguía siendo un lugar tan fascinante y maravilloso como siempre; de hecho, la nota sombría que constituía la muerte y descomposición de los organismos vivos añadió una infinita variedad de elementos sobre los que reflexionar y cantar.

—Comprendo. Supongo que podría decirse que esas revelaciones ampliaron e intensificaron el cielo.

—¡Sin duda! Y no olvides la música, no creas que se trataba de un lugar común inventado por la religión. La música alcanzaba continuamente unas cotas inimaginables en su celebración de los prodigios a los que asistíamos. Pasaron milenios antes de que los instrumentos musicales alcanzaran un nivel siquiera comparable a la música que creaban los ángeles con sus voces, el batir de sus alas y el murmullo de los vientos que se alzaban de la Tierra.

Yo asentí.

—¿Qué pasa? —preguntó Memnoch—. ¿Querías decir algo?

—No sé cómo explicarlo. Sólo sé que nuestra concepción del cielo está destinada a fallar una y otra vez porque no nos enseñan que el cielo tiene puesta su atención en la Tierra. Siempre he oído decir lo contrario, que es la denigración de la materia, que constituye una cárcel para el alma.

—Bien, has visto el cielo con tus propios ojos —respondió Memnoch—. Pero, permíteme proseguir:

»La séptima revelación consistía en que los animales surgieron del mar. Penetraban en los bosques que cubrían la Tierra y aprendieron a habitar en ellos. Nacieron los reptiles, los cuales se convirtieron en grandes lagartos, unos monstruos de tal tamaño que ni siquiera la fuerza de los ángeles habría podido detenerlos. Esos seres poseían una cabeza y un rostro, y no sólo nadaban con unas patas semejantes a nuestras piernas, sino que caminaban sobre ellas; algunos caminaban sobre dos patas en lugar de cuatro, sosteniendo contra su pecho dos diminutas patas similares a nuestros brazos.

»Yo observé este acontecimiento como quien observa la propagación de un incendio. El pequeño fuego que había brotado tiempo atrás, proporcionándonos calor, se había convertido en una conflagración.

»Aparecieron insectos de toda clase. Algunos volaban de una forma distinta y monstruosa comparada con la nuestra. El mundo estaba plagado de unas nuevas especies de seres vivos, móviles y hambrientos que se devoraban entre sí, como siempre había sucedido en el caso de los organismos vivos, pero ahora las matanzas eran más espectaculares y se producían aparatosas escaramuzas entre los lagartos, que se despedazaban unos a otros, y las grandes aves reptiles se deslizaban sigilosamente para apoderarse de animales más pequeños y llevárselos a sus nidos.

»La forma de reproducción empezó a cambiar. Algunas criaturas nacían de unos huevos que ponían las hembras.

»Durante millones de años estudié esos fenómenos. De vez en cuando los comentaba con Dios en el cielo, y cantaba sus alabanzas cuando me sentía abrumado por su belleza. Mis preguntas, como de costumbre, seguían incomodando a todo el mundo. Se produjeron grandes discusiones. ¿Acaso no debíamos cuestionar nada de lo que veíamos? ¡Fijaos, la chispa de la vida estalla violentamente y derrama su calor cuando el gigantesco lagarto muere! Pero cuando mi agitación alcanzaba un nivel insostenible, Dios me atraía con suavidad hacia sí para envolverme con su amor.

»—Observa el plan de forma más detenida. Sólo te fijas en una parte —me decía Dios. Me hizo ver que nada se desperdiciaba en el universo, que los restos putrefactos de un organismo se convertían en alimento para otros, que el intercambio consistía en matar y devorar, digerir y excretar.

»—Cuando estoy contigo —dije a Dios—, veo la belleza de lo que has creado. Pero cuando bajo a la Tierra, cuando me tumbo en la hierba y observo lo que me rodea, lo percibo de manera distinta.

»—Eres mi ángel y mi observador. Debes superar esa contradicción —contestó Dios.

»Regresé a la Tierra, y entonces se produjo la octava revelación de la evolución: la aparición de aves de sangre caliente dotadas de alas con plumas.

Yo sonreí. Por una parte me divertía la expresión de su rostro, paciente, resignada, y por otra la vehemencia con que había descrito a esos nuevos seres con alas.

—¡Unas alas como las nuestras! —exclamó Memnoch—. Primero descubrimos nuestros rostros en las cabezas de los insectos, lagartos y otros monstruos. Y ahora de pronto aparecían unas criaturas de sangre caliente mucho más frágiles, de vida más precaria y dotadas de alas, que volaban como nosotros. Se alzaban, extendían sus alas y se echaban a volar.

»Por una vez, no fui el único que protesté enérgicamente. Miles de ángeles se quedaron estupefactos al comprobar que aquellas pequeñas criaturas nacidas de la materia poseían alas, igual que nosotros. También estaban cubiertas de suaves plumas, que les permitían deslizarse por el aire... Todo ello tuvo su corolario en el mundo material.

»El cielo se llenó de cánticos, exclamaciones y gritos de protesta. Los ángeles echaban a volar detrás de las aves, imitándolas y siguiéndolas hasta sus nidos para ver cómo salían las crías de los huevos y se desarrollaban hasta alcanzar la madurez.

»Como te he explicado, habíamos visto a otras criaturas nacer, crecer y alcanzar la madurez, pero no a unos seres tan parecidos a nosotros.

—¿Dios no decía nada?

—No. Pero nos convocó a todos los ángeles y nos recriminó el no haber logrado superar nuestros temores y orgullo. El orgullo, según dijo, era lo que nos hacía sufrir; nos sulfuraba el hecho de que unos seres tan pequeños, con unas cabezas y unos rostros minúsculos, poseyeran alas como nosotros. Por último nos hizo una severa advertencia: «Este proceso continuará y veréis cosas que os asombrarán. Sois mis ángeles, me pertenecéis, y debéis confiar en mí.»

»La novena revelación de la evolución fue muy dolorosa para todos los ángeles. A algunos les infundió horror, a otros pavor. Esa novena revelación hizo aflorar todas las emociones que se agitaban en nuestro corazón. Me refiero a la aparición de los mamíferos en la Tierra, unos seres cuyos angustiosos gritos de dolor se elevaban al cielo, produciendo un sonido de sufrimiento y muerte como jamás habíamos oído. El horror que nos inspiraba la muerte y descomposición de los seres vivos se multiplicó.

»La música que brotaba de la Tierra se transformó. Lo único que podíamos hacer era cantar para expresar nuestro temor y sufrimiento. Los cánticos se hicieron más complejos y adquirieron unos tonos aún más sombríos. La faz de Dios, la luz de Dios, permanecía inmutable.

»Al fin se produjo la décima revelación de la evolución: la aparición de unos monos que caminaban en posición erecta. ¡Era como si imitaran a Dios! Unos seres peludos, grotescos, dotados de dos piernas y dos brazos, a cuya imagen y semejanza habíamos sido creados nosotros. Al menos, éstos no poseían alas. De hecho, las criaturas aladas no guardaban la menor semejanza con esos monstruos que se paseaban por la Tierra, garrote en mano, brutales, salvajes, despedazando a sus enemigos con los dientes, golpeando, mordiendo y aniquilando a todo aquel que se les resistiera. ¡La imagen de Dios y sus excelsos hijos, sus ángeles, en una versión peluda y pertrechada con todo tipo de siniestros instrumentos!

»Estupefactos, examinamos las manos de aquellos seres. ¿Tenían pulgares? Casi. Atónitos, los espiamos cuando se reunían. ¿Eran capaces de hablar, de expresar sus pensamientos de forma audible y elocuente? ¡Casi! ¿Qué era lo que se había propuesto Dios? ¿Qué le había llevado a hacer eso? ¿No se indignaría al contemplar el resultado de su obra?

»Pero la luz de Dios fluía eterna e incesante, como si los gritos de los simios moribundos no pudieran alcanzarlo, como si ningún testigo presenciara la muerte del mono despedazado por unos agresores más grandes y fuertes que él, ni observara el estallido de la chispa antes de que ésta se extinguiera definitivamente.

»No, esto es impensable, me dije. Me presenté de nuevo ante Dios y Él me dijo lisa y llanamente, sin tratar de consolarme:

»—Memnoch, yo mismo he creado a ese ser y no me siento ridiculizado por él. ¿A qué viene tanta indignación? Tranquilízate, asómbrate y goza de estos prodigios, y no vuelvas a molestarme. Los himnos que suenan por doquier me informan sobre cada detalle de mi Creación. ¡Y tú, Memnoch, te atreves a interrogarme y acusarme! ¡Basta, no estoy dispuesto a consentirlo!

»Me sentí humillado. La palabra "acusarme" me asustó y me hizo reflexionar. ¿Sabías que el nombre de Satanás significa en hebreo "el acusador"?

—Sí —contesté.

—Permite que prosiga. El concepto de acusación me resultaba totalmente nuevo, pero lo comprendí; había reprochado a Dios el haberse equivocado, insistiendo en que el proceso evolutivo que experimentaba el mundo no podía ser lo que Él se había propuesto en un principio.

»Dios me indicó sin rodeos que dejara de protestar y de importunarlo, que examinara más detenidamente su plan. Luego me permitió contemplar durante unos instantes desde su perspectiva, que lógicamente abarcaba mucho más que la mía, la inmensidad y diversidad de los prodigios que presenciaba.

»Como digo, me sentí humillado.

»—¿Puedo permanecer junto a ti, Señor? —pregunté.

»—Naturalmente —respondió Dios.

»Nos reconciliamos y me quedé adormecido bajo su divina luz, aunque de vez en cuando me despertaba alarmado, como un animal temeroso de que su enemigo estuviera al acecho. ¿Pero qué está pasando allí abajo?, me preguntaba a mí mismo.

»"¡He aquí mi Creación!" ¿Son ésas las palabras que debía utilizar? o acaso debería expresarme en el mismo tono que el Libro del Génesis y decir "¡Mirad!", con toda su fiereza. A todo esto, los seres peludos llevaban a cabo un extraño ritual. Se comportaban de una forma muy curiosa y compleja. Permíteme que vaya directamente al grano y me salte los detalles: los seres peludos enterraban a sus muertos.

Miré a Memnoch con perplejidad. Se hallaba tan conmovido por su relato que su rostro mostraba por primera vez una expresión de auténtica tristeza, aunque conservaba su belleza. Nada podía mermarla, ni siquiera el dolor.

—¿Se trataba de la undécima revelación de la evolución? —pregunté—. ¿El hecho de que enterraran a sus muertos?

Memnoch me observó durante unos minutos. Noté su frustración, su incapacidad de describir todo lo que deseaba explicarme.

—¿Qué significaba? —insistí, impaciente por conocer la respuesta—. ¿Por qué enterraban a sus muertos?

—Por muchos motivos —murmuró Memnoch, sacudiendo el dedo enérgicamente—: ese ritual de enterrar a sus muertos iba acompañado de una solidaridad que rara vez habíamos observado en otras especies. Los más fuertes cuidaban de los más débiles, todo el grupo ayudaba y alimentaba a los enfermos e indefensos, y por último enterraban a sus muertos con flores. ¡Imagínate, Lestat! Depositaban flores sobre la fosa. La undécima revelación de la evolución significó que el hombre moderno había comenzado a existir. Caminaba por la Tierra con un aspecto salvaje, las espaldas encorvadas, movimientos torpes, cubierto de pelo como los monos pero con un rostro muy parecido al nuestro. El hombre moderno conocía el significado del afecto como sólo los ángeles lo habían conocido hasta entonces, los ángeles y Dios, que los había creado y prodigaba ese afecto a sus semejantes; el hombre moderno amaba las flores, como nosotros, y lloraba y demostraba su dolor —con flores— cuando enterraba a sus muertos.

Guardé silencio durante largo rato y pensé, sobre todo, en lo que me había explicado Memnoch, cuando afirmó que Dios y los ángeles representaban el ideal hacia el que la forma humana evolucionaba ante sus mismos ojos. No lo había considerado desde esa perspectiva. De nuevo vi la imagen de Él, junto a la balaustrada, volviéndose hacia mí y diciéndome con absoluta convicción: «Jamás te convertirás en mi adversario, ¿no es cierto Lestat?»

Memnoch me observó y yo aparté la vista. Sentía una profunda lealtad hacia él, debido a la historia que relataba y a las emociones que ésta suscitaban en él, y las palabras de Dios me confundían.

—Es lógico que te sientas confuso —dijo Memnoch—. La pregunta que debes hacerte es la siguiente: «Conociéndote como sin duda te conoce, Lestat, ¿cómo es que Dios no te considera su adversario?» ¿No adivinas la respuesta?

Me quedé atónito, incapaz de articular palabra.

Memnoch esperó a que me recuperase, para proseguir su relato; temí que no lo reanudara nunca. Me sentía poderosamente atraído hacia él, cautivado por su historia, y al mismo tiempo ansioso de huir de algo que me abrumaba, algo que amenazaba mi cordura.

—Cuando estaba junto a Dios —continuó Memnoch— veía lo que Él veía: seres humanos que se reunían con sus familias para asistir a un nacimiento o cubrir las sepulturas de sus muertos con piedras ceremoniales. Veía lo que veía Dios, la eternidad, en todas las direcciones, y era como si la complejidad de cada aspecto de la Creación, cada molécula de humedad y cada vibración que emitían las aves o los seres humanos, no fuera sino el resultado de la grandeza de Dios. En aquellos momentos brotaban de mi corazón unas canciones como jamás había cantado.

»Dios me repetía una y otra vez:

»—Memnoch, permanece junto a mí en el cielo. Observa la Tierra desde aquí.

»—¿Es preciso? —contestaba yo—. Deseo observar a los humanos de cerca, velar por ellos. Deseo sentir con mis manos invisibles la suavidad de su piel.

»—Tú eres mi ángel, Memnoch. Ve y obsérvalos, pero recuerda que todo cuanto veas ha sido creado y deseado por mí.

»Miré hacia bajo antes de abandonar el cielo; hablo en sentido figurado, ambos los sabemos. Pues bien, miré hacia abajo y vi el mundo lleno de ángeles que lo observaban, fascinados, desde los valles hasta el mar.

»Pero se advertía algo en la atmósfera de la Tierra que la había cambiado, un nuevo elemento, o quizás unas minúsculas partículas; no, eso sugiere algo más grande de lo que en realidad era. En cualquier caso, el cambio era evidente.

»Me dirigí a la Tierra de inmediato y los otros ángeles me confirmaron que ellos también habían notado la presencia de ese nuevo elemento en la atmósfera de la Tierra, aunque no dependía del aire como los otros organismos vivos.

»—¿Cómo es posible? —pregunté.

»—Presta atención —contestó el ángel Miguel—. Escucha y lo oirás.

»—Es algo invisible pero vivo —apostilló el ángel Rafael—. ¿Qué puede existir bajo el cielo que sea invisible y esté vivo salvo nosotros?

»Cientos de ángeles se congregaron para comentar esta novedad, para relatar su propia experiencia respecto a ese nuevo elemento, esa nueva realidad invisible que nos rodeaba, ajena a nuestra presencia pero que la sentíamos vibrar, producir un sonido inaudible.

»—¡Estarás satisfecho! —exclamó un ángel, al que prefiero no nombrar, dirigiéndose a mí—. Has conseguido enojar a Dios con tus acusaciones y recelos, y ha creado a otro ser que es invisible pero que posee nuestros poderes. Ve ahora mismo a hablar con Él, Memnoch, y averigua si se ha propuesto deshacerse de nosotros para dejar que gobierne ese nuevo ser invisible.

»—¿Pero cómo es posible? —inquirió Miguel. Miguel, de entre todos los ángeles, es el más sosegado y razonable. Lo afirma la leyenda, la angelología, el folclore. Es cierto. Jamás pierde la calma. Miguel advirtió a los ángeles que estaban alarmados que aquellas presencias invisibles no poseían nuestro poder. Eran incapaces de hacerse visibles ante nosotros, que éramos ángeles, ante los cuales nada en la Tierra podía permanecer oculto.

»—Tenemos que averiguar de qué se trata —dije yo—. Es algo terrenal, que forma parte de la Tierra. No es celestial. Se halla aquí, junto a los bosques y las colinas.

»Todos se mostraron de acuerdo. Nosotros conocíamos la composición de todo lo que contenía la Tierra. Otros seres pueden tardar años en descifrar lo que es la cinobacteria o el nitrógeno, pero nosotros lo sabíamos. Sin embargo, no comprendíamos lo que era ese nuevo elemento. Es decir, no reconocíamos su composición.

—Entiendo.

—Escuchamos con atención y extendimos los brazos. Notamos que era incorpóreo e invisible, sí, pero que poseía una permanencia, una individualidad, o mejor dicho, una multitud de individualidades. Poco a poco percibimos un sonido en nuestro ámbito de invisibilidad, a través de nuestros oídos espirituales, y nos dimos cuenta de que esas individuales estaban llorando.

Memnoch hizo otra pausa.

—¿Comprendes lo que digo? —preguntó.

—Se trataba de unos individuos espirituales —contesté.

—Cuando entonamos unos cánticos con los brazos extendidos para consolar a esas extrañas presencias mientras atravesábamos de forma hábil e invisible la materia de la Tierra con objeto de intentar descifrar el enigma, de pronto se nos apareció un portento que nos dejó atónitos. Ante nuestros ojos se hallaba la duodécima revelación de la evolución física. Nos causó un impacto brutal que hizo que nos olvidáramos de los extraños gemidos. Nos dejó confusos y desorientados. Nuestros cánticos dieron paso a unas risas y unos alaridos histéricos.

»La duodécima revelación de la evolución consistía en que la hembra de la especie humana había empezado a asumir un aspecto distinto al del macho, en un grado muy superior a cualquier otro ser antropoide. Se trataba de una hembra muy hermosa y seductora, sin pelo en el rostro, con los brazos y las piernas bien formados. Su talante trascendía las necesidades de la supervivencia; era tan bella como las flores, como las alas de las aves. De la unión entre los peludos simios había surgido una hembra de piel suave y rostro radiante. Aunque los ángeles no teníamos pechos y ella carecía de alas, ¡se parecía a nosotros!

Memnoch y yo nos miramos en silencio.

Lo comprendí al instante.

Lo supe de forma instintiva. Miré su amplio y hermoso rostro, su larga cabellera, sus suaves piernas y brazos, su expresión afable, y comprendí que tenía razón. No era necesario ser un estudioso de la evolución de las especies para comprenderlo. Al mirarlo me di cuenta de que encarnaba a la perfección la seducción de lo femenino. Era como los ángeles de mármol, como las estatuas de Miguel Ángel;

su físico contenía la absoluta precisión y armonía de lo femenino.

Memnoch estaba visiblemente nervioso. Parecía a punto de estrujarse las manos de desesperación. Clavó la mirada en mí, como si quisiera traspasarme con los ojos.

—En resumidas cuentas —dijo—, asistimos a la decimotercera revelación de la evolución. Los machos copularon con las hembras más hermosas, más gráciles y esbeltas, las que tenían la piel más suave y la voz más melodiosa. De ese acto nacieron unos machos tan hermosos como las hembras. Presentaban aspectos muy diversos. Algunos tenían la piel clara y otros oscura; los había de cabello pelirrojo, rubio, negro, castaño e incluso blanco. Tenían los ojos grises, marrones, verdes o azules. Los rasgos simiescos desaparecieron, los peludos rostros y el torpe caminar, y el macho brilló con la belleza de un ángel, al igual que la hembra, su compañera.

Yo permanecí en silencio.

Memnoch se volvió de espaldas a mí, aunque no por una cuestión personal. Deduje que necesitaba concederse una pausa, renovar sus fuerzas.

Observé sus grandes alas plegadas, con los extremos casi rozando el suelo, cubiertas de plumas tornasoladas. Al cabo de unos minutos se situó de nuevo de frente. Su rostro había perdido su aire angelical y su expresión me desconcertó.

—Ahí estaban, el macho y la hembra, creados por Él y, salvo por el hecho de que uno era macho y la otra hembra, habían sido creados a la imagen y semejanza de Dios y de sus ángeles. ¡Imagínate, Lestat! ¡Dios dividido en dos! ¡Los ángeles divididos en dos!

»No sé cuánto tiempo lograron retenerme los otros ángeles, pero al final me dirigí hacia el cielo, atormentado por las dudas, las conjeturas y los recelos. Estaba furioso. Los gritos de los mamíferos que sufrían, así como los gemidos y alaridos de las guerras entre aquellas criaturas simiescas, me habían enseñado lo que era la ira. La muerte y descomposición de los organismos vivos me había enseñado lo que era el temor. Todo cuanto Dios había creado había suscitado en mí unas emociones que me confundían y angustiaban. Quería presentarme ante Él e increparle: "¿Es eso lo que deseabas? ¿Dividir tu imagen en un macho y una hembra? ¡La chispa de la vida estallará con estrépito cuando uno o la otra mueran! ¡Es grotesco! ¡Es monstruoso! ¿Qué te propones?"

»Me sentía indignado. Lo consideraba un desastre. Estaba furioso. Extendí los brazos y rogué a Dios que razonara conmigo, que me perdonara, que me salvara con su prudencia y sabiduría, pero no obtuve respuesta. Nada. Ni luz envolvente ni palabras, ni un castigo, ni una amonestación.

»Me di cuenta de que me hallaba en el cielo, rodeado de ángeles que me observaban y aguardaban.

»La única señal que me envió Dios fue una apacible luz. Desesperado, rompí en sollozos.

»—Mirad —dije a los otros ángeles—, lloro como ellos. —Por supuesto, mis lágrimas eran inmateriales. Al cabo de un rato comprendí que no era el único que estaba llorando.

»Me volví y miré a mis compañeros, a los coros de ángeles, los observadores, los querubines, los serafines. Sus rostros mostraban una expresión absorta y misteriosa.

»—¿Quién de vosotros está llorando? —pregunté.

»De súbito lo comprendí y también mis compañeros. Formamos un corro, con las alas plegadas y las cabezas agachadas, y escuchamos atentamente. De la Tierra brotaban las voces de los espíritus invisibles, las misteriosas individualidades. ¡Eran ellos los que lloraban! Su llanto alcanzó el cielo mientras la luz de Dios seguía brillando eternamente, sin que nosotros experimentáramos ningún cambio.

»—Observemos lo que sucede —dijo Rafael—, tal como nos ha ordenado Dios que hiciéramos.

»—Sí, quiero comprobar de qué se trata —contesté yo. Descendí a la atmósfera de la Tierra, seguido por el resto de ángeles; el torbellino que produjimos dispersó a esos minúsculos seres que lloraban y que no alcanzábamos a ver.

»Los gemidos humanos se confundían con el llanto de las presencias invisibles.

»Los ángeles y yo, condensados pero formando una multitud, nos acercamos a un pequeño grupo de seres humanos, de piel suave y muy hermosos, que se encontraban en un campamento.

»En medio de éstos yacía un joven agonizante, presa de violentas convulsiones, sobre un lecho de hierba y flores que habían confeccionado sus compañeros. Tenía mucha fiebre, debida a la mordedura de un insecto mortal. Todo formaba parte del ciclo, como habría dicho Dios.

»El llanto de los seres invisibles rodeaba a la víctima, mientras los lamentos de los seres humanos se hacían más intensos y alcanzaban un nivel insoportable.

»Yo me eché a llorar de nuevo.

»—Silencio —indicó Miguel, con su infinita paciencia.

»Luego señaló más allá del pequeño campamento, donde yacía el joven moribundo, y vimos a los espíritus que lloraban y gemían.

»Por primera vez contemplamos con nuestros ojos a los misteriosos espíritus; se congregaban en grupos, se dispersaban e iban y venían con torpes movimientos. Presentaban una forma que recordaba vagamente la de los seres humanos. Indefensos, confundidos, perdidos, desorientados, se deslizaban por la atmósfera con los brazos extendidos hacia el joven que agonizaba postrado sobre un catafalco. Al cabo de unos instantes, éste expiró.

Silencio.

Memnoch me miró como si desease que yo pusiera fin a su relato.

—Cuando el joven expiró, la chispa de la vida no se extinguió —dije—, sino que se convirtió en un espíritu que adquirió la forma humana del difunto y se unió al resto de los espíritus que habían acudido para llevárselo.

—En efecto.

Memnoch suspiró y extendió los brazos. Luego aspiró una profunda bocanada de aire, como si se dispusiera a lanzar un rugido. Levantó la vista y miró el cielo a través de los gigantescos árboles.

Yo permanecí inmóvil.

El frondoso bosque pareció hacerse eco del suspiro de Memnoch. Advertí que estaba temblando, a punto de lanzar un grito que estallaría con la fuerza de un terrible heraldo. Pero al cabo de unos instantes agachó la cabeza y se limitó a guardar silencio.

El bosque había cambiado de nuevo. Era un bosque de nuestra época. Reconocí los robles, los árboles de oscuros troncos, las flores silvestres, el musgo, los pájaros y los pequeños roedores que correteaban a través de las sombras.

Aguardé.

—La atmósfera estaba invadida por esos espíritus —dijo Memnoch—. Tras haberlos visto, tras haber detectado su tenue silueta y sus persistentes voces, jamás podríamos dejar de verlos. Pululaban alrededor de la Tierra entre gemidos y sollozos de rabia. Eran los espíritus de los muertos, Lestat. Los espíritus de los muertos humanos.

—¿Unas almas, Memnoch?

—Sí.

—¿Unas almas creadas a partir de la materia?

—Sí, creadas a imagen y semejanza de Dios. Unas almas, unas esencias, unas individualidades invisibles. ¡Unas almas!

Yo aguardé de nuevo en silencio.

—Ven conmigo —dijo Memnoch al cabo de unos momentos. Se enjugó el rostro con el dorso de la mano.

Cuando alargué la mía noté por primera vez el tacto de

una de sus alas al roce con mi cuerpo. Sentí que me recorría un escalofrío, pero no estaba atemorizado.

—Habían brotado unas almas de esos seres humanos —dijo Memnoch—. Estaban intactas y vivas, suspendidas sobre los cuerpos materiales de los humanos de cuya tribu provenían.

»No podían vernos; no alcanzaban a ver el cielo. Sólo veían a quienes los habían sepultado, a quienes los habían amado en vida, su progenie, los cuales arrojaban un puñado de tierra ocre sobre sus cadáveres antes de enterrarlos, de cara al Este, en unas sepulturas que contenían los ornamentos que les habían pertenecido.

—Y los humanos que creían en ellos —dije—, los que adoraban a sus antepasados, ¿notaban su presencia? ¿La intuían? ¿Sospechaban que sus antepasados se hallaban todavía presentes en forma de espíritu?

—Sí —respondió Memnoch.

Yo callé durante unos minutos, inmerso en mis pensamientos.

Tenía la sensación de que mi conciencia estaba inundada del olor de la madera y sus oscuras tonalidades, la infinita variedad de marrones, dorados y rojos que nos rodeaban. Elevé la vista al cielo y miré la luz, gris, sombría, fragmentada, pero grandiosa.

No hacía sino pensar en el torbellino que nos había envuelto durante nuestro viaje hacia al cielo y en la multitud de almas que nos rodeaban, como si el aire que se extendía desde la Tierra hasta el cielo estuviera plagado de éstas. Unas almas condenadas a vagar eternamente. ¿Adónde puede dirigirse uno entre aquellas tinieblas? ¿Qué puede buscar? ¿Qué puede saber?

De pronto me pareció que Memnoch reía. Era una risa tenue, melancólica, íntima, llena de dolor. O quizás estaba cantando en voz baja, como si la melodía constituyera una prolongación natural de sus pensamientos. Era un sonido que provenía de sus pensamientos, como el perfume brota de las flores; el canto, el sonido de los ángeles.

—Memnoch —dije, consciente de que él sufría pero yo no podría resistirlo por mucho más tiempo—. ¿Lo sabía Dios? —pregunté—. ¿Sabía Él que los hombres y las mujeres poseían una esencia espiritual? ¿Lo sabía, sabía que poseían un alma?

Memnoch no respondió.

Oí de nuevo un murmullo, su canción. Memnoch alzó también la mirada al cielo, cantando con más energía; era un cántico sombrío y monótono, distinto a la música más contenida y pautada que conocemos nosotros, pero aun así pleno de elocuencia y dolor.

Memnoch observó las nubes que se deslizaban por el firmamento, densas y blancas.

¿Era comparable la belleza de aquel bosque a lo que yo había visto en el cielo? Resultaba imposible responder. Sin embargo, lo que sí sabía era que la belleza del cielo no mermaba la hermosura de aquel paraje. El jardín salvaje, ese posible Edén, ese antiguo lugar, era prodigioso en sí mismo y en sus espléndidas limitaciones. De pronto comprendí que no podía seguir contemplándolo, ver las pequeñas hojas desprendiéndose de los árboles, enamorarme de él, sin conocer la respuesta a mi pregunta. Nada me había parecido jamás tan esencial como eso.

—¿Sabía Dios lo de las almas, Memnoch? —pregunté—. ¿Lo sabía?

Memnoch se volvió hacia mí.

—¡Cómo podía no saberlo, Lestat! —respondió—. ¿Quién crees que fue al cielo a informarle? Él se mostró muy sorprendido, como si le hubiera pillado por sorpresa. Su luz parecía intensificarse y disminuir por momentos, hacerse más brillante y oscurecerse, como si aquélla fuera la noticia más portentosa que hubiera oído jamás.

Memnoch suspiró de nuevo. Parecía a punto de estallar de ira, pero luego se calmó y se quedó pensativo.

Seguimos caminando. El bosque cambió una vez más, los descomunales árboles dejaron lugar a otros más airosos, cuyas ramas se extendían con gracia. La alta hierba se inclinaba bajo la brisa.

La brisa, impregnada del olor del agua, agitaba suavemente el cabello rubio y espeso de Memnoch, levantándolo sobre su frente. Sentí que me refrescaba el rostro y las manos, pero no mi corazón.

Nos detuvimos para contemplar un valle profundo y agreste. Contemplé las lejanas montañas, las verdes laderas, un pequeño bosque, unos claros donde se oreaba el trigo u otro tipo de grano salvaje. El bosque trepaba por las laderas hacia la cima de las montañas, hundiendo sus raíces en la roca. A medida que nos aproximábamos al valle, conseguí ver a través de las ramas de los árboles las relucientes aguas de un río o un mar.

Dejamos atrás el frondoso bosque. Nos hallábamos en un paraje maravilloso y fértil. El suelo estaba tapizado de flores amarillas y azules, cuyos vívidos colores relucían bajo el sol. Había numerosos olivos y árboles frutales de ramas bajas y retorcidas, propias de los árboles que han dado fruto durante muchas generaciones. El sol derramaba sus rayos sobre el paisaje.

Me volví bruscamente. A nuestras espaldas, el paisaje no había cambiado. Allí estaban las escarpadas colinas que daban paso a gigantescas montañas, con kilómetros y kilómetros de laderas practicables, tachonadas de árboles frutales y misteriosas cuevas.

Memnoch no dijo nada.

Contemplaba con tristeza el curso del río, el lejano horizonte donde las montañas parecían cerrar el paso a las aguas, para después verse forzadas a dejar que éstas siguieran su inexorable destino.

—¿Dónde estamos? —pregunté con suavidad.

Memnoch tardó unos momentos en responder. Luego dijo:

—Las revelaciones de la evolución, de momento, han concluido. Te he contado lo que vi, un mero esbozo de lo que sabrás cuando mueras.

»Aún falta el núcleo central de mi historia, que deseo relatarte aquí, en este hermoso paraje, aunque los ríos hace tiempo que desaparecieron de la Tierra, al igual que los hombres y las mujeres que lo poblaban en esa época. Para responder a tu pregunta acerca de dónde nos encontramos, te diré que aquí es donde caí cuando Él me expulsó del cielo.

12

—Dios dijo: «¡Aguarda!», de modo que me detuve a las puertas del cielo, junto con mis compañeros, los ángeles que solían apoyarme. Miguel, Gabriel y Uriel, aunque no coincidían conmigo, también se hallaban presentes.

»—Memnoch, mi acusador —dijo Dios, pronunciando las palabras con su característica suavidad y rodeadas de un gran resplandor—. Antes de que entres en el cielo e inicies tu diatriba, regresa a la Tierra y estudia detenidamente y con respeto todo lo que has visto, de forma que cuando regreses hayas tenido oportunidad de comprender todo lo que he creado. La humanidad forma parte de la naturaleza, y está sometida a esas leyes de la naturaleza que has observado cómo se iban desplegando. Nadie puede comprender esto mejor que tú, salvo Yo, naturalmente. Ve de nuevo a la Tierra y compruébalo por ti mismo. Entonces, y sólo entonces, convocaré en reunión a los ángeles, de todas las jerarquías y categorías y escucharé lo que tengan que decir. Lleva contigo a aquellos que buscan las mismas respuestas que tú y deja aquí a los que nunca les ha preocupado ni interesado otra cosa que vivir bajo mi Luz.

Memnoch se detuvo.

Caminamos despacio por la orilla del estrecho mar hasta que alcanzamos un lugar donde nos sentamos sobre unas piedras para descansar. No me sentía físicamente fatigado, pero el cambio de postura agudizó mis sentidos, mis temores y mi impaciencia por escuchar su relato. Memnoch se sentó a mi derecha, se volvió hacia mí y sus alas volvieron a desvanecerse. Antes, sin embargo, su ala izquierda se alzó durante unos segundos sobre mi cabeza, lo cual me sobresaltó. Pero desaparecieron de inmediato. Su enorme tamaño, impedía que al sentarse pudiera plegarlas a sus espaldas, de modo que las hacía desaparecer.

—Tras las palabras pronunciadas por Dios —prosiguió Memnoch—, se produjo un gran revuelo a la hora de establecer quiénes serían los ángeles que descenderían conmigo a la Tierra para examinar la Creación y quiénes permanecerían en el cielo. Como te he dicho, los ángeles habían visitado toda la Tierra, seducidos por los valles, las ensenadas e incluso los desiertos que habían comenzado a aparecer. Pero éste era un mensaje especial de Dios dirigido a mí que venía a decir «ve a aprender todo cuanto puedas sobre la humanidad», y mis compañeros comenzaron a discutir sobre quiénes se sentían tan interesados como yo en los misterios de la raza humana.

—Aguarda un momento —le interrumpí—. Disculpa, ¿cuántos ángeles había? Según he creído entender, Dios habló de «los ángeles de todas las jerarquías y categorías».

—Supongo que conocerás una parte de la verdad que encierra el folclore —contestó Memnoch—. Dios nos creó primero a nosotros, los arcángeles Memnoch, Miguel, Gabriel, Uriel y muchos otros cuyos nombres nunca se han dado a conocer, de forma intencionada o por descuido, así que prefiero no citarlos. ¿El número total de arcángeles? Cincuenta. Nosotros fuimos los primeros, como he dicho, aunque el orden en que fuimos creados se ha convertido en un exaltado tema de debate en el cielo, que no me interesa en absoluto. Por lo demás, estoy convencido de que yo fui el primero. Pero eso no tiene importancia.

»Nosotros somos quienes nos comunicamos de forma más directa con Dios, y también con la Tierra. Por este motivo nos llaman ángeles custodios, además de arcángeles, y a veces en la literatura religiosa nos otorgan una jerarquía inferior a otros. Pero no somos inferiores. Somos los que poseemos una personalidad más acusada y una mayor capacidad de mediación, entre Dios y el hombre.

—Comprendo. ¿Y Raziel, Metatrón y Remiel?

Memnoch sonrió.

—Sabía que esos nombres te resultarían familiares —contestó—. Todos ocupan su lugar entre los arcángeles, pero no puedo explicártelo con detalle. Ya lo averiguarás cuando mueras. Es demasiado complicado para que una mente humana, incluso una mente vampírica como la tuya, lo comprenda.

—Está bien —dije—. Pero lo que dices es que los nombres se refieren a unas entidades reales. Sariel es una entidad.

—Sí.

—¿Y Zagzagel?

—También. Pero permíteme que prosiga. Deja que continúe mi relato. Como he dicho, nosotros somos los mensajeros de Dios, los ángeles más poderosos. Como habrás podido comprobar, me había convertido en el acusador de Dios.

—El nombre de Satanás significa «acusador» —dije—, y todos esos espantosos nombres que te disgustan guardan relación con esa idea. Acusador.

—Exacto —contestó Memnoch—. Los escritores primitivos de temas religiosos, que sólo conocían una parte de la verdad, creían que yo acusé al hombre, no a Dios; existen motivos para ello, como enseguida comprenderás. Puede decirse que me he convertido en el gran acusador de todo el mundo. —Memnoch parecía ligeramente irritado, pero al cabo de unos instantes reanudó su relato con calma y midiendo perfectamente sus palabras—. Me llamo Memnoch —me recordó—, y no existe un ángel más poderoso ni astuto que yo.

—Comprendo —dije educadamente. Por otra parte, no ponía en duda esa afirmación. ¿Por qué iba a hacerlo?—. ¿Y los nueve coros?

—Los nueve coros son los que conforman el *bene ha elohim* —respondió Memnoch—. Han sido muy bien descritos por los eruditos hebreos y cristianos gracias a los tiempos de las revelaciones y quizás a los desastres, aunque sería difícil determinar la naturaleza de cada acontecimiento. La primera tríade se compone de tres coros, los serafines, querubines, tronos u *ofannim*, como prefiero llamarlos. Los ángeles de la primera tríade están vinculados a la gloria de Dios. Son sus siervos, gozan de la luz capaz de cegar o deslumbrar a otros y casi nunca se alejan de esa luz.

»En ocasiones, cuando estoy enfadado y suelto mi discurso en el cielo los acuso, y disculpa la expresión, de estar pegados a Dios como por un imán y de no ser libres ni tener la personalidad que tenemos nosotros. Pero ellos tienen otras ventajas, incluso los *ofannim*, que son los menos inteligentes y elocuentes. De hecho, son capaces de permanecer durante siglos sin decir una palabra. Cualquier ángel de la primera tríade puede ser enviado por Dios a cumplir una misión en la Tierra. Algunos serafines se han aparecido de forma espectacular a hombres y mujeres. Debo reconocer que adoran a Dios, hasta el punto de experimentar sin reservas el éxtasis de su presencia. Dios les llena por completo, de modo que no cuestionan nada de lo que Él hace y son más dóciles, o más conscientes de Dios, según el punto de vista de cada cual.

»La segunda tríade está formada por tres coros a los que los hombres han impuesto los nombres de dominaciones, virtudes y poderes. Pero, a decir verdad, existe poca diferencia entre esos ángeles y los de la primera tríade. La segunda tríade se halla un poco más alejada de la luz de Dios, es decir, tan cerca de Él como se lo permiten sus dotes, y demuestra una menor inteligencia en materia de lógica o preguntas. ¿Quién sabe? En todo caso, la segunda tríade es más dócil que la primera; pero se producen más idas y venidas a la Tierra entre la segunda tríade que entre los devotos, magnetizados y arrogantes serafines. Como supondrás, todo ello conduce con frecuencia a ásperas disputas en el cielo.

—Sí, lo comprendo.

—Ambas tríades cantan constantemente cuando están en el cielo, y buena parte del tiempo que pasan en la Tierra; sus cánticos se elevan al cielo de forma espontánea y constante; no estallan con el júbilo de mi canción o las canciones que entonan los ángeles semejantes a mí, ni tampoco guardan silencio durante largos períodos como solemos hacer los arcángeles.

»Cuando mueras oirás los cantos de las tres tríades. Ahora te destruirían. He permitido que oyeras un parte de las voces, risas, canciones y música que suenan en el cielo, pero en estos momentos sólo puedes percibirlas como una confusa algarabía.

Yo asentí. Había sido al mismo tiempo una experiencia dolorosa y maravillosa.

—La tríade inferior comprende a los principados, arcángeles y ángeles —continuó Memnoch—, aunque esa clasificación puede inducir a confusión, como ya he dicho, pues nosotros, los arcángeles, somos los más poderosos e importantes, tenemos una personalidad muy marcada y somos los más inquisitivos y a los que más nos preocupaba la humanidad. Los otros ángeles interpretan eso como un defecto. Los serafines no suelen suplicar misericordia divina para los hombres.

»Así es a grandes rasgos la configuración del cielo. Los ángeles son innumerables y gozan de una gran movilidad; algunos se acercan a Dios más que otros, y cuando se sienten abrumados por su majestad, se alejan un poco y entonan unos cánticos más suaves.

»Lo importante es que los ángeles custodios de la Tierra, los observadores, los que sentían un mayor interés por todo lo referente a la Creación, provenían de todas las jerarquías. Incluso entre las filas de los serafines hay algunos que han pasado millones de años en la Tierra y luego han regresado al cielo. Ese ir y venir es muy común. La organización que he descrito es innata, pero no inamovible.

»Los ángeles no son perfectos, como habrás podido comprobar. Son unos seres creados. No lo saben todo. Dios sí lo sabe todo, eso resulta evidente para cualquiera. Sin embargo, los ángeles saben muchas cosas, pueden saber todo cuanto existe en el tiempo si lo desean, y ahí es donde radica la diferencia entre ellos. Algunos desean saber todo lo que existe en el tiempo y a otros sólo les interesa Dios y el reflejo de Él en los espíritus más devotos.

—Comprendo. Con esto vienes a decir que todos están en lo cierto y todos están equivocados.

—Están más en lo cierto que equivocados. Los ángeles son unos individuos, ésa es la clave. Los que caímos no constituimos una especie, a menos que el hecho de ser los más listos, inteligentes y perspicaces nos convierta en una especie, cosa que no creo.

—Continúa.

Memnoch soltó una carcajada y preguntó:

—¿Crees que iba a detenerme ahora?

—No lo sé —respondí—. Pero ¿qué tengo yo que ver en todo esto? No me refiero a Lestat de Lioncourt, sino al vampiro.

—Eres un fenómeno terrestre, algo semejante a un fantasma. Nos ocuparemos de ellos dentro de unos instantes. Cuando Dios nos envió a la Tierra para observar, y en concreto para observar a la humanidad, nos inspiraban tanta curiosidad los muertos como los vivos, esas almas que veíamos y oíamos vagar por el mundo y a las que inmediatamente denominamos *sheol* porque creímos que el ámbito que habitaban las almas en pena era el reino de las tinieblas. *Sheol* significa «tinieblas».

—Y el espíritu que creó a los vampiros...

—Espera. Es muy sencillo. Pero deja que te lo describa

tal como yo lo percibí. De lo contrario, ¿cómo podrás llegar a entender mi postura? Mi petición de que te conviertas en mi lugarteniente es algo tan personal y decisivo que no conseguirás comprenderlo plenamente a menos que escuches con atención.

—Te ruego que prosigas.

—De acuerdo. Unos cuantos ángeles decidieron acompañarme, a fin de estudiar tan a fondo como fuera posible la materia y extraer nuestras propias conclusiones, comprender mejor esos fenómenos, tal como nos había pedido Dios. Miguel vino conmigo, así como muchos otros arcángeles. Entre mis acompañantes había unos pocos serafines y *ofannim*. También se nos unieron algunos ángeles de las jerarquías inferiores, menos inteligentes aunque no por ello dejasen de ser ángeles, que se sentían fascinados por la Creación e intrigados por averiguar cuál era el motivo de mi disputa con Dios.

»No puedo decirte con exactitud cuántos éramos. Pero cuando llegamos a la Tierra, cada uno tomó un camino distinto, aunque nos reuníamos con frecuencia para comentar lo que habíamos visto y averiguado.

»Lo que nos unía era nuestro interés en la frase que había pronunciado Dios, en la afirmación de que la humanidad formaba parte de la naturaleza. No acabábamos de comprenderlo. Por consiguiente, decidimos estudiar el asunto.

»No tardé mucho en constatar que los hombres y las mujeres, a diferencia de otros primates, vivían en grandes grupos dentro de unas viviendas que ellos mismos construían y se pintaban el cuerpo de distintos colores, que las mujeres vivían a menudo aisladas de los hombres y que todos creían en algo invisible. ¿Pero en qué? ¿Acaso en las almas de sus antepasados, sus seres queridos que habían muerto y permanecían cautivos en la atmósfera de la Tierra, incorpóreos y desorientados?

»En efecto, era las almas de sus antepasados, aunque los

humanos adoraban también a otras entidades. Imaginaban a un Dios que había creado a los animales salvajes, al que rendía culto por medio de sacrificios que realizaban sobre unos altares en el convencimiento de que esa vertiente de Dios Todopoderoso constituía una personalidad de unos límites muy precisos y fácil de complacer o disgustar.

»No puedo decir que aquello me pillara de sorpresa, después de las cosas que había presenciado. Ten presente que he condensado millones de años con el fin de resumirte la historia de las revelaciones. Pero al aproximarme a esos altares, cuando oí las oraciones que elevaban al Dios de los animales salvajes, cuando vi el cuidado y la atención con que ejecutaban esos sacrificios en los que degollaban un carnero o un ciervo, me sorprendió el hecho de que aquellos humanos no sólo parecían ángeles, sino que habían adivinado la verdad.

»La habían descubierto de forma instintiva. Existía un Dios. Lo sabían. No sabían cómo era, pero sabían que existía, y ese conocimiento instintivo parecía brotar de la misma esencia que sus almas espirituales. Me explicaré.

»La conciencia de la muerte había creado una fuerte sensación de individualidad en los humanos, y esta individualidad temía la muerte, la aniquilación. Lo veían, sabían lo que significaba, lo presenciaban continuamente. Y rogaban a Dios para que no permitiera que este trance careciera de significado en el mundo.

»Fue esa tenacidad de su individualidad lo que hizo que el alma humana permaneciera viva después de abandonar el cuerpo, aferrándose a la vida, por decirlo así, perpetuándose al adaptarse al único mundo que conocía.

No dije nada. Estaba fascinado por la historia que relataba Memnoch y sólo deseaba que continuara. Pero, naturalmente, pensé en Roger. Pensé en él porque Roger era el único fantasma que yo había conocido y lo que Memnoch acababa de describir era una versión notablemente precisa y contundente de Roger.

—Exacto —dijo Memnoch—, lo cual seguramente explica por qué Roger acudió a ti, aunque en aquel momento me fastidió en extremo.

—¿No querías que Roger acudiera a mí?

—Observé. Escuché. Me quedé asombrado, al igual que tú, pero era el primer fantasma que lograba asombrarme. No es que fuera algo extraordinario, pero te aseguro que no fue una cosa orquestada por mí, si a eso te refieres.

—Como sucedió prácticamente al mismo tiempo que tus apariciones, supuse que ambos hechos guardaban relación.

—¿De veras? ¿Qué relación puede haber? Te aconsejo que la busques dentro de ti. ¿Acaso crees que es la primera vez que un muerto trata de hacerse oír? ¿Crees que los fantasmas de tus víctimas no han intentado ponerse en contacto contigo? Reconozco que éstos suelen morir en un profundo estado de trance y confusión, ignorando que eres el instrumento de su muerte. Pero no siempre ha sido así. Quizás eres tú quien ha cambiado. Ambos sabemos que amabas a ese hombre mortal, Roger, que lo admirabas, que comprendías su vanidad y amor por lo sagrado, lo misterioso y lo costoso, porque tú también posees esos rasgos.

—Lo que dices es cierto, sin duda —respondí—, pero sigo creyendo que tuviste algo que ver en el hecho de que se me apareciera.

Memnoch me miró perplejo durante unos instantes, como si fuera a enojarse, pero luego soltó una carcajada.

—¿Por qué? —preguntó—. ¿Por qué iba a molestarme en hacer que se te apareciera Roger? Ya te he dicho lo que quiero de ti. Sabes lo que significa. Conoces las revelaciones místicas y teológicas. Cuando eras un niño y vivías en Francia, ante el temor de que pudieses morir sin comprender el significado del universo no dudaste en acudir con urgencia al párroco de la aldea y preguntarle: «¿Cree usted en Dios?»

—Sí, pero eso sucedió hace mucho tiempo. Cuando afirmas que no existe ninguna relación... no acabo de creerlo —dije.

—¡Eres el tipo más terco que jamás he conocido! —exclamó Memnoch, levemente irritado pero sin perder la paciencia—. Lestat, ¿no comprendes que lo que te impulsó hacia Roger y su hija Dora fue la misma cosa que me llevó a mí a elegirte? Alcanzaste un punto en que deseabas bucear en lo sobrenatural. Pedías a gritos ser destruido. El apoderarte de David fue el primer paso hacia el abismo moral al que te encaminabas. Te perdonaste a ti mismo por haber convertido a la pequeña Claudia en una vampira debido a que eras joven y estúpido.

»Pero convertir a David en un vampiro, contra su voluntad... Apoderarte de su alma para convertirla en un alma vampírica... Ése fue el peor crimen que has cometido. Un crimen que clamaba al cielo. David, al que habíamos permitido que nos vislumbrara en una ocasión, durante una fracción de segundo, por el que sentíamos un profundo interés...

—De modo que os aparecisteis ante David deliberadamente.

—Creo habértelo dicho ya.

—Pero Roger y Dora estorbaban.

—Sí. Naturalmente, tú elegiste a la víctima más brillante y atrayente. Elegiste a un hombre que desempeñaba tan bien su trabajo (sus crímenes, sus estafas, sus robos) como tú el tuyo. Fue un paso aún más audaz. Tu voracidad aumenta con el tiempo. Se convierte en algo cada vez más peligroso para ti y para quienes te rodean. Ya no te conformas con los marginados, los desposeídos y los maleantes. Cuando te fijaste en Roger, te sentiste atraído por su poder y carisma, ¿pero qué has conseguido?

—Me siento destrozado.

—¿Por qué?

—Porque siento amor hacia ti —contesté—, y eso es algo que siempre me alarma, como ambos sabemos. Me siento atraído por ti. Quiero conocer el resto de tu relato. Sin embargo, creo que mientes respecto a Roger y Dora. Creo que todo está relacionado. Y cuando pienso en Dios Encarnado... —me detuve, incapaz de continuar.

Me sentí invadido por la sensualidad del cielo, los fragmentos que todavía recordaba, que aún sentía, y ese recuerdo me dejó sumido en una tristeza mayor que lo que podía expresar con lágrimas.

Creo que cerré los ojos, porque al abrirlos me di cuenta de que Memnoch sostenía mis manos en las suyas. Sus manos eran cálidas, fuertes y suaves en extremo. ¡Qué frías debían de parecerle las mías! Sus manos eran más grandes; perfectas. Las mías eran... mis extrañas, blancas y relucientes manos. Mis uñas, como de costumbre, brillaban como hielo bajo el sol.

Memnoch se apartó bruscamente. Mis manos permanecieron rígidas, enlazadas, abandonadas.

Memnoch se encontraba a unos metros de distancia, de espaldas a mí, contemplando el estrecho mar. Advertí que la silueta de sus inmensas alas se agitaba levemente, como si una tensión interna moviera los invisibles músculos a los que estaban adheridas. Era un ser perfecto, irresistible y desesperado.

—¡Quizá Dios tenga razón! —exclamó rabioso, con su voz profunda, sin apartar la vista del mar.

—¿Respecto a qué? —pregunté.

Memnoch no se volvió.

—Continúa, te lo ruego —dije—. A veces temo derrumbarme bajo el peso de las cosas que me cuentas. Pero prosigue, por favor.

—¿Es ésta tu forma de disculparte? —preguntó Memnoch con suavidad, volviéndose hacia mí.

Las alas se desvanecieron. Se acercó despacio y se sentó a mi derecha. El borde de su túnica estaba cubierto de polvo. Yo asimilé cada detalle antes de pensar en ello. Tenía una hoja pegada en su larga y enmarañada cabellera.

—No —respondí—. No era una disculpa. Por lo general digo lo que pienso.

Examiné su rostro, el delicado perfil, la ausencia de pelo sobre su magnífica piel. Resultaba indescriptible. Cuando contemplas una estatua en una iglesia renacentista y compruebas que es más grande que tú, perfecta, no te asustas porque sabes que es de piedra. Pero ésta estaba viva.

Memnoch se volvió como si hubiera advertido que lo estaba observando y me miró a los ojos. Luego se inclinó hacia delante. Sus ojos eran límpidos y encerraban un sinfín de colores. Sentí sus labios, suaves, húmedos, rozar mi mejilla. Sentí un fuego abrasador, una llama que atravesaba cada partícula de mi cuerpo, como sólo es capaz de hacerlo la sangre, la sangre humana. Noté un agudo dolor en el pecho. Habría podido señalar con un dedo el lugar exacto donde experimentaba el dolor.

—¿Qué sientes? —pregunté, resistiéndome a permitir que me avasallara.

—Siento la sangre de centenares de personas —murmuró Memnoch—. Siento un alma que ha conocido un millar de almas.

—¿Conocido, o simplemente destruido?

—¿Vas a apartarme de tu lado debido al odio que sientes hacia ti mismo? —preguntó Memnoch—. ¿O continúo con mi relato?

—Continúa, por favor.

—El hombre había inventado o descubierto a Dios —dijo. Su voz tenía un tono sosegado, cortés, casi humilde—. En algunos casos, las tribus adoraban a más de una deidad, a la que consideraban artífice de una parte del mundo. Sí, los humanos sabían que las almas de los muertos sobrevivían; y les hacían regalos para que intercedieran por ellos. Depositaban ofrendas en sus tumbas. Les rezaban, les suplicaban que les ayudaran en la caza, durante el parto, en todas las circunstancias de su vida.

»Cuando los ángeles nos asomamos al *sheol*, el reino de

las tinieblas, cuando penetramos en él, invisibles, nuestra esencia no causó ninguna perturbación puesto que sólo estaba lleno de almas... nada más que almas... comprendimos que esas almas se veían reforzadas en su afán de sobrevivir por las atenciones de los humanos que permanecían en la Tierra, por el amor que les hacían llegar, por los pensamientos que les dedicaban. Todo formaba parte del proceso.

»Al igual que en el caso de los ángeles, esas almas eran unas entidades que poseían distintos grados de intelecto y curiosidad. Asimismo, estaban sometidas a todas las emociones humanas, aunque en muchos casos, por fortuna, las emociones habían perdido intensidad.

»Algunas almas, por ejemplo, sabían que estaban muertas y trataban de responder a las oraciones de sus hijos, intentaban aconsejarlos, expresándose con toda la potencia de la que podían hacer acopio en una voz espiritual. Se esforzaban en aparecer ante sus hijos. A veces conseguían traspasar durante unos segundos la barrera de lo material, atrayendo hacia sí unas partículas de materia mediante la fuerza de su esencia invisible. Otras, cuando el alma del humano que dormía estaba receptiva a otras almas, se les aparecían en sueños. Hablaban a sus hijos de la amargura y las tinieblas de la muerte, y les decían que debían ser valientes y fuertes en la vida. Les daban consejos.

»En algunos casos parecían conscientes de que el amor y la atención de sus hijos les proporcionaba fuerzas. Les pedían que rezaran por ellas y les hicieran ofrendas, recordaban a sus hijos su deber para con ellas. Esas almas se sentían confundidas, salvo en una cosa: creían haber visto todo cuanto existía en el mundo.

—¿No llegaban a atisbar el cielo?

—No, en el reino de las tinieblas no penetraba la luz del cielo, ni tampoco la música. Desde el *sheol* sólo se veía la oscuridad y las estrellas, así como las gentes que se hallaban en la Tierra.

—Debía de ser insoportable.

—No si crees que eres un dios para tus hijos y obtienes fuerza de las libaciones que éstos derraman sobre tu sepultura. No si te complaces en aquellos que siguen tus consejos y te enojas con quienes no lo hacen; no si puedes comunicarte de vez en cuando con tus seres queridos, con resultados espectaculares.

—Comprendo. De modo que para sus hijos eran dioses.

—Una especie de dioses ancestrales. No el Creador de todo. Como he dicho, los humanos, en esta materia, tenían las cosas muy claras.

»El reino de las tinieblas me fascinaba. Lo recorrí de punta a punta. Algunas almas no sabían que estaban muertas. Sólo sabían que estaban perdidas y ciegas. Se sentían muy desgraciadas y lloraban constantemente, como los niños. Eran tan débiles que ni siquiera eran capaces de advertir la presencia de otras almas.

»Otras almas se engañaban. Se creían todavía vivas. Perseguían a sus familiares vivos en un vano intento de que sus hijos escucharan sus ruegos, cuando lo cierto es que éstos no podían oírlas ni verlas. Esas almas que creían estar vivas no tenían la capacidad de atraer partículas de materia y aparecerse en sueños a sus hijos, porque ignoraban que estaban muertas.

—Ya.

—Algunas almas sabían que cuando se aparecían ante los mortales asumían la forma de fantasmas. Otras creían estar vivas y que el mundo entero se había vuelto en contra de ellas. Algunas otras se limitaban a vagar errantes, viendo y oyendo de forma remota los sonidos que producían otros seres, como si estuvieran sumidas en un estado de sopor o en un sueño. Por fin, otras almas perecían.

»Yo mismo las vi morir. Enseguida comprendí que muchas almas se estaban muriendo. El alma moribunda duraba una semana, quizás un mes en términos de tiempo humano, después de haberse separado del cuerpo, reteniendo su forma, y luego empezaba a desvanecerse. La esencia se dispersaba de modo progresivo, como la esencia de un animal cuando éste expira. Se esfumaba, quizá para regresar a la energía y a la esencia de Dios.

—¿Eso era lo que sucedía? —pregunté, ansioso de obtener una confirmación—. ¿Su energía regresaba al Creador; la luz de una vela regresaba al fuego eterno?

—Lo ignoro. No vi unas llamitas que se elevaran al cielo atraídas por un poderoso y benévolo fuego. No, no vi nada de eso.

»Desde el reino de las tinieblas no se distinguía la luz de Dios. Para las almas en pena, el consuelo de Dios no existía. Sin embargo eran unos seres espirituales, hechos a nuestra imagen y semejanza, los cuales se aferraban a esa imagen y ansiaban gozar de una vida después de la muerte. Ése era su tormento: el ansia de gozar de una vida después de la muerte.

—¿Significaba eso que el alma simplemente se extinguía? —pregunté.

—No. El ansia era una cosa innata, que se desvanecía en el reino de las tinieblas antes de que el alma se desintegrara. Las almas pasaban por numerosas experiencias en el reino de las tinieblas. Las más fuertes se consideraban dioses, o bien unos humanos que habían accedido al reino del Dios bondadoso, desde el cual velaban por los seres humanos; esas almas adquirían el suficiente poder para influir en otras almas, para reforzarlas y en ocasiones impedir que se extinguieran.

Memnoch se detuvo, como si hubiera perdido el hilo del discurso. Luego continuó:

—Algunas almas, sin embargo, comprendían la realidad. Sabían que no eran dioses. Sabían que eran unos humanos que habían muerto y no tenían derecho a modificar el destino de las personas que les invocaban; sabían que las libaciones eran fundamentalmente simbólicas. Comprendían lo que significaba el concepto de lo simbólico. Sabían que estaban muertas, y se sentían perdidas. De haber sido capaces, no habrían dudado en reencarnarse, pues sólo así podían gozar de la luz, el calor y el consuelo que habían conocido. Y a veces lo conseguían.

»Es un fenómeno que presencié en varias ocasiones. Vi a algunas almas descender a la Tierra y apoderarse de un estupefacto mortal, adueñarse de su cuerpo y su cerebro y habitarlo hasta que el individuo conseguía expulsar el alma que lo habitaba. Tú conoces mejor que nadie esas cosas. Tú mismo has poseído un cuerpo que no te pertenecía, y tu cuerpo ha pasado a ser habitado por otra alma.

—Sí.

—Pero estábamos en los albores de ese invento. Resultaba fascinante contemplar a esas astutas almas en su aprendizaje de las normas del juego, asistir a cómo cada vez se volvían más poderosas.

»Lo que no dejaba de espantarme, siendo como yo era el "acusador" a quien le horrorizaba la naturaleza, según Dios, y lo que no podía pasar por alto era que esas almas influían en las personas vivas. Algunos seres humanos se habían convertido en oráculos. Se drogaban o bebían una poción que hacía que su mente se volviera pasiva, de forma que el alma muerta pudiera expresarse a través de su voz.

»Y comoquiera que esos poderosos espíritus, pues así es como debo llamarlos de ahora en adelante, conocían únicamente lo que habían aprendido en la Tierra y en el reino de las tinieblas, con frecuencia instaban a los humanos a cometer trágicos errores. Les impulsaban a declarar la guerra, a ejecutar a sus enemigos. Les exigían el sacrificio de seres humanos.

—Es decir, asististe a la creación de la religión por parte del hombre —dije.

—Sí, en la medida en que el hombre sea capaz de crear algo. No olvidemos quién nos creó a todos.

—¿Cómo reaccionaron los otros ángeles ante esas revelaciones?

—Nos reunimos, comentamos llenos de asombro lo que habíamos presenciado y luego cada cual prosiguió con sus propias exploraciones; la Tierra nos fascinaba hasta el punto de obsesionarnos. Pero en síntesis, los ángeles reaccionaron de diversas manera. Algunos, sobre todo los serafines, opinaban que el fenómeno en su conjunto era una maravilla; que Dios merecía que le dedicáramos un millar de himnos de alabanza por haber creado un universo en el que un ser ma terial era capaz de convertirse en una deidad invisible que, en su intento por sobrevivir, ordenaba a los humanos de la Tierra que declararan la guerra a sus adversarios.

»Otros sostenían que era un error, una abominación, que era inconcebible que las almas de los humanos pretendieran ser dioses y que era preciso poner fin a aquel dislate.

»En cuanto a mí, declaré apasionadamente "¡Esto no puede continuar así! ¡Es una catástrofe! Es el comienzo de un nuevo estadio de la vida humana, incorpórea pero resuelta e ignorante, que a cada segundo que pasa adquiere mayor poder, que ha llenado la atmósfera del mundo de potentes y odiosas entidades tan ignorantes como esos humanos a cuyo alrededor pululan sin cesar."

—Supongo que algunos ángeles estarían de acuerdo contigo.

—Sí, algunos se mostraron tan vehementes como yo, pero entonces dijo Miguel: «Confía en Dios, Memnoch, el Creador del universo. Dios conoce el plan divino.»

»Miguel y yo manteníamos largas conversaciones. Rafael, Gabriel y Uriel no nos acompañaban, no tomaron parte en la misión que nos había llevado a la Tierra. La razón es muy sencilla. Esos cuatro ángeles casi nunca van juntos. Digamos que se trata de una regla, una costumbre, una... vocación; dos de ellos suelen permanecer de guardia en el cielo, por si Dios los necesita. En este caso, Miguel fue el único que insistió en acompañarnos.

—¿Todavía existe el arcángel Miguel?

—¡Por supuesto! Ya lo conocerás. Podrías conocerlo ahora mismo si desearas, pero no creo que acceda a presentarse. Está de parte de Dios. Pero si te unes a mí, sin duda llegarás a conocerlo. De hecho, te sorprenderá comprobar que Miguel comprende mi postura, la cual no debe de ser irreconciliable con los designios del cielo, por que, de otro modo, no se me permitiría hacer lo que hago.

Memnoch me miró fijamente.

—Esos espíritus del *bene ha elohim* que te he descrito están vivos. Son inmortales. ¿Acaso lo dudabas? Pero sigamos. Algunas de las almas que por aquel entonces se hallaban en el reino de las tinieblas ya no existen, al menos en una forma que yo conozca, aunque quizá sí en una forma que sólo conoce Dios.

—Entiendo. Fue una pregunta estúpida —confesé—. Mientras presenciabas esos fenómenos, con profunda aprensión, según tú mismo has reconocido, ¿qué relación veías entre ello y la afirmación de Dios acerca de que la humanidad formaba parte de naturaleza?

—Sólo lo entendía como un incesante intercambio de energía y materia. Las almas eran energía, pero conservaban unos conocimientos adquiridos a partir de la materia. Más allá de eso, no era capaz de conciliar ambas cuestiones. Miguel, sin embargo, sostenía otra opinión. Decía que nos hallábamos en una escalera; las moléculas inferiores de materia inorgánica constituían los escalafones inferiores. Esas almas incorpóreas ocupaban el escalafón inmediatamente superior al hombre, pero inferior a los ángeles. Según Miguel, se trataba de una infinita procesión, pero él estaba convencido de que Dios lo había creado todo con una intención y era su voluntad que las cosas fueran así.

»A mí me parecía increíble, porque el sufrimiento de las almas me horrorizaba. A Miguel también le dolía. Se tapaba los oídos para no oír sus lamentos. Y la muerte de las almas me horrorizaba aún más. Si éstas podían vivir, ¿a qué venía tanto secreto? ¿Acaso estaban condenadas a permanecer eternamente en el reino de las tinieblas? ¿Qué otra cosa en la naturaleza se mantenía tan estática? ¿Es que se habían convertido en unos asteroides que sentían y padecían, condenados a girar incesantemente alrededor del planeta, en unas lunas capaces de gritar, gemir y llorar?

»—¿Cómo acabará todo esto? —pregunté a Miguel—. Las tribus rezan a distintas almas. Esas almas pasan a convertirse en sus dioses. Algunas son más poderosas que otras. Las guerras asolan el mundo.

»—Pero Memnoch —respondió Miguel—, los primates ya se comportaban así antes de que tuvieran alma. Todo cuanto existe en la naturaleza devora y es devorado. Es lo que Dios ha tratado de explicarte desde que empezaste a protestar por los lamentos que oías en la Tierra. Esos espíritus-dioses-almas son unas expresiones de los humanos, forman parte de la humanidad, nacen de los humanos y se nutren de ellos, y aunque esos espíritus llegaran a adquirir el poder de manipular a los mortales a su antojo, no dejarían de formar parte de la materia y la naturaleza, tal es lo que afirma Dios.

»—Así pues, la naturaleza consiste en este incesante e indescriptible horror —dije—. Por lo visto, no basta con que un tiburón devore a un joven delfín, o que una mariposa muera triturada entre las fauces de un lobo, indiferente a su belleza. No, la naturaleza debe seguir su curso, crear a partir de la materia esos espíritus atormentados. La naturaleza parece aproximarse al cielo, pero en realidad se halla tan alejada de él que el mundo se ha convertido en el reino de las tinieblas.

»Este discurso fue demasiado para Miguel. Uno no puede hablarle de esa forma al arcángel Miguel. Es un error. Miguel se apartó al instante de mí, no furioso ni temeroso de que le cayera un rayo divino y le partiera el ala izquierda, sino en silencio, como diciendo, Memnoch, tu impaciencia te granjeará un disgusto. Luego se volvió hacia mí y dijo:

»—Memnoch, no profundizas en las cosas. Esas almas acaban de iniciar su evolución. ¿Quién sabe lo poderosas que llegarán a ser? El hombre ha penetrado en lo invisible. ¿Y si se convirtieran en unos seres semejantes a nosotros?

»—¿Cómo quieres que eso suceda, Miguel? —pregunté yo—. ¿Cómo quieres que esas almas sepan lo que son los ángeles o el cielo? ¿Acaso crees que si apareciéramos ante ellos y les dijéramos...? —Pero me detuve. Sabía que aquello era inconcebible. No me hubiera atrevido, ni en un millón de años.

»No bien se nos hubo ocurrido ese pensamiento, empezamos a darle vueltas y a comentarlo con nuestros compañeros. Los otros ángeles dijeron:

»—Las personas vivas saben que estamos aquí.

»—¿Cómo es posible? —pregunté. Aunque sentía una profunda lástima por la humanidad, no consideraba a los mortales muy inteligentes. Uno de los ángeles se apresuró a explicármelo.

»—Algunas personas han intuido nuestra presencia. La intuyen de la misma forma que intuyen la presencia de un alma muerta. Lo hacen con la parte del cerebro con que perciben otras cosas invisibles. No tardarán en imaginar cómo somos, ya lo verás.

»—No creo que eso sea voluntad de Dios —afirmó Miguel—. En todo caso, opino que debemos regresar de inmediato al cielo.

»La mayoría se mostró de acuerdo con él y lo manifestó como suelen hacerlo los ángeles, en silencio. Yo me quedé solo, mirando a la legión de ángeles que me habían acompañado a la Tierra.

»—Dios me ha encomendado una misión. No puedo regresar hasta que la haya cumplido —insistí—. No comprendo lo que está pasando.

»Mi respuesta provocó una tremenda discusión. Al final, Miguel me besó suavemente en los labios y las mejillas, como besan los ángeles, y subió al cielo, seguido de los otros.

»Permanecí solo en la Tierra. No rogué a Dios que me ayudara; no recurrí a los hombres. Miré dentro de mí y me pregunté: "¿Qué puedo hacer? No quiero que me vean como a un ángel. No quiero que me adoren como a esas pobres almas. No deseo enojar a Dios, pero debo cumplir la misión que me ha ordenado. Debo tratar de comprender. Ahora soy invisible, pero podría intentar hacer lo que hacen algunas almas, es decir, crearme un cuerpo con minúsculas partículas de materia procedentes de todas partes. Nadie sabe mejor que yo de qué se compone el hombre, puesto que he observado su evolución. Sé de qué están hechos sus tejidos, sus células, sus huesos, sus nervios y su cerebro." ¿Quién podía saberlo mejor que yo? Nadie, excepto Dios.

»Así pues, centré todos mis esfuerzos en construirme un cuerpo humano, completo, y elegí, sin casi darme cuenta, un cuerpo masculino. ¿Es necesario que te explique el motivo?

—No —contesté—. Imagino que habías visto a suficientes mujeres violadas o víctimas del parto y te inclinaste por una apariencia masculina. Es lógico.

—Así es. Pero a veces me pregunto si fue una decisión acertada. A veces me pregunto si las cosas habrían sido distintas si hubiera adoptado un aspecto femenino. En realidad, las mujeres se parecen más a nosotros que los hombres. Aunque, si los ángeles participamos de ambos sexos, sin duda poseemos más rasgos masculinos que femeninos.

—Por lo que he visto, estoy de acuerdo contigo.

—Conque asumí un cuerpo humano. Tardé un poco más de lo previsto en crearlo, pues tuve que esforzarme en recordar toda la información que había almacenado en mi angélica memoria. Tuve que construirlo poco a poco, y luego insuflarle mi esencia como si se tratara de la esencia natural de la vida. Tuve que embutirme en este extraño cuerpo, asumir sus rasgos sin temor ni vacilaciones y mirar a través de sus ojos.

Asentí en silencio con una leve sonrisa. Después de haber renunciado a mi cuerpo vampírico a cambio de un cuerpo humano, comprendía lo que Memnoch debió sentir en aquellos momentos. Pero no quería hacerme el listo.

—No fue un proceso doloroso —prosiguió Memnoch—, sólo tuve que someterme a una forma mortal. Dejé de ser un espíritu inmaterial para convertirme en una criatura con un cuerpo de carne y hueso y así formar parte de la naturaleza, por emplear la palabra favorita de Dios, aunque conservé, eso sí, mi propia esencia. Sólo omití las alas. Cuando me dirigí hacia un lago, caminando erguido como un ángel, y me miré en sus aguas, vi por primera vez a Memnoch con forma humana. Observé mi cabello rubio, mis ojos, mi piel, todos los dones que Dios me había otorgado y que hasta ese momento habían permanecido en la invisibilidad.

»Pero enseguida comprendí que había ido demasiado lejos. Tenía un cuerpo gigantesco, apabullante. De modo que hice unos retoques y reduje de tamaño, con el fin de parecerme más a un hombre corriente.

»Aprenderás a hacer todo eso cuando estés conmigo —dijo Memnoch—, si decides morir y convertirte en mi lugarteniente. Pero debo decir que no es ni imposible ni tampoco terriblemente sencillo; no es como pulsar las teclas de un complicado programa informático y observar cómo el ordenador ejecuta escrupulosamente tus órdenes. Por otro lado, tampoco requiere grandes esfuerzos, tan sólo ciertos conocimientos, una paciencia y una voluntad angelicales.

»Junto al lago había un hombre desnudo, rubio, de ojos claros, muy parecido a muchos habitantes de aquella región, aunque más perfecto, que estaba dotado de unos órganos físicos de tamaño razonable aunque no extraordinario.

»Toda mi esencia se centraba en esos órganos, concretamente en el escroto y en el pene. Sentí algo que jamás había sentido cuando era un ángel. Era una sensación totalmente desconocida. Sabía que existían dos sexos, el femenino y el masculino; sabía que los humanos presentaban cierta vulnerabilidad, pero no estaba preparado para aquella sensación tan intensa.

»Supuse que al adoptar una forma humana me convertiría en un ser humilde, que temblaría de vergüenza al observar mi insignificancia, mi inmovilidad y muchas otras cosas, las mismas que tú sentiste cuando cambiaste tu cuerpo vampírico por el de un hombre.

—Lo recuerdo perfectamente.

—Pero no sentí nada de eso. Nunca había sido corpóreo. Nunca se me había ocurrido convertirme en un ser material. Jamás había pensado siquiera en desear contemplar mi imagen en un espejo terrenal. Conocía mi imagen por haberla visto reflejada en los ojos de otros ángeles. Conocía las partes de mi ser porque las veía con mis ojos angélicos.

»Pero ahora era un hombre. Sentí mi cerebro dentro del cráneo. Noté su húmeda, compleja y caótica mecánica, así como sus tejidos, que encerraban las fases más primitivas de la evolución y las agrupaban en un conjunto de células superiores que se hallaban en el córtex, de un modo que al mismo tiempo parecía totalmente ilógico y por completo natural; natural si uno sabía lo que yo, en tanto ángel, sabía.

—¿Por ejemplo? —pregunté, tratando de no parecer grosero.

—Por ejemplo, que las emociones que se agitaban en la parte límbica de mi cerebro podían apoderarse de mí sin haberse dado a conocer antes a la conciencia —contestó Memnoch—. Eso no puede sucederle a un ángel. Nuestras emociones no pueden sustraerse a nuestra mente consciente. No podemos sentir un temor irracional. Al menos, eso creo. Y en cualquier caso, no lo pensé cuando me encontraba en la Tierra, metido en un cuerpo de carne y hueso.

—¿Podían haberte herido, o matado, cuando presentabas esa forma humana? —pregunté.

—No. Pero ya volveremos sobre ello. El caso es que mientras me hallaba en esa zona agreste y boscosa, en ese valle que hoy es Palestina, me di cuenta de que mi cuerpo era un cebo para los animales, de modo que creé a mi alrededor una coraza muy resistente formada por mi esencia angelical. Funcionaba como un mecanismo eléctrico. Es decir, cuando se me acercaba un animal, lo cual sucedió casi de inmediato, era repelido al instante por esa coraza.

»Protegido por esa coraza invisible, decidí visitar unos poblados cercanos a fin de echar un vistazo, sabiendo que nadie podía herirme ni atacarme. Sin embargo, no quería ofrecer un aspecto milagroso. Por el contrario, ante un ataque habría intentado zafarme, comportarme de forma que nadie advirtiera nada extraño en mí.

»Aguardé hasta que anocheció y entonces me dirigí al poblado más próximo, el mayor de aquella zona, el cual se había hecho tan poderoso que exigía tributo de otros poblados. Se trataba de un campamento amurallado, con unas chozas donde vivían hombres y mujeres. En cada choza ardía una fuego. También había un recinto central, donde se reunían todos. Por la noche cerraban las puertas del campamento.

»Entré sigilosamente, me oculté junto a una choza y observé durante horas lo que hacían sus moradores al atardecer y por la noche. Recorrí todo el lugar y me asomé a cada una de las pequeñas chozas con el fin de observar sus costumbres.

»Al día siguiente me dirigí al bosque, para observar el campamento desde allí. Vi un grupo de cazadores, aunque ellos no podían verme. Cuando descubrieron mi presencia salí huyendo, pues dadas las circunstancias me parecía lo más razonable. Nadie me persiguió.

»Permanecí en las inmediaciones del poblado durante tres días y tres noches. En ese tiempo descubrí sus limitaciones, sus necesidades fisiológicas, sus sufrimientos e incluso la lujuria, que pronto sentí arder dentro de mí.

»Al anochecer del tercer día ya había sacado una serie de conclusiones respecto al motivo por el que esa gente no formaba parte de la naturaleza. Tenía fundados argumentos pa-

ra rebatir las afirmaciones de Dios y, dando así por conclui-
da mi misión, me dispuse a partir.

»Hay una cosa que siempre ha fascinado a los ángeles, y
que no había experimentado en mi propia carne; la unión sexual. Bajo la forma de una ángel invisible puedes espiar a una
pareja que está copulando y ver sus ojos entornados, oír sus
gemidos, tocar los ardientes pechos de la mujer y notar los
acelerados latidos de su corazón.

»Lo había hecho innumerables veces. En aquel momento pensé que, a fin de comprender mejor a los seres humanos, era preciso que experimentara personalmente la unión
carnal. Sabía lo que eran la sed, el hambre, el dolor, el cansancio, sabía cómo vivían esas gentes, cómo sentían, pensaban y hablaban. Pero no sabía lo que experimentaban durante la unión sexual.

»Al anochecer del tercer día, cuando me hallaba a orillas
de este mismo mar, lejos del poblado, el cual estaba ubicado
a varios kilómetros a la derecha de donde nos encontramos
nosotros, apareció de repente una mujer muy bella, la hija de
un hombre.

»No era la primera mujer hermosa que veía. Como te he
dicho, cuando contemplé por primera vez la belleza femenina... antes de que los hombres se convirtieran en unos seres
de piel suave, desprovistos de pelo... me sentí muy impresionado. Durante aquellos tres días, como es lógico, había
observado de lejos a muchas mujeres hermosas. Sin embargo, no me atrevía a acercarme a ellas; al fin y al cabo, tenía
forma humana y procuraba pasar inadvertido.

»Hacía tres días que estaba metido en aquel cuerpo y los
órganos sexuales, perfectamente construidos, reaccionaron
de inmediato ante la visión de esa mujer, que se acercaba caminando por la orilla del mar; una mujer rebelde, temeraria,
sin la compañía de un hombre u otras mujeres que le dieran
escolta, una joven de largos cabellos y expresión huraña, pero muy bella.

»Iba vestida con una tosca piel de animal que sujetaba con un cinturón de cuero. Estaba descalza y mostraba sus piernas desnudas a partir de las rodillas hasta los pies. Su cabello era largo y oscuro, lo cual contrastaba con sus ojos azules. Tenía un rostro muy juvenil pero con mucho carácter, rebelde, lleno de ira. Parecía desesperada, hasta el punto de estar dispuesta a cometer una locura.

»La joven me vio.

»Se detuvo, consciente de su vulnerabilidad. Y yo, que nunca me había preocupado de cubrirme con una prenda, permanecí de pie, desnudo, ante ella. Mi miembro la deseaba, con urgencia y ardor; imaginé lo que sentiría al unirme con ella. Por primera vez sentí un intenso deseo sexual. Durante tres días había vivido con la mente de un ángel, pero ahora mi cuerpo me hablaba y yo lo escuché con los oídos de un ángel.

»La joven no huyó de mí, sino que avanzó unos pasos resuelta, como si hubiera tomado una decisión, aunque ignoro en qué se basaba; sin embargo, era evidente que estaba dispuesta a abrirme sus brazos si yo se lo pedía. Luego, con un airoso movimiento de caderas y un ademán de su mano derecha, se levantó el cabello y lo dejó caer, indicándome así que estaba preparada para recibirme.

»Me acerqué y ella me cogió la mano y me condujo por la ladera hacia esa cueva que ves allí, a la izquierda. Me condujo hasta la cueva y al llegar comprendí que me deseaba tanto como yo a ella.

»Esa joven no era virgen. Ignoro su historia, pero resultaba obvio que había conocido la pasión. Sabía lo que era y la buscaba. Restregó su cuerpo contra el mío, y cuando me besó e introdujo la lengua entre mis labios sabía bien lo que pretendía.

»Me sentí abrumado. La aparté por unos instantes con el fin de contemplar su misteriosa belleza material, una belleza de carne y hueso que perecería y se pudriría, pero que rivalizaba con la de cualquier ángel. Yo le devolví los besos de forma brutal. Ella se rió y apretó sus pechos contra mí.

»Al cabo de unos segundos nos tumbamos en el suelo de la cueva, cubierto de musgo, tal como había visto hacer a numerosas parejas de mortales. Cuando introduje mi miembro en su vagina y sentí el arrebato de la pasión, supe lo que ningún ángel podría saber jamás. Aquello nada tenía que ver con la razón, la observación o el entendimiento, con escuchar o tratar de aprender. Estaba dentro de ella y sentí un placer abrasador, igual que ella. Los músculos de la peluda boca de su vagina me oprimieron el miembro con fuerza, como si quisieran devorarme, y mientras me movía dentro de ella vi que de pronto su rostro se teñía de rojo; entonces puso los ojos en blanco y su corazón se paralizó.

»Ambos alcanzamos el orgasmo al mismo tiempo. Noté que eyaculaba con fuerza dentro de ella, inundando su cálida y estrecha cavidad. Seguí moviéndome durante unos momentos al mismo ritmo, hasta que aquella extraordinaria e indescriptible sensación empezó a desvanecerse y al fin desapareció.

»Permanecí tendido a su lado, con un brazo sobre ella, mientras la besaba suavemente en la mejilla, y dije en su idioma, de forma atropellada: "¡Te amo, te amo, te amo, hermosa y dulce criatura, te amo!"

»Ella se volvió y esbozó una pequeña y respetuosa sonrisa. Luego se acurrucó junto a mí, como si estuviera a punto de echarse a llorar. Su osadía había dejado paso a una maravillosa ternura. Su alma sufría, lo notaba a través de las palmas de sus manos.

»Dentro de mí se agitaba un cúmulo de pensamientos y emociones. Había experimentado un orgasmo. Había sentido las intensas sensaciones físicas que procura el acto sexual. Contemplé el techo de la cueva, incapaz de moverme, de articular palabra.

»Al cabo de unos minutos sentí que la joven se sobresaltaba. Entonces se aferró a mi cuello, se incorporó de rodillas y huyó.

»Al levantarme vi una luz que provenía del cielo. Era la luz de Dios, que me perseguía. Salí corriendo de la cueva.

»—¡Aquí estoy, Señor! —grité—. ¡He experimentado un gozo indescriptible! —Acto seguido entoné un himno de alabanza a Dios. De pronto las partículas materiales de mi cuerpo empezaron a disolverse, como si el poder de mi voz angelical las hiciera desaparecer. Erguido, extendí las alas y canté al Señor, lleno de gratitud por lo que había sentido entre los brazos de aquella mujer.

»Dios me habló con tono sosegado, pero lleno de ira.

»—¡Memnoch! —exclamó—. ¡Eres un ángel! ¿Qué hace un ángel, un hijo de Dios, con la hija de un hombre?

»Antes de que yo pudiera responder, la luz desapareció y me dejó sumido en un violento torbellino. Al volverme descubrí a la mujer en la orilla del mar, aterrada, como si hubiera visto y oído algo que le resultaba inexplicable. Luego huyó.

»Mientras ella echaba a correr el torbellino me alzó hasta las puertas del cielo, pero por primera vez éstas adquirieron unas dimensiones descomunales, como cuando tú llegaste a ellas, y se cerraron. En aquel momento la luz divina me derribó violentamente y noté que me precipitaba en el vacío, como te precipitaste tú mientras yo te sostenía en mis brazos; sin embargo yo estaba solo, espantado, y al fin aterricé, invisible pero magullado, entre angustiosos gemidos, sobre la tierra húmeda.

»—¡Te nombré uno de mis observadores! ¿Qué has hecho? —me increpó la voz de Dios, pequeña, junto a mi oído.

»Yo rompí a llorar, desconsolado.

»—¡Señor, se trata de un malentendido. Deja... que te lo explique.

»—¡Quédate con los humanos a los que tanto amas! —me dijo Dios—. Que ellos se ocupen de ti, pues me niego a escucharte hasta que mi ira se haya aplacado. Abraza el cuerpo de esa mujer que tanto deseas, y que te ha contaminado. No volverás a presentarte ante mí hasta que te mande llamar.

»El viento empezó a soplar y, al tumbarme de espaldas, advertí que no tenía alas, que había vuelto a adoptar el cuerpo de un hombre.

»Estaba de nuevo embutido en el cuerpo que yo mismo había creado y que el Señor me había devuelto generosamente, hasta la última célula. Permanecí tendido en el suelo, dolorido, débil, gimiendo lastimosamente.

»Jamás me había oído llorar con voz humana. No sollozaba con rabia ni desespero. Estaba aún muy seguro de mí mismo, de que Dios me amaba. Sabía que estaba enojado conmigo, sí, pero no era la primera vez que eso sucedía.

»Lo que sentí fue el dolor de la separación de Dios. No podía ascender al cielo por voluntad propia. No podía abandonar mi cuerpo mortal. Al fin me incorporé y levanté los brazos como si quisiera elevarme, pero no lo conseguí. Presa de una profunda sensación de tristeza y soledad, agaché al cabeza.

»Había anochecido. El firmamento estaba tachonado de estrellas, que me parecieron tan remotas como si nunca hubiera pisado el cielo. Cerré los ojos y oí los lamentos de las almas que se hallaban en el reino de las tinieblas. Las oí cerca de mí, preguntándome quién era, qué era lo que habían presenciado, por qué Dios me había arrojado a la Tierra. Antes mi presencia había pasado inadvertida, pero cuando Dios me arrojó a la Tierra caí de forma espectacular como ángel y asumí de inmediato la forma de un hombre.

»Las almas que poblaban el reino de las tinieblas me abrumaban con sus acuciantes preguntas.

»—¿Qué puedo responder, Señor? ¡Ayúdame! —grité.

»De pronto percibí el perfume de la mujer. Al volverme la vi acercarse con cautela. Cuando vio mi rostro, cuando observó mis lágrimas y mi tristeza, se dirigió resuelta hacia mí, oprimió sus cálidos pechos contra mi torso y me abrazó con manos temblorosas.

13

—La mujer me condujo de nuevo al campamento. Al entrar, los hombres, las mujeres y los niños que estaban sentados alrededor de una hoguera se levantaron y corrieron hacia mí. Yo sabía que poseía una belleza angelical, y sus miradas de admiración no me sorprendieron. Pero me preguntaba qué se proponían hacer conmigo.

»Me senté y me dieron de comer y beber. Tenía hambre y estaba sediento. Durante tres días sólo había bebido agua y había comido unas pocas bayas que había cogido en el bosque.

»Me senté junto a los hombres, con las piernas cruzadas, y comí la carne asada que me ofrecieron. La mujer, la hija del hombre, se apretó contra mí, en una actitud desafiante, para demostrar que estábamos unidos y nada ni nadie podía separarnos, y habló.

»Se puso en pie, levantó los brazos y relató en voz alta lo que había visto. Se expresaba en un lenguaje sencillo, pero suficientemente elocuente para explicar que me había encontrado en la orilla del río, desnudo, y que se había entregado a mí en un acto de devoción y adoración, pues sabía que yo no era un hombre terrenal.

»Tan pronto como mi semen penetró en su cuerpo, una magnífica luz invadió la cueva. Ella huyó aterrada, pero yo me enfrenté a la luz sin temor, como si la conociera, y me transformé ante sus ojos, de tal modo que ella podía ver a través de mí y a la vez seguir viéndome. Según dijo la mujer, me convertí en un ser inmenso provisto de unas alas blancas. Esa visión de una criatura transparente como el agua la pudo contemplar sólo durante unos instantes. Luego desapareció. Es decir, me esfumé. Temblando, la mujer se puso a rezar a sus antepasados, al Creador, a los demonios del desierto, a todas las potencias, para implorar su protección. De pronto me vio aparecer de nuevo —transparente, para resumir sus sencillas palabras, pero visible— alado y gigantesco, precipitándome hacia la Tierra en una caída mortal, pues había vuelto a convertirme en un ser mortal, tan sólido como todos los que se hallaban allí presentes.

»—Dios —le rogué yo—, ¿qué puedo hacer? Lo que esa mujer ha dicho es cierto. Pero no soy un dios. Tú eres Dios. ¿Qué debo hacer?

»No obtuve ninguna respuesta del cielo, al menos no la percibí en mis oídos, ni tampoco en mi corazón ni en mi complejo cerebro.

»En cuanto a nuestros interlocutores, unos treinta y cinco si excluimos a los niños, todos guardaron silencio y se limitaron a observarnos con aire pensativo. Nadie quería precipitarse en aceptar el relato de la mujer, pero tampoco iban a rechazarlo sin haberlo meditado debidamente. Parecían impresionados por mi talante y mi empaque.

»No me sorprendió. Desde luego, no me acobardé ante ellos ni me puse a temblar ni demostré que sufría. No había aprendido a expresar el sufrimiento angélico a través de la carne. Me limité a permanecer sentado, consciente de que también les impresionaba mi juventud, mi belleza, mi misterio. Les faltaba valor para agredirme como hacían con otros, para matarme a golpes o a cuchilladas o quemarme en la hoguera, como les había visto hacer con sus enemigos e incluso con los de su propia tribu.

»De pronto todos comenzaron a murmurar entre sí. Un hombre muy anciano se levantó y habló con unas palabras aún más singulares que las de la mujer. Diría que poseía la mitad del vocabulario de ésta, pero le bastaba y sobraba para expresarse.

»—¿Qué tienes que decir? —me preguntó.

»Los otros reaccionaron como si me hubiera hecho una pregunta genial. Quizá lo fuera. La mujer se sentó junto a mí, me miró con aire implorante y me abrazó.

»Comprendí que su suerte estaba ligada a la mía. Temía a aquellas gentes, aunque eran sus conciudadanos, y en cambio yo no le infundía ningún temor. Eso es obra de la ternura y el amor, pensé, y de un prodigio. ¡Y Dios insiste en que esa gente forma parte de la naturaleza!

»Permanecí con la cabeza agachada, reflexionando, durante unos momentos, pero luego me puse en pie, ayudé a la mujer, a mi compañera, a levantarse y, utilizando todas las palabras conocidas de su lengua, incluidas algunas que los niños habían ido añadiendo a lo largo de esa generación y que los adultos desconocían, dije:

»—No pretendo haceros ningún daño. Vengo del cielo. He venido para conocer vuestras costumbres y aprender a amaros. No os deseo ningún mal, sino todo lo contrario.

»Mis palabras provocaron un gran vocerío, un clamor de satisfacción. La gente se levantó y comenzó a aplaudir, mientras los niños daban saltos de alegría. Todos se mostraron de acuerdo en que Lilia, la mujer con la que había estado, regresara al grupo. Cuando la vi caminando por la orilla del mar la habían expulsado del poblado. Pero ahora había regresado acompañada por una deidad, un ser celestial, exclamaban, haciendo todo tipo de combinaciones de sílabas para describirme.

»—¡No! —protesté—. No soy un Dios. Yo no creé el mundo. Tan sólo venero, al igual que vosotros, al Dios creador del universo.

»Esas palabras también fueron acogidas con grandes gritos de júbilo. El desenfreno empezó a alarmarme. Era consciente de las limitaciones de mi cuerpo mientras los otros bailaban y chillaban a mi alrededor, asestando patadas a los troncos que ardían en la hoguera, y la hermosa Lilia me abrazaba.

»—Necesito dormir —dije. Era verdad. Apenas había dormido más de una hora seguida durante los tres días que llevaba encarnado en un hombre y me sentía cansado, magullado y deprimido por haber sido expulsado del cielo. Deseaba acostarme junto a aquella mujer y hundir la cabeza entre sus brazos.

»Todos manifestaron su aprobación. A continuación nos prepararon una choza. La gente corría de un lado a otro transportando las mejores pieles y cueros curtidos para acondicionar nuestra vivienda. Luego me condujeron hasta ella en silencio y me tendí sobre la piel de una cabra montesa, larga y suave.

»—¿Qué quieres que haga, Dios mío? —pregunté en voz alta.

»No obtuve respuesta. En la choza reinaba sólo el silencio y la oscuridad. De pronto sentí cómo los brazos de la hija del hombre me rodeaban con ternura y pasión, esa misteriosa y milagrosa combinación que conjuga el amor con la lujuria.

Memnoch se detuvo. Parecía extenuado. Se levantó y se acercó a la orilla del mar. Vi la silueta de sus alas durante unos instantes, tal vez como la había visto la mujer, pero luego éstas desaparecieron y asumió de nuevo la forma de un hombre alto de hombros encorvados; se hallaba de espaldas a mí y ocultaba el rostro entre las manos.

—¿Qué sucedió, Memnoch? —pregunté—. ¡Es imposible que Dios te abandonara de ese modo! ¿Qué hiciste? ¿Qué pasó a la mañana siguiente, cuando te despertaste?

Memnoch suspiró, se volvió y se sentó de nuevo junto a mí.

—A la mañana siguiente, tras haber copulado con ella media docena de veces me encontraba medio muerto, pero aprendí otra lección. No sabía qué hacer. Mientras Lilia dormía, recé a Dios, a Miguel, a los otros ángeles, suplicándoles que me indicaran lo que debía hacer.

»¿A que no adivinas quién me respondió? —preguntó Memnoch.

—Las almas del reino de las tinieblas —contesté.

—Justamente. ¿Cómo lo has adivinado? Fueron esos espíritus, los más fuertes, quienes oyeron mis ruegos al Creador y percibieron el ímpetu y la esencia de mis gemidos, mis disculpas y mis súplicas de perdón y comprensión. Lo oyeron y asimilaron todo, como oían y asimilaban los deseos espirituales de sus hijos humanos. Cuando amaneció, cuando los hombres del grupo se reunieron, sólo tenía la certeza de una única cosa:

»Pasara lo que pasase, cualquiera que fuera la voluntad de Dios, las almas del reino de las tinieblas ya no serían las mismas. Habían aprendido demasiadas cosas a través de la voz del ángel caído, el cual había elevado sus desesperados ruegos al cielo y a Dios.

»Lógicamente, en aquellos momentos no lo pensé, no me puse a reflexionar sobre ello. Las almas más fuertes habían vislumbrado el paraíso. Sabían que existía una luz que hacía que un ángel llorara sin consuelo e implorara perdón ante el temor de no volver a verla. No, no pensé en ello.

»Dios me había abandonado. Eso era lo único que me preocupaba. Dios se había alejado de mí. Al salir de la choza vi que el campamento estaba atestado de gente. Habían acudido hombres y mujeres de todos los poblados cercanos para verme.

»Tuvimos que abandonar el recinto y dirigirnos a uno de los campos. Mira hacia la derecha. ¿Ves esas onduladas colinas, ese extenso prado donde el agua..?

—Sí.

—Ahí es donde nos reunimos. Enseguida se hizo evidente que esa gente esperaban algo de mí: que hablara, obrara un milagro, me salieran alas o algo así. En cuanto a Lilia, seguía abrazada a mí, hermosa y seductora, mientras me contemplaba con asombro...

»Nos subimos en esa roca de ahí, entre esas piedras que los glaciares depositaron hace millones de años. Lilia se sentó en ella y yo permanecí de pie ante la multitud con los brazos extendidos y la mirada elevada al cielo.

»Rogué a Dios con todo mi corazón que me perdonara, que me acogiera de nuevo en su seno, que me permitiera recuperar mi forma angelical, invisible, y ascender al cielo. Lo deseé con todas mis fuerzas, imaginando que ocurría, intenté por todos los medios recuperar mi antigua naturaleza. Pero fue en vano.

»No vi otra cosa en el cielo que lo que veían los hombres: la bóveda celeste, las nubes blancas que se deslizaban hacia el este y la vaga silueta de la Luna, puesto que era de día. El sol me hería los hombros y la coronilla. En aquel momento comprendí algo que me horrorizó: probablemente moriría encerrado en ese cuerpo. ¡Había renunciado a mi inmortalidad! Dios me había convertido en un ser mortal y me había vuelto la espalda.

»Medité en ello durante un buen rato. Lo había sospechado desde el primer momento, pero ahora tenía el convencimiento. De pronto me enfurecí. Miré a los hombres y las mujeres que me rodeaban y recordé las palabras de Dios: "Ve con aquellos a los que tanto amas." En aquellos momentos tomé una decisión.

»Si ése era mi fin, si iba a morir en aquel cuerpo mortal como cualquier hombre, si sólo me quedaban unos días, semanas o años —el tiempo que mi cuerpo consiguiera sobrevivir en ese mundo salpicado de peligros— debía ofrecer a Dios lo mejor de mí mismo. Debía morir como un ángel, si ése era mi destino.

»—¡Te amo, Señor! —exclamé mientras me devanaba los sesos en un intento de pensar algún acto extraordinario que ofrecerle a Dios.

»Al cabo de unos instantes se me ocurrió algo inmediato y lógico, tal vez hasta evidente. Enseñaría a esas gentes todo cuanto sabía. No sólo les hablaría del cielo, de Dios y los ángeles, pues eso no les serviría de nada, sino que les aconsejaría que procuraran morir de forma plácida e intentasen alcanzar la paz en el reino de las tinieblas.

»Era lo menos que podía hacer. Además, también les enseñaría lo que yo había aprendido sobre su mundo, lo que había percibido con mi lógica y ellos aún desconocían.

»Empecé a hablarles sin más dilación. Los conduje hacia las montañas, entramos en las cuevas y les mostré las vetas minerales. Les dije que cuando ese metal estaba caliente brotaba de la tierra en forma líquida, pero que ellos podían calentarlo de nuevo para hacerlo maleable y así confeccionar todo tipo de objetos con él.

»Cuando regresamos a la orilla del mar cogí un puñado de tierra y formé con ella unas figuritas. Luego cogí un palo, tracé un círculo en la arena y les hablé sobre los símbolos. Les dije que podíamos hacer un símbolo parecido a un lirio que representara a Lilia, cuyo nombre en su lengua significa "lirio", y así como otro símbolo que representara lo que yo era: un hombre alado. Hice unos dibujos en la arena y les mostré lo fácil que resultaba ligar una imagen a un concepto o a un objeto concreto.

»Al atardecer, las mujeres se congregaron a mi alrededor y les enseñé cómo trenzar tiras de cuero, lo cual jamás se les había ocurrido, para una pieza grande con ese material. Todo era lógico y se ajustaba a lo que yo había deducido mientras observaba el mundo cuando era un ángel.

»Esas gentes ya conocían las estaciones de la Luna, pero no el calendario del Sol. Yo les expliqué cuántos días componían un año, dependiendo del movimiento del Sol y los planetas, y les dije que podían escribir eso con símbolos. Luego cogimos un poco de arcilla de la orilla del mar y formamos con ella unas placas en las que dibujé con una vara las estrellas, el cielo y los ángeles. Luego dejamos que esas placas, o tablas, se secaran al sol.

»Durante días y noches permanecí con mi pueblo, transmitiéndole mis conocimientos. Cuando un grupo se cansaba de la lección, me acercaba a otros, examinaba lo que hacían y les corregía.

»No todos los conocimientos se los impartí yo. Al cabo de un tiempo aprendieron por sí solos a tejer, un arte que les permitiría confeccionar unas prendas más perfectas. Les mostré unos pigmentos similares al ocre rojo que ya utilizaban. Extraje sustancias de la tierra para que pudieran obtener con ellas diversos colores. Cada idea que se me ocurría, cualquier cosa que pudiera facilitarles la vida, se la enseñaba de inmediato. Les ayudé a ampliar su lenguaje, les enseñé a escribir y a componer un nuevo tipo de música. También les enseñé muchas canciones. Las mujeres acudían a mí una y otra vez (Lilia se retiraba entonces discretamente) para que impregnara con mi semilla, la semilla del ángel, a las "hermosas hijas del hombre".

Memnoch hizo otra pausa. Parecía muy triste al evocar esos recuerdos. Tenía la mirada distante y en sus ojos se reflejaba el azul pálido del mar.

Suavemente, con cautela, dispuesto a detenerme a la menor señal que me hiciera, cité de memoria un párrafo del Libro de Enoc:

—«Y Azazel les enseñó los metales y el arte de trabajarlos, y a confeccionar pulseras y otros ornamentos, y el uso del antimonio, y la forma de pintar y embellecer sus párpados, y todo tipo de valiosas piedras, y tintes de diversos colores.»

Memnoch se volvió hacia mí. Parecía casi incapaz de pronunciar palabra. Cuando habló, citando otras líneas del Libro de Enoc, lo hizo con una voz tan suave como la mía:

—«Fue una época impía, las gentes fornicaban y se alejaban del camino de la virtud... —Memnoch se detuvo unos instantes y luego prosiguió—: Cuando las gentes morían gritaban de desesperación, y sus gritos alcanzaban el cielo.» —Memnoch se interrumpió de nuevo, y esbozó una amarga sonrisa—. ¿Y qué más, Lestat? ¿Qué es lo que yace entre líneas en los párrafos que hemos citado ambos? ¡Mentiras! Yo les enseñé lo que era la civilización. Les hablé del cielo y de los ángeles. Eso fue lo que les enseñé. No se produjeron derramamientos de sangre ni desmanes, ni tampoco aparecieron gigantes monstruosos en la Tierra. ¡Son mentiras, fragmentos y más fragmentos sepultados entre mentiras!

Yo asentí sin vacilar, convencido, comprendiéndolo perfectamente, a la vez que también entendía el punto de vista de los hebreos, quienes después creyeron firmemente en la purificación y la ley para erradicar la maldad y la perversión... y hablaban sin cesar de esos observadores, esos maestros, esos ángeles que se habían enamorado de las hijas de los hombres.

—No hubo ritos mágicos —dijo Memnoch en voz baja—. Ni encantamientos. No les enseñé a fabricar espadas ni a declarar la guerra a sus semejantes. Cuando averiguaba que existían otras gentes que habían desarrollado otros conocimientos, me apresuraba a informar de ello a mi pueblo. Les decía que en el valle de otro río había gente que recolectaba el trigo con guadañas; que en el cielo había unos ángeles llamados *ofannim* que eran redondos, unas ruedas, y que si copiaban esa forma, uniendo dos piezas redondas mediante un sencillo trozo de madera, podrían transportar un objeto sobre ellas.

Memnoch emitió un suspiro y al cabo de unos momentos prosiguió:

—No descansaba, estaba loco. El hecho de impartir mis enseñanzas era una tarea tan agotadora para mí como lo era para ellos tratar de asimilarlas. Iba a las cuevas y grababa mis símbolos en los muros. Dibujé el cielo, la Tierra y los ángeles. Dibujé la luz de Dios. Trabajé incansablemente hasta que cada músculo de mi cuerpo mortal me dolió.

»Luego, incapaz de seguir soportando la compañía de esas gentes, saturado de mujeres hermosas, aferrándome a Lilia para que me diera solaz, me dirigí al bosque con la excusa de que necesitaba conversar con Dios en silencio. Al llegar allí, me desplomé.

»Permanecí inmóvil, tendido en el suelo, consolado por la silenciosa presencia de Lilia, y pensé en todo lo que había ocurrido. Pensé en los argumentos que iba a exponer ante Dios para defender mi postura, pues nada de lo que había visto en los hombres podía inducirme a cambiar de parecer, sino todo lo contrario. Sabía que había ofendido a Dios y lo había perdido para siempre, que me esperaba el reino de las tinieblas, donde languidecería durante toda la eternidad. Esas cosas me atormentaban sin cesar, pero no podía cambiar de opinión.

»Lo que pensaba exponer ante Dios Todopoderoso era que esas gentes estaban por encima de la naturaleza y exigían más de Él, y que todo cuanto había visto reforzaba mi opinión al respecto. Las gentes deseaban conocer los misterios celestiales. Habían sufrido y buscaban algo que diera sentido a su sufrimiento. Deseaban creer en su Hacedor y que Éste tenía sus motivos... Sí, sufrían de manera atroz. Y en el fondo de todo ello latía el secreto de la lujuria.

»Durante mi orgasmo, al derramar mi semilla en la vagina de la mujer, había sentido un éxtasis semejante al gozo que se experimenta en el cielo, lo había sentido única y exclusivamente con relación al cuerpo que yacía debajo de mí, y en una fracción de segundo había comprendido que los hombres no formaban parte de la naturaleza, sino que eran mejores que ésta y su lugar estaba junto a Dios y junto a nosotros.

»Cuando acudían a mí con sus confusas creencias (¿acaso no existían monstruos invisibles por doquier?) les dije que las rechazaran, que sólo Dios y su corte celestial lo disponían todo en el universo, incluso la suerte de las almas de sus seres queridos que habitaban en el reino de las tinieblas.

»Cuando me preguntaban si las personas malvadas, aquellas que no obedecían sus leyes, eran arrojadas en su muerte a las llamas eternas (una idea muy extendida entre esas y otras gentes) quedé horrorizado y respondí que Dios jamás consentiría tal cosa. ¿Cómo iba a permitir Dios que un alma recién nacida fuera condenada a abrasarse en las llamas eternas? Era una atrocidad. Les repetí que debían venerar a las almas de los muertos para aliviar el dolor de éstas y el propio, y que cuando les sobreviniera la muerte no debían temer, sino partir hacia la región de las tinieblas sin perder de vista la esplendorosa luz de la vida que brilla en la Tierra.

»Les decía esas cosas porque, en el fondo, no sabía qué decir.

»¡Blasfemia! ¡Había cometido el peor de los pecados! ¿Cuál sería ahora mi suerte? Me haría viejo y moriría, un maestro venerado por sus alumnos, y antes de morir de viejo o que la peste o un animal salvaje me arrebataran la vida, dejaría grabado en piedra y arcilla todo cuanto pudiera. Luego partiría hacia el reino de las tinieblas y atraería a las almas hacia mí para decirles: "¡Clamad, clamad al cielo!" Les enseñaría a mirar hacia arriba, a buscar la luz que brilla en el cielo.

»Memnoch hizo una pausa, como si cada una de las palabras que pronunciaba le abrasara los labios.

Yo recité suavemente otro pasaje del Libro de Enoc:

—«Mirad, las almas de los que han muerto gritan desesperadas e imploran misericordia ante las puertas del cielo.»

—Ya veo que conoces bien las Sagradas Escrituras, como todo diablo que se precie —señaló Memnoch con amargura. Pero su rostro expresaba tanta tristeza y compasión que su burla no llegó a ofenderme—. ¿Quién sabe lo que puede pasar? —preguntó—. ¿Quién sabe? Sí, yo proporcionaría fuerza a las almas que habitaban el reino de las tinieblas hasta que sus gritos consiguieran derribar las puertas del cielo. Si existen unas almas y son capaces de crecer, pueden llegar a ser ángeles. Ésa era la única esperanza que me quedaba, gobernar entre los seres abandonados por Dios.

—Pero Dios no permitió que eso sucediera, ¿no es así? No dejó que murieras dentro de ese cuerpo.

—No. Tampoco envió una inundación ni todo cuanto yo había enseñado a la gente desapareció con el diluvio. Lo que se convirtió en mito y quedó plasmado en las Sagradas Escrituras fue que yo había estado ahí y que el hombre había aprendido esas cosas que nada tenían de extraordinario; todo tenía su lógica, no se trataba de magia e incluso las almas habrían llegado a descubrir por sí mismas los secretos del cielo. Más pronto o más tarde, lo habrían descubierto.

—¿Pero cómo conseguiste escapar? ¿Qué fue de Lilia?

—¿Lilia? Ah, Lilia. Murió venerada por sus semejantes, la esposa de un dios. Lilia. —El rostro de Memnoch se animó y lanzó una alegre carcajada—. Lilia —repitió, como si su memoria fuera capaz de sacarla del relato y devolverla a su lado—. Mi Lilia. La habían expulsado del poblado y ella eligió unir su destino al de un dios.

—¿Fue por esa época cuando Dios puso fin a lo que estabas haciendo? —pregunté.

Ambos nos miramos unos instantes.

—No fue tan sencillo. Hacía unos tres meses que había llegado al poblado, cuando un día me desperté y comprobé que Miguel y Rafael habían acudido en mi busca. «Dios desea que regreses», dijeron.

»Y yo, el irreductible Memnoch, respondí:

»—¿Ah, sí? ¿Pues por qué no me saca de aquí, por qué no me obliga a volver?

»Miguel me miró con tristeza, como si sintiera lástima de mí, y dijo:

»—Memnoch, por el amor de Dios, regresa voluntariamente a tu forma anterior. Deja que tu cuerpo recupere las dimensiones que poseía antes; deja que tus alas te transporten al cielo. Dios desea que regreses por tu propia voluntad. Piénsalo bien antes de...

»—No es necesario que me aconsejes cautela, querido amigo —dije a Miguel—. Iré con lágrimas en los ojos, pero iré —Luego me arrodillé y besé a Lilia, que estaba dormida. Ella abrió los ojos y me miró—. Me despido de ti, mi compañera, mi maestra —dije, besándola de nuevo. Luego me volví y me convertí en ángel; en ese momento dejé que la materia me definiera para que Lilia, que se había incorporado y me miraba estupefacta, contemplase aquella última visión que la consolaría en los momentos de tristeza.

»Luego, ya invisible, me reuní con Miguel y Rafael y regresé al cielo.

»En los primeros momentos apenas podía dar crédito a lo que estaba pasando; cuando atravesé el reino de las tinieblas y oí los lamentos de las almas extendí las manos para consolarlas y dije:

»—¡No os olvidaré, lo juro! ¡Llevaré vuestras plegarias al cielo! —Mientras me elevaba la luz descendió para acogerme y envolverme en su calor, el cálido amor de Dios; no sabía si aquello presagiaba un severo juicio, un castigo o el perdón. Al aproximarme al cielo percibí un vocerío ensordecedor.

»Todos los ángeles del *bene ha elohim* se habían reunido para darme la bienvenida. La luz de Dios se extendía, vibrante, desde el centro.

»—¿Acaso vas a castigarme? —pregunté. Sentí una profunda gratitud ante el hecho de que Dios me hubiera permitido ver de nuevo, siquiera durante unos instantes, su luz.

»Era incapaz de mirarla de frente. Tuve que taparme los ojos con las manos. Entonces, como suele suceder siempre que se reúnen todos los habitantes del cielo, los serafines y los querubines rodearon a Dios de modo que su luz se extendiera en unos rayos, gloriosa, arrojando un resplandor que nos resultara soportable.

»La voz de Dios se dejó oír de forma inmediata y rotunda.

»—Tengo algo que decirte, mi valiente y arrogante ángel —me dijo—. Deseo que medites, con tu angelical sabiduría, sobre un determinado concepto. Se trata del concepto de *gehenna*, el infierno. —Tan pronto como Dios pronunció esa palabra comprendí su significado—. El fuego y el tormento eternos —dijo Dios—, lo contrario del cielo. Dime, Memnoch, con sinceridad: ¿crees que ése sería el castigo adecuado para ti, lo opuesto al goce al que renunciaste para permanecer con las hijas del hombre? ¿Crees que sería una sentencia justa condenarte a padecer eternamente o hasta que el tiempo deje de existir?

14

—No tardé ni un segundo en responder —dijo Memnoch, arqueando ligeramente las cejas y mirándome.

»—No, Señor —contesté—, tú no le harías eso a nadie. Todos somos hijos tuyos. Sería un castigo demasiado cruel. No, Señor, cuando los hombres y las mujeres de la Tierra me dijeron que habían soñado esos tormentos para quienes les habían causado grandes sufrimientos y tristeza, les aseguré que ese lugar no existía y nunca existiría.

»Mis palabras fueron acogidas con grandes carcajadas que resonaron de un extremo al otro del cielo. Todos los ángeles se echaron a reír; era una risa alegre y melodiosa, como de costumbre, pero eran risas, no canciones. Sólo uno no rió. Memnoch, un servidor. Había hablado completamente en serio, y me asombraba que mis palabras provocaran esa hilaridad.

»En aquel momento se produjo un fenómeno muy curioso. Dios se unió a las risas de los ángeles, pero en un tono más suave, más tranquilo. Al fin, cuando su risa se fue desvaneciendo ellos también dejaron de reír.

»—De modo que tú, Memnoch, les dijiste que jamás podría existir un lugar como el infierno, el castigo eterno para los malvados.

»—Así es, Señor —contesté yo—. No podía imaginar de dónde habían sacado eso. Claro que a veces se enfurecen con sus enemigos y...

»—¿Has dejado todas tus células mortales en la Tierra, Memnoch? —preguntó Dios—. ¿Conservas tus facultades angélicas o es que te haces el ignorante?

»Los ángeles estallaron de nuevo en sonoras carcajadas. Yo respondí:

»—No, Señor. He soñado muchas veces con este momento. Sufría al verme separado de ti. Lo que hice lo hice por amor. Lo sabes tan bien como yo.

»—Sí, fue por amor, de eso no cabe duda —contestó Dios.

»—Señor, soñé con presentarme ante ti para exponerte mis argumentos, cuando de repente apareció la hija del hombre y me sentí atraído por ella. ¿Me permites que lo haga ahora?

»Silencio.

»Dios no dijo nada, pero de pronto advertí que algunos de los ángeles se habían aproximado a mí. Al principio pensé que se habían movido para desplegar sus alas y filtrar así la intensa luz que emitía Dios, pero luego vi que detrás de mí se había congregado una pequeña legión de ángeles a modo de escolta. Por supuesto, los conocía a todos, algunos más íntimamente que otros, por haber comentado y discutido con ellos los fenómenos que habíamos presenciado. Pertenecían a todas las jerarquías celestiales. Los miré perplejo y luego dirigí la vista hacia la Divina Presencia.

»—Memnoch —dijo el Señor—, esos ángeles que se han agrupado detrás de ti, tus compañeros, también desean que te permita exponer tu caso, defender tu postura, que es la misma que sostienen ellos.

»—No lo comprendo, Señor —contesté. Pero al volverme vi la tristeza reflejada en sus rostros y comprendí que se habían aproximado a mí como si yo fuera su protector. Esos ángeles habían recorrido también la Tierra entera, y habían contemplado y hecho las mismas cosas que yo.

»—Pero no de forma tan espectacular e ingeniosa —dijo el Señor—. Sin embargo, es cierto, han presenciado también la pasión y el misterio que envuelve a un hombre y una mujer cuando se unen carnalmente, se han sentido también atraídos por las hijas de los hombres y las han tomado por esposas.

»Entonces estalló un gran tumulto. Algunos ángeles seguían riendo alegres y felices, como si aquella escena formara parte de una espléndida y entretenida novela, mientras que otros expresaban su asombro y los observadores, mis compañeros, quienes en comparación con los miembros del *bene ha elohim* constituían un grupo insignificante, me miraron desconcertados, asustados y algunos con aire de reproche.

»—Nosotros te vimos hacerlo, Memnoch —murmuraron algunos.

»Ignoro si en aquellos instantes Dios se reía. La luz proyectaba sus inmensos rayos sobre las cabezas y los hombros de los serafines y los querubines, derramando un eterno y constante caudal de amor.

»—Mis hijos celestiales han descendido a la Tierra para visitar las tribus que pueblan el mundo y conocer los placeres de la carne, como bien sabes, Memnoch; no obstante como ya he dicho, han procedido de forma menos espectacular, sin perturbar la densa atmósfera de la naturaleza ni alterar mi plan divino.

»—Perdóname, Señor —murmuré.

»La legión de ángeles que se hallaba a mis espaldas emitió unos respetuosos murmullos de solidaridad.

»—Pero, decidme los que os habéis situado detrás de Memnoch, ¿cómo podéis justificar vuestras acciones, qué argumentos podéis exponer ante esta corte celestial?

»Silencio. Los ángeles cayeron postrados ante el Señor, implorando su perdón con tal abandono que sobraban las palabras. Sólo yo permanecí de pie.

»—Según parece, Señor —dije—, me he quedado solo.

»—¿Acaso no ha sido siempre así? Siempre has actuado de forma independiente, mi ángel que no confía en su Señor.

»—¡Cómo no voy a confiar en ti, Señor! —me apresuré a contestar—. ¡Confío plenamente! Pero no comprendo esas cosas y no puedo reprimir mis pensamientos ni mi personalidad, es imposible. Bien, no es imposible pero... no me parece justo guardar silencio. Debo expresar lo que pienso. Estoy obligado a exponer la situación tal como yo la entiendo, y al mismo tiempo deseo complacer a Dios.

»Había una gran división de opiniones —no entre los observadores, que no se atrevían a ponerse en pie y se cubrían con las alas como pájaros asustados en el nido, sino entre los que componían la corte celestial—. Hubo murmullos de desaprobación, cánticos, fragmentos de melodías, risas y preguntas. Muchos rostros se volvieron hacia mí para observarme con curiosidad e incluso con irritación.

»—Puedes exponer tu caso —dijo el Señor—. Pero antes de que comiences, recuerda, por mi bien y por el de todos los presentes, que lo sé todo. Conozco la humanidad como jamás tú podrás conocerla. He contemplado sus altares ensangrentados, sus danzas para invocar la lluvia, sus bárbaros sacrificios, he oído los lamentos de los heridos, los afligidos, los moribundos. Veo en la humanidad a la naturaleza, como la veo en los impetuosos mares y en los bosques. No me hagas perder el tiempo, Memnoch. O mejor dicho, no pierdas el tiempo que te concedo.

»Había llegado el momento. Guardé silencio mientras preparaba mi discurso. Era el momento más importante de mi existencia. Sentí inquietud, cierto nerviosismo, al darme cuenta del significado de aquel acontecimiento. Tenía una nutrida audiencia pendiente de mis palabras. No albergaba ninguna duda sobre lo que sentía e iba a decir, pero estaba furioso con la legión de ángeles que se hallaban postrados ante el Señor, sin decir palabra. De pronto comprendí que mientras permanecieran en aquella postura, dejándome solo ante Dios y su corte celestial, no diría nada. De modo que crucé los brazos y aguardé.

»Dios se echó a reír con suavidad, y toda su corte le imitó. Al cabo de un rato el Señor dijo a los ángeles que estaban postrados ante Él:

»—Levantaos, o me temo que, de lo contrario, permaneceremos aquí por los siglos de los siglos.

»—Comprendo que os burléis de mí, Señor, lo tengo merecido —dije—. Pero os doy las gracias.

»Los ángeles se levantaron, en medio de un gran murmullo de alas y túnicas, y permanecieron en pie, erguidos como los humanos indómitos y valientes que yo había visto en la Tierra.

»—El caso que deseo exponer es muy sencillo, Señor —dije—, pero sin duda ya sabes a qué me refiero. Trataré de exponerlo tan simple y claramente como pueda.

»"Hasta un determinado momento en la evolución de la Creación, el primate que habitaba en la Tierra formaba parte de la naturaleza y estaba sometido a sus leyes. Dotado de un cerebro más grande que el de otros animales, era infinitamente más astuto y feroz que éstos. Su inteligencia le permitía idear continuamente nuevos y salvajes métodos de atacar a sus semejantes. Pero pese a las guerras y ejecuciones que he presenciado, pese a haber visto asentamientos y poblados enteros quemados y destruidos, jamás he contemplado nada comparable a la violencia del reino de los insectos, el de los reptiles o el de los mamíferos inferiores, quienes luchan ciega y denodadamente por sobrevivir y propagarse.

»Tras esas palabras hice una pausa, por cortesía y para imprimir mayor dramatismo a mi relato. El Señor guardó silencio. Al cabo de un rato continué:

»—Después llegó el momento en que esos primates, cuyo aspecto, a esas alturas, guardaba un gran parecido con tu Imagen tal como la percibíamos en nosotros mismos, se separaron del resto de la naturaleza. No es que de pronto se les revelara su propia personalidad o la lógica de la vida y la muerte; no, no era tan sencillo. Por el contrario, el sentido de su propia identidad brotó de una nueva y anómala capacidad de amar. Fue entonces cuando la humanidad se dividió en familias, clanes y tribus, ligados por el íntimo conocimiento de la individualidad de cada cual, más que por el hecho de pertenecer a la misma especie, y permaneció unida a través del sufrimiento y las alegrías mediante el vínculo del amor. La familia humana trasciende la naturaleza, Señor. Si descendieras a la Tierra y...

»—Cuidado, Memnoch —murmuró Dios.

»—Sí, mi Señor —respondí, asintiendo y colocando las manos a la espalda para no parecer agresivo—. Quise decir que cuando bajé a la Tierra y observé a la familia humana en el mundo que tú has creado y que permites que se desarrolle conforme a tu plan divino, vi la familia como una flor nueva y sin precedentes, una flor rebosante de emociones y capacidades intelectuales que se había escindido del tallo de la naturaleza que la había alimentado y se hallaba a merced del viento. Vi el amor, Señor, percibí el amor que sentían el hombre y la mujer entre ellos y hacia sus hijos, su voluntad de sacrificarse el uno por el otro, de llorar a sus muertos, de venerar sus almas y de creer en un más allá donde poder reunirse de nuevo con esas almas. Fue gracias a ese amor y a la familia, a esa rara flor tan creativa, Señor, como el resto de tu obra, que las almas de esos seres permanecían vivas después de la muerte. ¿Qué otra cosa es capaz de comportarse así en al naturaleza, Señor? Todo devuelve a la Tierra lo que ha tomado de ella. Tu sabiduría se manifiesta en todo el universo; y quienes sufren y mueren bajo la bóveda celeste permanecen misericordiosamente ignorantes del plan que preveía su muerte. Ni los hombres ni las mujeres eran conscientes de ello. Pero en sus corazones, amándose como se aman, el compañero con la compañera, la familia con la familia, han imaginado el cielo, Señor, han imaginado el momento en que se reunirán con las almas de sus seres queridos y juntos entonarán cantos de gozo y alegría. Han imaginado la eternidad porque el amor lo exige, Señor. Han concebido esas ideas del mismo modo que conciben hijos de carne y hueso. Esto es lo que yo, en tanto que observador, he visto.

»Se produjo otro silencio. En el cielo, el silencio era tan profundo que sólo se percibían los sonidos que procedían de la Tierra, el murmullo del viento, de los mares, y los gritos, débiles y lejanos, de las almas que se hallaban en la Tierra y en el reino de las tinieblas.

»—Señor —dije—, esas gentes ansían creer en el cielo. Y mientras imaginan la eternidad, o la inmortalidad, pues no sé cómo definirlo, padecen injusticias, separaciones, enfermedades y muerte, como ningún otro animal de la Creación. Las almas que habitan el reino de las tinieblas tratan de ayudar a otras, así como a los mortales que se hallan en la Tierra, entregándose con generosidad en nombre del amor. El amor fluye eternamente entre la Tierra y *sheol*. Maldicen a tu corte invisible. Tratan de provocar tu ira, Señor, porque saben que estás aquí. Desean saber todo lo referente a ti, y a ellos mismos. ¡Desean saberlo todo!

»Ése era el núcleo de mi argumentación. Pero Dios no contestó ni interrumpió mi discurso.

»—Sólo puedo interpretarlo como tu mayor logro, Señor —dije—, un ser humano consciente de sí, del tiempo, dotado de un cerebro lo suficientemente vasto para comprender unos fenómenos que se sucedían a tal velocidad que nosotros, los observadores, apenas éramos capaces de tomar constancia de ellos. Pero el sufrimiento, el tormento y la curiosidad constituían un lamento destinado sólo a los oídos de los ángeles, y de Dios, si se me permite decirlo. Lo que deseo pedirte, Señor, es que concedas a esas almas, tanto las mortales como las que habitan en el reino de las tinieblas, una parte de nuestra luz. ¿No podrías darles luz como darías agua a un animal sediento? ¿No son esas almas merecedoras de ocupar un pequeño lugar en esta corte divina?

»El silencio parecía irreal, eterno, como el tiempo antes del tiempo.

»—¿No podrías intentarlo, Señor? De lo contrario, ¿qué suerte aguarda a esas almas invisibles que sobreviven sino hacerse cada vez más fuertes y vincularse a la carne, de forma que en lugar de propiciar unas revelaciones sobre la auténtica naturaleza de las cosas, propicien unas ideas tergiversadas que se fundamentan en pruebas inconexas y un pánico instintivo?

»Esta vez, renuncié a la idea de hacer una pausa cortés y proseguí sin detenerme.

»—Cuando asumí un cuerpo mortal, cuando yací con una mujer, lo hice porque me atraía, sí, porque se parecía a nosotros y porque me ofrecía un placer carnal como jamás había experimentado. Es cierto, Señor, que ese placer es inconmensurablemente pequeño si se compara con tu magnificencia, pero cuando yacíamos juntos, y alcanzábamos el placer, esa pequeña llama rugía con un sonido muy parecido a los cánticos celestiales. Nuestros corazones dejaron de latir al unísono, Señor. Experimentamos la eternidad en nuestra carne; el hombre que yo llevaba dentro sabía que la mujer lo sabía. Experimentamos una sensación que supera todas las sensaciones terrenales, una sensación que se aproxima a lo divino.

»Tras estas palabras, guardé silencio. ¿Qué podía añadir? Era inútil que tratase de embellecer mis argumentos con una serie de ejemplos, puesto que Dios lo sabe todo. De modo que crucé los brazos y bajé la mirada, de forma respetuosa, mientras meditaba. De pronto, los gemidos de las almas del reino de las tinieblas me distrajeron durante unos instantes e hicieron incluso que me olvidara de que estaba en presencia de Dios, recordándome mi promesa e instándome a regresar pronto junto a ellas.

»—Señor, perdóname —dije—. Tus prodigios me han confundido. Y si ése no era tu plan, entonces reconozco que estaba equivocado.

»De nuevo se hizo un silencio, suave, denso, vacío, como los habitantes de la Tierra no pueden concebir. Me mantuve firme porque no podía hacer otra cosa. Estaba convencido de que cada palabra que había pronunciado era sincera y valiente. Comprendí con toda claridad que si el Señor me expulsaba del cielo o me aplicaba cualquier otro castigo, lo tenía merecido. Él me había creado; yo era su ángel y su siervo. Si lo deseaba, podía destruirme. Recordé los lamentos de las almas de los muertos y me pregunté, como hubiera hecho un ser humano, si Dios iba a enviarme al reino de las tinieblas o me reservaba un castigo más terrible, pues en la naturaleza abundaban los ejemplos de catástrofes y destrucción, y Dios podía someterme a cualquier tormento que creyera justo.

»—Confío en ti, Señor —dije de pronto, pensando y hablando al mismo tiempo—. De otro modo, me habría postrado ante ti como los otros observadores. Eso no significa que ellos no confíen en ti, sino que creo que deseas que yo comprenda la bondad, que tu esencia es bondad, y no consentirás que esas almas sigan lamentándose en el reino de las tinieblas y la ignorancia. No consentirás que el hombre, con su vasta inteligencia, permanezca ajeno a todo lo divino.

»Por primera vez Dios contestó a mis palabras con calma.

»—Tú le has procurado una idea más que aproximada, Memnoch.

»—Es cierto, Señor. Pero las almas de los muertos han inspirado y alentado a los hombres, y sin embargo esas almas se hallan fuera de la naturaleza, tal como hemos visto, y cada día se hacen más fuertes. Francamente, no me lo explico, a menos que exista una especie de energía natural y tan compleja que no alcance a comprender. Esas almas parecen estar hechas de lo mismo que nosotros, de lo invisible, y cada individuo posee una identidad propia.

»Se produjo silencio. Al cabo de unos momentos el Señor respondió:

»—Muy bien. He escuchado tus argumentos. Ahora deseo hacerte una pregunta. ¿Qué es exactamente lo te ha dado la humanidad a cambio de lo que tú le has dado a ella?

»La pregunta me dejó perplejo.

»—Y no me hables ahora del amor, Memnoch —añadió Dios—. De su capacidad para amarse. Sobre este particular, esta corte celestial está perfectamente informada. ¿Qué es lo que te ofrecieron a cambio, Memnoch?

»—La confirmación de mis sospechas, Señor —contesté con absoluta sinceridad—. Sabían que yo era un ángel. Me reconocieron enseguida. Tal como había supuesto.

»—¡Ah! —Del trono celestial brotó una sonora carcajada que retumbó en todo el cielo. Estoy seguro de que hasta debieron oírla en el reino de las tinieblas. Todos los ángeles reían y cantaban alborozados.

»Al principio no me atreví a moverme ni a decir nada, pero luego, de pronto, enfurecido, o quizá debería decir desconcertado, levanté la mano y dije:

»—¡Lo digo en serio, Señor! Yo no era un ser con el que jamás hubieran soñado. ¿Era esto lo que te proponías al crear el mundo, que esas gentes alzasen la voz contra ti? ¿Puedes contestar a mi pregunta?

»Poco a poco los ángeles se fueron calmando y sus risas se desvanecieron, para dar paso a unos himnos de alabanza a Dios por su infinita paciencia conmigo.

»No me uní al coro de voces. Contemplé los rayos de luz que emanaban de Dios, y el misterio de mi obcecación, mi ira y mi curiosidad hizo que me aplacara un poco, aunque sin caer en ningún momento en el desánimo.

»—Confío en ti, Señor —dije—. Tú sabes bien lo que haces. Debes de saberlo. De lo contrario... estamos perdidos.

»Al comprender lo que acaba de decir me quedé atónito. Jamás había llegado tan lejos en mis disputas con Dios, jamás me había atrevido a decir nada semejante. Horrorizado, alcé la vista hacia la luz y pensé: "¿Y si Dios no supiera lo está haciendo ni lo hubiera sabido nunca?"

»Me tapé la boca con las manos para no soltar un despropósito, mientras ordenaba a mi cerebro que dejara de pensar esos pensamientos temerarios y blasfemos. Conocía bien a Dios. Él estaba ahí. Me hallaba en su presencia. ¿Cómo se me había ocurrido pensar semejante cosa? Sin embargo, Dios había dicho: "No confías en mí", sabiendo que tenía razón.

»La luz de Dios se intensificó de forma extraordinaria; se expandió. Las formas de los serafines y los querubines se volvieron más pequeñas y transparentes. La luz lo llenaba todo, envolviéndonos a mí y a todos los ángeles. Me sentí unido a ellos por el amor que Dios derramaba sobre nosotros, un amor tan infinito y total que no hubiéramos podido ansiar ni imaginar una dicha mayor.

»Cuando Dios habló de nuevo sus palabras quedaron eclipsadas por el resplandor de su amor, el cual me abrumaba. No obstante, las escuché atento y me llegaron al corazón.

»Los otros ángeles también las escucharon.

»—Ve al reino de las tinieblas, Memnoch —dijo el Señor—, y busca diez almas, entre los millones de almas que hay allí, que sean merecedoras de compartir el cielo con nosotros. Interrógalas, diles lo que quieras, pero busca diez almas que creas que sean dignas de vivir con nosotros. Cuando las encuentres, tráemelas.

»—Sé que lo conseguiré, Señor —respondí, eufórico—. ¡Estoy seguro!

»De pronto me fijé en los rostros de Miguel, Rafael y Uriel, ahora casi oscurecidos por la luz divina, la cual ya había empezado a disminuir para alcanzar un grado más tolerable. Miguel parecía preocupado por mí y Rafael lloraba. Uriel me observaba fríamente, sin manifestar ninguna emoción. Era el rostro que tenían los ángeles antes de que comenzara el tiempo.

»—¿Puedo partir ahora mismo? —le pregunté—. ¿Cuándo debo regresar?

»—Cuando quieras —respondió el Señor—, o cuando puedas.

»Estaba claro. Si no daba con esas diez almas no regresaría jamás.

»Yo asentí, acatando la decisión de Dios. Era lógica.

»—Mientras hablamos los años pasan en la Tierra, Memnoch. El poblado que visitaste y los que visitaron los otros ángeles se han convertido en importantes ciudades; el mundo gira bañado por la luz del cielo. ¿Qué puedo añadir, querido hijo? Ve al reino de las tinieblas y regresa cuanto antes con diez almas dignas de vivir en el cielo con nosotros.

»Abrí la boca para preguntar qué iba a ser de los observadores, de esa pequeña legión de dóciles ángeles que también habían conocido los placeres de los carne, cuando el Señor respondió:

»—Aguardarán tu regreso en un lugar adecuado del cielo. No conocerán mi decisión, ni su suerte, hasta que me hayas traído esas diez almas.

»—De acuerdo, Señor. Y ahora, con tu permiso, me marcho.

»Y sin hacer ninguna pregunta respecto a las condiciones o límites que entrañaba mi misión, yo, Memnoch, el arcángel y acusador de Dios, abandoné el cielo de inmediato y descendí hacia el inmenso y lúgubre reino de las tinieblas.

15

—Pero, Memnoch, Dios no te dio ningún criterio para evaluar esas almas, ¿no es cierto? —le interrumpí—. ¿Cómo podías saber cuáles eran dignas de compartir el cielo con vosotros?

Memnoch sonrió.

—Así es, Lestat, eso es exactamente lo que Él hizo y el modo en que lo hizo. Y en cuanto penetré en el reino de las tinieblas, la cuestión del criterio que debía adoptar para elegir a las diez almas se convirtió en mi obsesión. Ésa es la forma en que Dios hace las cosas.

—Yo se lo hubiera preguntado.

—No, no quise hacerlo —respondió Memnoch—. Como te he dicho, así es como Él actúa y sabía que mi única esperanza era elaborar mi propio criterio. ¿Comprendes?

—Creo que sí.

—Estoy seguro de ello —dijo Memnoch—. Bien, imagina la situación. La población del mundo ha aumentado hasta sumar millones de habitantes, han aparecido importantes ciudades, buena parte de ellas en el valle al que había descendido y donde había dejado mi impronta en los muros de las cuevas. La humanidad se ha desplazado hacia el norte y el sur del planeta; los asentamientos, los poblados y las fortificaciones se hallan en diferentes etapas de desarrollo. La tierra de las ciudades se llama Mesopotamia, creo, o puede que sea Sumer o quizás Ur. Vuestros eruditos descubren nuevos datos cada día.

»Los sueños del hombre respecto a la inmortalidad y su reencuentro con los muertos han facilitado la propagación de la religión. En el valle del Nilo se ha desarrollado una civilización de asombrosa estabilidad, mientras siguen estallando guerras en la que llamamos Tierra Santa.

»Al llegar al reino de las tinieblas, que hasta entonces sólo he observado desde fuera, compruebo que es inmenso y que aún alberga a algunas de las primeras almas que fueron creadas en el universo. Está poblado por millones de almas cuyos credos y afán de eternidad las han atraído de forma muy poderosa a ese lugar. La desesperación ha sumido a algunas en un mar de confusión y otras han adquirido tanta fuerza que dominan a las demás; algunas han aprendido el truco de bajar a la Tierra, escapando de la influencia de otras almas invisibles, para pasearse entre los mortales con el propósito de apoderarse de ellos, manipularlos, lastimarlos o amarlos.

»El mundo está poblado de espíritus. Algunos de ellos, los cuales no recuerdan haber sido humanos, se han convertido en lo que los hombres y las mujeres vendrán a denominar demonios, y pululan por el mundo ansiosos de poseer, de provocar graves disturbios o cometer simples diabluras, según su estadio de desarrollo.

—Y uno de esos demonios —dije— se convirtió en la madre y el padre vampíricos de nuestra especie.

—Exacto. Y creó esa mutación. Pero no fue el único. Existen otros monstruos en la Tierra que se mueven entre lo visible y lo invisible. Pero la gran preocupación del mundo ha sido y será siempre la suerte de sus millones de hombres y mujeres.

—Las mutaciones nunca han influido en la historia.

—Bueno, sí y no. ¿Crees que un alma enloquecida que grita por la boca de un profeta de carne y hueso no constituye una influencia, cuando las palabras de ese profeta son registradas en cinco lenguas distintas y se venden hoy en día en las librerías de Nueva York? Digamos que el proceso que yo había presenciado y luego describí ante Dios no se había detenido; algunas almas habían muerto; otras adquirieron una gran fuerza; otras consiguieron regresar encarnadas en otros cuerpos, aunque en aquellos momentos yo ignoraba qué medios empleaban para lograrlo.

—¿Lo sabes ahora?

—La reencarnación no es tan común como crees. Además, las almas que logran reencarnarse ganan muy poco con ello. No es difícil imaginar las situaciones que la propician. No siempre supone la aniquilación de un alma joven, es decir, la sustitución de ésta en el nuevo cuerpo. Sin duda, quienes consiguen reencarnarse continuamente representan un fenómeno que no podemos ignorar, aunque eso, como la evolución de los vampiros y otros seres inmortales terrenales, pertenece a un ámbito muy reducido. Aquí estamos hablando sobre el destino del conjunto de la humanidad. Hablamos de la totalidad del mundo humano.

—Sí, lo comprendo perfectamente, quizá mejor de lo que crees.

—De acuerdo. Aunque no tengo ningún criterio en que basarme, no obstante penetro en el reino de las tinieblas y compruebo que es una copia idéntica de la Tierra. Las almas han imaginado y proyectado, en su invisible existencia, todo tipo de estrambóticos edificios, criaturas y monstruos; es un alarde de imaginación sin una orientación divina y, tal como sospechaba, la gran mayoría de almas ignora que están muertas.

»Al entrar procuro hacerme invisible, pasar totalmente inadvertido. Pero resulta muy difícil, pues aquello es el reino de lo invisible; allí todo es invisible. Así pues, bajo mi forma angelical empiezo a recorrer los tenebrosos caminos del *sheol* entre almas deformes, a medio formar e informes, entre las almas que se lamentan y las moribundas.

»No obstante, esas almas apenas se fijan en mí. Están confusas, no distinguen las cosas con claridad. Como sabes, ese estado ha sido descrito por los chamanes humanos, por los santos y por quienes han atravesado la experiencia de la muerte pero han sido reanimados y han seguido viviendo.

—Sí.

—Bien, las almas humanas veían sólo un fragmento de cuanto las rodeaba. Yo veía la totalidad. Me paseé entre ellas sin temor y sin tener en cuenta el tiempo, o mejor dicho fuera de él, aunque el tiempo no detiene jamás su curso, por supuesto. Salía y entraba por donde quería.

—Un manicomio de almas.

—Más o menos, pero dentro de ese manicomio había un sinfín de mansiones, por emplear los términos de las Sagradas Escrituras. Las almas que sostenían unos credos similares se unían en su desesperación para reforzar sus mutuas creencias y aplacar sus temores. Pero la luz de la Tierra era demasiado tenue y la del cielo no llegaba hasta allí.

»De modo que, sí, era una especie de manicomio, el valle de la sombra de la muerte, ese terrible río de monstruos que las almas no se atrevían a atravesar para acceder al paraíso. Ninguna había conseguido alcanzarlo.

»Lo primero que hice fue escuchar atentamente, oír la canción que cualquier de esas almas quisiera cantar, es decir hablar, en mi lengua. Oí muchas afirmaciones, preguntas y conjeturas que me impresionaron por su coherencia. ¿Qué sabían esas almas? ¿En qué se habían convertido?

»En resumen, constaté que en aquel espantoso y tétrico lugar existían unas jerarquías creadas a partir del deseo de las almas de relacionarse con otras semejantes a ellas mismas. Era un lugar estratificado de forma un tanto aleatoria, pero presidido por un orden derivado del grado de conciencia, aceptación, confusión o ira que experimentaba cada alma.

»En el escalafón más próximo a la Tierra se hallaban las almas más miserables, las que se ocupaban sólo de comer, beber o apoderarse de otras, o que no podían aceptar ni comprender lo que les había sucedido.

»En el nivel inmediatamente superior se hallaban las almas confundidas y desesperadas, las cuales no hacían sino que luchar entre sí, gritar, organizar tumultos, tratar de lastimar a otras, invadir el territorio ajeno o escapar. Esas almas ni siquiera me vieron. Sin embargo, los humanos han visto esto y lo han plasmado en multitud de manuscritos a lo largo de los siglos. Nada de lo que yo pueda decir representaría una novedad.

»El último escalafón, el más próximo al cielo, hablando metafóricamente, estaba formado por las almas que comprendían que habían abandonado la naturaleza y se encontraban en otro lugar. Esas almas, algunas de las cuales llevaban allí desde el principio de los tiempos, habían asumido una actitud paciente; observaban la Tierra y trataban de ayudar, impulsadas por el amor, a las otras que las rodeaban para que aceptasen su propia muerte.

—Hallaste unas almas capaces de amar.

—Todas son capaces de amar —respondió Memnoch—. No existe una sola que no sienta amor hacia algo o alguien, aunque ese algo o ese alguien exista únicamente en su memoria o como un ideal. Pero sí, hallé unas almas que expresaban plácida y serenamente su inmenso amor hacia otras, así como hacia los seres vivos de la Tierra. Algunas habían centrado toda su atención en la Tierra y se dedicaban de forma exclusiva a responder a las plegarias de los desesperados, los necesitados y los enfermos.

»Por aquel entonces, en la Tierra habían estallado múltiples y cruentas guerras y varias civilizaciones habían desaparecido a causa de las erupciones volcánicas. El abanico de posibilidades de sufrimiento se ampliaba sin cesar, y no sólo en proporción a los conocimientos adquiridos por la humanidad o al desarrollo cultural. Aquello se había convertido en algo incomprensible para un ángel. Cuando contemplaba la Tierra, ni siquiera me detuve a establecer qué era lo que diferenciaba las pasiones de un grupo humano de una determinada selva de las de otros grupos que habitaban en otra, o el motivo de que una población se dedicara generación tras generación a erigir monumentos de piedra. Por supuesto, yo lo sabía prácticamente todo, pero en aquellos momentos no cumplía una misión terrenal.

»Los muertos se habían convertido en mi especialidad.

»Me aproximé a las almas que contemplaban a sus semejantes con misericordia y compasión, tratando de influir en ellas por medio del pensamiento. Diez, veinte, treinta, vi millares de esas almas, en las cuales se había desvanecido toda esperanza de renacer o de una gran recompensa; unas almas resignadas a que aquello era la muerte definitiva, la eternidad; unas almas que se habían enamorado de la carne, al igual que nosotros, los ángeles.

»Me sentaba entre esas almas, aquí y allá, donde pudiera captar su atención, y hablaba con ellas. Enseguida comprendí que mi forma nada les importaba, pues suponían que la había elegido de igual manera que ellas habían elegido la suya. Algunas tenían aspecto de hombres y mujeres, pero otras no presentaban ninguna forma determinada. Sospecho que me tomaban por un novato que agitaba continuamente los brazos, las piernas y las alas para atraer la atención. Por lo general, sin embargo, si me acercaba a ellas con respeto y educación conseguía que se olvidaran durante unos instantes de la Tierra y respondieran a mis preguntas, a fin de averiguar la verdad.

»Creo que hablé con millones de ellas. Recorrí el reino de las tinieblas hablando con las almas que lo poblaban. Lo más difícil era captar su atención, pues siempre estaban pensando en la Tierra o en el fantasma de una existencia anterior, o sumidas en un estado de contemplación espiritual en el que la concentración les resultaba tan difícil y exigía tal esfuerzo que no podía ser perturbada.

»Al principio, las almas más sabias y llenas de amor hacia sus semejantes no querían molestarse en responder a mis preguntas. Al fin comprendieron que yo no era un hombre mortal sino algo hecho de una sustancia muy distinta, y que mis preguntas estaban relacionadas con un lugar de origen que se hallaba más allá de la Tierra. Ése era el dilema, ¿comprendes? Llevaban tanto tiempo en el reino de las tinieblas que habían dejado de pensar en los motivos de la vida o la Creación; ya no maldecían a un Dios que no conocían ni buscaban a un Dios que se ocultaba de ellas. Cuando empecé a formularles mis preguntas, me tomaron por un recién llegado iluso que soñaba con castigos y recompensas que jamás iban a producirse.

»Esas almas contemplaban sus vidas pasadas desde un largo y plácido estado de ensoñación, y trataban de responder a las plegarias de la Tierra, como ya he dicho. Velaban por sus parientes, por los miembros de sus clanes, por sus naciones y por todos aquellos que atraían su atención con espectaculares muestras de religiosidad; observaban con tristeza el sufrimiento de los humanos y se esforzaban en ayudarlos por medio del pensamiento.

»Casi ninguna de esas almas fuertes y pacientes trataba de reencarnarse, aunque algunas de ellas lo habían hecho con anterioridad. Habían bajado a la Tierra para reencarnarse y al final habían descubierto que no recordaban ninguna de sus vidas mortales, de modo que no tenía sentido tratar de renacer de nuevo. Era mejor permanecer allí, en el reino de las tinieblas, una eternidad que ya conocían, y dedicarse a contemplar la belleza de la Creación, la cual les parecía sin duda magnífica, al igual que a nosotros.

»Precisamente a través de sus respuestas a mis preguntas, de esas interminables y profundas charlas con los muertos, elaboré mi criterio para elegir a las diez almas que me había pedido Dios.

»En primer lugar, para ser merecedora del cielo, para que Dios le diera una oportunidad, el alma tenía que comprender la vida y la muerte en el sentido más simple. Hallé muchas almas que lo entendían. Luego debían ser capaces de apreciar la belleza de la obra de Dios, la armonía de la Creación desde la perspectiva del propio Dios, una visión de la naturaleza envuelta en infinitos ciclos de supervivencia, reproducción, evolución y desarrollo.

»Muchas almas comprendían eso perfectamente. Sin embargo, muchas de las que creían que la vida era hermosa también pensaban que la muerte era triste, eterna y terrible, y que de haber podido evitarlo no habrían nacido.

»Yo no sabía qué hacer ante esa postura, muy generalizada. Por qué nos ha creado Dios, quienquiera que sea, si tenemos que permanecer aquí eternamente, separados de la naturaleza, a menos que decidamos bajar de nuevo a la Tierra para volver a sufrir a cambio de unos breves instantes de placer que no apreciaremos más que la última vez, pues al volver a nacer no recordamos nuestras experiencias anteriores.

»Ése era el motivo de que muchas almas hubiesen renunciado a desarrollarse y evolucionar. Sentían una gran preocupación y lástima por los vivos, pero conocían el dolor y ya ni siquiera podían imaginar lo que significaba la alegría. Tendían a buscar la paz, que era el estado más perfecto al que podían aspirar. Una paz interrumpida por el esfuerzo de responder a las plegarias de la Tierra, difícil de alcanzar, pero que a mí, en tanto ángel, me parecía muy atrayente. Permanecí junto a esas almas durante mucho tiempo.

»Pensé que si podía explicarles la situación, instruirlas, por decirlo así, quizá lograría hacerlas cambiar, prepararlas para el cielo, pero en ese estado no estaban preparadas y yo no sabía si creerían mis palabras. Por otra parte, temía que me creyeran y ansiaran ir al cielo, pero que Dios les impidiera la entrada.

»Comprendí que debía proceder con mucha cautela. No podía lanzar un sermón desde lo alto de una roca como había hecho durante el breve tiempo que había pasado en la

Tierra. A fin de rescatar a una de esas almas, tenía que asegurarme de que estaba preparada para seguirme hasta el trono de Dios.

»¿Comprender la vida y la muerte? Eso no bastaba. ¿Resignarse ante la muerte? No era suficiente. Una actitud indiferente hacia la vida y la muerte tampoco bastaba. ¿Dejar que permaneciera en un estado de plácida confusión? No, ese alma había perdido su personalidad. Se hallaba tan lejos de lo que era un ángel como la lluvia que caía sobre la Tierra.

»Al fin llegué a una región más pequeña, donde moraban unas cuantas almas. Hablo desde un punto de vista comparativo. Ten en cuenta que soy el diablo; paso mucho tiempo en el cielo y el infierno. Así que cuando hablo de unas cuantas almas, es para que te resulte más fácil entenderme. Para ser más precisos, digamos que había unos cuantos millares de almas. En todo caso, me refiero a un número importante.

—Comprendo.

—Me asombró la felicidad que emanaba de esas almas, su tranquilidad y el grado de conocimiento que habían adquirido y conservado. En primer lugar, casi todas poseían una forma humana prácticamente completa. Es decir, habían creado su forma original o quizás ideal en lo invisible. ¡Parecían ángeles! Tenían forma de hombres, mujeres y niños, y mantenían los rasgos que presentaban cuando estaban vivos. Algunas de esas almas acababan de llegar, tras experimentar una muerte que aceptaban y haberse preparado para lo misterioso. Otras habían aprendido todo lo que sabían en el *sheol*, a lo largo de siglos de observar a su alrededor y siempre temerosas de perder su individualidad, por terrible que pareciera la situación. Todas eran intensamente visibles; también antropomorfas, aunque por supuesto diáfanas, como todos los espíritus; algunas eran más pálidas que otras. Pero todas, sin excepción, eran visibles.

»Me paseé entre ellas, suponiendo que se mostrarían indiferentes ante mí, pero enseguida comprendí que esas almas me veían de un modo distinto de las otras. Lo veían todo de forma diferente. Captaban mejor las sutilezas de lo invisible porque aceptaban sus condiciones sin reservas. Mi aspecto no les turbaba; antes bien, contemplaban con curiosidad a esa criatura extraordinariamente alta, dotada de alas, con el cabello largo y vestida con una túnica. Al poco rato de llegar sentí una gran felicidad a mi alrededor. Constaté que me aceptaban. Noté una ausencia total de resistencia y una profunda curiosidad. Sabían que yo no era un alma humana, y eso era así porque habían alcanzado un estadio en su desarrollo que les permitía entenderlo. Comprendían muchas cosas sobre las otras almas, y también sobre el mundo.

»Una de esas almas tenía forma de mujer, pero desgraciadamente no era mi Lilia, a la cual jamás volví a ver. Se trataba de una mujer que había muerto a una edad madura tras haber parido numerosos hijos, algunos de los cuales se hallaban con ella; otros seguían en la Tierra. Esa alma existía en una serenidad tan intensa que casi se había convertido en un resplandor, es decir, su evolución se hallaba tan desarrollada respecto a lo invisible que había empezado a generar algo parecido a la luz de Dios.

»—¿Por qué sois distintas de las otras almas? —le pregunté—. ¿En qué os diferenciáis de ellas?

»Con un aplomo que me dejó asombrado, la mujer me preguntó quién era. Las almas de los difuntos no suelen hacer esa clase de preguntas, sino que se lanzan a relatarte sus cuitas y obsesiones. Pero ella me preguntó:

»—¿Quién eres y qué es lo que eres? Jamás había visto a un ser como tú en este lugar. Sólo cuando estaba viva.

»—Prefiero no revelártelo todavía —respondí—. Quiero hacerte algunas preguntas. Das la impresión de sentirte feliz. ¿Cuál es el motivo?

»—Me hallo junto a las personas que amo y puedo contemplar el mundo y ver lo que sucede allí.

»—¿No te planteas ninguna duda? —insistí—. ¿No deseas saber por qué has nacido, por qué sufriste, por qué has muerto o por qué estás aquí?

»Ante mi gran asombro, la mujer se echó a reír. Era la primera vez que oía reír a alguien en el reino de las tinieblas. Era una risa suave, alegre, dulce, como la risa de los ángeles. Yo correspondí a su alegría entonando una canción y ella estalló como una flor, como hacen los mortales cuando descubren que se aman.

»—Eres muy hermoso —murmuró con respeto.

»—¿Por qué se sienten las otras almas tan desgraciadas, mientras que vosotras reís y cantáis de alegría y felicidad? Sí, lo sé, he contemplado el mundo. También sé que te encuentras rodeada de las personas que amas. Pero las otras almas también.

»—Ya no le guardamos rencor a Dios —contestó la mujer—. No lo odiamos.

»—¿Y las otras sí?

»—No es que odien a Dios —respondió la mujer con suavidad, como si temiera lastimarme—. Pero no pueden perdonarlo por todo esto... por los sufrimientos del mundo, por lo que ha pasado y por este reino de las tinieblas en el que languidecemos. Pero nosotros sí podemos perdonarlo. Lo hemos hecho por varias razones, pero lo importante es que lo hemos perdonado. Reconocemos que nuestras vidas han sido unas experiencias maravillosas, que ha merecido la pena todo lo que hemos padecido, y recordamos con alegría los momentos felices y de armonía que hemos gozado. Perdonamos a Dios por no habérnoslo explicado, por no haberlo justificado, por no haber castigado a los malvados y recompensado a los buenos, y esas cosas que las otras almas, las vivas y las muertas, esperan de él. Nosotros lo perdonamos. No estamos seguros, pero sospechamos que Dios conoce el secreto de cómo curar este dolor que sentimos. Si no quiere revelárnoslo, está en su derecho, porque es Dios. Sea como fuere, nosotros le perdonamos y le amamos, aunque sabemos que le importamos tan poco como las piedrecitas de la playa.

»Sus palabras me dejaron atónito. Permanecí inmóvil, mientras las almas se congregaban a mi alrededor. Luego, un alma muy joven, el alma de un niño, dijo:

»—Al principio nos pareció terrible que Dios nos trajera a este mundo para ser asesinados —mis padres y yo morimos en una guerra—, pero le hemos perdonado porque sabemos que si Él es capaz de hacer algo tan bello como la vida y la muerte, significa que debe comprenderlo todo.

»—Como ves, todos pensamos igual —dijo otra alma—. Si pudiéramos volver a nacer, pese a haber sufrido grandes penalidades no dudaríamos en hacerlo. Trataríamos de ser más bondadosos con nuestros semejantes. La vida es hermosa y merece la pena ser vivida.

»—Sí —apostilló una tercera alma—. Tardé toda la vida en perdonar a Dios por los sufrimientos del mundo, pero lo hice poco antes de morir, y vine a habitar en este reino de las tinieblas, como los otros. Si te fijas, verás que hemos convertido este lugar en una especie de jardín. Nos ha costado mucho. Trabajamos sólo con nuestra mente, nuestra voluntad, nuestra memoria y nuestra imaginación, pero estamos construyendo un lugar donde podamos recordar sólo lo bueno. Hemos perdonado a Dios y le amamos por habernos concedido tantos dones.

»—Sí —dijo otra—, agradecemos a Dios todo lo que nos ha dado y le amamos profundamente. Sabemos que ahí fuera, en la oscuridad, está la nada. Hemos conocido a muchos mortales que estaban obsesionados con la nada y el sufrimiento, y ello les impedía gozar de las alegrías de la vida.

»—Esto no resulta fácil —añadió otra—. Ha supuesto un gran esfuerzo. Era agradable hacer el amor, beber buen vino, bailar y cantar, emborracharte y correr bajo la lluvia. Más allá se extendía el caos, el vacío, y me siento agradecido de haber podido contemplar el mundo y ahora recordarlo y verlo desde aquí.

»Reflexioné durante unos instantes antes de responder, mientras aquellas almas seguían hablándome, atraídas hacía mí, como si la luz que yo producía fuese una especie de imán. De hecho, cuanto más interés mostraba yo en lo que me relataban, más se sinceraban conmigo y más profundas e intensas eran sus declaraciones.

»No tardé en comprender que esas personas provenían de diversas naciones y estratos sociales. Aunque muchos de ellos pertenecían a una misma familia o clan, no todos estaban emparentados. De hecho, muchos habían perdido de vista a sus parientes, que habían ido a parar a otros ámbitos del reino de las tinieblas. Algunos no habían vuelto a verlos después de morir, mientras que otros habían sido acogidos por sus seres queridos en el momento de expirar. Esas personas habían vivido en el mundo y seguían manteniendo sus creencias en este lugar donde empezaba a brillar la luz.

»—¿Existía un denominador común que os uniera en la Tierra? —les pregunté.

»Pero no supieron responderme. No lo sabían. No se habían interrogado sobre sus respectivas vidas, y a medida que les iba formulando preguntas al azar comprendí que no había existido tal denominador común. Algunos habían sido muy ricos, otros pobres, algunos habían sufrido lo indecible, otros no habían padecido, sino que habían gozado de una vida cómoda y próspera y habían llegado a amar la Creación antes de morir. Se me ocurrió que podía empezar a recopilar esas respuestas y a evaluarlas. Dicho de otro modo, todas esas almas habían llegado a perdonar a Dios de diversas formas. Pero era posible que existiera una forma más perfecta que otras, más eficaz. Tal vez, aunque no estaba seguro.

»Abracé a esas almas y las estreché contra mí.

»—Quiero que hagáis un viaje conmigo —les dije, tras hablar con cada una de ellas para cerciorarme de que no me equivocaba—. Quiero que vengáis al cielo y os presentéis ante Dios. Puede que sólo lo veáis unos segundos o que Él no permita siquiera que lo veáis. Quizás os obligue a regresar aquí, sin haber averiguado lo que deseáis saber, pero en cualquier caso no habréis sufrido ningún mal. La verdad es que no puedo garantizar lo que sucederá. Nadie conoce a Dios.

»—Lo sabemos —contestaron.

»—Os propongo venir conmigo al cielo para que le expliquéis a Dios lo que me habéis contado a mí. Ahora responderé a la pregunta que me hicisteis al principio: soy su arcángel Memnoch, hecho del mismo molde que los ángeles de los que habíais oído hablar cuando estabais vivos. ¿Queréis acompañarme?

»Muchas se quedaron atónitas y dudaron antes de responder. Pero la mayoría contestó al unísono, como una sola voz:

»—Iremos contigo. La oportunidad de ver a Dios, siquiera por un instante, merece cualquier sacrificio. Si eso no es así, entonces significa que no recuerdo el dulce aroma del olivo ni el tacto de la hierba cuando me tumbaba sobre ella. Jamás he probado el sabor del vino ni he yacido con la mujer que amaba. Sí, iremos contigo.

»Algunas se negaron. De pronto me vieron como lo que era, y al comprender lo que les había sido negado perdieron la paz que sentían y la capacidad de perdonar. Me contemplaron enfurecidas y horrorizadas. Las otras almas trataron de hacerles cambiar de parecer, sin conseguirlo. No, no deseaban ver a ese Dios que había abandonado su Obra, dejando que los mortales colocaran unos dioses sobre unos altares en todo el planeta y les rogaran en vano que intercedieran por ellos el día del juicio. ¡No!

»—Venid —dije a las otras almas—. Trataremos de penetrar en el cielo. ¿Cuántos somos? ¿Diez mil? ¿Un millón? ¿Qué importa? Dios habló de diez pero no lo limitó a ese número. Seguramente quiso decir que por lo menos le llevara diez almas. ¡Vamos!

16

—No tardaré en conocer la respuesta, pensé. O bien Dios nos admitirá en el cielo o nos arrojará de nuevo al reino de las tinieblas. Una vez me arrojó a la Tierra. Quizá juzgue mi éxito o fracaso antes de que llegue a las puertas del cielo y haga que nos desintegremos todos. ¿Qué fue lo que dijo el Señor en su infinita sabiduría? Dijo: «Ve y regresa cuanto antes.» Estreché a esas almas contra mí, como cuando te transporté en brazos hasta el cielo; abandonamos el reino de las tinieblas y ascendimos envueltos en el intenso resplandor que se derramaba sobre los muros y las puertas del cielo. Las gigantescas puertas, que nunca había visto durante mis primeros tiempos, se abrieron ante nosotros. Allí estábamos, un arcángel y varios millones de almas humanas, de pie en medio del cielo ante una legión de ángeles sonrientes y perplejos que se agolparon a nuestro alrededor, formando un enorme círculo, entre exclamaciones y gritos destinados a atraer la atención de todo el mundo.

»Hasta ahora todo va bien, pensé. Hemos conseguido entrar en el cielo. Al ver a los ángeles las almas humanas exclamaron de júbilo. Cada vez que recuerdo ese momento siento deseos de echarme a cantar y bailar. Las almas estaban eufóricas, y cuando los ángeles iniciaron su cacofonía de cantos, preguntas y exclamaciones, las almas humanas se pusieron a cantar.

»Jamás había contemplado una escena semejante. Comprendí que el cielo ya no volvería a ser el mismo, pues esas almas poseían un inmenso poder de proyección, es decir, de crear alrededor de ellas, de lo invisible, el entorno que deseaban para sentirse a gusto, y al que dedicaban todos sus esfuerzos.

»La geografía del cielo cambió de forma radical e inmediata. Aparecieron las torres, los castillos y las mansiones que viste cuando te conduje al cielo, suntuosos palacios, bibliotecas, jardines y las maravillosas proyecciones de flores que brotaban por doquier; todas esas cosas que a los ángeles jamás se les había ocurrido llevar al cielo. Brotaron árboles plenamente desarrollados; empezó a caer una suave lluvia impregnada del perfume de las plantas. La temperatura del cielo se hizo más cálida y sus colores se avivaron. Utilizando el tejido invisible del cielo —energía, esencia, la luz divina, el poder creador de Dios o lo que fuere— esas almas crearon a nuestro alrededor, en un abrir y cerrar de ojos, todas esas maravillas que simbolizaban su curiosidad, su concepto de la belleza y sus aspiraciones.

»Aplicaron todos los conocimientos que habían adquirido en la Tierra para crear un fantástico e irresistible paraíso.

»Se organizó un tumulto como yo jamás había contemplado desde la Creación del universo.

»El más asombrado era el arcángel Miguel, que me miraba como diciendo: "¡Has conseguido traerlos al cielo, Memnoch!.."

»Pero antes de poder pronunciar esas palabras, mientras las almas, extasiadas, se paseaban de un lado a otro tocando a los ángeles y las cosas que habían imaginado y creado, apareció la luz de Dios, *En Sof*. Ésta se elevó y extendió por detrás de los serafines y los querubines para derramarse suavemente sobre las almas humanas, llenándolas y poniendo al descubierto sus secretos.

»Las almas exclamaron de gozo. Los ángeles entonaron unos himnos de alabanza. Yo abrí los brazos y empecé a cantar: "Señor, os he traído las almas que me pediste. Contempla tu Creación, contempla las almas de los seres de carne y hueso que creaste a partir de unas minúsculas células, a los que luego arrojaste al reino de las tinieblas y que ahora se hallan ante tu excelso trono. ¡He cumplido mi misión, Señor! He regresado y tú lo has permitido."

»Tras esas palabras, me postré de rodillas ante Dios.

»Los cánticos alcanzaron un frenesí, un sonido que ningún ser de carne y hueso podría soportar. Todos los ángeles entonaban himnos de alabanza al Señor. Las almas humanas empezaron a adquirir una mayor densidad, a hacerse más visibles, hasta que se aparecieron ante nosotros con tanta claridad como nosotros ante ellas. Algunas se cogieron de las manos y empezaron a saltar y brincar como niños; otras lloraban y gritaban mientras las lágrimas rodaban por sus mejillas.

»De pronto la luz se volvió más intensa y entonces comprendimos que Dios se disponía a hablar. Todos enmudecimos. Todos los miembros del *bene ha elohim* nos hallábamos presentes. Dios dijo:

»—Hijos míos, queridos hijos. Memnoch ha venido acompañado de millones de almas merecedoras del cielo.

»Luego, Dios calló y su luz se hizo más intensa y cálida. Todos los presentes lanzaron exclamaciones de júbilo y amor.

»Yo me tendí en el suelo del cielo, extenuado, contemplando el inmenso firmamento tachonado de estrellas que se extendía sobre mí. Oí cómo las almas de los humanos corrían de un lado a otro. Oí los himnos y cánticos con que los ángeles daban la bienvenida a los recién llegados. Lo oí todo, y luego, como un mortal, cerré los ojos.

»Ignoro si Dios duerme alguna vez. El caso es que cerré los ojos y permanecí inmóvil, bañado por la luz del Señor. Después de pasar tantos años en el reino de las tinieblas, me hallaba de nuevo en un lugar cálido y seguro, a salvo.

»Al cabo de un rato me di cuenta de que cuatro serafines se habían acercado y me observaban fijamente. Sus rostros irradiaban una luz tan intensa que casi no podía mirarlos.

»—Dios desea hablar contigo —dijeron.

»—¡Ahora mismo! —contesté, levantándome de un salto.

»De pronto me encontré solo, alejado de las eufóricas multitudes de ángeles y almas humanas, rodeado de silencio, sin nadie que me apoyara. Me cubrí los ojos con el brazo para impedir que la luz me cegara, tan cerca como estaba de la presencia de Dios.

17

»—¡Mírame! —dijo el Señor.

»Al instante, consciente de que Dios podía interpretar el gesto de cubrirme los ojos como un gesto de desacato, lo cual podría significar mi aniquilación, obedecí.

»El resplandor se había vuelto uniforme, glorioso pero tolerable. En medio de él, descubrí un semblante parecido al mío. No puedo decir que fuera un rostro humano. Vi un semblante, una persona, una expresión... El semblante de Dios me observó directa y fijamente.

»Resultaba tan hermoso que hubiera sido imposible volverme para no mirarlo. Al cabo de unos instantes su resplandor se hizo más intenso, obligándome a parpadear y a reprimir el deseo de protegerme los ojos para no quedar irremediablemente cegado.

»Luego, la luz disminuyó; redujo su intensidad hasta un nivel tolerable y me envolvió suavemente en lugar de deslumbrarme. Me quedé inmóvil, temblando, satisfecho de no haber cedido al deseo de cubrirme el rostro.

»—Te felicito, Memnoch —dijo Dios—. Has traído unas almas del reino de las tinieblas que merecen compartir el cielo con nosotros; has incrementado la alegría y el gozo del cielo; en definitiva, has cumplido la misión que te encomendé.

»En señal de gratitud, entoné un himno de alabanza, repitiendo que Dios había creado esas almas y que en su infinita misericordia había permitido que llegaran a Él.

»—Pareces muy satisfecho —observó Dios.

»—Sí, pero sólo si Tú también lo estás —respondí, lo cual no era del todo cierto.

»—Ve a reunirte con los otros ángeles —me ordenó el Señor—. Te perdono por haberte convertido en un mortal de carne y hueso sin mi consentimiento y haber yacido con las hijas de los hombres. Atenderé tus súplicas de misericordia para las almas del *sheol*. Ahora, retírate y no vuelvas a interferir en el curso de la naturaleza, ni de la humanidad, puesto que insistes en que ésta no forma parte de aquélla, aunque estás equivocado.

»—Señor... —empecé a decir tímidamente.

»—¿Sí?

»—Señor, esas almas que he traído del reino de las tinieblas constituyen menos de una centésima parte de las almas que habitan en esa región; menos de una centésima parte de las que se han desintegrado o desaparecido desde el comienzo del mundo. En el *sheol* reina la confusión, el caos. Estas almas son las elegidas.

»—¿Acaso crees que no lo sé? ¿Crees que no estoy informado de todo cuanto ocurre en el universo? —preguntó Dios.

»—Deja que regrese al reino de las tinieblas y trate de instruir a aquellas que aún no han alcanzado el nivel del cielo. Deja que las purifique a fin de que sean merecedoras de gozar de tu divina Presencia.

»—¿Por qué?

»—Señor, por cada millón de almas que consigan salvarse, se condenarán varios millones.

»—Ya sabes que lo sé, ¿no es cierto?

»—¡Apiádate de ellas, Señor! Apiádate de los seres humanos de la Tierra que mediante toda clase de ritos tratan de llegar a ti, de conocerte, de aplacar tu ira.

»—¿Por qué?

»No respondí. Estaba desconcertado. Al cabo de unos momentos, pregunté:

»—¿Acaso no te importan esas almas que vagan inmersas en un mar de confusión, que sufren en esas tinieblas?

»—¿Y por qué deberían importarme? —inquirió Dios.

»Hice otra pausa, a fin de meditar debidamente la respuesta. Pero antes de que pudiera responder, el Señor me preguntó:

»—¿Eres capaz de contar todas las estrellas que hay en el cielo, Memnoch? ¿Conoces sus nombres, sus órbitas, sus destinos en la naturaleza? ¿Puedes hacer un cálculo aproximado del número de granos de arena que hay en el mar?

»—No, Señor —contesté.

»—En toda la Creación existen innumerables criaturas, de las cuales sólo sobrevive una pequeña parte: peces, tortugas, insectos... Bajo la trayectoria del Sol en un solo día puede nacer un centenar, un millón de miembros de una especie, de los cuales sólo un puñado conseguirá sobrevivir y reproducirse. ¿No lo comprendes?

»—Sí, Señor. Lo comprendí hace tiempo, cuando presencié la evolución de los animales.

»—Así pues, ¿qué me importa que sólo acceda al cielo un puñado de almas? Es posible que dentro de un tiempo te envíe de nuevo al reino de las tinieblas, pero no puedo asegurártelo.

»—Señor, la humanidad siente y padece.

»—¿Acaso quieres volver a discutir sobre la naturaleza? La humanidad fue creada por mí, Memnoch, y su desarrollo sigue mis leyes.

»—Pero, Señor, todo cuanto existe en el mundo acaba muriendo, y esas almas tienen la posibilidad de vivir eternamente. Están fuera del ciclo. Constituyen una voluntad y una sabiduría invisibles. ¿Es que tus leyes no prevén que puedan acceder al cielo? Te lo pregunto, Señor, deseo que me respondas porque, pese al gran amor que te profeso, no alcanzo a comprenderlo.

»—Memnoch, lo invisible y la voluntad se encarnan en mis ángeles y obedecen mis leyes.

»—Sí, señor, pero no mueren. Tú hablas con nosotros, te revelas ante nosotros, nos amas, nos permites ver cosas.

»—¿No crees que la belleza de la Creación revela mi luz a la humanidad? ¿No comprendes que esas almas, que tú mismo has traído aquí, se han desarrollado a partir de una percepción de la gloria de todo cuanto existe en el universo?

»—Podrían acceder muchas más al cielo, Señor, si las ayudáramos. El número de almas que he traído es insignificante. ¿Qué pueden concebir los animales inferiores que no sean capaces de conseguir? Es decir, el león concibe la carne de gacela y la consigue, ¿no es cierto? Pues bien, los animales humanos conciben a Dios Todopoderoso y ansían gozar de su presencia.

»—Eso ya me lo has demostrado —respondió Dios—. Se lo has demostrado a todos los moradores del cielo.

»—¡Pero son muy pocas las almas que han accedido al cielo! Señor, si fueras un hombre de carne y hueso, si hubieras descendido a la Tierra como yo...

»—Cuidado, Memnoch.

»—No, Señor, discúlpame, pero no puedo renunciar a la lógica, y la lógica me dice que si descendieras a la Tierra y te convirtieras en un hombre de carne y hueso entenderías mejor a esas criaturas a las que crees conocer, pero en realidad no conoces.

»Silencio.

»—Señor, tu luz no traspasa la carne humana; la toma por carne animal. Puede que lo sepas todo, Señor, pero no estás al corriente de cada minúsculo detalle del universo. Es imposible, puesto que de otro modo no permitirías que esas pobres almas languidecieran en el reino de las tinieblas. No consentirías que el sufrimiento de los hombres y mujeres de la Tierra careciera de sentido. No lo creo. ¡Me niego a creerlo!

»—No tengo necesidad de repetir las cosas, Memnoch.

»Yo callé.

»—Como verás, me muestro benevolente contigo —dijo Dios.

»—Es cierto, pero te equivocas, Señor. Si permitieras a esas almas acceder al cielo, entonarían sin cesar himnos de alabanza a Ti, ensalzando tu infinita bondad y sabiduría. En el cielo sonarían eternamente cantos e himnos de gloria.

»—No necesito esos himnos, Memnoch —contestó Dios.

»—Entonces ¿por qué los cantamos los ángeles?

»—¡Tú eres el único de mis ángeles que se atreve a acusarme! No confías en mí. Esas almas que rescataste del *sheol* confían más en mí que tú. ¿No fue ése el criterio que te guió a la hora de elegirlas? ¿El hecho de que confiaban en la sabiduría de Dios?

»No pude reprimirme y contesté:

»—Cuando me convertí en un hombre de carne y hueso comprendí muchas cosas que confirmaron mis sospechas, Señor. ¿Qué quieres que haga, Señor? ¿Mentirte? ¿Decir cosas que no son ciertas para complacerte? Señor, en la humanidad existe algo misterioso que ni Tú mismo alcanzas a comprender. No hay otra explicación, pues de otro modo no existiría la naturaleza ni las leyes.

»—Vete, Memnoch. Aléjate de mi vista. Baja a la Tierra pero no te atrevas a interferir en nada, ¿me has entendido?

»—Haz la prueba, Señor. Conviértete en un hombre de carne y hueso como hice yo. Eres omnipotente, puedes asumir una forma mortal...

»—¡Silencio, Memnoch!

»—Si no te atreves a hacerlo, si te parece indigno del Creador que trate de comprender cada célula de su Creación, entonces silencia los himnos de alabanza que te dedican los ángeles y los hombres. Haz que callen, puesto que aseguras que no los necesitas, y reflexiona sobre lo que tu Creación significa para ti.

»—¡Fuera de aquí! —exclamó el Señor. Al instante aparecieron de nuevos todos los ángeles, todos los espíritus que conformaban el *bene ha elohim*, junto con el millón de almas que habían conseguido salvarse. Miguel y Rafael se situaron ante mí, observándome horrorizados mientras me obligaban a retroceder y abandonar el cielo.

»—¡Eres implacable con los seres que has creado, Señor! —grité con todas mis fuerzas para hacer oír mi voz sobre el canto de los ángeles, mientras el torbellino me arrastraba hacia abajo—. ¡Esos hombres y mujeres que has creado a tu imagen y semejanza tienen razón al odiarte! ¡Habría sido mejor para ellos no haber nacido!

Memnoch se detuvo.

Luego arrugó levemente el ceño, juntando sus simétricas cejas, y agachó la cabeza como si hubiera oído un ruido sospechoso. Al cabo de unos momentos se volvió lentamente y me miró.

Yo sostuve su mirada.

—Es lo que tú hubieras hecho, ¿no es así? —preguntó.

—No lo sé —respondí—, te aseguro que no lo sé.

El paisaje había cambiado. Mientras Memnoch y yo nos mirábamos de frente, el mundo que nos rodeaba se iba llenando de nuevos sonidos. Deduje que había unos seres humanos cerca de donde nos hallábamos, unos hombres que conducían unos rebaños de cabras y ovejas. A lo lejos divisé las murallas de una población y, en la cima de una colina, un pequeño asentamiento. Nos encontrábamos en un mundo poblado, antiguo, pero no muy distinto al nuestro.

Sabía que esas personas no podían vernos ni oírnos. No hacía falta que Memnoch me lo dijera.

Memnoch siguió mirándome de hito en hito, con aire interrogante. El sol brillaban con fuerza. Me di cuenta de que tenía las manos húmedas, sudorosas. Me enjugué el sudor de la frente y miré las gotas de sangre que había en la palma de mi mano. Memnoch tenía la frente ligeramente perlada de sudor, pero nada más. Siguió contemplándome fijamente.

—¿Qué pasó? —pregunté—. ¿Por qué no me lo dices? ¿Por qué no continúas?

—Sabes perfectamente lo que pasó —contestó Memnoch—. Mira tu ropa. Llevas una túnica, una prenda más adecuada para el desierto. Ven, quiero que contemples lo que hay al otro lado de esas colinas... conmigo.

Memnoch se levantó y yo le seguí. Nos encontrábamos en Tierra Santa, sin duda. Pasamos junto a numerosos grupos de gente, pescadores, cerca de una pequeña población costera, y de pastores de cabras y ovejas, que conducían sus pequeños rebaños hacia unos asentamientos o recintos amurallados.

Todo me resultaba familiar. Turbadoramente familiar, como si hubiera vivido en ese lugar y lo tuviera grabado a fuego en la mente. Me refiero absolutamente a todo, incluido aquel hombre desnudo con las piernas torcidas, ciego, apoyado en una vara, que gritaba como un energúmeno.

Debajo de las múltiples capas de arenilla que lo cubrían todo, descubrí a mi alrededor formas, estilos y tipos de conducta que yo conocía íntimamente a través de las Sagradas Escrituras, los grabados, las ilustraciones de los libros y las películas. Era un terreno —en toda su escueta y magnífica gloria— sagrado y familiar.

Vimos a unas personas ante las cuevas donde vivían, allí en las laderas. Vimos también unos pequeños grupos de gentes que, sentadas bajo la sombra de un árbol, dormitaban o charlaban. En las ciudades fortificadas se oía un lejano murmullo. El aire estaba lleno de arena, que se me metía en la nariz y se pegaba a mis labios y a mi cabello.

Memnoch no tenía alas. Llevaba una túnica sucia, como la mía. Creo que ambas eran de lino; en cualquier caso, eran livianas y frescas. Se trataba de unas túnicas largas, sin adornos. Nuestra piel, nuestras formas, permanecían intactas.

El cielo era de un azul intenso y el Sol brillaba sobre mi cabeza como sobre la de cualquier ser de la Tierra. El sudor me refrescaba, pero en algunos momentos me resultaba insoportable. Pensé que en otras circunstancias me habría quedado maravillado ante el Sol, aquel Sol que les era negado a los hijos de la noche; sin embargo ahora apenas había reparado en él, porque después de haber visto la luz de Dios, el Sol había dejado de representar para mí la luz divina.

Memnoch y yo trepamos por agrestes colinas y escarpados senderos. Al cabo de un rato vimos ante nosotros, a nuestros pies, una inmensa zona cubierta de arena seca y ardiente que se removía levemente bajo la brisa.

Memnoch se detuvo en la orilla de ese desierto, por llamarlo así, el punto donde abandonaríamos terreno firme, pese a las piedras y a su accidentado trazado, para adentrarnos en el árido y mullido mar de arena.

Al cabo de unos minutos alcancé a Memnoch, pues me había quedado un poco rezagado. Memnoch me echó el brazo izquierdo sobre los hombros. Su gesto me tranquilizó, pues estaba un poco asustado, como si presintiera algo.

—Cuando Dios me expulsó del cielo —dijo Memnoch— vagué sin rumbo por la Tierra.

Tenía la vista fija en los áridos, ardientes y rocosos peñascos que se erguían a lo lejos, hostiles como el propio desierto.

—Anduve errante, como tú has hecho con frecuencia, Lestat. Sin alas y con el corazón hecho pedazos, recorrí las ciudades y naciones de la Tierra, los continentes y desiertos. Algún día te lo explicaré detalladamente, si lo deseas. Ahora no es necesario.

»Sólo te diré que no me atreví a hacerme visible ni darme a conocer a los hombres, sino que me oculté de ellos, sin atreverme a adoptar una forma humana por temor a enojar de nuevo a Dios; sin atreverme a unirme a la lucha de la humanidad bajo ninguna guisa, por temor a Dios y al perjuicio que podía causar a los seres humanos. Esos mismos temores me impidieron regresar al reino de las tinieblas. No quería aumentar los sufrimientos de aquellas desgraciadas almas. Sólo Dios podía liberarlas. ¿Qué esperanzas podía ofrecerles yo?

»Pero veía el reino de las tinieblas, su inmensidad, y sentía el dolor que experimentaban las almas que lo poblaban. Me desconcertaban los complejos y mutables esquemas de confusión que habían ido creando los mortales a medida que adoptaban una fe, secta o credo tras otro en su afán de alcanzar aquella tétrica región.

»De pronto se me ocurrió una brillante idea: si penetraba en el reino de las tinieblas podía instruir a las almas a fin de que ellas mismas pudiera transformarlo, crear en él unas formas que fuesen producto de la esperanza en lugar de la desesperanza, y hasta un jardín. A fin de cuentas, las almas elegidas, los millones de almas que yo había llevado al cielo, habían logrado transformar la parte en la que habitaban. Pero ¿y si no conseguía mi propósito, sino tan sólo que aumentara el caos? No me atreví a intentarlo, por temor a Dios y a mi incapacidad de alcanzar ese sueño.

»Durante mis andanzas por el mundo formulé numerosas teorías, pero no cambié de opinión sobre lo que creía firmemente y había referido ante Dios. Le rezaba con frecuencia, pero Él no respondía. Le decía que seguía pensando que había abandonado a su suerte su mejor creación. A veces, cansado, cantaba sus alabanzas; otras, guardaba silencio. Miraba, escuchaba... observaba...

»Memnoch, el observador, el ángel caído.

»¡Qué poco imaginaba que mi discusión con Dios no había hecho más que empezar! Al cabo de un tiempo regresé a los valles que había visitado con anterioridad, donde los hombres habían construido las primeras ciudades.

»Esa tierra representaba para mí la tierra de los comienzos, pues aunque habían aparecido grandes pueblos en muchas naciones, fue ahí donde yo había yacido con las hijas de los hombres; también fue ahí donde había aprendido como mortal muchas cosas que Dios ignoraba.

»Al regresar a este lugar, entré en Jerusalén, que se halla tan sólo a unos diez kilómetros al oeste de donde nos encontramos.

»Enseguida comprendí que los romanos gobernaban esta tierra, que los hebreos habían sufrido un largo y terrible cautiverio y que las tribus que se remontaban a los primeros asentamientos, y que creían en un solo Dios, se hallaban dominadas por los politeístas, quienes no tomaban en serio sus leyendas.

»Las tribus de los monoteístas no estaban de acuerdo en numerosas cuestiones. Algunos hebreos eran estrictos fariseos, otros saduceos y otros trataban de crear unas comunidades puras en las cuevas de aquellas colinas que se alzan frente a nosotros.

»Una de las características de aquellos tiempos que más me impresionó fue el poder del Imperio Romano, el cual se extendía más allá de cualquier imperio en Occidente que yo conocía. Curiosamente, desconocía la existencia del gran Imperio de China, como si no perteneciera a este mundo.

»Algo me atrajo a este lugar. Intuía una presencia que era como una llamada, como si alguien me rogara que acudiera pero no quisiese utilizar su potente voz. Sentí la necesidad de venir aquí, como si buscara algo. Quizás esa presencia me siguió y me sedujo, como yo hice contigo. No lo sé.

»Recorrí Jerusalén en su totalidad, escuchando lo que decían los hombres en su lengua.

»Hablaban sobre profetas y hombres santos que vivían en los bosques, sobre disputas referentes a las leyes y la purificación y la voluntad de Dios. Hablaban sobre las tradiciones y los libros sagrados. Hablaban sobre hombres que eran "bautizados" en el agua a fin de "salvarse" ante los ojos de Dios.

»También hablaban de un hombre que después de su

bautismo se había marchado al desierto, porque en el momento de meterse en el río Jordán para ser bautizado en sus aguas se habían abierto los cielos y todos habían contemplado la luz de Dios.

»Había oído ese tipo de historias en todo el mundo. No era una novedad, pero me sentí atraído por ellas. Éste era mi país. Salí de Jerusalén y partí hacia el este, como si una mano me guiara, hacia el desierto. Mi perspicacia de ángel me decía que me hallaba cerca de la presencia de algo misterioso, algo que participaba de lo sagrado y que yo, en tanto ángel, reconocería al instante. Mi razón rechazaba esa idea, pero seguí caminando bajo el ardiente sol, sin alas e invisible, en dirección al desierto.

Memnoch me pidió que le siguiera y nos adentramos en el desierto, cuya arena no era tan profunda como yo había imaginado, aunque sí era caliente y estaba llena de piedrecitas. Pasamos a través de unos desfiladeros y subimos por unas colinas; al fin llegamos a un pequeño claro, donde había unas piedras dispuestas en un círculo, como preparadas para acoger a las personas que acudían de vez en cuando a ese lugar; era tan normal como el otro lugar donde habíamos permanecido largo rato charlando. Un hito en el desierto, por decirlo así, quizás un monumento a algo.

Yo deseaba con impaciencia que Memnoch reanudara su relato. Cuando nos encontrábamos a un metro de distancia del conjunto de piedras, Memnoch se detuvo y dijo:

—Al aproximarme a esas piedras me puse a espiar con mis ojos angélicos, tan poderosos como los tuyos, y divisé a lo lejos un ser humano. Pero mis ojos me dijeron que no se trataba de un humano, sino de un hombre que poseía el fuego de Dios.

»Me parecía increíble, pero seguí avanzando, incapaz de detenerme, hasta llegar a este lugar, desde donde observé la figura que se hallaba sentada en una de esas piedras, mirándome.

»¡Era Dios! Estaba seguro de ello. Tenía un cuerpo mortal, tostado por la acción del sol, el cabello oscuro y los ojos negros de las gentes del desierto, pero era Dios. ¡Mi Dios!

»La figura permaneció sentada en la piedra, mirándome con ojos humanos, que al mismo tiempo eran los ojos de Dios. La luz divina lo llenaba por completo, estaba contenida en su cuerpo, oculta a los ojos del mundo como si el cuerpo constituyera la membrana más fuerte que existiese entre el cielo y la Tierra.

»Pero más terrible aún que esa aparición era el hecho de que Él me mirase como si me conociera y me estuviera aguardando, y que yo, en aquellos momentos, sólo sintiera hacia Él un profundo amor.

»Entonamos sin cesar las canciones del amor. Tal vez en esos cánticos se hallaran resumidas todas las canciones dedicadas a la Creación.

»Lo miré aterrado, impresionado ante la visión de su cuerpo mortal, su carne quemada por el sol, su sed, el vacío que sentía en el estómago, el sufrimiento que reflejaban sus ojos bajo aquel sofocante calor, la presencia de Dios Todopoderoso en Él y el inmenso amor que me inspiraba.

»—Aquí me tienes, Memnoch —dijo en la lengua de los mortales y con voz humana—. He venido.

»Yo me postré ante Él, en un gesto instintivo. Tendido en el suelo, alargué la mano para tocar el extremo de la correa de su sandalia. Suspiré y mi cuerpo tembló de alegría por haber hallado a Dios, por haberme librado de la soledad. Luego me puse a llorar, conmovido al sentirme junto a Él, verlo, tocarlo, maravillado ante ese prodigio.

»—Levántate y siéntate a mi lado —dijo Dios—. Soy un hombre y soy Dios, pero tengo miedo.

»Su voz me produjo una emoción indescriptible. Era humana pero estaba llena de sabiduría divina. Se expresaba en la lengua y con el acento de Jerusalén.

»—¿Qué puedo hacer para aliviar tu sufrimiento, Señor?

—pregunté, pues era evidente que sufría. Luego obedecí y me levanté—. ¿Qué has hecho y por qué?

»—He hecho exactamente lo que sugeriste que hiciera, Memnoch —respondió Dios, esbozando una maravillosa sonrisa—. Me he convertido en un hombre. Pero te he superado. He nacido de una mujer mortal, tras depositar yo mismo mi semilla en su vientre. He vivido en esta Tierra a lo largo de treinta años, como niño y como hombre, alimentando la duda durante largos períodos, no, incluso olvidando y dejando de creer en ello... de que yo fuese Dios.

»—Sé que eres tú, mi Dios y mi Señor —dije. Estaba impresionado por su rostro, el cual reconocí bajo la máscara de piel que cubría los huesos de su cráneo. Durante unos mágicos instantes recuperé la sensación que había experimentado al contemplar su semblante bajo la luz divina, y ahora veía la misma expresión en su rostro humano. Caí de rodillas y exclamé—: ¡Eres mi Dios!

»—Ahora lo sé, Memnoch, pero decidí sumergirme por completo en un cuerpo humano para olvidarlo, para saber lo que siente, tal como tú dijiste, un ser mortal; quise experimentar en mi propia carne los sufrimientos que padecen los humanos, sus temores y sus deseos, lo que son capaces de aprender aquí en la Tierra o en el cielo. Hice lo que me pediste que hiciera, y lo hice mejor que tú, Memnoch, tal como debe hacerlo Dios, con todas sus consecuencias.

»—Señor, no soporto verte sufrir —dije, incapaz de apartar la mirada de Él y soñando con poder llevarle agua y comida—. Deja que te enjugue el sudor. Deja que vaya a buscar agua. Deja que te conduzca hasta una fuente. Deja que te consuele, te lave y te vista con unas prendas dignas del Dios hecho Hombre.

»—No —contestó Dios—. Cuando creí haberme vuelto loco, cuando apenas recordaba que era Dios, cuando comprendí que había renunciado a mi omnisciencia para padecer y conocer las limitaciones de los mortales, podrías haberme convencido de seguir ese camino. Quizás habría aceptado tu oferta. Sí, conviérteme en un rey, me revelaré ante ellos de esa forma. Pero ahora, no. Sé quién soy, y lo que soy. Sé lo que acontecerá. Tienes razón, Memnoch, en el reino de las tinieblas hay unas almas preparadas para ir al cielo, y yo mismo las llevaré. He aprendido lo que tú me sugeriste que aprendiera.

»—Señor, tienes hambre. Estás sediento. Utiliza tu poder para convertir estas piedras en pan y aplacar así tu hambre, o deja que vaya en busca de comida.

»—Por una vez escúchame, Memnoch —dijo Dios con una sonrisa—. Deja de hablar de agua y comida. Yo soy quien ha asumido un cuerpo mortal. ¡Eres incorregible! No haces más que discutir. Calla y escucha. Soy de carne y hueso. Ten piedad de mí y déjame hablar.

»El Señor me miró con afecto y se echó a reír.

»—Asume tú también un cuerpo mortal y siéntate junto a mí, como si fueras mi hermano en lugar de mi adversario —dijo—. Siéntate a mi lado, junto al Hijo de Dios, y hablemos.

»Yo le obedecí de inmediato, y me creé un cuerpo similar al que ves ahora como si fuera la cosa más natural del mundo. Me vestí con una túnica parecida a la suya y me senté en una piedra, junto al Señor. Al darme cuenta de que era más grande que Él, me apresuré a reducir mi talla para que ambos tuviéramos unas proporciones parecidas. Pese a haber asumido un cuerpo humano, seguía conservando mi forma angélica y no tenía hambre ni sed, ni estaba cansado.

»—¿Cuánto tiempo llevas en el desierto? —le pregunté—. En Jerusalén dicen que hace casi cuarenta días que estás aquí.

»Dios asintió con un movimiento de cabeza y respondió:

»—Sí, aproximadamente cuarenta días. Debo iniciar mi ministerio, el cual durará tres años. Tengo que impartir importantes lecciones a los hombres a fin de que puedan acceder al cielo. Es preciso enseñarles a apreciar la Creación y su desarrollo, su belleza y las leyes que permiten al hombre aceptar el sufrimiento, la injusticia y el dolor. A aquellos que sean capaces de conocer a Dios y reconocer su Obra, les prometeré la gloria eterna, que es, precisamente, lo que me pediste que hiciera.

»No me atreví a responder.

»—He aprendido a amarlos como tú deseabas, Memnoch. He aprendido a amar como aman los hombres y las mujeres; he yacido con mujeres y he conocido el éxtasis, la chispa de júbilo a la que te referiste con tanta elocuencia cuando yo no podía siquiera concebir tal cosa.

Y prosiguió:

»—Les hablaré sobre todo del amor. Diré cosas que los hombres y las mujeres acaso no comprendan e incluso tergiversen mis palabras. Pero mi mensaje será un mensaje de amor. Tú me has convencido por completo de que eso es lo que sitúa a los humanos por encima de los animales, aunque el hombre es un animal.

»—¿Pretendes enseñarles la forma en que deben amar? ¿A poner fin a las guerras y unirse para adorarte...?

»—No, sería una intromisión absurda por mi parte, y sólo conseguiría estropear el plan que he puesto en marcha. Entorpecería la dinámica del universo. Para mí los seres humanos forman parte de la naturaleza, como ya te he dicho, Memnoch, aunque son superiores a los animales. Es una cuestión de jerarquías. Los humanos se rebelan porque sufren y son conscientes de su sufrimiento, pero en cierto sentido se comportan como los animales inferiores, en tanto que el sufrimiento es el motor que los hace evolucionar. Son lo suficientemente inteligentes para comprender el valor del sufrimiento, mientras que los animales sólo aprenden a evitarlo de un modo instintivo. Los humanos pueden mejorar a través de una vida de sufrimientos, pero siguen formando parte de la naturaleza. El mundo sigue su curso en su forma habitual, lleno de sorpresas. Algunas de esas sorpresas serán terribles, otras maravillosas. Pero lo cierto es que el mundo seguirá desarrollándose y la Creación seguirá evolucionando.

»—Tienes razón, Señor —dije—, pero el sufrimiento es injusto.

»—¿Recuerdas lo que te dije, Memnoch, cuando acudiste a mí por primera vez con el reproche de que era injusto que el cuerpo mortal pereciera y se descompusiera? ¿Es que no comprendes el valor del sacrificio humano?

»—No —respondí—. Sólo veo en él la destrucción de la esperanza, el amor, la familia; la destrucción de la paz de espíritu; veo el indescriptible dolor que sufre la humanidad, veo al hombre doblegarse ante él y caer en la amargura y el odio.

»—No has profundizado en la cuestión. No eres sino un ángel, Memnoch. Te niegas a comprender a la naturaleza. Aportaré mi luz a la naturaleza, a través de esta forma de carne y hueso, durante tres años. Enseñaré a los hombres las cosas más sabias que sepa y pueda expresar con mi mente y mi cuerpo mortal; luego, moriré.

»—¿Morirás? ¿Por qué? ¿Quieres decir que tu alma...? —Me detuve, vacilante.

»Dios sonrió con benevolencia.

»—Porque tienes un alma, ¿no es cierto? —proseguí—. Eres mi Dios, encarnado en el Hijo del Hombre, cuya luz inunda cada partícula de tu ser, pero... ¡No tienes un alma! ¡No tienes un alma humana!

»—Esos detalles carecen de importancia, Memnoch. Soy Dios Encarnado. ¿Cómo quieres que tenga un alma humana? Lo importante es que permaneceré en este cuerpo mientras me torturan y me matan; y mi muerte demostrará mi amor hacia los seres que he creado y he permitido que sufran. Compartiré su sufrimiento y conoceré su dolor.

»—Perdóname, Señor, pero hay algo que no comprendo, algo que no encaja.

»Dios sonrió de nuevo, como si le divirtiera mi perplejidad.

»—¿Qué es lo que no comprendes, Memnoch? ¿Que asuma la forma del Dios Agonizante del Madero?, ¿ese que hombres y mujeres han imaginado, soñado y cantado desde tiempos inmemoriales, un dios agonizante que simboliza el ciclo de la naturaleza en la que todo cuanto nace debe morir? Moriré y resucitaré, como el dios de los mitos del eterno regreso de la primavera tras el invierno que alimentan todas las naciones del mundo. Seré el dios destruido y el dios resucitado, pero sucederá de forma real aquí, en Jerusalén, no en una ceremonia ni con sustitutos humanos. El Hijo de Dios cumplirá esos mitos. Santificaré esas leyendas con mi muerte.

»Y prosiguió:

»—Abandonaré el sepulcro. Mi resurrección confirmará el eterno regreso de la primavera después del invierno. Confirmará que en la naturaleza todas las cosas que han evolucionado ocupan el lugar que les corresponde. Lo terrible es que me recordarán por mi muerte, Memnoch, no por mi resurrección, pues muchos no creerán en ella. Sin embargo, mi muerte vendrá a ser una confirmación de la mitología, superior a todos los mitos que la han precedido. Mi muerte será el sacrificio de Dios para conocer su Creación, tal como me pediste.

»—Pero, Señor, hay un error...

»—Olvidas quién eres y con quién estás hablando —respondió Dios afablemente.

»Lo miré, obsesionado por la mezcla de lo humano y lo divino que veía en su rostro, maravillado de su belleza y su divinidad. No obstante, estaba seguro de que había un error en el plan que había descrito.

»—Memnoch, te he contado algo que nadie sabe, excepto yo —dijo el Señor—. No me hables como si estuviera equivocado. No desperdicies estos momentos con el Hijo de

Dios. ¿Es que no puedes aprender de mí en tanto Hombre como aprendiste de los seres humanos? ¿Crees que no tengo nada que enseñarte, mi amado arcángel? ¿Por qué te empeñas en discutir conmigo? ¿Qué es lo que te preocupa?

»—No lo sé, Señor, sinceramente no conozco la respuesta. Sólo sé que hay algo que no entiendo. En primer lugar, ¿quiénes van a torturarte y matarte?

»—Las gentes de Jerusalén —contestó el Señor—. Conseguiré ofender a todo el mundo, a los hebreos conservadores, a los crueles romanos, todos se sentirán ofendidos por mi mensaje de amor y lo que éste exige a los seres humanos. Mostraré mi desprecio hacia los usos y costumbres de otros, sus ritos y sus leyes. Al fin, caeré en los engranajes de su justicia. Me condenarán por traidor cuando hable de mi condición divina, cuando afirme ser el Hijo de Dios, Dios Encarnado... Mi mensaje les sublevará y me torturarán de forma tan despiadada que el mundo jamás olvidará mi tormento, mi muerte por crucifixión.

»—¿Por crucifixión? ¿Has visto a hombres morir de esa forma, Señor? ¿Sabes el sufrimiento que entraña? Los clavan al madero y mueren asfixiados, incapaces de sostener su peso sobre los pies clavados en la cruz, ahogándose en su propia sangre y en medio de indecibles dolores.

»—Naturalmente que he visto a hombres morir así. Es un método de ejecución muy común. Es repugnante y muy humano.

»—¡No! —exclamé—. ¡No lo creo! Sería absurdo que coronaras tus enseñanzas con esa ejecución tan espectacular como inútil, con tu propia y salvaje muerte.

»—Mi muerte no será inútil —respondió el Señor—. Seré un mártir de mis propias enseñanzas, Memnoch. Desde que existe el mundo los humanos han sacrificado el cordero inocente a su Dios. Le ofrecen lo que es valioso para ellos para demostrarle su amor. ¿Hay alguien que sepa mejor que tú quién les espió en sus altares y escuchó sus plegarias, e insistió en que yo también debía escucharlas? En esos ritos se conjugan el sacrificio y el amor.

»—Señor, esos sacrificios los hacen por temor. No tiene nada que ver con el amor a Dios. ¿Y los niños que son sacrificados a Baal o cientos de ritos, a cual más bárbaro, que se llevan a cabo en el mundo? ¡Los hacen movidos por el temor! ¿Qué tiene aquí que ver el amor con el sacrificio?

»De pronto me tapé la boca con las manos. No podía seguir razonando. Estaba horrorizado. No podía reprimir el horror que me inspiraba aquel disparatado plan. Luego, como si pensara en voz alta, dije:

»—Es injusto, Señor. Es injusto que Dios se vea degradado como el ser humano más vil, es inconcebible; pero permitir que los hombres hagan eso a Dios... ¿Acaso sabrán lo que hacen? ¿Sabrán que eres Dios? Me refiero a que no podrán... No podrán hacerlo a menos que estén confundidos, que no sepan a quién ejecutan. ¡Eso significa el caos, Señor! ¡Las tinieblas!

»—Naturalmente —respondió el Señor—. ¿Quién en su sano juicio iba a crucificar al Hijo de Dios?

»—¿Entonces qué significa? —pregunté.

»—Significa que me habré sometido a la justicia humana por amor a los seres que he creado. Soy un hombre de carne y hueso. Hace treinta años que me he encarnado en un hombre. ¿Quieres explicarte, Memnoch?

»—Es injusto que mueras de esa forma, Señor. Es una muerte horrenda, un ejemplo terrible que ofrecer a la raza humana. Tú mismo has dicho que te recordarán más por tu muerte que por tu resurrección o por la luz de Dios que brotará de tu cuerpo mortal para aliviar el sufrimiento humano.

»—La luz no brotará de este cuerpo —respondió Dios—. Este cuerpo perecerá. Experimentaré la muerte. Penetraré en el reino de las tinieblas y permaneceré allí tres días, entre las almas de los difuntos. Luego me encarnaré de nuevo en este cuerpo y resucitaré de entre los muertos. Sí, será por mi muerte que me recordarán. ¿Cómo podría resucitar si no muero antes?

»—No quiero que mueras ni resucites —dije—. Te lo imploro. No hagas ese sacrificio. No te sometas a ese sangriento y bárbaro ritual. ¿Has percibido alguna vez el hedor que emana de los altares donde se practican sacrificios? Sí, sé que te he pedido que atendieras las plegarias de los humanos, pero no que descendieras de tu trono celestial para oler el hedor de la sangre y del animal muerto, ni contemplar el mudo terror que expresan sus ojos cuando lo degüellan. ¿Has visto alguna vez a criaturas humanas sacrificadas como tributo al feroz dios Baal?

»—Memnoch, éste es el camino que el hombre ha ideado para llegar hasta Dios. En todo el mundo los mitos cantan la misma canción.

»—Sí, pero porque tú nunca quisiste impedirlo, dejaste que pasara, dejaste que los hombres evolucionaran y contemplaran con horror a sus antepasados animales, contemplaran su propia mortalidad y trataran de recuperar a un dios que los ha abandonado. Señor, buscan el significado de las cosas, pero no lo han hallado.

»Dios me miró en silencio, como si me hubiera vuelto loco.

»—Me has decepcionado, Memnoch —dijo con suavidad—. Fuiste tú quien me convenciste, quien logró conmover mi corazón humano. —Luego me acarició el rostro con sus ásperas manos, las de un hombre que había trabajado de forma tan dura, como yo jamás lo había hecho durante mi breve visita a la Tierra.

»Cerré los ojos y guardé silencio. Pero de pronto tuve una revelación, comprendí dónde estaba el error, pero no sabía explicarlo. No conseguí articular palabra.

»Abrí los ojos de nuevo y dejé que Él me acariciara; sentí los callos de sus dedos, contemplé su enjuto rostro. Había ayunado durante cuarenta días. ¡Cómo debió de sufrir en este desierto! ¡Cuán duramente había trabajado durante esos treinta años!

»—¡No, es un error!

»—¿Qué ocurre, mi arcángel? —preguntó el Señor con infinita paciencia y una consternación humana.

»—Señor, los hombres eligieron esos ritos que implican sufrimiento porque no pueden evitar el padecer en el mundo natural. Es en el mundo natural donde reside el error. ¿Por qué debe alguien padecer como lo hacen los humanos? Sus almas llegan al *sheol* deformadas por el dolor, negras como las cenizas debido al calor de la pérdida, la desgracia y la violencia que han presenciado. El sufrimiento es el mal que aqueja al mundo. El sufrimiento significa muerte y putrefacción. Es terrible. Señor, no puedes creer que el sufrimiento beneficie a nadie. Este sufrimiento, esta indescriptible capacidad de sangrar y conocer el dolor y la aniquilación es lo que debe erradicarse del mundo para que los hombres lleguen a Dios.

»Dios no respondió.

»—Mi amado ángel —dijo, retirando las manos de mi rostro—, siento por ti un afecto aún mayor ahora que poseo un corazón humano. ¡Qué simples son tus razonamientos! ¡Qué poco sabes sobre la vasta Creación material!

»—¡Pero fui yo que te pedí que descendieras a la Tierra! ¡Cómo puedes decir que no sé nada sobre ella! Me nombraste tu observador, vi lo que otros ángeles no se atrevían a mirar por temor a romper a llorar y a despertar tu cólera.

»—No conoces la carne, Memnoch. El concepto es demasiado complejo para ti. ¿Cómo crees que las almas del reino de las tinieblas alcanzaron su perfección? ¿Acaso no fue el sufrimiento? Sí, llegan deformadas y quemadas cuando no han conseguido ver más allá del sufrimiento de la Tierra. Algunas caen en la desesperación y desaparecen. Pero en el reino de las tinieblas, a través de siglos de sufrimiento y ansia de ver a Dios, otras almas han sido purificadas. Memnoch, la vida y la muerte forman parte del ciclo, y el sufrimiento constituye un elemento de ese ciclo. La capacidad humana para conocer el sufrimiento no exime a nadie. Las almas iluminadas que sacaste del reino de las tinieblas lo conocían, habían aprendido a aceptar su belleza; el sufrimiento es lo que las había hecho dignas de acceder al cielo.

»—¡No, no es cierto, Señor! —protesté—. Estás equivocado por completo. Ahora lo comprendo todo.

»—¿De veras? ¿Qué tratas de decirme? ¿Que Dios, tras habitar durante treinta años este cuerpo, no ha sido capaz de descubrir la verdad?

»—¡A eso me refiero! Tú siempre has sabido que eras Dios. Dijiste que en ocasiones creías haberte vuelto loco o que casi habías olvidado que eras Dios, pero eso ocurría sólo durante unos breves instantes. Sin embargo, mientras planificas tu muerte, sabes quién eres y no lo olvidarás, ¿no es cierto?

»—No, no lo olvidaré. Debo de ser el Hijo de Dios Encarnado para cumplir mi ministerio, para obrar milagros.

»—Eso significa, Señor, que no sabes lo que representa ser un hombre mortal.

»—¿Cómo te atreves a suponer semejante cosa, Memnoch?

»—Cuando permitiste que asumiera un cuerpo mortal, cuando me arrojaste a la Tierra para que las hijas de los hombres me curaran y atendieran, durante los primeros siglos de existencia del mundo, no prometiste volver a admitirme en el cielo. No has jugado limpio en este experimento, Señor. En cambio tú siempre has sabido que regresarías, que volverías a ser Dios.

»—¿Quién puede comprender mejor que yo lo que significa habitar un cuerpo mortal? —inquirió el Señor.

»—Alguien que no sepa que es el Creador inmortal del universo —respondí—. Cualquier hombre mortal que en estos momentos esté clavado en una cruz del Gólgota, en las afueras de Jerusalén, lo sabe mejor que tú.

»Dios me miró fijamente, pero no rebatió mi argumento. Su silencio me inquietó. De nuevo, el poder de su expresión, la luz divina que irradiaba Dios Encarnado me deslumbró, invitando al ángel que había en mí a guardar un respetuoso silencio y postrarse de rodillas ante Él. Pero no lo hice.

»—Señor, cuando descendí al reino de las tinieblas —dije— no sabía si regresaría al cielo. ¿No lo comprendes? No pretendo saber lo que tú sabes, conocer los misterios del universo como tú los conoces. Si fuera así, no estaríamos hablando aquí en estos momentos. Pero tú no prometiste volver a admitirme en el cielo. Por eso llegué a conocer el sufrimiento y las tinieblas, porque corría el riesgo de no regresar de ellas jamás. ¿No lo comprendes?

»Dios reflexionó durante unos momentos y luego sacudió la cabeza con tristeza y respondió:

»—Eres tú quien no comprendes, Memnoch. Los hombres se sienten más cerca de Dios cuando sufren por el amor de otro ser humano, cuando mueren para que otro pueda seguir viviendo, cuando se precipitan a una muerte segura para proteger a los que permanecen en la Tierra o las verdades que han aprendido a través de la Creación.

»—¡Pero el mundo no necesita eso, Señor! No, no y no. No necesita el sufrimiento, la guerra, el derramamiento de sangre. No fue eso el motor que impulsó a los humanos a amar; son los animales quienes se despedazan y destruyen por instinto. Los humanos aprendieron a amar a través del calor y el afecto de sus semejantes, el amor de un niño, el amor de su compañero o compañera, la capacidad de comprender el sufrimiento de otro ser y el deseo de protegerlo, de superar su naturaleza salvaje y formar una familia, un clan, una tribu que les proporcione paz y seguridad.

»Tras mis palabras se produjo un largo silencio. Luego, el Señor se echó a reír suavemente y dijo:

»—Memnoch, mi arcángel, lo que has aprendido de la vida te ha sido enseñado en el lecho.

»—Es cierto, Señor. Pero el sufrimiento y la injusticia pueden afectar el equilibrio psicológico de los humanos y hacer que olviden las magníficas lecciones que han aprendido en el lecho.

»—Sin embargo, cuando alcanzas el amor a través del sufrimiento, Memnoch, éste posee una fuerza que jamás se puede lograr a través de la inocencia.

»—¿Por qué dices eso? ¡No lo creo! No lo comprendes, Señor. Escúchame. Existe una posibilidad de poder demostrarte lo que pienso. Una posibilidad.

»—Si crees que voy a permitirte que interfieras en mi ministerio y mi sacrificio, si crees que vas a poder invertir el curso de los acontecimientos, de las poderosas fuerzas que he puesto en marcha, no eres un ángel, sino un demonio —dijo el Señor.

»—No es eso lo que pretendo —respondí—. Adelante, difunde tus enseñanzas entre los hombres, provócalos, deja que te arresten, que te condenen y te ejecuten en la cruz. Hazlo, pero hazlo como un hombre mortal.

»—Es lo que me propongo.

»—No es cierto; sabes que eres Dios. ¡Olvídate de que lo eres! Sepulta tu condición divina en tu carne, tal como has hecho durante mucho tiempo. Sepúltala, Señor, piensa sólo en tu fe y en tu esperanza en el cielo, como si ello te hubiera sido dado a través de una revelación inmensa e innegable. Pero sepulta en este desierto la certeza de que eres Dios. De este modo experimentarás el dolor como un hombre. Conocerás el auténtico significado del sufrimiento, despojado de cualquier atisbo de gloria. Contemplarás lo que los hombres ven cuando les arrancan la carne y los mutilan y su cuerpo sangra. ¡Verás la podredumbre del cuerpo mortal!

»—Memnoch, todos los días mueren en el Gólgota muchos hombres. Lo importante es que el Hijo de Dios morirá por su propia voluntad en el Gólgota encarnado en un hombre.

»—¡No! —contesté—. Eso es una catástrofe.

»El Señor me miró con una expresión tan triste que creí que iba a echarse a llorar. Tenía los labios resecos y agrietados debido al sol del desierto. Sus manos eran tan delgadas que podían verse las venas a través de la piel. No era un hombre corpulento, sino de una complexión corriente, y ofrecía un aspecto cansado debido a los muchos años de duro trabajo.

»—Estás medio muerto de hambre, sed, sufrimiento, cansancio, perdido en las tinieblas de la vida; experimentas los auténticos y espontáneos males de la naturaleza mientras sueñas con alcanzar la gloria cuando abandones este cuerpo. ¿Qué clase de lección pretendes dar a la humanidad con tu sacrificio? ¿A cuántos dejarás que corroa la culpa de tu asesinato? ¿Qué será de los mortales que te negaron? Escúchame, Señor, te lo ruego. Si no quieres renunciar a tu condición divina, no sigas adelante con este disparatado plan.

»No mueras. No permitas que te asesinen. No cuelgues de un árbol como el dios de los bosques en las leyendas griegas. Ven conmigo a Jerusalén para gozar de las mujeres, el vino, las canciones, el baile, del espectáculo de un niño recién nacido y de todos los gozos que el corazón humano puede experimentar. Señor, en ocasiones incluso los hombres más duros sostienen a un niño en sus brazos, a sus hijos, y la felicidad y satisfacción que sienten en esos momentos es tan sublime que no existe ningún horror en la Tierra que pueda destruir la paz que entonces experimentan. Tal es la capacidad humana de amor y comprensión cuando uno alcanza la armonía pese al dolor y al sufrimiento. Muchos hombres y mujeres lo consiguen, te lo aseguro. Ven a bailar y cantar con tu pueblo. Celebra con ellos el hecho de estar vivo. Abraza a las mujeres y a los hombres para sentir su calor, para conocer sus virtudes y defectos.

»—Siento lástima de ti, Memnoch —respondió el Señor—. Te compadezco como compadezco a quienes van a matarme, a quienes no entienden mis leyes. Pero sueño con aquellos que se sentirán conmovidos hasta lo más profundo de su corazón por mi tormento, con los hombres y las mujeres que jamás lo olvidarán, que comprenderán que fue por amor hacia los mortales que dejé que me crucificaran antes de abrir las puertas del *sheol*. Sí, te compadezco, pues tus remordimientos se convertirán en una carga insoportable.

»—¿Mis remordimientos? ¿A qué te refieres?

»—Tú eres la causa de esto, Memnoch. Fuiste tú quien me dijiste que debía bajar a la Tierra y encarnarme en un hombre. Tú me incitaste a hacerlo, y ahora no comprendes el milagro de mi sacrificio. Cuando lo comprendas, cuando veas a las almas en su ascenso al cielo, perfeccionadas por el dolor, ¿qué pensarás de los mezquinos hallazgos que hiciste en brazos de las hijas de los hombres? ¿Es que no lo comprendes, Memnoch? Yo redimiré a los hombres a través del sufrimiento. Haré que alcancen su mayor potencial dentro del ciclo. Dejaré que entonen su más excelsa canción.

»—¡No, no, no! —protesté al tiempo que me levantaba—. Haz lo que te pido, Señor. Si estás decidido a seguir adelante con tu plan, hazlo, funda este milagro sobre tu asesinato, pero sepulta la certidumbre de tu condición divina a fin de morir en verdad, Señor, a fin de que cuando te claven las manos y los pies en el madero sepas lo que siente un hombre mortal y cuando penetres en el reino de las tinieblas lo hagas con un alma humana. ¡Te lo suplico, Señor, en nombre de toda la humanidad! No soy capaz de predecir el futuro, pero jamás me he sentido tan asustado como en estos momentos.

Memnoch se detuvo.

Nos hallábamos solos en las arenas del desierto. Memnoch tenía la mirada perdida en el infinito; yo permanecía junto a él, estremecido por su relato.

—Pero no te hizo caso —dije—. Murió sabiendo que era Dios. Murió y resucitó sabiéndolo. El mundo duda y lanza toda clase de conjeturas sobre ello, pero Él lo sabía. Cuando lo clavaron en la cruz, sabía que era Dios.

—Sí —contestó Memnoch—. Era un hombre, pero un hombre que en ningún momento renunció al poder de Dios.

De pronto me fijé en algo que me llamó la atención.

Memnoch había enmudecido, impresionado por cuanto acababa de relatarme.

El paisaje había experimentado un cambio. Miré el círculo de piedras y vi una figura sentada en una de ellas, un hombre de tez y ojos oscuros, enjuto, cubierto de arena, que nos miraba fijamente. Aunque cada músculo y nervio de su cuerpo eran humanos, comprendí al instante que era Dios.

Me quedé petrificado.

Había perdido la orientación. No sabía hacia dónde avanzar o retroceder, ni lo que yacía a mi izquierda o a mi derecha.

No me podía mover, pero no estaba asustado. El hombre, el desconocido de tez y ojos oscuros, nos miraba con profundo amor y comprensión, con la misma infinita benevolencia que había observado en Él cuando me abrazó en el cielo.

El Hijo de Dios.

—Acércate, Lestat —dijo, alzando suavemente su voz humana para hacerse oír por encima del viento del desierto.

Me volví hacia Memnoch, que también tenía la mirada fija en el Señor.

—Siempre es preferible hacer lo que Él te ordena, Lestat —dijo Memnoch mientras sonreía con amargura—. Se comporte como se comporte, debes obedecerle.

Las blasfemas palabras de Memnoch me hicieron estremecer.

Me dirigí hacia la figura, consciente de cada paso que daba a través de la arena abrasadora. A medida que me aproximaba distinguí con mayor claridad la oscura y esquelética forma de aquel hombre cansado y doliente. Caí de rodillas ante Él y le miré a los ojos.

—Señor —murmuré.

—Quiero que vayas a Jerusalén —dijo el Señor al tiempo que extendía la mano para acariciarme el cabello. Tal como había dicho Memnoch, tenía las manos encallecidas y tostadas por el sol, al igual que el rostro. Su voz poseía un timbre entre natural y sublime, más allá de lo angélico. Era la misma voz que me había hablado en el cielo, pero esta vez guardaba un sonido humano.

No pude responder ni moverme. Sabía que no haría nada hasta que Él me lo ordenara. Memnoch se hallaba a unos metros de distancia, con los brazos cruzados, observando la escena.

Permanecí arrodillado, mirando a los ojos a Dios Encarnado.

—Dirígete a Jerusalén —dijo el Señor—. Sólo tardarás unos minutos en llegar. Deseo que vayas a Jerusalén con Memnoch el día en que yo muera, para asistir a mi Pasión, para que me veas coronado de espinas y portando la cruz. Hazlo por mí, antes de tomar la decisión de servir a Memnoch o a Dios.

Yo sabía que no podía hacerlo. No sería capaz de soportarlo. No podría presenciar su muerte. Estaba paralizado. No era una cuestión de desobediencia o blasfemia, sino que era incapaz de asistir a su calvario. Miré su rostro tostado, sus ojos de mirada serena y benevolente, sus mejillas cubiertas de arena, su largo cabello oscuro alborotado por el viento.

—¡No! ¡No puedo! ¡No lo soporto!

—Sí puedes —respondió el Señor—. Lestat, mi valiente asesino de tantas víctimas inocentes. No querrás regresar a la Tierra sin contemplar antes lo que yo te ofrezco, y perder la oportunidad de verme coronado de espinas. No es propio de ti desperdiciar una oportunidad como ésta, piensa en lo que te estoy ofreciendo. No, no creo que la rechaces, aunque Memnoch te lo pidiera.

Sabía que Él tenía razón. Sin embargo, también sabía que

no podría soportarlo. No podía ir a Jerusalén y ver a Jesús cargado con la cruz. No tenía valor, era incapaz... Permanecí inmóvil, en silencio, mientras un torbellino de pensamientos se agolpaba en mi mente.

—¿Cómo puedo presenciar eso? —protesté, cerrando los ojos.

Cuando los abrí miré de nuevo al Señor y luego a Memnoch, el cual me observaba con una expresión más serena que fría.

—Memnoch —dijo Dios Encarnado—, llévalo a Jerusalén, deja que contemple mi calvario. Tú serás su guía. Luego puedes continuar con tu examen y tus postulados.

El Señor me miró sonriente. Parecía inverosímil que un cuerpo tan frágil pudiera contener su divina magnificencia. Tenía ante mí a un hombre con el rostro surcado de arrugas a causa del ardiente sol del desierto y la dentadura mellada.

—Recuerda, Lestat —dijo Dios—. Esto no es más que el mundo, y tú ya lo conoces. Sin embargo, no conoces el reino de las tinieblas. Has visto el mundo y el cielo, pero aún no has visto el infierno.

18

Habíamos llegado a la ciudad, una ciudad de piedras marrón oscuro y amarillo y arcilla. Deduzco que habían pasado tres años. Lo único que sabía con certeza era que nos hallábamos rodeados de una gran multitud de personas ataviadas con raídas túnicas y velos, que percibía el olor a sudor humano, la tibieza de sus fétidos alientos, el hedor de excrementos humanos y de camellos, el contacto de aquellos cuerpos sucios y hediondos, y que el aire que respirábamos entre las murallas de aquella ciudad conformada por estrechas callejuelas estaba impregnado de arena, al igual que el aire del desierto.

Las gentes se agolpaban en los pequeños portales y se asomaban a las ventanas. El hollín se mezclaba con la omnipresente arena. Unos grupos de mujeres con el rostro cubierto por un velo avanzaban entre la muchedumbre, abriéndose paso a codazos. De pronto oí unos gritos, pero la multitud que se arremolinaba en torno a mí me impedía moverme. Desesperado, me volví en busca de Memnoch.

Se hallaba a mi lado y contemplaba tranquilamente la escena. Ninguno de los dos emitíamos un resplandor sobrenatural que nos distinguiese entre aquellos desarrapados y sucios mortales, los hombres y mujeres de esos primitivos y violentos tiempos.

—No quiero verlo —protesté, tratando de resistirme a los empellones de la multitud—. No lo soporto. No deseo verlo, Memnoch, no tengo necesidad de presenciarlo. No... no quiero seguir adelante. Suéltame, Memnoch.

—¡Silencio! —ordenó bruscamente Memnoch—. Casi hemos llegado al lugar por donde Él pasará.

Rodeándome los hombros con su brazo izquierdo, Memnoch se abrió paso a través de la muchedumbre hasta que alcanzamos a aquellas personas que se habían situado en una calle relativamente ancha para presenciar en primera fila el paso de la procesión. Los gritos eran ensordecedores. Unos soldados romanos pasaron frente a nosotros, sus túnicas manchadas de barro, sus rostros expresando cansancio y aburrimiento. Al otro lado de la calle, ante nosotros, una mujer muy hermosa, con el cabello cubierto por un largo velo blanco, levantó las manos y lanzó un grito al ver aparecer al Hijo de Dios.

Éste portaba el madero transversal de la cruz sobre sus hombros y sus manos, atadas a la cruz, pendían ensangrentadas de las cuerdas que las sujetaban. Mantenía la cabeza agachada; sobre su cabello castaño, sucio y alborotado, llevaba una tosca corona de espinas; los espectadores que abarrotaban la calle le increparon y cubrieron de insultos, otros guardaron silencio.

Apenas podía abrirse paso con la cruz entre la muchedumbre. Tenía la túnica hecha jirones, las rodillas ensangrentadas, pero seguía avanzando. Los muros que nos rodeaban despedían un nauseabundo hedor a orines.

Cristo avanzó hacia nosotros, con la cabeza agachada. De pronto perdió el equilibrio y apoyó una rodilla en tierra. Detrás de Él caminaban unos hombres que portaban el palo vertical que clavarían en el suelo.

Los soldados que flanqueaban a Cristo se detuvieron y volvieron a cargar en sus hombros el madero transversal, que había resbalado. El Señor nos miró. Se hallaba a un metro de distancia de nosotros. Observé su rostro curtido por el sol, las enjutas mejillas, sus labios resecos y entreabiertos, sus ojos oscuros, inexpresivos, resignados. De las espinas negras que tenía clavadas en la frente manaban unos pequeños hilos de sangre que se deslizaban sobre sus ojos y mejillas. Su torso desnudo aparecía cubierto de marcas de latigazos.

—¡Dios mío! —grité.

Sentí que me abandonaban las fuerzas. Memnoch me sostuvo mientras ambos mirábamos el rostro de Dios. La multitud seguía gritando, blasfemando y empujando para no perder detalle de aquella espantosa escena. Los niños intentaban asomar sus cabezas por entre los adultos; las mujeres aullaban, otras reían. La apestosa multitud resistía sin desfallecer bajo el implacable sol, cuyos rayos se reflejaban sobre los muros manchados de orines.

Cristo se aproximó a nosotros. ¿Nos había reconocido? Su cuerpo temblaba espasmódicamente, la sangre fluía por su rostro hasta penetrar en sus agrietados labios. De pronto emitió un quejido sofocado, como si se ahogara, y vi que tenía la túnica empapada en sangre debido a los latigazos que le habían propinado. Estaba a punto de perder el conocimiento, pero los soldados lo obligaron a seguir avanzando. Cristo se detuvo frente a nosotros, con los ojos clavados en el suelo, el rostro empapado en sudor y cubierto de sangre. Luego, despacio, se volvió hacia mí y me miró.

Rompí a llorar con amargura. La feroz escena que presenciaba jamás se había producido en ningún otro lugar o época. Las leyendas y oraciones de mi infancia adquirieron en esos momentos una grotesca viveza; olía la sangre. El vampiro que habitaba en mí percibía el olor a sangre. Oí mis sollozos y de repente extendí los brazos y grité:

—¡Dios mío!

Un tenso silencio cayó sobre el mundo. La gente seguía gritando y empujando, pero no en el ámbito en el que nos hallábamos nosotros. Dios nos miró fijamente a Memnoch y a mí, fuera del tiempo, aferrándose a aquel instante en su plenitud, en su agonía.

—Lestat —dijo con una voz tan débil y quebrada que casi no pude oírla—. ¿Deseas probarla?

—¿Qué dices? —respondí horrorizado, sin apenas poder controlar los sollozos que ahogaban mi voz.

—La sangre. ¿No deseas probar la sangre de Cristo?

En su rostro se dibujó una terrible sonrisa de resignación, casi una mueca. Su cuerpo tembló bajo el peso de la cruz mientras la sangre seguía manando de las heridas que le causaban las espinas. Cada vez que respiraba, éstas se le clavaban más hondo en la frente y las llagas de su pecho se abrían y sangraban.

—¡No! ¡Dios mío! —grité, extendiendo las manos y tocando sus frágiles brazos sujetos al madero, sus esqueléticos brazos bajo las desgarradas mangas de la túnica, mientras contemplaba el rostro ensangrentado.

Sollozando, lo tomé por el cuello, sintiendo el áspero tacto de la cruz en mis nudillos, y lo besé. Luego abrí la boca casi sin darme cuenta e hinqué los dientes en su carne. Le oí lanzar un gemido, un largo gemido que parecía elevarse y llenar el mundo con su lastimoso eco, mientras la boca se me llenaba de sangre.

La cruz, los clavos que le atravesaban las muñecas, no las manos, su cuerpo presa de violentos espasmos como si en el último momento fuera a escaparse, y su cabeza aplastada contra la cruz, de forma que las espinas se le hundían en el cráneo, y los clavos que le atravesaban los pies, y sus ojos en blanco y el sonido del martillo, y de improviso aquella luz, una inmensa luz que se elevaba del mismo modo en que lo había hecho sobre la balaustrada del cielo, llenando el universo y borrando incluso la placentera sensación que experimenté al ingerir su cálida y espesa sangre. La Luz, la luz de Dios. Ésta remitió, rápida y silenciosamente, dejando tras de sí un largo túnel o sendero, el cual conducía directamente de la Tierra a la Luz.

La luz comenzó a desaparecer. La separación me producía un dolor indescriptible.

Sentí un golpe que me derribó al suelo.

Al abrir los ojos noté que estaban llenos de arena. La gente gritaba a mi alrededor. Tenía sangre en la lengua y en los labios. El tiempo parecía haberse detenido, el calor era sofocante. Y Él estaba ante nosotros, mirándonos fijamente, mientras las lágrimas rodaban por su rostro, y se mezclaban con la sangre.

—¡Dios mío, Dios mío, Dios mío! —exclamé, tragando las últimas gotas de sangre que tenía en la boca entre desesperados sollozos.

La mujer que estaba frente a nosotros avanzó de pronto hacia Él, alzando la voz sobre los gritos y las injurias, la odiosa cacofonía de aquellos primitivos y salvajes humanos que se deleitaban con la siniestra escena.

Se quitó el velo blanco que le cubría el cabello y lo sostuvo ante el rostro de Cristo.

—Dios, mi Señor, soy Verónica —dijo—. ¿Te acuerdas de mí? Hace doce años padecí una hemorragia, y cuando toqué el borde de tu túnica me curé.

—¡Impura! ¡Eres escoria! —gritó la muchedumbre.

—¡Blasfema!

—¡Cómo te atreves a decir que es el Hijo de Dios!

—¡Impura, impura, impura!

Los gritos de la multitud alcanzaron el paroxismo. Las gentes extendieron las manos hacia la mujer, pero sin pretender tocarla. Le arrojaron piedras. Los soldados, perplejos y furiosos, no sabían qué hacer.

Pero Dios Encarnado, con los hombros encorvados bajo la cruz, la miró y dijo:

—Sí, Verónica, tu velo, suavemente, tu velo, amada hija mía.

Verónica le acercó el blanco e inmaculado velo al rostro para enjugarle la sangre y el sudor, para tranquilizarlo y consolarlo. Durante un instante el perfil de Cristo se dibujó con claridad bajo la tela, pero los soldados se apresuraron a apartar a la mujer, quien permaneció inmóvil con el velo entre sus manos.

El rostro de Cristo había quedado impreso en él.

—¡Fíjate, Memnoch! —exclamé—. ¡Mira el velo de Verónica!

Su rostro había quedado grabado en la tela con gran nitidez, de un modo que ningún pintor habría conseguido, como si el velo constituyera la más perfecta fotografía del semblante de Cristo... como si la imagen impresa sobre la tela estuviera formada por una delgada capa de carne, la sangre fuera realmente sangre y Cristo hubiera grabado a través de su mirada una copia exacta de sus ojos y los labios hubieran dejado también su huella encarnada.

Quienes estábamos junto al Señor observamos el asombroso parecido. La gente nos empujaba y pisoteaba para conseguir ver el velo. Los gritos no cesaban.

Cristo liberó una mano de la cuerda que la sujetaba al madero y cogió el velo que sostenía Verónica, quien cayó de rodillas y se cubrió la cara. Los soldados, estupefactos, trataban de contener a la enardecida multitud. Luego, Cristo se volvió y me entregó el velo.

—Toma —murmuró—. Ocúltalo en un lugar seguro.

Yo cogí el velo con cuidado, temeroso de manchar o destruir la imagen divina, y lo sostuve contra mi pecho para impedir que me lo arrebataran.

—¡Ese hombre tiene el velo! —gritó alguien, mientras noté que unas manos me agarraban por detrás.

—¡Quitádselo! —gritó otro, mientras intentaba sujetarme por los brazos.

Los que se precipitaron hacia nosotros se vieron de pronto bloqueados por las gentes que avanzaban desde atrás para presenciar el espectáculo. Nos apartaron violentamente a un lado mientras se abrían paso entre los sucios y desarrapados cuerpos, a través de las voces y los gritos. Al cabo de unos momentos la procesión desapareció de nuestra vista y el vocerío empezó a perder intensidad.

Yo doblé el velo, di media vuelta y eché a correr.

No sabía dónde estaba Memnoch ni hacia dónde iba yo. Corrí a través de las callejuelas, pasando frente a grupos de personas que acudían a presenciar la crucifixión, sin reparar en mí, o que se dirigían a realizar sus labores cotidianas.

Jadeante, con los pies llagados y doloridos, seguí corriendo a través de la ciudad. Todavía notaba en mi boca el sabor de la sangre de Cristo. De pronto vi su luz. Cegado por el deslumbrante resplandor, oculté el velo dentro de mi túnica. No permitiría que nadie me lo arrebatara. Nadie.

De mis labios brotó un angustiado gemido. Alcé la mirada. El cielo límpido y azul que se extendía sobre Jerusalén había experimentado un cambio, al igual que la atmósfera cargada de arena. De pronto se levantó una violenta ráfaga de aire que en un instante se convirtió en un torbellino. La sangre de Cristo penetró en mi pecho y en mi corazón, y su luz llenó mis ojos mientras seguía apretando el velo contra mi cuerpo.

El torbellino me transportó en silencio por los aires. Al mirar hacia abajo vi que mi túnica se había transformado en una chaqueta y una camisa, en las prendas que me había puesto para afrontar las nieves de Nueva York. Debajo del chaleco, pegado a la camiseta, llevaba el velo cuidadosamente doblado. Temí que el viento me arrancara la ropa y hasta el cuero cabelludo, y agarré con fuerza la valiosa reliquia que transportaba junto a mi pecho. De la Tierra se alzó una columna de humo y oí los gritos de la multitud, acaso más terribles que los que rodeaban a Cristo en el camino hacia el Calvario.

De pronto choqué violentamente contra un muro y aterricé en el suelo. Junto a mí pasaron unos caballos que casi me rozaron la cabeza con sus cascos, haciendo que las piedras despidieran chispas. Ante mí yacía una mujer con el cuello partido, la cual sangraba por la nariz y las orejas. La gente huía despavorida. Percibí de nuevo el olor a excrementos mezclado con sangre.

Me encontraba en una ciudad en guerra. Los soldados saqueaban viviendas y comercios y arrastraban a sus víctimas por las calles, mientras los gritos resonaban entre los muros de la ciudad y las llamas se alzaban por doquier, casi chamuscándome el cabello.

«¡El velo!», exclamé, palpándolo con la mano para asegurarme de que aún lo llevaba oculto entre la camiseta y el chaleco. De repente un soldado me propinó una patada en la sien y caí de bruces sobre los adoquines del suelo.

Al levantar la vista comprobé que no estaba en una calle, sino en una inmensa iglesia con el techo abovedado y numerosas galerías formadas por columnas y arcos romanos. A mi alrededor, entre los espléndidos mosaicos dorados, yacían hombres, mujeres y niños que habían sido asesinados por los soldados. Los caballos pisoteaban sus cuerpos inertes. Un soldado agarró a un niño y lo estrelló contra un muro que había junto a mí, partiéndole el cráneo; su diminuto cuerpo cayó a mis pies como si se tratara de los restos de un animal sacrificado. Los soldados golpeaban a las gentes con sus sables, amputándoles los brazos y las piernas. Una violenta explosión de llamas inundó la iglesia de luz. Vi a hombres y mujeres que huían a través de los portones, perseguidos por los soldados. El suelo estaba empapado de sangre. La sangre se extendía por el mundo entero.

Los mosaicos dorados de los muros y el techo mostraban unos rostros que parecían petrificados ante aquella feroz matanza. Santos y más santos. Las llamas se alzaban por doquier, ejecutando una danza macabra. En el suelo yacían montones de libros ardiendo, junto a fragmentos ennegrecidos de iconos y estatuas que contrastaban con el resplandor del oro que se consumía devorado por las llamas.

—¿Dónde estamos? —pregunté.

Memnoch se hallaba sentado tranquilamente junto a mí, con la espalda apoyada en el muro de piedra.

—En Hagia Sofía, amigo mío —respondió Memnoch—. No tiene mayor importancia. Se trata de la cuarta Cruzada.

Alargué la mano izquierda para tocarlo mientras con la derecha seguía sujetando el velo contra mi pecho.

—Estás contemplando la muerte de cristianos griegos a manos de los cristianos romanos. Eso es todo. Egipto y Tierra Santa han quedado de momento relegadas a un segundo plano. Los venecianos disponen de tres días para saquear la ciudad. Ha sido una decisión política. Por supuesto, han venido con el propósito de reconquistar Tierra Santa, donde hemos estado tú y yo, pero la batalla no estaba prevista, de modo que las autoridades han permitido que las tropas campen a sus anchas por la ciudad. Son asesinos cristianos: romanos contra griegos. ¿Quieres que salgamos a dar un paseo? ¿Quieres presenciar más matanzas? Millones de libros se han perdido para siempre. Manuscritos en griego, siríaco, etíope y latín. Libros que versaban sobre Dios y los hombres. ¿Quieres que nos acerquemos a los conventos donde las monjas son sacadas a la fuerza de sus celdas por los cristianos para ser violadas? Constantinopla está siendo saqueada. Pero no tiene mayor importancia, créeme.

Permanecí tendido en el suelo, llorando, mientras intentaba cerrar los ojos para no contemplar aquella barbarie, aunque no podía dejar de ver lo que sucedía a mi alrededor; temía que los cascos de los caballos me pisotearan y me sentía abrumado por el olor a la sangre del niño asesinado que yacía junto a mi pierna, empapado como una extraña criatura marina. Lloré con amargura. Junto a mí había el cadáver de un hombre con la cabeza prácticamente separada del tronco y sobre las piedras se estaba formando un charco de sangre. Otro individuo tropezó con el cadáver, extendió una mano ensangrentada para evitar caer al suelo y al tocar el cuerpo del niño, cuya cabeza estaba totalmente aplastada, lo apartó de un manotazo.

—El velo —murmuré.

—Ah, sí, el precioso velo —dijo Memnoch—. ¿Te apetece cambiar de escenario? Podemos trasladarnos a Madrid y deleitarnos con un auto de fe, cuando torturan y queman vivos a los judíos que se niegan a convertirse al cristianismo. También podemos regresar a Francia y ver cómo matan a los *cathars* en el Languedoc. Supongo que habrás oído esas leyendas cuando eras niño. Consiguieron acabar con todos los herejes. Fue una misión muy eficaz por parte de los padres dominicos, quienes posteriormente la emprendieron contra las brujas, naturalmente. O bien podemos ir a Alemania para asistir al martirio de los anabaptistas; o a Inglaterra, para ver cómo arden en la hoguera, por orden de María Estuardo, aquellos que se rebelaron contra el Papa durante el reinado de su padre, Enrique. Te describiré una escena extraordinaria que he revivido con frecuencia. Estrasburgo, 1349. Dos mil judíos serán quemados allí en febrero de ese año, acusados de provocar la muerte negra, la peste. Son cosas que suceden en toda Europa...

—Conozco la historia —repliqué, intentando dominarme—. ¡Sé lo que ha sucedido!

—Sí, pero el hecho de verlo resulta muy distinto, ¿no es cierto? Como te he dicho, esto no tiene mayor importancia. Lo único que conseguirán con estas escaramuzas es dividir a los católicos griegos y romanos para siempre. A medida que Constantinopla comience a debilitarse, el nuevo pueblo que aparece citado en la Biblia, el musulmán, atravesará sus debilitadas defensas y penetrará en Europa. ¿Quieres presenciar una de esas batallas? Podemos trasladarnos directamente al siglo veinte. Podemos ir a Bosnia o Herzegovina, donde en estos momentos los musulmanes y cristianos libran una encarnizada batalla. Actualmente los nombres de esas regiones, Bosnia y Herzegovina, están en boca de todo el mundo.

»Y ya que hablamos de los pueblos que se nombran en la Biblia (musulmanes, judíos, cristianos), ¿por qué no vamos a Irak y escuchamos los lamentos de los kurdos que mueren de hambre, cuyas llanuras han sido arrasadas y sus gentes exterminadas? Si lo deseas, podemos centrarnos exclusivamente en los lugares sagrados, en las mezquitas, catedrales e iglesias. Podemos utilizar ese método para trasladarnos a la época actual. Todos los pueblos bíblicos que he mencionado creen en Dios o en Cristo. Estamos hablando de los pueblos que aparecen en la Biblia, la cual parte de un solo Dios que se va transformando y desarrollando.

»Hoy, esta misma noche, arderán unos documentos de inestimable valor. La historia de la Creación, de la evolución. Un sufrimiento sin duda santificado por alguien, puesto que todos estos pueblos adoran al mismo Dios.

No respondí.

Memnoch guardó silencio, pero la batalla no cesó. De repente se produjo una violenta explosión. Las gigantescas llamas me impedían ver los santos que adornaban el techo. En un instante toda la nave de la basílica comenzó a arder, incluidas las numerosas columnas y arcos de media punta que sostenían la cúpula. La luz disminuyó y luego sonó otra explosión seguida de unos gritos desgarradores.

Cerré los ojos y permanecí inmóvil, haciendo caso omiso de los pisotones y puntapiés que me propinaban los soldados al pasar sobre mí. Lo importante era que nadie me arrebatara el velo.

—¿Es posible que el infierno sea peor que este lugar? —pregunté con voz apenas audible. No sabía si Memnoch alcanzaría a oír mis palabras en medio de aquella barahúnda.

—Sinceramente, lo ignoro —contestó en un tono confidencial que nos unía y mediante el cual nos comunicábamos sin esfuerzo.

—¿El infierno es el *sheol*? —insistí—. ¿Pueden abandonarlo las almas?

Memnoch guardó silencio durante unos minutos.

—¿Crees que me enfrentaría a Él si no supiera que las almas pueden abandonarlo? —respondió al fin, como si la idea de un infierno eterno le ofendiera.

—Sácame de aquí, te lo ruego —murmuré.

Seguía tendido de bruces en el suelo. El hedor de los excrementos de caballo se mezclaba con el del orín y la sangre. Pero lo peor eran los gritos y gemidos, junto con el incesante sonido que producían las armas y artilugios de metal.

—¡Sácame de aquí, Memnoch! ¡Dime a qué viene esta batalla! ¿Acaso tiene algo que ver con tu disputa con Dios? ¡Explícame sus normas!

Tras algunos esfuerzos conseguí incorporarme y me enjugué los ojos con la mano izquierda, sin soltar el velo que guardaba celosamente dentro de mi chaqueta. El humo me hacía toser. Los ojos me escocían.

—¿A qué te referías cuando dijiste que necesitabas mi ayuda, que estabas ganando la batalla? ¿Qué sentido tiene esta batalla que libras con Él? ¿Qué pretendes que haga yo? ¿Por qué te has convertido en su adversario? ¿Qué se supone que debo hacer?

Miré a Memnoch, el cual permanecía sentado tranquilamente, con una rodilla encogida y los brazos apoyados en ella. Las llamas iluminaban de vez en cuando su rostro. Estaba cubierto de polvo y hollín, pero ofrecía un aspecto extrañamente relajado. La expresión de su rostro no era amarga ni sarcástica, sino pensativa, ensimismada, como la de aquellos rostros de los mosaicos que se erigían en testigos mudos de cuanto acontecía a su alrededor.

—¿Qué importan las guerras? ¿Qué importan las matanzas que hemos presenciado? —contestó—. Sí, hemos asistido al sacrificio de muchos mártires, ¿y qué? Imaginación no te falta, Lestat.

—Déjame descansar, Memnoch. Responde a mis preguntas. No soy un ángel, sólo un monstruo. Marchémonos de aquí.

—De acuerdo —respondió Memnoch—. Vámonos. Debo reconocer que has sido muy valiente, aunque no esperaba menos de ti. Has derramado abundantes lágrimas y tu sentimiento es sincero.

No contesté. Me costaba respirar. Sujeté el velo con la mano derecha y me tapé el oído izquierdo con la otra. No podía moverme. Mis piernas se negaban a obedecerme. ¿Acaso esperaba que el torbellino nos envolviera de nuevo y nos trasladara al siguiente lugar que eligiese Memnoch?

—Vamos, Lestat —repitió Memnoch.

El viento comenzó a soplar con furia y los muros de la basílica se esfumaron. Sujeté el velo con fuerza y Memnoch me murmuró al oído:

—Descansa, no temas.

Las almas giraban a nuestro alrededor en las tinieblas. Apoyé la cabeza en el hombro de Memnoch mientras el viento agitaba violentamente mis cabellos.

Cerré los ojos y vi al Hijo de Dios penetrar en un lugar inmenso y sombrío. Los rayos de luz que despedía su lejana aunque nítida silueta se extendían en todos los sentidos, iluminando a centenares de formas humanas que giraban y se retorcían, formas de almas, formas fantasmales.

—*Sheol* —murmuré.

Estábamos atrapados en el torbellino, y la imagen que contemplaba se recortaba contra la negrura de mis párpados. De pronto la luz se hizo más potente; se convirtió en un gran haz de rayos que confluían y me deslumbraban, como si me hallara ante la Divina Presencia. Oí unos cánticos, claros y sonoros, que sofocaban los gemidos de las almas en pena, y al fin la mezcla de lamentos y cantos se transformó en la naturaleza de la visión y la naturaleza del torbellino, y ambos fueron una misma cosa.

19

Me hallaba tendido en un espacio abierto, sobre un suelo sembrado de piedras. Notaba que todavía llevaba el velo sobre mi pecho, pero no me atrevía a sacarlo para examinarlo.

Vi a Memnoch a unos metros de distancia, erguido en todo su esplendor, con las alas plegadas a sus espaldas, y vi a Dios Encarnado, resucitado, las heridas todavía visibles en sus tobillos y muñecas, aunque lo habían bañado y limpiado; su cuerpo tenía las mismas dimensiones que el de Memnoch, es decir, era más grande que el de un ser humano. Vestía una túnica blanca e inmaculada y su oscuro cabello estaba aún manchado de sangre, pero perfectamente peinado. Daba la impresión de que sus células epidérmicas emitían una luz aún más potente que antes de su crucifixión, la cual hacía palidecer la luz que emanaba de Memnoch, si bien ambos resplandores eran similares.

Permanecí tendido en el suelo, escuchando su discusión. Por el rabillo del ojo, y antes de que pudiera percibir sus voces, vi que me hallaba en un campo de batalla sembrado de cadáveres. No era el mismo escenario que el de la cuarta Cruzada, sino el de una epopeya anterior. Los cadáveres lucían armaduras y ropajes que yo relacionaba con el siglo tercero, aunque no estaba seguro. En todo caso, era una época muy remota.

Los cadáveres apestaban. El aire estaba infestado de insectos y cuervos que habían acudido a devorar los restos putrefactos de los soldados. A lo lejos oí cómo Dios y Memnoch sostenían una áspera discusión, ladrando y gruñendo como lobos.

—Ya entiendo —declaró Memnoch, furioso. Se expresaba en una lengua que no era inglés ni francés, pero comprendí lo que decía—. De modo que las puertas del cielo están abiertas para todos aquellos que mueran conociendo y aceptando la armonía de la Creación y la bondad de Dios. ¿Pero y los otros? ¿Y los millones de almas que languidecen en el *sheol*?

—¿Qué me importan los otros? —respondió el Hijo de Dios— ¿Qué me importan los que mueren sin comprender, aceptar ni conocer a Dios? No significan para nada mí.

—¡Son tus hijos, tú los creaste! Poseen la capacidad de acceder al cielo, siempre que se les guíe. El número de almas perdidas es infinitamente mayor que el de las pocas que poseen la sabiduría, experiencia y el don de salvarse. Lo sabes de sobra. ¿Cómo puedes permitir que tantas almas languidezcan en el reino de las tinieblas, se desintegren o se conviertan en espíritus malignos que rondan por la Tierra? ¿Acaso no has venido para salvarlas a todas ellas?

—¡He venido a salvar a las que deseen salvarse! —replicó el Señor—. Ya te lo he dicho; es un ciclo natural, y por cada alma que consigue acceder a la luz del cielo hay miles que fracasan en su empeño. ¿Qué valor tiene el comprender, aceptar, conocer, ver la belleza? ¿Qué pretendes que haga?

—Ayuda a las almas que están perdidas. No las abandones en la región de las tinieblas en su eterno esfuerzo por comprender lo que contemplan en la Tierra. Tu muerte no ha servido sino para empeorar las cosas.

—¿Cómo te atreves a decir eso?

—Es la verdad. Fíjate en este campo de batalla. Tu cruz, que apareció en el cielo antes de que se iniciara la batalla, se ha convertido en el emblema del imperio. Desde la muerte de los testigos que asistieron a tu resurrección, sólo unas pocas almas han accedido a la luz del cielo, mientras que multitud de seres humanos han muerto en los campos de batalla debido a absurdas disputas e incomprensiones y languidecen en el reino de las tinieblas.

—Mi luz es para quienes estén dispuestos a recibirla.

—¡Esa respuesta no me sirve!

Dios Encarnado abofeteó a Memnoch con fuerza. Éste retrocedió y desplegó las alas, en un acto reflejo, a fin de echarse a volar. Pero se apresuró a plegarlas de inmediato, haciendo que se desprendieran unas pocas plumas blancas, y se tocó la dolorida mejilla, estaba roja como la sangre, como las llagas que tenía Cristo en los tobillos y las muñecas.

—Muy bien —dijo el Señor—, puesto que te preocupan más las almas descarriadas que tu Dios, te nombro su guardián. Tu reino será el *sheol*. Te ocuparás de preparar a los millones de almas que lo habitan a fin de que un día consigan acceder al reino de la luz. Ninguna se disolverá ni desintegrará más allá de tu poder para rescatarlas; ninguna se perderá, sino que todas estarán a tu cargo, serán tus pupilos, tus seguidores, tus siervos.

»Y hasta que llegue a ese día, hasta que todas las almas que pueblan el *sheol* suban al cielo, tú serás mi adversario, el diablo, condenado a pasar no menos de un tercio de tu existencia en la Tierra que tanto te ha dado y no menos de un tercio en el *sheol* o infierno, como quieras llamarlo, en tu reino. De vez en cuando te concederé la gracia de penetrar en el cielo, bajo tu forma angelical.

»Cuando desciendas a la Tierra asumirás una forma demoníaca. Los mortales te verán como la bestia de Dios, el dios del baile, el vino, la diversión, la carne, todas esas cosas que tanto amas. Tus alas tendrán el color del hollín y las cenizas y ostentarás las patas de un macho cabrío, como el dios Pan. O bien aparecerás ante los mortales con forma humana, sí, te concederé ese don para que puedas mezclarte entre ellos, ya que la especie humana te merece tal admiración. Pero jamás aparecerás ante ellos como un ángel. ¡Jamás!

»No utilizarás tu forma angelical para confundir y desorientar a los mortales, para deslumbrarlos o humillarlos, como hicisteis tú y tus observadores. Pero cuando te presentes ante mí en el cielo deberás mostrar el aspecto que corresponde a un ángel, con la túnica y las alas blancas e inmaculadas. En mi reino asumirás tu forma primitiva.

—¡Yo enseñaré y guiaré a los mortales! —contestó Memnoch—. Déjame hacer las cosas a mi modo en el infierno y los prepararé para que accedan al cielo. Repararé el daño que tu ciclo natural ha provocado en la Tierra.

—De acuerdo, me gustará ver cómo lo consigues —dijo el Hijo de Dios—. Envíame más almas a través de tu purgatorio. Adelante, incrementa mi gloria. Incrementa el *bene ha elohim*. El cielo tiene un poder infinito. Te agradeceré tus esfuerzos.

»Pero no regresarás al cielo de forma permanente hasta haber cumplido tu labor, hasta que el tránsito de la Tierra al cielo incluya a todos los que mueran o el mundo sea destruido, hasta que la evolución haya alcanzado un punto en que el *sheol*, por un motivo u otro, quede vacío. Pero ten presente, Memnoch, que puede que ese día no llegue nunca. No he prometido que el universo deje de evolucionar, de modo que te aguarda una larga y ardua tarea, Memnoch.

—¿Cuáles serán mis poderes en la Tierra? ¿Qué puedo hacer, como dios-macho cabrío o como hombre?

—Advertir a los humanos. Prevenirlos para que en lugar de ir al *sheol* vengan a mí.

—¿Pero dejarás que haga las cosas a mi modo? ¿Dejarás que les diga que eres un Dios cruel e implacable, que matar en tu nombre es una infamia, que el sufrimiento en vez de redimir deforma y condena a sus víctimas? ¿Podré contarles la verdad? ¿Que si quieren ir al cielo, tendrán que abandonar tus religiones y tus guerras santas y tu magnífico martirio? ¿Qué deben tratar de comprender el misterio de la carne, el éxtasis del amor? ¿Me autorizas a explicarles la verdad?

—Puedes decirles lo que quieras. Pero cada vez que a través de tus manipulaciones y engaños consigas alejar a un ser humano de mis iglesias y mis revelaciones, tendrás un alumno más en tu escuela infernal, otra alma a la que deberás reformar. ¡El infierno estará lleno a rebosar!

—Si eso sucede no será a debido a mis manipulaciones, Señor —replicó Memnoch—, sino gracias a ti.

—¡Cómo te atreves a pronunciar semejante blasfemia!

—Deja que el universo siga su curso, tal como has dicho. Pero de ahora en adelante el infierno y yo formaremos parte de él. ¿Dejarás que me acompañen los ángeles que opinan como yo para que trabajen para mí y compartan conmigo la región de las tinieblas?

—¡No! No te proporcionaré a ningún espíritu angelical. Deberás reclutar a tus ayudantes entre los mortales. Ellos serán tus demonios. Los observadores que cayeron contigo se arrepienten de su error. No permitiré que te acompañe ningún espíritu de mi corte celestial. Eres un ángel, te bastas solo.

—Muy bien. Aunque me obligues a asumir una forma terrenal, triunfaré. Enviaré más almas al cielo a través del *sheol* que tú a través de tus absurdas enseñanzas y revelaciones. Enviaré a más almas reformadas cantando al paraíso que tú a través de tu estrecho túnel. ¡Seré yo quien consiga llenar el cielo y magnificar tu gloria!

Ambos guardaron silencio. Memnoch, furioso, y Dios Encarnado, no menos furioso, se miraron cara a cara. Ambas figuras tenían las mismas dimensiones, pero Memnoch había desplegado sus alas para demostrar su poder y de Dios emanaba una luz muy potente e increíblemente hermosa.

De improviso, Dios Encarnado sonrió y dijo:

—De un modo u otro, yo triunfaré.

—¡Yo te maldigo! —exclamó Memnoch.

—No —respondió Dios suavemente, con tristeza.

Luego tocó la mejilla de Memnoch y al instante desapareció de su angélica piel la huella del violento bofetón que le había propinado.

—Te quiero, mi valiente adversario —dijo Dios—. Me alegro de haberte creado, al igual que me alegro de haber creado el universo. Envíame tantas almas como puedas. Tú mismo formas parte del ciclo, de la naturaleza, eres tan prodigioso como un rayo o la erupción de un volcán, como una estrella que estalla de improviso en las galaxias, a tanta distancia de la Tierra que transcurren miles de años antes de que los mortales puedan contemplar su luz.

—Eres un Dios implacable —respondió Memnoch, negándose a ceder—. Enseñaré a los seres humanos a perdonarte por ser como eres, majestuoso, infinitamente creador e imperfecto.

Dios Encarnado sonrió y besó a Memnoch en la frente.

—Soy un Dios sabio y paciente —dijo—. Soy tu Creador.

Las imágenes se esfumaron. No se disiparon paulatinamente, sino que desaparecieron de pronto.

Me quedé solo, postrado en el campo de batalla.

El intenso hedor formaba una capa de gases que contaminaba el aire, casi me impedía respirar.

El campo de batalla estaba sembrado de cadáveres.

De repente oí un ruido que me sobresaltó. Un lobo de aspecto depauperado se aproximó a mí con la cabeza gacha, olfateando el aire. Todos los músculos de mi cuerpo se tensaron. Vi sus ojos estrechos y rasgados mirándome fijamente mientras acercaba el morro a mi rostro. Percibí su aliento cálido y acre y volví la cabeza. Le oí husmear mi oreja y mi cabello. Le oí emitir un gruñido ronco y profundo. Cerré los ojos y palpé el velo que llevaba dentro de la chaqueta.

Noté los dientes del lobo junto a mi cuello. Al instante me incorporé y lo derribé de una patada, haciendo que el animal echara a correr aullando entre los cadáveres de los soldados.

Respiré hondo. Al levantar la vista hacia el cielo comprendí que era de día. Contemplé las nubes blancas y el lejano horizonte que se extendía bajo ellas. Oí el zumbido de los insectos —moscas y mosquitos que revoloteaban sobre los cadáveres— y vi a los grandes y grotescos buitres acercarse sigilosamente para participar en el festín.

A lo lejos oí el sonido de un llanto humano.

Pero el cielo estaba radiante y despejado. Las nubes se deslizaban, permitiendo que el sol derramara sus cálidos y potentes rayos sobre mis manos y mi rostro, sobre los cadáveres que se descomponían a mi alrededor.

Creo que perdí el conocimiento. Lo deseaba. Deseaba desplomarme de nuevo en el suelo, yacer con la frente apoyada en la tierra y deslizar la mano dentro de mi chaqueta para asegurarme de que aún conservaba el velo.

20

Era como el jardín destinado a la espera, la antesala del cielo. Un lugar tranquilo y radiante del que de vez en cuando regresan las almas, cuando la muerte las conduce hasta él y les comunican que todavía no ha llegado el momento, que pueden volver a la Tierra.

A lo lejos, debajo del espléndido firmamento azul cobalto, vi cómo las almas de los humanos que acababan de expirar saludaban a los que habían muerto hacía tiempo. Vi cómo se abrazaban y oí sus exclamaciones. Por el rabillo del ojo avisté los elevados muros y las puertas del cielo. También vi numerosos coros de ángeles, menos sólidos que las otras formas, que se movían libremente a través del cielo y descendían para acoger a los grupos de mortales que atravesaban el puente. Los ángeles, ora visibles ora invisibles, se desplazaban de un lado a otro mientras observaban y ascendían, para luego desvanecerse en el infinito azul del cielo.

Al otro lado de los muros del cielo percibí unos sonidos tenues y profundamente seductores. Cuando cerraba los ojos casi podía ver los colores zafirinos. Todos los cantos contenían el mismo estribillo: «Entra sin temor. El caos ha cesado. Esto es el cielo.»

Pero yo me hallaba lejos de ese lugar, en un pequeño valle. Estaba sentado entre flores silvestres, unas diminutas flores blancas y amarillas, a orillas del río que atraviesan todas las almas para acceder al cielo, aunque su aspecto era el mismo que el de cualquier otro río límpido e impetuoso. Sus aguas desgranaban una canción que decía así: después del humo y la guerra, después del hollín y la sangre, después del hedor a muerte y el sufrimiento, todos los ríos son tan magníficos como éste.

El agua canta en múltiples voces a medida que se desliza sobre las rocas, cae a través de pequeñas cañadas y fluye a través del escabroso terreno para precipitarse de nuevo en una melodiosa cascada, mientras las hierbas se inclinan para contemplar el espectáculo.

Me apoyé en el tronco de un árbol similar a un melocotonero, cuyas ramas estaban siempre cargadas de frutas y flores y pendían no en señal de sumisión, sino debido a la abundancia de fragantes frutos, en una fusión de los dos ciclos que marca una perenne riqueza. Más arriba, entre los delicados pétalos de flores, cuya profusión parecía inextinguible, vi el fugaz movimiento de unas pequeñas aves. Más allá, contemplé una multitud de ángeles que parecían hechos de aire, unos espíritus ligeros y luminosos que por momentos se desvanecían en la brillante cúpula celeste.

El paraíso de los murales, de los mosaicos, si no fuese porque ningún arte puede compararse con esto. Pregúntenselo a quienes han pasado por aquí. A los seres humanos cuyo corazón dejó de latir sobre una mesa de operaciones y sus almas volaron hacia este jardín, para luego regresar a la Tierra y asumir de nuevo su forma mortal. Nada es comparable a esto.

El aire que me rodeaba, fresco y perfumado, fue eliminando lentamente las capas de hollín y suciedad que se adherían a mi chaqueta y mi camisa.

De pronto, como si me despertara de una pesadilla, metí la mano dentro de la camisa y saqué el velo. Lo desdoblé y lo sostuve por sus bordes.

El rostro del Señor seguía impreso en él como si estuviera grabado a fuego, sus ojos observándome fijamente, la sangre de un rojo tan intenso como antes, la piel de una tonalidad perfecta. La imagen poseía una profundidad casi holográfica, aunque el rostro variaba ligeramente de expresión a medida que la brisa agitaba el velo. Afortunadamente, no se había manchado, roto o perdido.

Al contemplarlo noté que mi corazón latía aceleradamente y mis mejillas ardían.

Los ojos castaños reflejaban la misma serenidad que en el momento en que Verónica había enjugado el rostro de Cristo. Estreché el velo contra mi pecho, luego lo doblé apresuradamente y lo guardé dentro de la camisa, en contacto con mi piel. Por fortuna, no había perdido ningún botón de la camisa. La chaqueta estaba sucia pero intacta, aunque le faltaban todos los botones, incluso los de las mangas, que eran meramente decorativos. Al mirar los zapatos observé que estaban destrozados, pese a ser de un excelente cuero.

Al pasarme la mano por el pelo cayó sobre mis pantalones y mis zapatos una cascada de pétalos rosas y blancos.

—¡Memnoch! —dije de pronto, mirando a mi alrededor. ¿Dónde se había metido? ¿Me había dejado solo? A lo lejos divisé la procesión de almas que cruzaba alegremente el puente. Me pareció que las puertas del cielo se abrían y cerraban, pero no estoy seguro.

Miré hacia la izquierda, donde crecía un grupo de olivos, y descubrí junto a ellos una figura que al principio no reconocí. Luego me di cuenta de que era Memnoch, el Hombre Corriente. Permanecía inmóvil, observándome muy serio; luego la imagen empezó a crecer y a extenderse. Su cuerpo se fue transformando poco a poco y adoptó unas gigantescas alas negras y patas de macho cabrío, mientras su rostro angelical relucía como si estuviera tallado en granito negro. Era el Memnoch que había visto la primera vez, bajo la forma de un demonio.

No me resistí ni traté de cubrirme el rostro. Examiné los detalles de su torso, la forma en que la túnica caía sobre sus grotescas patas cubiertas de pelo y rematadas por unas pezuñas que se clavaban en el suelo, pero sus manos y brazos eran humanos. El aire agitaba su larga melena, negra como el ala de cuervo. Memnoch constituía la única nota sin color de todo el jardín, un ser opaco, o al menos visible para mí, y en apariencia sólido.

—El argumento es muy simple —dijo—. Supongo que no tendrás ninguna dificultad en comprenderlo.

Sus alas negras parecían envolver su cuerpo; los extremos inferiores se curvaban hacia delante, rozando sus pezuñas pero sin tocar el suelo. Memnoch avanzó hacia mí despacio, su perfecto torso y cabeza sostenidos por unas patas de animal, un ser horripilante y deforme que simbolizaba el concepto humano de la maldad.

—Bien, hablemos —dijo, sentándose de forma lenta y pesada sobre una piedra.

Las alas desaparecieron de nuevo y Memnoch, el dios-macho cabrío, me miró fijamente. Tenía el cabello encrespado pero su rostro estaba sereno como de costumbre, ni más duro ni más suave, ni más sabio ni más cruel, pues parecía tallado en piedra en lugar de ser de carne y hueso. Luego prosiguió:

—Dios no hacía más que repetirme: «Todo cuanto existe en el universo es utilizado... consumido... ¿comprendes?» Y Él había descendido a la Tierra, había sufrido, había muerto y resucitado para santificar el sufrimiento humano y convertirlo en un medio para alcanzar un fin; ese fin era la iluminación, la superioridad del alma.

»Pero el mito del Dios agonizante y doliente, tanto si nos referimos a Tammuz de Sumer, Dionisio de Grecia o cualquier deidad cuya muerte y desmembramiento fueran anteriores a la Creación, es una concepción humana. Una idea concebida por los humanos, que no podían imaginar una Creación surgida de la nada y que no implicara un sacrificio. El Dios agonizante que da origen al hombre era una idea joven en la mente de aquellos mortales demasiado primitivos para concebir nada tan absoluto y perfecto. De modo que Él —el Dios Encarnado— se convirtió en un mito humano a fin de explicar las cosas como si éstas tuvieran un significado, cuando tal vez no lo tengan.

—Sí.

—¿Qué sacrificio le costó el hecho de crear el mundo? —preguntó Memnoch—. No era Tiamat, que fue asesinado por Marduk. No era Osiris, el cual acabó despedazado. ¿A qué tuvo que renunciar Dios Todopoderoso para crear el mundo material? No recuerdo que nadie le arrebatara nada. Es cierto que brotó de Él, pero no recuerdo que resultara lastimado, diezmado, mutilado o debilitado por el hecho de crear el mundo. Ese mismo Dios creó los planetas y las estrellas. En todo caso, su gloria se incrementó, al menos a los ojos de sus ángeles, quienes no cesaban de cantar sus alabanzas. Su naturaleza como Creador cobró dureza ante nosotros a medida que la evolución seguía su curso.

»Pero cuando vino a la Tierra como Dios Encarnado, imitó unos mitos que los hombres habían creado para santificar el sufrimiento, para tratar de decir que la historia no era un horror, sino que tenía un significado. Creó una religión en torno a su figura humana y aportó su gracia divina a las imágenes religiosas, y sancionó el sufrimiento mediante su muerte, el cual no había sido santificado en su Creación, ¿comprendes?

—Fue una Creación incruenta, sin sacrificios de ninguna clase —dije. Mi voz sonaba cansada pero mi mente se hallaba más despierta que nunca—. ¿Es eso lo que tratas de decirme? Pero Dios cree que el sufrimiento es sacrosanto, o puede llegar a serlo, que nada se pierde, que todo se utiliza.

—Sí. Pero lo que yo sostengo es que en lugar de eliminar el grave defecto que presentaba su cosmos: el dolor humano, la desgracia, la capacidad de padecer terribles injusticias, Dios halló un lugar para él dentro de las peores supersticiones del hombre.

—Pero cuando las personas mueren, ¿qué sucede? ¿Consiguen hallar sus creyentes el túnel, la luz, a sus seres queridos?

—Si han vivido en paz y prosperidad, generalmente sí. Ascienden al cielo sin odio ni rencor. Al igual que algunos que no creen en Él ni en sus enseñanzas.

—Porque ellos también están iluminados...

—Sí. Eso complace a Dios y hace que el cielo se expanda y enriquezca con las nuevas almas que ascienden a él de todos los rincones del mundo.

—Pero el infierno también está lleno de almas.

—El infierno es mucho más grande que el cielo. ¿En qué punto del planeta ha gobernado Él sin que se produjeran sacrificios, injusticias, persecuciones, tormentos, guerras? Cada día aumenta el número de mis confundidos y amargados pupilos. Durante ciertas épocas, el hambre y las guerras causan tales estragos en el mundo que son muy pocas las almas que ascienden pacíficamente al cielo.

—Pero a Él no le importa.

—Justamente. Dice que el sufrimiento de los seres humanos es como la podredumbre: fertiliza y favorece el crecimiento del alma. Cuando asiste desde las alturas a las feroces matanzas sólo ve magnificencia. Ve a hombres y mujeres purificados por medio de la muerte de sus seres queridos, a través del sacrificio por los demás o de un abstracto concepto de Dios; del mismo modo contempla al ejército conquistador que arrasa un territorio, ahuyentando al ganado y ensartando a niños con sus lanzas.

»¿Su justificación? Así es la naturaleza. Es lo que Él creó. Y si las almas confundidas y amargadas deben caer primero en mis manos y padecer los tormentos del infierno, tanto mejor, pues se harán más grandes.

—Y tu tarea se vuelve cada vez más ardua, ¿no es así?

—Sí y no. Estoy ganando, pero debo conseguirlo según los términos de Dios. El infierno es un lugar de sufrimiento.

Pero examinemos el asunto detenidamente. Veamos lo que ha hecho Él.

»Cuando Dios abrió las puertas del *sheol*, cuando bajó al reino de las tinieblas igual que el dios Tammuz había descendido al infierno de Sumer, las almas se agolparon a su alrededor y vieron su redención y las llagas en sus manos y pies; el hecho de que Dios muriera por ellas fue como una luz en medio de su confusión y, naturalmente, ascendieron con él al cielo, pues sus sufrimientos de pronto parecían cobrar un sentido.

»¿Pero tenía realmente un sentido? ¿Puedes otorgar un significado sagrado al ciclo de la naturaleza simplemente por el hecho de sumergir tu divino ser en ella? ¿Crees que eso basta?

»¿Y las almas deformadas por la amargura, las injusticias, esas almas pisoteadas por los soldados invasores que entran en la eternidad maldiciendo a Dios? ¿Qué me dices del mundo moderno, que está enojado con Dios y maldice a Jesucristo y a Dios mismo como hizo Lutero, Dora e incluso tú mismo, como hacen todos?

»Las gentes de tu mundo moderno de fines del siglo veinte nunca han dejado de creer en Él. Pero le odian; sienten rencor hacia Él; están furiosos con Él. Se creen...

—Superiores a él —dije en voz baja, consciente de que Memnoch acababa de decir lo mismo que yo le había dicho a Dora. Odiamos a Dios.

—Sí —respondió Memnoch—. Te sientes superior a Él.

—Y tú también.

—En efecto. No puedo mostrar a las almas que se hallan en el infierno las llagas de Cristo; no puedo rescatar de este modo a esas desgraciadas y furiosas víctimas del dolor y el sufrimiento. Sólo puedo decirles que fueron los padres dominicos quienes, en su santo Nombre, quemaban vivas a las personas que tomaban por brujas y hechiceros; o que cuando sus familias y clanes y aldeas fueron aniquilados por los soldados españoles en el Nuevo Mundo, fue una hazaña justa porque portaban unos estandartes que ostentaban las llagas de Cristo. ¿Crees que si les cuento eso conseguiré sacar a algún alma del infierno? ¿Que otras almas ascenderán al cielo sin sufrir el menor dolor o sufrimiento?

»Si tratara de instruirlas con esa imagen de "Cristo murió por ti" ¿cuánto tiempo crees que llevaría la educación de un alma en el infierno?

—No me has explicado cómo es el infierno ni lo que enseñas a las almas que lo habitan.

—Yo hago las cosas a mi manera, de eso puedes estar seguro.

»He colocado mi trono sobre el de Él, como dicen los poetas y los autores de las Sagradas Escrituras, porque sé que para que las almas alcancen el cielo no es necesario que sufran; para que comprendan y amen a Dios no era necesario que Cristo fuera torturado y crucificado. Sé que el alma humana trasciende la naturaleza, pero para ello basta con que sea capaz de apreciar la belleza. Job era Job antes y después de sufrir. ¿Qué le enseñó el sufrimiento que no supiera antes?

—Entonces ¿qué hacen por ellas en el infierno?

—No les digo que, según Él, el ojo humano expresa del mismo modo la perfección de la Creación cuando contempla con horror un cuerpo mutilado que cuando admira un jardín.

»Él insiste en que todo reside ahí. Tu jardín salvaje, Lestat, constituye su versión de la perfección. Todo arranca de la misma semilla y yo, Memnoch, el diablo, no alcanzo a comprenderlo. Debe de ser porque poseo la mente simple de un ángel.

—¿Cómo consigues luchar contra Él en el infierno y al mismo tiempo hacer que los condenados se salven y alcancen el cielo?

—¿Qué piensas que es el infierno? —preguntó Memnoch—. Supongo que te habrás hecho alguna idea al respecto.

—En primer lugar, es lo que llamamos purgatorio —respondí—. Todo ser humano puede redimirse, según te oí decir cuando yacía en el campo de batalla. Pero ¿qué clase de tormentos deben padecer las almas que están en el infierno para alcanzar el cielo?

—¿Tú qué crees?

—No lo sé. Tengo miedo. ¿Vas a llevarme allí?

—Sí, pero me gustaría saber qué idea te has formado sobre el infierno.

—No lo sé exactamente. Sólo sé que quienes han matado a otras personas, como he hecho yo, deben sufrir por ello.

—¿Sufrir o pagar por ello?

—¿Acaso no es lo mismo?

—Supongamos que tuvieras la oportunidad de perdonar a Magnus, el vampiro que te metió en esto, supongamos que lo tuvieras delante y te dijera: «Perdóname, Lestat, por haberte arrebatado la vida mortal, por colocarte al margen de la naturaleza y obligarte a beber sangre para subsistir. Haz conmigo lo que quieras, pero perdóname.» ¿Cómo reaccionarías?

—Has elegido un mal ejemplo —contesté—. Ya lo he perdonado. Creo que no sabía lo que hacía. Estaba loco. Era un monstruo del Viejo Mundo. Me corrompió movido por un extraño impulso personal. Ni siquiera pienso en él, me trae sin cuidado. Si quiere pedir perdón a alguien, que se lo pida a los mortales que asesinó durante su existencia.

»En su torre había una mazmorra que estaba llena de hombres mortales a los que había asesinado, unos jóvenes que se parecían a mí, a los cuales había conducido allí para ponerlos a prueba, y en vez de iniciarlos en los ritos vampíricos los había matado salvajemente. Recuerdo los montones de cadáveres de jóvenes rubios y ojos azules. Unos jóvenes a quienes había privado de la posibilidad de vivir, de gozar de la vida. Los que deben perdonarlo son los seres humanos a quienes arrebató la vida.

Había empezado a temblar de nuevo. Era propenso a sufrir arrebatos de indignación. Me había indignado muchas veces cuando los otros me acusaban de diversos y espectaculares ataques contra hombres y mujeres mortales. Y niños. Niños indefensos.

—¿Y tú? —preguntó Memnoch—. ¿Qué crees que deberías hacer para entrar en el cielo?

—Por lo visto, bastará con que trabaje para ti —contesté con tono impertinente—. Al menos, eso es lo que he deducido. Pero no me has dicho exactamente lo que debo hacer. Me has contado la historia de la Creación y la Pasión, me has hablado de la distinta forma de ver las cosas que tenéis Dios y tú, me has explicado cómo te opusiste a Él en la Tierra, e imagino las implicaciones de esa oposición, pues ambos somos unos sensualistas, unos firmes creyentes en la sabiduría de la carne.

—Amén.

—Pero no me has explicado de forma concreta lo que haces en el infierno. ¿Por qué dices que estás ganando la batalla? ¿Por la celeridad con que envías almas al cielo?

—Sí, con celeridad y total aceptación por su parte —respondió Memnoch—. Pero no estoy hablando de la oferta que te hecho ni de mi oposición a los métodos de Dios, sino que deseo hacerte la siguiente pregunta: teniendo en cuenta lo que has visto, ¿cómo crees que es el infierno?

—Temo responder, pues sé que lo merezco.

—Jamás has demostrado tener miedo. Adelante. Di lo que piensas. ¿Cómo crees que es el infierno, qué cualidades debe poseer un alma para ser digna del infierno? ¿Crees que basta con decir «creo en Dios, creo en el sufrimiento de Jesús»? ¿Piensas que basta decir «me arrepiento de todos mis pecados porque te he ofendido, Señor», o bien «me arrepiento de mis pecados porque cuando estaba en la Tierra no creía en Ti y ahora sé que existes, que existe el infierno y deseo reunirme contigo en el cielo»?

Yo no respondí.

—¿Crees que todo el mundo debería ir al cielo? —preguntó Memnoch.

—No. Eso es imposible —contesté—. Los seres como yo, que han torturado y asesinado a otros seres, no deben ir al cielo. Las personas que con sus actos han provocado catástrofes tan terribles como la peste, el fuego o un terremoto no deben ir al cielo. No sería justo que fueran al cielo si no saben, si no comprenden que han obrado mal, como yo he empezado a comprenderlo. El cielo acabaría convirtiéndose en un infierno si todas las personas crueles, egoístas y malvadas entraran en él. No quiero encontrarme allí con los monstruos que pululan por la Tierra. Si fuera tan fácil, el sufrimiento del mundo sería...

—¿Qué?

—Imperdonable —murmuré.

—¿Qué es lo que sería perdonable, desde el punto de vista de un alma que muere sumida en el dolor y la confusión? Me refiero a un alma que sabe que a Dios no le importa su suerte.

—No lo sé —contesté—. Cuando describiste a los elegidos del *sheol*, el primer millón de almas que condujiste al cielo, no te referías a unos monstruos reformados, sino a personas que habían perdonado a Dios por crear un mundo injusto, ¿no es cierto?

—Así es. Ésas fueron la almas que me llevé al cielo, sí.

—Pero te referías a ellas como si fueran las víctimas de la injusticia de Dios. No hablaste sobre las almas de los culpables, de los seres como yo, los transgresores, los corruptos.

—¿No crees que cada cual tiene su propia historia?

—Es posible que algunos cometan atrocidades a causa de su estupidez, sus pocas luces y el temor a la autoridad. Pero muchos otros son como yo, saben que son malvados pero no les importa. Se conducen así porque... les gusta. A mí me gusta crear vampiros. Me gusta beber sangre. Me gusta matar. Siempre me ha gustado.

—¿Por eso bebes sangre? ¿Simplemente porque te gusta? ¿O acaso es porque te han convertido en una máquina sobrenatural perfecta que ansía beber sangre y se alimenta de ella, una siniestra criatura de la noche creada por un mundo injusto al que tú y tu destino le importáis tan poco como cualquier niño que pudiera morir de hambre aquella misma noche en París?

—No pretendo justificar lo que hago ni lo que soy. Si crees que intento justificarme, si es por eso que quieres que me convierta en tu lugarteniente, que acuse a Dios... te has equivocado de persona. Merezco pagar por lo que he hecho. ¿Dónde están las almas de las personas a las que he asesinado? ¿Estaban preparadas para ir al cielo o han acabado en el infierno? ¿Acaso han perdido su identidad y permanecen atrapadas en un torbellino, entre el cielo y el infierno? Sé que allí hay unas almas que aguardan su destino, las he visto con mis propios ojos.

—Sí, es cierto.

—Es posible que haya enviado a algunas almas a ese torbellino. Soy la encarnación del egoísmo y la crueldad. He devorado a los mortales que he asesinado, como si fueran comida y bebida. No tengo perdón.

—¿Crees que deseo que te justifiques? —preguntó Memnoch—. ¿Qué violencia he justificado hasta ahora? ¿Qué te hace pensar que te apreciaría más si trataras de hallar una explicación a tus actos? ¿Acaso he defendido alguna vez a alguien que hubiera hecho sufrir a otro ser humano?

—No.

—Entonces ¿a qué viene eso?

—Quiero saber qué es el infierno, qué es lo que haces allí. Según parece, no quieres que la gente sufra, ni siquiera yo. No puedes acusar a Dios y decir que Él hace que todo sea maravilloso y tenga un significado. Es imposible. Eres su adversario. ¿Qué es el infierno?

—¿Qué crees tú que es? —volvió a preguntarme Memnoch—. ¿Qué estás dispuesto a aceptar moralmente antes de rechazar mi propuesta, antes de huir de mí? ¿Qué clase de infierno deseas que exista y tú mismo crearías si te hallaras en mi lugar?

—Un lugar donde las personas comprendan el mal que han causado a otros; donde tengan que enfrentarse a cada detalle y analizar cada partícula de su existencia, hasta llegar a la conclusión de que jamás volverían a cometer esos actos; un lugar donde las almas se reforman a través del conocimiento del mal que han causado y la forma en que pudieron haberlo evitado. Cuando comprendan, como dijiste sobre los elegidos del *sheol*, cuando no sólo sean capaces de perdonar a Dios por haber creado un mundo injusto sino a sí mismos por sus debilidades y fracasos, sus reacciones violentas, su rencor y su mezquindad, cuando consigan amar y perdonar a todo el mundo, entonces serán dignos de entrar en el cielo. El infierno debería ser un lugar donde recapacitaran sobre las consecuencias de sus actos, pero siempre conscientes de lo insignificantes que son y lo poco que saben.

—Exactamente. Entender el daño que has causado a otros, comprender que no lo sabías, que nadie te lo había explicado, aunque tenías la capacidad de evitarlo. Y perdonar, perdonar a tus víctimas, a Dios a ti a mismo.

—Sí. Eso pondría fin a mi ira, a mi indignación. Si pudiera perdonar a Dios y a mí mismo, no volvería a enfurecerme con nadie.

Memnoch guardó silencio. Permaneció sentado, con los brazos cruzados, mirándome de hito en hito, su oscura frente perlada de sudor debido a la humedad del ambiente.

—¿No es así como debería ser el infierno? —pregunté, temeroso—. Un lugar donde comprendas el mal que has hecho a otros seres... donde te des cuenta del sufrimiento que has causado.

—Sí, y es terrible. Yo lo creé y mi propósito es restaurar las almas de los justos y los pecadores, de quienes han sufrido y de quienes han cometido actos crueles. La única lección del infierno es el amor.

Yo estaba asustado, tan asustado como cuando nos dirigíamos a Jerusalén.

—A Dios le complace que le envíe tantas almas —dijo Memnoch—, pues éstas justifican su manera de hacer las cosas.

Sonreí con amargura.

—La guerra le parece magnífica, la enfermedad representa para Él otro medio para alcanzar el cielo y la autoinmolación le parece una sublimación personal de su gloria. ¡Como si él conociera su significado! Se han perpetrado más injusticias en el nombre de la cruz que en el nombre de otra causa, emblema, filosofía o credo que haya existido sobre la Tierra.

—Estoy vaciando el infierno a gran velocidad, alma tras alma. Les hablo sobre lo que sufren los humanos, lo que ellos saben y lo que pueden hacer, y gracias a mis enseñanzas las almas se reforman rápidamente y suben al cielo.

»¿Quién crees que llega al infierno sintiéndose más estafado, furioso y amargado: el niño que murió en la cámara de gas en un campo de exterminio o el soldado con las manos manchadas de sangre hasta los codos a quien aseguraron que si aniquilaba al enemigo del estado hallaría su lugar en valhala, el paraíso o el cielo?

No respondí; me limité a guardar silencio, a escucharlo y observarlo.

Memnoch se inclinó hacia delante con objeto de reclamar mi atención y súbitamente cambió de fisonomía, ante mis propios ojos, dejando de ser el diablo, un hombre-animal con patas de macho cabrío, para convertirse en un ángel ataviado con una sencilla túnica. Sus ojos azules y luminosos contrastaban con la hosca expresión de su semblante.

—En el infierno trato de subsanar las torpezas que Él ha cometido —dijo Memnoch—. Borro el daño que el sufrimiento y las injusticias causan en los seres humanos. Les enseño que pueden ser mejores que Él.

»Pero ése es mi castigo por haber discutido con Él: habitar en el infierno para ayudar a las almas a cumplir su ciclo tal como Él lo entiende. En caso de no conseguir instruirlas y ayudarlas, permaneceré allí por siempre.

»Sin embargo, el infierno no es mi campo de batalla.

»Mi campo de batalla es la Tierra, Lestat. No lucho contra Él en el infierno, sino en la Tierra. Recorro el mundo tratando de derribar todos los edificios que Él ha construido para santificar la autoinmolación y el sufrimiento, para santificar la agresión, la crueldad y la destrucción. Alejo a hombres y mujeres de sus iglesias para enseñarles a bailar, cantar, beber y abrazarse con gozo y pasión. Hago cuanto puedo para mostrarles la mentira que encierran todas las religiones. Trato de destruir las mentiras que Él ha permitido que se propagaran por el universo a medida que éste evolucionaba.

»Él es el único que puede disfrutar impunemente del sufrimiento, puesto que es Dios y no conoce el significado de esa palabra. Ha creado unos seres que están dotados de una mayor capacidad de conocimiento, sentimiento y amor que Él mismo. La última victoria sobre la maldad humana no se producirá hasta que Él no haya sido destronado, desmitificado, olvidado, repudiado, y hombres y mujeres busquen la bondad, la justicia, la ética y el amor que guardan dentro de sí.

—Eso es justamente lo que los seres humanos intentan hacer, Memnoch —respondí—. A eso se refieren cuando afirman que odian a Dios. A eso se refería Dora cuando crispó los puños y dijo: «Pregúntale por qué permite que existan estas cosas.»

—Lo sé. ¿Vas a ayudarme a luchar contra Él y contra su Cruz?

»Me acompañarás a la Tierra, al cielo y al infierno, ese funesto lugar donde las almas se retuercen entre tormentos, obsesionadas con el sufrimiento de Él. No me servirás en un solo lugar, sino en los tres. Y, al igual que yo, pronto comprobarás que la intensidad de las emociones que experimentas en el cielo resulta tan insoportable como el infierno. El éxtasis que se respira allí hará que desees bajar al infierno para ayudar a las almas confusas y atormentadas a que abandonen las tinieblas. Cuando contemplas la luz, no puedes olvidarte de ellas. En eso consistirá tu misión.

Tras detenerse unos momentos, Memnoch preguntó:

—¿Tienes valor para bajar a contemplarlo?

—Sí.

—Te advierto que se trata del infierno.

—Empiezo a imaginar...

—No existirá siempre. Llegará un día en que el mundo será destruido por sus adoradores humanos, o bien todos los que mueran vean su luz y se rindan ante Dios y se apresuren a reunirse con Él en el cielo.

»Un mundo perfecto o un mundo destruido. En cualquier caso, ello marcará el fin del infierno. Entonces regresaré al cielo, satisfecho de poder permanecer allí por primera vez en mi existencia, desde el comienzo del tiempo.

—Condúceme al infierno, deseo conocerlo.

Memnoch me acarició la cabeza y las mejillas. Sus manos tenían un tacto suave y cálido que me procuró tranquilidad.

—Varias veces, en el pasado —dijo Memnoch—, estuve a punto de apoderarme de tu alma. La vi abandonar tu cuerpo, pero luego la poderosa carne sobrenatural, el coraje del héroe, conseguía rescatarla, restituirla al monstruo, y se me escapaba de las manos. Ahora me arriesgo a precipitarte a una muerte prematura, en la confianza de que podrás soportar lo que vas a ver y oír, y después regreses conmigo para ayudarme.

—¿Hubo algún momento en que mi alma pudo haber alcanzado el cielo, zafándose de ti y de tu infernal torbellino?

—¿Tú qué crees?

—Recuerdo una vez... cuando estaba vivo...

—Sigue.

—Fue un momento maravilloso, que se produjo mientras bebía unas copas de vino y charlaba con mi buen amigo Nicolas en una posada de mi aldea natal, en Francia. De pronto todo me pareció tolerable y bello, con independencia de cualquier horror e injusticia que pudiera existir. Fue un instante fugaz, embriagador. Más tarde lo describí en un libro, en un intento de evocarlo. Fue un momento en que me sentí capaz de perdonarlo todo, de darlo todo, quizá cuando ni siquiera existía, cuando todo lo que veía se hallaba más allá de mi alcance, fuera de mí. No lo sé. Quizá si hubiera muerto en aquel instante...

—Pero te asustaste al comprender que aunque murieras quizá no llegarías a entenderlo todo, que quizá no existiera nada...

—... sí. Y ahora temo algo peor. Temo que exista algo, algo que sea infinitamente peor que la nada.

—Tienes razón. Bastan unas tuercas, unos clavos y una hoguera para hacer que los seres humanos deseen no haber nacido nunca. ¡Imagínate, desear no haber nacido nunca!

—Conozco esa sensación. Temo volver a experimentarla.

—Y no te equivocas. Pero nunca has estado tan preparado como en estos momentos para afrontar lo que voy a revelarte.

21

El viento barría el campo sembrado de piedras; la gran fuerza centrífuga disolvía y liberaba a las almas que se le resistían a medida que éstas asumían una forma humana y llamaban a las puertas del infierno o deambulaban a lo largo de sus gigantescos muros, entre el resplandor de las hogueras que ardían en su interior, gimiendo, implorando y apoyándose unas en otras.

Las voces quedaban sofocadas por el sonido del viento. Algunas almas con forma humana luchaban y se debatían, otras vagaban como en busca de algo pequeño y perdido, para luego alzar los brazos y dejarse engullir por el torbellino.

La figura de una mujer, pálida y delgada, se detuvo para acoger entre sus brazos a un grupo de almas infantiles que vagaban perdidas, llorando de forma desconsolada. Algunos de los niños eran tan jóvenes que aún no habían aprendido a caminar.

Nos acercamos a las puertas del infierno, formadas por unos gigantescos arcos negros y relucientes como una obra de ónice que hubiera sido tallada por artesanos medievales. Por doquier sonaban los lamentos y quejidos de las almas perdidas. Los espíritus extendían la mano para tocarnos. Los murmullos nos cubrían como las moscas y mosquitos que revoloteaban sobre el campo de batalla. Unas figuras espectrales trataban de asirme por el pelo y la chaqueta.

A nuestro paso se alzaban las voces de los condenados,

como un rugido de oprobio: «Ayudadnos, dejadnos entrar, malditos, libradnos de este tormento, malditos, malditos...»

Yo parpadeé, en un intento de lograr ver algo entre la densa penumbra. Ante mí desfilaron unos rostros patéticos, de cuyos labios brotaban unas exclamaciones y gemidos que me abrasaban la piel.

Las puertas del infierno no eran sólidas; sólo eran unos arcos que daban acceso al mismo.

Más allá se encontraban los Espíritus Amables, en apariencia más sólidos y de un color más vivo que los otros, aunque igualmente diáfanos; éstos llamaban a las almas perdidas por su nombre, gritando a través del viento, y las exhortaban a hallar el medio de entrar, asegurándoles que ese lugar no significaba la perdición.

Algunos espíritus sostenían unas antorchas; sobre los muros ardían unas lámparas. El cielo aparecía iluminado por la luz de los relámpagos y una misteriosa lluvia de chispas que provenía de unos cañones antiguos y modernos. El aire olía a pólvora y sangre. Los fogonazos estallaban una y otra vez como un mágico espectáculo de fuegos artificiales en una antigua corte china, para luego dejar paso a una oscuridad sutil, insustancial, fría.

«Entrad», insistían los Espíritus Amables, unos fantasmas bien formados y proporcionados, decididos y enérgicos como Roger, que vestían ropajes de todas las épocas y naciones. Hombres y mujeres, niños y ancianos, ninguno de esos cuerpos era opaco, pero tampoco débil. Todos trataban de ayudar a aquellas almas que vagaban por el valle en su intento de liberarse del torbellino que las mantenía atrapadas mientras ellas maldecían su suerte y se hundían en la nada. Los Espíritus Amables de la India vestían unos saris de seda y los de Egipto unas túnicas de algodón; aquellas vestiduras correspondían a reinos antiquísimos y las joyas con que se adornaban eran magníficas joyas. Podía verse toda clase de ropajes, desde los más sencillos hasta los más suntuosos: tocados de plumas propios de las tribus que denominamos salvajes, togas sacerdotales, trajes cortesanos, etcétera.

Yo me agarré a Memnoch, impresionado ante aquel espectáculo, no sé si hermoso o grotesco, formado por una multitud de todas las naciones y épocas. Los espíritus —desnudos, negros, blancos, asiáticos, de todas las razas— se movían con seguridad entre las almas perdidas y confundidas, tratando de ayudarlas.

El suelo, cubierto de marga negra y conchas, me lastimaba los pies. ¿Por qué permites esto, Señor?, me preguntaba. ¿Por qué?

El paisaje que se extendía ante nosotros consistía en unas majestuosas laderas y unos precipicios cortados a pico tan profundos y tenebrosos como el abismo infernal.

Los portales estaban iluminados; junto a los elevados muros había unas escalinatas que conducían a unos valles que yo apenas lograba divisar y a unos impetuosos ríos dorados teñidos de sangre.

—¡Ayúdame, Memnoch! —murmuré. No podía cubrirme los oídos pues sujetaba el velo con ambas manos, temeroso de perderlo. Los gritos de los condenados me laceraban el corazón como si me lo partieran a hachazos—. ¡No lo soporto!

—No temas, nosotros te ayudaremos —dijeron los Espíritus Amables al tiempo que se agolpaban a mi alrededor y me observaban con curiosidad y preocupación, abrazándome y besándome—. Ha llegado Lestat. Lo ha traído Memnoch. Bienvenido al infierno.

Las voces aumentaban y disminuían de volumen, superponiéndose, como si una multitud estuviera rezando el rosario, cada cual desde una localización distinta, o entonando un extraño cántico.

—Te amamos.

—No temas. Te necesitamos.

—Quédate con nosotros.

—Haz que salgamos pronto de aquí.

Sus caricias no conseguían aplacar el terror que me producía la lívida luz, las explosiones de los cañones y el acre olor a humo.

—¡Memnoch! —grité, sin soltar su mano ennegrecida por el hollín mientras me conducía a través de sus dominios, su perfil remoto, su mirada fría y severa.

Más abajo, al pie de la montaña, había unas inmensas praderas repletas de almas que vagaban perdidas, temerosas, entre lamentos y discusiones, junto a aquellas que eran conducidas y consoladas por los Espíritus Amables y otras que corrían enloquecidas a través de la multitud, dibujando sin cesar círculos, como si pretendieran escapar.

¿De dónde provenía esa luz infernal, esa magnífica e implacable iluminación, esos incesantes destellos y estallidos de llamas rojas y cometas que centelleaban sobre los picos de las montañas?

Los gritos de las almas condenadas retumbaban entre los riscos. Otras gemían y cantaban. Los Espíritus Amables se apresuraban a ayudar a incorporarse a las que habían caído, a conducirlas hacia una escalinata, una cueva o un sendero.

—¡Maldito seas, maldito seas, maldito seas!

El eco de sus gritos resonaba entre las cimas de las montañas y los valles.

—¡Jamás obtendremos el perdón!

—No me digas que...

—... alguien tiene que ayudarnos...

—Ven, no temas, no te soltaré la mano —dijo Memnoch mientras descendíamos por una empinada y angosta escalinata que se ceñía al muro de un risco.

—¡No lo soporto! —grité de nuevo.

Pero el viento ahogó el sonido de mi voz. Introduje la mano derecha en la chaqueta para asegurarme de que no había perdido el velo y luego me agarré a la roca. Su áspera superficie presentaba unas hendiduras y grietas que parecían producidas por centenares de millares de manos que hubieran tratado de trepar por ella. Los gritos y gemidos me nublaron la razón. Al fin llegamos a un valle.

¿O era acaso un mundo tan vasto y complejo como el cielo? Al igual que en éste, había multitud de palacios, torres y arcos de un sombrío color pardo, teja y ocre, y oro viejo o ennegrecido, así como estancias llenas de espíritus de todas las edades y naciones que conversaban, discutían y cantaban. Algunos se abrazaban para consolarse mutuamente. Vi soldados de uniforme que habían participado en guerras antiguas y modernas, mujeres vestidas con los típicos ropajes negros y holgados de Tierra Santa, gentes del mundo moderno que llevaban trajes comprados en los grandes almacenes. Todos estaban cubiertos de polvo y hollín, lo cual impedía que los colores brillaran en todo su esplendor. Algunas almas lloraban y se acariciaban mutuamente para consolarse, otras asentían, gritaban o blandían furiosas el puño.

Vi también unas almas vestidas con toscos y raídos hábitos sacerdotales, monjas con unas tocas blancas e impecables, princesas con mangas abullonadas de terciopelo, hombres desnudos que se paseaban entre la multitud como si jamás hubieran vestido una prenda, sencillos trajes de algodón y otros de encaje antiguo, brillantes sedas y tejidos sintéticos, finos y gruesos, guerreras de color caqui, relucientes armaduras de bronce, túnicas campesinas, elegantes y modernos trajes de lana, vestidos plateados; cabellos de todos los colores, alborotados por el viento; rostros de todos los colores; ancianos que descansaban con las manos apoyadas en las rodillas, mostrando sus calvas sonrosadas y sus arrugados cogotes, y las depauperadas formas de gentes que habían muerto de hambre, y bebían de los arroyos como los perros, mientras otras permanecían sentadas con la espalda apoyada en una roca o el tronco de un árbol con los ojos semicerrados, cantando, soñando, rezando.

A medida que transcurría el tiempo mis ojos se iban

acostumbrando a la penumbra, permitiéndome distinguir con detalle todo cuanto me rodeaba. En torno a cada alma había una docena de figuras cantando, bailando o gimiendo, que constituían unas imágenes proyectadas por esa misma alma y mediante las cuales se comunicaba con las otras.

La horripilante figura de una mujer devorada por las llamas representaba una quimera para aquellas almas que se arrojaban gritando al fuego en un intento de liberarla y sofocar las llamas que lamían sus cabellos, de rescatarla de aquella terrible agonía. Era el lugar donde quemaban a las brujas. ¡Todas ardían en la hoguera! ¡Sálvalas! ¡Dios mío, sus cabellos están en llamas!

Los soldados que disparaban los cañones y se tapaban los oídos para no oír las detonaciones suponían una espectral visión para las legiones de almas que sollozaban postradas de rodillas, y el gigante que blandía un hacha constituía un horripilante fantasma para los que la miraban estupefactos, reconociéndose en él.

—¡No lo soporto!

Ante mis ojos desfilaron unas monstruosas imágenes de asesinatos y torturas, casi abrasándome el rostro. Vi a unos espectros que eran arrastrados a una muerte segura en unas calderas que contenían alquitrán hirviendo, a unos soldados que caían de rodillas con los ojos desmesuradamente abiertos, a un príncipe de un reino persa que gritaba y se retorcía mientras las llamas se reflejaban en sus ojos negros.

Los lamentos, gritos y murmullos adquirieron un tono de protesta, interrogación, descubrimiento. A mi alrededor sonaban miles de voces; sólo era preciso tener el valor de escuchar lo que decían, rescatar las palabras, finas como hilos de acero, de entre aquella algarabía.

—Sí, sí, supuse, sabía...

—... mis niños, tesoros míos...

—... en tus brazos, porque tú nunca...

—... yo que creía que tú...

—Te quiero, te quiero, te quiero, sí, para siempre... no, no lo sabías. No lo sabías, no lo sabías.

—... siempre creí que era lo que debía hacer, pero sabía, presentía...

—... el valor de volverse y decir que aquello no era...

—¡No lo sabíamos! ¡No lo sabíamos! ¡No lo sabíamos!

Todo se reducía a aquella frase repetida hasta la saciedad: «¡No lo sabíamos!»

Ante mí se alzaba el muro de una mezquita, atestada de personas que gritaban y se cubrían la cabeza mientras llovían sobre ellas fragmentos que se desprendían del techo y las paredes. El estruendo de la artillería era ensordecedor. Todos eran fantasmas.

—No lo sabíamos, no lo sabíamos —se lamentaban las almas.

Los Espíritus Amables, arrodillados ante ellas mientras unos gruesos lagrimones rodaban por sus mejillas, repetían:

—Lo comprendemos, lo comprendemos.

—Y aquel año, el hecho de regresar a casa para reunirme con...

—Sí...

De pronto tropecé con una piedra y caí en medio de un numeroso grupo de soldados que se hallaban postrados de rodillas sollozando, abrazándose los unos a los otros y a los patéticos fantasmas de los conquistados, los asesinados, los que habían perecido de hambre, mientras se balanceaban y lloraban al unísono.

Súbitamente se produjo una serie de explosiones, cada una más violenta que la anterior, como sólo el mundo moderno puede provocar. El cielo apareció iluminado como si fuera de día por una fría e incolora luz que al cabo de unos instantes se desvaneció, haciendo que todo se sumiera de nuevo en la oscuridad.

Una oscuridad visible.

—Ayudadme a salir de aquí —supliqué.

Pero nadie hizo caso de mis gritos y súplicas. Cuando me volví en busca de Memnoch, vi las puertas de un ascensor que se abrían de repente y ante mí apareció una espaciosa y moderna estancia con magníficos candelabros, suelos relucientes e inmensas alfombras. Exhibía el duro y frío lustre de nuestro mundo mecanizado. De pronto vi a Roger dirigiéndose hacia mí.

Roger, vestido con una chaqueta de seda morada y un pantalón de excelente corte, el pelo perfumado y las manos impecablemente arregladas.

—¡Lestat! —exclamó—. Terry está aquí, todos están aquí, Lestat.

Roger me agarró por la chaqueta y me miró con los ojos que yo había visto en el fantasma y en el ser humano que yacía entre mis brazos mientras le chupaba la sangre, fijamente, arrojando el aliento en mi rostro, mientras la habitación se disolvía en humo y el tenue espíritu de Terry, con su estridente cabello platino, le arrojaba los brazos al cuello, estupefacta, muda de asombro. De pronto el suelo se abrió y apareció Memnoch con sus alas desplegadas para interponerse entre ellos y yo.

—Quería contarle lo del velo... —insistí, tratando de acercarme a Roger, pero Memnoch me lo impidió.

—¡Sígueme! —me ordenó.

Los cielos se abrieron con otra lluvia de chispas, los rayos estallaron y las nubes descargaron un atronador diluvio de agua helada.

—¡Dios mío! —grité—. ¡Ésta no puede ser tu escuela, Señor! ¡Es imposible!

—¡Mira!

Memnoch señaló a Roger, el cual se arrastraba a cuatro patas, como un perro, entre las víctimas que había asesinado mientras los hombres le imploraban con los brazos extendidos y las mujeres se abrían la túnica para mostrar sus heridas. El vocerío fue aumentando de volumen hasta que pareció como si el infierno estuviera a punto de estallar. Terry —la mismísima Terry— seguía aferrada al cuello de Roger, quien yacía en el suelo con la camisa desgarrada, los pies desnudos, rodeado de una espesa selva. En la oscuridad sonaron unos disparos, unas detonaciones producidas por rifles automáticos que escupían un sinnúmero de mortíferas balas. Entre la maraña de monstruosos árboles parpadeaban las luces de una casa. Roger se volvió hacia mí, tratando de incorporarse, pero se desplomó de nuevo en el suelo, sollozando, mientras las lágrimas rodaban por sus mejillas.

—... cada acción, cada acto que realizamos, Lestat, yo no sabía... no lo sabía...

Vi la figura de Roger, nítida, fantasmagórica, implorante, alzarse ante mí para retroceder y confundirse entre la multitud de almas que nos rodeaban.

De pronto vi a las otras almas, las Almas Purificadas, que se dispersaban en todas las direcciones.

Los diferentes escenarios se sucedían sin pausa, mostrando unos colores que súbitamente se avivaban o desvanecían en una turbia neblina. De pronto, de los horripilantes y turbulentos campos del infierno brotaron las Almas Purificadas. En medio del batir de tambores y los gritos de las víctimas de inenarrables tormentos aparecieron unos hombres que vestían unas toscas túnicas blancas, los cuales fueron arrojados a la gigantesca hoguera, entre aullidos y gestos de dolor, mientras las otras almas retrocedían gritando de espanto, de remordimientos, reconociéndose en ellos.

—¡Dios mío, perdónanos!

Las almas comenzaron a ascender con los brazos extendidos. Sus túnicas desaparecieron o se transformaron en los anodinos ropajes de las almas que se habían salvado, mientras el túnel se abría para recibirlas.

Vi la luz y a un sinfín de espíritus que volaban por el túnel hacia el destello celestial. El túnel, completamente redondo, se ensanchaba a medida que lo atravesaban las almas, y durante un instante, un bendito instante, los cantos del cielo resonaron a través de él como si sus curvas no fueran de viento sino de una sustancia sólida capaz de devolver el eco de los etéreos cánticos, su ritmo organizado, su extraordinaria belleza que contrastaba con el indecible sufrimiento de este lugar.

—¡No lo sabía! ¡No lo sabía! —exclamaban las voces.

Luego, el túnel se cerró.

Seguí adelante, tropezando y volviéndome hacia un lado y otro. En un sitio vi a unos soldados que torturaban a una joven con unas lanzas, mientras otras lloraban y trataban de interponerse entre ésta y sus torturadores. En otro vi a unos niños de corta edad que corrían con los bracitos extendidos para arrojarse en brazos de sus llorosos padres, madres, asesinos.

Un individuo yacía postrado en el suelo, cubierto por una armadura, con una barba larga y pelirroja, la boca entreabierta, maldiciendo a Dios, al diablo y al destino.

—¡No, no, no, no! —gritaba.

—Mira quién hay detrás de esa puerta —dijo un Espíritu Amable, una forma femenina, su hermosa cabellera resplandeciendo alrededor de su etérea blancura, acariciándome el rostro suavemente—. Fíjate...

La puerta estaba a punto de abrirse. Las paredes de la estancia aparecían cubiertas de libros.

—Tus víctimas, querido, tus víctimas, las personas que tú asesinaste —dijo el espíritu.

Contemplé al soldado que yacía postrado en el suelo, gritando desesperadamente:

—¡Jamás afirmaré que fue justo, jamás, jamás...!

—¡No son mis víctimas! —protesté.

Di media vuelta y eché a correr. Tropecé y caí de bruces, sobre un montón de cuerpos. Más allá, las ruinas de una ciudad eran devoradas por las llamas; los muros se derrumbaban por doquier, el estruendo de los cañones era incesante y el aire estaba impregnado de un gas tóxico. La gente caía al suelo, tosiendo y respirando con dificultad, mientras el coro de NO LO SABÍA iba en aumento, cohesionándolo todo en un instante de orden peor que el caos.

—¡Ayúdame! —grité una y otra vez.

Jamás había sentido tal alivio al gritar, tal sensación de abandono y cobardía, implorando a Dios Todopoderoso en ese lugar de pesadilla donde los gritos no eran sino aire y nadie los oía, nadie excepto los sonrientes Espíritus Amables.

—Aprende, querido.

—Aprende. —Los murmullos eran suaves como besos. Un hombre de rostro tostado, un hindú, tocado con un turbante, repitió—: Aprende.

—Levanta la vista, mira las flores, el cielo... —Un Espíritu Amable femenino bailaba dibujando unos círculos; su vaporoso vestido blanco rozaba las nubes, el hollín y el polvo, mientras sus pies se hundían en la marga pero sin dejar de danzar.

—No te burles de mí, aquí no hay ningún jardín —grité. Estaba de rodillas. Tenía la ropa hecha jirones, pero aún conservaba el velo.

—Coge mis manos...

—¡No, suéltame! —grité, introduciendo enseguida la mano dentro de mi chaqueta para ocultar el velo. La tenue figura de un muchacho se alzó y avanzó torpemente hacia mí, con la mano extendida.

—¡Maldito seas! —exclamó—. ¡Tú, que te paseabas por las calles de París como el mismo Lucifer, rodeado de un resplandor dorado! ¡Cerdo! ¿No recuerdas lo que me hiciste?

Súbitamente la taberna cobró forma y el joven cayó hacia atrás debido al impacto del puñetazo que le propiné, derribando unos barriles. Unos hombres, sucios y borrachos, se dirigieron a mí con aire desafiante.

—¡Deteneos! —grité—. No dejéis que se acerque a mí. No lo recuerdo. Yo no lo maté. Os aseguro que no lo recuerdo. No puedo...

»—Claudia, ¿dónde estás? ¡Perdóname por el mal que te hice! ¡Claudia! ¡Ayúdame, Nicolas!

¿Estaban ahí, perdidos en ese torrente, o habían desaparecido a través del túnel hacia el resplandor divino, hacia los benditos cantos que integraban el silencio en sus acordes y melodías? Rezad por mí desde el cielo.

Mis gritos habían perdido toda dignidad, pero sonaba desafiantes en mis oídos.

—¡Ayudadme! ¡Socorro!

—¿Debes morir antes de servirme? —preguntó Memnoch, alzándose ante mí, el ángel de granito, el ángel de las tinieblas, con las alas desplegadas. ¡Borra todos los horrores del infierno, te lo ruego, incluso bajo tu forma demoníaca!—. Gritas en el infierno al igual que cantabas en el cielo. Éste es mi reino, ésta es nuestra obra. ¡Recuerda la luz!

Caí hacia atrás, lastimándome el hombro y el brazo izquierdos, pero me resistí a soltar el velo que sujetaba con la mano derecha. Vi el cielo y las flores del melocotonero que asomaban entre las hojas del árbol y las suculentas frutas que pendían de sus ramas.

El humo hacía que me escocieran los ojos. Una mujer que estaba arrodillada junto a mí dijo:

—Ahora sé que nadie puede perdonarme, salvo yo misma, pero no me explico cómo fui capaz de hacerle aquello a mi hija, siendo tan pequeña, ni cómo pude...

—Creí que era otra cosa —dijo una joven aferrándome por el cuello, su nariz rozando la mía—, pero ya conoces esa sensación, esa bondad, le sostenía la mano y él...

—¡Perdonar! —murmuró Memnoch.

Luego agarró al monje que aparecía cubierto de sangre, su toga marrón hecha jirones, los pies llagados y abrasados.

—¡Aprended a perdonar de corazón, podéis hacerlo! —exclamó—. ¡Podéis ser mejores que Él, darle ejemplo!

—Lo amo... incluso a Él... —murmuró un alma al tiempo que se desintegraba—. Él no quería que sufriéramos de esta forma... Es imposible...

—¿Ha conseguido pasar la prueba? —pregunté—. ¿Ha pasado ese alma la prueba en este lugar infernal? ¿Te basta con lo que ha dicho? ¿Tienes suficiente con saber que no conocía a Dios? ¿O quizá sigue aún aquí, en un lugar invisible, entre esta podredumbre, o acaso se la ha tragado el túnel? ¡Ayúdame, Memnoch!

Busqué al monje que tenía los pies abrasados. Lo busqué por todas partes.

Una explosión hizo que se derrumbaran las torres de la ciudad. Me pareció oír el tañido de una campana. La gigantesca mezquita se había desplomado. Un hombre con un rifle disparaba contra la gente que huía. Unas mujeres cubiertas con un velo gritaban despavoridas mientras caían al suelo.

El tañido de la campana era cada vez más fuerte.

—¡Dios mío, Memnoch! ¿No lo oyes? ¡Suena más de una campana!

—Son las campanas del infierno, Lestat, y doblan por nosotros.

Memnoch me agarró del cuello como si se dispusiera a alzarme del suelo.

—Recuerda tus palabras, Lestat, cuando dijiste que oías el tañido de las campanas del infierno.

—¡No, suéltame! No sabía lo que decía. Fue una frase poética, una estupidez. Suéltame. ¡No lo soporto!

Había una docena de personas sentadas alrededor de una mesa, a la luz de una lámpara, que discutían sobre un mapa. Algunas de ellas se abrazaron mientras señalaban unas zonas que aparecían marcadas con diversos colores. De pronto una de ellas se volvió. ¿Un hombre? Un rostro.

—¡Eh, tú!

—¡Suéltame! —exclamé.

Di media vuelta y alguien me propinó un empujón, arrojándome contra un muro cubierto de estanterías que contenían relucientes tomos, los cuales cayeron sobre mí. Sentí que las fuerzas me abandonaban. Atravesé con el puño un globo terráqueo que se hallaba montado sobre un decorativo arco de madera. Un niño patizambo me miraba con las cuencas de los ojos vacías.

Vi una puerta y corrí hacia ella.

—No, déjame marchar. No quiero quedarme. Me niego.

—¿Te niegas? —preguntó Memnoch, sujetándome el brazo derecho al tiempo que me miraba enojado y desplegaba lentamente las alas como si pretendiera envolverme en ellas, como si yo le perteneciera—. ¿No quieres ayudarme a vaciar este lugar, a enviar estas almas al cielo?

—¡No puedo hacerlo! —contesté—. ¡Me niego a hacerlo!

De pronto sentí que la ira me recorría las venas como lava hirviendo y borraba el temor, los temblores y las dudas. Había recuperado mi energía y decisión características.

—¡No quiero saber nada de esto! ¡No lo haré ni por ti, ni por Él, ni por ellos ni por nadie!

Retrocedí unos pasos y miré con indignación a Memnoch.

—No voy a hacerlo por un Dios tan ciego como Él, ni por nadie que me exija lo que tú me exiges. Ambos estáis locos. No te ayudaré. Me niego rotundamente.

—¿Serías capaz de hacerme eso, de abandonarme? —preguntó Memnoch. Su oscuro rostro estaba contraído de dolor y sobre sus negras y relucientes mejillas brillaban unas lágrimas—. ¿Serías capaz de no mover un dedo para ayudarme? ¿Después de todo lo que has hecho, Caín, asesino de tu hermano, asesino de inocentes, te niegas a ayudarme...?

—Basta. No puedo apoyarte ni ayudarte en tu empresa. ¡No quiero crear esto! ¡No lo soporto! ¡No puedo enseñar en esta escuela!

Estaba ronco y la garganta me ardía. El ruido ahogaba mis palabras, pero Memnoch comprendió lo que decía.

—No, jamás aceptaré esta situación, estas normas, este sistema.

—¡Cobarde! —rugió Memnoch. Sus ojos almendradros parecían más inmensos que nunca, el fuego se reflejaba en sus negras mejillas y frente—. Tengo tu alma en mis manos, te ofrezco tu salvación a un precio por el que quienes han sufrido durante milenios estarían dispuestos a hacer cualquier cosa.

—No quiero formar parte de este dolor, ni ahora ni nunca. Ve a hablar con Él, cambia las normas, hazle entrar en razón, pero no cuentes conmigo para ayudarte en esta empresa inhumana, atroz, injusta.

—¡Esto es el infierno, idiota! ¿Acaso esperabas servir al señor del infierno sin sufrir lo más mínimo?

—¡No lo haré! —grité—. ¡Al infierno con todos! —dije entre dientes. Estaba furioso y resuelto a no ceder un ápice—. ¡No participaré en esto! ¿No lo comprendes? ¡No puedo aceptarlo! ¡No puedo soportarlo! Me marcho. Dijiste que podía decidir libremente. Bien, pues me marcho a casa. ¡Déjame ir!

Tras estas palabras di media vuelta.

Memnoch me agarró del brazo en un intento de detenerme, pero lo derribé violentamente sobre el montón de almas que giraban y se disolvían. Los Espíritus Amables presenciaban la escena alarmados y disgustados.

—Vete —dijo Memnoch con rabia, tendido todavía sobre el suelo—. A Dios pongo por testigo que cuando mueras regresarás aquí de rodillas, como alumno y pupilo mío, pero jamás volveré a ofrecerte la oportunidad de convertirte en mi príncipe, mi ayudante.

Volví la cabeza y lo contemplé, aún tumbado en el suelo, su codo clavándose en el suave plumaje de su ala mientras trataba de incorporarse sobre sus monstruosas patas de macho cabrío. Luego avanzó hacia mí y gritó:

—¿Me has oído?

—¡No puedo servirte! —grité con todas mis fuerzas—. ¡No puedo hacerlo!

Luego me volví por última vez, consciente de que no volvería a mirar atrás y pensando únicamente en huir. Eché a correr por la resbaladiza ladera de marga y atravesé los arroyos, abriéndome paso entre los atónitos Espíritus Amables y las almas que no cesaban de gemir.

—¿Dónde está la escalinata? ¿Dónde están las puertas? ¡No podéis negarme el derecho a abandonar este lugar! ¡La muerte no se ha apoderado aún de mí! —grité, sin mirar atrás, sin dejar de correr.

—¡Dora! ¡David! ¡Ayudadme! —grité.

De pronto oí la voz de Memnoch junto a mi oído:

—Lestat, no me hagas esto, no te vayas. No regreses, Lestat, es una locura, te lo ruego, por el amor de Dios. ¡Por amor a Él y a tus semejantes, ayúdame!

—¡No! —grité, volviéndome y propinándole un empujón.

Memnoch cayó hacia atrás y quedó tendido en un escalón, atontado, su grotesca figura enmarcada por sus inmensas alas negras.

Ante mí vi la luz que penetraba a través de la puerta abierta y corrí hacia ella.

—¡Detenedlo! —gritó Memnoch—. ¡No le dejéis salir! ¡No dejéis que se lleve el velo!

—¡Tiene el velo de Verónica! —exclamó uno de los Espíritus Amables abalanzándose hacia mí a través de la penumbra.

Resbalé y casi perdí el equilibrio, pero seguí corriendo, sin hacer caso del dolor que sentía en las piernas. Los Espíritus Amables me pisaban los talones.

—¡Detenedlo!

—¡No lo dejéis marchar!

—¡Detenedlo!

—¡Arrebatadle el velo! —gritó Memnoch—. Lo lleva dentro de la camisa. ¡No debe salir de aquí con el velo!

Yo agité la mano para obligar a los Espíritus Amables a retroceder, y éstos chocaron contra un risco que se elevaba como una informe y silenciosa masa. Ante mí se alzaban las gigantescas puertas del infierno. Vi la luz y comprendí que era la luz de la Tierra, brillante y natural.

De pronto noté las manos de Memnoch sobre mis hombros, tratando de detenerme.

—¡No lo conseguirás! —grité—. ¡Que Dios me perdone y tú también, pero no dejaré que me robes el velo!

Alcé la mano izquierda para impedir que me lo arrebatara y le propiné otro empujón, pero Memnoch se precipitó hacia mí propulsado por sus gigantescas alas, obligándome a retroceder hacia la escalinata. Luego clavó los dedos en mi ojo izquierdo, me levantó el párpado y me arrancó el ojo. Noté que la gelatinosa masa se deslizaba por mi mejilla y se escurría entre mis temblorosas manos.

—¡Oh, no! —exclamó Memnoch, llevándose las manos a la boca y contemplando horrorizado el mismo objeto que contemplaba yo.

Mi ojo, redondo y azul, relucía sobre el escalón. Los Espíritus Amables lo observaron estupefactos.

—¡Písalo, aplástalo! —gritó uno de los Espíritus Amables, precipitándose hacia el lugar donde yacía el ojo.

—¡Sí, písalo, aplástalo, machácalo! —gritó otro.

—¡No! ¡No lo hagáis! ¡Deteneos! —ordenó Memnoch—. Os prohíbo que hagáis esto en mis dominios.

—¡Písalo!

Ése era el momento, mi oportunidad de escapar.

Eché a correr escaleras arriba, sin que mis pies rozaran apenas los escalones, me precipité a través de la luz y el silencio y aterricé en la nieve.

Era libre.

Me encontraba en la Tierra. Mis pies avanzaban sobre la resbaladiza nieve.

Tuerto, con el rostro ensangrentado y sujetando el velo que llevaba dentro de la camisa, corrí bajo la nieve mientras mis gritos retumbaban entre los edificios que me resultaban familiares, los oscuros y omnipresentes rascacielos de la ciudad que conocía. Me hallaba en casa. En la Tierra.

El sol acaba de ponerse tras el velo gris plomizo de la tormenta, el crepúsculo invernal devorado por la oscuridad y la blancura de la nieve.

—¡Dora, Dora, Dora!

Seguí corriendo sin detenerme.

Las confusas formas humanas avanzaban bajo la nieve, a través de pequeños y resbaladizos senderos; los automóviles se deslizaban lentamente a través de la tormenta y sus faros perforaban la densa blancura. Me caí repetidas veces sobre la espesa capa de nieve que cubría el suelo, pero me incorporé y seguí corriendo.

Los arcos y las torres de San Patricio se erguían ante mí. San Patricio.

Más allá se alzaba el muro de la Torre Olímpica, su cristal sólido como la piedra pulida, invencible, de una altura monstruosa, como una moderna torre de Babel que intentara alcanzar el cielo.

Me detuve, sintiendo que mi corazón estaba a punto de estallar.

—¡Dora! ¡Dora!

Alcancé las puertas del vestíbulo y contemplé las deslumbrantes luces, los pulidos suelos, los mortales que entraban y salían del edificio, volviéndose para contemplar algo que se movía con demasiada rapidez para sus ojos. La música suave y las luces tenues contribuían a crear un ambiente artificialmente cálido.

Me dirigí hacia la caja de la escalera y ascendí por ella como una brasa por una chimenea, atravesé el suelo de madera del apartamento e irrumpí en su habitación.

Dora.

La vi al instante, percibí el olor de la sangre que fluía entre sus piernas, vi su deliciosa carita, pálida y asustada. A su lado, como unos duendes que hubieran salido de un cuento de hadas o de unas historias del infierno, se hallaban Armand y David, unos vampiros, unos monstruos, observándome atónitos.

Traté de abrir el ojo izquierdo que había perdido, luego volví la cabeza hacia un lado y otro para observar a los tres con el ojo derecho, el que todavía conservaba. Sentía un intenso dolor en la cuenca de mi ojo izquierdo, como si me clavaran un millar de alfileres.

Armand me miró horrorizado. Iba vestido como un maniquí, como de costumbre. Llevaba una chaqueta de terciopelo, una camisa adornada con encaje y unas botas relucientes como un espejo. Su rostro, como el de un ángel de Boticelli, expresaba una profunda conmiseración.

David me miraba también con dolor y simpatía. Ambas figuras se habían transformado en una sola, el anciano caballero inglés y el joven cuerpo en el que había quedado atrapado, vestido con prendas invernales de mezclilla y cachemir.

Unos monstruos vestidos como hombres terrenales, de carne y hueso.

Junto a ellos estaba la esbelta y juvenil figura de Dora, mi amada Dora con sus inmensos ojos negros.

—Cariño —dijo Dora—, ¡estoy aquí!

Sus delgados y cálidos brazos rodearon mis hombros, haciendo caso omiso de los copos de nieve que se desprendían de mi cabello y mi ropa. Caí de rodillas y oculté el rostro en su falda, cerca de la sangre que brotaba de entre sus piernas, la sangre de su útero, la sangre de la Tierra, la sangre de Dora que emanaba de su cuerpo. Luego, caí hacia atrás y permanecí tendido en el suelo.

No podía hablar ni moverme. De pronto noté los labios de Dora sobre los míos.

—Te hallas a salvo, Lestat —dijo ésta.

¿O era la voz de David?

—Estás con nosotros —dijo Dora.

¿O lo dijo Armand?

—Estamos aquí.

—Fijaos en sus pies. Sólo lleva un zapato.

—... y se ha roto la chaqueta... y ha perdido los botones.

—Cariño, cariño —dijo Dora, besándome de nuevo.

Me volví suavemente, procurando no aplastarla con el peso de mi cuerpo, le levanté la falda y sepulté el rostro entre sus muslos desnudos y calientes. El olor de su sangre inundó mi cerebro.

—Perdóname, perdóname —murmuré. Mi lengua atravesó sus finas braguitas de algodón, apartó la compresa y lamió la sangre que retenía su joven y rosada vulva, la sangre que brotaba de su útero, no una sangre pura, pero sangre de su sangre al fin, de su cuerpo fuerte y joven, una sangre que procedía de las cálidas células de su carne vaginal, una sangre que no le producía dolor alguno ni le exigía más sacrificio que tolerar mi execrable acción, mientras mi lengua hurgaba en su vagina y lamía suavemente la sangre de sus labios púbicos, sorbiendo hasta la última gota.

Impura, impura, le había gritado la multitud a Verónica en el camino del Gólgota, cuando ésta dijo: «Señor, toqué el borde de tu túnica y mi hemorragia cesó.» *Impura, impura*.

—Sí, impura, gracias a Dios que eres impura —murmuré, mientras seguía lamiendo sus partes íntimas, ensangrentadas, saboreando y oliendo su sangre, aquella dulce sangre que fluía sin que se hubiera producido una herida que Dora me ofrecía en señal de perdón.

La nieve batía sobre los cristales. Yo oía y olía la nieve blanca y cegadora de una típica tormenta invernal en Nueva York, cubriendo la ciudad con su manto helado.

—Cariño, ángel mío —murmuró Dora.

Apoyé la cabeza sobre sus piernas, jadeando. Había sorbido toda la sangre de su útero e incluso la que retenía la compresa.

Dora se inclinó hacia delante y, en un púdico gesto, me

cubrió con los brazos, ocultándome a los ojos de David y Armand, pero no me rechazó ni protestó ni se mostró escandalizada ante mi abominable conducta. Luego me acarició la cabeza y se echó a llorar.

—Estás a salvo —repitió.

Los tres afirmaron lo mismo, pronunciando las palabras «a salvo» como un sortilegio. A salvo, a salvo, a salvo.

—¡No, no! —repliqué entre sollozos—. Ninguno de nosotros está a salvo. Jamás lo estaremos, jamás, jamás...

22

No dejé que me tocaran. No quería desprenderme todavía de mi chaqueta y mis zapatos rotos, no quería saber nada de sus peines, sus toallas. Lo único que me preocupaba era conservar celosamente el secreto que ocultaba dentro de la chaqueta.

Tan sólo les pedí algo con que cubrirme y me dieron una suave manta de lana.

El apartamento estaba casi vacío.

Según me explicaron, habían empezado a trasladar las cosas de Roger al sur. Encomendaron la tarea a unos agentes mortales. La mayoría de estatuas e iconos se encontraba ahora en el orfelinato de Nueva Orleans, donde habían sido instalados en la capilla que yo había visto y en la que sólo había un crucifijo. ¡Menudo presagio!

Todavía no habían terminado de trasladar todo los objetos. Aún quedaban un par de baúles, unas cajas de papeles y unos archivos.

Yo había estado ausente por espacio de tres días. Los periódicos habían publicado la noticia de la muerte de Roger, pero ellos no quisieron decirme cómo había sido descubierta. En el siniestro mundo de las mafias del narcotráfico había comenzado la lucha por el poder. Los periodistas habían dejado de llamar a la cadena de televisión para indagar acerca de Dora. Nadie conocía la existencia de este apartamento. Nadie sabía que ella estaba aquí.

Pocos conocían la existencia del orfelinato al que Dora pensaba regresar en cuanto hubiera trasladado todas las reliquias de Roger.

La cadena de televisión por cable había cancelado el programa de Dora. La hija del gángster había dejado de predicar. No había visto ni hablado con sus seguidores. Por algunos artículos de prensa e informativos de televisión, Dora se había enterado de que el escándalo la había convertido en un personaje vagamente misterioso. Pero, en general, la consideraban simplemente una telepredicadora que ignoraba los turbios negocios en que estaba metido su padre.

En la compañía de David y Armand, Dora había perdido todo contacto con su antiguo mundo. Instalada en Nueva York, padecía el peor invierno que habíamos tenido en cincuenta años, la incesante nieve, mientras vivía rodeada de reliquias y escuchaba sus palabras de consuelo, sus extraordinarias historias, sin preocuparse de lo que pensaba hacer en adelante, creyendo todavía en Dios...

Éstas eran las últimas novedades.

Cogí la manta y atravesé, andando con un pie descalzo, el apartamento.

Entré en la pequeña habitación. Me envolví en la manta. La persiana estaba bajada, impidiendo que penetraran los rayos del sol.

—Dejadme tranquilo —dije—. Necesito dormir como un ser mortal. Necesito dormir veinticuatro horas, y luego os lo contaré todo. No me toquéis, no os acerquéis a mí.

—¿Me permites que duerma en tus brazos? —preguntó Dora desde la puerta.

Contemplé su figura blanca y vibrante, llena de sangre, custodiada por sus vampíricos ángeles.

La habitación estaba a oscuras. Sólo quedaba un arcón, que contenía unas pocas reliquias, pero en el pasillo quedaban todavía varias estatuas.

—No. Cuando salga el sol mi cuerpo hará cuanto pueda

para protegerse de cualquier intromisión mortal. No puedes acompañarme en mi sueño. Es imposible.

—Entonces deja que me acueste un rato contigo.

Los otros dos, que se hallaban detrás de Dora, observaban cómo mi párpado izquierdo se agitaba de forma convulsiva sobre la cavidad vacía del ojo. Quizá tuviera aún algunas gotas de sangre pegadas al párpado. Pero la sangre de los vampiros se restaña rápidamente. Memnoch me había arrancado el ojo de cuajo. ¿Cómo era la raíz de un ojo? Todavía guardaba el olor y el sabor de la deliciosa sangre de Dora en mis labios.

—Déjame dormir —contesté.

Cerré la puerta con llave y me tumbé en el suelo, con las rodillas encogidas, abrigado y a salvo bajo la manta; percibí el olor a pinos y tierra que emanaba de mi ropa, a humo, excrementos y sangre, sangre humana, la sangre de los campos de batalla, la sangre del cadáver del niño que había caído sobre mí en Hagia Sofía, y a estiércol y marga.

El calor de la manta intensificaba los olores del infierno que habían quedado adheridos a mi ropa. Introduje la mano en la chaqueta con el fin de palpar el velo que ocultaba junto a mi pecho.

—¡No os acerquéis a mí! —ordené una vez más a los mortales que se hallaban al otro lado de la puerta, confundidos y perplejos.

Luego me quedé dormido.

Me sumí en un dulce y profundo letargo. Una dulce oscuridad.

Ojalá la muerte fuera así. Ojalá pudiéramos dormir eternamente.

23

Permanecí inconsciente durante veinticuatro horas. Me desperté a la tarde siguiente, cuando el sol moría detrás del cielo invernal. Sobre el arcón de madera alguien había dispuesto unas prendas limpias y un par de zapatos.

Traté de imaginar quién habría elegido esas prendas entre la ropa que David recogió del hotel donde yo me había hospedado. Probablemente, el mismo David. Sonreí al recordar las numerosas veces en que él y yo nos habíamos visto envueltos en una complicada aventura relacionada con la ropa.

Pero si un vampiro se desentiende de ciertos detalles, como la ropa, la historia carece de sentido. Incluso los personajes míticos más importantes —si son de carne y hueso— tienen que preocuparse de cosas como las hebillas de unas sandalias.

De pronto me di cuenta de que me hallaba de nuevo en el ámbito terrenal, donde la ropa cambia de forma a antojo del ser humano. También advertí que estaba cubierto de polvo y tierra y que sólo llevaba puesto un zapato.

Me levanté, completamente despejado, y saqué el velo sin desdoblarlo ni examinarlo, aunque me pareció ver la oscura imagen a través del tejido. Me desnudé y coloqué con cuidado todas las prendas sobre la manta, para que no se extraviara ni una hoja. Luego me dirigí al baño —el habitual cuarto revestido de baldosines e invadido de vapor— y me bañé como un hombre al que estuvieran bautizando en el Jordán. David había dispuesto junto a la bañera todos los juguetes de rigor: peines, cepillos, tijeras. En el fondo, los vampiros casi no necesitamos nada más.

Dejé la puerta del baño abierta. De haber entrado alguien en la habitación, habría saltado de la bañera para obligarle a abandonarla de inmediato.

Al fin salí del baño, limpio y chorreando, me peiné, me sequé y me puse la ropa limpia, desde las prendas interiores a las exteriores, es decir, desde los calzoncillos, camiseta y calcetines de seda hasta el pantalón de lana, la camisa, el chaleco y la chaqueta cruzada de color azul marino.

Luego me incliné y cogí el velo, sin atreverme a desdoblarlo.

Pero vi la imagen oscura que se transparentaba a través del tejido. Esta vez estaba seguro. Guardé el velo dentro de mi chaleco y abroché todos los botones.

Por último me miré en el espejo. Parecía un loco vestido con un traje de Brooks Brothers, un demonio con el pelo alborotado, el cuello desabrochado, que contemplara su propia imagen con el único ojo que le quedaba.

¡Dios mío, mi ojo!

Examiné la cuenca vacía, el párpado levemente arrugado que trataba de taparla. ¿Qué iba a hacer? De haber tenido un parche negro, como el que utilizan los caballeros que pierden un ojo, me lo habría puesto.

Mi rostro estaba deformado por la ausencia del ojo izquierdo. Me di cuenta de que estaba temblando violentamente. David había dejado dispuesto un *foulard* de seda morado que me enrollé alrededor del cuello, con lo que mi atuendo adquirió cierto toque antiguo. Parecía Beethoven.

Oculté los extremos del pañuelo dentro del chaleco. Al mirarme de nuevo en el espejo vi que en mi ojo derecho se reflejaba el color morado del *foulard*. Luego miré la cuenca vacía del ojo izquierdo; me obligué a hacerlo, en lugar de tratar de disimular el hecho de que lo había perdido.

Me calcé los zapatos, contemplé el montón de ropa sucia y rota que yacía sobre la manta y salí al pasillo.

El ambiente del apartamento estaba caldeado e impregnado de un olor a incienso que, sin embargo, no resultaba agobiante. El olor me recordó las iglesias católicas, cuando el monaguillo hace oscilar el incensario de plata que lleva colgado de una cadena.

Al entrar en el cuarto de estar vi a los tres con toda claridad, sentados en el alegre e iluminado espacio. La intensa luz convertía las ventanas en espejos, más allá de los cuales seguía cayendo la nieve sobre Nueva York. Deseaba contemplar la nieve. Me acerqué a la ventana y pegué el ojo derecho al cristal. El tejado de San Patricio estaba cubierto por un manto blanco, al igual que las elevadas agujas. La calle se había transformado en un valle blanco impracticable. ¿Acaso habían dejado de retirar la nieve?

Los ciudadanos de Nueva York transitaban por las calles. ¿Estaban todos vivos? Los observé atentamente con mi ojo derecho. Sólo veía lo que parecían ser unos individuos mortales vivos. Escruté el tejado de la iglesia, temiendo ver una gárgola tallada en él y descubrir que estaba viva y me observaba.

Pero no noté la presencia de nadie más que las personas que se hallaban conmigo en la habitación, a las que conocía y amaba, y aguardaban pacientemente a que yo abandonara mi melodramático mutismo.

Me volví bruscamente. Armand ostentaba de nuevo un *look* romántico y moderno, que conseguía con sus terciopelos y encajes, como el que uno veía en cualquier escaparate de las tiendas del profundo valle que se extendía más abajo. Llevaba el pelo suelto y largo, como en épocas pretéritas, cuando en calidad de santo patrón de los vampiros de Satanás, en París, no se habría permitido la vanidad de cortarse ni un mechón. Pero lo llevaba limpio y reluciente, y sus reflejos castaño dorados contrastaban con el intenso tono carmesí de la chaqueta. Observé sus ojos tristes y juveniles, las lozanas mejillas, los labios angelicales. Estaba sentado frente a la mesa, y mostraba un aire reservado, lleno de amor y curiosidad, e incluso una cierta y vaga humildad que parecía expresar: «Olvidemos nuestras disputas. Estoy aquí para ayudarte.»

—Sí —dije—. Gracias.

David también se hallaba sentado ante la mesa, el atlético anglo indio de cabello castaño, y ofrecía un aspecto tan atrayente y suculento como la noche en que yo lo había convertido en uno de los nuestros. Llevaba una chaqueta de mezclilla inglesa con parches de cuero en los codos, un chaleco con todos los botones abrochados, como yo, y un pañuelo de cachemir que le protegía el cuello del frío de Nueva York, al que, pese a su robusta naturaleza, no estaba acostumbrado.

Es curioso cómo de pronto sentimos frío. Uno puede hacer caso omiso de él, pero de pronto lo percibes como algo personal.

Mi radiante Dora estaba sentada frente a Armand y David se hallaba frente a mí, sentado entre ambos. La única silla vacante estaba colocada de espaldas al ventanal y al cielo, dispuesta para que la ocupara yo. Miré durante unos instantes aquel sencillo objeto, una silla lacada en negro de diseño oriental, con vagas reminiscencias chinas, funcional y sin duda cara.

Dora se levantó, como si sus piernas se hubieran enderezado de repente. Llevaba un vestido largo de seda color burdeos, muy sencillo, de manga corta, pero el calor artificial de la estancia la protegía de un posible resfriado. Su rostro expresaba preocupación; su casquete de cabello negro y reluciente estaba rematado por dos puntas a ambos lados de la cara que se adherían a las mejillas, un peinado tan de moda ochenta años atrás como en la actualidad. Sus ojos me seguían recordando a los de un búho, inmensos y llenos de amor.

—¿Qué ha pasado, Lestat? —preguntó—. Cuéntanoslo todo, por favor.

—¿Cómo perdiste el ojo? —preguntó Armand, en su estilo franco y directo, sin moverse de la silla. David, el educado caballero inglés, se levantó porque Dora se había puesto en pie, pero Armand seguía sentado, mirándome y formulando una pregunta tras otra—. ¿Qué ocurrió? ¿Conseguiste rescatarlo?

Yo miré a Dora.

—Pudieron haber salvado el ojo —dije, repitiendo las palabras que ella utilizó al contarme la historia del tío Mickey y los gángsters que lo habían dejado tuerto— si aquellos canallas no lo hubieran pisoteado.

—¿Qué dices? —preguntó Dora.

—No sé si lo pisotearon —contesté, irritado por el temblor y el tono dramático de mi voz—. No eran unos gángsters, sino unos fantasmas. Huí sin molestarme en recoger el ojo del suelo. Era mi única oportunidad de escapar. Puede que lo pisotearan y lo machacaran como si fuera una bola de grasa, no lo sé. ¿Enterraron al tío Mickey con el ojo de cristal?

—Creo que sí —respondió Dora, perpleja—. Nadie me lo dijo.

Los otros dos observaban con atención a Dora. Armand me miró y captó unas imágenes del tío Mickey yaciendo medio muerto en el suelo del Corona's Bar en la calle Magazine mientras uno de los gángsters le aplastaba el ojo con la punta del zapato.

—¿Qué te ha pasado? —preguntó Dora, con impaciencia.

—¿Habéis trasladado ya casi todas las cosas de Roger? —pregunté.

—Sí, están en la capilla de St. Elizabeth, a salvo —respondió Dora. St. Elizabeth, ése era el nombre del orfelinato. Era la primera vez que se lo oía pronunciar—. A nadie se le ocurrirá buscarlas allí. La prensa ha perdido interés en mi persona. Los enemigos de Roger persiguen a sus contactos de negocios como perros de presa; tratan de investigar sus cuentas y giros bancarios, la caja fuerte. Serían capaces de asesinar con tal de apoderarse de la llave de ésta. Entre sus allegados, su hija ha sido declarada un personaje marginal, sin importancia, arruinada. Pero no me preocupa.

—Gracias a Dios —contesté—. ¿Les dijiste que Roger había muerto? ¿Crees que archivarán pronto esa historia? ¿Qué papel desempeñas en ella?

—Hallaron su cabeza —dijo Armand suavemente.

Con voz queda, me explicó que unos perros habían descubierto la cabeza entre un montón de basura y habían comenzado a pelearse por ella debajo de un puente. Un viejo mendigo que estaba sentado junto al puente, al calor de una hoguera, contempló la escena durante una hora hasta darse cuenta de que se trataba de una cabeza humana. Entonces avisó a las autoridades y a través de las pruebas genéticas que practicaron en el cabello y la piel comprobaron que era la cabeza de Roger. Las placas dentales no sirvieron de nada, pues Roger tenía una dentadura perfecta. Luego Dora fue a identificarla.

—Supongo que Roger quería que encontraran su cabeza —dije.

—¿Por qué lo dices? —preguntó David—. ¿Dónde has estado?

—Vi a tu madre —dije a Dora—. Vi su cabello rubio platino y sus ojos azules. No tardarán mucho en subir al cielo.

—¿Pero qué dices, cariño? No entiendo una sola palabra —respondió Dora—. Ángel mío, ¿qué es lo que tratas de decirme?

—Sentaos. Os contaré toda la historia. Escuchad con atención, sin interrumpirme. No, yo no quiero sentarme, no quiero estar de espaldas al cielo, al torbellino, a la nieve y a la iglesia. Prefiero pasearme por la habitación. Prestad atención.

»Tened presente una cosa: todo lo que voy a contaros me sucedió en persona. Pudo tratarse de un truco, de una engaño, pero os aseguro que lo vi con mis propios ojos y lo oí con mis propios oídos.

Lo expliqué todo, desde el principio. Algunos detalles ya los conocían, pero no sabían toda la historia: desde mi primer y fatal encuentro con Roger, mi pasión por su descarada sonrisa y sus ojos negros y relucientes de mirada culpable, hasta el momento en que había irrumpido la noche anterior en el apartamento.

Se lo conté todo. Cada palabra pronunciada por Memnoch y Dios Encarnado. Todo lo que había visto en el cielo, el infierno y la Tierra. Les hablé sobre el olor y los colores de Jerusalén. Hablé y hablé y hablé sin parar...

La historia ocupó toda la noche. Devoré las horas mientras me paseaba de un lado a otro de la habitación repitiendo ciertos pasajes que debían quedar perfectamente claros, hablándoles sobre los estadios de la evolución que habían asombrado y escandalizado a los ángeles, las inmensas bibliotecas del cielo, el melocotonero cubierto de flores y frutas, y Dios, sin olvidar al soldado que yacía postrado boca arriba en el infierno, negándose a ceder. Describí los pormenores del interior de Hagia Sofía. Les hablé sobre los hombres desnudos que había visto en el campo de batalla. Describí el infierno con todo lujo de detalles, y también el cielo. Repetí mis últimas palabras a Memnoch, cuando le dije que no podía ayudarle, que no podía enseñar en su escuela infernal.

Los tres me miraron en silencio.

—¿Tienes el velo? —preguntó Dora con voz temblorosa—. ¿Todavía lo conservas?

Me miraba con gran ternura, la cabeza ladeada, como si fuera capaz de perdonarme al instante aunque mi respuesta fuese: «No, se quedó en la calle, se lo regalé a un mendigo.»

—Ese velo no demuestra nada —respondí—. La imagen que tiene grabada no significa nada. Cualquiera puede hacer un juego de magia con un velo. No demuestra que sea verdad ni mentira ni que se trate de un truco, ni tampoco de un acto de brujería ni una teofanía.

—Cuando estabas en el infierno —dijo Dora suavemente, su rostro iluminado por la cálida luz de la lámpara—, ¿le dijiste a Roger que tenías el velo?

—No, Memnoch no me lo permitió. Sólo vi a Roger un minuto, un segundo. Pero sé que irá al cielo, porque es inteligente, y Terry irá con él. Pronto estarán en los brazos de Dios, a menos que Dios sea un mago de tres al cuarto y todo lo que vi fuese una mentira. Pero ¿por qué había de serlo? ¿Con qué objeto?

—¿No te crees lo que Memnoch te pidió? —preguntó Armand.

En aquel momento comprendí lo impresionado que estaba, lo aterrado que debió sentirse cuando se convirtió en un vampiro. En aquella época era muy joven y poseía un gran encanto terrenal. Era evidente que deseaba que la historia fuera cierta.

—Desde luego —contesté—. Le creí, aunque todo podría ser una gran mentira.

—¿No tuviste la impresión de que era verdad? —preguntó Armand—. ¿Para qué te necesitaba?

—¿Acaso pretendes volver con aquello de que si servimos a Satanás o a Dios? —repliqué—. Tú y Louis no hacíais más que discutir sobre ese tema en el Teatro de los Vampiros: que si somos hijos de Satanás, que si somos hijos de Dios...

—¿Le creíste o no? —insistió Armand.

—Sí. No. No lo sé —respondí—. ¡No lo sé! Odio a Dios. ¡Los odio a ambos, malditos sean!

—¿Y Cristo? —preguntó Dora, con los ojos anegados en lágrimas—. ¿Sentía compasión de nosotros?

—En cierta forma, sí. Supongo. ¡Yo qué sé! Pero no vivió la Pasión exclusivamente como un hombre, tal como le rogó Memnoch que hiciera, sino que portaba su cruz como Dios Encarnado. Sus normas no son las nuestras. Las leyes humanas son más perfectas. ¡Estamos en manos de unos locos!

Dora rompió a llorar amargamente.

—¿Por qué no podemos saberlo con certeza?

—No lo sé —contesté—. Sé que estaban allí, que aparecieron ante mis ojos, que permitieron que yo les viera. ¡Pero no sé si es verdad!

David estaba enfrascado en sus pensamientos. Mostraba una expresión seria y malhumorada, que me recordaba a Memnoch. Al cabo de unos minutos preguntó:

—Y si todo consistiera simplemente en una serie de imágenes y trucos, producto de tu corazón y tu mente, ¿qué propósito tendría? Si no es cierto que Memnoch deseaba que fueras su lugarteniente, ¿qué motivo tenía para engañarte?

—¿Tú qué crees? —pregunté—. Por lo pronto, me han arrebatado el ojo. Os aseguro que, en lo que a mí respecta, todo lo que os he contado es cierto. ¡Me han dejado tuerto, maldita sea! No sé qué explicación tiene, a menos que todo sea cierto, hasta la última sílaba.

—Sabemos que estás convencido de que es cierto —dijo Armand—. Eres testigo de ello. Yo también lo creo. Durante mi largo peregrinaje por el valle de la muerte siempre he creído que era cierto.

—¡No seas imbécil! —le espeté.

Pero vi la llama en el rostro de Armand; vi el éxtasis y el dolor reflejados en sus ojos. Observé el cambio que se iba operando en él a medida que les relataba mi historia, como si no tuviera la menor duda de que era verdad.

—Supongo que las prendas que llevabas puestas —dijo David con calma— constituirán una prueba científica de todo cuanto dices.

—Deja de pensar como un intelectual. Esos seres juegan

un juego que sólo ellos comprenden. ¿Qué más les da que hayan quedado pegadas a mis ropas unas hojas o unas briznas de hierba? Pero sí, he conservado esas reliquias, lo he conservado todo menos mi maldito ojo, el cual dejé sobre los escalones del infierno para poder huir. Yo también deseo que analicen esas pruebas. Quiero saber en qué clase de bosque me encontraba, qué lugares recorrí con Memnoch.

—Te dejaron marchar —dijo David.

—Si hubieras visto la cara que puso Memnoch cuando vio mi ojo sobre el escalón —respondí.

—¿Qué expresó en ese momento su rostro? —preguntó Dora.

—Horror, horror ante lo que había sucedido. Cuando se abalanzó sobre mí no creo que pretendiera dejarme tuerto, sino simplemente agarrarme del pelo. Pero hundió los dedos en mi ojo izquierdo y cuando quiso sacarlos me arrancó el ojo. Se quedó horrorizado ante lo que había hecho.

—Tú le quieres —dijo Armand suavemente.

—Sí, le quiero, opino que tiene razón en lo que dice. Pero no creo nada.

—¿Por qué no aceptaste su oferta? —preguntó Armand—. ¿Por qué no le entregaste tu alma?

Lo dijo con tal expresión de inocencia que pareció salirle del mismísimo corazón, un corazón al mismo tiempo anciano e infantil, tan extraordinariamente fuerte que llevaba cien años latiendo en compañía de otros corazones mortales.

Era muy astuto, mi amigo Armand.

—¿Por qué no aceptaste? —insistió.

—Te dejaron escapar, tenían un propósito —terció David—. Fue como la visión que tuve en el café.

—Sí, tenían un propósito —contesté—. Pero yo los derroté, ¿no es cierto? —pregunté a David, el más sabio, el más viejo en años humanos—. ¿No crees que los derroté cuando te saqué del ámbito terrenal? O quizá los derroté de otra forma. Ojalá pudiera recordar lo que decían cuando comencé a oír sus voces. Era algo sobre una venganza, aunque uno de ellos dijo que no se trataba de una simple venganza. Pero no recuerdo esos fragmentos. ¿Qué ha pasado? ¿Crees que volverán a por mí?

Me eché a llorar como un estúpido. Luego describí de nuevo a Memnoch, bajo todas sus formas, incluso la del Hombre Corriente, sus proporciones asombrosamente regulares, sus siniestros pasos, sus alas, el humo, la gloria del cielo, el canto de los ángeles...

—Zafirino... —murmuré—. Aquellas superficies, todo cuanto los profetas vieron y registraron en sus libros con palabras como topacio, berilo, fuego, oro, hielo, nieve, todo estaba allí... Él dijo: «Bebe mi sangre», y yo obedecí.

Los tres se acercaron a mí, asustados. Me expresaba en voz demasiado alta, con demasiada vehemencia, como si estuviera poseído. Me rodearon con sus brazos. Los brazos de Dora eran blancos, cálidos, tiernos. David me miró con preocupación.

—Si me lo permites —dijo Armand mientas sus dedos acariciaban mi cuello—, si me permites beber, entonces sabré..

—¡No, lo único que sabrás es que creo en lo que vi, eso es todo!

—No —replicó Armand al tiempo que sacudía la cabeza—. Cuando la pruebe sabré que era la sangre de Cristo.

—No os acerquéis —dije—. Ni siquiera sé qué aspecto tiene el velo en estos momentos. Quizá parezca un trapo con el que me he secado el sudor mientras dormía. ¡Alejaos de mí!

Los tres obedecieron. Yo estaba de espaldas al muro interior, de modo que veía a mi izquierda la nieve que caía, aunque para ello tuviera que volver la cabeza en esa dirección. Luego me volví hacia ellos, introduje la mano derecha en el chaleco y saqué el velo doblado. Al tocarlo, sentí entre mis dedos una cosa pequeña y extraña que no conseguía explicarme, ni a mí mismo, algo semejante a la trama del antiquísimo tejido.

Sostuve el velo en alto como había hecho Verónica para mostrárselo a la multitud.

Armand cayó de rodillas al tiempo que Dora emitía una exclamación de estupor.

—Dios santo —dijo David.

Temblando, bajé los brazos mientras sostenía el velo con ambas manos, y entonces lo giré para contemplar su reflejo en el oscuro cristal de la ventana, como si se tratara de la Gorgona y fuera a matarme.

¡Era su rostro! En el velo aparecía grabado el semblante de Dios Encarnado hasta el más minucioso detalle, no pintado ni cosido ni dibujado, sino grabado a fuego en la urdimbre, su rostro, el rostro de Dios, cubierto de sangre a causa de la corona de espinas.

—Sí —murmuré—. Sí, sí. —Caí de rodillas—. Sí, es su rostro, completo, hasta el último detalle.

De pronto Dora me arrebató el velo. De habérmelo quitado David o Armand me habría peleado con ellos. Pero dejé que Dora lo sostuviera en su diminuta mano, girándolo una y otra vez para que todos pudiéramos contemplar los oscuros y relucientes ojos de Cristo que aparecían grabados en él.

—¡Es Dios! —gritó Dora—. ¡Es el velo de la Verónica! —exclamó en tono triunfal—. ¡Lo has conseguido, padre! ¡Me has dado el velo!

Luego se echó a reír, como si hubiera contemplado todas las visiones que uno es capaz de soportar, y se puso a bailar alegremente por la habitación, mientras sostenía el velo en alto y cantaba la misma nota una y otra vez.

Armand estaba destrozado, hundido, allí postrado de rodillas mientras unas gruesas lágrimas de sangre rodaban por su rostro, dejando unas manchas grotescas sobre su pálida carne.

David, humillado y confundido, se limitaba a contemplar la escena. Observó con curiosidad el velo que sostenía Dora mientras bailaba por la habitación, la expresión de mi rostro, la patética figura de Armand, aquel niño perdido que vestía un exquisito traje de terciopelo y encaje manchado de lágrimas de sangre.

—Lestat —dijo Dora, profundamente conmovida—, me has traído el rostro de Dios. Nos lo has traído a todos. ¿No lo comprendes? Memnoch ha perdido. Tú lo has derrotado. ¡Dios ha ganado! Utilizó a Memnoch para lograr sus fines, lo condujo al laberinto que el propio Memnoch había creado. ¡Dios ha triunfado!

—¡No, Dora, no! —protesté—. No puedes creer eso. ¿Y si no fuera verdad? ¿Y si todo fuera mentira? ¡Dora!

Dora echó a correr por el pasillo y salió del apartamento. Armand, David y yo nos quedamos de piedra. Al cabo de unos momentos oímos descender el ascensor. ¡Se había llevado el velo!

—¿Qué crees que se propone hacer, David? ¡Ayúdame, David!

—¿Quién puede ayudarnos? —replicó David con aire de resignación pero sin amargura—. Domínate, Armand. No puedes rendirte ante esto —dijo con tristeza.

Pero Armand se sentía perdido.

—¿Por qué? —preguntó Armand, como un niño al que castigan a permanecer de rodillas—. ¿Por qué?

Mostraba la misma expresión que el día en que Marius, hace ya siglos, fue a liberarlo de sus captores venecianos, la expresión de un muchacho perdido y confundido al que habían secuestrado para gozar sexualmente de él, un muchacho que se había criado en el palacio de los no-muertos.

—¿Por qué no puedo creerlo? ¡Dios mío! ¡Sí lo creo! ¡Es el rostro de Cristo!

Armand se puso en pie torpemente, como si estuviera borracho, y echó a andar despacio por el pasillo, en pos de Dora.

Cuando llegamos a la calle, vimos a Dora de pie ante las puertas de la catedral, gritando como una posesa.

—¡Abrid las puertas! ¡Abrid la catedral! ¡Tengo el velo! —gritaba, dando patadas a las puertas de bronce con el pie derecho. A su alrededor se había congregado un grupo de mortales.

—¡El velo! —exclamaron cuando Dora se volvió para mostrarlo. Luego todos comenzaron a aporrear las puertas de la catedral.

El cielo empezó a iluminarse a medida que despuntaba el sol, implacable, fatal, amenazando con derramar su luz sobre nosotros a menos que corriéramos a refugiarnos.

—¡Abrid las puertas! —gritaba Dora.

El grupo de curiosos era cada vez mayor; los mortales acudían apresuradamente para presenciar el prodigio, impresionados, y caían de rodillas al contemplar el velo.

—Vete —dijo Armand—, ve a ocultarte antes de que sea demasiado tarde. Acompáñalo, David.

—¿Qué vas a hacer tú? —pregunté a Armand.

—Me quedaré aquí. Permaneceré de pie, con los brazos extendidos, y cuando salga el sol mi muerte confirmará el milagro.

Al fin se abrieron las inmensas puertas de San Patricio. Los sacerdotes, vestidos de negro, retrocedieron asombrados. Los primeros rayos plateados iluminaron el velo; luego, al abrirse las puertas de par en par, éste quedó inundado por la cálida luz eléctrica y la luz de las velas que alumbraban el interior de la catedral.

—¡Es el rostro de Cristo! —gritó Dora.

Uno de los sacerdotes se postró de rodillas. El otro, un hombre mayor, su hermano en Cristo o lo que fuera, que también vestía de negro, se quedó estupefacto al contemplar el velo.

—¡Dios santo! —murmuró al tiempo que se santiguaba—. Jamás en mi vida pude imaginar... ¡Es el velo de la Verónica!

Los mortales entraron precipitadamente en la catedral,

entre empujones y codazos, detrás de Dora. Oí el eco de sus pasos a través de la gigantesca nave.

—El tiempo apremia —dijo David, tomándome en volandas, fuerte como Memnoch.

Pero esta vez no se produjo ningún torbellino. En el amanecer invernal, mientras la nieve caía, sólo oí las exclamaciones y los gritos de hombres y mujeres que corrían hacia la iglesia, y el tañido de las campanas.

—Apresúrate, Lestat —dijo David.

Echamos a correr, cegados por la luz. A mis espaldas, la voz de Armand se elevaba por encima del barullo que formaba la multitud.

—¡Sois testigos de que este pecador muere por Él!

De repente se produjo una violenta explosión. Percibí el olor del fuego y vi el reflejo de las llamas en los muros de cristal de los rascacielos.

—¡Armand! —grité.

David me arrastró de la mano y bajamos por unos escalones de metal que resonaban como el tañido de las campanas de San Patricio.

Mareado, sin fuerzas para oponer resistencia, dejé que David me guiara.

—Armand, Armand —sollocé con amargura.

Poco a poco, distinguí la silueta de David en la oscuridad. Estábamos en un lugar frío y húmedo, el subsótano de un elevado edificio desierto, azotado por el viento. David comenzó a escarbar la tierra.

—Ayúdame —dijo—. Me siento desfallecer, está saliendo el sol, no tardarán en encontrarnos.

—No temas, no podrán.

Ayudé a David a cavar una fosa profunda y ambos nos sepultamos en las entrañas de la tierra. Ni siquiera los sonidos de la ciudad penetraban en esta oscuridad. Ni siquiera el tañido de las campanas.

¿Se había abierto el túnel para acoger a Armand? ¿Había ascendido su alma al cielo? ¿O vagaba por los dominios del infierno?

—Armand —murmuré.

Cerré los ojos y vi el rostro demudado de Memnoch: «¡*Ayúdame, Lestat!*»

Con las últimas fuerzas que me quedaban, extendí la mano para asegurarme de que aún conservaba el velo, pero éste había desaparecido. Se lo había entregado a Dora. Dora tenía el velo en su poder y lo había llevado a la iglesia.

«*¡Jamás te convertirás en mi adversario!*»

24

Estábamos sentados sobre una pequeña tapia, en la Quinta avenida, junto a Central Park. Habíamos pasado tres noches así, observando la escena. A lo largo de la avenida había una cola larguísima formada por multitud de hombres, mujeres y niños que cantaban y pateaban el suelo para calentarse, mientras unas monjas y unos sacerdotes corrían de un lado a otro ofreciendo café y chocolate caliente a aquella gente que estaba aterida de frío. Habían encendido unas hogueras en el interior de unos grandes cilindros que se hallaban dispuestos a cada pocos metros.

La cola se extendía frente a los luminosos escaparates de Bergdorf Goodman y Henri Bendel, los peleteros, los joyeros, las librerías del centro, hasta alcanzar las puertas de la catedral.

David permanecía de pie, apoyado en el muro, con los brazos y los tobillos cruzados. Yo era el que estaba sentado sobre la tapia como un chiquillo, con la barbilla apoyada en el puño, el codo sobre una rodilla, con la cabeza ladeada, mientras contemplaba la escena con el único ojo que me quedaba y escuchaba sus voces. A lo lejos se oían gritos y exclamaciones cada vez que alguien aplicaba un lienzo limpio sobre el velo y la imagen quedaba impresa en él. Esa escena se repetiría durante toda la noche, y quizás al día siguiente, y al otro, una y otra vez, mientras el icono se reproducía en infinidad de lienzos, quedando el rostro de Cristo grabado a fuego sobre éstos.

—Hace frío —dijo David—. Vamos a dar un paseo.

—¿Por qué? —pregunté mientras caminábamos—. ¿Qué hago subido a una tapia para ver lo mismo que vimos anoche y anteanoche, y la noche anterior a ésta? Total, para tratar de hablar con ella, sabiendo que cualquier demostración de poder, cualquier don sobrenatural sólo sirve para confirmar el milagro. Dora no quiere saber nada de mí. Eso es evidente. ¿Quién se halla en estos momentos sobre los escalones de la iglesia, quién se inmolará al amanecer para que se cumpla el milagro?

—Mael.

—Ah, sí, el sacerdote druida. Muy propio de un sacerdote. De modo que esta mañana le toca a él caer como Lucifer envuelto en una gigantesca bola de fuego.

La noche anterior le había tocado el turno a un andrajoso bebedor de sangre llegado de quién sabe dónde, y al cual nadie conocía, que al amanecer se había convertido en una antorcha sobrenatural para deleite de las cámaras de televisión y los reporteros de prensa. Los periódicos contenían numerosas imágenes de la inmolación y del velo sagrado.

—Espera —dije.

Habíamos llegado a Central Park South. La multitud entonaba un antiguo himno militante:

Alabado sea el nombre de Dios.

Señor Todopoderoso, nos postramos ante ti.

Me quedé mirándolos, aturdido. En lugar de disminuir, el dolor que sentía en la cuenca del ojo izquierdo iba en aumento.

—¡Idiotas! —grité—. El cristianismo es la religión más cruel y sanguinaria que jamás ha existido en el mundo. ¡Yo soy testigo de ello!

—Calla y sígueme —dijo David, arrastrándome entre la muchedumbre que invadía la helada acera, antes de que repararan en nosotros. No era la primera vez que él trataba de contenerme. Estaba cansado de hacerlo, y no se lo reprocho.

En una ocasión unos policías me habían echado el guante.

Me habían atrapado y sacado de la catedral por la fuerza mientras intentaba hablar con ella. Una vez fuera, presintieron que no estaba vivo, como suelen presentirlo algunos mortales, y retrocedieron murmurando algo sobre el velo y sobre el milagro. Yo me había sentido totalmente impotente.

Había policías montando guardia por doquier, para atender a las personas que aguardaban a entrar en la catedral y ofrecerles un poco de té caliente o ayudarles a acercarse al fuego y calentarse las manos.

Nadie se fijó en nosotros. ¿Por qué iban a hacerlo? Éramos dos individuos corrientes que se confundían con el resto de la multitud; nuestra reluciente piel no llamaba la atención en medio de la cegadora blancura de la nieve, entre estos extasiados peregrinos que entonaban himnos de alabanza a Dios.

Los escaparates de las librerías estaban repletos de biblias y obras sobre el cristianismo. Había una inmensa pirámide de libros encuadernados en piel de color lavanda que se titulaban *Verónica y el velo*, cuya autora era Ewa Kuryluk, y otra pila de libros que respondían al título de *Rostros sagrados*, de Ian Wilson. La gente vendía folletos por la calle, o incluso los regalaba. Se oían acentos de todas partes del país, desde Tejas y Florida hasta Georgia y California. Biblias, biblias y más biblias que eran vendidas o regaladas.

Un grupo de monjas repartía estampas de santa Verónica. Pero los artículos más buscados eran las fotografías en color del velo, tomadas en el interior de la catedral por unos fotógrafos profesionales y de las cuales se habían hecho millares de copias.

«Su extraordinaria gracia, su extraordinaria gracia», cantaba un grupo al unísono, balanceándose mientras hacía cola.

«*¡Gloria in excelsis deum!*», exclamó un hombre de largas barbas con los brazos extendidos.

Al acercarnos a la iglesia, vimos unos reducidos grupos de gente que habían organizado unos seminarios religiosos. En el centro de uno de ellos, un joven hablaba con rapidez en tono vehemente y sincero:

—En el siglo catorce, Verónica fue declarada oficialmente santa. Se creía que el velo se había extraviado durante la cuarta Cruzada, cuando los venecianos conquistaron Hagia Sofía. —El joven se detuvo para ajustarse las gafas—. Por supuesto, el Vaticano tardará algún tiempo en tomar una decisión sobre este nuevo hecho, como hace siempre, pero lo cierto es que se han obtenido setenta y tres iconos del icono original, ante los ojos de innumerables testigos que están dispuestos a declarar ante la Santa Sede.

En otro lugar había varios hombres que vestían de negro, tal vez unos sacerdotes, a cuyo alrededor se habían congregado unos grupos de gente que los escuchaban atentamente, con los ojos entrecerrados para defenderse del resplandor de la nieve.

—No digo que los jesuitas no puedan venir —dijo uno de ellos—. Sólo digo que no van a venir y controlar la situación. Dora ha solicitado que sean los franciscanos quienes custodien el velo en el caso de que éste sea trasladado a otro lugar.

Dos mujeres que se hallaban detrás de nosotros afirmaban que se habían practicado unas pruebas que establecían sin ningún género de duda la edad del lienzo.

—En el mundo ya no se cultiva ese tipo de lino, sería imposible encontrar un pedazo nuevo de ese tejido. Es un milagro que el velo esté limpio e intacto.

—... todos los fluidos corporales, cada parte de la imagen, se derivan de los fluidos de un cuerpo humano. No han tenido que dañar el lienzo para descubrirlo. Es lo que llaman una... una...

—... acción enzimática. Pero ya sabes que la gente suele tergiversar estas cosas.

—No, el *New York Times* no iba a publicar que tres arqueólogos han declarado que el velo es auténtico si no fuera cierto.

—No han dicho que sea auténtico, sino que no han hallado una explicación científica a este fenómeno.

—¡Dios y el diablo son unos idiotas! —declaré.

Un grupo de mujeres se volvió para mirarme.

—Acepta a Jesús como tu Salvador, hijo —dijo una de las mujeres—. Ve a contemplar el velo con tus propios ojos. Él murió por nuestros pecados.

David me sacó de allí. Nadie reparó en nosotros. Por doquier seguían brotando pequeños seminarios, grupos de filósofos y testigos, así como curiosos que aguardaban a ver cómo los estupefactos peregrinos caían rodando por las escaleras de la iglesia con los ojos llenos de lágrimas mientras exclamaban: «¡Lo he visto, lo he visto! ¡Es el rostro de Cristo!»

Debajo de un arco, pegado a él, vi la elevada y desgarbada sombra del vampiro Mael, casi invisible para los demás, a la espera de hacer su aparición al amanecer con los brazos extendidos en forma de cruz.

Mael nos miró a David y a mí con sus perversos ojos.

—¡Vosotros! —masculló, haciendo que su voz sobrenatural llegara misteriosamente a nuestros oídos—. Ven, enfréntate al sol con los brazos abiertos, Lestat. Dios te ha elegido como su mensajero.

—Vamos —dijo David—. Ya hemos visto bastante.

—¿A dónde quieres que vayamos? —pregunté—. Deja de tirarme del brazo. ¿Me has oído, David?

—De acuerdo —respondió David educadamente, bajando la voz para indicarme que yo hiciera otro tanto.

La nieve caía con suavidad. El fuego crepitaba en un cilindro negro que había junto a nosotros.

—¡Los libros! —exclamé de pronto—. ¿Cómo pude olvidarme de ellos?

—¿Qué libros? —preguntó David al tiempo que me agarraba del brazo para apartarme del camino de un transeúnte. Estábamos junto a un escaparate, tras el cual había un grupo de personas disfrutando del calor del interior de la tienda mientras contemplaban el espectáculo que se desarrollaba ante la catedral.

—Los libros de Wynken de Wilde. Los doce libros de Roger. ¿Qué ha sido de ellos?

—Están allí —respondió David—, en el apartamento. Dora los dejó para ti. Ya te lo he explicado, Lestat. Dora te lo dijo anoche.

—Era imposible que hablara con sinceridad en presencia de tanta gente.

—Te dijo que podías quedarte con esas reliquias.

—Tenemos que rescatar los libros —insistí. ¡Qué imbécil había sido al olvidarme de aquellos maravillosos libros!

—Cálmate, Lestat, procura no llamar la atención. Nadie sabe nada sobre el apartamento, ya te lo he dicho. Dora no se lo ha contado a nadie. Nos lo ha cedido a nosotros. Jamás revelará a nadie que estuvimos allí. Me lo ha prometido. Te ha cedido el título de propiedad del orfelinato a ti, Lestat. ¿No lo comprendes? Ha cortado todos los vínculos con su vida anterior. Ha renunciado a su antigua religión. Ha renacido, se ha convertido en el guardián del velo.

—¡Pero no lo sabemos con certeza! —protesté—. Jamás lo sabremos. ¿Cómo puede Dora aceptar lo que no sabemos y nunca sabremos? —David me empujó contra la pared—. Quiero regresar al apartamento para recoger los libros —dije.

—Muy bien, haremos lo que tú quieras —respondió David.

Me sentía muy cansado. La gente que se hallaba congregada en la acera cantaba: «Y Él camina conmigo, y Él habla conmigo y deja que le llame por su Nombre.»

El apartamento estaba tal como lo habíamos dejado. Por lo visto, Dora no había regresado allí. Ninguno de nosotros lo habría hecho. David había ido a comprobar si todo estaba en orden y me había dicho la verdad. Todo permanecía intacto. Salvo por un detalle: en la pequeña habitación donde yo había dormido sólo estaba el arcón. Mi ropa cubierta de tierra y hojas del bosque milenario y la manta sobre la que la había colocado no estaban allí.

—¿Las has cogido tú? —pregunté a David.

—No —contestó—. Creo que las cogió Dora. Constituyen unas reliquias, aunque sucias y rotas, del mensajero angelical. Según tengo entendido, se encuentran en manos de las autoridades del Vaticano.

Yo me eché a reír y dije:

—Así podrán analizar todo el material, los fragmentos de materia orgánica del suelo del bosque.

—Las ropas del mensajero de Dios, según han publicado los periódicos —dijo David—. Debes recuperar el juicio, Lestat. No puedes pasearte por el mundo mortal de esta forma. Eres un peligro para ti mismo y para los demás. Debes contener tu poder.

—¿Un peligro? Después de esto, de lo que he hecho, creando un milagro, suministrando una nueva infusión de sangre a la religión que Memnoch detesta. ¡Dios!

—Tranquilízate —dijo David—. Los libros están en el arcón.

Me consolaba saber que los libros habían permanecido en la pequeña habitación donde yo había dormido. Me senté en el suelo, con las piernas cruzadas, balanceándome de un lado a otro. ¡Qué extraño es llorar con un solo ojo! No sabía si del ojo izquierdo brotaban lágrimas. Supongo que no. Creo que Memnoch me arrancó también el lagrimal.

David estaba de pie en la puerta. La luz que se reflejaba en el ventanal otorgaba a su perfil un aire frío y sereno.

Abrí el arcón, era un arca china con numerosas figuras grabadas. Contenía doce libros, cada uno envuelto cuidadosamente, tal como lo habíamos hecho en el apartamento de

Roger. Estaban intactos. No tenía que abrir los paquetes para comprobarlo.

—Quiero que nos marchemos —dijo David—. Si te pones otra vez a vociferar, a explicar a la gente...

—Comprendo que estés harto, amigo mío —respondí—. Lo lamento. De veras.

David se había dedicado a aplacarme cada vez que me sulfuraba, a alejarme de la multitud para evitar que organizara un escándalo.

Pensé de nuevo en aquellos policías. Ni siquiera me había resistido a ellos. Recordé la forma en que habían retrocedido, como si se dieran cuenta de que se hallaban ante un ser perverso y sus moléculas les indicaran que debían alejarse cuanto antes.

Dora había hablado de un mensajero de Dios con total convencimiento.

—Debemos irnos —dijo David—. Los otros no tardarán en llegar. No quiero verlos. ¿Y tú? ¿Tienes ganas de responder a las preguntas de Santino, Pandora, Jesse o quienquiera que venga? ¿Qué más podemos hacer? Será mejor que nos marchemos enseguida.

—Crees que me dejé engañar por él, ¿no es cierto? —pregunté, mirando a David.

—¿Por quién? ¿Por Dios o por el diablo?

—No lo sé —respondí—. Dime lo que opinas.

—Quiero irme —repitió David—, porque si no nos vamos de inmediato, me reuniré al amanecer con Mael o con quien sea en los escalones de la catedral. Además, los otros están a punto de llegar. Los conozco. Los veo.

—¡No puedes hacer eso! ¿Y si cada palabra de esta historia fuera mentira? ¿Y si Memnoch no fuese el diablo y Dios no fuese Dios, y todo el asunto no fuera más que una grotesca broma urdida por unos monstruos peores que nosotros? ¡No puedes ir a reunirte con ellos! ¡Aférrate al hecho de que no sabemos nada con certeza! Sólo Él conoce las reglas. Se supone que sólo Él dice la verdad. Memnoch describió a Dios como un loco, como un idiota moral.

David se volvió despacio. La luz proyectaba unas sombras sobre su rostro.

—Es posible que hayas bebido realmente la sangre de Cristo —dijo con suavidad.

—¡No empieces a decir esas cosas! —repliqué—. ¡No podemos estar seguros! Me niego a participar en este juego, a tomar partido por uno u otro. Traje el velo para que Dora me creyera, eso es todo. No sospeché que fuera a organizarse este follón.

De pronto noté que me desvanecía. Vi la luz del cielo durante unos instantes, al menos eso creo. Lo vi a Él de pie junto a la balaustrada. Percibí el terrible hedor que ha brotado en numerosas ocasiones de la tierra, de los campos de batalla, de los suelos del infierno.

David se arrodilló junto a mí y me sostuvo por los brazos.

—Mírame, no se te ocurra perder el conocimiento —dijo—. Quiero que salgamos ahora mismo de aquí. ¿Comprendes? Regresaremos a casa. Luego quiero que me cuentes de nuevo toda la historia, que me la dictes, palabra por palabra.

—¿Para qué?

—Hallaremos la verdad en las palabras, lo descubriremos todo si repasamos los pormenores de la historia. Averiguaremos si Dios te utilizó o si lo hizo Memnoch. Si Memnoch te mintió o si Dios...

—Estás hecho un lío, ¿no es cierto? No quiero que escribas la historia. Si lo haces sólo existirá una visión, una versión. Existen ya muchas versiones sobre lo que ha dicho Dora, sobre los visitantes nocturnos, sus benévolos demonios, que le entregaron el velo. ¡No te das cuenta de que se han llevado mi ropa! ¿Y si hubiera unos fragmentos de mi piel adheridos a ella?

—Anda, coge los libros. Te ayudaré a transportarlos. Aquí hay tres sacos, pero sólo necesitamos dos. Mete unos cuantos libros en un saco y yo cargaré con el otro.

Obedecí las órdenes de David.

Metimos rápidamente los libros en los sacos. Estábamos listos para marcharnos.

—¿Por qué no enviaste los libros junto con los otros objetos a Nueva Orleans?

—Dora quería que los conservaras tú —contestó David—. Ya te lo he dicho. Quería que fueran a parar a tus manos. Dora te lo ha cedido todo. Ha cortado todos los vínculos con su vida anterior. Ha fundado un movimiento que atrae a los fundamentalistas y a los fanáticos de todo el mundo, a los cristianos cósmicos y a los cristianos de Oriente y Occidente.

—Debo tratar de hablar de nuevo con ella.

—No. Es imposible. Vamos. Ponte este abrigo, hace frío.

—¿Vas a ocuparte siempre de mí? —pregunté.

—Quizá.

—¿Y si voy a ver a Dora y de paso quemo el velo? Podría hacerlo. Podría hacer que estallara en mil pedazos. Bastaría con que utilizara mis poderes mentales.

—¿Por qué no lo haces?

—Yo... yo... —balbucí, estremeciéndome.

—Adelante. Ni siquiera tendrías que entrar en la iglesia. Podrías quemar el velo con tus poderes telequinésicos. Aunque sería interesante que no lo consiguieras, ¿verdad? Pero supongamos que consigues prenderle fuego y hacer que las llamas lo devoren como si fuera un tronco en una chimenea. ¿Y luego qué?

Rompí a llorar.

No podía hacerlo. Era incapaz. No estaba seguro de nada. ¿Y si Dios me había engañado, y si aquello formaba parte de un plan divino que afectara a toda la humanidad?

—¡Lestat! —dijo David, observándome con ojos fríos y

severos—. Escucha, presta atención. No vuelvas a acercarte a ellos. No les hagas más favores ni más milagros. No puedes hacer nada. Deja que Dora cuente la historia del ángel mensajero a su modo. Ya ha entrado a formar parte de los anales de la historia.

—Quiero hablar una vez más con los periodistas.

—¡No!

—Esta vez me portaré bien, te lo prometo. No asustaré a nadie, te lo juro, David...

—Más adelante, Lestat, si todavía deseas... más adelante... —David se inclinó y me acarició el cabello—. Anda, salgamos de aquí.

25

El convento estaba helado. Sus gruesos muros de piedra, desnudos de cualquier sistema de aislamiento, mantenían el frío. Hacía más frío dentro del edificio que en la calle, al igual que durante mi primera visita. ¿Por qué me lo había regalado Dora? ¿Por qué me había cedido el título de propiedad y todas las reliquias de Roger? ¿Qué significaba ese gesto? Tan sólo que ella había desaparecido como un cometa a través del firmamento.

¿Existía algún país en la Tierra al que las cadenas de televisión no hubieran llevado el rostro de Dora, su voz, la historia del velo?

Estábamos en casa, ésta era nuestra ciudad, Nueva Orleans, nuestro pequeño territorio. Aquí no había nieve, sólo el suave perfume de los mirtos olorosos y las magnolias del abandonado jardín del convento, las cuales se desprendían de sus pétalos rosas. El suelo estaba tapizado de pétalos rosas.

Entre esos muros reinaba el silencio y la paz. Nadie conocía la existencia de ese lugar. Así pues, la Bestia podía disfrutar ahora de su palacio, recordar a la Bella y pensar en si Memnoch estaría llorando en el infierno, o si ambos —los hijos de Dios— se estarían riendo en el cielo.

Entré en la capilla. Supuse que la encontraría llena de envoltorios vacíos y cajas de cartón. Pero me equivocaba.

Se había convertido en un maravilloso santuario. Todo estaba en su lugar, limpio y ordenado. Las estatuas de san

Antonio y santa Lucía, cuyos ojos yacían sobre una bandeja, el Niño Jesús de Praga envuelto en encajes españoles y los iconos que colgaban en las paredes, entre los ventanales.

—Pero ¿quién ha colocado todas estas cosas?

David se había marchado. ¿Adónde? No tenía importancia, sabía que regresaría. Lo importante era que los doce libros estaban en mi poder. Necesitaba un lugar cálido donde sentarme, quizá sobre los escalones del altar, y luz. Dado que estaba tuerto, necesitaba un poco más de luz que la mera iluminación nocturna que penetraba por las altas vidrieras de colores.

De pronto vi una figura en el vestíbulo. No emitía ningún olor. Sin duda se trataba de un vampiro. Mi joven pupilo. Louis. Era inevitable.

—¿Has sido tú quien ha colocado todos los objetos con tanto acierto en la capilla? —pregunté.

—Sí, me pareció que debía hacerlo —respondió, dirigiéndose hacia mí.

Lo vi con claridad, aunque tenía que volver la cabeza para contemplarlo con el único ojo que me quedaba y renunciar a intentar abrir el ojo izquierdo, puesto que lo había perdido.

Era alto, pálido, tal vez algo más delgado. Tenía el pelo negro, corto, y los ojos verdes, aterciopelados. Se movía con la elegancia de alguien a quien no le gusta hacer ruido ni llamar la atención. Llevaba un traje negro muy sencillo, como los judíos que se habían congregado ante la catedral en Nueva York para contemplar el espectáculo y los miembros de la comunidad amish, los cuales habían acudido en tren y vestían ropas tan austeras y sencillas como la expresión que mostraba el rostro de Louis.

—Vuelve a casa conmigo —dijo. Tenía una voz muy humana, bondadosa—. Ya tendrás tiempo de venir aquí a meditar. ¿No preferirías estar en casa, en el barrio francés, rodeado de nuestras cosas?

Si existía alguien en el mundo capaz de consolarme ése era Louis, con su costumbre de ladear la cabeza y mirarme como si tratara de infundirme ánimos, de protegerme, temeroso de lo que pudiera ocurrirme a mí o a él, o a todos nosotros.

Mi buen amigo, mi tierno y paciente alumno, un perfecto caballero, educado al estilo victoriano e instruido por mí en los ritos y las costumbres de los vampiros. ¿Y si Memnoch se hubiera presentado ante él? ¿Por qué no lo había hecho?

—¿Qué he hecho? —le pregunté—. ¿Qué es lo que pretende Dios?

—Lo ignoro —contestó Louis, apoyando una mano sobre la mía. Su sosegada voz era un bálsamo para mis nervios—. Ven a casa. He escuchado durante horas, en la radio y la televisión, la historia del ángel de la noche que trajo el velo. Según dicen, las ropas del ángel han ido a parar a manos de sacerdotes y científicos. Dora se dedica a curar a la gente mediante la imposición de las manos. El velo ha obrado ya varios milagros. La gente acude a Nueva York desde todos los rincones del mundo. Me alegro de que hayas vuelto. Quiero tenerte aquí, conmigo.

—¿He servido a Dios? ¿Es eso posible? ¿A un Dios que aborrezco?

—No he oído tu versión —contestó Louis—. ¿Deseas contármela? —preguntó con naturalidad, sin emoción—. ¿O te resulta demasiado doloroso repetirlo todo de nuevo?

—Prefiero que escriba la historia David, de memoria —respondí, tocándome la sien—. Como sabes, tenemos una memoria excepcional. Creo que algunos de nuestros compañeros recuerdan incluso cosas que jamás sucedieron.

Luego miré a mi alrededor y pregunté:

—¿Dónde nos encontramos? ¡Dios mío, lo había olvidado! Estamos en la capilla. Ahí está el ángel que sostiene la pila de agua bendita, y el crucifijo; ya los había visto la primera vez que estuve aquí.

El crucifijo, a diferencia del vibrante velo, ofrecía un aspecto deslucido, sin vida.

—¿Han mostrado el velo en el noticiero de la noche? —pregunté.

—Una y otra vez —contestó Louis, sonriendo. No era una sonrisa burlona, sino tierna y amable.

—¿Qué pensaste cuando viste el velo?

—Que era el Cristo en el que solía creer. El Hijo de Dios que conocí de niño, y cuando ésta era la tierra de los pantanos —respondió Louis con tono paciente—. Vamos a casa. Hay ciertas cosas en este lugar que...

—¿Qué?

—No sé, unos espíritus, unos fantasmas... —contestó Louis. No parecía asustado—. Son unos seres diminutos, pero noto su presencia. Yo no poseo tus poderes, Lestat —añadió, sonriendo de nuevo—, de modo que por fuerza tienes que haberlos presentido tú también.

Cerré los ojos o mejor dicho, el ojo derecho. De pronto percibí un sonido extraño, algo así como las pisadas de numerosos niños que caminasen en fila india.

—Creo que están recitando la tabla de multiplicar.

—¿Las tablas de multiplicar?

—Sí, en aquella época enseñaban a los niños a multiplicar recitando la cantinela: dos por dos son cuatro, dos por tres son seis, dos por cuatro ocho...

Me detuve. Había alguien en el vestíbulo, junto a la capilla, entre la puerta que daba acceso al pasillo y la de la capilla, oculto en las sombras de la misma forma que yo me había ocultado de Dora.

Sin duda era uno de los nuestros, y era muy viejo. Presentía su poder. Era tan anciano que sólo Memnoch y Dios Encarnado lo habrían comprendido, o... Louis, quizá Louis, si creía sus recuerdos, sus visiones fugaces, sus breves e increíbles experiencias con los vampiros más ancianos, tal vez...

No parecía asustado. Me observaba fijamente, en guardia, pero no mostraba miedo.

—Vamos, sea quien sea no voy a dejarme acobardar —dije al tiempo que avanzaba hacia el misterioso ser. Llevaba colgados los dos sacos de libros sobre el hombro derecho y los sujetaba con la mano izquierda. Eso me permitía utilizar la mano derecha. Y el ojo derecho. ¿Quién sería el visitante?

—Es David —dijo Louis tranquilamente, como para demostrarme así que no tenía nada que temer.

—No, hay alguien junto a él, entre las sombras. Fíjate bien. ¿No ves la figura de una mujer, tan blanca, tan dura, que parece una estatua?

—¡Maharet! —exclamé.

—Aquí me tienes, Lestat —respondió ésta.

Yo solté una carcajada.

—¿No fue eso lo que respondió Isaías cuando le llamó el Señor? «Aquí me tienes, Señor.»

—Sí —contestó Maharet. Su voz apenas resultaba audible, pero era clara y modulada, desprovista de los lastres de la carne.

Salí de la capilla y me dirigí hacia el pequeño vestíbulo, donde se encontraba Maharet. David se hallaba junto a ella, como su lugarteniente, dispuesto a cumplir al instante sus órdenes. Ella era la mayor, o casi, la Eva de nuestra especie, nuestra Madre; en cualquier caso, era la única que quedaba. Al mirarla, recordé la estremecedora historia sobre sus ojos: cuando era humana la habían dejado ciega y los ojos que ahora utilizaba eran siempre prestados, humanos.

Eran unos ojos sangrantes, que Maharet había arrebatado a un muerto o a un ser vivo para colocárselos en sus propias cuencas, confiando en que le duraran lo máximo posible gracias a su sangre vampírica. Qué aspecto tan extraño tenían en su hermoso rostro. ¿Qué era lo que había dicho Jesse? Que parecía de alabastro. El alabastro es una piedra a través de la cual penetra la luz.

—Jamás le arrebataré un ojo a un ser humano —dije entre dientes.

Maharet guardó silencio. No había venido a juzgarme ni a aconsejarme. ¿Qué la había traído hasta aquí? ¿Qué quería?

—¿Quieres oír la historia?

—Tu amable amigo inglés asegura que ocurrió tal como lo has descrito. Dice que las canciones que se oyen por televisión contienen verdades; que eres el ángel de la noche, que le entregaste el velo a esa joven y que él estaba allí y te oyó relatar la historia.

—¡No soy un ángel! ¡No pretendía darle el velo a esa joven! Se lo llevé para demostrar que...

Mi voz se quebró.

—¿Para demostrar qué? —inquirió Maharet.

—Que Dios me lo había dado —murmuré—. Él me dijo: «Tómalo», y yo obedecí.

Acto seguido me eché a llorar. Louis aguardó, paciente, solemne. David aguardó también a que recuperara la compostura.

Al fin, dejé de llorar y dije:

—Si vas a escribir esta historia, David, quiero que recojas cada palabra, por ambigua que te parezca. Yo no puedo hacerlo. No quiero. Quizá... si veo que no la escribes correctamente es posible que me decida a escribirla yo mismo. ¿Qué es lo que quieres? ¿Por qué has venido? No, no voy a escribirla. ¿Qué haces aquí, Maharet? ¿Por qué has venido al castillo de la Bestia? Responde.

Maharet no dijo nada. Su largo cabello de color rojo pálido le llegaba a la cintura. Llevaba un sencillo atuendo que hubiera pasado inadvertido en muchos países: una chaqueta larga y holgada, sujeta con un cinturón alrededor de su esbelta cintura, y una falda que rozaba la parte superior de sus diminutas botas. El reflejo a sangre que despedían sus ojos era muy potente. Esos ojos muertos, que me miraban fijamente, me resultaban repugnantes, insoportables.

—¡Jamás le arrebataré un ojo a un ser humano! —repetí, no sé si en un gesto de arrogancia o insolencia. Maharet era muy poderosa—. Jamás mataré a un ser humano —añadí. Eso era lo que en realidad había querido decir—. Jamás, aunque viva mil años, aunque sufra lo indecible, aunque me muera de hambre, jamás alzaré la mano contra otro ser, ya sea humano o uno de los nuestros, jamás, me niego rotundamente... antes que eso prefiero...

—Voy a retenerte aquí durante un tiempo —dijo Maharet—. Prisionero. Hasta que te calmes.

—Estás loca. No dejaré que me retengas aquí.

—He traído unas cadenas para sujetarte. David y Louis me ayudarán.

—¿A qué viene todo esto? ¿Y vosotros? ¿Os atreveríais a encadenarme? ¿Es que pretendéis acabar conmigo como si fuera Azazel? Si Memnoch no me hubiera abandonado, si él pudiera contemplar esta escena, se moriría de risa.

Pero ninguno de ellos dio un paso; ambos permanecieron inmóviles. El inmenso poder de Maharet quedaba disimulado bajo su esbelta y blanca figura. Los tres sufrían ante esta situación. Percibía el olor de su sufrimiento.

—Te he traído esto —dijo Maharet, extendiendo la mano—. Cuando lo leas gritarás y te desesperarás, y nosotros te retendremos aquí, a salvo, hasta que consigas dominarte. Bajo mi protección. En este lugar. Serás mi prisionero.

—¿Qué? ¿Qué es esto? —pregunté.

Se trataba de un pedazo de pergamino viejo y arrugado.

—¿Qué demonios es esto? —insistí—. ¿Quién te lo ha dado?

No me atrevía a tocarlo siquiera.

Maharet me sujetó la mano izquierda con una fuerza increíble, obligándome a soltar los sacos que contenían los libros, y me entregó el pergamino.

—Me lo dieron para que te lo entregara —dijo.

—¿Quién te lo dio? —pregunté.

—La persona que lo escribió. Léelo.

Tras soltar una palabrota, abrí apresuradamente el pergamino.

Sobre éste yacía mi ojo, mi ojo izquierdo. El pequeño paquete contenía mi ojo, envuelto en una carta. Mi ojo azul, vivo e intacto.

Sin pensármelo dos veces, cogí el ojo y me lo introduje en la cuenca izquierda. Sentí cómo los nervios oculares se extendían hacia el cerebro, para unirse a éste, y recuperé la visión del ojo.

Maharet me miraba fijamente.

—¿Por qué habría de gritar? —pregunté—. ¿Qué crees que veo? ¡Sólo veo lo que veía antes! —exclamé, volviendo la cabeza a izquierda y derecha. La angustiosa oscuridad había desaparecido de la cuenca del ojo izquierdo, el mundo volvía a mostrarse completo y veía las vidrieras de la capilla y al trío que tenía ante mí, observándome—. ¡Gracias, Dios mío! —murmuré. ¿Pero qué significaba esa invocación? ¿Una oración de gracias o simplemente una exclamación?

—Lee lo que dice el pergamino —dijo Maharet.

¿Qué era aquello? ¿Un lenguaje arcaico? ¿Una fantasía? Unas palabras en una lengua que no era tal, pero que se hallaban perfectamente articuladas. Así, conseguí descifrar entre la maraña de figuras y dibujos aquellas frases que aparecían escritas con sangre, tinta y hollín:

A mi príncipe,
en señal de gratitud por tu
espléndido trabajo.
Con amor,
Memnoch,
el diablo.

—¡Mentiras, mentiras, mentiras! —bramé. De pronto oí el sonido de unas cadenas—. ¡No existen cadenas capaces de sujetarme! ¡Malditos! ¡No son más que mentiras! ¡Vosotros no le visteis! ¡Él no os entregó esto!

David, Louis y Maharet con su inconcebible fuerza, una fuerza que existía desde tiempos inmemoriales, antes de que se grabaran las primeras tabletas en Jericó, me rodearon, acorralándome. Ella era infinitamente más poderosa que los otros; yo era como su hijo, revolviéndome contra ella y maldiciéndola.

Me arrastraron a través de la oscuridad. Mis gritos retumbaban entre los muros de la habitación que habían elegido para mantenerme prisionero, con sus ventanas tapiadas, parecida a una mazmorra. Por más que me resistí, al fin consiguieron sujetarme con las cadenas.

—¡Es mentira, mentira, mentira! ¡No lo creo! ¡Si alguien me engañó fue Dios! —grité—. Fue Él quien lo hizo. Nada es real a menos que lo haga Él, Dios Encarnado. No fue Memnoch. ¡Es imposible! ¡Es mentira!

Me quedé tendido en el suelo, exhausto, impotente. Nada me importaba ya. Incluso sentía cierto alivio ante el hecho de estar encadenado, de no poder aporrear las paredes con los puños hasta destrozarme las manos, o golpearlas con la cabeza, o peor aún...

—¡Mentira, mentira, todo es una gran mentira! ¡Eso es lo único que vi! ¡Un circo de mentiras!

—No todo es mentira —respondió Maharet—. Es el eterno dilema.

Guardé silencio. Noté que mi ojo izquierdo iba adquiriendo vigor a medida que se unía más estrechamente al cerebro. Había recobrado mi ojo. Recordé la expresión de horror de Memnoch al ver mi ojo sobre el escalón del infierno, y la historia del ojo del tío Mickey. No lograba entenderlo. Desesperado, comencé a gritar de nuevo.

Me pareció oír vagamente la suave voz de Louis, protestando, implorando, discutiendo. Oí el ruido de unos cerrojos y unos martillazos, como si alguien clavara unos clavos en un pedazo de madera. Oí a Louis suplicar.

—Sólo durante un tiempo... —dijo Maharet—. No podemos hacer otra cosa, es demasiado poderoso. O lo encerramos aquí o tendremos que matarlo.

—¡No! —gritó Louis.

Oí protestar a David, oponiéndose a la decisión de Maharet.

—No le mataré, pero permanecerá aquí hasta que le permita marcharse —dijo ésta.

Tras estas palabras, desaparecieron.

—Cantad —murmuré. Hablaba con los fantasmas de los niños—. Cantad...

Pero el convento estaba vacío. Todos los pequeños fantasmas se habían esfumado. El convento era mío: el siervo de Memnoch, el príncipe de Memnoch. Estaba solo en mi prisión.

26

Dos noches, tres noches. Fuera, en la metrópoli moderna, el tráfico circulaba por la amplia avenida. Oí pasar a unas parejas, murmurando entre las sombras de la noche. Oí el aullido de un perro.

¿Cuatro, cinco noches?

David estaba sentado junto a mí y leía el manuscrito de mi historia palabra por palabra, todo cuanto yo había dicho, tal como él lo recordaba, deteniéndose de vez en cuando para preguntar si era correcto lo que había escrito, si ésas eran las palabras que yo había utilizado, si ésa era la imagen. Maharet, que se hallaba sentada en un rincón, respondió:

—Sí, eso es lo que él te contó. Eso es lo que veo en su mente. Ésas son sus palabras. Eso es lo que él sintió.

Finalmente, al cabo de aproximadamente una semana, Maharet se acercó a mí y me preguntó si ansiaba beber sangre.

—Jamás volveré a hacerlo —contesté—. Me secaré, me convertiré en un objeto duro como la piedra caliza y me arrojarán a un horno.

Una noche apareció Louis, con el apacible talante de un capellán que entra en una cárcel, inmune a las normas pero sin representar ningún riesgo para los carceleros.

Se sentó con movimientos lentos a mi lado, cruzó las piernas y volvió discretamente la cabeza para no mirar-

me, para no mirar a un prisionero encadenado y enfurecido.

Luego apoyó la mano en mi hombro. Su cabello ofrecía
un aspecto relativamente moderno, es decir, lo llevaba corto, limpio y bien peinado. Sus ropas eran también nuevas y
limpias, como si se hubiera puesto su mejor traje para venir
a visitarme.

Sonreí al pensar que se había puesto sus mejores galas
para venir a verme. Era un gesto habitual en él, y cuando yo
veía que llevaba una camisa con botones antiguos de oro y
madreperla comprendía que se había esmerado en su atuendo, lo cual le agradecía como un enfermo agradece que le
apliquen un trapo fresco y húmedo en la frente.

Noté que sus dedos me apretaban el hombro, lo cual
también le agradecí, aunque no tenía el menor interés en de-
mostrarlo.

—He leído los libros de Wynken —dijo Louis—. Fui a
recogerlos. Los habíamos dejado en la capilla —añadió, mirándome con naturalidad, aunque de forma respetuosa.

—Gracias —respondí—. Los dejé caer cuando cogí el ojo
que estaba envuelto en el pergamino. ¿O me cogió ella la mano? Sea como fuere, dejé caer los sacos que contenían los libros y me olvidé de ellos. No puedo moverme con estas cadenas.

—He llevado los libros a nuestra casa de la calle Royale.
Están allí, como muchos otros tesoros, dispersos por el apartamento para que nos deleitemos contemplándolos.

—Sí. ¿Has examinado las diminutas ilustraciones? —pregunté—. Yo no tuve tiempo de hacerlo como es debido, todo sucedió con tanta rapidez. Apenas pude abrir los libros.
Si hubieras visto el fantasma de Roger en el bar y le hubieras
oído describir los libros...

—Son una maravilla. Son magníficos. Te encantarán. Te
quedan muchos años por delante para disfrutar de su lectu-
ra y examinarlos. He empezado a leerlos con ayuda de una

lupa, pero tú no la necesitarás. Tienes una vista más potente que la mía.

—Quizá podamos leerlos juntos.

—Sí... leeremos los doce libros que escribió Wynken de Wilde —respondió Louis. Habló suavemente sobre las prodigiosas imágenes, las pequeñas figuras humanas, los animales y las flores, y el león yaciendo con el cordero entre las fauces.

Cerré los ojos. Me sentía satisfecho, contento. Louis comprendió que no deseaba seguir hablando.

—Te esperaré allí, en nuestro apartamento —dijo—. No pueden retenerte aquí por mucho tiempo.

¿Cuánto es mucho tiempo?

La temperatura parecía haber aumentado.

Quizá viniera a verme David.

A veces cerraba los ojos y los oídos y me negaba a escuchar cualquier sonido que estuviera destinado específicamente a mí. Oía cantar a las cigarras cuando el cielo aún estaba teñido de rojo, al atardecer, y los demás vampiros dormían. Oía a los pájaros volar y posarse sobre las ramas de los robles en la avenida Napoleón. Oía las risas de los niños.

También oía a los niños cantar o hablar en susurros, como si intercambiaran confidencias al abrigo de una tienda de campaña confeccionada con una sábana. Percibía sus pasos en la escalera.

Y más allá de los muros, el ruido, estruendoso, amplificado, de la eléctrica noche.

Una noche abrí los ojos y vi que me habían quitado las cadenas.

Estaba solo y la puerta de la habitación se encontraba abierta.

Tenía la ropa hecha jirones, pero no me importaba. Me levanté no sin esfuerzos. Tenía los músculos anquilosados y los brazos y las piernas me dolían. Por primera vez en las dos últimas semanas, me palpé el ojo izquierdo para asegurarme de que seguía allí, aunque veía perfectamente. En realidad, hacía tiempo que había dejado de pensar en él.

Salí del orfelinato a través del viejo patio. Durante unos instantes vi unos columpios de hierro, como los que solían fabricar antiguamente para los niños. Observé los soportes en forma de A que se hallaban a cada extremo, la barra transversal y a los niños y niñas columpiándose alegremente, con el cabello ondeando al viento, y oí sus risas. Luego alcé la vista, aturdido, y miré las vidrieras de la capilla.

Los niños habían desaparecido. El patio estaba desierto. Mi palacio se había esfumado. Dora había cortado todos los vínculos con el pasado. Se había marchado para saborear su extraordinaria victoria.

Caminé durante largo rato por la avenida St. Charles.

Caminé bajo los viejos robles, por las viejas aceras, frente a las mansiones de ladrillo, modernas y antiguas. Atravesé la avenida Jackson, con su curiosa mezcla de tabernas y carteles de neón, edificios en ruinas y elegantes comercios, una zona derruida y abandonada que se extiende hasta la parte baja de la ciudad.

Me detuve frente a una tienda desierta en la que antiguamente vendían costosos automóviles. Durante cincuenta años habían vendido lujosos automóviles, y ahora no era más que un espacio vacío que estaba rodeado de muros de cristal. Vi mi imagen reflejada en el cristal. Había recuperado mi extraordinaria visión y mis dos ojos veían por igual.

Me vi a mí mismo.

Deseo que vosotros me veáis. Deseo que me miréis, que contempléis el aspecto que presento actualmente, mientras juro que cada palabra de esta historia es cierta, que la he relatado con sinceridad.

Soy el vampiro Lestat. Esto es lo que vi. Esto es lo que oí. Esto es lo que sé. Lo único que sé.

Os ruego que creáis mis palabras, lo que he dicho y escrito.

Aún sigo aquí, soy el héroe de mis propios sueños; dejad que continúe siendo el héroe de los vuestros.

Soy el vampiro Lestat.

Permitid que pase de la ficción a la leyenda.

9.43, 28 de febrero de 1994
Adieu, mon amour

OTROS TÍTULOS DE LA COLECCIÓN

CRÓNICAS VAMPÍRICAS I
Entrevista con el vampiro

ANNE RICE

«—Pero ¿cuánta cinta tienes? —preguntó el vampiro y se dio la vuelta para que el muchacho pudiera verle el perfil—. ¿Suficiente para la historia de una vida?

—Desde luego, si es una buena vida. A veces entrevisto hasta tres o cuatro personas en una noche si tengo suerte. Pero tiene que ser una buena historia. Eso es justo, ¿no le parece?

—Sumamente justo —contestó el vampiro—. Me gustaría contarte la historia de mi vida. Me gustaría mucho.»

CRÓNICAS VAMPÍRICAS II
Lestat el vampiro

ANNE RICE

«Soy el vampiro Lestat. Soy inmortal. Más o menos. La luz del sol, el calor prolongado de un fuego intenso... tales cosas podrían acabar conmigo. Pero también podrían no hacerlo.»

«Cuando estoy sediento de sangre, mi aspecto produce verdadero horror: la piel contraída, las venas como sogas sobre los contornos de mis huesos... Pero ya no permito que tal cosa suceda, y el único indicio de que no soy humano son las uñas de los dedos.»